Unicorn

独角兽书系

帕迪多街车站

BAS-LAG: PERDIDO STREET STATION

巴斯–拉格

——三部曲

[英]柴纳 · 米耶维 /著

杨 蓓 /译

重庆出版集团 重庆出版社

版贸核渝字（2016）第051号

图书在版编目（CIP）数据

巴斯－拉格．帕迪多街车站／(英)柴纳・米耶维著；杨蓓译．—重庆：重庆出版社，2020.7
书名原文：Perdido Street Station（Bas–Lag）
ISBN 978-7-229-14666-5

Ⅰ．①巴…　Ⅱ．①柴…　②杨…　Ⅲ．①长篇小说—英国—现代　Ⅳ．①I561.45

中国版本图书馆 CIP 数据核字（2019）第 277294 号

巴斯-拉格：帕迪多街车站
BASI-LAGE: PADIDUOJIE CHEZHAN

[英]柴纳・米耶维　著　杨　蓓　译
责任编辑：邹　禾　唐　凌　王靓婷
装帧设计：不绿不蓝
责任校对：杨　婧

重庆出版集团
重庆出版社　出版

重庆市南岸区南滨路162号1幢　邮政编码：400061　http://www.cqph.com
重庆出版社艺术设计有限公司 制版
重庆豪森印务有限公司 印刷
重庆出版集团图书发行有限公司 发行
E-mail:fxchu@cqph.com　邮购电话：023-61520646
全国新华书店经销

开本：890mm×1230mm　1/32　印张：24.75　字数：700千
2020年7月第1版　2020年7月第1次印刷
ISBN 978-7-229-14666-5
定价：116.00元

如有印装问题，请向本集团图书发行有限公司调换：023-61520678

赞誉

“柴纳·米耶维，‘新怪谭’小说流派领军人物，是近年来极富潜力的文坛新星之一，备受瞩目。《帕迪多街车站》是一本极其出色的幻想小说，柴纳·米耶维沿着M.约翰·哈里森在“维瑞柯尼厄姆城”（Viriconium）系列中开创的道路高歌猛进，为读者带来一个极具活力与创意的故事，以勇气、智慧和荣耀重新塑造了当代奇幻。”

《风之影》作者，卡洛斯·鲁伊兹·萨弗恩

“这是一部惊人的小说，能令最挑剔的读者感到耳目一新。它扣人心弦，时而让人热泪盈眶，时而让人瞠目结舌，既充满人文关怀，又发人深省。它以恣肆瑰丽的艺术风格和不落窠臼的创意讲述了一个极具感染力的故事，令人废寝忘食、手不释卷。”

《泰晤士报·文学增刊》

“一部极具创造力的作品……无与伦比的奇幻之作。”

英国周刊《闲暇》

“作者以惊人的笔力讲述了一个引人入胜的冒险故事，充满天马行空的想象力，独树一帜……米耶维没有让人失望。”

英国《每日电讯报》

“可与《歌门鬼城》[①]相提并论的奇幻大作。”

约翰·库特内·格林伍德，英国《卫报》

“书中充满作者对社会、经济及法律制度的思考，具有狄更斯式的现实性与警世性。”

英国科幻杂志《SFX》

---

①“歌门鬼城四部曲”是英国诗人及画家马文·皮克（Mervyn Peake）最重要的代表作，世界奇幻经典作品之一，曾入选BBC 20世纪英国人最喜爱的百部小说。

By China Miéville

柴纳·米耶维

King Rat

鼠王

Perdido Street Station

帕迪多街车站

The Scar

地疤

Iron Council

钢铁议会

Looking for Jake and Other Stories

寻找杰克

Un Lun Dun

伪伦敦

The City & The City

城与城

Kraken

鲲

Embassytown

使馆镇

作者简介

柴纳·米耶维

China Miéville

1972年出生于英格兰，伦敦政经学院国际法学博士。公认的天才小说家，屡次囊获世界各项奇幻界荣誉：轨迹奖、雨果奖、阿瑟·C.克拉克奖、英国奇幻奖、世界奇幻奖等。被评为21世纪重要的奇幻作家，其特有的怪诞写作风格独树一帜。

译者简介

杨蓓

1980年生人，北京师范大学中文系硕士研究生，专职文学翻译，已出版译作数百万字，现居北京。曾翻译《末日之书》《战士》《大犬座》《皮囊之下》等作品。

《帕迪多街车站》

柴纳·米耶维现居伦敦，曾三度获得英国科幻小说最高奖项，阿瑟·C.克拉克奖（获奖作品分别为《帕迪多街车站》《钢铁议会》及《城与城》），两度获得英国奇幻奖（获奖作品分别为《帕迪多街车站》和《地疤》），其中于2009年出版的《城与城》是一部关于存在主义的惊人作品，获得了评论家的一致好评。他被誉为可与卡夫卡、奥威尔及菲利普·K.迪克相提并论的作者。

致　谢

感谢我亲爱的母亲克劳迪娅与姐姐杰迈玛给予我的帮助与支持。感谢所有给过我慷慨建议的人，特别是斯科特·比切诺、马克斯·谢弗、西蒙·卡瓦纳和奥利弗·奇瑟姆。

无比感谢我挚爱的艾玛·比切姆。

感谢麦克米伦出版公司的所有人，特别是我的编辑彼得·拉弗里，他给予了我莫大的支持。感谢麦克·切瑟姆，他对我的帮助无法用语言形容。

感谢所有那些给予我文学养分的作家，尽管无法在此一一列出，但我仍想向他们其中的两位致以最诚挚的谢意——M.约翰·哈里森先生及马文·皮克先生，他们的惊人巨著是我的灵感源泉，没有他们的影响，我也不会创作出这部作品。

致艾玛

目录

第五部分
议会

第六部分
温室

第七部分
危局

第八部分
审判

“我甚至一度不再驻足窗前凝视窗外的灯光，以及被街灯照亮的幽深街道。与那样一座城市失去联系，也是一种死亡。”

——菲利普·K.迪克《模拟造人》

序章

这里曾是草原。历经放牧农耕后，第一批歪歪扭扭的房屋拔地而起。夜色已深，黑暗中，河畔鳞次栉比的破屋陋舍仿若膨胀的古怪菌株，环绕在我们周围。

轻轻一震，我们已置身幽深的流水中。

在我身后，那个男人费劲地扳着船舵调整船头方向。提灯摇晃，灯光忽明忽暗。他怕我。小船滑过暗黑的流水，我从船首探身出去。

引擎油腻的轰鸣、河水轻柔的呢喃以及屋舍中窸窣的细语，被大兴土木的嘈杂声盖过。木料飒飒轻响，风拂过茅草，墙壁筑起，地板铺上，房子十变百，百变千，以河岸为起点向外蔓延，将灯火流注至整个平原。

它们环绕着我。它们不断增多。它们越来越高越来越大越来越喧哗，石板瓦片盖成屋顶，坚硬砖块筑成墙壁。

河流迂回。城市森然闯进视野，它是个庞然大物，仿佛突兀印在平原风景上的一团浓重黑影。城市灯火辉煌，照彻四野，映在周围的石山上，仿佛斑驳血痕。城中灰蒙蒙的高塔放射出炽烈的亮光。我不得不压低身子，我没法不对这耸立在两河交汇处大片淤泥地上的古怪存在顶礼膜拜。它是一个巨大的工业废料场，臭气熏天，刺耳的汽笛声响个不停。即使在这深夜，粗粗的烟囱仍在向外喷吐烟尘。我们并不是被水流带向这座城市，而是这座城市本身，以它巨大的分量吸引着我们。微弱的呼喊声、零星的动物叫声，还有工厂里巨大机器运转时发出的刺耳撞击声。铁轨贯穿城市，好似裸露的血管。红砖与黑墙，仿若史前遗物的低矮教堂，夜色中忽闪的破烂雨篷，老城区迷宫般的鹅卵石道，死胡同，纵横交错的下水道仿佛阴森的埋骨所。这是一道新生的风景，点缀它的是荒地、破砖烂瓦、堆满尘封典籍的图书馆、老旧的医院、林立的塔楼以及从水路卸载货物的驳船和金属爪钩。

我们怎么可能对它视若不见？它的地形如此诡秘，是为刻意方便游荡的怪物或恶徒躲在拐角伺机扑向来往旅人？

太迟了，我们已经无路可退。

身后的男人低声告诉我现在的位置。我没有转头看他。

此处是渡鸦门，街道狭窄、人口拥挤、暴行频发。腐朽破败的建筑互相倚靠，好似随时都会坍塌。河水在两岸的砖堤上留下黏糊的秽物，城墙从纵深处高高拔起，将水流拘成一湾。空气中一股恶臭，让人作呕。

（我好奇从空中俯瞰会是怎样，那样的话，整座城便一览无遗。如果你乘风而来，在数英里之外便能看见它——像一团污迹、一块爬满蛆虫的腐肉。我现在不应该这样想，但我停不下来，我本可以借助烟囱送出的上升气流高高飞越那些趾高气扬的塔楼，冲着下面吐口水，我本可以飞越那些嘈杂混乱，然后在中意的地方降落。我必须停止幻想，现在我不应该这样做，我必须停下来，不是现在，别想这些，还不到时候。）

我们正经过的房屋淌着灰白的黏液，这种有机质胶体糊满墙根，从天窗缓缓流下。额外加盖的楼层沦为惨白污物的展台，房屋间的空隙与胡同小巷无一幸免。就像有熔化的热蜡从房顶泼下，起伏流淌，渐渐凝固，留下道道波纹，将一切景观损毁。某些非人类的智慧生物已将此街区变为自己的领地。

紧绷的金属线横过河面与房檐，同样坠满奶糊状的黏物，如低音琴弦般嗡嗡鸣响。有什么东西从头顶一掠而过，船夫恶心地清清嗓子，朝河里啐了口痰。

他的痰消失在流水中。我们头顶纵横交错坠满黏液的金属线也渐渐变少。狭窄的街道显现眼前。

前方，一辆火车拉响汽笛，沿着愈升愈高的铁轨穿越河道上空。我的目光追随着它，看向南边和东边，看着点点微光照亮的铁轨势不可挡地伸向远处，然后被这片黑夜笼罩的土地、这头腹中容纳无数子民的庞然巨兽悄然吞没。我们即将经过工厂区。吊车林立在暗夜之中，好像腿脚细长的禽鸟。它们此起彼伏，夜班工人正在忙碌。不堪重负的链条旋转晃荡，仿佛使不上劲的残肢，以僵尸迈步的节奏咯咯作响着卷入啮合的齿轮和飞旋的调速轮。

众多掠食者的身影在夜空悄然盘旋。

隆隆声在空气中激起无穷回响，仿佛整座城是一个中空的果核。我们黝黑的小船轻快地超过一大群同类——它们因为满载煤炭、木材、钢铁和玻璃而吃水很深。此处的河面浮满杂质、工业废水和化学废料，映着星光，折射出奇异的虹彩，恶臭扑鼻，水流也因此变得迟缓而混乱。

（噢，飞越这一切，不用闻到这些垃圾这些废渣这些秽物不用穿过这个大粪坑进入这座城市我不能再这么想下去了，不能，我不能再继续想下去了，我必须停下。）

引擎的转动慢了下来。我转头看向身后的男人，他移开视线摆弄船舵，假装没有看到我的目光。他正将我们带向码头，码头上的货栈堆满货物，巨大的货箱甚至溢出扶垛，倾泻下来，在地面布成一个迷宫。船夫小心地在其他小船间穿过。河里升起交错的屋顶，一溜地势低矮的房屋紧贴河岸建在水中，以围墙与河水相隔，刷了沥青的青砖上水滴直淌。我们脚下是一片混乱。河水仿佛烧开了一样剧烈翻滚。不乏倒霉的鱼和青蛙闷死在这锅浑浊恶臭的泥汤里，它们的尸体在驳船和河岸之间疯狂打旋、载沉载浮。船靠岸了。我的船夫一跃上岸，系好缆绳。他脸上的解脱神情显而易见。他轻快地粗声絮叨着，迫不及待地引领我上岸离去。我慢慢地踏上码头，就像踩上烧红的煤炭，小心翼翼地在垃圾和碎玻璃间寻找落脚处。

他高兴地收下我给他的那些矿石。他告诉我说，我现在在烟雾弯。当他为我指点方向的时候，我强迫自己不去看他，这样他就不会识破我完全不辨东南西北，不会看出我初来乍到这个城市，不会看出我害怕这些阴森可怖的巨大建筑，不会看出我正因为幽闭恐惧和不祥预感而恶心欲呕。

往南一点的地方，两根巨大的方尖石柱从河中升起。那是通往旧城区的大门，一度庄严壮观，现在已然斑驳废弃。柱面曾经遍布讲述石柱由来的雕刻，现在已被时间和酸雨抹去，只余石坯上螺旋状的线条，就像古旧螺丝钉上的残痕。石柱后面是一座低矮的桥梁（杜娅德渡口，他说）。我将船夫热切的解说抛在身后，大步向前，穿过这片白灰漂染的区域，经过一扇扇大敞的房门，门里一片漆黑，似乎正向人们轻声保证：里面很舒适，里面没有河水恶臭的侵扰。船夫的声音现已几不可闻，知道再也不会见到他，我心中泛起一丝喜悦。

天气不冷。一盏街灯在东边闪亮。

我将循着铁轨前行。我将走在它们投下的阴影里——它们横亘城中房屋、高塔、棚舍、厅堂和监狱时投下的阴影，我将从那些将它们固定在大地上的拱门出发。我必须进入这座城市。

我的斗篷（由极不舒适的粗重布料制成，蹭得我皮肤生疼）沉沉地坠着，我能感觉到钱袋的重量。它能在这儿保护我，它，还有我热切的狂想、我心中悲痛与羞愧的源泉，以及将我带到这座庞大城市的强烈痛苦。这是座由白骨与砖块建造而成的肮脏城市，一个工业与暴力结合的巨大阴谋。它历史悠久、满蕴力量，是我无法理解亦毫不熟悉的罪恶之地。

新克洛布桑城。

PART ONE

第一部分
委托

第一章

市场上空，一扇窗扉砰然开启。一个篮子跃出窗外，划着弧线朝着下方毫无察觉的人群飞去。它在半空抖了抖，打着旋儿慢了下来，跌跌撞撞地继续朝地面坠去。它一路踉跄，金属丝编成的篮身磕碰着建筑物的粗糙墙面，刮擦着墙上的油漆和混凝土，粉尘四溅、簌簌撒落。

阳光被翻滚变幻的云层映成明亮的灰白光线。篮子下方，货摊和手推车挨挨挤挤，堵得水泄不通。整座城市烟气蒸腾。新克洛布桑经年飘荡着粪便和腐物的恶臭，不过今天是阿斯匹克贫民区的集市日，在这个地区，弥漫街道的怪味暂时被红辣椒和新鲜番茄、滚油和鱼、肉桂和腌肉以及香蕉和洋葱的气味冲淡了不少。

沙得拉奇街摆满了食品摊，人声鼎沸。东边不远处，是售卖书籍、手稿和相片的赛奇特道，道边七零八落地点缀着榕树，水泥路面龟裂破碎。各种陶器堆集淹没了南边通往白拉汉姆区的街道。发动机零件在西边售卖；玩具摊占据了一整条小巷；卖衣服的货摊布满了三条小街。数不清的货物挤满大街小巷，集于阿斯匹克贫民区的货摊成行成列，歪歪扭扭地布开，就像破碎车轮上的辐条。

阿斯匹克贫民区里，所有阻隔都被打破。古墙和危塔投下的阴影一视同仁地笼罩着各色事物：一堆齿轮、破旧桌子上的烂瓦罐和粗陶器，一箱发霉的书籍、古玩、娼妓、跳蚤粉。嘶嘶作响的机器人踏着沉重的步伐从摊位间走过。乞丐在废弃的建筑物里争吵。奇异的种族购买着奇异的物品。

阿斯匹克集市，一场汇聚货物、私下交易和赊销商人的狂欢庆典。商法规定：买卖需自愿，交易请谨慎。

从天而降的篮子下方，一个小贩不经意地抬头张望，迎接他的是扑面而来的浅淡阳光和碎石雨。他揉着眼睛，挥舞手臂拂开头顶倾泻而下的尘砾，然后伸手捞住系篮子的细绳，把篮子抄在手中。篮底躺着一枚面值为一谢克尔的铜币和一张便条，便条上写着工整的花式斜体字。食品贩子挠着鼻子仔细阅读，随即开始翻找摆放在面前的货物。他对照清单往篮子里放入鸡蛋、水果和块茎蔬菜，然后突然停下，把其中某行又读了一遍，猥琐地笑了笑，切下一片猪肉。一切妥当后，他把那枚铜币收入囊中，摸出找还的零钱，嘴里念念有词地计算着该扣除的运费，最后往篮子里扔了四个小钱。

小贩在裤子上擦了擦手，想了想，抓起根炭条在纸上草草写了些什么，然后把纸条也扔回篮中。

他用力扯了绳子三下，篮子开始徐徐上升。它越过周围建筑物的低矮房顶，仿佛是被底下嘈杂的喧闹声一路托起。它惊起栖息在荒废楼层间的寒鸦，在墙壁上纵横的刮痕间留下新的印迹，最后消失在来时的窗口。

艾萨克·丹·德尔·格雷姆勒布林意识到自己在做梦。他惊恐地发现自己又成为大学教员，正站在一面巨大的黑板前面，黑板上涂满模糊不清的图例，标示着杠杆、力和应力。材料学入门。艾萨克不安地凝视着课室，发现那个假模假样的混蛋瓦米斯汉克正往教室里探头探脑。

“我没法上课了，”艾萨克大声抱怨，“市场太吵了。”他朝窗口打着手势。

“没关系。”瓦米斯汉克以令人生厌的语气安慰他道，“早餐时间到了，你可以暂时忽视那些讨厌的噪音了。”听到这句荒谬的话，艾萨克一阵莫大的解脱，随即从睡梦中醒来。集市中传来的粗声咒骂和烹饪食物的香味立即包围了他，标志着新的一天到来。

他四仰八叉地躺在床上，没有睁眼。他听到琳走过房间，感觉到地板的微微颤动。阁楼里充满辛香的油烟。他的嘴里顿时涌满唾液。

琳拍了他两下。艾萨克一醒她就知道了。也许是因为他的嘴巴合上了，他想着，窃笑起来，依然没有睁眼。

“我还没醒呢，嘘，别闹，可怜的小艾萨克好累。”他扮着哭腔，像个孩子一样缩回被单。琳又嘲弄似的拍了他一下，然后走开了。

他呻吟着翻了个身。

“悍妇！”他冲着她的背影抱怨，“臭婆娘！老巫婆！好吧，好吧，你赢了，你，你……哼，男人婆，暴脾气……”他揉着头坐起来，睡意蒙眬地咧开嘴笑了。琳背对着艾萨克，冲他比了个下流手势。

她站在火炉旁，全身赤裸，不时轻快地小退一步，躲避平底锅中溅出的滚油。被单滑落到艾萨克的腹部，他是个大块头，又高又胖又壮，顶着一头浓密、蓬乱的灰发。

琳遍体光滑，紧致的肌肉轮廓在红色皮肤下清晰可辨。她的体态堪称完美。艾萨克怀着愉悦的性欲打量着她。

他的屁股突然一阵瘙痒，于是大喇喇地探手到被单下面挠了挠。有什么东西在艾萨克的指甲下爆裂，他抽回手来查看。一只被捏得半扁的小虫正绝望地在他指尖扭动。一只跳蚤，寄生在虫首人身上的无害小虫。这小东西多半被我的血弄迷糊了，艾萨克想着，将小虫从指尖掸去。

“跳蚤，琳，”他开口道，“该泡澡啦。”

琳恼羞地跺了跺脚。

新克洛布桑是一个巨大的瘟疫窝，一座无益健康的城。寄生虫、传染病和流言蜚语四处横行。虫首人如果不想忍受寄生虫带来的瘙痒疼痛，一月一次的化学药水浴是必不可少的预防措施。

琳把平底锅里的东西倒在一个盘子里，放在自己的早饭对面。她坐下来，打着手语招呼艾萨克过去。艾萨克起身下床，跌跌撞撞地穿过房间，把自己塞进那张窄小的椅子里，一边小心翼翼地避开扎人木刺，一边调整姿势以便坐得舒服些。

艾萨克和琳一丝不挂地坐在光秃秃的木桌两侧。艾萨克在脑中清晰地勾画出了此刻情景，就好像是第三个人的视角。那是一幅多么美丽而怪异的图画，他心想。一间阁楼，阳光从窄小的窗中倾泻而入，照亮上下旋舞的微小尘埃；书籍、报纸和图画整洁地堆放在廉价的木头家具旁。一个深色皮肤的男人，高大、赤裸、懒散，手里紧握着刀叉，古怪地沉默着，坐在一个虫首人的对面——她纤弱的女性人类躯体隐没在暗影之中，阳光勾勒出她甲虫头颅的剪影。

一时间，他们忘掉了面前的早餐，只是彼此凝视。琳向他打着手语：*早上好，我的爱人*。接着她开始进食，眼睛仍盯着他。

只有在进食的时候，琳才像个非人类种族。共同进餐对他们而言既是一种挑战，也是一种隐秘的誓约。艾萨克看着她，一阵熟悉的复杂情感涌上心头：刚有苗头就被强摁下去的嫌恶，对这种自我克制的自豪之情，还有深萦不去的罪恶欲望。

闪光在琳的复眼深处流转，她甲虫头颅上的细足微微颤动。她拣起半块西红柿，用下颚攥住，然后放手，开始用内口器啃食紧握在下颚处的食物。

艾萨克看着他的恋人，看着那彩虹色的巨大甲虫头狼吞虎咽地进食早餐。

他看着她吞咽食物，看着她喉咙处的上下跳动——在那个部位，昆虫头颅灰白的腹部平滑地延伸，过渡为人类的脖颈……不过她可不会乐意听到这种描绘。人类长着虫首人的躯体和手脚，再配上一个剃光了毛的猿猴脑袋。她曾经这样对他说过。

他冲她微笑，叉起一块煎猪肉在面前晃了晃，然后卷起舌头吞入口中，在桌上揩了揩油腻腻的手指。她甲虫头颅上的细足向着他起伏舞动，比出一句手语：我的臭男人。

我是个怪胎，艾萨克在心底说，她也是。

早餐时的交谈最后总会变成这样：琳能一边吃东西一边打手势，而艾萨克试图边吃边说，结果只有含混不清的语句和四处喷溅的食物残渣。于是他们转而用阅读来填充这段时光：琳读一份艺术家简报，艾萨克则抓起什么读什么。他一边往嘴里塞食物一边伸手想要拿本书或是报纸，却发现自己手里攥着一张琳的购物清单。“一块猪肉，切片。”这一项被人圈了起来，琳精致纤细的笔迹下面有一行草草写就的粗陋字迹：有客人？那条肉有好去处了！

艾萨克冲琳挥舞着纸条。“这句话是他妈的什么意思？”他嚷嚷着，食物碎屑喷得到处都是。他暴怒的样子看上去很滑稽，却绝非虚张声势。

琳看了眼纸条，耸耸肩。

他知道我不吃肉。知道我有客人和我共进早餐。文字游戏而已。

“哦，是吗？宝贝，多谢你给我解释！我知道这是个文字游戏，我看出来了。他怎么知道你是个素食者？你们俩是不是常常开这种暧昧的玩笑呀？”

琳一声不吭地盯了他好一会。

他知道我不吃肉是因为我从没买过肉。她对他愚蠢的问题大摇其头。别多心，我们只在纸上开开玩笑。他不知道我是个虫人。

她故意使用这个带有侮辱意味的称谓，让艾萨克更为光火。

“他妈的，我不是那个意思……”琳摆了摆手，虫首人的这个动作相当于人类的挑眉。艾萨克恼羞成怒地咆哮起来：“琳！别他妈的我说点什么就扯到我怕别人发现我们的关系！”

艾萨克和琳成为恋人差不多两年了。他们一直设法避免认真地考虑这份关系所牵涉到的问题，但他们在一起的时间越长，这一回避策略就变得越不可行。那些他们心照不宣却从未提起的问题蠢蠢欲动，挣扎欲出。旁人的一句无心之语、一抹斜睨，众目睽睽下的一次长时间的肢体接触，一张来自食品小贩的便条——每一件细微小事都在提醒着他们，从某种意义上说，他们背负着一个秘密。每一件细微小事都会导致不安和猜疑。

他们从未说过“我们是恋人”这样的话，所以他们也不必说“我们不要将我们的关系告诉所有人，我们必须向某些人隐瞒”。但随着时间流逝，这点越来越成问题。

琳开始含沙射影，冷嘲热讽，指责艾萨克拒绝公开他们的恋人关系，说得好听点是怯懦，说得不好听就是偏执。这种无情的指责让艾萨克大为气恼。毕竟，他已经向身边的密友清楚地暗示了这段关系的实质，她所做的也不过如此。而且对她来说，这样做可比艾萨克要容易得多。

她是个艺术家。她的圈子里都是些放荡不羁的人：艺术资助人和掮客，自命风流的文人清客，作诗、写政论小册子的人，还有赶时髦的瘾君子。他们以离经叛道为乐。在萨拉克斯区的茶室和酒吧里，琳的越轨恋情是八卦的主题——虽然多数时候大家只是心照不宣地暗指，似是而非地议论。她的感情生活是一次带有先锋意味的越界，一桩行为艺术，就像上一季的“混凝土音乐”或是前年的“鼻涕艺术”。

众人会有这样的印象，艾萨克本人也功不可没。早在与琳成为恋人之前，他在那个圈子里已是众所周知。他是一个被放逐的科学家，声名狼藉的思想者，放弃了待遇丰厚的大学教职，投入到一些古怪的实验工作中去——掌握大学实权的那些家伙脑子不比核桃仁大，在他们看来，这些实验太过骇人听闻，太过锋芒毕露。他会在乎什么道德习俗？只要他乐意，会跟任何人或东西上床，就是那样！

这就是他在萨拉克斯区的形象。在萨拉克斯区，他和琳的关系是一个公开的秘密，在那里他多多少少能享受无所顾忌的感觉，当她在萨拉克斯区的酒吧从海绵里吸食甜咖啡时，他能用胳膊环住她，在她的耳畔喁喁私语。这就是关于他的故事，其中至少有一半符合事实。

他的确在十年前离开了大学。但那只是因为他认识到一个可悲的事实：他是个糟糕的老师。

他曾日日领着学生在芜杂无序的理论长廊中东奔西跑、磕碰跌撞，有一天，他看着那些写满疑问的年轻面孔，听着他们紧张而疯狂地做笔记，忽然明白了一件事情——这种天马行空的方式能让他在不经意间领悟真知灼见，却无法让他将自己深以为然的领悟教授他人。他在羞愧中选择了放弃，永远地逃离了教师岗位。

故事发展到这里，出现了又一个转折——他的系主任，老不死的讨厌鬼瓦米斯汉克叫停了他的研究项目。此人并非因循守旧的老古董，反而是位极富创见的生物奇术士。他之所以让艾萨克的研究项目下马，更多是因为它前景渺茫，而不是因为它太过惊世骇俗。艾萨克的确很聪明，却散漫任性。瓦米斯汉克像摆弄鱼一样摆弄了他一把，逼得他离开了大学，临走前他讨了个自由研究员的闲职，待遇低得可怜，不过可以有限地使用大学实验室。

而正是出于对事业的考虑，艾萨克小心翼翼地将这段恋情隐藏于地下。

时至今日，他与大学之间的联系已经很少。十年来他不间断地顺手牵羊，为自己配置起了一间相当不错的实验室；他为新克洛布桑一些不那么体面的市民完成不宜明说的委托——这些人对尖端科技的需求时常令他暗暗吃惊——他的收入大部分来源于此。

这些年里艾萨克一直坚持着自己的研究方向，但他的研究工作没法在避世索居的状态下推进。他不得不发表文章。他不得不与人辩论。他不得不参加会议，在做这些事情时，他总是以一个离经叛道者的形象出现——这给他带来了许多便利。

学会看似漫不经心地扮演着“守旧派”的角色，但它并非只是做做样子。在新克洛布桑，非人类种族学生有资格报考高等学位只是近二十年的事情。艾萨克努力扮演着“坏男孩”的角色，但这只是一个无伤大雅的时髦身份，而公开的跨种族恋爱会让他在顷刻间成为真正的学术圈弃儿。他害怕的并不是专业期刊编辑、学术会议主持人或论著出版商可能发现他与琳之间的秘密关系，他害怕的是这些人觉得他没有努力隐藏这一关系——只要他做出掩饰的样子，他们就不会揭发他的越轨行为。

所有这些都让琳难以接受。

你隐瞒我们的关系，这样你就能发表文章给那些你瞧不起的人看。一次缠绵后，她曾这样打着手势对他说。

在闹别扭的时候，艾萨克也会忍不住去想，要是艺术圈威胁要放逐琳的话，她会作何反应。

这天早上，这对情人竭力设法将初露的争吵端倪扼杀掉，他们互相打趣、互相道歉、互相恭维、耳鬓厮磨、缠绵缱绻。艾萨克一边套衬衣一边冲着琳微笑，而琳甲虫头颅上的细足微微颤抖，泛出甜蜜的涟漪。

“你今天干吗？”他问。

去今肯区。需要些彩色浆果。去哀号坟场看展览。估计得一直忙到晚上，在说最后这句话的时候，她装出一副预言不祥征兆的样子。

“看来我得好一阵子见不到你了，是吗？”艾萨克咧嘴笑道。琳摇了摇头。艾萨克掰着手指头计算天数。“唔……改天我们去‘钟和小公鸡’吃晚饭吧，呃……回避日[1]？8点？”

琳想了想，握住了他的手。

太棒了，她羞怯地打着手势。这个手势模棱两可，并没有表明她指的是共进晚餐这件事还是艾萨克这个人。

他们将煎锅和盘子堆到角落里的一个冷水桶里不管。当琳整理笔记和草稿准备出门时，艾萨克温柔地将她拉入怀中，抱到床上，吻着她温暖的红色皮肤。她在他怀中转过身来，用一只胳膊撑起身子，他凝视着她，她甲虫头颅上的细足舒展，深宝石红的甲壳慢慢敞开，两瓣甲壳微微颤抖着张到最大。甲壳下面，她那美丽而无用的短小膜翅显露出来。

---

① 本书采用虚构历法，一周七天分别为：尘埃日（Dustday），蓝日（Blueday），鱼日（Fishday），码头日（Dockday），锁链日（Chainday），颅骨日（Skullday）及回避日（Shunday）

她拉过他的手，轻柔地放在膜翅上，邀请他抚摸这敏感的脆弱之处。对虫首人来说，这代表着无上的信任与爱恋。

包围着他们的空气起了变化。

他用指尖一路抚过她轻颤的膜翅上分叉的翅脉，看着光线穿过透明的膜翅，投下珍珠贝母般的柔和阴影。

他用另一只手捋去她的裙子，然后滑下股间。他在她耳边低语挑逗下流的话语。

太阳悄然移动，云影无声掠过房间。时间流逝，而这对恋人浑然不觉。

第二章

激情过后已是十一点。艾萨克看了眼怀表，开始慌慌张张地收拾散落四处的衣物，他的心思已经游走到工作上去了。两人要不要一起出门是个尴尬的话题，琳大发慈悲地避免了它的出现。她俯下身子，用甲虫头颅的触须轻抚过艾萨克的后颈，激起一片细小的鸡皮疙瘩，然后先行离去，留下艾萨克与他的靴子斗争。

琳的房间在塔楼的九层。她拾级而下，走过八楼摇摇欲坠的地板；七楼，铺了厚厚一层鸟粪，回响着寒鸦轻柔的低语；六楼，住着那位深居简出的老妇人；再往下，是小偷、铁匠、仆妇和磨刀工人的居所。

塔楼大门正对着阿斯匹克贫民区。琳步出塔门，走进嵌在密密麻麻摊位间的一条不显眼的小径，这条进出集市的便道窄得只容一人经过。

她与嘈杂的讨价还价声和吆喝叫卖声背向而行，朝索贝克十字区花园的方向走去。花园门口总有成排的出租车等候。她知道有些司机（通常是改造人）有着足够多的宽容或是铤而走险的决心，愿意搭载虫首人乘客。

她一路穿过阿斯匹克贫民区，沿途的街区和房屋越发破败。地面崎岖不平，向着西南方慢慢抬升，那正是她前行的方向。索贝克十字区花园中的高大树冠仿佛浓稠的绿雾，飘浮在她周围破旧房屋的石板瓦屋顶上。再远处，是双桅原高耸粗重的轮廓线。

在琳光滑凸出的复眼看来，这座城市是一个图形单元的复杂集合，数以百万计的微小像素构成的整体，每个六边形的像素都熠熠生辉，有着鲜明的颜色和泾渭分明的界线。她能异常敏锐地区分光影的差别，却不能很好地把握影像的细节，除非她努力聚焦直至头部隐隐作痛。经由这些像素，建筑物被分解成一块块原色，她甚至看不见腐朽墙面上深深的蚀痕。不过，这反而能让她从一个更为精细的角度了解事物。每一个图形单元、每一个像素、每一个色块、每一个灰度，都彼此不同，以一种极其微妙的方式向她描绘出整体的影像。此外，她能够捕捉到空气中化学微粒的味道，能够分辨哪栋建筑里住着哪个种族，数量又有多少：她能精确地感知空气和声音的震动，所以即便在一间人头攒动的屋子里，她也能轻松地与人交谈或是感知一列火车正从上方经过。

琳曾经试着向艾萨克描述这座城市在自己眼中的样子。

我看得和你一样清楚，比你还清楚。你是笼统地看。这个转角有栋倾圮的房屋，那个转角有列簇新的火车，活塞闪闪发亮，另一个转角有位浓妆艳抹的女人站在土褐色的老式飞艇下……在你看来只是一个画面。但这是多么混乱的画面！空洞无物、自相矛盾、自我矫饰。而在我看来，那是一个个微小的像素，每个像素都完整而自洽，每个像素之间都有着细微的差别，所有彼此区分的像素汇聚在一起，对事物做出理性而深入的描述。

艾萨克对这一说法的兴趣持续了一个半星期。他以一贯的做派写下成堆的笔记，搜读关于昆虫视觉的书籍，把琳当作实验对象进行深度觉和远视实验；他还让琳看书，尽管过去就知道琳做起来很别扭，但在目睹她像个半瞎的人那样对着书本聚焦视线时，这实验还是给他留下了极为深刻的印象。

他的兴趣很快就消退了。人类的大脑没法模拟虫首人的视觉过程。

琳四周的街道上，阿斯匹克的底层贫民正想方设法地讨生活，他们或是偷窃或是乞讨，又或是在街道散落的成堆的垃圾中翻找。孩子们蹦蹦跳跳地跑过，拿着胡乱拼成古怪形状的机械零件。偶尔途经此地的绅士和淑女都一脸嫌弃地匆匆而行。

琳的木底鞋已经被街上的污泥粪水打湿，对那些从排水沟里向外窥视的鬼祟生物而言，这些恶心玩意可是丰盛的大餐。周围的房屋有着平坦的屋顶，隐隐缭绕着烟气，木板横过房屋间的空隙。逃生之路，便捷走道，新克洛布桑屋顶世界的街巷。

有寥寥几个孩子跟她打招呼。这个街区的人类对异种族司空见惯。她能够感觉到此地种族杂糅的盛况，空气中充斥着不同种族的气味，她只能辨认出其中一些。虫首人的浓烈体味，人数众多；蛙人阴湿的臭气，人数不相上下，从某个地方，甚至还传来仙人掌族的植物清香。

琳转过街角，走上环绕索贝克十字区的鹅卵石路。出租车沿着铁栅栏停了一排，各式各样。两轮的，四轮的；拉车的有马匹，有一脸轻蔑表情的佩特拉鸟，有喷着蒸汽、呼哧作响的履带机器人……零星可见走动的改造人，这些可怜的男人和女人既是车夫，又是载具。

琳站到出租车长龙前面开始招手。幸运的是，排在最前面的车夫响应了她，吆喝他那看上去脾气很坏的拉车巨鸟上前来。

“去哪儿？”车夫弯腰看了看她在记事本上匆匆涂写的详细地址。“成。”他说着，脖子一拧，示意她上车。

这是辆敞篷两座马车，视野良好，琳可以尽情欣赏沿途的南城风光。拉车的巨鸟不会飞，只会跑，拉着车子上下起伏、摇摇晃晃地前行。她往后靠去，把写给车夫的地址又看了一遍。

艾萨克不会赞同的。肯定不会。

琳的确需要彩色浆果，她会去今肯区买一些。这是真的。而且她的一个朋友康福德·戴赫特，也**的确**将在啸冈举办一个画展。

不过她不会去看。

她已经同康福德说好，要是艾萨克问起的话（她不知道艾萨克会不会问，不过还是小心为妙），就帮她打掩护。康福德乐不可支，一边拂开脸上的白发，一边夸张地赌咒发誓一定帮她保守秘密。他显然以为琳要出轨，她那令人侧目的丑闻关系即将发生新的转折，他似乎觉得能够亲眼见证这一历史时刻是种特殊的荣幸。

琳没法赶上他的画展。她在别的地方有事要办。出租车离河边越来越近，地上的鹅卵石越来越多，木头车轮碾过时一顿颠簸。他们已经转上沙得拉奇街。集市现在落到了他们南边，在他们身后，售卖蔬菜、贝壳和烂熟水果的摊子像退去的潮水般渐渐远去，直至消失不见。

她的前方，低矮的房屋之上，耸立着飞地的国民卫队塔。庞大、阴森，有着粗短的支柱，而且不知为何，虽然它有三十五层高，却给人好似蹲坐的低矮印象。塔身寥寥布着几扇玻璃窗，好像城墙上的射箭孔，深色玻璃是亚光的，什么也映不出来。塔面的混凝土已经斑驳剥离。再往北三英里的地方，琳瞥见一栋更高的建筑：国民卫队的总部所在，巨钉塔，像一根水泥荆刺扎在这座城邦的心脏。

琳抬起脖子。飞地的国民卫队塔上空，一艘半充气的飞艇正森然显形。它像条垂死挣扎的鱼一样摇晃扑腾，渐渐鼓胀起来。当它拼命扎进铁灰色的云层时，即使隔了这么远，也感觉到飞艇引擎的轰响。

这时，又有一阵低沉的声音传来，那是一种刺耳的嗡鸣声，与飞艇的引擎声交织在一起。飞地国民卫队大楼一根支柱近旁的空气突然开始震荡，一艘国民卫队梭舱激射而出，摧枯拉朽地快速向北边的巨钉塔冲去。

它悬吊在从巨钉塔伸出的空中缆道下方，一路疾驰，越升越高。空中缆道沿着巨钉塔两侧向上延伸，在塔顶最高处交会，就像一根穿过巨大钢针的线，线的两端消失在遥远的北面和南面。梭舱猛地撞上缓冲器，猝然而停。舱中涌出人影，不过琳还没来得及看到更多，出租车已然驶远。

当佩特拉鸟朝着河衣区的大温房大步奔跑时，琳在这天里第二次捕捉到了浓郁的仙人掌汁液气味。大温房位于这一地区的中心，有着朝向东方的巨大圆顶，圆顶又高又陡，由形状扭曲的玻璃错综复杂地镶嵌而成，是仙人掌族在这座城邦的圣地。被拒绝进入那个地方、受长老们鄙夷的仙人掌族青年小群小群地聚在一起，斜靠在门窗紧闭的建筑物上，身后是大幅的低俗海报。他们手里把玩着刀子，脑袋上的毛刺修剪成狂野的样式，翠绿色的皮肤乱刺丛生，散发出野蛮的气息。

他们漠然地看着出租车经过。

沙得拉奇街的地势陡然下降。出租车抵达了一个制高点，街道从此处开始呈弧线急剧下降，挺立在西边，点缀着斑斑白雪的灰色群山一览无遗。

出租车前方，便是缓缓流淌的焦油河。

砖砌堤岸上开有窗户，有些甚至低于焦油河的最高水位线。微弱的叫喊声和机器的轰鸣声正从黑洞洞的窗口传来。监狱、审讯室、改造车间，以及兼具上述恐怖功用的所在——惩罚工厂——被宣判有罪的人就在那里变成改造人。船只在黑色的水流中小心翼翼地前进，引擎不断发出喘咳声和干呕声。

富豪桥的尖顶闯入视野。尖顶后方，石板瓦屋顶像隆起的肩膀一样从冰冷腐朽的墙头探出，看起来摇摇欲坠的墙，全靠扶垛和有机黏合物的作用才没有崩塌。空气中弥漫着一种特殊的难闻气味。那便是凋敝破败的今肯区。

过了河，进入旧城区，街道变得越发狭窄昏暗。佩特拉鸟迈着不安的步伐经过一栋栋建筑，这些房子表面涂满家甲虫分泌黏液，风干变硬后十分光滑顺溜。经过改造的房屋里，虫首人从门窗爬进爬出。他们是此地的主要居民，这是他们的聚居地。放眼望去，街上尽是虫首女性的类人躯体和甲虫头颅。还有许多虫首人聚在深深的门洞里进食水果。

就连车夫都能感觉到虫首人的交谈：空气因充满化学信息素而变得辛辣刺鼻。

某个有机体在车轮底下迸裂。*一个虫首男性，也许*，琳一边想着一边打了个寒战，想象着他的样子——无数虫首男性中的一个，没有思维能力的甲虫，挤满今肯区各处的洞窟和缝隙。*幸好我离开了*。

走到一道低矮的砖拱下时，不安的佩特拉鸟彻底裹足不前了——拱门顶上垂下密密麻麻的甲虫黏液凝成的钟乳石。琳拍了拍拼命抽动缰绳的车夫，飞快地在拍纸簿上写了两行字递过去。

鸟儿不乐意。在这儿等，我五分钟后回来。

他感激地点点头，伸出一只手扶她下车。

琳把他留在那儿安抚焦躁的拉车巨鸟。她转过一个拐角，进入今肯区的中心广场。广场边缘立着的标识牌倒是没有被屋顶淌下的灰白黏液遮盖，只是标识牌上那个名字——阿德利那广场——没有哪个住在今肯区的虫首人会用。即使是居住在这里的少数人类和其他非虫首种族，也会用它的虫首族名称呼它，那个名字的发音充满嘶嘶声和饱含氯气味的打嗝声，翻译过来就是：雕像广场。

广场很大，视野开阔，周围环绕着拥有数百年历史的老房子，这些房屋年久失修、摇摇欲坠，与北边又一座巨大的国民卫队的灰色塔楼形成鲜明对比。这些老房子的屋顶极低极陡。窗户脏兮兮的，画着难以辨认的装饰图案。她能感觉到诊所里虫首族保育者具有治疗效力的轻声嗡鸣。甜美的烟雾在围着雕像的人群上空飘拂：大部分是虫首人，间或有些其他种族。雕像充斥了整座广场：有动物，有植物，还有怪兽。有些是真实的生物，有些则出自想象，每座雕像都有十五英尺高，以经过着色的“虫首唾沫”凝成。

它们体现了无数时日的共同劳作。为了塑造它们，成群的女虫首人整天整天地站着，不断地咀嚼吞咽有机糨糊和彩色浆果，经过消化之后，敞开位于甲虫头颅后部的腺体，喷出浓稠的“虫首唾沫”（这实在是个错误的名称），这种分泌物暴露在空气中，一个小时内就会凝固变硬成一种光滑易碎、散发着珍珠光辉的物质。

在琳看来，这些雕像体现了奉献与协作的精神，却完全缺乏想象力，以致沦为假大空的作品。这就是她独自居住、进食、进行吐沫艺术创作的原因。

琳走过水果和蔬菜店，走过家甲虫出租店，店前手写的招牌夸耀着待租甲虫的个头，“绝对物超所值”。她走过艺术商店，虫首腺体艺术家可以在里面用作品换取创作所需的一应工具材料。

其他虫首人纷纷看向琳。琳的裙子很长，色彩鲜艳，是萨拉克斯区的流行款式——人类的款式，而不是居住在这个贫民区的虫首女性的传统蓬松灯笼裤。琳太与众不同了，她是个外人。她离开了姐妹，忘记了族人。

没错，我他妈的就是这么干了，琳想着，挑衅似的将绿色长裙摆得唰唰作响。

吐沫商店的老板认识她，他们客气而随意地拂动触须，互相打招呼。

琳抬头看向货架。商店里面也涂满家甲虫的分泌物，抹得更仔细，墙面泛着道道波痕，连墙角都变得圆钝。耸立的货架好似有机黏浆中戳出的白骨，陈列着吐沫制品，在煤气灯照下闪闪发亮。窗上颇有艺术感地涂抹着各种彩色浆果的汁液，将天光隔绝在外。

琳开口发出咔哒咔哒的声音，挥舞甲虫头颅上的细足，分泌出几缕细细的气味，表示自己需要红浆果、青浆果、黑浆果、乳白浆果和紫色浆果，并赞赏了店主商品质量良好。

琳拿上买的东西，迅速离开。

今肯区虚伪的团结气氛让她恶心。

车夫正等着，她从他背后探身向前，指着东北方，叫他载她离开。

红翼虫巢，猫颅部族，她激动得有些头晕。*你们这些惺惺作态的婊子，我什么都记得！当溪滨的“姐妹们”满处寻摸、想找个土豆填饱肚子的时候，你们却在没完没了地念叨社区的荣耀、伟大的虫首部族。你们根本什么都不是，身边全是把你们看作虫子嘲弄你们的人，低价买走你们的艺术品，高价卖给你们食物，但就因为还有其他虫首人过得比你们还不如，你们就扬扬自得地自诩为虫首文明的守护者。我不跟你们掺和了。我按我喜欢的方式穿衣服。我的艺术作品属于我自己。*

当周围的街道不再覆盖甲虫黏液，而人群中唯一的虫首人是像她一样的自我流放者时，琳的呼吸才平静了许多。

她让车夫把车停到吐沫市场站的砖砌拱门下，此时正有一辆火车从上方呼啸而过，如同一个身材巨大、脾气暴躁的孩子，在蒸汽的推动下向着旧城区的中心奔去。仿佛鬼使神差一般，琳指示车夫往北驶向犬魔桥。它横跨在焦油河的姊妹河黑腐河上，并不是最近的过河途径。但它位于獾泽——旧城区中的这块三角形区域像楔子一样插入两河交汇成的大焦油河之处，正是在这个地方，艾萨克像许多别的古怪学者一样，有着自己的实验室。

他根本不可能见她——他肯定正忙着进行那些复杂而危险的实验，因为他研究的危险性质，连他实验室所在的那栋建筑都让人望而生畏。为了不再继续纠结这个问题，她吩咐车夫前往基德站，德克斯特[①]线从那里开始向东延伸，轨道越升越高，离城市中心越来越远。

*跟着火车走！*她写道，车夫照办了，经过西基德宽阔的街道，跨过古老壮丽的犬魔桥，穿过黑腐河——此时它刚从贝哲克山脉潺潺流下，河水依然清澈冷冽。她叫车夫停下，付了钱，给了一大笔小费。为了避免泄露行踪，她想自己走完剩下的一英里地。

她在有着“盗贼区”之名的骨镇匆匆而行，穿过史前巨肋投下的阴影奔赴自己的目的地。在她身后，有那么一阵工夫，天空变得十分繁忙：一艘飞艇在远处轰鸣；周围有极小的斑点翻卷不定；一些带翅膀的身影在它的尾痕中轻快地翱翔，好像许多海豚围着一头大鲸鱼。他们前方，是又一辆火车，正朝着市区，朝着新克洛布桑的中心，朝向无数建筑物簇拥的一点驶去。城邦的脉络在那里集中，从巨钉塔延伸出去交织成网的国民卫队空中缆道与城市五条火车干道在那里交会——一座色彩斑驳的巨大堡垒，由黝黑的砖块、平整的水泥、木头、钢铁和石头筑成。这座城邦野蛮中心裂开的一张大口：帕迪多街车站。

---

① 德克斯线自帕迪多街车站向东延伸，即《钢铁议会》中的东线。

第三章

火车上，艾萨克对面坐了一个小女孩和她的父亲，那是个衣着寒酸却彬彬有礼的男人，戴了顶圆顶硬礼帽，穿着件二手夹克。每次小女孩看向这边，艾萨克都会朝她做个大大的鬼脸。

小女孩的父亲轻声对她说话，变戏法逗她高兴。他给她块卵石，让她握在手中，然后飞快地吹了口气。卵石变成了一只青蛙。小女孩对着那个黏滑的东西高兴地尖叫起来，还害羞地抬头瞥了艾萨克一眼。艾萨克也吃惊得张口结舌，一边离开座位一边惊讶地嘟囔着。他在小女孩的目送下打开车门，步入斯莱站，然后一路走上街道，在行人车流中蜿蜒穿行，走向獾泽。

有着“科学区”之名的獾泽街道狭窄扭曲，很少能见到出租车或动物的踪影，它是这座古老城邦年代最久远的地区。往来的行人形形色色，什么种族都有，面包房、洗衣房、行会会馆——任何社区所需的服务设施一应俱全。这儿有酒吧、有商店，甚至还有座国民卫队军塔，又小又矮，就戳在这块三角形地区的顶点、黑腐河与焦油河的交汇之处。此处水泥剥落的墙壁上张贴的海报与城里别处并无二致，宣传同一间舞厅、通知同一条将要施行的法令、号召对同一个政党的效忠。但在所有这些看起来再正常不过的表象之下，整个地区充斥着一种张力，仿佛某种可怕的事情下一秒就会发生。

传说中，禁忌的科学实验会发出具有危害性的谐波，而獾这种动物天生对此具有某种免疫力——在獾泽，成群结队的獾在光天化日之下蹦蹦跳跳地跑过，梨状的身躯消失在商店门口特别加设的活板门里。临街店面厚玻璃橱窗上的阁楼。河边经过改造的老旧仓库，供奉异教神祇的神庙被人遗忘的地下室——在这些地方，以及所有其他建筑物的边角缝隙，獾泽的居民们操持着他们的营生：物理学家、通灵师、生物奇术士和畸形学学者；化学家；亡灵化学家；数学家；恶魔学家、炼金术士和蛙人萨满；还有那些像艾萨克一样，研究的东西无法纳入任何已知理论范畴的人。

屋顶上空飘拂着怪异的蒸汽。交汇于此的两条河流变得迟滞缓慢，时不时地，某块水面会腾腾冒烟，那是河水混合了不知名的化学物质所变成的强效化合物。失败实验的废弃物，从工厂、实验室以及炼金术师的密室流出，随机混合成效力未知的药剂。在獾泽，谁也不知道这一刻的河水是什么性状、会导致何种后果。大家只知道，有些年轻的掘泥工人在河泥里搜寻值钱玩意时，无意间踏入某块变色的泥沙，便突然开始用某种早已失传的语言侃侃而谈，或是发现自己头发里爬满蝗虫，或者身体渐渐变得透明，直至消失不见。

艾萨克走过一段僻静的河岸，踏上一条石板风化、杂草丛生的棕土步道。在黑腐河对岸，史前巨肋高高地耸立在骨镇的屋顶上方，像一排数百英尺长的弯曲獠牙刺入天空。河水向南流去，水流的速度变快了一些。他能看见半英里外的斯特莱克岛，黑腐河在那里与焦油河汇合，随即被斯特莱克岛挡住去路，只得转了个大弯向东流去。议会大厦的古老石墙与塔楼从斯特莱克岛的边缘蔚然拔起。浴水而出的黑曜石建筑边角圆钝，就像凝固的喷泉，自下而上渐渐倾斜，渐渐显出人工修整的痕迹。

云层正在消散，露出水洗过一般的天空。艾萨克能够看到他工作室的红色屋顶从周围的房屋间凸显出来。工作室前面是当地一家小酒馆的前院。“垂死孩童”。院子里杂草丛生，古老的桌子爬满真菌，色彩斑驳。在艾萨克的记忆里，从没有人在那些桌子旁坐过。

他走进酒吧。光线似乎一度想要挣扎着穿过污迹斑斑的厚窗户，却在半路宣告投降，将室内留给一片昏暗。墙上除了污垢再没有别的装饰。酒吧里几乎是空的，只有一些最忠诚的酒徒，抖索的手指纠缠在酒瓶之上。有几个是瘾君子，有几个是改造人。还有些两者都是：“垂死孩童”来者不拒。一群瘦弱不堪的年轻人类男子横七竖八地瘫在一张桌子上阵阵抽搐，显然正沉浸在“喜赞”、“梦矢”或“极乐茶”带来的欢愉之中。一个女人用喷着蒸汽的金属爪子握着杯子，机油滴滴答答地掉在地板上。角落里，一个男人安静地从一个碗里舔着啤酒，不时舔舔移植在脸上的狐狸口鼻。

艾萨克轻声地向坐在门边的老人致意，约书亚，他身上的改造之处非常小，但非常残酷。一次失败的入室盗窃，他拒绝指证同伙，于是督导师下令让他将这沉默永久保持下去：他的嘴被移走，一块皮肉被精确无误地缝合在同一位置。显然，约书亚觉得与其靠鼻管吸食汤汁而活，不如自己动手切开一张新的嘴，不过疼痛让他手抖了，所以那张新的嘴看上去是个参差不齐、未曾完成的裂缝，一道萎软的创口。

约书亚向艾萨克点点头，他正用手指小心地拨弄嘴巴，让那些皮肉围拢住一根吸管，然后开始贪婪地吸食苹果酒。

艾萨克朝房间后部走去。吧台在一个角落里，非常矮，台面离地大概只有三英尺。吧台后面，酒吧老板希尔克里斯切克正在一槽脏水里快活地打滚。

希尔吃住干活睡觉都在这个水槽里，靠着巨大有蹼的双手和青蛙后腿，他能把身子从水槽一头挪到另一头，他的身子圆滚滚又颤巍巍的，像一粒肿胀的睾丸，仿佛没有骨头。他又老又胖，而且脾气很坏，即使以蛙人的标准衡量也是如此。他就像一袋长有手脚的陈腐血液，没有单独成型的头颅，而是在身体正面的肥肉中间戳着一张坏脾气的脸。

每月两次，他会把身周的脏水舀出去，用一桶桶清水兜头淋下，一边放屁一边愉快地叹气。蛙人在干燥的地方最少能待上一整天，并不会对身体产生什么不良影响，但希尔懒得麻烦。他从头到脚散发出粗鲁和懒散的气息，并且选择在脏水里保持这种状态。艾萨克总是忍不住觉得希尔的自甘堕落像是某种带有挑衅意味的表演，仿佛他很享受这种“老子永远比你恶心”的感觉。

早些年里，就像每个快活地试探自己究竟能邋遢到何种地步的年轻人一样，艾萨克常在这儿喝得酩酊大醉。现在他成熟了，想找些乐子时更常光顾的是那些干净体面的酒馆，回到希尔的破烂酒吧只是因为这儿离他的工作室非常近，而且，越来越多是出于研究的目的。这点令他始料未及——希尔能向他提供他所需要的实验样本。

当希尔扭着身子朝艾萨克挪过来时，尿褐色的臭水荡漾着从水槽边缘溢出。

“喝点啥，扎克?”他大声嚷嚷道。

“金啤。”

艾萨克把一张两元钞票弹到希尔手上，看着后者从身后的架子上取下一个瓶子。艾萨克小口抿着廉价的啤酒，一屁股坐到一张凳子上，正好坐在某些可疑的液体上面，不禁做了个鬼脸。

希尔坐回水槽中，也没看艾萨克，便用简短而粗鲁的话语开始了一场关于天气和啤酒的愚蠢谈话。他一边说一边打着手势。艾萨克只在必要时插上两句，确保谈话能够继续下去。

他面前的柜台上，有两个水聚成的粗陋人像，正往老旧的木头纹理里渗去。就在他盯着看的时候，这两个人形飞快地消融，失去了完整的轮廓，变回一摊水。希尔懒洋洋地从水槽中掬起一捧水，开始揉捏。在希尔手中，水变得黏土一样，捏出的形状竟保持不变。来自水槽的小粒尘土和污浊颜色在水人身体里打着旋。希尔捏出水人的脸，捏出鼻子，捏出两条小香肠粗细的腿。然后把这小小的人像摆在艾萨克面前。

“这就是你要的?”他问。

艾萨克咽下剩余的啤酒。

“干杯，希尔。非常感谢。”

艾萨克非常小心地朝那小人吹气，直到它仰面躺在他掬起的双掌之中。构成它身体的水有少许晃荡，不过艾萨克能感觉到让它保持完整形状的表面张力。希尔面带玩世不恭的微笑，目送艾萨克捧着那个小雕像疾步走出酒吧，向他的实验室走去。

外面的风变大了。艾萨克小心翼翼地护着他的宝贝，快步走进一条小巷，这条小巷连接着“垂死孩童”、涉水者路和他的工作室——也是他的家。他用屁股顶开绿色的大门，倒退着进了屋子。艾萨克的实验室多年前曾是一所工厂兼仓库，空间宽敞，地板布满灰尘，乱七八糟地摆着小凳子和干馏炉，角落的高处支着黑板。

高声的问好从一楼的两个角落同时传来。是大卫·沙拉肯和拉布勒梅·德斯柯特——像艾萨克一样不合群的科学家，与他合租此地。大卫和拉布勒梅使用一楼，每人占了一个角落，摆满各自的工具，由四十英尺长的空白木板隔开。一个经过改装的水泵在两人各自所占区域之间的地板上探出头来——他们两人共用的清洁机器人正滚过地板，毫无效率地清扫着灰尘，发出高声的噪音。*他们留着那没用的玩意只是因为怀旧情绪作祟吧*，艾萨克想。

艾萨克的工作室，包括他的厨房和床铺，位于一条巨大的过道上，过道嵌在这所老工厂的半空，大概有二十英尺宽，绕了整个厂房一周，边上有摇摇欲坠的木头栏杆，自从拉布勒梅钉上这些栏杆之后，它们竟奇迹般地保存至今。

大门在艾萨克身后重重碰上，门边挂着的长条镜子一阵颤抖。*我真不敢相信这玩意还没碎掉*，艾萨克想。*我们得把它取下来*。但像往常一样，这个念头在他的脑子里突如其来又倏然而逝。

当艾萨克三步合作一步地上楼时，大卫看见了他手里捧着的东西，大笑起来。

“又是希尔克里斯切克的高水平艺术杰作哈，艾萨克？”他扯着嗓子喊。

艾萨克也回头咧开嘴笑了。

“我从来只要最好的！”

多年以前，是艾萨克找到了这个仓库，所以他得以首先挑选工作区域。眼前就是了。他的床、炉子和夜壶放在一处凸起平台的一角，平台另一端摆满庞杂的实验设备，十分惹眼，正是他的实验室。架子上是摆得满满的玻璃器皿和黏土容具，里面装满古怪的合剂和危险的化学物。墙上星罗棋布地挂着胶版相片，相片上，艾萨克和朋友们摆出各种姿势站在城市各处及原木林中。仓库背靠着棕土步道：他的窗户正俯瞰着黑腐河及河对岸的骨镇，视野极好，能一览无遗地看到史前巨肋和泉树的火车。

艾萨克一路跑过巨大的拱窗，来到一架复杂的机器前，它由锃亮的黄铜制成，上面缠结密布着管道和透镜，刻度盘和测量仪胡乱地塞在机器各处——只要那里有地方能让它们待住。

机器的每个元件上都印着一个惹人注目的标识：新克洛布桑大学物理部资产。禁止挪用。

艾萨克查看了下机器核心部位的小锅炉，看到它没有熄灭，放下心来。他铲了一把煤进去，闩上炉门。然后把希尔的小塑像放在一个观测台上，罩上玻璃罩子，然后用力扯了数下观测台正下方的抽气筒，将玻璃罩子里的空气抽出，再通过一根薄皮管往里面灌入煤气。

做完这一切，他才松了口气。这下蛙人的水塑像能完整地保持更长时间了。类似这样的水塑像在蛙人手中成型之后，如果不加触碰，大概能完整地保存一个小时，然后慢慢化成一摊水。如果加以摆弄，它们的溶化速度会快上很多：好在惰性气体能减缓这个速度。现在，他也许能有两个小时的时间对它进行研究。

艾萨克是在不经意间对蛙人的“塑水术”产生兴趣的，这是他研究统一能量理论的一个间接结果。他很想弄明白，能够让蛙人对水进行塑形的那种力量，是否与他试图求证的一种键合力有所关联——这种键合力在某些情况下将物质聚合在一起，在另一些情况下又粗暴地驱使它们四散分离。这正是典型的“艾萨克式研究”：在研究主要课题时发现一条冷僻的旁支小径，于是借着一股子不管不顾的劲头往前猛冲，直到一脚踏入执念的深坑，不过，那执念绝大多数时候也不会持续很久。

艾萨克调整了一些透镜筒的角度，然后点燃一盏煤气灯，照亮水塑像。眼下，学术界对于塑水术的研究尚属空白，这让艾萨克既是兴趣盎然又是愤恨不满，他又一次深深地体会到，有多少主流的科学家满嘴胡言，有多少所谓的“分析报告”不过是简单的事实描述，藏在一大堆故弄玄虚的废话后面，而且就这么点简单的事实，还常常描述得十分糟糕。他最喜欢的一个例子来自一本备受推崇的权威著作：本齐姆博格的《水之物理度量》。当他读到书里的这段话时，气得忍不住高声大叫，甚至把它仔细地抄下来钉在墙上。“蛙人通过他们所谓的‘塑水术’，能够操控水的可塑性，将水的表面张力保持在一个特定的数值，从而使水在短时间内维持塑造者赋予的任何外形。‘塑水术’的完成，是蛙人对一种‘聚水为一体/散水于无形’的能量场在短时间内加以增大的结果。”

换句话说，在蛙人究竟是怎样将水塑造成形的问题上，本齐姆博格知道的并不比艾萨克多，也不比一个街头顽童或是老希尔克里斯切克本人多。

艾萨克依次拉动杠杆，来回切换玻片，让不同颜色的光穿透水塑像，他能够看到水人的边缘处已经开始松弛塌陷。透过一块高倍放大目镜，他能够看到极小的微生物在水中盲目地蠕动。水塑像的内在结构倒是完全没有改变：仿佛这个小水人只是想换个地方待待。

当水塑像开始往观测台上的一条缝隙里渗去时，艾萨克将它收拢起来。之后他会再对它进行检查，尽管根据以往的经验，他知道自己不会发现任何有意思的东西。

艾萨克在身边的一个拍纸簿上匆匆做着笔记。接下来的时间里，他用那个水塑像做了各种实验，用注射器戳它，吸走一些水；从各种角度拍摄它的胶版照片；将极小的气泡送进它里面，看着气泡冉冉上升，在水人头顶迸裂。最后，他将水人煮沸，让它变成蒸汽消逝在空气中。

大卫养的母獾辛赛里提不知什么时候溜达到了楼上，嗅着艾萨克垂下的手指。他漫不经心地摸了摸她，她却开始舔他的手，于是艾萨克大声告诉大卫，辛赛里提饿了，却惊异地发现屋子里一片寂静。大卫和拉布勒梅早已离开，大概是去吃顿迟到的午餐：他已经在这儿待了好几个小时了。

他伸了伸懒腰，走到自己的食品储藏室，扔给辛赛里提一块拧巴的干肉，母獾开始高兴地啃食。船只经过的声音透过身后的墙壁传来，艾萨克感觉自己渐渐回到了现实世界。

楼下的大门猛地打开又合上。

他一路小跑到楼梯口，满心希望看到自己的同伴回来了。

他错了。站在一楼空阔地板中间的是一个陌生人。他的到来搅动了平静的空气，气流像触须一样缠裹着他，在他周围带起一阵飞旋的尘埃。光线从敞开的窗户和砖墙上的裂缝钻进来，凌乱地落在地板上，却没有一束照在他身上。艾萨克吃了一惊，身子一震，木质楼板发出一阵极轻微的吱嘎声。楼下的陌生人猛地扭过头，拂落兜帽，双手抱胸，一言不发地朝上望来。

艾萨克的眼睛震惊地睁大了。

那是一个鹰人。

艾萨克几乎是一路滚下楼梯，手指胡乱地摸索着扶手，目光一刻也不愿从这位不寻常的访客身上移开。他感到自己的脚触到了地面。

鹰人俯视着他。艾萨克的好奇终于战胜了礼貌，他直愣愣地回瞪过去。

这个站在艾萨克面前的巨大生物大概有六英尺多高，锋利的脚爪从脏兮兮的斗篷下伸出。那块褴褛的布料几乎拖到地面，松松垮垮地遮住鹰人的每一寸身体，完全掩盖了他的体貌特征，只有他的头露在外面。那张夺人眼球又难以用语言描绘的鸟脸正带着一种傲慢的神气居高临下地凝视着艾萨克。他的鸟喙弯成锐利的角度——那角度大概介乎茶隼与猫头鹰之间。光滑闪亮的羽毛从赭石色渐渐过渡为暗褐色，最终变成带有斑点的深棕色。那双正盯着艾萨克的眼睛是深黑色的，虹膜只是大块黑色中的一线斑纹。眼眶镶嵌的位置十分微妙，让鹰人的脸看上去总像是在冷冷地讥笑、骄傲地蹙眉。

裹住鹰人全身的粗制麻布在他的背后鼓起了一个大坨，高高地突出到他脑后的位置，艾萨克绝不会弄错——那是他收拢的巨翼，由骨骼、皮肤和羽毛组成，高出肩膀大概有两英尺，也许更高，两只翅膀拢在一起，形成优美的弧度。艾萨克从未近距离地见过鹰人舒展双翅，不过他曾在书上读到过这样的描述：当鹰人展开双翼时，能够掀起滚滚尘雾，在猎物身上投下巨大的阴影。

*你大老远从家乡跑来这儿，是要干吗？*艾萨克惊奇地想。*看看你身上的颜色：你是从沙漠来的！你肯定走了成百上千里路，从塞梅克而来。你到底来这儿干吗来了，你这个让人过目不忘的傻瓜？*

他差点因为惊惧与敬畏冲着这只巨大的食肉猛禽摇晃脑袋，接着，他清了清嗓子，开口说道：

“需要帮忙吗？”

第四章

出于极度的恐惧，琳开始跑起来。

她对骨镇实在是喜欢不起来。这一古怪地区杂糅的建筑风格把她彻底搞糊涂了：工业风和中产阶级讲究排场的花哨装修结合在一起，凿去混凝土铸件外皮的做法来自久已被人遗忘的港区，而拉抻的外墙又是棚户区的惯例。在这块低洼平坦的区域，不同的建筑样式就像不同的乐曲，随机地切来切去。到处都是灌木丛与荒地，野花与茎秆粗壮的植物努力挤出铺着混凝土与沥青的地面，在阳光下探着头。

琳手里有一个街道名，但她周围的路牌要么残缺破碎，要么扭曲下垂，要么覆着铁锈，要么自相矛盾。她努力辨认了一会路牌，决定还是老老实实看自己潦草的地图。

她可以通过史前巨肋来确定方位。她抬头望去，发现它们就在头顶上方，以无可阻挡的气势戳向天空。她只能看到一侧的史前巨肋，粗粝发白的弧形骨头就像一道白骨巨浪，即将吞噬东边的建筑群。琳朝着那些建筑的方向走去。

街道变宽了，她发现自己站在又一块空地前面，它看上去也像被废弃的荒地，却比刚才那些大上许多个数量级。它甚至都不能用“广场”来形容，而是城中一个未完工的巨大空洞。空地边缘的建筑没一栋能看到正面，要么背对空地，要么侧对空地，就好像它们曾经保证要以优美的外形亮相，最后却没能做到，只得羞愧地别过身去。从骨镇的街道上伸出许多砖块铺成的小径，就像探究的手指，小心翼翼地摸进灌木丛，旋即被草木吞噬。

落满灰尘的草坪东一块西一块，旁边是草草搭就的栅栏。折叠桌随意摆放着，上面搁着廉价的糕点、老照片，或是从阁楼里搬出来的破烂。街头艺人在死气沉沉的摊位上玩着杂耍。街上有些兴致不高的购物者，各个种族的人们稀稀拉拉地坐在卵石地上，或是阅读，或是进食，或是搓着干结的泥垢，或是凝望着头顶上方的巨大白骨。

史前巨肋正是从这块空地的边缘拔地而起。

破土而出的象牙色骨头巨大尖利，微微泛黄，比最古老的树还要粗，它们彼此相距很远，呈弧形向上撩去，一直延伸到一百多英尺的高空，俯瞰着四周的房屋，然后向着对面急剧弯曲，以这个角度继续攀升，直到两侧的尖端在极高的空中堪堪相碰。巨大畸形的手指，天神尺度的象牙陷阱。

以前有不少针对这块地方的规划：将巨洞填平，在那古老胸腔处盖起办事处和房屋，但所有计划最后都不了了之。

在这个地方，工具总是轻易折断或不知所踪，水泥也不能凝固。某种邪恶力量潜伏在那些发掘了一半的骨头里，保护这块埋骨之地永远免受侵扰。

在琳脚下五十英尺的地方，考古学家曾发现一块房子那么大的椎骨，在现场发生了太多的意外事故之后，那块脊骨被静静地重新掩埋起来。除此之外，没人见过四肢、髋部或是巨大的头骨。没人能说出千年之前是何种生物坠落此地而后死去。印刷业、出版业里那些靠着史前巨肋吃饭的奸商为此编出不同版本的骇人说辞：此乃克洛布桑巨兽的遗骸，那是一种四足或两足的类人生物，满嘴獠牙，长着翅膀，极其好斗或好色。

琳的地图将她带向史前巨肋南侧的一条无名小巷。她小心翼翼地经过它，走上一条安静的街道，发现自己的目的地就在眼前。那是一整排刷成黑色的房屋，看上去荒废已久，除了一栋房子以外，所有房子的门道都被砖块堵死，窗上涂着沥青，也封得严严实实。

这条街上没有行人，没有出租车，没有小摊小贩。只有琳一个人孤零零地站着。

这排房子里只有一扇门没被封上，门楣之上有粉笔的痕迹，一个正方形被划分成九个小方块，看上去像是某种游戏用的棋盘，只是除了纵横的直线之外，并没有圈和叉，也没有任何别的标记。

琳在这排房子附近徘徊，焦躁不安地拧着裙子和上衣，接着，她心中突然升起一股对自己的怒气，在这阵情绪的驱动下，她向那扇有着粉笔标记的门走去，飞快地敲了几下。

迟到已经够糟糕了，她想，*没跟他说上两句就走更糟糕*。

她听到上方的某处传来铰链和杠杆轻轻滑动的声音，接着瞥见一抹反光掠过头顶：它来自一连串的透镜和反光镜，经由此种透镜装置，屋里的人能够判断来者是否值得款待。

门开了。

站在琳面前的是一个高大的改造人。她的脸仍是原来那张人类女性的脸，美丽而哀伤，有着黑色皮肤和编成辫子的长长头发，只是在这张脸下面，是七英尺高的金属骨架，由黑铁与白镴铸成，再往下是一个坚固金属做成的可伸缩三脚架。她接受的改造显然是出于适宜重体力劳役的目的：遍布的活塞和滑轮让人一眼就能明白她所具备的力量。她的右臂平平举起，正对准琳的脑袋，黄铜手掌的中央伸出一支锋利的渔叉。

琳惊恐地向后退去。

一个洪亮的声音从有着忧伤脸庞的女人身后传来。

“琳小姐？那位艺术家？你迟到了。莫特利先生正在等你。请跟我来。”

改造人向后退去，靠着中间那根金属腿保持身体平衡，其他两条腿跟在后面划拉，给琳让出进门的地儿。鱼叉依然稳稳地对准她。

*你能走到什么地步？*琳在心里对自己说，然后步入一片黑暗之中。

这是一条漆黑的走廊，远远的尽头有个仙人掌族男人。琳能尝到空气中仙人掌汁液的味道，不过非常微弱。他站在那儿，足有七英尺高，四肢发达，肌肉结实。他的脑袋支棱在厚厚隆起的肩膀中间，像岩壁顶端的一颗悬石，身体的轮廓因为疙疙瘩瘩的瘤结变得起伏不平，绿色的皮肤疤痕交错，间杂着三英寸长的毛刺和小小的红花。

他用长满瘤结的指尖朝她示意。

“莫特利先生很有耐心，”他边说边转身爬上身后的楼梯，“但我知道他从来都不喜欢等人。”他笨拙地转头向后看来，意有所指地冲琳抬起一边眉毛。

*一边去，狗腿子，*她不耐烦地想，*老实带我去见你们老大。*

他那虬结盘曲的双脚像小树桩一样，重重地踩踏着地面。

琳能听见那个改造人跟在自己身后爬上楼梯，发出蒸汽的尖啸声与沉重的呼吸声。琳跟着仙人掌族走进一条弯弯扭扭、没有窗子的隧道。

*这个地方真大，*琳在前进时想道。她突然明白了，这个地方肯定就是她之前看到的那整排房屋，隔墙被推倒重砌，整个地方被依照吩咐翻修成一处巨大复杂的场所。他们经过一扇扇门，门里会冷不丁传出令人不安的声响，像是机械装置不堪重负地发出隐约呻吟。琳的触须直立起来。他们刚从一扇这样的门边走过，身后就突然迸发出一阵急促的砰砰声，像是一大堆弩弓齐齐发射，将箭头送进柔软的木头。

*我的妈呀，*琳抱怨地想道，*盖泽德，我他妈的为什么要听你的话？*

正是那个潦倒的掮客，“幸运”盖泽德，将琳引上通往这个可怕地方的路途。

之前他为琳最新的一批作品照了一套胶版相片，在城里四处兜售。这是一套例行程序，他想借此在新克洛布桑的艺术家和赞助人那里打响名气。盖泽德是个可怜的家伙，只要能拉到人听他念叨，就会大谈十三年前他张罗的那场成功展览——展出的是一位以太女雕刻家的作品，那人现在已经去世了。琳以及她的绝大多数朋友都以怜悯和轻蔑的目光看待他。她认识的每个艺术家都会让他为自己的作品拍上一套胶版相片，然后往他手里扔几谢克尔或一枚金币，“预付给他的佣金”。然后他会消失上几个星期，再次露面的时候，裤子上沾着呕吐物，鞋面凝着血迹，因为某种新型毒品的作用亢奋不已，接着那套例行程序又从头再来，周而复始。

只除了这一次。

盖泽德真的为琳找到了一个买家。

当他在“钟与小公鸡”酒吧鬼鬼祟祟地凑近她时，她倒是抗议过来着。*这次该轮到别人了*，她匆匆地在拍纸簿上写道，就在大概一星期前，她刚“预付”给他整整一几尼。但盖泽德打断了她，坚持要她跟他出去说话。当她的朋友们——萨拉克斯区的艺术精英——冲着他俩又是大笑又是起哄时，盖泽德递给她一张挺括的白色卡片，上面印着一个简单的饰章：一个九格棋盘。卡片上有条打印出来的短讯：

*琳女士，您的经纪人展示了您作品的样片，给我的老板留下非常深刻的印象。他想知道您是否有兴趣与他会面，讨论一下可能的委托事宜。期待您的答复。*签名难以辨认。

盖泽德是个废物，一个无可救药的瘾君子，为了搞钱买毒品，他会不择手段。不过单就这张卡片看来，怎么也不像是个骗局。盖泽德从中捞不到任何好处，除非真的有某个新克洛布桑的有钱人准备买她的作品，并因此付给他一笔佣金。

她把他拖出酒吧，他“哎呦”叫唤着表达不满，同时显出惊慌的神色来。她询问他到底是怎么回事。一开始盖泽德非常小心，琳能看出他正绞尽脑汁想编出些谎话来应付。不过他很快就明白自己必须告诉她事实真相。

“有个家伙，我偶尔从他那儿买些那啥……”他开口说道，身子紧张地扭来扭去，“不管怎么说吧，他来找我的时候，我正好把你雕像的相片摆在……唔……摆在一个架子上，他非常喜欢，然后想拿几张走，然后……唔……我说‘行’。然后过了些日子他告诉我说他把相片给那啥的供货人看了，就是我有时买的那啥，而那个人也很喜欢，把照片带走给他的老大看了，然后就这样传呀传，传到了大老板手上，大老板对艺术非常着迷，去年还买过一些亚历山德拉的作品。他很喜欢你的东西，想要你给他做一个。”

琳把这段推搪规避的话翻译了一下。

卖你毒品的人的老大想要我给他干活???她飞快地写道。

“妈的，琳，不是那样的……我的意思是，没错，但是……”盖泽德顿了顿，“好吧，没错。”他磕磕巴巴地说完。停了一阵。“只是……只是……他想见见你。要是你感兴趣的话，他真的想见见你。”

琳认真地想了想。

这无疑是个令人激动的潜在主顾。从那张卡片看来，这不是什么小角色：这是一个大人物。琳并不傻。她知道这件事情可能很危险。不过她很兴奋，她忍不住觉得兴奋。这可能会成为她艺术生涯中的一个大事件。她能隐隐感觉到这一点。一个黑帮老大将成为她的主顾。她很聪明，足以意识到自己的兴奋太孩子气，但她不够成熟，没把这认真当回事。

而且，就在她决定不把这当回事的时候，盖泽德报出那个神秘买家的开价。琳甲虫头颅上的细足震惊地卷曲了起来。

我得同亚历山德拉谈谈，她写道，然后转身走回酒吧。

亚历克丝什么都不知道。有位黑帮老大想要她的油画，她卖给了他，尽情地享受着这件事情带给她的荣光，不过从头到尾她只同一个送信的打过交道——那人在黑帮里顶多是个中层。信使给她送去一笔巨款，用以买下她刚完工的两幅画。她收下钱，把画递给他，然后下面没有了。

就是这样。她甚至都不知道她买主的名字。

琳决心要做得比她更好。

她通过盖泽德送出一条口信，那条信息将一路传递，经由新克洛布桑的非法渠道送至鬼知道什么地方。口信的内容是：行，她很感兴趣，愿意会面，不过她希望知道买主的名字。

新克洛布桑的黑社会接收了她的讯息，她等了一个星期，然后，答复来了，又一张打印出来的短笺在她睡觉的时候从她的门缝下面塞进来，上面是一个骨镇的地址，一个日期，还有一个名字：莫特利。

一阵狂乱的敲击声和碰撞声传进隧道。琳的仙人掌族护送者推开许多扇黑门中的一扇，然后站到一边。

琳适应着光线。她的面前是一个打字室。这是一个很大的房间，有着高高的天花板，像这个地下世界里的所有东西一样漆成黑色。房间被煤气灯照得雪亮，摆满了桌子，大概有四十张之多；每张桌子上都有台沉重的打字机，每台打字机后面都有位秘书，正誊写着放在身侧的函件。大部分是人类，女人，不过琳也通过气味和快速的几瞥发现了男人和仙人掌族，甚至还有两个虫首人，以及一个蛙人——正在经过改装以适合她那巨大双手的打字机上忙碌。

房间四周站着不少改造人，同样大部分是人类，不过也有其他种族，数量很少——非人类种族的改造人本身就很少。这些改装人有些接受的是有机改造，有着爪子、角和移植的厚实肌肉，不过绝大多数接受的是机械改造，他们身上锅炉散发出来的热量让整个房间憋闷不堪。

房间尽头是一间关着门的办公室。

“琳女士，你终于来了。”她一走进打字室，悬在那间办公室门楣上的一个喇叭筒便隆隆地响起来。没有一个秘书抬头看上一眼。“请穿过房间到我的办公室来。”

琳小心翼翼地穿过一张张桌子。在这个距离，她能看清桌上那些正被誊写的函件，尽管阅读文字对她来说不太容易，而且这间四面黑墙的房间里折射的古怪光线让这事变得更难了。秘书们打起字来十分熟练，一边读着字迹潦草的函件一边就把它们誊写出来，甚至都没看上一眼键盘或是打出来的东西。

我们将于本月十三号举行进一步商谈，一张函件写道，请在授予特许权时优先考虑我们的管辖区域，条件可以再议。琳继续向前走。

你活不到明天了，你这狗娘养的杂碎。你会比改造人还惨，你这个婊子养的，你会大声惨叫，叫到嘴巴流血。另一张函件上这样写道。

哦……琳想道，哦……救命啊。

办公室的门开了。

“请进，琳女士，请进!”隆隆的声音从喇叭里传出来。

琳没有犹豫。她走了进去。

档案柜和书架占据了这个小房间的绝大部分空间。墙上按照惯例挂了一幅绘着铁海湾风景的小油画。一张大大的黑木书桌后面竖着一面屏风，上面勾勒着许多鱼的轮廓。有时艺术家们会树起屏风，让模特在屏风后摆出不同姿势，这是一种风尚，琳眼前的这块屏风就像那玩意的放大版本。就在她看着的时候，屏风正中央的一条鱼突然变成镜面玻璃，映出琳的身影来。琳在屏风面前不知所措地来回走了几步。

“请坐，请坐。”一个平静的声音从屏风后传来。琳拉出书桌前的椅子。

“琳女士，我能看见你。那面鱼形镜子从我这边看是扇小窗。我觉得让别人知道这个比较礼貌。”

说话的人似乎期待着回应，于是琳点了点头。

“琳女士，你迟到了。”

魔鬼的尾巴啊！那么多约会偏就这一次迟到了！琳疯狂地想。她开始在拍纸簿上匆匆写下道歉的话，但那个声音打断了她。

“琳女士，我能读手语。”

琳放下拍纸簿，用手语再三道歉。

“没关系，”主人并无诚意地说，“已经这样了。骨镇对访客并不友好。下次你就知道应该早点出发了，对吗?”

琳表示同意，她的确应该想到这点的。

“琳女士，我非常喜欢你的作品。我从幸运盖泽德那里把所有相片都拿来了。他是个不成样子的可怜虫，一个废物、笨蛋，那个人呐——在所有的古怪癖好里头，吸毒是最不像话的——不过说来也奇怪，他在艺术品鉴赏这方面倒是真有两下子。那个女人，亚历山德拉·尼夫盖茨，就是他发掘出来的，是吧？没什么想象力，不像你的作品，不过看个乐呵。我总愿意由着幸运盖泽德来。要是他死了，那就太可惜了。那肯定会是个悲惨的故事，某把脏兮兮的短刀子慢慢地挖出他的肠子肚子，就为了几个小钱；要么就是从雏妓那儿染上性病，不干净的体液啦汗水啦什么的；要么就是被告发者打断骨头——毕竟，国民卫队给起赏钱来很大方，而说到钱的时候，瘾君子们通常没得可选。”

从屏风上方飘过来的声音很悦耳，每个字似乎都带着催眠的魔力：他说起话来就像念诗。他用温柔的声调轻快地吐出句子，用词却野蛮残忍。琳非常害怕。她不知道该说些什么。她的双手僵在原处一动不动。

“总之，我喜欢你的作品，想同你谈谈，看看你是不是我给予委托的合适人选。作为一个虫首人，你的作品很不寻常。你觉得呢？”

是的。

“琳女士，跟我说说你的雕塑，别担心，你可能会担心自己说的话显得太做作。其实我从不反感正儿八经地讨论艺术，而且这个话题是我提起来的。你在考虑怎么回答我的问题时，需要记住的关键词是‘主题’、‘技巧’和‘审美’。”

琳犹豫了，但她心中的恐惧适时地推了她一把。她不想触怒这个男人，如果这意味着她得谈论她的作品，那她就谈好了。

我独自进行创作，她打着手势说，这是我……反叛行为的一部分。我离开了溪滨和今肯区，离开了我的部落和民族。那里的人又可怜又可恨，所以那里的公共艺术充满愚蠢的英雄气概。像雕像广场上那些。我想表现一些……沉重的东西。想让我们所有人一起塑造的那些完美形象看上去不那么完美……这惹怒了我的姐妹们。所以我转而自己创作。沉重的作品。溪滨的沉重现实。

“跟我料想的一样。请原谅我这么说，这段陈述甚至可以说是有点陈腔滥调。不过，倒是没有削弱你作品本身的力量。虫首人的吐沫是一种上好的材料。它的光泽非常特别，而它的强度和轻巧程度又让它用起来非常方便。我知道这不像是谈到艺术时该用的词眼，不过我是个实用主义者。不管怎么说，把这样一种上佳的材料用来满足那些单调乏味的白日梦想，安抚那些垂头丧气的虫首人，真是一种可怕的浪费。看到有人能够把它用在更为有趣的目的上，做出一些令人不安的作品来，我真是大大地松了一口气。顺便说一句，你塑造出了非常独特的棱角。”

谢谢。我在使用腺体方面有丰富的技巧。琳很高兴能有机会自我夸耀一下。我最开始是在奥特勒学校，在那里一块胶质一旦喷出就严禁进行再次加工。这让我学会了如何完美地控制腺体。虽然我一直在违背……这种创作方式。现在我会趁着胶质还软的时候大刀阔斧地加工，进行进一步的塑形。更自由的塑形，这让我能够做出悬挑突伸等等形状。

“你喜欢丰富多变的用色吗？”琳点点头。“我只看过你作品的黑白相片。听你这么说我就放心了。我们已经说过了技巧和审美。现在我很想听听你对主题的看法，琳女士。”

琳愣住了。她一时间想不出自己作品的主题是什么。

“让我们把这个问题的难度降低些好了。我会告诉你我感兴趣的主题是什么。然后我们再来看看你适不适合完成我希望的这件作品。”

声音停下来，等待着，直到琳重重地点点头。

“琳女士，请抬起你的头来。”她吃惊地照做了。这个动作让她感到紧张——她甲虫头颅柔软的下腹部显露出来，脆弱得诱人。当鱼形镜子后面的眼睛审视她的时候，她保持着头部一动不动。

“你的脖子有着和人类女人一样的线条纹理。颈窝处的凹陷正是诗人们所钟爱的那种。你与人类显得不同的地方在于皮肤稍稍有点红，这是事实，不过依然在人类能够接受的范围之内。顺着那美丽的人类脖颈往上——我想你可能没法接受‘人类’这个形容词，不过请允许我任性一回——在那里……有那么一刻……有那么一块细细的地方，柔软的人类皮肤与你甲虫头颅灰白的、分节的、光滑的腹部融合在了一起。”

自琳进入这个房间以来，那个声音还是第一次显出努力搜刮词语的样子。

“你有没有创作过仙人掌族的雕像?”琳摇摇头。“那你至少近距离地观察过他们吧？打个比方，我的伙计，领你到这儿来的那个。你有没有注意过他的脚，或是他的手指头，或是他的脖子？在某个地方，他的皮肤，知冷知热的动物皮肤，变成了毫无知觉的植物表皮。切开一个仙人掌族脚底的瘤结，他什么感觉也没有。刺穿他相对柔软些的大腿，他会尖声惨叫。所以就是有那么一个地方……汇合了不同的东西……神经缠结在一起，学习如何成为肥厚多汁的植物，感觉变得遥远、迟钝、涣散，激烈的痛苦变成闷闷的忧虑。

“你还可以想想其他的种族。龙虾人或是尺蠖人的躯体，改造人四肢上急剧的变化，这座城市有数目众多的种族，而全世界还有更多物种，数都数不清，他们都有着混杂的体貌。你也许会说并不觉得自己身上有什么渐变的地方，虫首人就是虫首人，从头到脚完完全全都是，我在你身上看到‘人类’的特征只不过是人类沙文主义的表现。不过如果把这一指责包含的反讽意味暂且搁到一边的话——这个反讽你现在还体会不到——你肯定能在别的种族身上认出这种过渡，在某些地方，你们种族的特征转换成他们的体貌。也许在人类身上就能看到。

“再看看这座城市本身。它坐落在两河交汇流入大海的地方，坐落在山脉变成高原的地方，城里长着一丛丛树，一路往南，树越来越密——量变导致质变——突然你就看到了一座森林。再看看新克洛布桑的建筑，从工厂区到住宅区，从富人区到贫民窟，从地下世界到空中交通，从现代到古代，从五颜六色到单调乏味，从人口密集到寥无人烟……你明白我的意思了吗？我就不再举例了。

“这就是世界构成的方式，琳女士。变化。我相信这是世间最基本的原动力。在某个点上，一个事物变成另一个。正是这些转变发生之处，使得你，使得这座城市，使得这个世界，成为现在的样子。而这也正是我感兴趣的主题——转变发生之处——截然不同的东西在那个地方融合在一起，构成一个整体。杂交地带，过渡区域。

“不知道你对这个主题感不感兴趣？请你仔细想想。如果答案是肯定的……那么我将邀请你为我工作。在你回答之前，请听好我接下来的话。”

“我将请你为我创作一座雕像——我的雕像——我希望与我本人一样大小。”

“只有屈指可数的几个人见过我的脸，琳女士。处在我这个位置，万事都得小心。我想你肯定能理解这一点。如果你接受了这个委托，我会给你一大笔报酬，不过从此以后你脑子里将有一个地方永远属于我——关于我的那个部分。它是我的。我不允许你跟任何人分享。要是你那么做了，你会受尽折磨，痛苦地死去。”

“那么……”有什么东西吱嘎作响。琳意识到那是他靠向椅背。“那么，琳女士，你是否对杂交地带感兴趣呢？你对这个工作有没有兴趣呢？”

*我没法拒绝……不能拒绝，*琳无助地想。*不能。为了钱，为了艺术……神啊，帮帮我。我没法拒绝。哦神啊……求求你，求你不要让我因为这个决定后悔。*

她顿了顿，用手语表示接受他的条件。

“哦，我很高兴。”他吸了口气。琳的心脏狂跳起来。“我真的很高兴。那么……”

屏风后面传来一阵窸窣声。琳坐得笔直。她的触须紧张地颤抖着。

“办公室的窗帘都放下来了吧？”莫特利先生问，“我觉得你应该看看你的委托人。你的头脑是我的了，琳。你现在为我工作。”

莫特利先生站起来，将屏风推倒在地。

琳从椅子上弹起来，昆虫头颅上的细足因为震惊和恐惧竖得笔直。她凝视着他。

莫特利先生向她走来，空气中卷起皮屑、毛发与羽毛的旋风；许多细小的肢体紧握成拳；许多眼珠在模糊的凹陷处骨碌乱转；角和突出的骨骼狰狞地戳着；许多根触须抽搐，许多张嘴濡湿闪亮。许多种颜色的皮肤胡乱交错。一只分趾的蹄子轻轻地踏着木头地板。颤巍巍的皮肉泛起巨大的涟漪，互相挤擦。肌肉依靠突兀的肌腱维系在突兀的骨骼上，协同一致地使力，打造出令人不安的悬停，打造出缓慢而充满威压的步伐。鳞片闪亮。鱼鳍抖动。翅膀扑扇。昆虫的脚爪叠拢又分开。

琳向后退去，踉跄着、摸索着，恐惧地想要从他缓缓逼近的脚步前逃开。她壳质的甲虫头颅歇斯底里地颤搐着，身子不住发抖。

莫特利先生一步一步走向她，像一个正在接近猎物的猎人。

“那么，”他用许多张嘴中的一张人类嘴巴狞笑着说道，“你觉得我哪个部分最好？”

第五章

艾萨克面朝来者，等待着。鹰人静静站立。艾萨克能够看出他正在集中精神。他正在准备开口说话。

鹰人的声音响起来，粗粝而毫无起伏。

“你就是那个科学家。你就是……格雷姆勒布林。”

他在说到艾萨克的姓时有些困难。就像鹦鹉学舌，一个个辅音和元音从嗓子眼里挤出，没有经过灵巧双唇的润色。艾萨克之前总共只同两个鹰人说过话。一个是位旅行者，有着长期使用人类语言的经验；另一个是个学生，来自新克洛布桑城土生土长的鹰人小群体，打小就说着这座城市的方言长大。那两个鹰人说起话来并不像人类，但也完全不像眼前这个巨大的鸟人——磕磕巴巴地说出异族的语言，听起来就像是野兽的嘶哮。艾萨克花了好一会儿才明白他在说什么。

“我就是。”他伸出手，慢慢地说，“请问尊姓大名?”

鹰人傲慢地瞥了一眼他的手，然后以怪异的姿势匆匆握了一下。

“雅格里克……”这个名字的头一个音节带着一个锐化的重音。鹰人顿了顿，不自在地换了个姿势，然后再次开口。他重复了自己的名字，不过这次加上了一个复杂的后缀。

艾萨克摇了摇头。

“这些全是你的名字?”

“名字……和称谓。”

艾萨克挑起一边眉毛。

“唔，那么说，我面前的是一位贵族喽?”

鹰人漠然地瞪着他。过了好一会儿，他慢慢地开口，眼睛一霎不霎。

“我是非常抽象之个体-雅格里克-无可尊敬之人。”

艾萨克眨了眨眼，开始摩挲自己的下巴。

“呃……好吧。你得原谅我，雅格里克，我不是很熟悉……唔……鹰人的称谓。”

雅格里克缓慢地摇着巨大的头颅。

“你会明白的。”

艾萨克邀请雅格里克上楼，他照做了，走得很慢，很小心，巨大的尖爪在踩过的木头楼梯上留下一个个凿印。不过艾萨克没能说服他坐下或是吃喝点什么。

鹰人站在艾萨拉的桌子边，艾萨克找地方坐下，抬头盯着他。

“那么，”艾萨克说，“你来这儿干吗?”

像之前一样，雅格里克在开口说话前先默默地凝了一会儿神。

“我几天前来到新克洛布桑。因为这是科学家们待的地方。”

“你从哪儿来?”

“塞梅克。”

艾萨克轻轻地吹了声口哨。他猜对了。这段旅程可不短。至少有一千英里，穿越严酷滚烫的沙漠，穿越干燥无雨的草原，穿越海洋、沼泽和荒野。雅格里克肯定是由某种极其强烈的动力所驱使。

“对新克洛布桑的科学家，你都知道些什么?”艾萨克问。

“我们知道这儿有大学，知道这里的科学和工业一直一直在发展，再没有别的地方像这里一样。我们还知道獾泽。”

“可是，你都是从哪儿知道这些的？”

“从我们的图书馆。”

艾萨克大吃一惊。他张口结舌，好一会儿才缓过神来。

“请原谅，”他说，“我以为你们是游猎民族。”

“没错。我们的图书馆是流动的。”

在艾萨克不断增长的惊讶神情中，雅格里克向他描绘了塞梅克沙漠的图书馆。伟大的图书馆管理员家族将数以千计的书卷装在箱子里，用绳子扎好，带着它们飞行，在塞梅克沙漠永恒不变的酷夏中寻找食物和水源。他们着陆之处，会冒出巨大帐篷组成的村庄，而成群结队的鹰人会闻讯而来，畅游在那浩瀚的知识海洋，进行学习。

图书馆有数百年的历史，拥有无数种语言写就的手稿——已经灭绝的语言、依然鲜活的语言：新克洛布桑城的方言拉贾莫语；豪刺语；费利德蛙人语和南部蛙人语；高地虫首语；还有一大堆其他语言。雅格里克甚至带着显而易见的自豪宣称，图书馆里有一本抄本，是用寄生手一族的神秘语言所写。

艾萨克一言不发。他为自己的无知感到羞愧。他对鹰人的认知被完全颠覆了。他们并不只是一个傲慢而凶猛的种族。*是时候好好翻翻我们的图书馆，了解了解鹰人了。狂妄无知的大猪头*，他自责地想。

“我们的语言没有书面文字，不过我们从小就会学习读写许多种其他语言，”雅格里克说，“我们不断从旅行者和商人那儿换来更多的书，他们中有很多都会经过新克洛布桑。有些就是这座城邦的人。我们很了解这个地方。我读过它的历史，它的故事。”

“好吧，你赢了，伙计，因为我对你们那地方屁都不知道。”艾萨克沮丧地说。一阵静默。艾萨克再次抬头仰视雅格里克。

“你还没告诉我来这儿干吗。”

雅格里克别过脸向窗外看去。驳船在窗下随波逐流，不知去向何方。

很难从雅格里克粗粝的声音里分辨出情绪，不过艾萨克觉得自己听出了些许嫌恶之情。

“两个星期来，我像老鼠一样从城里的这处溜到那处。我搜寻着报纸、闲言和小道消息，它们将我引到了獾泽。引到了你面前。我问：‘谁能够让物质发生改变?’‘格雷姆勒布林，格雷姆勒布林’，每个人都这么说。‘他能帮你，只要你有金子；或者你没有金子，但是你能引起他的兴趣；或者你令他生厌，但是他可怜你；又或者他一时心血来潮。’他们说你是一个了解物质秘密的人，格雷姆勒布林。”

雅格里克直截了当地看着他。

“我有金子。我会让你觉得有趣。可怜可怜我。我需要你的帮助。”

“告诉我你要什么。”艾萨克说。

雅格里克的目光再次从他身上移开。

“也许你曾乘坐热气球飞行，格雷姆勒布林。俯视着屋顶，俯视着大地。我从小翱翔天际，以捕猎为生。鹰人以捕猎为生。我们带着弓箭、矛枪和长鞭，我们扫荡空中的鸟群，捕杀地面的野兽。这就是我们鹰人之所以成为鹰人的方式。我的双脚不是为了在你们的地板上行走而生，它们是为攥紧、绞杀、撕裂弱小猎物的躯体而生。是为抓握天空与大地之间的枯树和岩柱而生。”

雅格里克的话就像一首诗歌。他的吐字磕磕绊绊，但他遣词造句的方式来自那些他所读过的史诗和史书，这是一个从古老书本中习得语言之人奇特而又生涩的演说。

“飞翔不是一件稀罕的事情。它是我成为鹰人的方式。当我抬头看着这些屋顶，这些像是陷阱围住我的屋顶，我浑身直起鸡皮疙瘩。我想从空中俯瞰这座城市，格雷姆勒布林。我想要飞，不是一次，而是任何时候，只要我想那么做。”

“我想请你让我再次飞翔。”

雅格里克解开斗篷，一把扔到地板上去。他盯着艾萨克，目光里既是羞耻又有挑衅。艾萨克倒抽一口冷气。

雅格里克没有翅膀。

他转过身来，艾萨克看到他背后是一个由木杆和皮带扎成的复杂框架，正随着他的动作蠢兮兮地上下轻弹。他肩上套着某种皮质挽具，从肩胛骨的位置支棱出两块镂空的大木板，伸过头顶，上端以铰链相连，下端晃晃悠悠地一直垂到膝窝。那两块木板显然扮演着翼骨的角色。没有皮肤，没有羽毛，木条间也没有覆上布料或皮革，它们并非能够顺畅运行的机械装置，而只是一个伪装，一个掩人耳目的把戏，一个支架，用以撑起他那极不合体的斗篷，让他看上去像是有翅膀。

艾萨克向那对假翅膀伸出手去。雅格里克的身子僵了一下，随即控制住自己，任凭艾萨克触摸。

艾萨克瞥见了雅格里克背上凹凸不平的疤痕组织。他震惊地摇着头，直到鹰人猛地转身面对着他。

“为什么会这样？”艾萨克吸着冷气说。

雅格里克紧紧地闭上双眼，整张脸都扭曲了起来。他发出一声与人类别无二致的微弱呻吟。呻吟声越来越大，渐渐变成猛禽的悲鸣，响亮刺耳、毫无起伏，充满了痛苦和孤独。号叫声绵绵不绝，最后几乎已是赤裸裸的嘶吼，艾萨克惊慌地看着他。

“因为这是**我的耻辱！**”雅格里克嘶喊道。他沉默了一会儿，然后再次开口，声音平静了许多。

“这是我的耻辱。”

他解下背后那个看上去很是硌人的木头框架，任它落到地板上，发出一声沉闷的撞击声。

他腰部以上全然赤裸。他的身体单薄纤细、皮肉紧实，很瘦但很健康。没有了背后那副巨大的假翅膀，他看上去很小，很脆弱。

鹰人慢慢地转过身去，艾萨克之前匆匆瞥见的疤痕再次闯进他的视野，他不禁屏住了呼吸。

雅格里克的左右肩胛骨处分别有一道又深又长的伤疤，鲜红扭曲，疤痕组织像翻滚的沸水般起伏不平。愈合糟糕的伤疤上爬满刀痕，像一根根微微凸起的血管。他背上这两条伤疤足有一英尺半长，最宽的地方大概有四英寸。艾萨克的脸同情地皱了起来：伤疤上那些纵横交错、扭曲不平的刀痕让他意识到，鹰人的双翅是被锯下来的。不是干脆利落的一下子，而是一个极尽痛苦的漫长过程。艾萨克不禁瑟缩了一下。

薄薄的皮肤下，关节扭转屈曲，肌肉伸展拉紧，这一切都能被清晰地看见，很是古怪。

“谁干的?”艾萨克吸着冷气说。*那些传言是真的*，他想，*塞梅克是个未开化的野蛮之地*。

一段长长的静默，最后雅格里克终于开口回答。

“我……我自己干的。”

一开始艾萨克以为自己听错了。

“你什么意思？你他妈的怎么可能……?”

“我咎由自取，”雅格里克嘶吼道，“这是判决。是我自己活该。”

“这他妈的是一种刑罚？天哪，他妈的，什么能……你干了什么?”

“你是在质疑我们鹰人的公正性吗，格雷姆勒布林？想想那些改造人……”

“别转移话题！你说的没错，这座城市的法律让我恶心至极……我只是试着理解你经历的事情……”

雅格里克叹了口气，肩膀一下子垮下去，这个动作与人类惊人的相似。当他开口时，声音已经回复了之前的平静和痛苦。

“我太抽象了。我不值得被尊重。那是……一时冲动……我疯了。我做了件十恶不赦的事情，令人发指的事情……”他说不下去了，再次发出鸣禽泣血般的叹息。

“你到底干了什么?”艾萨克在心里给自己打气，准备好听到某些骇人听闻的暴行描述。

“你们的语言不能描绘我犯下的罪。用我们的话说……”雅格里克停了一会儿，“我试着翻译一下。用我们的话说，他们说……他们是对的……我犯了盗窃选择权之罪……以极不尊重的态度……犯下二级盗窃选择权罪。”

雅格里克再次向着窗外凝视。他的头抬得高高的，却回避着与艾萨克的目光接触。

“这就是他们为什么认为我非常抽象。这就是我为什么不值得尊重。这就是我为什么此刻在这里的缘故。我不再是具体的个体，不再是值得尊重的雅格里克。那个人已经不存在了。我告诉过你我的名字，我的称谓。我是非常抽象之个体-雅格里克-无可尊重者。这就是现在的我，我余生也将一直以这个身份活着。我告诉你的一切都是真的。”

艾萨克摇头不已。雅格里克慢慢地在艾萨克的床沿坐下，显出一个孤凄的侧影。艾萨克久久地凝视着他，最后终于开口说话。

“我想告诉你……”艾萨克说，“实际上我并不……唔……我的许多委托人……并不是老老实实的守法公民，可以这么说吧。我不打算假装明白你干了什么，说真的我一点也没明白，但至少到目前为止我觉得与我无关。就像你说过的，在这个城市没有语言能用来形容你犯的罪：我甚至觉得我永远搞不清楚你到底做错了什么。”艾萨克认真地慢慢说道，不过他的思绪已经开始飘远。他接着往下说，话音里带上了明显的兴奋之情：

“不过你的问题……很有意思。”力的显像、功的线纹、微形态的共振与能量场，这些东西开始在他的脑海中纷至沓来。“让你**升上**天空很容易。热气球、浮空术之类的都可以办到。就算把你不止一次升上天空也不难。不过要让你**随心所欲地飞行，光凭你自己的力量**……你想要这样，对吧？”雅格里克点点头。艾萨克又开始摩挲自己的下巴。

“他娘的……！嗯…… 这样的话，你真是给我出了个非常……有趣的难题。”

艾萨克收回飘飞的思绪，开始在心里认真盘算起来。他脑子里有个无趣的声音提醒他，这些日子他没怎么接活，意味着他可以放任自己花些时间好好研究一下这个难题。而他脑子里另一处负责实务的地方也开始运作，计算着那些未完结工作的重要性和紧迫性。两个非常简单的化合物分析，他多多少少地可以无限往后推；一个合成炼金药剂的口头承诺，也可能是两个——很容易推托……除此之外，就只有他自己对蛙人塑水术的研究了。而这个他能先放到一边。

不，不，不！他突然在心底反驳自己。不用把塑水术放到一边……我能把这两件事结合起来！它们都与他妈的元素有关，元素的异常表现……液体任意的塑形，沉重的物质升上天空……这里面肯定有些不寻常的地方……一些共通之处……

他努力回过神来，发现雅格里克正面无表情地盯着他。

“我对你的问题很感兴趣。”他简明扼要地说。雅格里克的手立马伸进一个小袋子里，掏出一大把扭曲肮脏的金块。艾萨克的双眼睁大了。

“呃……谢谢。我自然是会收取一些费用，按时计费什么的……”雅格里克直接把整个袋子向艾萨克递来。

艾萨克用手掂掂袋子的重量，拼命没让自己吹出口哨来。他朝袋子里看去。里面满满一袋沉甸甸的纯金。金块乱七八糟地累垒着，看上去很不讲究，不过艾萨克几乎移不开眼光。他从没看到过这么大一笔财富堆在一处，这些钱足够他支付好几个月的研究开支，同时日子还过得十分滋润。

雅格里克显然不是个生意人。他只用拿出这些钱里的三分之一，甚至是四分之一，就能让獾泽里的任何人怦然心动。或者他可以留着其中的绝大部分，要是委托人干活不起劲，就拿出来晃晃，以作诱惑。

也许他已经留下了其中的绝大部分，艾萨克想着，眼睛睁得更大了。

“我怎么联系你？”艾萨克说，眼睛依然盯着金子，“你住哪儿？”

雅格里克摇摇头，没有说话。“那个，我需要能够联系上你……”“我会来找你，”鹰人说，“每天，每两天，每周……我得确认你不会忘记我的委托。”

“不会的，我向你保证。你是说我没法给你传信吗？”

“我不知道我会在什么地方，格雷姆勒布林。我躲避着这座城市。它让我觉得自己像个猎物。我必须不停移动。”

艾萨克无奈地耸耸肩。雅格里克站起来准备离开。“你明白我要什么了吧，格雷姆勒布林？我不希望喝什么药剂。我不希望穿什么挽具。我不希望被塞进什么古怪的装置里。我不希望只有一次美妙无比的云上旅行，而后永远滞留在地面。我希望你能让我轻而易举地从地面飞升，就像你从一个房间走到另一个房间一样。你能办到吗，格雷姆勒布林？”

“我不知道。”艾萨克慢慢地回答，“不过我觉得可以。我猜我是你最好的选择了。我不是化学家，不是生物学家，不是奇术士……我什么都会一点，雅格里克，一个业余爱好者。我就是这么看自己的……”艾萨克停下来，笑了一笑。然后怀着浓厚的热忱继续开口：“我把自己看成所有学派的汇总之处。就像帕迪多街车站一样。你知道它吧？”雅格里克点点头。“不可能看不到它，对吧？那玩意大得要命。”艾萨克拍拍肚皮，继续打着比方，“所有的火车路线都在那儿交会——萨德[①]线，德克斯特线，瓦索[②]线，北[③]线和洼行[④]线；每样东西都得从它那儿经过。我就像那样。我的工作就是那样。我就是那样一种科学家。我老实跟你说。我觉得那正是你需要的。”

雅格里克点点头。他那食肉猛禽的脸棱角分明，神情严肃，看不出任何什么情绪。他的话语需要仔细琢磨一下才能明白。但艾萨克还是从他身上感觉到了深深的绝望，并不是因为他的脸、他的眼睛、他的举止（已经再度变得傲慢专横）或他的声音，而是他的回答：

“半吊子也好，业余爱好也罢，哪怕是骗子……只要你能让我重返天空，格雷姆勒布林。”

---

① 萨德线：自帕迪多街车站往东南方向延伸，即《钢铁议会》中的东南线。

② 瓦索线：自帕迪多街车站往西延伸。

③ 北线：自帕迪多街车站往北延伸。

④ 洼行线：自帕迪多街车站往西南方向延伸，即《钢铁议会》中的西南线。

雅格里克弯下腰，捡起那个丑陋的木头伪装。他把它绑回身上，尽管动作间满是不屑，脸上却没现出明显的羞耻表情。艾萨克的目光追随着他的一举一动，看着他披上那件巨大的斗篷，然后静静地走下楼梯。

艾萨克把身子从扶栏上探出去，沉吟着看向布满灰尘的一楼。雅格里克走过静止不动的扫地机器人，走过随意堆放的纸张、椅子和黑板。透过年久失修的墙壁照进来的光线已经消逝。太阳已经沉到艾萨克所在仓库对面的建筑后去了，被一堵堵砖墙遮挡。余晖斜照着这座古老的城邦，映亮了舞鞋山脉和棘刺峰的阴面以及悔过山口的峭壁，勾勒出一道参差不齐的地平线，镶嵌在新克洛布桑西边数英里外的天际。

当雅格里克打开大门时，门外的街巷已经笼罩在一片阴影之中。

艾萨克一直工作到晚上。

雅格里克刚走，艾萨克就打开窗子，往砖墙里一颗钉子上挂了一大块红色布条。他把沉重的计算引擎从书桌中央搬到旁边的地板上。一把程序卡片从计算引擎的存储架上掉下来，散落一地。艾萨克咒骂着把它们收拢起来，放回原处。接着，他把打字机搬到桌上，开始打印一张清单。时不时地，他会一跃而起，走到权当书架的搁板旁边去，或是在地板上的书堆里翻找，直到找到自己想要的书。他把书带到桌上，从后往前浏览，查阅参考书目。

他不知疲倦地摘抄条目，用两根指头敲击打字机的键盘。

随着这一过程的进行，这个新课题涉及的范围越来越广。他在更多的书里查找着，双眼因为意识到这一研究蕴含的可能性而愈睁愈大。

最后，他停下来，靠向椅背，陷入沉思。他抓起几页散放的纸，在上面匆匆画出图解：脑子里的构想，怎样实施构想的计划。

一次又一次地，他得到了同一个模型。一个三角形，一把小叉稳稳地待在正中心的位置。他忍不住咧开嘴笑起来。

“这个我喜欢……”他嘟囔道。

窗上响起轻磕声。他站起来，走到窗边。

一张傻呵呵的鲜红小脸正从窗外冲他龇牙咧嘴地笑。两支粗短的瘤角从凸出的下巴伸出来，疙疙瘩瘩的骨刺很没说服力地充当着头发的角色。喜气洋洋的丑脸上一双水汪汪的眼睛正注视着他。

艾萨克打开窗，发现天光正迅速地暗淡下去。黑腐河中，赶着奔赴工业区的驳船争先恐后地前行，刺耳的汽笛声响成一片。攀在艾萨克窗外的生物向上跃起，跳进敞开的窗口，用扭曲多节的手攥住窗框。

“你好呀船长!”它嘴里蹦豆子似的吐出一大串含混不清的话，口音浓重而古怪，“看到那个红色的东西了，叫什么来着，围脖……我就跟我自己说，‘哎呀！老大找我了!’”它朝艾萨克挤了挤眼，爆发出一阵傻呵呵的大笑。“你要我干啥，船长？随时为你效劳。”

“晚上好，两杯茶。你收到我的信号了。”那个生物扑扇了下红色的蝙蝠翅膀以示应答。

两杯茶是个翼人。这种生物往来于新克洛布桑的空中，宽大发达的胸廓就像缩成一团的鸟儿，翅膀虽然很丑，却很实用，翅膀下长着人类侏儒般的粗短手臂。它们的手同时也是它们的脚，手臂从又短又宽的身躯底部伸出来，就像乌鸦的脚爪。在室内，它们能勉勉强强走上几步，姿势笨拙，靠手掌维持平衡，不过它们更愿意在城市上空冲来冲去，尖叫着扑向过路的行人，嘴里吐出污言恶语。

翼人的智商比狗和猿略高些，但显然没法与人类相提并论。它们的智识来源于重口味文学、滑稽闹剧和戏仿表演，它们从似懂非懂的流行歌曲、家具目录或废弃书籍中摘取自己并不理解的只字片语给彼此取名。就艾萨克所知，两杯茶的姐姐叫做瓶子盖，而两杯茶的某个儿子叫做疥疮。

翼人住在城中无数的隐蔽之处，阁楼上、附楼里、围篱后面。绝大多数翼人在城市边缘讨生活。石棺地和遗翠园外围的巨大垃圾场和垃圾山、格利斯湾河边的废料倾倒地，都挤满了翼人。它们吵吵嚷嚷，尖声大笑，啜饮凝滞的河水，在天空和大地上交配。某些翼人，比如两杯茶，在上述活动之外还会帮人跑腿，办些日常的事务。当布条在屋顶飘起，或是粉笔印记出现在阁楼窗边的墙上，就表示正有某人召唤翼人前来效劳。

艾萨克翻了翻衣兜，拿出一枚谢克尔举到空中。“两杯茶，想不想赚这钱?”

“当然，船长!”两杯茶叫道，“下面的当心!”他高声加上一句。艾萨克的凳子“哗啦”一声飞到下面的街道上。两杯茶一阵狂笑。

艾萨克把之前列出的清单卷成一卷递给翼人。“带着这个，到大学图书馆去。你知道在哪儿吧？就在河对面，很好。它会一直开到很晚，你应该能赶上。把这个拿给图书管理员。我在上面署了名，所以他们应该不会为难你。他们会给你一些书。你能把它们带回来给我吗？它们可能会很沉。”

“没问题，船长!”两杯茶挺起胸膛，模样活像只矮脚鸡，“我可是个强壮的大男人!”

“很好，尽量把这事一趟办完，我会多给你点钱。”两杯茶抓着清单，转身准备出发，嘴里发出某种孩子气的粗鲁呼喊，艾萨克突然一把扯住他的翅膀边缘。翼人惊讶地回过头来：“有什么问题，老大?”

“没，没有……”艾萨克凝视着翼人的翅根部位，若有所思。他用手轻轻地将两杯茶巨大的翅膀展开合拢。在坚硬粗糙、疙疙瘩瘩、像皮革一样坚韧的鲜红皮肤下，艾萨克能够感觉到专门作用于飞行的肌肉群从翼人的躯干延伸到双翅。它们的运动十分简洁有力。他将翼人的翅膀弯成一个满圆，感觉着翅膀在肌肉的牵引下蓄势待发的回弹之势，一旦他松手，翅膀将猛地划出一道弧线，掀动翼人四周的空气，将它带离地面。两杯茶咯咯傻笑起来。

“船长挠我痒痒！坏蛋！讨厌!”他尖叫道。

艾萨克想伸手抓几张纸过来，只得先放开了两杯茶。他仔细观察着翼人的翅膀，如果以数学模型来表达的话，它呈现为简洁的平面组合。

“两杯茶……我跟你说。你回来我这儿的时候，我会再给你一谢克尔，只要你让我拍一些相片，做几个实验。大概只要半个小时的时间。你觉得怎么样?”

“乐意至极，老大!”

两杯茶跳上窗台，身子一晃，跃进薄暮之中。艾萨克眯起双眼，研究着翼人双翅扑扇的动作，观察着那些专用于飞行的强健肌肉如何发力，如何推动着八十磅、也许还要更重的扭曲血肉和骨头飞越天际。

两杯茶的身影从艾萨克的视野中消失之后，他坐下来，开始拟写另一份清单，这次是用手写，他飞快地在纸上涂写着。

研究，他在纸的顶端写道。然后另起一行写道：**物理学；重力；力/平面/向量；统一场**。他往下空了一点距离，接着写道：**飞行（1）自然方式（2）魔法奇术（3）化学-物理（4）以上方式的组合（5）其他**。

最后，他用大写字母写下一行字，并在下面画了条横线：

飞翔的形式。

他靠向椅背，但身体并没有放松下来，仿佛随时准备一跃而起。他心不在焉地念念有词。整个人处于极度的兴奋状态。

他伸手在一堆之前从床底翻出来的书里寻摸，抽出一本极其古老的书册。他把它“啪”地拍在桌上，享受那一声沉重的拍击声。书的封面华而不实地烫了金。

《未知的文明：巴斯拉格世界的智慧种族》。

艾萨克轻轻抚摸着书的封面，这本书是夏克瑞斯忒切特的代表作，从卢博克蛙人语翻译而来，并在一百年前经过了本科拜·卡内丁的校订——他是新克洛布桑的一位人类商人、旅行家及学者。这本书一再重印，乃至被人不断仿制，但其地位依然无可超越。艾萨克将手指放到书边标目上，找到字母“G”，然后翻开书页，匆匆浏览，直至找到画着塞梅克沙漠鹰人种族的精美水彩插画，插画后面紧接着便是关于鹰人的记载。

光线如潮水般从房间里悄悄退去，他拧亮放在桌上的煤气灯。屋子外面，遥远的东边，寒冷的空气之中，两杯茶正奋力扇动双翅，手里紧紧攥着的一捆书在身下晃晃荡荡。它能够看见艾萨克的煤气灯发出的摇曳亮光，那光映出窗外，被窗下街灯溅洒的乳白光辉淹没。街灯周围永远环绕着一圈夜行昆虫，它们上下飞舞，就像围绕着原子核的电子一样，时不时有某只虫子闯过玻璃罩上的细缝，在噼啪脆响声中葬身火焰，发出转瞬即逝的明亮闪光。烧焦的残骸在玻璃灯罩的底部堆积了一层。

在这座令人生畏的城市中，那盏街灯是一个信标，一座灯塔，指引着翼人的方向，引领它飞越河流，远离噬人的黑夜。

在这座城邦，那些看起来和我一样的人跟我并不一样。因为不相信这一点，我已经尝到了犯错的滋味（又累又怕，绝望地想要寻求帮助）。

那是一个暗夜，我在寻找藏身之处，寻找食物与温暖，庆幸能从那些灼人的目光中暂且逃开，无论何时，只要我踏足街道，那些目光就会落在我的身上。我看到一个年幼的同类，轻快地跑过灰暗房屋间的狭窄过道。我欢喜得几乎心脏爆炸。我冲着他喊叫，冲着这个与我同种族的男孩，用沙漠的语言喊叫……而他回头盯着我，展开双翼，张开鸟喙，发出一阵粗鄙的大笑。

我躺在黑暗里，躺在一处腐朽的门槛上，听他咒骂我，用一种粗蛮的呱呱声。他的嗓子拼命模仿着人类的声音。我向他呼喊，而他听不懂我的话语。他冲着身后嚷了几句，一群人类的流浪少年从各个角落里冒出来，就像对生者满怀恶意的鬼魂。他冲我比画下流的手势，那只有着明亮双眸的雏鸟，对着我尖声咒骂，他的语速那么快，我根本听不明白。而他的同伴们，那些脸蛋脏兮兮的小无赖，危险残忍又不明是非的小小生灵，因为寒冷与饥饿而脸色苍白，裤子破破烂烂，糊满鼻涕、脓液和城市的尘土，女孩子穿着肮脏褪色的衬衣，男孩子套着肥大的夹克，他们从地上抓起卵石向我躺着的地方砸来。

这个少年，非我族弟的小兄弟，我不会将他称为鹰人，他只是身披羽毛、长有双翼的怪异人类，他在这座城市中迷失了自己。他与他的同伴一起冲我扔石头，冲我大笑，冲我咒骂，用各种难听的外号称呼我，砸烂我脑后的窗户。

我枕在古旧涂漆的门槛上，当石头落下，碎屑四溅，我感觉到彻骨的孤单。

所以，所以，我知道我必须带着这份孤单生活下去，永远得不到片刻解脱。我知道我再也不会用自己的语言同任何其他生物交谈。

现在我独自寻找食物，在夜幕降临之后，当这座城市安静下来，收敛起来。我像一个不速之客，走在它目空一切的梦中。我沿着黑暗前行，我依附黑暗而生。沙漠刺眼的明亮光线变得像个久远的传说。我成了一个夜行生物。我相信的一切已面目全非。

我悄然现身于街道之中，风像深暗的河水，流过岩壁般的高大砖墙。月亮和她闪亮的小女儿们发出苍白的微光。寒冷的风像糖浆一样从小丘与高山之上缓缓淌下，挟裹着翻飞的垃圾，填满这座夜晚的城市。我与它们分享着街道——盲目漂移的纸屑、灰土卷成的小小旋风，还有那些悄然掠过的尘埃，它们行踪飘忽，就像翻墙入室的夜贼。

我还记得沙漠的风："哈姆辛"像闷燃的火焰卷过大地；"弗姆"像伏兵一样从火热的山脊呼啸而下；狡猾的"辛姆"从皮质的挡沙屏障与图书馆的大门悄悄溜进来。

这座城市的风要忧郁许多。它们像迷失的灵魂一样小心前行，透过灰尘弥漫的窗子向煤气灯照亮的屋内窥探。我们是兄弟，我和这座城市的风。我们一同徘徊。

我们曾经看到熟睡的乞丐，像低等生物一样彼此紧拥，挤成一团，只为获得一丝温暖，因为困顿而强迫自己将经由进化得来的高等物种本性深深压抑。

我们曾经看到这座城市的巡夜人从河里捞出死尸。穿着黑色制服的国民卫队用钩子和拉杆拖着膨胀的尸体，那些尸体的眼球悬挂在眼窝之外，七窍凝着黏稠的血液。

我们曾经看到畸形的生物从阴沟里缓缓爬出，在寒冷单调的星光之下对着彼此羞怯地低语，在混着排泄物的污泥里画出图案、交换信息。

我坐在这座城市的风中，看到残酷的事情，丑恶的事情。

我的伤疤与残骨阵阵发痒。我正在渐渐遗忘双翅的重量，遗忘它们上下拍拂的动作。假如我不是一个鹰人，我将会祈祷。可我是一个鹰人，我决不允许自己拜服在那些傲慢自大的神灵面前。

有时候我会去那个仓库，格雷姆勒布林在其中阅读书写的地方。我无声地爬上屋顶，仰面躺在石板瓦上。想到他正绞尽脑汁研究飞行，我的飞行，我的救赎，这种想象缓解了我伤痕累累的脊背上钻心的刺痒。当我躺在那儿的时候，风以更强劲的力量撕扯着我：它感觉到了背叛。它知道一旦我重新获得双翅，它将失去夜间的游伴，它只能独自徜徉在这片砖墙环绕的泥泞之地，垃圾堆般的新克洛布桑。所以当我躺在那儿的时候，它狠狠地抽打我，威胁着要将我从栖身之处掀到恶臭的宽阔河流中去，猛烈而暴怒的风，揪住我的羽毛，警告我不许离开它。可是我用爪子抓住屋顶，让那能够治愈身心的震动，格雷姆勒布林头脑运转时发出的震动，穿透破裂的石板瓦，进入我衰弱的肉体。

我睡在古老拱门的下面，火车从我头顶隆隆驶过。

我吞下我能找到的任何有机物体，只要它不会杀死我。

我像寄生虫一样潜伏在这座古老城市的皮肉里，这座久经岁月因而在滚滚时光中自顾自地打鼾放屁、闷声嘟囔、搔头蹭痒、膨大鼓胀、赘疣遍生、脾气暴躁的城市。

有时我会吃力地攀上那些巨大的高塔顶端，它们就像豪猪的背刺一样颤巍巍地从城市的阴影里探出。在稀薄的空气之上，风也失去了身处街道之时的可悲癖性。它们不再像刮过低矮房屋时那样狂躁。高塔耸立在城市灯火之上，搅乱了风的轨迹，风变得欢欣，自由嬉戏，而那数不胜数的城市灯火，是怎样的耀人眼目——电石灯炽烈的白光、油灯烟雾缭绕的红光、蜡烛摇曳的微光、煤气灯火花四溅的灯焰，所有这些交杂在一起，对抗着茫茫黑暗。

我能够将脚爪深深攥入某座建筑拱顶的边缘，然后伸开双臂，感受喧嚣气流的敲打猛击，我可以闭上双眼开始回忆，在那片刻之间，回忆自由飞翔的感觉。

PART TWO

第二部分
飞行

第六章

新克洛布桑是座时刻挑战重力的城市。

飞艇在云团间穿梭，就像卷心菜上的鼻涕虫。国民卫队的梭舱从城市中心飞掠到城市边缘，悬吊它们的巨缆在空气中震颤，好像数百英尺长的琴弦一般嗡嗡作响。翼人从屋顶上空飞跃而过，一路留下污物和秽语。鸽子与寒鸦、鹰、麻雀以及逃出笼子的鹦鹉分享天空。飞蚁与黄蜂、蜜蜂与青蝇、蝴蝶与蚊子随风而行，徒劳地躲避着那些在半空中将它们投入死亡怀抱的猛禽与飞兽、阿斯匹克与高墙。不时有魔像被醉酒的学生抛上天空，它们漫无目的地扑腾着皮革、纸或是水果皮制成的笨拙翅膀，边飞边散架。即便是那些运载着无数男人女人和货物、穿梭于新克洛布桑巨大身躯之上的火车，也尽量待在高过屋顶的空中铁轨，仿佛害怕着腐坏建筑散发的恶浊气味。

这座城市竭力将自己庞大的身躯向上伸展，仿佛西边那些巍峨的山脉推挤着它，让它不堪忍受。十层、二十层、三十层高的住宅楼拔地而起，生硬地戳在城市的天际线上。它们直刺天空，就像粗粗的手指，就像拳头，就像残肢，狂乱地在连绵的低矮房屋上挥舞。构建了这座城邦的无数混凝土与沥青模糊了古老的地貌，掩埋了那些圆丘、古坟和地形分界线，只留下隐约的起伏暗示它们曾经存在。贫民区的房屋沿着瓦尔多山、飞地、旗山和圣嘉罢岗的山麓一路而下，就像滚落的碎石岩屑。

议会大厦烟黑色的墙壁从斯特莱克岛伸出，就像某种极具杀伤力的生物器官——鲨鱼牙齿、貂鱼刺突——尺寸大得可怕，撕扯着天空。它周身遍布隐蔽的管道与巨大的铆钉，显得疙疙瘩瘩。整座建筑因为内里深处的古老锅炉而微微颤动。用途不明的房间从主建筑的楼体上探出，只有寥寥的扶垛支撑或吊索拉拽。议院就在大厦里的某处，远离天光照耀的地方，鲁德革特在里面横行着，还有无数令人生厌的夸夸其谈。议会大厦就像一座正处在雪崩边缘的山峰。

城市上方的天空也并非纯净无瑕。巨大的烟囱打破了天地之间的界限，喷吐着大量毒烟，好像在冲着天空泄愤。房屋顶上笼罩着一层浓稠恶臭的雾霾，那是由无数低矮烟囱喷出的尘土打着飞旋汇聚而成的。灰烬轻扬，那是妒忌的遗嘱执行人将遗嘱随着死者送进焚化炉；火星点点，那是炭火燃起用来温暖垂死情人的身体，这些燃烧的余烬回旋混合，汇入空中漂浮的尘埃大军。污秽的烟雾如同数以千计的鬼魂，将新克洛布桑紧紧缠裹，这座城市的恶臭如同城中的罪行一样致命。

阴云在污秽不堪的城市上空盘旋。看上去就好像整个新克洛布桑城的天气是由一场聚集于城市心脏、逐步扩张的巨大飓风所操控，飓风的风眼是一座庞杂的巨大建筑，它盘踞在以“乌鸦塔”之名为人熟知的商业核心地带，汇聚了绵延无数英里的铁路轨道和无数年代风尚的建筑风格，一处无法无天之地：帕迪多街车站。

那是一座工业时代的城堡，林立着随机排布的护墙。车站最西边的塔楼是国民卫队的巨钉塔，它高高俯瞰着其他的角楼，衬得它们更加矮小，紧绷的空中缆道以塔身为中心向七个方向延伸开去。不过，即使巨钉塔有着如此高度，在巨大的车站映衬下依然显得不值一提。

帕迪多街车站竣工七年后，它的设计者被监禁起来，彻底疯癫。据说他是个异端分子，意图将车站建成属于自己的神迹。

五个巨大的砖砌入口大张着，分别吞下这座城市的五条铁路干线。铁轨铺过一座座拱门，好像舒展的巨大舌头。商店、审讯室、工坊、事务所以及空地一股脑儿塞在这座建筑庞大的肚腹中。这座漫不经心地占据了大半个天空的建筑，在某个特定的角度与光线下，就像一头蓄势待发的巨兽，即将以巨钉塔为支点一跃而起，扑向无尽苍穹。

艾萨克没让浪漫蒙蔽自己的双眼。不管他看向城市何处，都能看到飞翔的存在（他的双眼浮肿：眼睛后面，他的大脑正因为新的公式与事实而兴奋得嗡嗡直响，所有这些公式与事实都指向一个方向：怎样摆脱重力的掌控），而且，他并没把飞翔看成一种朝向更好去处的逃亡。飞翔就是桩现实中的大俗事：只是从新克洛布桑一处到另一处的一种方式。

他因为这个想法而大受鼓舞。他是个科学家，不是个神秘主义者。

艾萨克躺在床上，朝窗外凝望。目光追随着一粒又一粒飘飞的尘埃。他身体周围，书和文章、打字机打出的摘记和他用潦草字迹兴奋写满的纸铺了满床，像潮水一般倾泻到地板上。古典专著与异端奇说相互依偎。生物学著作与魔法论著你推我搡，争抢着书桌上的地盘。

他像猎犬一样沿着书目构筑的弯曲小径嗅探前进。有些书是没法绕开的：《关于重力》《飞行原理》。有些书只是稍微切题，例如《蜂类空气动力学》。还有些纯属异想天开，他那些更体面的同行肯定会为之不屑皱眉。举个例子，他甚至翻阅了《龙：云上的居民，及它们能告诉我们的事实》。

艾萨克搔着鼻子，通过一根麦秆啜饮着晃晃悠悠搁在胸口的啤酒。

他接下雅格里克的委托仅仅两天，整个城市已经在他眼中彻底变了模样。他不禁思忖它是否还会变回原貌。

他翻了个身，拨拉着身下那些让他感觉硌得慌的纸张。他扯出一堆字迹难以辨认的手稿，还有一把他给两杯茶拍下的相片。艾萨克把那些相片举到面前，仔细审视着他让翼人展示的复杂肌肉组织。

希望不会花太久时间，艾萨克想。

他一整天都在阅读、记笔记，间或在大卫或拉布勒梅向他打招呼、问问题、把午饭给他送上楼来时发出礼貌的咕哝。他在书桌旁吃了些拉布勒梅摆到他面前的面包、奶酪和胡椒。随着温度逐渐升高，再加上所有设备上的小锅炉齐齐灼烤着空气，他一件件脱下身上的衣裳，衬衣和方巾凌乱地散在书桌旁的地板上。

艾萨克正在等着必需品送达。在他开始为这项委托进行大量阅读后不久，他就意识到自己的知识储备有个巨大的缺口。虽然他知道不少冷僻知识，但生物学却是他的软肋。他闭门不出，阅读着关于升空术、漂浮魔法及他深爱的统一场论的著作，但两杯茶的相片突然让他明白，自己对一次简单飞行所涉及的生物力学了解得太少了。

*我需要一具翼人尸体……不，一个活着的，好用来做实验……*艾萨克凝视着前一晚拍下的照片，漫不经心地想。*不……一具尸体，用来解剖，一个活着的，用来观察……*

这个突如其来的念头突然在他脑中占据了重要的位置。他坐起来，在桌旁沉思片刻，然后起身出门，走进獾泽的黑夜之中。

焦油河与黑腐河之间最有名的酒馆就隐藏在帕尔格拉克教堂投下的庞大阴影之中。丹尼齐桥后面有些幽暗的街巷，连接着獾泽和骨镇。

当然，绝大多数獾泽的居民只是面包师、清道夫、娼妓以及从事其他五花八门职业的人，终其一生也没什么可能施展法术，也不会朝试管里看上一眼。同样，骨镇的绝大多数居民也不比新克洛布桑城其他市民有更大的兴趣去有组织地或是严重地触犯法律。尽管如此，獾泽仍是科学区的代名词，正如骨镇被看作窃贼的天下。而在两者交接之处，那个神秘、鬼祟、充满传奇色彩而有时又极度危险的地带，便屹立着“月亮女儿”。

“月亮女儿”酒馆虽然老旧不堪，却充满魅力。它的招牌上并不是俗丽的年轻女子，而是那两颗环绕月球运行的小卫星，描画得非常精致，建筑正面刷着深红的油漆。光顾酒馆的则是这座城市的浪荡儿中那些更具冒险精神的人：艺术家、窃贼、离经叛道的科学家、瘾君子和国民卫队密探，酒馆里人头攒动，但一切动静都逃不过酒馆老板娘猩红凯特的眼睛。

凯特的这个诨名是对她那一头姜红头发的诠释，但艾萨克总是觉得，那还是酒客们发出的血泪控诉——他们在此处失尽钱财的方式可谓花样百出。她体格强健，眼光敏锐，一眼就能看出谁该塞些好处费、谁该被拒之门外、谁该被拳头修理、谁该给啤酒免费的优惠。因为这些（以及掌握了几个微妙的魅惑法术，反正艾萨克是这么觉得的），“月亮女儿”每次都能堪堪避开本地那些互相较劲的黑势力收取商家保护费的行动，国民卫队对酒馆的突击检查也是偶尔为之，并且十分敷衍。凯特供应的啤酒不错，她也从不过问角落里酒桌旁聚成一堆的人们在谈论什么。

艾萨克是这里的熟客。这天晚上，凯特以一个简短的挥手招呼他的到来。艾萨克环视烟雾缭绕的房间，但他要找的那个人不在。他走向吧台。

“凯特，”他大叫道，想盖过屋子里的嘈杂声，“看见莱缪尔没？”

老板娘摇摇头，主动给他递上一杯金啤，艾萨克付了钱，转身面对着房间。

他运气实在不好。“月亮女儿”差不多可以说是莱缪尔·皮金的办公室。一般说来，莱缪尔每天晚上都会在这里，转来转去，做做交易，歇歇脚。艾萨克猜测，那家伙这会儿大概正在外头忙着什么不可言说的活计。他漫无目标地在酒桌边闲逛，看看有没有自己认识的人。

酒馆那头的角落里，帕尔格拉克教会图书馆馆长杰德瑞克斯切特正咧开嘴巴冲着某人露出和蔼的笑容，身上穿着他们教派特有的黄色法袍。艾萨克面露喜色，朝他走去。

一个年轻女人正满脸怒容地同杰德争辩着什么，艾萨克瞥见她的前臂，不禁乐了——上面文着交错的齿轮，表明她是个机械上帝教的信徒，显然，她正在试图感化不敬神者。随着艾萨克的走近，争辩的内容飘进了他的耳朵。

“……但凡你在接近世界与神的时候带有一丁点你自称的‘*严谨*’和‘*分析态度*’，你就会发现你那毫无意义的感知映射论站不住脚。”

杰德对着文身女孩微微一笑，张开嘴正要回答，艾萨克接过了话头。

“杰德，请原谅我打断一下。年轻的‘小齿轮’，我不知道你们管自己叫什么，我只想跟你说……”

文着齿轮的女孩试图表示抗议，但艾萨克毫不留情地打断了她。

“行了，闭嘴吧。看清楚我的嘴型……滚开。带上你的严谨一起滚。我想同杰德说说话。”

杰德“咯咯”地笑了起来。他的对手咽了口唾沫，试图继续摆出愤怒的模样，但艾萨克的大块头和满不在乎的挑衅态度实在吓人。她只得换上一副端庄的神情，收拾东西准备起身。

当她站起来时，嘴巴张开来，显然想要发出最后一击，吐出一直在酝酿的刻薄话语。但艾萨克抢在了她的前头。

“你敢说，我就敢叫你门牙落地。”他和气地建议道。

文着齿轮的女孩闭上嘴，大踏步地走开了。

当她从艾萨克和杰德的视线中消失时，两人同时爆发出一阵大笑。

“杰德，为什么忍着他们?”艾萨克边笑边高声问道。

杰德像只青蛙那样蹲在低矮的桌前，以四肢为支点前后摇晃，巨大的舌头在松松垮垮的大嘴里轻快地伸进伸出。

“我只是同情他们，”他痴痴地笑道，“他们是那么的……紧张。”

在人们见过的蛙人中，杰德大概是脾气最好的一个了，他那种愉悦的心态简直可以用异乎寻常来形容。他完全不像那个以坏脾气著称的种族，也没有他们怒目圆睁、满脸阴沉的典型神情。

“不管怎么说，”他接着说道，语气平静了许多，“和这些‘小齿轮’相比，有些人让我更难忍受。是的，他们的严谨程度连他们自以为的一半也够不上，但至少他们很认真。而且他们起码不是……我不知道该怎么说……课经教、纯洁种群教之类的玩意。”

帕尔格拉克是知识之神。他有时被描述成一个在浴缸里读书的矮胖男人；有时又被形容成一个苗条优美的蛙人，也是在浴缸里读书；还有的时候，出于某种神秘的缘由，它被刻画为两者并存的形象。他的信徒既有人类，也有蛙人，两者数量大概相当。他是一位和蔼可亲的神祇，一位全身心地致力于知识的搜集、分类及传播的圣人。

艾萨克不信仰任何神灵。他一点也不相信所谓的无所不知者、无所不能者，甚至对许多神明的存在表示怀疑。诚然，的确有那么一些形态奇异的生物或本质存在，以人类的眼光来看，它们中的一些也的确非常强大。不过，去崇拜它们，在他看来多少是种怯懦的行为。尽管如此，即便是他，也对帕尔格拉克很有好感。他倒是有几分希望那个肥肥的家伙**真的**存在，不管是以这样的形态抑或是别的形态。想想看，一个介乎具象与虚体之间的存在，对知识如此着迷，于是坐在一个浴缸里周游世界，嘴里饶有兴致地念叨着经历的一切，艾萨克简直爱死这个场景了。

帕尔格拉克教会的图书馆完全不逊于新克洛布桑大学图书馆。它的馆藏书籍并不外借，不过一天二十四小时都允许读者入馆阅读，而且只有极少的几本书不向外开放。帕尔格拉克教的教徒认为，任何事情一旦被某个信徒知晓，就马上会被帕尔格拉克神知晓，所以他们总是以虔诚的狂热态度，贪婪地阅读。不过，对他们来说，荣耀帕尔格拉克神只是排在第二位的任务，首要任务是宣扬知识的荣光。这就是他们宣誓绝不将任何想要进入教会图书馆的人拒之门外的原因。

而这正是杰德烦恼的地方，虽然他抱怨起来的时候态度总是很温和。新克洛布桑的帕尔格拉克教会图书馆以拥有最丰富的馆藏宗教手稿而闻名于整个巴斯拉格世界，吸引了无数有着不同宗教传统、属于不同宗教派系的朝圣者。他们成群地聚在獾泽的北部和烤炉区，什么种族都有，信什么神的都有，穿着法衣，戴着面具，背着鞭子、苦修带、放大镜，各种乱七八糟的宗教用具一应俱全。

有些来访者绝对不会让人心生愉悦。譬如在这座城市中发展起来的“纯洁种群教”，教徒都是些充满恶意的反非人类种族者，当杰德帮这些种族歧视者从馆藏书籍中寻找他们的经书时，他们会冲着杰德吐口水，管他叫“癞蛤蟆”、“河猪”，杰德将此视为自己不幸的神圣职责。

和他们相比，主张平等的机械上帝教算得上人畜无害了，即便他们信仰的教义“机械是唯一真神”听起来气势汹汹。

这些年来，艾萨克和杰德有过许多次长谈，大部分是关于神学，不过也会涉及文学、艺术和政治。艾萨克敬重这位和善的蛙人。他知道杰德热诚地履行阅读这一宗教义务，所以在艾萨克所能想到的一切问题上都有着渊博的见解。在将信息分享给艾萨克时，他总是知无不言言无不尽，不过在说到*个人见解*时，他一开始总会带着一丝谨慎和小心——“唯有帕尔格拉克神足够睿智，能对此作出*分析*”，每次开始提出自己的意见之前，他都会虔诚地说出这句话——直到大概三杯酒下肚，把他脑子里谨遵教规的念头冲到九霄云外，他就会用最大的嗓门侃侃而谈。

“杰德，”艾萨克问道，“关于鹰人，你都知道些什么？”

杰德耸耸肩，因为将要分享自己了解的知识而愉快地笑起来。

“不是很多。鸟人。居住在塞梅克沙漠，据说休特克北部和莫第格西部也有。也许其他大陆的某些地方也有。有着中空的骨骼。”

杰德的眼珠停住不动，凝视着记忆里他正援引的那本异种族学著作，“塞梅克鹰人是平等主义者……*彻头彻尾的*平等主义者，同时又是彻头彻尾的个人主义者。以捕猎和采集为生，劳作中没有性别之分。没有货币，没有阶层，不过他们的确有一些*非常规的*职衔。那些职衔只代表你值得拥有更多的敬重，诸如此类。不信奉任何神灵，虽然他们的确有一个恶魔偶像，那可能是个真实存在的精灵，也可能不是。他们管它叫‘丹尼斯柯’。捕猎和战斗时使用长鞭、弓箭、矛枪和轻剑。不用盾牌：太沉了，没法带着飞行。所以他们有时会双持武器。偶尔会与其他部落或种族发生争斗，大概是为了争夺资源。你知道他们有图书馆吗？”

艾萨克点点头。杰德的眼睛因为几乎满溢出来的渴望而熠熠发光。

“老天，我好想去看看。不过那不太可能，”他的神色黯淡下来，“沙漠真不是蛙人去的地方。有点太干了……”

“哎呦，看来你对他们的了解也就屁那么一点，我们不如就说到这儿吧。”艾萨克说。

让他惊讶的是，杰德的脸沉了下来。

“开个玩笑，杰德！说反话啦！逗你玩嘛！你对他们的了解真他妈不少。起码和我比起来是这样。我不过随便翻了翻夏克瑞斯忒切特的书，而你刚才说的可真让我大开眼界。关于……唔……他们的刑事法规，你都知道些什么?”

杰德盯着他，大大的眼睛眯了起来。

“艾萨克，你想干什么？他们是非常彻底的平等主义者……唔……他们的社会建立在保证个体选择权最大化的基础上，这就是他们实行集体主义的原因——能够保证每个人拥有最大限度的选择权。就我记得的来看，他们唯一认为有罪的行为，就是剥夺另一个鹰人的选择权。而这一罪行是重判还是轻罚，则取决于犯罪者犯下罪行时有没有心怀尊重，‘尊重’这玩意可真是他们的最爱啊……”

“你怎么能拿走别人的选择权呢?”

“不清楚。我猜也许是这样，要是你在别人的长矛上弄出豁口，他们就不能选择使用它了……或者是这样，某个地方有美味的苔藓，但你在地点上撒了谎，那你就剥夺了别人选择前去采集的权利……?”

“也许有些‘选择权盗窃案’跟我们认为的犯罪差不多，有些则完全不是那么回事。”艾萨克说。

“我也这么想。”

“那什么是抽象个体，什么又是具体个体呢?”

杰德惊奇地盯着艾萨克。

“我的老天，艾萨克……你跟某个鹰人交上朋友了，是不是?”

艾萨克翘起一边眉毛，飞快地点了点头。

“天哪！”杰德叫道。周围桌子旁的人都惊讶地转过头来看了他一眼。“而且是个塞梅克沙漠鹰人……！艾萨克，你必须让他——他？她？——

来见我，跟我说说塞梅克!”

“我不知道，杰德。他有点儿……不爱说话……”

“哦求求你了哦*求求你了*……”

“好吧，好吧，我会问问他。不过别抱太大希望。现在跟我说说该死的抽象个体与具体个体的区别吧。”

“噢，这可是个很*有趣*的话题。我猜你不能告诉我你接了什么活吧……？不能，我也这么觉得。好吧，简单地说，就我的理解而言，鹰人是平等主义者，因为他们非常地尊重个体，对吧？可要是你只关心自己，以一种抽离的、孤立的方式看待自己，那么你就不可能去尊重其他的个体了。这个理念关键的地方在于，你之所以*是*一个独立的个体，全因为你处在这样一个社会中：这个社会由尊重你这个个体、你的选择权的其他个体所组成。所以，‘具体个体’指的就是这样的个体：能够认识到其存在应归功于社会中所有其他个体共同给予他的尊重，并且相应地对其他个体报以同等的尊重。”

“所以，一个‘抽象个体’指的是某个鹰人，他或者她在某个时候忘记了自己是一个大的整体的一部分，忘记对其他*任何*个体报以尊重。”

一段长长的停顿。

“你明白些了吗，艾萨克？”杰德温和地问道，发出一阵轻笑。

艾萨克不确定自己弄明白了没有。

“所以，杰德，要是我说‘以不尊重的态度犯下二级选择权偷盗罪’，你能搞清楚这个鹰人干了些什么吗？”

“不……”杰德露出沉思的表情，“不，我不清楚。听起来很严重……我想图书馆里有些书应该能说明白，不过……”

就在这时，莱缪尔·皮金的身影闯进了艾萨克的视线。

“杰德，真是抱歉，”艾萨克连忙打断了蛙人，“我得去同莱缪尔说点事。我能回头再和你聊吗？”

杰德毫无芥蒂地微笑，挥手送艾萨克离开。

“莱缪尔……跟你说句话。有好处。”

“艾萨克！我就喜欢跟你们这些搞科学的打交道。你那聪明脑袋近来可好?”

莱缪尔往后靠到椅背上。他穿着讲究，甚至有点浮夸，酒红的夹克、黄色的马甲，还戴了顶小小的丝质礼帽。一大堆金黄鬈发从帽子底下争先恐后地挤出来，带着明显的心不甘情不愿被编成了根马尾辫。

“莱缪尔啊，我的聪明脑袋遇到了个大难题。而你，我的朋友，能帮上我的大忙。”

“我?”莱缪尔·皮金歪着嘴巴笑了一笑。

“没错，莱缪尔，”艾萨克拿腔作调地说，“你还能大大推进科学的发展。”

艾萨克很享受拿莱缪尔开玩笑的时刻，但这个年轻人总是让他感到有点紧张。莱缪尔是个投机者，一个密探，一个收售赃物的人……总之，他是最能诠释“媒介”这个词语的人。他借由成为最优秀的中间人，在这座城市里闯出了不小的名头。包裹、情报、报价、口信、避难处、货物：任何东西，只要双方想在互不碰面的情况下进行交接，莱缪尔就会充当中间人。对艾萨克之类想在新克洛布桑的黑市里捞些宝贝而又不想湿了脚脏了手的人来说，他就是个无价之宝。

同样地，其他城邦的居民也能通过莱缪尔的帮助大致合法地进入新克洛布桑，而不必滞留在边境或是功亏一篑地落到国民卫队手上。而且莱缪尔并非只在合法和不合法的两个世界间牵线搭桥：他的有些活计全然合法，有些活计则完全见不得光。他能在两者之间随心所欲地游走，这正是他的独特之处。

莱缪尔并不是个靠得住的人。他没什么道德原则，很无情——如果必要的话甚至能做到残忍狠毒。如果情况变得危险，他会毫不犹豫地抛下任何人绝尘而去。大家都清楚这一点。他自己也从不隐瞒，也算是一种别样的诚实。他从不假装自己是个可以信任的人。

“莱缪尔，科学家的年轻朋友，你……”艾萨克说，“我正在搞些小小的研究。我需要一些样本。我要会飞的东西。这就是我想让你帮的忙。一个我这样身份的人不可能在新克洛布桑四处溜达寻找该死的鹪鹩……一个我这样身份的人应该是放句话出去，然后长翅膀的东西就噼里啪啦掉到我怀里来。”

“在报纸上打个广告呗，老朋友。你为什么跟我说？”

“因为我要的样本**非常多**，而且我不想知道它们是从哪里来的。我要**各种各样**的样本。我想看到尽可能多、尽可能不同的会飞玩意，其中包括一些没那么容易弄到的。打个比方……我想弄到，比如说，一条阿斯匹克……我可以付大堆钞票给某个做起生意来就跟抢钱似的商船船长，最后到手一条满身疥癣半死不活的……或者我可以付钱给你，你安排你某个正直的伙伴，从东基德或是城沿某个镀金的倒霉笼子里解救一些可怜的、透不过气的小阿斯匹克出来。明白了吗？”

“伙计……我开始明白你的意思了。”

“你当然能明白，莱缪尔。你是个生意人。我想找些**稀罕**的飞行品种。我想要些我以前从未见过的东西。我想要新奇的会飞玩意。我可不会为一筐子乌鸦付上一大笔钱——不过这话别当真。乌鸦也行，画眉也行，寒鸦也行，诸如这类的东西。还有鸽子，莱缪尔，正好是你的名字[1]呢。不过，蜻蜓蛇会**更**让我高兴。明白了吗？”

“稀罕。”莱缪尔喃喃地念叨着，专注地盯着面前的啤酒。

“非常稀罕的，”艾萨克赞同道，“所以为了得到一个好的样本，有人会愿意出一大笔钱。你明白我的意思了吧，莱缪尔？我要鸟儿、昆虫、蝙蝠……还有蛋、蛹、蛴螬，所有会**变成**能飞玩意的东西。实际上，这些东西可能更有用。最大的样本不能超过狗的尺寸。不能比这大，不能有危险

---

① lemuel在英文中有“鸽子”的意思。

性。杜娅德[①]或是风犀牛的确很稀罕，不过我可不想要。”

“艾萨克，那玩意谁想要啊？”莱缪尔赞同道。

艾萨克往莱缪尔的上衣口袋里塞了张五几尼的钞票。两人举起酒杯一饮而尽。

午夜过后，艾萨克再次在床上坐下，脑子里浮现出一幅画面：他的要求正沿着新克洛布桑罪恶横行的街巷辗转传达。

艾萨克以前也找过莱缪尔——当他需要某种少见或被禁的化合物、需要一份在新克洛布桑仅有几份副本的原稿，抑或是合成非法物质的相关资料时。仿佛幽默感作祟，艾萨克忍不住开始想象这座城市最冷酷无情的黑道分子在帮派斗争与毒品交易的间隙煞有介事地抓捕小鸟与蝴蝶的情形。

明天就是回避日了，艾萨克突然想到。他已经好几天没见到琳了。她甚至都不知道他接了这个活。他记起他们有个约会。他们约好一起吃晚饭。他可以把手头的研究暂时放到一边，跟爱人说说发生的一切。他很享受那样的时光：把脑子里堆积的零碎东西一股脑儿倒出来，说给琳听。

接着他又注意到拉布勒梅和大卫已经走了，仓库里只剩他独自一人。

他像头海象那样蠕动身子，把床上的纸张和相片全挤到地上。他拧熄煤气灯，从黑暗的仓库中凝望出去。透过脏兮兮的窗子，他能看到巨大寒冷的圆月以及她的两个女儿。那两颗古老的卫星缓缓绕着她们的母亲旋转，赤裸的岩层熠熠闪亮，好像聚集成堆的萤火虫。

艾萨克凝视着月亮及其卫星往复无尽的盘旋，渐渐睡去。他沐浴在月光中，梦见了琳：一场春梦，令人不安，充满性的意象。

---

① 杜娅德，Drud，德国南部与奥地利广为人知的恶魔;传说会诱人入睡再对人施以邪恶魔法。

第七章

“钟与小公鸡”正在营业。酒馆前院满布桌子和彩灯。运河挨着酒馆前院流过，将萨拉克斯区与桑宛分隔开来。玻璃杯的碰撞声与欢愉的尖叫声混在一起，随风送入正忙着经过运河船闸的驳船船夫耳中。船夫们面色凝重，驾驶着驳船逆流而上，驶入水位更高的河段，向着大河而去，将喧腾热闹的酒馆留在身后。

琳只觉得头晕目眩。

她坐在长桌一端，头顶上方悬挂着一盏紫罗兰色的灯，四周朋友环绕。她身旁一侧坐着德姮·布鲁戴，艺术批评家，为《灯塔》写文章；另一侧是康福德，正热烈地同一个名叫“粗大腿”的仙人掌族大提琴手大声说话。此外还有亚历山德拉、贝拉金·桑德、特里克·塞普蒂默斯、因玻齐内特·史宾：画家、诗人、音乐家、雕塑家，以及一大堆她半生不熟的艺术投机者。

这是琳的圈子。是她如鱼得水的地方。但此时此刻，她却感到前所未有的孤单。

她接下了**那个**工作的念头在她脑中盘旋不去，那个所有人梦寐以求的大活，那个能让她在很多年里想起来便兴奋不已的工作，正是这个念头在她与身畔友人之间划出一条隔离线。而她雇主那令人恐惧的形象又在这条隔离线上加盖了一个大大的封印。琳觉得，仿佛在突然之间，她便毫无警兆地被拦在了另一个世界里，与身边萨拉克斯区那风趣下流、游戏人间、生气勃勃、矫揉造作又催人自省的氛围相比，那个世界截然不同。

自从她结束骨镇那次特殊的会面，浑身颤抖着回家以后，便没有见过任何人。她一度非常想念艾萨克，不过她知道，他肯定一头扎进研究工作中去了——是她自己谎称忙于工作，他不过是顺水推舟，而且她也知道，要是她胆敢跑到獾泽找他，肯定会惹得他大发雷霆。在萨拉克斯区，他俩的关系是个公开的秘密。而獾泽，仍是他们关系中的逆鳞。

所以她只是原地不动地坐了一整天，仔细思量着自己接下的活计。

她带着些许试探，慢慢地回忆着莫特利先生那古怪到令人震惊的形象。

*老天啊老天！*她想道，*他到底是个什么玩意？*

她脑子里并没有她雇主清晰的全貌，只记得一个凹凸不平、古怪突兀的大概印象。片断的画面在她眼前闪回，好似嘲弄：一只手掌的末端伸出五根均匀排列的蟹爪；一支螺旋形的角戳在一堆骨碌乱转的眼睛间；一段爬虫的脊状突起蜿蜒在一片山羊毛皮中。根本没法看出莫特利先生原本是哪个种族的人。她从未听说过如此大规模、如此骇人听闻、如此纷繁杂乱的改造。像他那样有钱的人无疑雇得起最好的改造师，将自己的样子改造得更像人类——或者随便哪个种族。她只能想到，是他自愿选择了现在这一外形。

也许是这样，或者他是个矩力的受害者。

琳思忖着，是不是他现在的样貌导致了他对过渡地带的执念，抑或相反。

琳的柜橱里塞满了她为莫特利先生体貌匆匆绘下的素描——它们被仓促地藏起，考虑到艾萨克今晚会同她一起过夜。她还做了些潦草的笔记，写下记忆中那个身体上的疯狂细节。

随着时间流逝，她的恐惧减退了，只留下依然泛着鸡皮疙瘩的皮肤和汹涌的灵感。

她已经想好了，这件作品，将成为她毕生的杰作。

她接下这个活儿后与莫特利先生的首次会面就在明天，尘埃日，下午。在那之后，一个星期会有两次会面，至少下个月是这样，也许还会延续更久，取决于雕塑的进展情况。

琳迫不及待地想要开始了。

“琳，你这个没劲的妞儿！”康福德嚷嚷着，朝她扔来一根胡萝卜，“你今晚怎么这么安静？”

琳飞快地在拍纸簿上写了行字。

康福德，甜心，别来烦我。

大家轰然而笑。康福德转回身去，继续与亚历山德拉夸张地打情骂俏。德姮朝琳俯低长满灰发的脑袋，柔声说道：

“说真的，琳……你今晚都没怎么说话。一切都好吗？”

琳一阵感动，轻轻地摇了摇甲虫头颅。

手头有件大活计。脑子里大部分在想这个。她冲德姮比画道。不用写出每一个单词就能进行交谈让她感觉一阵轻松：德姮能够很好地读出手语。

我想艾萨克，琳故作凄凉地加上一句。

德姮的脸露出同情的表情。她真是个可爱的女人啊，琳想。

德姮面色苍白，又高又瘦——尽管她步入中年后已经放开了许多，尽管她热爱萨拉克斯区不羁放纵的氛围，她仍是个紧张、温柔的女人，总是避免成为人群中的焦点。她发表的文章尖锐无情：琳觉得，要是德姮不喜欢她的作品，就不会成为她的朋友。她在《灯塔》上写的那些评论非常严厉，近乎残酷。

琳能对德姮说出想念艾萨克这样的话。德姮知道他们的真实关系。一年多一点以前，琳和德姮结伴在萨拉克斯区瞎逛，德姮买了些喝的。她掏钱付账的时候，钱包掉了。她飞快地弯下身子想去捡，但琳抢先一步捡了起来，在那一瞬间，琳愣了一下，一张沧桑的胶版相片从钱包里飘落下来，掉到地上，相片上是个美丽热情的年轻女人，穿着件男士衬衣，相片下端写着XXX，还有个口红印。琳把照片递还给德姮，德姮不紧不慢地把照片放回钱包，却回避着与琳的目光。

“很久以前了。”德姮没头没脑地说了一句，然后埋头喝起啤酒来。

琳觉得自己窥探了德姮的秘密，仿佛亏欠了什么。几个月后，她因为某场与艾萨克之间的愚蠢争执而气冲冲地离家出走，沮丧不已之际，她发现自己正同德姮一起喝酒，这几乎让她大大地松了口气，她借着这个机会向德姮说出真相，虽然德姮大概已经猜到了。德姮一边倾听琳诉说心中苦闷一边不住点头，脸上只有关切。

从那以后，她们就变得亲近起来。

艾萨克喜欢德姮，觉得她的言论很有煽动性。

就在琳想到艾萨克时，她听到了他的声音。

“真见鬼，伙计们，抱歉我来晚了……”

她转过身子，看见他魁梧的身躯正从酒桌间挤过，朝她们走来。她的触须向里弯曲，她相信他能认出这代表了一个微笑。

他走了过来，桌边响起一片异口同声的欢迎与问好声。他直直地盯着琳，朝她亲昵地微笑。他冲着每个人挥手示意，与此同时用另一只手轻抚着琳的脊背。她透过衬衣感觉到他的手笨拙地拼出几个字：我爱你。

艾萨克拖过一张椅子，放在琳和康福德之间。

“我刚去了趟银行，存了些闪闪发亮的小金块。一份大合约，”他叫道，“足够让某科学家乐得找不着北。今天我请客。”酒桌上爆发出一阵乱哄哄的惊叫与欢呼，接着是此起彼伏召唤侍者的声音。

“康福德，展览怎么样呀？”艾萨克问道。

“哦，棒极了，棒极了！”康福德嚷嚷道，接着又突兀地高声加了一句，“鱼日那天琳去看了。”

“哦，”艾萨克随口应道，有点莫名其妙，“你喜欢吗，琳?”

她匆匆地比画了几个手势，表示她喜欢。

康福德显得只对亚历山德拉那件决不能用端庄来形容的裙装下露出的乳沟感兴趣。艾萨克将注意力转向琳。

“你肯定不会相信发生了什么……”艾萨克开口说道。

琳在桌子下抓了抓他的膝盖。他报以同样的举动。

艾萨克压低声音，简略地向琳和德姮讲述了雅格里克的来访。他不许她们插话，并不时环视四周，确保没有别人在听他讲话。讲到一半时，艾萨克要的鸡肉上来了，他一边大声地嚼着食物一边讲述他在“月亮女儿”里的经历，还表达了对那些实验动物的满心憧憬——他希望在接下来的几天里就能一笼子一笼子地送达他的实验室。

讲完之后，他往后靠到椅背上，冲着她俩咧开嘴笑，接着，一抹愧疚之情从他脸上浮现出来，他期期艾艾地问琳：“你的工作怎么样?”

她敷衍地挥了挥手。

*亲爱的，我什么都不能告诉你，*她想，*就让我们聊聊你的新课题好了。*

一边倒的交谈继续进行下去，琳能清楚地看到负罪感从艾萨克的脸上渐渐褪去。不过艾萨克不是故意的，他已经完全陷入纠结新课题的状态。琳心头涌上一阵熟悉的情绪——悲伤混杂着爱意——因为他在这样难得的共处时光中只顾沉浸于自己的世界而悲伤，因为他的激情与热望而爱他。

“对了，看。”艾萨克突然急促地说，一边从口袋里扯出一张纸来，在面前的桌子上铺开。

那是一张海报，宣布眼下正有一个巡回游乐场在索贝克十字区开张营业。纸张因为背面干掉的胶水而发脆：艾萨克是从墙上把它撕下来的。

还在为乏味的娱乐、无聊的生活郁闷吗？鲍姆贝德利泽尔先生独一无二且精彩绝伦的巡回游乐场，保证让你惊喜连连、流连忘返。这里有爱情宫殿，有恐怖鬼屋，有漩涡冲浪，游乐项目一应俱全，价格十足公道。还

有为你特别献上的畸形秀：怪诞马戏团，汇集来自巴斯拉格各个角落的奇人怪兽！来自破碎大陆的先知；货真价实的织者之爪；活着的骷髅头；艳冶的蛇女；以人类之身出任熊族之王的熊人雷克斯；身材迷你的仙人掌族侏儒；鹰，荒蛮沙漠的鸟人酋长；来自贝哲克山脉的石头人；笼中精灵；会跳舞的鱼；从金格里斯海域盗取的宝物；以及无数其他奇人奇物。胆小者、有心脏病者请勿入内。入场费：5斯泰佛。索贝克十字区花园，柯特月14日—梅尔露尼月14日，每晚6点—11点开放。

“看到没？”艾萨克嚷嚷道，用大拇指戳着这张海报，“他们搞到了只鹰人！我刚刚把话递出去，在整个城里收购杂七杂八的会飞玩意，最后到手的可能只有一堆病恹恹的倒霉寒鸦，而这会儿就有一只他妈的鹰人待在离我两步开外的地方！”

你打算去瞧瞧？琳比画道。

“没错！他娘的。”艾萨克哼了两声。“吃完饭就去！我想我们可以都去。其他这些人，”他说着，压低了声音，“他们不用知道我去那儿干吗。我的意思是，游乐场总归很好玩。对吧？”

德姮咧开嘴笑起来，点了点头。

“你是打算去把那只鹰人偷偷带走，还是怎么着？”她低声说道。

“唔，也许我可以想办法给他拍些相片，甚至邀请他到实验室待上几天…… 我不知道。我们总会想出点什么来的！你说呢？想想看，游乐场呢！”

琳从艾萨克的盘子里拈起一粒装饰用的樱桃番茄，用它仔细地拭干净盘子里的鸡汁，然后用上颚抓握住，开始咀嚼。

说不定很好玩，她比画道，你请客？

“当然是我请客！”艾萨克咋咋呼呼地应着，目光黏在她身上。他凑到离她很近的地方，深深地凝视了她片刻，然后四下里看看，确定没人注意他们，接着，他笨拙地在她眼前比画道：

想你。

德姮识趣地把头转到一边。

琳愣了一下，想了一会儿自己有没有在艾萨克面前做过这个手势。接着，她高声拍手，直到桌边的每个人都看向她。她开始打手语，示意德姮翻译出来。

“嘿……大家都说，‘科学家只会工作不会娱乐’，艾萨克迫切地想要证明这个说法是错误的。他知道我们这些人很有才，都精于享乐之道，最适合评判怎样才算得上真正的找乐子。所以，他向我们提出这个建议……”琳挥了挥那张海报，然后把它丢到桌子中间，好让每个人都能看见。“旋转木马、哈哈镜、奇人奇物、掷球游戏，加起来通共只要五个小钱，而且艾萨克好心地表示，门票钱他全包了……”

“我可没说**全包了**，都是你编的!”艾萨克装出一副愤慨的样子嚷嚷道，不过他的声音淹没在一片醉醺醺的感激声中。

“……他请大家的客，”德姮不动声色地接着翻译，“所以，我建议大家赶紧吃完喝完，然后去索贝克十字区。”

桌旁响起一片乱哄哄的高声应答。那些已经酒足饭饱的人收拾着包。剩下那些没吃完的则赶紧重新埋头于他们的牡蛎、色拉和酒酿大蕉。想要组织一帮什么样都有的人同时做一件事情，真是一桩可歌可泣的史诗壮举啊，琳看着眼前的混乱景象，不无嘲讽地想道。他们要想动身出发还得花上好一会儿呢。

在她面前，艾萨克和德姮正隔着桌子低声说话。她的触须颤动起来。她能零星听到他们交谈的内容。艾萨克正在激动地谈论政治。他用尖锐犀利的话语向德姮传达着自己对社会漫无边际又含混不明的强烈不满。他显然是想给德姮这位精干利落的新闻从业者留下深刻印象，她颇有些哭笑不得地想，可惜只是班门弄斧。

她瞥见艾萨克把一枚硬币小心翼翼地推过桌面，然后拿回一个扁平的信封。不用猜，信封里肯定是最近一期的《不羁叛逆者》，那是一份激进的地下小报，德姮也在上面写东西。

除开对国民卫队和政府有一丝模糊的厌恶之外，琳完全不是个政治动物。她往后靠向椅背，透过头顶那盏灯发出的紫罗兰色光晕望向星空。她想起自己上一次去游园会时的情形：她还记得那些一股脑儿混杂在一起的浓烈气味，那些嘘声和尖叫，那些暗地里做了手脚的比赛和廉价的奖品，那些奇异的动物和闪亮的服饰，所有这些交织在一起，汇成一幅俗艳鲜亮、令人兴奋的图景。

在游园会上，平日的规矩都被暂时抛开，银行家和小偷摩肩接踵，一起欢笑、一起惊叹、一起大叫。即使是琳那些循规蹈矩的姐妹，也会去参加游园会。

她还记得二十年前那次在胆疆举行的游园会，还是个孩子的她小心翼翼地溜过一排排花里胡哨的帐篷，走到某个五彩缤纷的巨大物体面前，它吓人地旋转着，看起来很危险，那也许是个旋转木马，也许是个摩天轮。然后，有个人——她永远都不知道那是谁，也许是某个过路的虫首人，也许是某个喜欢小孩的摊贩——递给她一根苹果棒糖，她怀着虔诚的态度把它吃掉了。她童年记忆中为数不多的几个快乐瞬间之一，就是将那甜蜜甘美的水果握在手中的时刻。

琳靠着椅背，等待她的朋友们准备好出发。她从海绵里啜饮着甜茶，想着那个亮晶晶的苹果。她耐心地等待着前往游园会。

第八章

“来，来，试试你的手气!”

“女士们，女士们，让你的男伴为你赢上一束美丽的鲜花!”

“快来坐旋转木马！它能让你的心飞起来!”

“四分钟画出你的模样！世上最快的肖像画!”

“快来体验西尼安大师非凡的催眠术!”

“三回合赢三几尼！对阵‘铁人’玛格斯，三回合后没趴下，三枚金币带回家！仙人掌族请勿上场。”

夜晚的空气充满嘈杂。招揽声、呼喊声、邀请声、诱惑声、怂恿声在欢笑的人群中此起彼伏，就像有气球不断炸开。煤气灯的火焰混合了特殊的化学物质，绽放出红色、绿色、蓝色、淡黄色的光芒。索贝克十字区的草地和小径遍洒糖浆和酱汁，变得黏黏糊糊。小小的鸟兽慌慌张张地从摊位边缘窜进黑暗的灌木丛中，爪中紧攥着偷来的食物碎屑。小偷和扒手悄悄在人群中穿梭，像掠食的鱼穿过水草，惊起一路愤慨的咆哮和暴怒的叫嚷。

熙熙攘攘的人群像一锅晃动的杂炖菜，人类、蛙人、仙人掌族、虫首人摩肩接踵，不时还能看到其他更为少见的种族：豪刺人、阔步兽、矛手族，以及艾萨克叫不上名字的种族。

离游园会不远的地方，草地和树木被决然的黑暗笼罩。灌木和树枝上绕着被人遗弃的碎纸彩带，与枝叶缠成一团，正被风慢慢撕成碎片。花园中小径纵横交错，通向湖泊、花坛、大面积疏于照料的植物，以及坐落在这块巨大公地中心的老修道院遗迹。

琳、康福德、艾萨克、德姮和其他人漫步走过巨大的奇妙装置：它们有着螺栓扣紧的钢条、图画俗丽的铁皮和“嘶嘶”作响的彩灯。高兴的尖叫声从空中飞车处传来，那些小车悬在看起来脆弱不堪的链子上，正飞速地旋转摇晃。一百种疯狂的快乐尖叫仿佛来自一百个不同的引擎和器官，汇成一片混乱的潮水，在他们周围时起时落。

亚历克丝大嚼着蜂蜜坚果，贝拉金在啃腌肉，“粗大腿”则舔着一种被仙人掌族视为美味的浆状物。他们互相扔掷食物，再用嘴接住。

公园里挤满了游人，投环、射箭、猜硬币。孩子们发出或是快乐或是痛苦的叫喊。不同种族、性别和样貌的娼妓迈着浮夸的步伐在摊位间游走，或是守在啤酒屋旁，冲着过往的游人大抛媚眼。

他们这支队伍在深入游园会的过程中渐渐解散。他们在康福德卖弄箭术时原地等了一分钟。他赢得了两个玩具娃娃。他炫耀般地将他的奖品献给亚历克丝和一个为他欢呼的年轻漂亮的妓女，然后三人手挽着手消失在人群中。特里克在钓鱼游戏摊上证明了自己是个中好手，从一个大水盆内的漩涡中钓上来三只活蟹。贝拉金和史宾跑到占卜摊上算命，在那个貌似百无聊赖的女巫连接翻出蛇与老妇这张牌后发出惊恐的尖叫。他们转而投向一个看起来心地纯良的圣甲虫巫师寻求佐证。当她那些花里胡哨的甲虫“嗡嗡”地穿行于栖身的锯末之中时，她演戏似的盯着它们外壳花纹所汇聚成的神秘图案。

艾萨克和其他人将贝拉金和史宾留在后面，继续往前走去。这支小队伍剩下的人在“命运之轮”旁转过一个拐角，一块胡乱搭着栅栏的空地出现在他们眼前。里头是一排小帐篷，呈弧形向远处排开，一眼望不到尽头。入口上方有一块拙劣涂画的招牌：**怪诞马戏团**。

“嗯，”艾萨克故作严肃地慢慢开口，“我觉得我应该看看这个……”

“想看看人类到底能没下限到什么程度吗，扎克？”一个艾萨克记不得名字的年轻模特问。除了琳、艾萨克和德姮之外，出发时的大部队现在只剩下寥寥数人了。他们看起来都对艾萨克的选择有些惊讶。

“为了研究，”艾萨克正儿八经地说，“为了研究嘛。想不想跟我一起，德姮？琳？”

其他人互相传递着眼色，眼神中包含的情绪从无所谓到不耐烦不一而足，然后纷纷走开，琳迅速地朝艾萨克比画了一句手语。

对这个不感兴趣。畸形学更多是你的菜。两小时后大门口见？

艾萨克简洁地点了点头，捏了捏她的手。琳朝德姮做了个再见的手势，小跑着跟上一个正在走远的声音艺术家[①]，那人的名字艾萨克从来都不知道。

德姮和艾萨克对视了一下。

“……然后剩两个。”德姮突然唱起来，这是一首教孩子们学数数的儿歌，唱的是一篮小猫一个接一个地死去，滑稽而古怪。

进入怪诞马戏团需要额外付费，艾萨克掏了钱。虽然从外面看起来几乎没什么人，但怪诞秀里面的拥挤程度一点也不亚于游园会主场，而且越是看起来有钱的游人，样子越是鬼祟。

显然，在这场怪诞秀上展示的，除了奇人异兽，还有平民大众的窥私癖和上等阶层的伪善。

畸形秀似乎有着特定的参观路线，有专人带领观众依次观看马戏团里的每一件展品。此时正有一个看似主持人的人物大声叫嚷着让观众集合，准备好观看凡人难得一睹的奇观。

艾萨克和德姮退后一些，跟在参观队伍末端。艾萨克看到德姮拿出了

---

① 声音艺术，Sound Art，出现在20世纪末期，以广义的声音（包含传统意义上的噪音与乐音）为主要创作媒介，重视主动聆听而非“创作”的一种艺术类别。

一个笔记本，手里已经握好了一支笔。

戴着圆顶硬礼帽的主持人走近第一个帐篷。

“女士们先生们，在这个帐篷里，藏着人类……”他用低沉嘶哑的嗓音大声说道，“以及蛙人、仙人掌族或其他任何种族的人。”他换上一种平常的语气补充道，殷勤地朝人群中几个非人类种族的人点了点头。接着他恢复到那种夸张的音调：“……所见过的最不寻常、最可怕的怪物。最早记载于十五个世纪以前的智者里宾特斯的游记中，当时他所游历的地方正是后来的克洛布桑平原。他一路向南，前往酷热荒芜之地，在旅途中，里宾特斯看到了许多不可思议、骇人听闻的东西。但其中最为惊人的便是可怕的……玛菲德特！”

艾萨克本已酝酿好了一个嘲讽的冷笑，但听到这句话时也忍不住与其他观众一齐发出了一声惊讶的抽气声。

*他们真的搞到了一只玛菲德特吗？*他想。当主持人拉开小帐篷的门帘时，他使劲往前挤去想看个究竟。

人群又发出一声更为响亮的吸气声，前排的人奋力地向后退。后面的人一拥而上填补他们留下的空位。

在粗粗的黑色栅栏后面，用粗重的锁链拴着一只非同寻常的野兽。它躺在地上，巨大的暗褐色身体就像一头巨大的狮子。它的双肩之间有一圈浓密的毛发，中间伸出一根蛇般蜷曲的粗硕脖子，比人类男性的大腿还要粗，上面布满油滑泛红的黄褐色鳞片，闪闪发亮。错综复杂的花纹沿着弯曲的脖子盘绕而上，在顶端扩大成钻石的形状，然后遽然扭曲，变成一个前探的巨大蛇头。

玛菲德特的头耷拉在地上。分叉的大舌头飞快地伸出又缩回。它的眼睛闪闪发亮，像黑色大理石。

艾萨克一把攥住德姮。

“这是一个他妈的*玛菲德特*。”他惊讶地小声说。德姮点了点头，眼睛也睁得大大的。

人群从笼子前退开。主持人抓起一根装有倒钩的棍子，穿过栏杆戳进去，驱赶那只巨大的沙漠生物。它发出一阵深沉的隆隆低鸣，用一只硕大的前爪向那根戳疼它的棍子做出可悲而徒劳的反击。它的脖子因为时不时的戳刺而扭曲成怪异的形状。

人群中发出小声的尖叫。人们在笼子前的围栏处挤成一团。

“退后，女士们先生们，退后，求你们了！”主持人的声音夸张而做作，“太危险了！不要激怒那头野兽！”

玛菲德特在持续的折磨下再次发出低鸣。它沿着地板向后蠕动，试图爬离那根残酷尖棍的攻击范围。

艾萨克心中的敬畏飞快消退。

那只精疲力竭的动物处于极大的痛苦中，毫无尊严地扭曲身体，退往笼子的后部。毛发稀疏的尾巴胡乱拍打着一具散发出恶臭的山羊尸体，那大概正是它的食物。玛菲德特的毛皮沾染着粪便和尘土，污浊不堪，黏稠的血液正从它身体上无数的溃疡和伤口处缓缓渗出。它不雅地展开四肢，身体微微抽搐，仿佛觉得很冷，圆圆的头在蛇颈肌肉的有力支撑下茫然地昂着。

玛菲德特不断发出嘶嘶声，当人群模仿着它的声音冲它喊回去时，它那可怕的大口突然张开了。它试图龇牙示威。

艾萨克的脸顿时皱成一团。

破碎的牙根从那只生物的牙床探出，那里本该有一英尺长的闪亮尖牙。艾萨克突然明白了，因为惧怕它那致命的剧毒，人们敲掉了它的牙齿。

他凝视着那只被驯服的怪物用黑色的舌头抽打空气。它将头往后靠去。

“圣嘉罢在上，”艾萨克满怀怜悯和厌恶，低声对德姮说，“从没想过我会为这样的东西难过。”

“让你不禁好奇鹰人的状况会是怎样。” 德姮回答道。

主持人匆匆拉上遮盖这只可怜生物的布帘，一边向观众们讲述智者里宾特斯在玛菲德特之王手中接受毒液考验的故事。

睡前故事，瞎话，谎言，作秀，艾萨克轻蔑地想。他意识到观众们参观这只动物的时间很短，大概只有一分钟。*免得有人注意到这可怜的家伙有多惨吧*，他沉重地想。

他忍不住想象这只玛菲德特自由生活在自己家园时的样子：黄褐色的身体如何以巨大的重量碾压滚烫干燥的低矮灌木，致命的尖牙如何发出闪电般迅猛的剧毒噬咬。

而它的上空盘旋着鹰人，羽翅闪亮、锋锐如刀。

人群被领向下一个笼子。艾萨克没有听主持人的高声介绍，而是看着德姮匆匆地写着笔记。

“这是为了《不羁》?”艾萨克低声说。

德姮飞快地看了看四周。

“也许吧。取决于我们接下来看到的东西。”

“我们接下来看到的，”艾萨克气愤地低声说，他的眼光正好扫到下一件展品，他忍不住一把将德姮拽到身边，“只会是人性的邪恶！德姮，我真他妈的绝望!”

他正好站在一群观众背后不远处，观众们正聚精会神地盯着一个生来没有双眼的孩子，一个虚弱不堪、骨瘦如柴的人类女孩——她正发出无声的喊叫，在观众们发出的嘈杂声中不住晃着脑袋。*天眼女孩！*横在她头顶上方的标识牌如此写道。笼子前面一些人正冲着她咯咯直笑，大呼小叫。

“老天呀，德姮……”艾萨克不住摇头，“看看他们是怎么折磨那可怜的小东西……”

就在他说话时，一对夫妇从被展出的孩子面前厌恶地别过脸去。他们转身离开，中途停下来向身后笑得最大声的女人啐了一口。

“*会改变的*，艾萨克，”德姮平静地说，“很快就会改变。”

主持人大步走过小帐篷之间的通道，不时停下向人们展示精心挑选出来的恐怖景观。人群渐渐散开。人们依据自己的喜好三三两两地向不同的帐篷走去。在一些帐篷外面，他们会被伙计拦住，等到聚集了足够数量的人，伙计才会把遮盖展品的帘幕拉开。而其他的帐篷则允许游人径直走进去。快活、震惊或厌恶的喊叫不时穿透肮脏的帆布传出来。

德姮和艾萨克信步走到一个长长的附属展区。入口处上方的标识牌上写着浮夸的美术字体。**奇珍展！你敢**进入神秘博物馆吗？

“德姮，你说我们敢不敢啊？”当他们走向里面那片温暖而尘土飞扬的昏暗中时，艾萨克喃喃地说。

光线慢慢地从这个临时展室的四周漫入他们眼中。灰白的房间里满是铁质或玻璃的陈列柜，在他们面前铺陈开去。蜡烛和煤气灯在壁龛中燃烧，发出的光线通过透镜汇聚在不同的落点，颇具戏剧效果地照亮那些奇形怪状的展品。游客从一个展柜绕到到另一个展柜，低声地呢喃着，紧张地笑着。

艾萨克和德姮慢慢地走过一罐罐漂浮在泛黄酒精中的残肢断体标本。长着两个脑袋的胎儿、海怪的一段触手。一个深红色发光的罐子里装着疑似织者爪子的东西，也可能是一个经过打磨抛光的仿制品；眼球在充电的液体中抽搐，仿佛有生命；背上有微小图案的瓢虫，那图案只有通过放大镜才能看清；一颗人头在笼子里用六条昆虫脚爪般的黄铜足跑来跑去。一窝老鼠轮流挥动缠结在一起的尾巴，在一块小黑板上拼出下流的词语。一本由压平的羽毛制成的书。德鲁兹的牙齿和独角鲸的角。

德姮在笔记本上匆匆地写着。艾萨克则贪婪地四处张望，装出一副对神秘学很是内行的样子。

他们离开了这个博物馆。现在他们的右手边是安格勒瑞娜，至深之海的女王；左手边是巴斯拉格世界最古老的仙人掌族男性。

“我开始有点难受了。”德姮说。

艾萨克表示同意。

“让我们快点找到野蛮沙漠的鸟人首领，然后离开这该死的地方。我请你吃棉花糖。”

他们穿行在一排排畸形生物、肥大生物、多毛生物和奇小生物之间。艾萨克突然指向前方，一块牌子蓦地撞进他们的视野。

鹰人之王！天空领主！

德姮猛地拉开沉重的帘幕。她和艾萨克对视了一眼，走了进去。

“啊！来自这座陌生城邦的访客！来，坐下，聆听严酷沙漠的故事！同一位来自远方的旅行者共度片刻时光！”

一个抱怨般的声音突然从阴影中冒出来。艾萨克眯起眼睛透过面前的栅栏看去。一团乱糟糟的黑影吃力地站起来，蹒跚着从昏暗的帐篷后部走出。

“吾乃吾族之族长，前来造访我们常听人说起的新克洛布桑。”

这个声音痛苦而疲惫，尖锐而生硬，但一点也不像从雅格里克喉咙中迸出的异族嗓音。说话者从帐篷的阴影中徐徐步出。艾萨克睁大眼睛、张开嘴巴，一声得偿所愿的惊喜叫声已经到了嘴边，却突然哽住，变成一声惊骇的低咽。

艾萨克和德姮面前的这个生物颤巍巍地抓搔着腹部。一身肥肉松弛下垂，像一个矮胖的中学男生。它的皮肤苍白，长满疾病和寒冷导致的痘疮。艾萨克惊愕的目光扫过它的全身。奇形怪状的肉瘤从紧紧挤在一起的脚趾间戳出：仿佛孩子们胡乱画出的鸟爪。它的头颅裹在羽毛中，但那些羽毛的尺寸形状各不相同，随意地填满它头顶到脖子间的区域，就像一层抹得很厚却又涂得不匀的绝缘层。它目光涣散地盯着艾萨克和德姮，那双眼睛显然属于人类，糊满分泌物和脓液，眼皮努力地睁着。鸟喙大而肮脏，斑驳变色，像是老旧的白镴制品。

在这可怜的生物背后，伸出一对污秽发臭的翅膀。从顶端到末端的距离不超过六英尺。就在艾萨克看着的时候，那对翅膀半张开来，抽搐着、颤抖着，像是在痉挛。随着这个动作，小块的粪便与污物扑簌簌地四散飞溅。

这只生物的鸟喙张开着，艾萨克往里看去，瞥见了两片翕动的嘴唇，上面是两个鼻孔。他突然明白了，这只鸟喙不过是一个粗劣的仿制品，像戴防毒面具一样罩在鼻子和嘴巴上，深深地嵌入骨肉皮肤。

“请听我为你讲述狩猎的时光，当我攫起猎物，向着高高的天空飞翔……”可怜的家伙又开口说道，但艾萨克走上前去，举起一只手打断了它。

“老天呀，够了！”他喊道，“饶了我们吧……这真是太尴尬了……”

假鹰人踉跄着向后退去，因为恐惧不住地眨眼。

一阵长长的沉默。

“先生，怎么了？”终于，栏杆后面的那东西低声问道，“我哪里做得不对吗？”

“我来这里是想看看他妈的鹰人，”艾萨克低声咆哮，“你还想糊弄我？你是改造人，伙计……连傻子都能看出来。”

那个男人舔了舔嘴唇，随着这个动作，他脸上那只大而无用的鸟喙发出轻轻的咔嗒声。他紧张地向左右飞快地瞥了一眼。

“看在圣嘉罢的分上，先生，”他低声哀求，“别去投诉。我只能做到这份上了。你显然是位有教养的绅士……我已经尽可能地模仿鹰人了……观众们只想听到一点沙漠狩猎的故事，看看长得像鸟的人，我就靠这个混口饭吃。”

“老天，艾萨克，”德姮轻声说，“冷静。”

艾萨克被失望彻底淹没了。在进到这里之前，他在脑子里准备了一长串问题。他一门心思只想仔细看看鹰人的翅膀，看看翅膀上的肌肉与骨骼如何互相配合、协同作用。为了这项研究，他甚至准备付出去一大笔钱，准备让杰德到实验室来向雅格里克问上一大堆关于塞梅克图书馆的问题。但此刻站在他面前的却是一个惊慌的畸形人类，干巴巴地背着事先编好的台词，这些台词就连最低等的剧场也配不上——这太让他感到沮丧了。

当他仔细端详面前这可怜的家伙时，心中的狂怒渐渐被涌起的怜悯冲淡。这个满头满脸覆着羽毛的男人正紧张地用右手一下一下捏着左边的胳膊。他得张开那个荒唐的鸟嘴才能呼吸。

“魔鬼的尾巴啊。”艾萨克轻声骂了一句。

德姮走上前来，站到栅栏边。

“你干了什么？”她问道。

那个男人在回答之前再次四处看了看。

“偷东西，”他飞快地说，“想在岂南某个老不死那里搞到一幅画着鹰人的古画，被抓了个正着。那东西值一大笔钱。督导师说，既然我那么喜欢鹰人，那我应该——”他的声音哽了片刻，“我可以自己变成个鹰人。”。

艾萨克可以看到那个男人脸上的羽毛是如何粗暴无情地植入皮肤的——无疑还进行了皮下黏合，以确保拔除羽毛的过程极度痛苦，无人敢试。他想象着植入羽毛的全过程，一根接一根，无尽的折磨。当改造人微微转向德姮时，艾萨克可以看到他背上那团由硬化的血肉虬结而成的丑陋瘤块，就是在那个地方，两只翅膀——从某只兀鹰或秃鹫身上撕下——与人类的肌肉生生地结合在了一起。

神经末梢被胡乱地接合，并不能发挥原来的作用，那对翅膀唯一能够做出的动作就是抽搐——源自一场旷日持久的死亡。艾萨克的鼻子因为恶臭而皱了起来。那对翅膀正在改造人的背上慢慢腐烂。

“疼吗？”德姮问。

“没一开始那么疼了，小姐，”改造人回答，“不管怎样，我很幸运能像现在这样。”他指了指帐篷和栅栏。“能让我有口饭吃。所以要是你们别告诉老板你们看出来了我是假的，我就太谢谢你们了。”

*那些来这里的人真能接受这样令人作呕的把戏？*艾萨克暗暗地想。*人们真的那么容易上当，能够相信这荒唐的玩意能飞？*

“我们什么都不会说的。”德姮说。艾萨克也草草地点了点头表示同意。他的心里充满了怜悯、愤怒和厌恶。他只想赶紧离开。

在他们身后，帘幕窸窸窣窣地拉开了，一群年轻的女人走进来，无忧无虑地笑着，小声地开着邪恶的玩笑。改造人越过德姮的肩膀看向她们。

“啊!”他大声地说，“啊！来自这座陌生城邦的访客！来，坐下，聆听严酷沙漠的故事！同一位来自远方的旅行者共度片刻时光!”

他从德姮和艾萨克面前走开，边走边用恳求的目光看着他们。新来的观众爆发出高兴的尖叫与惊奇的赞叹。

“飞个给我们看看!”一个观众叫道。

“哎呀，”艾萨克和德姮一边离开帐篷一边听到改造人说，“你们城邦的天气对我们种族来说太恶劣了。我染上了风寒，暂时不能飞。不过请停留片刻，我会告诉你们从塞梅克万里无云的天空俯瞰大地是怎样的景象……”

帘幕在他们身后合上，改造人的声音变得模糊不清。

艾萨克看着德姮在笔记本上飞快地写字。

“你打算写篇什么样的文章?”他问道。

“‘惨遭督导师酷刑折磨，改造人沦为笼中展物。’我不会明说是哪一个，”她一边回答一边头也不抬地继续写。艾萨克点了点头。

“来吧，”他喃喃地说，“我们去买棉花糖吧。”

“我真他妈的沮丧。”艾萨克粗声说道。他咬了口手里甜得发腻的棉花糖。一缕缕白糖纤维沾到他的胡茬上。

“嗯，但你沮丧是因为那个男人的遭遇，还是因为你没看到真正的鹰人?”德姮问。

他们已经离开了怪诞秀的展出场地，来到了装饰俗丽的游园会主会场，一边走一边大嚼棉花糖。艾萨克认真地想了想德姮的问题。答案让他有些吃惊。

“呃，我想……可能是因为我没有看到真正的鹰人……但是，”他辩解似的补充道，“如果那只是一场彻头彻尾的骗局，某人化了妆穿了戏服什么的，我也不会这么沮丧。但我们看到的……简直是他妈的侮辱人，我真的没法接受……”

德姮若有所思地点点头。

“我们可以四处看看，”她说，“肯定有一两个鹰人在这里的某个地方。肯定有一些在这座城市长大的鹰人来参加游园会的。”她抬头向天空望去，但只是徒劳——在五颜六色的灯光辉映下，几乎连星星都看不见。

“这会儿还是算了，”艾萨克说，“我没那心情了。我已经没兴致了。”他沉默下去，德姮也体贴地一言不发，最后，艾萨克再次开口。

“你真的会在《不羁叛逆者》上写些关于这个地方的报道吗？”

德姮耸了耸肩，飞快地环顾四周，确保没有人在听他们说话。

“涉及改造人的时候，事情总是很麻烦，”她说，“针对他们的歧视和偏见太多了。鸿沟，界线。这些加在一起，要人们不……把他们当做怪物……真的很难。而且并不是说人们不知道绝大多数改造人过得很他妈惨……只是有很多人即使觉得他们可怜，也会没来由地觉得那是他们活该，或者觉得是神的旨意，诸如之类的屁话。唉，真他妈的。”她突然咒骂了一句，然后摇了摇头。

“怎么了？”

“有天我在法庭上，看到一个督导师宣判一个女人接受改造。那是一次十分不幸的犯罪，很可怜、很悲惨……”她沉浸在回忆中，脸上显出一丝畏缩。“你知道双桅原那些巨型公寓楼吗？有个住在顶层的女人失手杀死了她的孩子……闷死了，或者是摇大劲儿了，或者是只有圣嘉罢才知道的某个方式……因为那孩子哭个没完。在法庭上，她坐在那里，她的眼神……是他妈一片空白……她无法相信发生了什么，她不停地念着她孩子的名字，而督导师对她的判决呢。坐牢，这是自然，我记得是十年。但让我记得最清楚的还是她要接受的改造。”

“她孩子的手臂将被移植到她的脸上。‘这样她就不会忘记她所做的事情’，督导师这样说。”德姮模仿着督导师的腔调，那声音几乎让人血液凝结。

他们默默地走了一阵子，食不知味地嚼着棉花糖。

“艾萨克，我是个艺术评论家，”最后德妲开口说道，“你知道吗，改造现在成了一种艺术。病态的艺术。挖空心思地琢磨各种匪夷所思的新花样！我见过在巨大螺旋状铁壳的重压下爬行的改造人，晚上的时候她们就缩回铁壳中。蜗牛女。我见过切去胳膊、在肩头接上巨大乌贼触手的改造人，站在河泥中，用那些带着吸盘的触手伸到水里捕鱼。还有那些为格斗表演而接受改造的人……！这些肯定不是他们想要变成的样子……

“改造术的创造性正在变质。腐烂。**败坏**。我记得你曾经问过我，写艺术评论和为《野火》写文章这两件事情是不是很难达成平衡？”她转过身来看着他。“艾萨克，它们是**一回事**。艺术应该是某种你想要去做的事情……它是将……将你周围的一切汇聚到一起，变成某种东西，而这种东西能让你更像个人、更像个虫首人，等等等等。总之更像个高等生物。再加上改造术的起源本是为了更好地生存。这就是为什么人们会看不起改造这件事情，却对独臂螳螂手杰克充满畏惧——不管他是否真的存在。

“我可不想生活在一个把改造看作是最高级艺术的城邦里。”

艾萨克摩挲着衣兜里那份《不羁叛逆者》。即便只是持有它，也是件非常冒险的事情。他轻轻地拍了拍它，思绪飞向东北方，飞向议会大厦，飞到市长本瑟姆·鲁德革特和各个政党争吵着瓜分利益的现场。“沃日党”和“三羽党”，“多样化趋势党”（琳把他们叫做“买办败类”），还有“我们终将见到党”的那些骗子和说谎精，他们唾沫横飞、言辞夸张，同精力旺盛的六岁孩子在沙坑里打闹的情形并无二致。

小径上落满了糖纸、海报、门票、食物碎渣、被丢弃的玩偶和炸裂的气球，琳就站在小径尽头，懒洋洋地倚在游园会的入口。看着她，艾萨克怀着由衷的喜悦微笑起来。当他们走近时，琳站直身子，朝他们挥手，然后漫步迎向他们。

艾萨克发现她正用下颚抓握着一颗苹果棒糖，用内颌的齿叶津津有味地咀嚼着。

那宝贝怎么样？她比着手势。

“简直是他妈的灾害，”艾萨克气呼呼地说，“回头我仔细告诉你。”

他们转身离开游园会，艾萨克甚至冒险地握了短短一会她的手。

他们三个的身影消失在索贝克十字区昏暗的街道中，此处的路灯光线是褐色的，有气无力，仿佛随时都会熄灭。在他们身后，是由色彩、金属、玻璃、糖果和汗水交织而成的盛大场景，一刻不停地朝着天空倾泻噪音与眩光。

第九章

整座城市，从回音泥沼的阴暗街巷到贱地的破落小屋，从烟雾弯淤塞的交错运河到白拉汉姆褪色的庄园豪宅，从焦油角的塔楼到狗泥塘阴森的水泥森林，絮絮低语正在飞快地传递。*有人出钱要买带翅膀的玩意*。

莱缪尔就像个神，他往这句话里吹了口气，让它活了过来，让它插上翅膀。它由毒贩传给戴兜帽的小流氓，由水果商传给年老的绅士，由兼职保镖传给有着可疑记录的医生。

艾萨克的要求传遍了贫民窟和拥挤的住宅区。它像个饶有兴致的旅行者，在污秽的人类聚居地形状各异的建筑物间悠然前行。

它走过俯瞰庭院的腐坏房屋，走过浑如天成的木质走道——这些走道将房子连在一起，并与街道及马厩相接，以便精疲力尽的驮畜拉着劣质商品上上下下。它走过一座座高耸的桥梁——这些桥梁就像上了夹板的断肢，横跨在深沟之上。它沿着只有野猫行走的路径穿越参差不齐的城市天际线。

个别动作快的城市冒险者搭乘沣行线一路向南，前往落木站，冒险进入原木林。他们沿着荒废的火车轨道走到尽可能远的地方，从人工搭建的木板步道走上倾塌原木铺成的小径，经过森林边缘空寂的无名火车站。那些站台已被绿色植物占领。铁路已被茂密的蒲公英、毛地黄和野玫瑰覆盖，这些植物肆意地挤开铺在轨道上的石子，还把各处的铁轨掰弯扭曲。黑木、榕树以及常青植物悄无声息地靠近那些紧张的入侵者，直至他们被彻底包围，陷入繁茂草木织就的陷阱。

他们带着麻袋、弹弓和大网。他们拖着习惯城市生活的笨拙身躯，穿过纠缠的树根和浓稠的树影，他们大喊大叫，跌跌撞撞，折断树枝。他们试图找到鸟叫声的来源——那啾鸣不知从何而来，又仿佛无处不在。他们犹豫不决、毫无意义地将眼前这个陌生的森林王国与城市做着类比："要是你能找到路穿过狗泥塘，你就能在任何地方找到路"，某个人也许会愚蠢而错误地这样说。于是他们团团打转，四处寻觅，却连被树林遮挡的瓦尔多山国民卫队塔都找不见。

有些人再也没有回来。

而回来的人绝大多数两手空空、遍体鳞伤，那些伤痛来自芒刺植物、昆虫蜇咬、肌肉拉伤和一肚子没处发泄的怒火。说不定连捉鬼的结果都比这好。

偶尔有些人成功了，一只惊恐的夜莺或原木林小雀被塞进了密不透气的粗布袋子，疯狂地鸣叫，滑稽而夸张地衬托着他们的胜利。黄蜂将尾刺狠狠扎进入侵者的身体里，却仍然没能阻挡那些人将它们赶进广口瓶和罐子里。如果它们走运的话，捕获它们的人会记得在盖子上扎几个通气的眼。

许多鸟死掉了，没能活下来的昆虫更多。那些幸存者被带到了森林之外的黑暗城市。

在城里，孩子们爬上高墙，从腐朽排雨槽里的鸟窝中掏鸟蛋。以前他们装在火柴盒里用来交换绳子或巧克力的毛虫、蛆虫和茧，突然变得值钱起来。

间或有意外发生。一个女孩在追逐邻居的赛鸽时从屋顶掉了下来，摔破了脑袋。一个老人在扒寻蜜蜂幼虫时被蜇了，心脏停止了跳动。

稀有的鸟类和飞行生物被偷走。一些逃脱了。新克洛布桑天空中的生态系统暂时加入了新的捕食者和猎物。

莱缪尔很擅长他的工作。有些人只会把目光放在底层：但他不是。他确保艾萨克的要求同样传递到了富人区：基德区，溃疡角，马法顿区和夜池，路德米德和乌鸦塔。

办事员和医生、律师和议员、地主和闲散的男男女女……甚至是国民卫队：莱缪尔经常同新克洛布桑的体面市民打交道（通常是直接打交道）。

依他的经验看来，这些人与占据这座城邦大部分人口的绝望穷人相比，区别只在于感兴趣的钱数以及顺利脱身的能力。

从舒适的起居室到豪华的餐厅，同样流传着小心谨慎、饶有兴趣的低语。

在议会大厦的中心，一场关于商业税收水平的辩论正在进行。市长鲁德革特像国王一般坐在他的专座上不住点头——他的副手蒙特约翰·拉斯克尔正隔着巨大的拱形会议厅冲着沃日党所在的席位咆哮，手指激烈地冲着那个方向戳戳点点。拉斯克尔偶尔会停下来，整理一下脖子上的围巾，尽管屋子里很温暖，那围巾却很厚。

议员们则无声地在朦胧的尘埃中打瞌睡。

在这座巨大建筑的其他地方，穿着得体的秘书和信差正在错综复杂的走廊与过道上穿梭往来，匆匆地擦肩而过。这些走廊仿佛设计出来就是为了让人迷路。小小的隧道和精致的大理石楼梯像毛细血管一样从主要通道上延伸出去，许多都没有点灯，也极少有人踏足。此刻，一位老人正拉着一辆破旧的小车沿着这样一条通道前进。

随着他不断前行，议会大厦主门廊处的喧闹渐渐远去。他将小车拖上一段陡峭的楼梯，此处通道并不比他的小车宽上多少，却十分漫长，他吃力地走了十分钟才到达楼梯顶端。他停下来擦去额头及嘴边的汗水，继续步履艰难地沿着向上倾斜的地板缓慢前行。

在他前方，出现了一片光亮。阳光挣扎着落到了拐角处。他转了个大弯，走进阳光里，他的脸因为阳光和温暖而发红发亮。阳光来自一扇天窗，以及通道尽头那个没有门的办公室。

“早上好，先生。”老人走到办公室入口，用嘶哑的声音说道。

“早上好。”桌子后面的男人回答说。

办公室方方正正，很小，狭窄的窗上镶着烟色的玻璃，俯瞰着格里斯丘原和托着萨德线铁轨的拱门。房间的一面墙笼罩在议会大厦主体建筑投下的庞大黑影里。墙上有扇小小的滑门。一堆板条箱摇摇晃晃地堆在墙角。

这个小房间是议会大厦主体建筑上延伸出的无数房间之一，比周围的城市建筑都要高。大焦油河就在它下面五十英尺的地方汹涌奔腾。

信差将小车里的包裹和盒子放在这位面色苍白的中年绅士面前。

“今天不太多，先生。”他咕哝着，揉着酸痛的骨头，然后沿着来路慢慢退出去，小车在身后轻轻颠簸。

办事员飞快地查视着包裹，“噼里啪啦”地在面前的打字机上打出简短的记录。他拿出一本大大的、贴着“收讫”标签的分类账本，匆匆翻过不同分类的页面，登记日期，写下条目。他打开包裹，将里面的内容用打字机录入一张每日清单以及那本大账簿。

国民卫队报告：17.人类指节：3。胶版相片（罪证）：5。

他查看每件东西属于哪个分类，然后将它们分成若干堆。当一堆里的东西已经足够多时，他便将它们装进一个板条箱，然后搬到墙上的门边。门是四乘四英尺的正方形，当办事员拉动一根操作杆时，门便在某些看不见的活塞作用下发出嘶嘶的声音猛地开启，“轰”地吸入房间里的空气。门边有个小小的槽口，用来插入程序卡片。

门的另一边是个轻轻摆动的金属笼子，议会大厦黑曜石外墙的内壁构成了它的背景，笼子一侧敞开，正对着滑门，它悬停在半空，上面及侧面都有轻轻晃荡的链子拴住，链子一直延伸，直至消失在打着旋的浓重黑暗中。那黑暗仿若有形，不管办事员将目光投向哪个方向，都丝毫不能穿透它。办事员将板条箱用力抬起，推进滑道，让它滑进那个金属笼子，笼子因为这一重量而轻微地上下弹跳。

他松开笼子的活板门，它“啪”地扣上，将板条箱与里面的东西完全围在铁丝笼子里。接着他关上滑门，伸手进口袋，拿出厚厚一摞程序卡片，每张上面都有着清晰的标注：国民卫队；情报；财务等等，然后将相应的卡片插进门边的狭槽。

一声轻微的嗡鸣响起。小而敏感的活塞感受到了这个压力。蒸汽从地下室里的巨大锅炉送上来，驱动小小的齿轮轻柔地吃进整张卡片。每当齿轮上由弹簧支撑的小齿探测到厚厚程序卡片上的切口时，便会停留片刻，严丝合缝地对齐，机械装置远端便会有一个极小的开关随之弹起。当整张卡片全部通过齿轮之后，那些开关的起伏组合便转变成二进制指令，与沿着管道和电缆流动的蒸汽及电流你追我赶地抵达隐蔽的分析引擎。

于是笼子猝然一动，从固定它的系具上脱开，开始在议会大楼的外墙里快速地移动。它轻轻摇晃着，沿着隐蔽的隧道上升、下降、平移或呈对角线移动，改变方向，抽动着换到新的链子上，这段旅程可能持续五秒钟、三十秒钟、两分钟或更长时间，直到它最终抵达目的地，猛地撞上一个铃铛宣告自己的到来。于是另一扇滑门开启，板条箱被拖出笼子。与此同时，一个新的笼子已经轻轻摇晃着在办事员房间外就位。

负责收包裹的办事员工作速度很快。在不到十五分钟的时间里，他已经差不多将面前包裹里的那些五花八门的古怪物件全部登记在册并送走了。就在这时，他看到余下的几个包裹里有一个怪异地抖动起来。他停下手中的笔，戳了戳它。

上面的图章宣称它是刚由某艘商船运抵本城邦的，船名已经看不清了。它的目的地整齐打印在包裹正面：巴拜尔博士，研究与发展部。一阵窸窸窣窣的响动传进办事员耳中。他犹豫片刻，然后小心翼翼地解开绑着包裹的绳子，往里看去。

盒子里面，在一堆纸屑里不规律地拱动的，是数条纠缠成一团的肥胖幼虫，每条都比他的拇指要粗。

办事员往后缩了一下，他的眼睛在眼镜后面睁大了。这些幼虫的颜色鲜艳得令人吃惊，漂亮的深红色与绿色交织在一起，闪着孔雀羽毛般的虹彩。它们正疯狂地扭动身子，挥舞着粗短黏湿的小脚想保持住肚皮朝下的状态。粗粗的触须从它们头上伸出，触须下方有张极小的嘴。它们身体的背部覆盖着五颜六色的细毛，看上去很扎人，而且仿佛浸泡在一层薄薄的胶水里。

胖乎乎的小东西盲目地蠕动着。

办事员后知后觉地看到盒子背面贴了一张破破烂烂的发货单，一半已经在运输过程中损毁了。任何贴有发货单的包裹都应该准确地将清单上列出的货物登记在册——不管货物是什么——并且原封不动地送走。

妈的，他紧张地想。他抚平剩下的一半发货单。上面的字迹依然十分清晰。

YE毛虫×5。就这些。[①]

办事员靠向椅背，沉思片刻，看着纸屑堆里那些毛茸茸的小东西在彼此身上爬来爬去。

毛虫？他想着，飞快地咧开嘴笑了一下，笑容里既有不安又有渴望。他忍不住朝面前的通道瞥去。

罕见的毛虫……某个异国品种，他想着。

他记起那些酒吧里的低语、眨眼和点头。他听说城里有个家伙正在出钱收购这种东西……那人还说了，越稀罕越好……

办事员的脸在突然涌来的贪婪与恐惧的驱使下变得扭曲，他的手悬在盒子上空，伸出缩回好几次，仍没有做出决定。他站起身来，悄悄地走到房间的入口处。他侧耳聆听。被阳光照亮的通道里寂静无声。

办事员回到桌前，疯狂地盘算着风险与收益。他凑近发货单，仔细查

---

① 此处原文为*SM caterpillars*，即餍蛾毛虫，SM为Slake-moth（餍蛾）缩写，所以此处取“餍蛾”拼音首字母缩写。

看了一番。上面加盖了一个难以辨认的图章，但具体的信息却是手写的。他没再犹豫，当机立断地在桌子抽屉里疯狂地翻找起来，眼睛不时飞快地瞥向门外空无人迹的走廊，最后他拿出一把裁纸刀和一根羽毛笔。他开始用锋利的刀子刮起发货单上“5”那个数字上端的横线与尾端的弧线来，轻轻地，轻轻地，将那两笔刮掉。他吹去纸墨的碎屑，用羽毛笔的羽毛末端将粗糙的纸面抹平。接着他将羽毛笔掉个头，在墨水瓶里仔细地蘸了一下，极其仔细地将那个数字弯曲的下半部分描直，再加了两笔，让它变成一个交叉的十字。

最后，大功告成。他直起腰来，眯起眼睛挑剔地看着他的作品。看上去就像个“4”。

这是最难的部分了，他想。

他觉得自己该找个容器，于是把衣兜翻了个遍，挠着头想了一会儿，眼睛突然一亮，伸手把眼镜盒拿出来，打开，往里面铺满碎纸。接着，他的脸因为不安和嫌恶皱了起来，他把袖口往下拉了拉，裹住手，然后将手伸进包裹。他感觉到手指触到某条大毛虫柔软的体侧，于是尽可能轻而快地将它扭动的身子从它的同伴间择出来，扔到眼镜盒里。他看也不看那个疯狂扭动的小东西，飞快地盖上眼镜盒，扣好系紧。

他将眼镜盒放到公文包的底部，上面用薄荷糖、纸张、笔和笔记本盖好。

办事员重新系好包裹上的细绳，然后飞快地靠向椅背，等待着。这时他才发现自己的心在狂跳，身上微微出了一层汗。他深深地吸气，用力闭上眼睛。

放松，放松，他自我安慰道。*紧张的时刻已经过去了*。

两分钟过去了，也许是三分钟，没有人来。办事员依然独自一人。他异乎寻常的贪污行为没有被发现。他的呼吸舒缓下来。

最后，他再次看了看他篡改过的发货单，意识到它天衣无缝。他打开分类账本，在标注着**研发**，“数据及信息”的部分写下：安诺纪元[1]第1779年，柯特月27日：**于商船X号。Y.E.毛虫：4**。

最后那个数字仿佛在瞪着他，就像一只血红的眼睛。

他又用打字机将相同的信息填在他的每日清单里，然后拿起那个重新封好的包裹，走到墙边。他打开滑门，俯身探进那个小小的金属门槛，将装有毛虫的盒子推进正在静静等待的金属笼子。一阵陈腐干燥的空气从议会大厦外墙与内墙之间的黑暗空腔中扬起，直扑到他脸上。

办事员将笼门扣上，关上滑门。他摸索着程序卡片，最后用仍在微微发抖的手指从小口袋里抽出一张标记着“**研发**”的卡片，插进信息引擎的槽口。

伴随着剧烈的嘶嘶声和一阵齿轮咬合声，指令被依次传达到活塞、小锤与调速轮上，金属笼子以令人头晕的速度飞快上升，离开办事员的办公室，离开议会大厦的底层，向陡峭的高处升去。

当笼子被拖过黑暗时，盒子里的毛虫轻轻摇晃。它们对自己踏上的旅程毫无察觉，它们尚且只能蠕动，被死死地禁锢在小小监牢里。

低声呼啸的引擎将笼子从一个钩子换到另一个钩子，改变着它的方向，将它扔到生锈的传送带上，在议会大厦的另一处对它进行再次检索。盒子在大厦内看不见的地方转来转去，越来越往上，畅通无阻地朝着安全级别更高的大厦东翼进发，通过这栋庞大建筑的机械血管，一路经过构成大厦躯体的角楼与突起建筑。

最后，金属笼子伴随着一声轻柔的铃响落到一个弹簧基座上。铃声渐渐归于寂静。一分钟后，滑门豁然开启，装着幼虫的盒子被猛地拉进一片雪亮之中。

这是一个长长的白色房间，没有窗户，只有炽烈的煤气灯光。整个房间干净无比，连墙壁和地面的裂隙都无处遁形。没有灰尘和污垢能够侵入

---

① 本书采用虚构历法，新克洛布桑城采用的纪年法为“安诺纪年”，以城邦建立的那一年为“安诺元年”。“安诺纪元1779年”即为新克洛布桑建立后第1779年。

此地。此地的清洁度已达极致，甚至让人觉得干净得过分。

房间内，穿着白衣的身影三三两两地聚着，手里忙着晦涩难懂的工作。

其中一个隐藏在白得晃眼的防护衣下的身影解开捆着盒子的细绳，读着发货单。然后她轻轻地打开盒盖，往里看去。

她拿起硬纸盒，把它捧在离胸口一臂远的地方，穿过房间。远远的房间尽头有扇闩着的大门，门边站着她的一位同事，一个瘦削的仙人掌族，身上的毛刺被仔细地裹在特殊加厚的白色工作服下。他已经为她打开了门。她向他展示了她的安全许可，他站到一边，让她走到前面。

两人小心翼翼地走进一条走廊，这条走廊与他们来时的房间一样雪白空旷，远远的尽头有扇大大的铁格栅门。仙人掌族看到他的同事两只手都在小心地捧着东西，于是知趣地赶紧走几步，赶在前头将一张程序卡片放进墙上的插槽。格栅门滑开了。

他们进入了一个巨大的黑暗房间。

房间的天花板和墙壁离门口极远，完全看不见。怪诞的尖啸和低沉的嗡鸣从四面八方远远地传来。当他们的眼睛适应了黑暗之后，许多参差的黑影便在这个巨大房间（也许更应该称作大厅）的各处影影绰绰地显现出来，那是用深色木头、铁或强化玻璃围成的笼子。有些很大，足有普通的房间那么大，有些则不比一本书大上多少。所有的笼子都被架了起来，就像博物馆里的陈列柜，笼子前面的槽沟中插着记录信息的图表和册子。穿着白色防护服的科学家在这个玻璃柜组成的巨大迷宫间穿行，就像废墟中飘飞的鬼魂，他们有的在记笔记，有的在做观测，有的在安抚、折磨笼子里的居民。

囚犯们在昏暗的牢笼里嗅探，哼哼，鸣唱，移动，像一个个不真实的幻影。

仙人掌族迅速地走到远处不见了。捧着毛虫的女人小心翼翼地绕过各种障碍物穿过房间。

当她走过的时候，笼子里的东西纷纷向她猛扑过来，震得玻璃和她的身子同时像树叶一样瑟瑟发抖。某个滑溜溜的东西钻进一大缸泥浆，搅起漩涡：她看到长着牙齿的触手冲她挥舞、刮擦着水箱壁，带有催眠作用的生物光将她整个笼罩。她经过一个用黑布盖得密不透风的小笼子，笼子四面夸张地贴满警告标识以及如何对付笼中东西的说明。她的同事飞快地向她这边走来，然后带着笔记板、彩色儿童积木和几块腐肉再次走开。

在她前方，深色木头建起了一道二十英尺高的临时护墙，圈出一块四十平方英尺的空间。顶上甚至盖了一个瓦楞铁的天花板。这间“屋中之屋”挂着大锁的入口处站着一个穿着全套白色防护服的卫兵，正拼命伸直脖子支撑头上那个奇形怪状的沉重头盔。他端着一把燧发步枪，背上挂了一把弯刀。他的脚边还放着几个头盔，与他脑袋上的一样。

她向卫兵点点头，示意要进去。他查看了她脖子上的身份证明。

“你知道该怎么做吧?”他悄声问道。

她点了点头，将盒子仔细地放在地板上，检查了绳子是否依然系牢。然后从卫兵脚边拿起一个头盔，将那笨重的东西往头上套去。

那是一个由黄铜管和螺丝钉组成的笼子，将她的整个头部罩住，四周开有狭缝，每只眼睛前面一英尺半的地方都悬着一面小镜子。她调整皮带，让这沉重的奇怪装置稳稳地待在头上，然后转过身背对卫兵调整镜子的角度。她转动镜子的旋转接头，直到能够直接看到身后的卫兵。她又轮流调整了两侧的焦距，测试清晰程度。

最后她点了点头。

“好了，我准备好了。”她说着，拿起盒子，同时开始解开盒子上的系绳。当警卫开启她身后的门锁时，她目不转睛地盯着镜子。他打开门，同时移开目光，避免看到门里。

女科学家依靠镜子的指引倒退着快步走进黑暗的房间。

当她看见门在她面前关上时，不禁微微渗出汗来。她重新将注意力转移到镜子上，慢慢地将头从一侧转到另一侧，将身后的情形收入眼中。

在她身后，有一个巨大的笼子，几乎占据了整个房间，笼子四周围着粗粗的深色栅栏。燃烧的油灯和蜡烛发出茶褐色的光，借着这光线，她能分辨出散布在笼子各处的垂死植物和小树。正在缓慢腐烂的植物散发出的恶臭和房间里的黑暗极其浓郁，直冲眼睛，她根本看不到房间远端的情形。

她飞快地通过镜子扫视了一遍四周。没有任何动静。

她倒退着快速地来到笼子边，那里有个通到笼中的滑槽，上面放了个小小的托盘。她往身后伸出手去，斜斜地翘起头，让镜子的角度朝下，以便能够看见手的动作。这个姿势非常别扭，而且很不雅观，但她还是想办法抓住了滑槽的手柄，将那个小托盘拉出笼子，拖到身边。

她听到沉重的拍打声从笼子角落传来，就像两块厚地毯被迅速而用力地拍在一起。她的呼吸变快了，笨拙地摸索着将盒子里的幼虫倒向托盘。四个蠕动的菱形小东西伴随着雪片般的纸屑落到金属托盘上。

空气立刻起了变化。毛虫闻到笼中居民的气味，立刻发出呼救的哭喊。

笼子里的东西也迅速地做出回应。

这些叫声都是听不见的。它们的振动波长甚至超出声纳的接收范围。女科学家只觉得全身的毛发都竖了起来，某种外来的感觉倏然钻进了她的头骨，就像风中传来的隐约耳语，余光瞥见的幢幢鬼影。这些不属于她的情绪片段在她的鼻孔、耳道及眼睛后面飘荡，饱含着陌生的喜悦及非人的恐怖，让她感同身受。

她颤抖地用手将托盘推进笼子。

当她从栅栏前退开时，某个东西在她腿上飞快地划过，带着一种淫邪的意味。她发出一声恐惧的呻吟，猛地将裤子扯离那东西所能触及的范围，拼命压抑满腔的惊骇及回头看的本能。

通过装在头盔上的镜子，她有一瞬间瞥见了在参差的矮树丛中舒展开来的深褐色肢体，泛黄的骨质牙齿，黑色的眼窝。蕨叶和灌木沙沙作响，那个东西不见了。

女科学家屏住呼吸，拼命敲门，同时不住地咽口水。门开了，她跌跌撞撞地冲出去，差点扑进卫兵的怀里。她慌乱地摸索着下巴上的搭扣，将自己从头盔中解放出来。当卫兵关门落锁的时候，她把目光移开，一瞬不瞬地盯着别处。

“好了?”最后她低声问。

“好了。”

她慢慢地转过身去。她依然不敢抬头，只是牢牢地盯住地板，查看门的底部，确定卫兵说的是实话，然后才慢慢地、带着如释重负的表情抬起视线。

她把头盔递还给警卫。

“谢谢。”她喃喃地说。

“没事吧?”他问道。

“当然没事。”她厉声回答，转过身去。

她觉得自己听到了一声巨大的扑打声穿透身后的木墙传来。

她飞快地穿过畜养着奇异动物的房间，走到半路才想起自己还抓着那个曾经装毛虫的纸盒子。现在它已经空了。她将它折起来，放进衣服口袋。

她拉开那扇伸缩铁门，接着将那个充满恐怖黑影的巨大房间关在她身后。她走过那条一尘不染的白色长廊，最后穿过来时那扇沉重的门，返回研究与开发部的前厅。

她将通往走廊的那扇大门推开，关上，闩好，然后轻快地转身，加入那些白衣同事中去。他们有的正在专心观察毫微镜，有的正在阅读专题论文，有的正在通往其他特设部门的门边轻声交谈。每扇门上都印有一个红黑两色的图案。

当梅吉斯特·巴拜尔博士走回自己的工作台前写报告时，她回头飞快地瞥了一眼自己刚走过的大门，目光扫过门上印着的警告。

生物危害。危险。需极度谨慎。

第十章

“琳女士，你嗑药吗?”

琳已经告诉过莫特利先生很多次，对她来说，一边工作一边交谈是件很难办到的事情。但他只是和蔼可亲地回答说，不管是给她或是别的肖像艺术家当模特，他坐着坐着就会感到无聊。她只管听着就好了，没必要回答。要是他说的什么真的让她感兴趣，她可以先记着，最后再跟他讨论。她真的没必要在意他。他不可能每次都一动不动地坐上两个小时、三个小时、四个小时，一句话也不说。那会让他发疯的。所以琳总是听着他说话，努力记住一两个点好回头跟他讨论。她依然非常小心，尽量避免忤逆他的意愿。

“你应该试一试。不过我相信你已经试过了。艺术家嘛。探究灵魂的深度。诸如此类的。”她听出他声音里的笑意。

琳说服了莫特利先生，将进行雕像创作的地点设在阁楼上。她已经发现，在骨镇这整排建筑，即莫特利先生的大本营里，阁楼是唯一有自然光线的地方。并不只有画家或胶版相片摄影师需要光线：她力求在自己的腺体艺术作品中表现出物体表面的质地与手感，但那种微妙的纹理在烛光下看不见，在煤气灯光中又会被夸大。所以她战战兢兢地与莫特利先生进行了激烈的争辩，直到他接受了她的专业意见。从那时起，那个仙人掌族贴身随从每次都会在门口迎接她，然后领她到顶楼，在那里，有个木梯从天花板上悬吊下来，连接一扇通往阁楼的活板门。

她会独自进入阁楼，出来时也是一样。当她走进阁楼时，会发现莫特利先生已经等在里面。他站在那巨大空阔的地方，距离琳进门的地方几英尺远，琳一露头就能被他看见。

阁楼是个三角形的空腔，至少连通了这一整排房屋三分之一的顶部空间，从入口看去仿佛一幅完美遵循透视法的画作，而画面中央便是莫特利先生那混乱血肉集合而成的躯体。

阁楼里没有家具，只有一扇门，通向外面某条小走廊，但她从未见过那扇门打开。阁楼里的空气很干燥。琳踩过松动的地板，每一步都得小心避开木刺。但覆在那扇大天窗上的灰尘似乎是半透明的，光线能够穿透进来，四处漫射。琳会温柔地朝莫特利先生打手势，让他站到倾洒的阳光或是云层折射的天光底下。接着，她会绕着他踱步，调整自己的状态，再投入到雕塑工作中去。

一次她曾问他，他为自己造一座真人大小的雕像，是打算放在什么地方。

“这就不是你操心的事情了。”他带着温柔的微笑回答。

她站在他面前，看着冷冷的灰色光线勾勒出他的体貌。每次会面，她在开始雕塑之前都会花几分钟时间让自己再次熟悉他的模样。

她来这里的前几次，曾确信他的模样在一夜之间发生了变化，确信他在没人看到的时候置换了那些组成他身体的相貌片段。她开始担忧自己接下的这个工作。她歇斯底里地想，这个工作会不会像是给孩子们灌输道德观念的童话故事里那种考验人性的任务，她试图地将一具不断变幻的躯体凝结在时间里，会不会是某种未知的罪过，会不会因此受到惩罚，永远活在恐惧中，不敢开口说话，每天都得将雕好的塑像从头来过。

但没过多久，她就学会了在那混沌的体貌中寻找秩序。她会在心里圈定一大块厚厚的皮肤，默默数出上面究竟探出多少锋利的壳质碎片，以便一片不落地重现在雕像上——这件工作渐渐显出一种荒谬的平淡乏味来，甚至让人感到庸俗，仿佛他那惊世骇俗的混乱样貌不该被数字来衡量。不过，当她用这样的眼光看他时，整座雕塑开始在她心中渐渐显形。

琳会站在那里凝视着他，目光迅速地从一个视细胞切换到另一个视细胞，聚焦的光线在她眼中流转，通过精细变化着的图形单元捕捉莫特利先生的全貌。她随身带着一些质地紧密的白色小棍，由有机物糨糊凝成，她会把它们吃下去，通过新陈代谢产生胶质来进行腺体创作。她在来之前已经吃了些，当她用目光审视莫特利先生的时候，还会快速地嚼下另一根，刻意忽略它那令人不快的枯燥滋味，然后让它迅速地通过甲虫头颅，抵达位于甲虫头颅胸部后方的液囊。当这些浆液渐渐积攒起来时，她甲虫头颅的腹部便会以肉眼可见的速度膨胀鼓大。

接着她转身捡起之前开了个头的雕像部件——莫特利先生一只三趾的爬虫脚爪，她将这个部件在一个低矮的支架上固定好，然后转身跪下，面朝向她的模特，张开保护腺体的小壳，绷紧甲虫头颅尾端下沿柔软的唇瓣，轻轻地吞进身后雕塑部件的边缘。

首先，琳会轻轻吐出一点酶，用来溶解已经变硬的虫首族吐沫，将她正在处理的雕像部件的边缘变回浓厚的黏液。接着她会专注地盯住模特身上相应的地方，看清此刻能够看见的体貌特征，回忆那些此刻不在视野的特征：那些骨骼上的尖突、肌肉上的空腔；然后开始轻轻地从腺体中挤出厚重的胶质，甲虫头颅尾端括约肌构成的唇瓣膨大、收缩、延展，做出起伏与平刮的动作，将黏胶塑造成型。

一般说来，她用乳白色的珍珠质虫首族吐沫就能达到很好的效果。但在特定的地方，莫特利先生怪诞肉体上的色彩太过浓烈醒目，乳白色不足以表现其万一。琳会低头匆匆浏览面前一字排开的盘子，将上面放着的彩色浆果挑出一些来。她会将不同颜色进行精妙的组合，比方说，将红色浆果、青色浆果、黄色浆果、紫色浆果和黑色浆果仔细地混成一把，然后迅速地吃掉。

色彩鲜艳的浆汁“呼噜呼噜”地涌进她甲虫头颅的腹中，沿着特殊的肠道分支进入甲虫头颅胸部液囊的附囊，在四到五分钟时间里，她就可以将这混合的颜色挤进稀释过的虫首族吐沫中。她会将这起泡的液体小心地抹在合适的位置，当它迅速地凝固成型后，便以大泼大溅的惊人风格表现出参差的色斑和痂疤。

到了最后，她的甲虫头颅鼓胀，身体精疲力尽，嘴里满是浆果的酸味和有机糨糊发霉的粉笔味，只有到了这个时候，琳才可以转过身去看自己的作品。这就是腺体艺术家必须具备的技巧——创作时眼睛不看自己的作品。

莫特利先生的第一条腿栩栩如生地呈现出来了，她一边看一边想，颇有几分自豪。

通过天光的瞬息转变，可以感觉到云层的变化，云朵消融撕裂，在空中重组成新的形状。相比之下，阁楼里的空气仿佛凝固了。灰尘一动不动地悬浮着。莫特利先生站着，任由光影在他身上飞掠而过。

他善于保持静止的姿势，但他的嘴总是一刻不停地念叨着散漫的独白。今天他似乎打定主意要和琳聊聊毒品。

“琳，你用的毒品是什么？‘喜赞’？‘獠牙’对虫首人不起作用，对吧，所以不是它……”他沉吟着，“我觉得艺术家和毒品之间有一种矛盾的联系。我的意思是，你们艺术家搞创作就是要将心中的野兽释放出来，对吧？或者是心中的天使。随便了。打开心里那些你觉得死死关紧的门。那么，要是你真的通过使用毒品来打开那些门，还能让艺术达到原来的目的吗？艺术应该是关于交流的，对吧？虽然那些在舞厅里往杯子内扔一片小药片，然后和朋友们大喝特喝的娘炮艺术家，没骨头的玩意，他们都会告诉我说，这样做从本质上讲是为了将个性赋予艺术。我不管那个。要是你依赖毒品开门，那么等你打开心里那些门时，你还能同门那边找到的东西进行交流吗？

“而从另一方面看，要是你拼命保持理智，头脑冷静，那你倒是能跟其他人进行交流，因为你们都说着同一种语言，可以这么说吧……但你能打开自己心中的那些门吗？说不定你最多也就能透过锁眼看上几眼。说不定那样的确……”

琳抬起目光看向他正说话的嘴。那是一张女人味十足的大嘴，位于他肩膀附近。她很好奇为什么他在用那张嘴说话时声音不会变。她希望自己能回答他的话，或者他会停止说话。她发现自己很难集中注意力，但她随即想到他们已经达成了一个折中的协定，他已经在最大限度地迁就她了。

“毒品生意非常非常赚钱……当然这一点你已经知道了。不过你知道吗，最近有一种新毒品上市，你那朋友，也就是你的经纪人，幸运盖泽德，正准备入手呢。老实说，那玩意会让你大为吃惊的。去问他，不骗你。这东西的市场需求很惊人。足够许多个供应商赚得盆满钵溢。”

琳觉得莫特利先生在对着她笑。每次他在谈话中透露一些新克洛布桑黑道上不为外人所知的细节给她时，她总觉得被拖进了一摊浑水。*我只是个过路人而已，*她很想疯狂地打着手势说，*别把那些细节塞给我！偶尔提提‘喜赞’就够了，说到‘奎尼’简直吓人，而这已经是我的底限了……我不想知道毒品是如何买卖的，也不想去买！*

“弗朗辛老妈差不多快垄断小河套区了。手伸得可真够远的。她是从今肯区起家的。你认识她吗？跟你一个种族。令人印象深刻的女商人。我们总有一天得坐下来谈谈。要不然事情就没法收拾了。”莫特利先生的好几张嘴巴同时微笑起来。“不过我要告诉你，”他又轻柔地补充道，“有些东西很快就会交到我手上，那能让我的销售额发生天翻地覆的变化。我将拥有自己的独家货……”

*今晚我要去找艾萨克，*琳焦躁不安地决定，*我要带他出去吃晚饭，去萨拉克斯区的某个地方，在那里我可以用我的脚趾触碰他的脚趾。*

一年一度的辛塔寇丝特奖评选即将到来，就在梅尔露尼月末，她得想出个理由告诉他今年自己为什么没参赛。她以前从没获过奖——她曾傲慢地想，那些评委不懂腺体艺术——但她，以及她所有的艺术家朋友，在过去七年间都会参赛，一次也没落下。那已经成为一种惯例。他们会在公布结果那一天举行盛大的晚餐聚会，并且派人提前搞来一份刚刚印好尚未发售的《萨拉克斯公报》——也就是这次比赛的主办方——看看获奖名单里都有谁。接着，大家就会开怀畅饮，喝得醉醺醺的大骂主办方都是些没有鉴赏力的蠢货。

要是艾萨克发现她今年没有参赛，会很吃惊的。她决定提前做些铺垫，说自己正在忙着进行某个重要的创作，免得他到时乱提问题。

当然了，她又想，*要是他还在忙那个鹰人的事情，根本就不会注意我有没有参加比赛*。

这个想法中泛着一股酸味。她意识到自己这么想不公平。她也很容易陷入那种自顾自纠结的状态：比方说现在，她就很难将注意力集中在莫特利先生身上，尽管他那古怪的形貌时时刻刻出现在她的视线角落里。艾萨克在这个时候同她一样陷入对某件事情的痴迷状态，真是太不巧了，她漫无边际地想。这个工作已经占据了她的全部身心。每天晚上回家只想吃些新拌好的水果沙拉，看看戏，做做爱。

但事实如何呢？他在他的工作室里狂热地写写画画，每天她回到阿斯匹克贫民区的家中只能面对一张空床，夜夜如此。他们一周只见一到两次面，匆匆忙忙吃顿晚饭，然后上床倒头就睡，毫无浪漫可言。

琳抬起头，看到阁楼里的光影与她进来时相比已经变了许多。她的脑子好像蒙上了一层薄雾。她迅速地用甲虫头颅上纤细的前足擦拭了嘴巴、眼睛和触须，然后将一把彩色浆果放进嘴里咀嚼，心里暗暗决定这是今天咽下的最后一把浆果。蓝色浆果尖锐的酸味被粉红色浆果的甜味中和。她小心地将浆果糊在嘴里混合，又往嘴里加入一小撮未成熟的珠灰色浆果，或者说近乎发酵的黄色浆果。她很清楚自己想要得到的颜色是什么味道：甜得发腻、令人作呕，那将是一种浓重发灰的鲑鱼色，莫特利先生小腿肚肌肉的颜色。

她吞下浆果汁液，使劲将它咽入甲虫头颅的腹中。它将被喷到正在变干的虫首族吐沫雕像部件闪闪发亮的侧面。可它有点太稀了：它从腺体喷出来的时候四散飞溅，似断非断的细流直往下滴。琳不假思索地做出了补救，将腺体周遭的肌肉一顿狂抽猛收，舞成抽象的点和线，最终搞定了这个上色步骤。

当她喷出的吐沫干了，她将甲虫头颅从那条雕塑腿半成品边收回，感觉到一种粘连的拉扯感，伴随着一下轻轻的断裂声。她侧过甲虫头颅，收缩肌肉，将剩余的黏液从腺体中挤出。伴随着这个动作，她头顶甲虫的棱纹腹部从膨大鼓胀的状态大致回复到平常的状态。一大摊软胶般的白色虫首族吐沫"啪"地落下，在地板上卷缩成一团。琳将腺体末端往外伸了伸，用甲虫头颅上的后足进行了清洁，然后小心地合拢翅尖下方的小小保护壳。

她站起身来，伸了个懒腰。莫特利先生和蔼、冷酷、带着些许危险意味的声音蓦地响起。他刚意识到她已经完成了今天的工作。

"琳女士，这么快？"他用夸张的失望腔调大声说道。

得小心保持创作状态，她慢慢地比画道，*今天有些到极限了。得停下*。

"当然，"莫特利先生说，"那么我们的大师巨作怎么样？"

他们一齐转头看去。

琳很高兴地看到，尽管最后那一下上色时的彩色浆果汁液过于稀薄，但她做出的临时补救反而创造出了一种生动而富含暗示的效果。它并非完全写实，不过她的作品本来也不是写实风格：她为莫特利先生塑造的这条腿上，肌肉仿佛是被粗暴地搡到骨头之上。一个暗喻，也许反而更接近真相。

半透明的颜色在如同贝壳内壁般闪闪发亮的白色底子上泼溅成不均匀的色块。厚片的组织和肌肉层层交叠。许多不同质感的血肉构成一个错综复杂的整体，十分生动。莫特利先生赞许地点点头。

“你知道吗，”他突然温和地说，“我希望自己在这座雕像全部完成之前不再看到更多的半成品部分，这样我就能尽情享受最后的惊喜时刻。就目前来说，我觉得很好。非常好。不过太早提出表扬是件危险的事情。可能导致自满……或者是自卑。所以请不要灰心，琳女士，不管你是从正面理解还是负面理解，请把这当成雕像最后完成之前我对你工作的唯一评价。你觉得如何?”

琳点点头。她没法将目光从自己刚刚的创作上移开，她用手非常温柔地抚过正在变干变硬的虫首人唾沫的光滑表面。她的手指摩挲着雕像膝盖下面从毛皮向皮肤过渡的区域。她低头看了看莫特利先生本人的腿，又抬头看向他的脑袋。他那双老虎的眼睛回望着她。

你……你是什么？她向他打着手势。他叹了口气。

“琳，我还在想你什么时候会问这个问题呢。我真心希望你不会问起，但我知道那是不可能的。这让我不禁怀疑我们是否真的能够互相理解。”他低声说道，声音突然变得凶残狠毒。琳往后缩了一下。

“这完全……不出我的所料。你仍然没有用正确的方式去看。完全没有。你能创造出这样的艺术品真是个奇迹。你仍然将这——”他用一只猴爪大致地朝自己的身体比画了一下“——看做病态。你感兴趣的仍然是它是什么、它是怎样出问题的。这不是错误，不是病变：这是现象，也是本质……”他的声音在屋椽间盘旋。

他平静了一些，放下了许多只手臂。

“这是一个整体。”

她忙不迭地点头，表示自己明白了，她太累了，不想再受恐吓威胁。

“也许我对你太苛刻了，”莫特利先生若有所思地说，“你看……我们面前的这个雕像部件，很清楚地展示出你对激烈转变发生的时刻有一种敏锐的感知，尽管你提的这个问题给我的感觉恰好相反……也许，”他慢慢地继续说道，“你本人也经历过这种时刻。有一部分的你能够理解它，虽然只是心里领会，没法用语言表达，但这种‘只可意会不可言传’本来就是我们头脑中更为高级的思维运转的方式。”

他得意洋洋地看着她。

“琳女士，你已经身处杂交地带了！你的艺术来源于你理解但刻意无视刻意模糊掉的地方。”

好吧，她一边收拾东西一边比画道。随便了，很抱歉我那样问。

“我也是，不过再也别这样问了。”他回答道。

琳打开木头工具箱，收拾周围沾染了各种颜色的盘子、剩下的彩色浆果（她看出来了，她还需要更多），以及有机糨糊小棒。莫特利先生还在继续他那具有哲学意味的东拉西扯，他对杂糅理论的反思。琳并没在听。她将触须转到远离他的方向，感受着房屋细微的吱嘎声与隆隆声，感受着窗上空气的重量。

我想待在天空下面，她想，而不是这个积满灰尘的老旧房梁下面，这个涂了焦油、冷漠脆弱的屋顶下面。我要走回家去。慢慢地走。经过獾泽。

她想着想着，心中的想法越发坚定起来。

我要在实验室停下，若无其事地叫上艾萨克跟我一起走，我要把他从他的工作那里抢走一个晚上。

莫特利先生的声音还在源源不断地向她涌来。

闭嘴，闭嘴，你这个被宠坏的小孩，你这个该死的自大狂，别再念叨你那些想入非非的理论了。琳想。

当她转身比画出“再见”时，手势里带着的礼貌意味十分敷衍，言不由衷。

第十一章

一只鸽子呈大字形挂在艾萨克桌上一个X形的黑木架子上。它的头疯狂地从一边扭到另一边，尽管它十分恐惧，发出的叫声依然是那种平庸无奇的咕咕声。

它的翅膀被展开到最大限度，一枚枚细钉子穿过它的翅羽间隙，翅尖处的钉子被敲弯，以便更好地固定。鸽子的腿分开绑在X形小木架的下部。它身下的木头溅满白色和灰色的肮脏鸟粪。它阵阵抽搐，拼命想将翅膀挣脱出来，却徒劳无功。

艾萨克在它上方弯着腰，一手挥舞着放大镜，一手拿着一支长长的笔。

“别他妈扭来扭去了，你这只死鸟。”他咕哝着，用笔尖戳着鸟的肩部。他透过放大镜观察细小骨骼和肌肉一路传递的微小颤动，手在旁边的纸上匆匆做着笔记。

“老天!”

拉布勒梅恼怒的叫声骤然响起，艾萨克抬起头来四处张望，离开桌前。他走到过道边缘，探出头去。

“怎么了?”

拉布勒梅和大卫肩并肩地站在一楼，双臂交叉抱在胸前，看起来就像一个即将放声歌唱的二重唱组合。他们一脸不快的样子。接下来的一小会儿没人说话。

“那个，”拉布勒梅终于开口了，声音里突然带上了安抚的意味，“艾萨克……一直以来，我们都同意，在这个地方我们可以搞任何我们想搞的研究，不问问题，互相支持……对吧？”

艾萨克叹了口气，用左手的拇指和食指揉了揉眼睛。

“看在圣嘉罢的分上，伙计们，别绕弯子了，”他呻吟着说，“不用跟我念叨我们一直同甘共苦之类的话，我知道你们有话要说，我不会怪你们……”

“艾萨克，这里太臭了，”大卫直率地说，“而且我们整天都得听那些该死的鸟叫。”

就在拉布勒梅说话的时候，那个老旧的清洁机器人犹犹豫豫地从他身后一路滚过来。它停下来，头部旋转了一圈，两个站立不动的男人映入了它的镜头。它没把握地原地顿了一会儿，然后折叠起粗短的金属手臂，笨拙地模仿拉布勒梅和大卫的姿势。艾萨克朝它比画了一下。

“看吧，看吧，那个愚蠢的东西没救了！它有病毒了！你们最好把它丢掉，要不然它就会开始自动重组；用不了明年你们就要同你们的机械仆人进行关于存在的辩论了！”“艾萨克，别他妈改变话题，”大卫生气地说，扭头看了看，把那个清洁机器人一把推开，它四脚朝天地翻倒在地板上，“平时有什么不方便的地方，我们都好商量，但这次你太过了。”

“好吧！”艾萨克投降似的举起双手。他慢慢地环顾四周。“我想我有点低估了莱缪尔的办事能力。”他懊恼地说。

环绕仓库的凌空过道上，从头到尾都塞满了笼子，里面全是拍打翅膀、哀鸣尖叫、蹦来跳去的东西。仓库里嘈杂不堪，翅膀扑扇的声音、身体蹿动的声音、羽毛抖动的声音、粪便溅落的声音，而其中最响的，莫过于被俘获的鸟儿连绵不断的哀鸣。鸽子、麻雀和八哥以咕咕声和啾啾声倾诉痛苦：单只的叫声听起来虚弱无力，合在一起却是尖厉刺耳的噪声。鹦鹉和金丝雀在平时那种无休止的絮叨中不时插入粗粝的哀叹，就像一个个惊叹号，每次都让艾萨克不自觉地畏缩一下。鹅、鸡、鸭的叫声往这刺耳的合唱中添加了些许乡村风味。面目凶狠的阿斯匹克不停在笼子里的狭小空间扑来扑去，蜥蜴般的小小身体"啪啪"地撞击着细铁丝网。它们俯下酷似狮子的小脑袋舔舐着身上的伤口，像好斗的老鼠般发出恶狠狠的咆哮。巨大的玻璃罐子里装着苍蝇、蜜蜂和黄蜂，蜉蝣、蝴蝶和会飞的甲虫，它们发出的嗡嗡声就像有一架气势汹汹的无人飞机扑面而来。蝙蝠头朝下倒挂着，用炽亮的小眼睛盯着艾萨克。蜻蜓蛇窸窸窣窣地抖动着优雅修长的翅膀，发出响亮的嘶嘶声。

笼子下面的地板污秽一片，鸟粪的刺激性臭味十分强烈。艾萨克看到辛赛里提正浑身颤抖地在房间里走来走去，不住地摇它那有条纹的脑袋。大卫顺着艾萨克的目光看去。

"没错，"他嚷嚷道，"看到了吗？那臭味连它都受不了。"

"伙计们，"艾萨克说，"我很感谢你们的宽容和忍耐，我说真的。这就是互相迁就，对吧？拉布，还记得你捣鼓那些声呐实验的时候吗？你找了个家伙来敲了整整两天大鼓。"

"艾萨克，这已经快一个星期了！还要多久？你有没有个计划？至少把这些屎啊尿啊什么的清理清理啊！"

艾萨克俯视着下面那两张满是怒容的面孔，意识到他们是真的恼了。他迅速地思考了一下，想找一个折中的办法。

"好吧，你们看这样行不行，"最后他说，"今晚我会把这里打扫干净——我保证。而且我会加快工作进度……我知道！我会先对付那些叫得大声的。我争取尽快把它们弄走，在……两周之内？"他没什么说服力地结尾。大卫和拉布勒梅又开始起哄，但他打断了他们的嘲讽奚落和不满的嘘声。"下个月的房租我多出一些！怎么样？"

激烈的抗议声瞬间平息下来。两人目光闪烁地盯着他，显然在心里做着盘算。他们是科学研究路上的同伴，獾泽的坏男孩，是朋友。但他们的关系并不牢靠，当钱这玩意牵扯进来时，就没有多少余地留给多愁善感了。艾萨克很清楚这一点，所以试图提前打消他们另寻他处的念头。毕竟，他一个人可负担不起这里的房租。

“你的意思是？”大卫问道。

艾萨克仔细地想了一下。

“我多出两几尼？”

大卫和拉布勒梅对视了一下。这个提议可以说非常大方了。

“对了，”艾萨克若无其事地说，“既然我们谈到了这个话题，你们可以顺便帮我个忙，我会很感激的。我不知道怎么对付其中一些……额……研究对象。大卫，你不是曾经研究过鸟类学吗？”

“没有，”大卫尖刻地回答，“我只是给某个搞鸟类学研究的打下手罢了。无聊得要死。也不想被人那么指手画脚地管着，所以最后不干了。扎克，就算你把我扯进你的研究课题，我还是一样会抱怨你那些满身病菌的宠物……”他笑起来，显出一丝真心的幽默。“你难道没学过基础的移情理论之类的吗？”

尽管嘴里说得不屑，大卫还是沿着楼梯走上来，拉布勒梅跟在他后面。

大卫在楼梯顶端停下，将所有那些吱吱喳喳叫个不停的俘虏尽收眼底。

“魔鬼的尾巴呀，艾萨克！”他低声说，咧开嘴笑起来，“这些玩意花了你多少钱啊？”

“还没和莱缪尔结算呢，”艾萨克干巴巴地说，“但我的新雇主罩着我呢。”

拉布勒梅也走上最后一阶楼梯，站到大卫身旁。他朝着过道远处角落里一堆杂七杂八的笼子比画了一下。

“那边是什么？”

“那是我放置稀罕品种的地方，”艾萨克说，“阿斯匹克，激光蝇……”

“你搞到了一只激光蝇？”拉布勒梅惊呼道。艾萨克点点头，咧开嘴笑了。

“不舍得用那漂亮的玩意做实验。”他说。

“我能看看吗？”

“当然可以，拉布。它就在那儿，在那个关着类蝠的笼子后头。”

当拉布勒梅快步经过挤得满满当当的笼子向那处角落走去时，大卫兴致勃勃地看向艾萨克。

“你有什么鸟类学的问题不明白？”他搓着双手问艾萨克。

“看桌子上。”艾萨克指着X形木架上绑着的那只倒霉鸽子，“我要怎样才能让那玩意不再扭来扭去的。刚开始我想看看那些肌肉组织，它乱动也就算了，现在我只想让它的翅膀按我的意思动。”

大卫用看白痴的眼神看着他。

“杀了它。”

艾萨克动作夸张地耸耸肩。

“我试过了。它不死。”

“哦真他妈的……”大卫气极反笑，大步走到桌前，一下拧断了鸽子的脖子。

艾萨克夸张地畏缩了一下，举起巨大的双手。

“我没法做这种细致的工作。我的手太笨了，我的感情太他妈脆弱了。”他快活地说。

“是，是，”大卫言不由衷地赞同道，“你现在忙些什么呢？”

艾萨克的眼里立刻闪出热情的光芒。

“嗯……”他大步走到桌前，“我他妈的想跟这座城市的鹰人打打交道，但运气实在是不好。我听说有一些住在圣嘉罢岗和悉利亚。我递了消息说我愿意付一大笔钱同他们待上几个小时，拍些胶版相片。完全没有回音。我还在大学里贴了一些海报，请求鹰人学生自愿前来我这里拜访，但我的线人告诉我说今年根本没有招收任何鹰人学生。”

“‘鹰人……不善于进行抽象思维。’”大卫模仿着那个阴险的三羽党发言人轻蔑的腔调，去年该党派曾在獾泽举行了一次非常失败的集会。艾萨克、大卫和拉布勒梅一起去捣乱来着，大声谩骂讲台上的那个男人，不停扔烂橘子，逗得站在外围的非人类种族示威者乐不可支。艾萨克一边回忆一边大声说道：

“是啊。然后，我还没去滴溅区，所以眼下我没法研究真正的鹰人，只能琢磨琢磨别的会飞玩意，就是你……唔……在周围看到的这些。不过说真的，虽然不是一回事，但也十分惊人。”

艾萨克在成堆的笔记里翻找，拿起小雀和反吐丽蝇翅膀的示意图。他解下那只死鸽子，仔细地用一根起伏的弧线描摹出它翅膀的姿势。他默默地指着桌子周围的墙壁，墙上贴满了精心绘制出来的翅膀示意图。肩关节接合处的特写，受力示意图，细心涂出明暗对比的羽毛样式。还有飞艇的胶版相片，上面用黑墨水潦草地画着箭头和问号。有些速写让人想到邪恶的战斗水母，还有黄蜂翅膀的高倍放大图。每张图上都仔细地贴着标签。大卫的目光慢慢地扫过这些耗费了无数个小时的工作成果，这些对飞行动力的比较研究。

“我觉得我的客户不会太挑剔他的翅膀是哪种——或者是什么——看起来什么样，只要他能随心所欲地飞起来就行。”大卫和拉布勒梅都知道雅格里克的事情。艾萨拉要求他们保密。他相信他们两个。他把这件事情告诉他们也是怕万一雅格里克来访时他们正好也在仓库。尽管到目前为止，鹰人每次匆匆来去都刚好避开了他们。

“你有没有想过，那个，往他背上直接移植两个翅膀？”大卫问，“让他接受改造？”

“嗯，我当然那么想过，这是我的主要思路，但存在两个问题。第一个问题是，移植什么翅膀？我得自己造出翅膀来。第二个问题是，**你认识**哪个改造师可能私下里接这个活计？我认识的最好的生物奇术士是该死的瓦米斯汉克。要是我他妈必须去找他，我会去的，但我肯定是走投无路了才会那么做……所以目前我在做一些准备工作，要是有什么东西能把他带到空中，那么我得试着找出那玩意的尺寸大小、形状和动力来源。要是我最后选择用‘改造’这个办法的话。”

“除了这个办法你还能想到别的什么吗？物理奇术？”“唔，你知道的，我曾经的最爱，统一场论……”艾萨克咧开嘴笑起来，自嘲地耸耸肩，“我感觉他的背损伤得太厉害了，即便我能想办法造出翅膀来，对他施行改造术也不是件容易的事情。我考虑过将两种不同的能量场结合起来……妈的，大卫，我不知道。我心里有个想法，刚有点苗头……”他漫不经心地朝一个粗略标注的示意图指了指，图上画了个三角形。

“艾萨克？”拉布勒梅的叫喊声越过或粗粝或尖锐的鸟叫传过来。艾萨克和大卫抬起头来看向拉布勒梅，他正在两个分别装着激光蝇和两只金色长尾小鹦鹉的笼子后面转来转去，手指着一小堆盒子、箱子和盆子。“这些是什么？”

“哦，那是我的‘育儿室’。”艾萨克笑着喊道。他大步走向拉布勒梅，没忘了拉上大卫一起。“我觉得看着某个东西从不能飞变成能飞，这个过程既有趣又很有启发性，所以我想办法搞到了一些卵、幼虫和茧。”

他在那堆容器旁边停住。拉布勒梅正使劲地盯着一个小箱子：那里面有一簇色彩艳丽的深蓝色卵。

“不知道会孵出来什么，”艾萨克说，“希望是漂亮的玩意。”

这个小箱子放在一堆类似的箱子顶上，每个箱子都是前面开口，里面都有个以笨拙的手工做成的小窝，装着一到四个卵。有些卵有着夺目的颜色，有些只是单调的米色。这些箱子后面，有根小小的管道一路盘旋，消失在过道扶栏间，通向楼下的锅炉。艾萨克用脚轻轻地踢了踢那根管道。

“我觉得它们会喜欢温暖的地方……”他喃喃地说，“真的不知道……”

拉布勒梅正弯腰朝一个前面镶着玻璃门的箱子里看去。

“哇……”他抽了一口气，“我觉得好像又回到了十岁！拿六个弹珠跟你换这些。”

箱子的地板上爬满扭来扭去的绿色小毛虫。它们正有条不紊地大口吞咽着随意塞在它们周围的叶子。叶茎上爬满了小小的躯体。

“是啊，我觉得可有意思了。现在它们随时都有可能结茧，到时候我会毫不客气地将它们切开，看看它们是怎样变形的。”

“实验室的人可真是狠心的家伙呀，是不是?”拉布勒梅对着箱子里呢喃道，“你还有什么别的古怪幼虫吗?”

“有些蛆。很好养。可能就是它们的气味让辛赛里提心烦，”艾萨克笑着说，“一些蝴蝶和飞蛾的幼虫，还有一些特别有攻击性的水生玩意，他们告诉我说能变成缎子般华丽的飞虫……”艾萨克指着其他盒子后面，那里放着一个装满脏水的水槽。

“还有，”他说着，神气活现地走向几英尺外一个小小的铁丝笼子，“某种非常特别的…”他用大拇指戳了戳那个笼子。

大卫和拉布勒梅围过来。他们张大了嘴巴，使劲往里看去。

“哎呀，这才叫了不得……”过了好一会儿之后，大卫才轻轻说道。

“这是什么?”拉布勒梅也压低了声音。

艾萨克越过他们的脑袋凝视他的明星毛虫。

“老实说，我的朋友，我他妈的完全不知道。我只知道它很大、很漂亮，而且不是很开心。”

笼子里的幼虫盲目地挥舞着粗粗的脑袋，拖着巨大的身躯绕着铁丝牢笼缓缓地移动。它至少有四英寸长，一英寸粗，鲜艳夺目的颜色随机地分布在胖乎乎的圆柱形身体表面，尖尖的毛刺从尾部伸出来。笼子里堆满了已经变成褐色的生菜叶子、小块的肉、切成片的水果和纸屑。

“看，”艾萨克说，“我什么东西都拿来喂过这玩意了。我往笼子里放过我能想到的所有花草和树叶，它完全没兴趣。所以我又试了鱼和水果、蛋糕、面包、肉、纸、胶水、棉花、丝绸……但它什么都不吃，就那么饿着肚子漫无目的地爬来爬去，责备地瞪着我。”

艾萨克往前靠去，将脸挤到大卫和拉布勒梅的脸之间。

“它显然很想吃东西，”他说，“它身上的色彩都黯淡了，这让我很担心，不管是从美观的角度出发还是从生理学的角度出发……我完全不知道该怎么办。我觉得这漂亮的小东西会就这样死掉，都怪我。”艾萨克实事求是地说，吸了吸鼻子。

“你从哪儿弄来的？”大卫问。

“哦，你知道这档子事，”艾萨克说，“我从一个家伙那里得来的，他是从某个男人手里得来的，那个男人又是从一个女人手里得来的……等等等等。我不知道它是从哪里来的。”

“你不会把它的茧切开吧？”

“魔鬼的尾巴呀，当然不会，只要它能活到织茧的时候，但我对此表示怀疑，我非常想看看从茧里能出来什么。我甚至可能把它捐给科学博物馆。你知道我的。可有公益精神了……不管怎样，这玩意对我的研究其实没多大用处。我甚至没法让它开口吃东西，就别提让它化茧变形了，更不用说看它飞了。所以你在周围看到的一切其他东西——”他将手臂大大地打开，转动手腕，将整个房间囊括进来，“——都是对我的反重力研究有价值的实验材料，但这个小家伙——”他指向那只无精打采的毛虫，“纯属爱心行为。”他大大地咧开嘴笑了。

楼下传来“吱呀”一声。大门被推开了。三个男人纷纷扑到过道边沿，不顾危险地探出大半个身子往下看，希望看到鹰人雅格里克站在那里，斗篷下的假翅膀高高耸起。

琳抬头朝他们看来。

大卫和拉布勒梅顿时变得不知所措。当艾萨克猛地发出隐含怒意的欢迎声时，他们现出明显的尴尬表情，不约而同地将目光移开。

艾萨克快步跑下楼梯。

“琳，”他大喊道，“很高兴见到你。”当他终于走到她身边时，他把声音压得极低，补上一句：

“亲爱的，你来这儿做什么？我以为这个星期我要过几天才跟你见面。”

他说话的时候，注意到她的触须可怜兮兮地颤抖着，试图安抚恼羞成怒的他。但拉布和大卫显然都明白是怎么回事——他们已经认识艾萨克很长时间了：艾萨克对感情生活的回避态度以及无意间留下的蛛丝马迹足以让他们大致猜出真相。艾萨克并不怀疑这一点。但这里不是萨拉克斯区。这里是个禁区。他也许会被别人看到。

话虽如此，但琳现在显然非常痛苦。

我，她飞快地打着手语，我想要你跟我回家，不要拒绝。想你了。累了。工作让我心力交瘁。抱歉来这里。需要见你。

艾萨克觉得心里的怒火和爱意此消彼长。这是一个危险的先例，他想。操！

“等一下，”他低声说，“给我一分钟时间。”

他匆匆地跑上楼梯。

“拉布，大卫，我忘了我今晚约了朋友出去，他们派人来接我了。我保证明天会把所有的脏东西打扫干净。我以我的名誉发誓。它们都喂过了，都安排妥当了……”他迅速地环顾四周，然后强迫自己看着两人的眼睛。

“好的，”大卫说，“祝你有个愉快的夜晚。”

拉布勒梅没有说话，只是挥手叫他快走。

“对了，”艾萨克闷闷地说，不住望向四周，“如果雅格里克回来了……唔……”他发现自己不知道该说什么。他从桌子上抓起一本笔记本，半跑半跳地下楼去，再没回头。拉布勒梅和大卫也自觉地转开目光。

他像狂风卷裹无助的树叶一样将琳拉出门外，带到暮色渐染的街道上。当他们离开了仓库，他终于可以仔细地看看她，这时，他才觉得自己心里熊熊燃烧的怒火变成闷燃的余烬。他端详着她，发现她脸上写满了疲龕和沮丧。

艾萨克犹豫了一会儿，然后挽起她的手臂。他把笔记本扔进包里，“啪”的一声盖上包。

“让我们好好享受这个晚上。”他低声地在她耳边说。

她点了点头，将她的甲虫头颅在他身上靠了一瞬，紧紧地握住他的手。

因为担心被人看见，他们旋即分开。他们慢慢地走向斯莱站，如每一对彼此深爱的人一样步调一致，彼此之间却小心地保持着几英尺的距离。

第十二章

如果一个杀人犯悄悄潜入旗山或溃疡角的豪华宅第，国民卫队会等闲视之吗？怎么可能，自然不会！对独臂螳螂手杰克的搜捕就证明了这一点！然而，当剜眼杀手在**烟雾弯**肆虐时，他们什么也没做！上周焦油河中捞出又一个被挖去双眼的死者——受害者总数已上升至五名——而巨钉塔的青衣恶棍们没有一句表示。我们想说：**这个城邦的法律，对富人是一套，对穷人又是另一套！**

海报贴满新克洛布桑四处，要求**你投票**——只要你足够幸运能拥有一张选票！鲁德革特的沃日党恫吓发威，“我们终将见到”党巧言令色，多样化趋势党对受压迫的非人类种族许下空头支票，而三羽党的人类渣滓们四处散播他们的有毒论调。我们的“可选对象”便是这些可憎之人，《不羁叛逆者》号召所有“中奖者”摧毁手中的选票！建立一个来自底层人民的政党，宣布“选票抽奖制”是一种极端自私的政策。我们想说：**所有人都应享有选举权！为变革而投票！**

当泉树的码头管理层对蛙人码头工实施残酷的降薪措施后，工人们正在商量举行罢工以示抗议。可耻的是，人类码头工人的工会却公开指责他们的罢工。我们想说：**所有种族联合起来，反抗资方的压迫！**

一男一女走进车厢，德姮从阅读中抬起头来，若无其事又不落痕迹地将手里那份《不羁叛逆者》折起来塞进包里。

她坐在车厢的前端，背朝着火车前进的方向，这样她就能很自然地将这节车厢里的寥寥数人看在眼里，不必显出刻意观察的样子。火车离开塞德姆枢纽站，那两个刚刚进入车厢的年轻人身子轻轻摇晃，很快找地方坐了下来。他们穿着简朴，但衣服的质地很好，与大多数前往狗泥塘的旅客有着鲜明的区别。德姮觉得他们应该是正道教的传教士，铁道北边路德米德那所大学的学生，虔诚地乘坐火车往南，假惺惺地进入狗泥塘那个罪恶的深渊解救穷人们的灵魂。她在心底嗤笑着他们，一边掏出一面小镜子来。

她再次抬头扫视了一眼，确保没人盯着自己，然后带着审视的目光看向镜子里自己的脸。她仔细地调整头上的白色假发，按了按脸上的橡胶疤痕，确保它粘得很牢。她的衣着很费了一番心思：又脏又破的衣服，不像有钱人，不会在狗泥塘吸引不必要的注意，同时又没破烂到让人恶心的地步，不会在她上车的乌鸦塔引发过往旅客的无名怒火。

她的笔记本放在膝上。她在此次旅途中花了点时间做笔记，都是关于辛塔寇丝特奖的。第一轮评选将在这个月末的某个时候进行，她想为《灯塔》写篇文章，评论一下那些参加初期评选的作品哪些值得入选，哪些不值一提。她打算把这篇文章写得活泼有趣些，但在说到评审小组的派别之争时则采取严肃认真的态度。

她已经写了个开头，她盯着那些干巴巴的文字叹了口气。**现在不适合干这事**，她想。

德姮透过左手边的车窗向外望去，凝视着城市的景象。这是德克斯特线的一条支线，从路德米德和新克洛布桑东南边的工业区之间穿过，从此处看去，城市与天空仿佛两个巨人扭成一团，而火车正处于这场混战的中心。獾泽、斯特莱克岛以及更远处的飞地及雪克区的国民卫队大楼高高耸立在连绵的屋顶之上。萨德线上的火车在南边穿行，驶过大焦油河。

铁轨两旁，被日光晒得褪色的史前巨肋不断向后掠去，它们伸至极高处，森然俯瞰着车厢。空气中的烟雾与尘埃渐渐增多，最后火车仿佛在云团上飘行。来自工厂与机械的声音越来越响。车窗上映出了一根根稀疏排列的巨大烟囱，就像枯萎的大树——火车正从森特区飞驰而过。往东一点的地方，便是热火朝天的工业区回音沼。德姮突然想到，此刻，*就在自己下方再往南一点的某个地方*，一场蛙人的大罢工正在酝酿之中。*祝好运，兄弟们*。

火车转了个弯，她的身子在惯性的作用下向西歪去。火车正在离开泉树线，骤然转向东边，速度越来越快，准备横越前方的大江。

当火车转弯时，她瞧见了停靠在泉树码头的高桅横帆船，帆船桅杆从她的视野中一掠而过。它们在水面上轻轻地摇晃。德姮瞥见卷起的帆，粗大的桨和张着巨嘴的烟囱，兴奋的海蛟被紧紧拴在来自米尔朔克、尚克尔和纳尔·基特岛的商船上。用巨大鹦鹉螺雕刻而成的潜水钟不断在水中升起下沉，搅得河水像开了锅一般。当火车开始爬升时，德姮转过头来，看向前方。

越过南边连绵的屋顶，她能看见汹涌浩渺的大焦油河，两侧支流遍布。从古时沿袭下来的法令禁止大型船只或异国船舶驶入黑腐河与焦油河交汇处下流半英内的水域。这些船只能聚集在斯特莱克岛上流的港区。大焦油河北岸绵延一英里半的地方，挤满了装卸货物的吊车，它们此起彼伏，像正在喂食雏鸟的巨禽。密密麻麻的驳船和拖船载着需要转运的货物溯流而上，前往烟雾弯和大河套码头，以及溪滨破败的贫民窟工厂；它们拖着板条箱穿行在新克洛布桑的运河之中，这些运河连接着规模较小的特许经营企业和破败的工坊，错综复杂，如同实验室里老鼠走的迷宫。

泉树和回音泥沼的黏土被挖出，建起大量方方正正的码头和水库，巨大的闭合水道伸入城市主体，靠深深的运河与大江相连，同样挤满了船只。

曾有计划在贱地也修建一个如同泉树的大港口。此刻德姮看着的正是这个计划的结果：三条巨大的水道塞满淤泥，瘴气缭绕，臭不可闻，水面随处可见半沉没的船只残骸和扭曲的桅杆。

车轮撞击铁轨所发出的咔嚓声和轰隆声突然起了变化：蒸汽引擎正将火车拖上薏米桥的庞大桥身。火车沿着修葺不善的铁轨爬升，不时左右微微变向，速度慢了下来，仿佛极不情愿驶向前方的狗泥塘。

灰色的楼房从街道两侧升起，就像长在化粪池旁的野草。筑造它们的水泥已经开裂腐朽。许多房子甚至没有盖完，八字形的铁支架散布在本该是屋顶的地方，因为雨水和潮气生了锈，在房屋表面留下血痕般的斑斑锈迹。翼人像食腐的乌鸦盘旋在这些巨大的混凝土块上方，或是蹲在较高的楼层对着相邻建筑的屋顶扔大便。德姮每次来到这个贫民窟，见到的景象都有所变化：它的边界仿佛在不断膨胀、爆裂。隧道深埋地下，通向新克洛布桑的地下世界：由地下遗址、污水管道及隐秘墓穴构成的巨大迷宫。某天遗忘在墙边的梯子，转天就会被钉在另一面墙边，再过一天就会加上更多的木条和支架，不到一个星期，它就会变成一处楼梯井，通往一个新盖的楼层，摇摇欲坠地待在两处松沓下陷的屋顶之间。无论德姮看向何处，都能看见躺着的人、逃跑的人、在屋顶打架的人。

当狗泥塘的臭味悄然渗进正渐渐减速的火车车厢，她疲倦地站了起来。

像往常一样，车站出口没人查票。若不是被发现逃票会有极其严重的后果，德姮肯定不会费事买票，尽管被发现的可能性很小。她把手里的车票扔到检票台上，向车站外走去。

狗泥塘站的门永远是敞开的。它们锈得厉害，再加上常青藤的束缚，它们总是紧紧地贴着墙。德姮迈步走进银背猩猩街的嘈杂与恶臭中。街道两侧的墙上遍布霉菌和腐物，滑溜不堪，手推车沿着墙根一字排开。这里可以买到各种各样的商品——其中一些质量好得让人称奇。德姮转身朝贫民窟的深处走去。她身周的喧嚷连绵不断，欢腾的大喊声与叫卖声给人感觉仿佛置身于狂欢聚会。其中绝大部分是小贩在兜售食物：

“洋葱！好洋葱嘞！快来买！”

“海螺！快来尝尝海螺！”

“来口热汤暖暖身子吧！”

每个街角都是如此，还有其他大咧咧摆出来的商品和服务，任君挑选。

可怜又可恨的娼妓三三两两地聚在一起，用沙哑的嗓音招揽客人。她们身上穿着肮脏的衬裙，镶着俗丽的荷叶边，都是用偷来的丝绸制成的，脸上抹得红红白白，遮盖住瘀青伤痕及深深的皱纹。她们笑着，露出满嘴烂牙，不时吸上一小撮混杂了烟灰与老鼠药的喜赞。其中一些还是孩子，在没人盯着看的时候会拿出小纸娃娃和木环玩耍，要是有个男人走过，她们就会淫荡地噘起嘴来，伸出舌头做出舔舐的动作。

狗泥塘的站街女是这座城市最不入流的娼妓。光顾她们生意的只有那些堕落颓废又不惧尝鲜，同时对肉体有着执着迷恋的嫖客以及喜好重口味的变态，那些精于此道的人绝不会对她们多看一眼，他们只会前往乌鸦塔与烤炉区之间的红灯区。在狗泥塘，人们可以获得最快捷、最简单同时也是最廉价的肉体抚慰。这里的嫖客同娼妓一样又脏又穷，疾病缠身。

酒吧入口不断有不省人事的醉鬼被扔出来，经过机械改造的改造人担负起保镖的工作。他们摇摇晃晃地用蹄子、履带或巨大的脚掌站着，金属爪子攥紧松开，一副不好惹的样子。他们的脸残忍凶狠，时刻处于戒备状态。总有路人奚落辱骂他们，冲他们吐口水，他们只是用目光死死地盯着那些人，任唾沫在脸上凝结干涸，他们不愿也不敢失去这份工作。他们的恐惧可以理解：就在德𫍯左手边，一处承托铁轨的拱门投下的阴影里，一个大大的深坑像一张巨嘴敞开在地上。坑里的黑暗中传来屎尿混合着机油的刺鼻恶臭，以及金属低沉的叮当声与人类的呻吟，那是因为饥饿或醉酒而奄奄一息的改造人聚堆等死的地方。

一些老式的机器人摇摇晃晃地穿行在街道上，笨拙地躲避着衣衫褴褛的流浪儿向它们投掷的石子和烂泥。每面墙上都布满涂鸦。粗鲁的诗、下流的图画、充满渴望的祈祷文与摘自《不羁叛逆者》的标语口号你推我挤，抢夺着地盘：

独臂螳螂手来了！

反对选票抽奖制！

焦油河和黑腐河是她的双腿滚翻|这座城还在想爱人为何一去不返|因为她正被奸得神志涣散|狂捅她的正是政府混蛋！

教堂的墙壁也未能幸免。正道教的僧侣紧张兮兮地聚成小群，擦拭着涂在他们教堂外的下流图文。

人群中不乏非人类种族。有些看起来很疲累，显然是人数较少的虫首人。其他的与邻居们一起大笑、打趣、咒骂。一处街角有个仙人掌族正与一个蛙人激烈地争吵，周围围了一圈主要由人类组成的看客，吵架双方收获的起哄叫好声不分上下。

当德姮走过时，孩子纷纷围过来，低声地乞讨几个小钱。她没有搭理他们，但也没刻意把包往怀里拽，以免遭到扒窃。她昂首挺胸地迈着步子，走进狗泥塘的心脏地带。

周围的墙突然在头顶上方合拢，她仿佛走在一座座摇摇欲坠的桥梁下方，桥上挤满充作房间的临时居处，仿佛是由尘垢污物堆积而成。它们投下的暗影里空气湿得仿佛能捏出水来，充满凶险暗示的吱嘎声不时响起。一声呼啸突然从德姮背后传来，她感觉到一阵空气掠过后颈，一个翼人以杂技演员般的灵巧猛地蹿过这个短短的隧道，然后直冲天空，发出连串疯狂刺耳的笑声。它的突然出现让她脚下一绊，身子撞到墙上，沉闷的一声混着那个翼人留下的污言秽语，在砖拱下激起阵阵回响。

她正经过的房屋似乎与城市其他地方所遵循的建筑法则截然不同。实用性在这里毫无意义。狗泥塘仿佛一个脱胎于冲突与争斗的活物，其中的居民根本无足轻重。砖块、木材和腐朽的混凝土上满是疙瘩和空洞，簌簌地往下掉渣，这种衰败景象满目皆是，仿佛扩散的恶性肿瘤。

德姮转了个弯，走上一条发霉砖块铺成的死胡同。她小心地环顾四周，一匹接受过改造的马站在小巷的尽头，它的后腿被活塞驱动的巨锤替换。在它身后，一辆有篷的马车几乎蹭到了墙上。在这附近，任何一个走走停停、目光呆滞的人都可能是国民卫队的探子。但她必须冒这个险。

她绕到马车后面。六头猪已经从马车里卸了下来，送进墙边一处临时围出的露天猪圈。两个男人正在这促狭的地方滑稽地追着猪转来转去。猪边跑边发出长声尖叫，就像婴儿的啼哭。猪圈通向墙上贴着地面掏出的一个半圆形开口，开口大概有四英尺高。德姮往里看去，看进一个十英尺深的洞，散发着恶臭，被摇曳不定的煤气灯光微弱地照亮。地洞里传出隆隆声和低语声，扭曲的暗影在被灯光染成红色的洞壁上跳动。她的脚下人来人往，每个人的身子几乎都弯到地上，背上驮着淋淋漓漓直往下滴落液体的重物，就像正在地狱受苦的灵魂。

德姮走进左手边一个没有门的入口，沿着陡峭的楼梯走向这处位于地下的屠宰场。

春天的温暖似乎被来自地底的力量放大了。德姮额上渗出汗来，小心翼翼地穿行在颤颤巍巍的动物尸块和滑腻的凝结血迹上。房间后部有一条传送带，拖着沉重的肉钩沿着天花板阴森森地环行，消失在屠宰场更昏暗的内部。

即便是刀子反射的倏忽闪光，似乎也被这血色的昏暗浸染。德姮捂住口鼻，尽量遮挡那腐败血液和新鲜生肉散发出的浓烈恶臭。

在房间的尽头，她看见三个男人聚在她从外面看到的那个拱形开口下方。狗泥塘的光线和空气透过开口洒进这个昏暗恶臭的地洞里，仿佛被过滤了，变得惨白黯淡。

三个男人仿佛收到了某个无声的信号，齐齐往后退去。外面小巷里的捉猪人逮到了一头猪，随着一阵越来越高的咒骂声、哼哼声和惊恐的尖叫声，捉猪人将那头母猪沉重的身躯通过开口扔了下来。猪厉声惨叫着坠入黑暗，随即发现数把尖刀正在等待自己，身子立刻因为恐惧而变得僵硬。

随着一声令人反胃的断裂声，它僵硬的细腿在因为血液和粪便变得湿滑不堪的石板地上摔得粉碎。它倒在断腿骨茬处流出的鲜血中挣扎尖叫，却没法站起来逃跑或是反抗。那三个男人走上前去，动作老练而精确，一个人俯身压着猪的臀部，以免它身子弓起，一个人揪着它耷拉的耳朵将它的脑袋往后扯去，第三个人挥动刀子，割开它的喉咙。

鲜血滴滴渗出，随即"唰"的一下变成奔涌的急流，猪的惨叫声迅速地小了下去。三个男人将它抽搐的巨大身体拖上旁边一张案桌，桌旁倚着一把生锈的锯子。就在这时，一个男人看见了德姮。他用手肘轻轻推了下另一个男人。

"哎呀哎呀，本，真看不出来呀，你这个闷骚的家伙！你的性感妞儿来了！"他乐呵呵地嚷嚷道，声音大得连德姮都能听到。那个被他称作"本"的男人转过身来，冲着德姮挥手。

"五分钟。"他喊道。她点了点头。她的手依然紧紧捂住嘴巴，努力压抑着涌上喉头的胆汁和胃液。

一只只恐惧的猪猡从外面的小巷扔进来，它们扭着庞大的身躯，徒劳地拼命挣扎，而它们的最后一搏换来的只有折成古怪角度的断腿。它们一头接一头地被切开，挂到老旧的木架上放血。舌头和厚厚的皮肤褶子摆动不定，往下滴着鲜血。屠宰场地板上凿出的沟满得溢了出来，脏血漫过地板，轻轻冲刷着装着内脏和牛头的大桶。那些牛头都在沸水里煮过了，褪了毛，白森森的甚是吓人。

终于，最后一头猪宰杀完毕。精疲力尽的男人们摇摇晃晃地直起身子，浑身鲜血淋漓，头上直冒热气。他们短暂地碰了下头，一阵沙哑的笑声响起，那个被称作"本"的男人转身离开同伴，向德姮走来。在他身后，那两个男人正在破开第一头猪的肚子，将内脏拢进一个巨大的水槽里。

"迪，"福莱克斯轻轻地说，"我就不吻你当作打招呼了。"他飞快地朝湿淋淋的衣服和溅满鲜血的脸比画了一下。

"非常感激，"她回答说，"我们能离开这里吗？"

他们低头避开天花板上一抖一抖不断环行的肉钩，小心地走向黑暗的出口。他们走上楼梯，回到地面，走进一条狭窄的走廊，走廊上方是一长串脏兮兮的天窗，透过天窗看去，蓝灰色的天空显得黯淡了不少。

德姮跟着本杰明走进一个没有窗子的房间，房间里摆了个浴缸，还有一个水泵和几只桶，门后头挂了几件粗布长袍。德姮静静地看着本杰明脱去肮脏发臭的衣服，扔进一个装有水和肥皂粉的桶里，接着他挠了挠身子，惬意地伸了个懒腰，开始用力往浴缸里泵水。他赤裸的身体沾着条条油腻的血迹，仿佛新生的胎儿。他拿起块肥皂在水流四溅的泵嘴下冲着，搓出肥皂泡来。

“你这样拔腿就走开小差，你的伙伴们好像很理解的样子呀?”德姮客气地开口道，“你是怎么跟他们说的？我偷走了你的心，你也偷走了我的？还是说纯属生意上的会面?”

本杰明吃吃地笑起来。他说话的时候带着浓重的狗泥塘口音，与德姮的上城区口音截然不同。

“哎呀，不知道了吧，我刚才是在值额外的一轮班次。今天我的班已经值完了。我告诉了他们你会来。他们只知道你是个妞儿，你很中意我，我也中意你。对了，刚才忘了说，你那顶假发，绝了，”他歪着嘴笑起来，“很适合你，迪。你看起来漂亮极了。”

他站到浴缸里，慢慢地将身子浸入水中，皮肤上泛起密密麻麻的鸡皮疙瘩。水面浮起一层厚厚的带血泡沫，血和污垢慢慢从他皮肤上脱落，懒洋洋地打着旋，漂向水面。他闭上眼睛躺了一分钟。

“迪，不会太久的，我保证。”他用近乎耳语的声音说。

“慢慢来，不着急。”她回答。

他将脑袋也滑进肥皂泡里，厚厚的头发在水面盘旋卷绕，吸饱了水后慢慢下沉。他在水下屏息片刻，然后开始大力地擦洗身体，不时探出头来呼吸空气，再接着把头埋进水里。

德姮接了一桶水，站到浴缸边。当他再次将头探出水面时，她将桶里的水慢慢地从他头上淋下去，将他身上沾着的红色泡泡冲干净。

“噢……太爽了，”他喃喃地说，“再来，求你了。”

她满足了他的请求。

当他终于从水里出来的时候，整个浴室看起来就像暴力凶杀案现场。他将那些黏滑的残渣倒进地板上的一处排水道，听着那堆东西发出泼溅声一路穿过墙后的管道。

本杰明把自己塞进一件粗糙的长袍，朝德姮晃了晃脑袋。

“亲爱的，我们是不是该办正事了？”他冲她眨了眨眼。

“只管告诉我你需要什么服务，老爷。”她回答说。

他们离开了浴室。本杰明睡觉的小房间就在走廊的尽头，处于天窗照进来的光线笼罩之中。他们走进去，本杰明锁上身后的门。房间就像一口井，只是比井更深更宽。一扇肮脏的窗户镶在方方正正的天花板上。德姮和本杰明踩着薄薄的地垫走到窗下一个破烂不堪的旧衣柜旁，它像是一件遗物，隐约能够看出曾经的富丽堂皇，在这个典型的贫民窟房间里显得很是突兀。

本杰明伸手进去，将几件油乎乎的衬衣拂到一旁，然后将手指插进衣柜木头背板上特意钻出的几个小洞里，轻轻一哼，将背板整个取下。他小心地将它侧过来，放到衣柜的底板上。

一个小小的砖门赫然立在墙上，德姮往里看去，本杰明则伸手从衣柜里的小架子上取下一盒火柴和一根蜡烛。伴随着一阵浓烈的硫黄气味，他用火柴点燃了蜡烛，用手笼着烛焰，免得它被密室中涌出的冷空气吹灭，然后迈步穿过衣橱，用手中烛光照亮《不羁叛逆者》的办公室。德姮随之跟上。

德姮和本杰明点燃了办公室里的煤气灯。房间很大，比本杰明的卧室地势要低。房间里的空气沉重凝滞。没有自然光。高高的上方有一个天窗的框架，但玻璃被涂成了黑色。

房间里随意散放着快要散架的椅子和两张桌子，上面都堆满了纸、剪刀和打字机。有把椅子上坐着一个静止不动的机器人，眼睛暗淡无光，它的一条腿被压碎了，铜线和玻璃碴杂乱地露在外面。墙上糊满海报。成捆发霉的《不羁叛逆者》一行行地摆在房间里。一面潮湿的墙边靠着一架沉重的印刷机——一个沾满润滑油和墨水的庞大铁疙瘩。

本杰明在最大的桌子旁坐下，往身边拉过一张椅子。他点燃一根软塌塌的长香烟，它燃得很快。德姮在他身边坐下，用拇指朝那个机器人比画了一下。

“那旧玩意怎么样？”她问。

“白天用起来太他妈吵了。我必须等其他人都走了才敢用，不过话说回来，印刷机本身也很吵，所以也没什么区别。不用亲自动手转那个倒霉轮子还真是轻松了不止一点半点，你知道的，两周一次，每次都得转他妈一整晚。我只需要往它的肚子里扔一点煤炭，把印刷机指给它，然后就可以安心地打个盹儿了。”

“新的一期怎么样？”

本杰明慢慢地点了点头，指着身边椅子上捆好的一堆报纸。

“还行。还得再印些出来。我们为你那篇畸形秀和改造人的故事造了造势。”

德姮挥了挥手。

“那又不是什么大新闻。”

“没错，但它是……*怎么说呢*……*一块砖头*……我们正好冲着选举扔过去。意思跟‘去他妈的选票抽奖制’一样，只是用词没那么激烈。”他笑了。

“我知道它跟上一期其实没什么两样，只是刚好赶上今年这时候了。”

“你今年没那好运中奖吧？”德姮问，“你抽中了吗？”

“没。我这辈子只中过一次，还是好多年前。紧紧地抱着我的选票跑出去投票，自豪得要命，最后投给了‘我们终将见到’党。年轻人的一腔热血呐。”本窃笑起来，“你连抽奖的资格都没有，对吗？”

“恶魔的尾巴呀，本杰明，我没有那么多钱！要是我有钱的话，倒是能给《不羁叛逆者》提供一些新的视野。唉，我今年也没那运气。”

本杰明把捆着那堆报纸的细绳扯断，拿了几份推到德姮面前。她拿起最上面一份，瞥了眼头版。每份小报都是四开大小。头版的字体与《灯塔》《辩论报》及其他新克洛布桑合法出版物别无二致。然而，在《不羁叛逆者》这份报纸厚厚的内页里，是挤得满满当当的故事、口号和激励的话语。它很丑，却很讲究实效。

德姮掏出三谢克尔推到本杰明面前。他收下钱，低声嘟囔了句谢谢，然后把钱放进桌子前面一个罐头盒里。

“其他人什么时候来拿？”德姮问。

“差不多一个小时后，我约了两个人在酒吧见面，然后今晚和明天就休息了。”除了少数特殊的情况，为《不羁叛逆者》写文章的作者互相之间不能直接碰面，在新克洛布桑激烈动荡、虚伪残暴的政治环境里，这是一种必要的防范措施，能让国民卫队密探渗透进来的几率降到最低。本杰明是编辑，这份小报的工作人员不断变动，只有他是每个人都认识的，也只有他认识每个人。

德姮注意到自己座椅旁边的地板上放了一堆印刷粗略的纸张。都是些与《不羁叛逆者》类似的政治煽动小报，与《不羁叛逆者》既是同志，又是竞争对手。

“有什么值得一提的？”她指了指那堆报纸，问道。本杰明耸了耸肩。

“这周的《呐喊》全是废话。《创造》的头条文章还不错，写的是鲁德革特正在同航运公司做交易。实际上，我正打算派人跟进这条线索。其他的就没什么可说的了。”

“你要我跟进这条线索吗？”

“这个……”本杰明快速地浏览了一下报纸，又查阅了自己的笔记。“其实就是时刻注意码头罢工的新动向……考察舆论，试着搞到一些新的积极回应，一些新的引语，诸如此类的。要不你还是写篇大概五百字的文章，结合历史谈谈选票抽奖制，怎么样？”

德姮点了点头。

“还有什么值得我们关注的？”她问。

本杰明噘起嘴唇。

“倒是有一些谣言，说鲁德革特正在研究什么疾病，可疑药物什么的：我倒是想跟进这条线索，但你也知道，只有圣嘉罢他老人家才知道这条消息经过了多少张嘴的添油加醋。不过，还是得留心着点。还有件事情……现在还没定下来，不是很有意思。有人告诉我说，他们正在同某人交涉，那人希望揭发鲁德革特勾结黑社会犯下的罪行。”

德姮慢慢地点了点头，意识到了这条线索的价值。

“听起来很有趣。具体是什么？毒品？卖淫？”

“他妈的，你能想到的每个赚钱的行当，操蛋的鲁德革特肯定都他妈的会插上一脚。他们那种人都是那样。你辛辛苦苦做出点什么来，他得从中捞一把，到了还让国民卫队收拾你的客户，要么塞进监狱，要么就是搞出一批新的改造人或是奴隶矿工送进箭镞公司的矿井里去……任君挑选。我不知道这个告密者存了什么特别的心思，但跟他交涉的人显然很紧张，时刻准备溜之大吉。不过你别担心我，迪，我会很小心很小心的，”他朝她眨了眨眼，“我不会让这条线索溜走的。”

“有什么进展一定要告诉我，好吗？”德姮说。本杰明点了点头。

德姮将面前的报纸收拢起来，放进一个袋子里，上面盖上一大堆杂七杂八的东西，然后站起身来。

“好了。我还有事要忙。顺便说一句，那三谢克尔里包括十四份已经卖掉的《不羁》。”

“好。”本杰明说着，在办公桌上的许多本笔记本里找出一本，记下这个数字。然后他站起来，示意德姮先出去。她在他的小卧室里等着，他一边关掉印刷机上的指示灯，一边隔着门洞问她。

“格雷姆勒布林还在买吗？就是那个古怪的科学家。”

“是的。其实他人挺好的。”

“前几天我听到了一些关于他的有趣谣言，”本杰明说着，穿过衣柜走出来，用抹布擦着油腻的手，“就是他出钱收鸟儿吗？”

“哦，是的，他在做什么实验。本杰明，你也听说了那些令人吃惊的事情吗？”德姮咧开嘴笑起来，“他在收集翅膀。我觉得他似乎很看重这么个原则，那就是如果可以通过非法渠道搞到什么东西，就绝不通过合法渠道去购买。”

本杰明欣赏地摇了摇头。

“嗯，那家伙很擅长这事。他知道怎么把话传出去。”

他一边说话，一边探进衣柜，把衣柜的背板抬起来放回原位。他把木板压实了，然后转身看着德姮。

“好了，”他说，“现在我们得进入我们该扮演的角色了。”

德姮草草地点了点头，伸手把头上的白色假发弄乱了些，又解开复杂的鞋带。本杰明也将衬衣拉开，然后屏住呼吸，将胳膊从身体一侧晃到另一侧，直到脸色变成深红。他猛地呼出一大口气，深深地呼吸着，眯着眼睛看向德姮。

“哎呀，”他哀怨地说，“你可饶了我吧。我的老脸还要不要了？你起码得装出点劳累的样子嘛……”

她冲着他咧开嘴笑了，叹了口气，使劲揉了揉脸颊和眼睛。

“哦，本先生，”她夸张地尖叫道，“你是最棒的！”

“这还差不多……”他咕哝着，冲她眨了眨眼。

他们打开门，走进走廊。他们刚才所做的这些准备工作其实根本没有必要。四周一个人也没有。

远远的下方，绞肉机的声音隐隐传来。

第十三章

琳醒来时，发现自己和艾萨克头挨着头，她盯着艾萨克的脸看了很长时间，让自己的触须在他的呼吸中轻轻飘动。她想，自己已经很久没有这样什么都不想，只是开开心心地看着他了。

她稍微侧过身子，正对着他，伸出手去轻轻抚摸他。他咕哝着，闭上嘴巴。他的嘴唇噘起，呼气的时候会发出短促的一声“啵”，微微张开。她用手抚过他庞大的身躯。

她为自己高兴，为自己在昨晚所做的事情高兴和自豪。她太痛苦太孤单了，于是她做出了一个大胆的举动，不请自来地去了艾萨克工作的地方，艾萨克很生气，但她还是想办法让这个夜晚变得十分愉快。

琳并不是有意利用艾萨克的同情心，只是他的怒气消退得那么快，一下子就变成了对她的关心。当时她显得疲惫不堪、情绪低落，对此她隐隐感到满意，这样她就不必刻意说服他自己需要呵护。他甚至辨认出了她甲虫头颅的动作中所包含的情绪。

尽管当时艾萨克拼命不想让人看出他们是一对，但她还是看到了积极的一面。当他们一起走在街上时，虽然没有肢体上的接触，步调却和谐统一，让人想起年轻人类恋爱时欲说还休的羞怯。

虫首人中没有这样的事情。为生育后代而进行的头部交媾只是一种例行公事，是种族繁衍的责任和义务，毫无愉悦可言。虫首族雄性都是愚笨无知的甲虫，样子就像女虫首人的甲虫头颅，他们会沿着女虫首人的身体一路爬上来，与甲虫头颅进行交媾，琳一直庆幸这些年来自己不用再经历这种事情。虫首女性之间的性爱才是出于欢愉的目的，那是一种公开的集体狂欢，更像一种仪式。调情的手势、个体或群体之间对示爱的接受或拒绝都那么程式化，像一种舞蹈。那些结结巴巴、紧张兮兮、欲火焚身的年轻人类会做出的举动，虫首人根本不会做。

琳已经在人类文化中浸润了足够长的时间，能够理解艾萨克和她一起走在城里时显出的畏怯不过是一种人类的传统。在她开始这段违法的跨种族性爱关系之前，她一直热衷于与本种族的女性做爱，只在新克洛布桑各处陆陆续续地听说过人类在进行交配之前会浪费时间进行毫无意义、磕磕绊绊的交谈，从理智上说，她鄙视这种行为。但让她惊讶的是，现在她有时也能从艾萨克那里感觉到这种扭扭捏捏、含糊暧昧的情愫——而且她非常喜欢。

昨天晚上，当他们沿着凉爽的街道走向车站，再乘着火车穿越城市上空回到阿斯匹克贫民区时，她便感觉到这种情愫正在逐渐累积。当然了，它给这个夜晚带来的良好影响之一，便是让那水到渠成而又酣畅淋漓的性爱更加充满柔情蜜意。

门一关上，艾萨克便攥住了她，她张开双臂紧紧地拥抱他，推得他不住后退。欲望如潮水般汹涌而来。她伏在他的怀里，张开甲虫头颅上的硬壳，让他抚摸她的双翅，他用颤抖的手指这样做了。她让他这样抚摸了好一会儿，仔细体味其中饱含的爱意，然后才将他拉到床上。他们相拥翻滚，直到他躺在她的下面。她扒下自己的衣服，也用力扯去他的衣服。她骑在他身上，开始的时候，他轻抚着她坚硬的甲虫头颅，双手顺着她的身体曲线一直往下，握住她的胸，攥住她的臀。

之后他做了晚饭。他们边吃边聊。琳没有告诉他任何关于莫特利先生的事情。当他问起她这天晚上为何如此沮丧时，她很不安，开始半真半假地告诉他自己正在创作一尊巨大的雕塑，很难，而且她不能给任何人看，这也意味着今年她不会参加辛塔寇丝特奖的评选，这个工作耗费了她的全部精力，她在城里找了一个地方做工作室，这个地方不能告诉他。

他显出一副专注的样子听她说话。也许这是他故意的。当他忙于某项研究时，常常会表现得心不在焉，他知道琳有时会因此生气。他用夸张的哀求语调问她到底在什么地方工作。

当然，她不会告诉他。

他们掸去身上的面包屑和水果核，再次回到床上。艾萨克陷入沉睡时还紧紧地抓着她。

当琳醒来时，她花了很长时间慢慢地欣赏艾萨克的睡容，然后才起身为他准备早餐吃的炸面包。他在香味中醒来，吻了她的脖子，还开玩笑似的亲了亲她甲虫头颅的肚子。她用甲虫头颅上的细足轻轻抚摸他的脸颊。

*今天上午你必须去工作吗？*她坐在桌子对面朝他比画着，同时用下颚咀嚼着一颗葡萄柚。

艾萨克从他的面包上抬起眼睛，目光里带着一丝不安。

“呃……是的。亲爱的，我真的得去。”他一边用力咀嚼一边看着她说。

你说什么？

“那个……我在家里弄了那一大堆东西，那些鸟啊什么的，但其实有点可笑。你看，我研究鸽子、知更鸟、灰背隼，但我并没有近距离地观察过一只该死的鹰人。所以我要去找鹰人。我一直把这件事情往后拖，但现在我觉得是时候了。我要去滴溅区。”艾萨克做了个鬼脸，仿佛在强调这个地名代表的意味。他又咬了一大口面包，当他吞咽的时候，抬起眼皮瞥了琳一眼。“我不觉得……你想一起来吗？”

*艾萨克，*她立刻比画道，*你要不是真想带我去，就别这么问我，因为我说不定真想去，说不定真的会答应的。哪怕是去滴溅区。*

“那个……我真的……我*真*这么想。我是认真的。要是你今天上午不用去忙你的大作，那就跟我去玩好了，”他越说语气越是确定，“来吧，你可以当我的实验助手。不对，我知道你能干什么了：你可以当一天我的专属摄影师。带上你的相机。你需要休息一下。”

艾萨克的勇气似乎越发高涨。他和琳一起离开房子，没有表现出任何局促不安。他们沿着沙得拉街漫步了一会，朝着西北方的萨拉克斯区站走去，但艾萨克渐渐变得不耐烦起来，半路拦下了一辆出租马车。头发蓬乱的车夫看到琳的时候扬起了眉毛，但并没有说出任何反对的话语。他对着拉车的马嘟哝着，同时歪了歪头示意艾萨克和琳上车。

“先生，上哪儿?”他问。

“滴溅区，多谢。”艾萨克颇为正式地说，好像在用郑重的语气掩饰这个目的地的不堪。

司机转过头来看着他，仿佛不相信自己的耳朵。“先生，您一定是在跟我开玩笑。我可不会去滴溅区。我顶多把您带到瓦尔多山。您可以去碰碰运气。我可不想冒那个险。要是我进了滴溅区，他们敢当着我的面把我的马车轮子给卸喽。”

“行，行，”艾萨克烦躁地说，“你*敢*到哪儿就到哪儿好了。”

当这辆快要散架的双座出租小马车摇摇晃晃地驶过萨拉克斯区的卵石路时，琳拽了拽艾萨克的胳膊。

*真的很危险吗?*她紧张地比画道。

艾萨克四处看了一下，然后也开始用手语回答她。他比画得比她慢很多，也没有那么熟练流畅，但使用手语可以方便他挖苦出租车夫。

*那里的人……只是太他妈穷了。他们会偷过路人的东西，不过不会抢，除非特殊情况。这个蠢货只是太胆小了。读过太多……*艾萨克犹豫了，皱起眉头，显出专注思考的神情。

“不知道这个词用手语该怎么说，”最后他低声说道，“‘耸人听闻’。读过太多耸人听闻的报纸了。”他靠回椅背，向窗外看去，啸冈的轮廓线正在他左手边颠簸着向后掠去。

琳从没去过滴溅区。她知道这个地区只是因为它实在臭名昭著。四十年前，洼行线从巫妖滩的西南边延伸出去，穿过了瓦尔多山，通到原木林毗连城市南部的前缘林地。城市规划者和有钱人已经在那里搭起高层住宅楼的框架：虽然不像附近双桅原的巨型公寓楼那样高得直入云霄，但依然令人过目难忘。他们修建了火车站：落木站，已经通车了，正在原木林中修建另一个车站，森林里已经清理出一条狭窄的通道以供铺设铁轨。他们还计划在这个林中车站一段距离之外再修建一个车站，一步步地将铁路贯通整座森林。甚至还有些尚未确定的计划，更为荒唐而自负，打算将铁轨再往南边或西边铺设几百英里，将新克洛布桑与米尔朔克或天鹅海连接起来。

就在这个时候，钱用完了。一些金融危机出现了，一些投机泡沫破灭了，一些贸易网络在竞争的压力下崩溃了，产品极大过剩，虽然非常便宜，却没有人能买，于是这个项目夭折了。火车还是会开往落木站，毫无意义地等上几分钟，然后返回城市。原木林迅速地收复了尚未完工的住宅楼南边的土地，吞噬了还没来得及取名的林中车站和生锈的铁轨。许多年里，落木站总是冷冷清清、无人光顾。然后，一些乘客开始出现。

仅有空空外框的宏伟高楼开始被填补修葺。来自旋纹平原和门迪坎山麓的乡下穷人开始悄悄地溜进这个废旷的街区。流言传开，这是一个幽灵地区，议会鞭长莫及，虽然没有污水管道系统，但同时也没有税捐、没有法律。偷来的木头钉成的粗糙框架填充了空荡荡的地板。仿佛一夜之间，铺了一半的街道边便搭起了水泥小屋和瓦楞铁皮棚子。居民增长的速度堪比霉菌蔓延。这里没有煤气路灯照亮夜晚，没有医生，没有工作岗位，但不到十年的时间里，这个地区已经挤满了胡乱搭建的简易窝棚。它有了一个名字，滴溅区——形象地反映出该地区的恣意扩增、杂乱无章：整个臭气烘烘的棚户区仿佛没有定形，就像一摊稀屎从天而降，四散溅开。

这块城郊地区不在新克洛布桑政府当局的掌控之中。自有一套很不可靠的基础结构：自封的邮递员、环卫工程师，甚至还有某些不成文的法规。但即便在最好的情况下，这些体系也是不完整的，效率十分低下。在绝大多数时候，不管是国民卫队还是新克洛布桑的其他市民，都不会前往滴溅区。镇上唯一的外来访客就是定时出现在落木站的火车——养护良好的落木站在此地显得极不协调。有时也会有成群结队的蒙面暴徒在晚上闯进这个地区恐吓、杀人。滴溅区的街头流浪儿尤其容易成为这些杀人小分队的施暴对象。

甚至连狗泥塘和贱地这些贫民窟的居民都看不起滴溅区的人。在人们眼中，滴溅区就不是城邦的一部分，而是个不请自来的陌生小镇，觍着脸皮赖在新克洛布桑旁边。这里穷得根本吸引不了任何产业，不管是合法的还是不合法的。滴溅区的犯罪都是些小偷小摸，出于绝望，为了生存。

滴溅区还有一个值得一提的地方，也就是吸引艾萨克造访它那可憎街巷的原因——在过去三十年里，它一直是新克洛布桑鹰人种族的聚居地。

琳望着双桅原那些巨大的塔楼。她能够看到小小的身形扑打着双翼乘风而起，在塔楼上空盘旋。翼人，或者是几只鹰人。近旁有座国民卫队塔森然俯瞰着街区，空中缆道从它上面优雅地一路降下，掠过出租马车上方。

出租马车停了下来。

“好了，先生，我就能到这儿了。”车夫说。

艾萨克和琳下了车。出租马车一侧是一排整洁的白色房子。每栋房子前面都有个小花园，绝大多数显然都有人勤勤恳恳地照管。道旁种着成行的茂密榕树。出租车的另一侧，白色房子的对面是一个长而窄的公园，草木铺成大约三百码的绿色长条，越是远离街道地势越低，显出一个陡峭的坡度。这道窄窄的绿地夹在瓦尔多山职员、医生和律师居住的优雅房屋与山脚那片摇摇欲坠的杂乱棚户之间，充当着“真空地带”的角色。那片混乱不堪的棚户区，便是他们此行的目的地：滴溅区。

“他妈的，难怪滴溅区那么不受欢迎呢！”艾萨克深深地呼吸了一下，

“瞧，这些住在上头的好人们往这边一看，风景全毁了……”他邪恶地笑了笑。

放眼望去，琳可以看到穿过瓦尔多山麓的洼行线。大山西侧的一片草地上仿佛用刀切出了一道裂口，火车便在其间穿行。红砖砌成的落木站森然俯瞰着烂泥坑般的滴溅区。在城市的这个角落，轨道只比房屋稍高，但落木站并不需要修得多高多宏伟就能傲视周围那些简易窝棚了。滴溅区的所有建筑中，只有那些经过“整修”的塔楼框架可以用高来形容。

琳觉得艾萨克用手肘轻轻推了她一下。他指着靠近铁路的几栋大楼。

“看到了吗？”她点点头，“抬头看顶上。”

琳随着他手指的方向看去。那几栋高大建筑的下半截看起来空空荡荡。但从第六层还是第七层开始，便有大树枝般的东西以奇怪的角度从墙上的缺口中伸出来。窗户都蒙上了牛皮纸，不像下面的楼层那样完全是一个个空洞。从这些楼层一直到平坦的屋顶——与艾萨克和琳现在所站的地方差不多高——可以看到小小的身影。

艾萨克又朝空中比画了一下，琳随之看去，又是吃惊又是激动。长着翅膀的生物正在天空翱翔。

“那些就是鹰人。”艾萨克说。

琳和艾萨克走下山坡，向铁道走去，他们稍稍向右转了一点，正朝向那些鹰人筑巢的高楼。

“这座城邦几乎所有的鹰人都住在那四栋大楼里。整个新克洛布桑可能还不到两百只。也就是说他们大概只占了……呃……总人口的百分之零点零三……”艾萨克笑了一下，“看到没，我一直在做功课呢。”

但他们并不全都住在这里吧。比如拉克里齐？

“哦，当然，的确有从这里走出去的鹰人。我曾经教过一个，很好的小伙。我听说狗泥塘可能有两个，黑泥地有三四个，大河套码头有六个。圣嘉罢岗和悉利亚各有几个。一代里面能出那么一两个像拉克里齐那样混得还不错的。顺便说，我从没读过他的东西。写得好吗？”琳点了点头。

“对，有像他那样的，而其他的……你知道的，像那个多样化趋势党里头的白痴……叫什么来着……夏杰什，对，就叫这个。他们把他吸收进去只是为了证明多样化趋势党代表了*所有*非人类种族的利益，”艾萨克换上一种粗鲁的语气，“特别是那些有钱的。”

不过他们大多数都在这里。可你在这里一定很难打听到……

“大概是吧。我说得是有点太轻巧了，实际上……”

他们穿过了一条小溪，速度慢了下来，他们已经接近滴溅区的外围了。琳双臂交叉抱在胸前，摇了摇甲虫头颅。

*那我来这儿干什么？*她嘲讽地比画道。

“你来开阔眼界呀，”艾萨克轻快地说，“了解在我们美丽的城邦中其他种族是怎样生活的，这很重要的。”

他拉着她的胳膊，直到琳半推半就地任他将自己拽出树荫，走向滴溅区。

一条八英尺宽的沟渠横在艾萨克和琳面前，将滴溅区与瓦尔多山公园分开，随意搭起的木板构成一座摇摇欲坠的桥。他们一前一后地走上桥，不时伸出胳膊保持平衡。

他们脚下五英尺的地方，是一沟粪便、污物和酸雨汇成的恶臭黏浆。表面不时浮起几个泡泡，碎裂后散发出令人欲呕的气味，肿胀的动物尸体随处可见。不时还能看见上下沉浮的生锈罐子和缠结成团的生物组织，既像肿瘤，也像死胎。沟里的液体与其说是流动，不如说是蠕动，表面覆着厚厚一层油，显得张力极大，根本不会迸裂：从桥上落下的小石子悄无声息地就被吞没了，连一丝水花都没溅起。

艾萨克一只手捂住口鼻以抵挡恶臭，却无济于事。走到一半的时候，一阵强烈的呕吐感冲上喉头，他忍不住干呕了一下，他拼命压抑，以免真的吐出来。他简直不敢去想要是在这桥上绊了一下，失去平衡掉进沟里会怎样。

空气中的烂泥味道也同样让琳恶心不已。等他们终于踏上桥那头的土地时，好心情已经荡然无存。他们拖着脚步默默地走进迷宫般的滴溅区。

琳发现自己在这样低矮的建筑群间很容易辨清方向：他们之前看到的那几栋大楼就在车站前面，清晰可见。他们轮流走在前面，小心翼翼地跨过房屋间盛满污物的沟渠。他们面无表情，已经出离嫌恶了。

滴溅区的居民围上来盯着他们看。

面色阴郁的男人和女人们，数以百计的孩童们，都穿着垃圾堆里捞出来的破衣烂衫，上面叠满了麻袋布做的补丁。当琳走过的时候，小小的手掌和指头攥住她。她拍开那些手指，走到艾萨克前面。他们周围的声音开始只是喃喃低语，随即变成一波盖过一波的乞讨声。但没有人做出企图阻拦他们的举动。

艾萨克和琳吃力而麻木地穿过拐来拐去的街道，眼睛只盯住那几栋塔楼。他们屁股后面跟了密密麻麻的人群。当他们渐渐走近塔楼时，鹰人在空中疾驰而过的身影也渐渐变得清晰起来。

一个块头几乎跟艾萨克一样大的胖男人拦在了他们前头。

“先生，伙计。”他唐突地叫道，朝他俩点头。他的眼珠滴溜溜直转。艾萨克用手肘轻轻推了下琳，示意她停下。

“你想干什么？”艾萨克不耐烦地问。

那男人说起话来语速很快。

“那个，滴溅区很少有游客来，我想你们二位需不需要个导游什么的。”

“别闹，伙计，”艾萨克吼道，“我他妈的不是**游客**。上一次我来这儿是作为野蛮彼得的客人，”他气势汹汹地说，在说到那个名字时刻意压低了声音。“这回，我是想同他们来个小小的谈话。”他用手指了指空中的鹰人。胖男人微微地畏缩了一下。

“您是来同鸟人们说事的？先生，什么事啊？”

“关你屁事！我问你，你愿意带我去他们住的地方吗？”

胖男人举起双手，显出息事宁人的态度。

“先生，我不该瞎打听的，不关我的事。很高兴带您去鸟人住的地方，只要您大发慈悲，赏个小钱。”

“噢，看在圣嘉罢的分上。别担心，你会拿到好处的。只要**别**——”艾萨克冲着周围目不转睛盯着他们的人群嚷嚷道，“他妈想着偷或是抢。我身上的钱足够雇一个体面的向导，决不会只给一个小钱就打发了，而且我知道，要是野蛮彼得知道他的老伙计在他的地盘上出了点什么事，肯定会**大发雷霆**的。”

“拜托，先生，您这不是侮辱我们滴溅区的人嘛。别再说了，跟我走就是了，怎么样？”

“带路，伙计。”艾萨克说。

当他们辗转经过滴水的混凝土墙和生锈的铁屋顶时，琳转向艾萨克。

圣嘉罢在上，你都说了些什么啊？野蛮彼得是谁？

艾萨克边走路边打手势。

全是瞎说的。曾经跟莱缪尔来见过野蛮彼得一次，一件……没法细说的差事。本地的大人物。我甚至不知道他是不是还活着！就算活着肯定也不记得我了。

琳有点气恼。她才不信滴溅区人真的对艾萨克刚才那通可笑的咋咋呼呼买账。但他们又的确正被领向鹰人筑巢的塔楼。也许她刚才看到的与其说是冲突，不如说是某种套路。也许艾萨克根本谁也没骗到，谁也没吓唬到。也许那些人只是出于同情配合他一下罢了。

简易的窝棚在塔楼底部围了一圈，就像小小的浪花。琳和艾萨克的向导热情地朝他们点点头，然后指向立在一个广场上的四座大楼。大楼之间被阴影遮盖的空地上有一个花园，里面居然有植物，扭曲的树木拼命向着阳光照射的地方生长。肉质植物和顽强的野草从灌木丛里探出头来。鹰人就在上空的云层下盘旋。

“先生，那就是你要找的地方！”胖男人夸耀般地说。

艾萨克犹豫了。

“我要怎样……我不想就这么偷偷溜进去……”他结结巴巴地说，“呃……我怎样才能吸引他们的注意？”

向导伸出一只手。艾萨克盯着他看了一会儿，然后摸了枚谢克尔出来。男人喜笑颜开地收下，把它放进口袋。然后他转身从大楼的外墙边退开一些，把手指放进嘴里吹了声口哨。

“嘿！”他高声大喊，“鸟人们！有位先生想跟你们聊聊！”

依然包围着艾萨克和琳的人群中也爆发出热情的大喊。粗哑的喊声飞向空中，通知鹰人有客人了。一群正在翱翔的身影渐渐汇拢到滴溅区居民们的头顶。接着，其中三只微不可察地调整了双翼，骤然垂直落下，声势颇为惊人。

人群中响起一片响亮的倒抽气声和赞赏的口哨声。

三只下落的鹰人像死神一般向翘首等待的人群冲来。在距离地面二十英尺的时候，他们平展的双翼猝然抽动，打破了急速下坠的势头。他们用力地拍打空气，将狂风与乱沙送到下头的人脸上与眼里。他们上下盘旋，下降了一点，又再次上升，正好悬停在人够不着的地方。

“你们喊什么呢？”左边的鹰人用尖厉的声音开口道。

“真有意思，”艾萨克小声地对琳说，“他的声音是鸟的声音，但一点也不像雅格里克那么难懂……拉贾莫语一定是他的母语，他说不定从没说过其他的语言。”

琳和艾萨克盯着眼前神奇的生物。这几只鹰人上半身都裸着，腿上穿着棕色的薄马裤。其中一只有着黑色的羽毛和皮肤；其他两只则是深褐色的羽毛和肤色。琳凝视着他们巨大的翅膀。那些翅膀伸展开来，拍打着空气，跨度至少有二十英尺。

“这位先生……”向导开口说，但艾萨克打断了他。

“很高兴见到你们，”他大喊道，“我有个提议给你们。我们可不可以聊一聊？”

三只鹰人交换了一下眼色。

“你想干什么?”那只黑色羽毛的鹰人大声回答。

“那个，你们看——”艾萨克朝周围的人群做了个手势，“——这真不是我想象中的谈话场面。有什么地方可以让我们私下谈谈吗?”

“当然有!”一开始说话的那只鹰人说，“上头见!”

三对翅膀齐齐发出隆隆的扑扇声，鹰人消失在天空中，留下艾萨克在地面哀嚎。

“等等!”他大喊。但已经晚了。他环视四周，找到那个向导。

“我觉得，”艾萨克问他，“那楼里的电梯肯定没法用，对吧?”

“根本就没装电梯，先生，”向导幸灾乐祸地笑着，“您最好开始爬楼梯了。”

“亲爱的圣嘉罢啊，琳……你先走，别等我。我要死了。我只想躺在这里死掉。”

艾萨克瘫倒在第六层和第七层之间的夹层楼面。他呼哧呼哧地喘着气，一个字一个字往外蹦地说完这句话。琳站在他旁边，手扶着臀，一脸愠怒。

起来，你这个死胖子，她比画道，**没错，累死了。我也是。想想那些金子。想想你的科学。**

艾萨克承受着这劈头盖脸的责骂，一边呻吟一边摇摇晃晃地站起来。琳不住催促他踏上水泥楼梯的头一阶。他用力咽了口唾沫，拽着扶手站了上去，然后踉踉跄跄地继续往上爬。

楼梯井里灰暗一片，没有点灯，只有透过角落和裂缝照进来的光。他们爬上第七层，这时楼梯才显出有人使用的样子。他们脚边开始出现成堆的垃圾。楼梯不再积满厚厚灰尘，而是沾满污垢。每层楼梯间都有两个门，透过开裂的木门，鹰人粗粝的交谈声隐约可闻。

艾萨克慢慢地拖着脚步往前挪，显得十分可怜。琳跟在他后面，刻意无视他粗重的呼吸声——那几乎是在大声宣告“老子心脏病要发作了”。过了漫长而痛苦的几分钟后，他们终于抵达了顶楼。

他们头顶便是通往屋顶天台的门。艾萨克靠在墙上擦了擦脸。他浑身都被汗水湿透了。

“让我喘口气，亲爱的，”他口齿不清地说，甚至试图露出一个笑容，“哦，神啊！为了科学，对吧？准备好你的相机……好了。我们走吧。”

他站了起来，深深地吸了口气，然后慢慢走完最后一段通向天台门的距离，打开门，走进屋顶浅淡的天光下。琳跟在后面，手里拿着相机。

虫首人的眼睛可以瞬间适应从暗处到亮处的转变。琳迈步走上粗糙的水泥天台，天台上凌乱地散布着垃圾和混凝土碎块，她看到艾萨克正抬起手遮在额前，拼命地眯着眼。她冷静地向四周望去。

往东北方一点的地方，耸立着瓦尔多山，蜿蜒的高高山脊仿佛刻意阻挡了从此地望向城市中心的视线。巨钉塔、帕迪多街车站、议会大厦和大温房的圆顶冒出山脊一头。在瓦尔多山对面，琳看见原木林蔓延出无数英里，直至消失在地平线尽头。林中时不时有石头小山透过如盖的树荫探出头来。远远的北边，越过一览无遗的广阔土地，可以看到铺地香和胆疆那两处中产阶级城郊社区，可以看到圣嘉罟岗的国民卫队塔，还有穿行于溪滨和凯弥尔之间的瓦索线愈升愈高的铁轨。琳知道，就在那些沾满煤灰的拱门两英里之外，便是焦油河蜿蜒的河道，来自南边大草原的货物被满满地装在驳船上，运进这座城邦。

艾萨克的眼睛终于适应了外面的光亮，他把手放下来。

他们头顶上空盘旋着数百只如杂技演员般灵巧翻飞的鹰人。鹰人开始下降，在天空中划出一道道优美的弧线，带爪的双足稳落地面，他们连成排地站在艾萨克和琳周围。他们就像熟透了的苹果，密密麻麻地从天空落下。

琳粗略估计了一下，这里最少有两百只鹰人。她紧张地朝艾萨克靠近。鹰人的平均身高至少有六英尺，还没算上他们折起的双翼那引人注目的高度。男性与女性之间在身高或体型上并没有明显的差异。女性鹰人穿着薄而宽松的连衣裙，男性上身赤裸，下半身缠着腰带或是穿着截短的裤子，仅此而已。

琳站直了有五英尺高。她只能看到围在她和艾萨克身边最前排的那些鹰人，距离他们不过一臂之遥。但她能看到还有更多的鹰人正从天空降落；她能感觉到围着他们的鹰人越来越多。艾萨克轻轻地拍了拍她的肩膀，明显魂不守舍。

一些鹰人仍在他们附近的天空盘旋俯冲，仿佛嬉戏。当不再有鹰人落到屋顶上时，艾萨克打破了沉默。

“好了，”他大声喊道，“非常感谢你们邀请我们来这里。我有个提议给你们。”

“给谁?”人群中传出一个声音。

“那个，给你们所有人，”艾萨克回答说，“我正在做一些研究，关于……唔，*关于飞行*。而在新克洛布桑，你们是唯一又会飞*又*有头脑的种族。大家都知道，翼人可不怎么会聊天。”他故作轻快地说。但他的笑话没有得到任何反应。他清了清嗓子，继续往下说。

“总之……唔……我想知道你们中有没有谁愿意来同我工作几天，给我展现一下你们怎么飞，让我照一些你们翅膀的相片……”他举起琳那只拿着相机的手，向四周挥动了一下，“当然了，我会为占用你们的时间支付报酬……如果你们有人愿意帮忙的话，我真的很感激……”

“你要干什么?”这个声音来自前排的一只鹰人。当他开口说话时，旁的鹰人都看着他。琳想，*这肯定是他们的老大*。

艾萨克也谨慎地看着他。

“我要干什么？你是说……”

“我是说你要相片干什么？你准备干什么?”

“那是……唔……为了研究飞行的状态和性质。我是一个科学家，而且……”

“放屁。我们怎么知道你不会杀了我们?”

艾萨克吃了一惊。其他的鹰人纷纷点头，粗声嘎气地表示着同意。

“我他妈为什么想要杀了你们……?”

“滚吧，先生。这里没人愿意帮你。”

鹰人人群中传来一些不平的低声咕哝。显然有一些成员想要接受艾萨克的提议，并且已经准备那样做了。但他们都不敢公然质疑这位发言的鹰人——他个子高大，胸口横着一道长长的伤疤。

琳看到艾萨克慢慢地张开嘴。他试图扭转局势。她看到他的手伸进兜里又抽了出来。如果他在这时亮出钱的话，只会显得更像个骗子。

“听我说……”他犹犹豫豫地开口道，“我真没想到会有这个问题……”

“没想到，哈，瞧瞧，谁知道你说的是真是假，先生。说不定你是个国民卫队的人。”艾萨克嘲讽地哼了一声，但这只高大的鹰人还在用轻蔑的口吻往下说，“说不定是那些杀人小分队终于想出办法来抓住我们这些鸟人。‘只是来做做研究……’哼，我们没人感兴趣，谢谢。”

“那个，”艾萨克说，“我知道你们担心我的动机。没错，你们是不认识我，但是……”

“我们没人会跟你走的，先生。这话说得还不够明白吗?”

“听着。我可以付给你们很多钱。要是有人愿意来我的实验室，我可以一天付一谢克尔。”

高大的鹰人上前一步，凶狠地戳了一下艾萨克的胸口。

“想让我们去你的实验室，好让你把我们切开，看看是什么让我们飞起来的?”他绕着琳和艾萨克踱步，其他的鹰人纷纷往后退了几步，“你和你那些该死的朋友想把我切成碎片吗?”

艾萨克试图提出抗议，试图否认这个指控。他稍稍转身，看向周围的鹰人们。

“不知道我理解的对不对，这位先生说的话能够代表你们所有人？还是说有人愿意一天赚上一谢克尔?”

人群中传来一些小声的嘀咕。鹰人们目光躲闪，不安地交换眼色。那只高大的鹰人猛地将手举到空中，一边挥舞一边开口，他被激怒了。

“我说的话就代表*所有人*!”他转过身盯着他的族人，慢慢地，一个一个地看过去，“有没有人*有不同意见*?”

人群一阵沉默，接着，一个年轻的男性鹰人稍稍往前走了一步。

“查利……”他径直对着那位自封的鹰人领袖开口，“一谢克尔可不少……而且我们可以去很多人，确保事情不会出岔子，让这人不敢乱来……”

其他男性鹰人也纷纷开口，七嘴八舌地说起来，就在这时，那只叫作查利的鹰人大踏步地走过去，一拳砸在年轻鹰人的脸上。

鹰人们齐声尖叫起来。随着一阵翅膀与羽毛的骚乱，无数鹰人腾空而起，飞离屋顶，仿佛一团羽毛轰然炸开。有些在短暂的盘旋后飞回来小心地观望，但更多的鹰人头也不回地消失在其他大楼的高层或是无云的天空。

年轻鹰人被打得目瞪口呆，单膝跪地，查利傲然挺立在他身旁。

“谁是老大?”查利用尖锐的鸟鸣声叫道，“谁是老大?”

琳攥住艾萨克的衬衣，用力把他拽向天台门。艾萨克半推半就地挣扎着。他不过提出了一个请求，却导致了如此戏剧化的转折，他惊骇不已，却又不愿就此放弃——提出异议的年轻鹰人让他觉得事情依然潜在着转机。琳慢慢地将他拖离天台。

倒下的年轻鹰人抬头看着查利。

“你是老大。”他小声地说。

“*我*是老大。因为我照看着你们，所以我是老大，对吗？我确保你们没事，对吗？对吗？我一直都是怎么跟你们说的？远离那些只能在地上爬的玩意！看清那些混蛋的真面目！他们都是坏人，他们会把你们撕开，卸下你们的双翅，夺走你们的性命！不要相信他们任何人！这个带着鼓鼓钱包来这里的胖子也不例外！”说到这里，他猛地抬起目光看向艾萨克和琳。“你!”他指着艾萨克厉声喝道，“滚出这里，要不然我就让你看看什么是飞……从楼顶直接他妈飞下去!”

琳看到艾萨克张开嘴，想要做出最后的安抚和解释。她恼火地跺了跺脚，用力将他拖进门里。

艾萨克，有点他妈的眼色行不行。这个时候还不走，要等到什么时候。他们下楼的时候，琳激烈地比画道。

“琳，行了，看在圣嘉罢的分上，我知道!”他非常生气，粗壮的双腿重重踏着楼梯，这回他没再喘气抱怨，仿佛炽烈的愤怒和困惑让他全身充满了力量。

“我就是不明白，”他继续说道，“他们为什么这么抗拒……”

琳恼怒地转过身。她拦在他面前，不让他继续往前走。

因为他们是异种族，他们很穷，很害怕，你这个白痴。她慢慢地比画道，看在圣嘉罢的分上，滴溅区虽然算不上安全，但他们也只有这个地方可待，而你这个死胖子大混蛋手里挥着钱跑来这里，想要让他们跟你走，但为什么要跟你走连你自己都说不清楚。在我看来，查利一点儿也没错。在这样的地方，人就得学着自己照顾好自己。我告诉你，如果我是个鹰人，我就会听他的。

艾萨克冷静下来，甚至显出一丝羞愧的表情。

“琳，你说得对。我接受你的意见。我应该事先调查一下的，问问了解这个地方的人什么的……”

是的，但现在你已经搞砸了。你不可能再那样做了，晚了……

“是的，没错，感谢你指出来……”他皱起眉头，“他妈的！我彻底搞砸了，对吗?”

琳没有回答。

他们穿过滴溅区原路返回，一路上没怎么说话。滴溅区的居民们从破玻璃瓶拼成的窗户和空空的门洞里向他们投来意味不明的目光。

当他们一路走到那个充满恶臭粪便和腐物的深坑处时，琳回头看了一眼那些废弛的塔楼。她看到了他们曾经待过的那个平坦屋顶。

一小群年轻鹰人跟在艾萨克和她的后面，绷着脸在空中盘旋。艾萨克转过身，脸上显出喜色，但那些鹰人没有靠近，没有和他说话，只是在高处冲他做出粗鲁的手势，艾萨克的脸色瞬间黯淡下去。

林和艾萨克走回瓦尔多山，朝市区走去。

他们沉默了一阵子，然后艾萨克开口了。“琳，刚才你说，如果你是鹰人，你也会听查利的，对吗？是的，你不是鹰人，但你是虫首人……当你准备离开今肯区的时候，肯定有许多你的族人跟你说，要同自己人待在一起，人类不可信任，诸如此类的话……但是，琳，你没有听她们的，不是吗？”

琳默默地想了很长时间，但她什么也没说。

第十四章

“来吧，老兄，伙计，哥们。看在圣嘉罢的分上，吃点东西吧……”

毛虫无精打采地侧身躺着，松弛的皮肤上偶尔泛起一阵波纹，它茫然地晃着脑袋，寻找食物。艾萨克对着它咕哝，冲着它抱怨，用小棍子戳它。它不安地扭动一番，然后又回复到要死不活的状态。

艾萨克直起腰，将小棍扔到一旁。

“我没辙了，”他冲着空气宣布，“我尽力了。”

他从堆满腐败食物的小笼子边走开。

从仓库半空探出的过道中依然高高地堆着笼子；咯咯声、嘶嘶声和啾啾声汇成的刺耳交响曲仍在空气中回荡；但笼中的生物已经少了大半。许多盒子和笼子敞着盖，里面空空如也。刚开始来到这里的俘虏现在只剩下不到一半。

一些实验对象死于疾病；还有一些死于斯打——或是与同类，或是与别的种类；还有一些被他用在了研究中。许多僵硬的小小尸首以各种姿势钉在过道各处的木板上。墙上乱纷纷地贴满图纸。最初那些关于翅膀和飞行的草图旁累叠着无数引申的图例。

艾萨克靠在书桌上，指尖抚过桌面凌乱的图纸。最上面的一张纸上草草地画着一个三角形，里面有个×。他闭上眼睛努力对抗周遭绵绵不断的噪声。

“哦，闭嘴吧，你们这些臭东西。”他喊道，但动物们的合唱丝毫没有减弱。艾萨克双手抱头，眉头锁得越来越紧。

前天滴溅区的失败之旅依然刺痛着他的心。他忍不住一遍又一遍在脑中回放当时的情形，苦苦思考自己在那个时候可以做些别的什么、应该做些别的什么。他当时表现得那么傲慢而愚蠢，贸然地闯进去，像个大胆的骗子，挥着手里的钱，仿佛那是某种具有魔力的武器。琳是对的。那些鹰人说不定是这座城市里全部的鹰人了，而他亲手毁掉了他们的信任。他对待他们就像对待一群可以被威逼利诱的混混，就像对待莱缪尔·皮金的那些狐朋狗友。但他们不是那样的人。他们只是一群贫穷而惊恐的人，在一个不友好的城邦里挣扎地活着，努力想要保住最后一点尊严。他们眼睁睁地看着邻人被所谓的“治安维持队”玩乐般地挨个射杀。他们靠捕猎或以物换物为生，在原木林中搜寻食物，偶尔小偷小摸。

他们奉行的原则无情而残酷，但完全可以理解。

现在他搞砸了，这座城市的鹰人再也不会接近他。艾萨克环顾四周，看着自己捣鼓出来的所有草图、相片和图表。一如既往，最直接的路行不通。我最开始的想法是对的。这跟空气动力学没有关系，这不是怎样进行……笼中俘虏的高声号叫打断了他的思路。

“没错!”他突然大喊。他直起身子，瞪着那些困在笼子里的动物，仿佛在用目光威慑它们，看它们敢不敢继续发声。当然，它们敢。

“没错!”他又喊了一声，大踏步地走向第一个笼子。他用力将笼子拖到一扇巨大的窗前，里面两只鸽子拼命扑腾着，从一边滚到另一边。他将笼子放下，笼门冲着窗玻璃，然后转身去拿第二个笼子，里面装着一条色彩鲜艳的蜻蜓蛇，正像响尾蛇一般起伏蠕动。他将这个笼子摞在第一个笼子上头，又转身拿起两个纱网笼子，一个装着蚊子，一个装着蜜蜂，同样拖到窗前。接下来是吱吱乱叫的蝙蝠和正在晒太阳的阿斯匹克，艾萨克把它们通通拖到那个俯瞰着黑腐河的窗前。

他不停清理着过道上的小小动物园。让动物们正对史前巨肋在城市东边天空划出的凛然弧线。装着活物的笼子在窗前堆成一座金字塔，看起来就像一个献祭用的柴堆。

最后这项工作终于完成。捕食者和猎物彼此相邻，振翅尖叫，中间只隔着木板或细细的栅栏。

艾萨克笨拙地挤进窗户与笼子之间的狭小间隙，用力推动巨大的窗户。五英尺高的窗沿着水平的窗轴缓缓开启。当它彻底敞开在温暖的空气中时，城市的喧嚣挟着夜晚的热量轰然冲进室内。

“现在，”艾萨克喊道，开始享受这一时刻，“我还你们自由!”

他四处看了看，大步走向书桌，折返时手里拿了一根多年以前曾用来当教鞭的长藤条。他将藤条伸进笼子，拨动着不在视线之中的搭钩，摸索着解开门闩，在纤细如丝的金属网上戳出一个个小洞。

一个个小监牢的前门倒下。艾萨克一鼓作气，打开所有的门，在藤条使不上劲的时候用手指帮忙。

起初笼子里的动物们很是茫然。它们中有许多上一次飞翔还是在好几个星期前。它们吃得很糟糕，又是无聊又是害怕。这突然摆在面前的自由让它们不知所措，它们一时不明白这黄昏、这空气的味道意味着什么。但漫长的几分钟后，第一个俘虏反应了过来，夺门而出，奔向自由。

那是一只猫头鹰。

它用力冲出敞开的窗户，朝着已是一片漆黑的东边天际飞去，飞向城外铁海湾边的茂密林地。它从史前巨肋间优雅地滑翔而过，翅膀几乎一动不动。

这仿佛一个信号。狂风暴雨般的振翅声随之响起。

猎鹰、飞蛾、类蝠，阿斯匹克、马蝇、鹦鹉、甲虫、喜鹊——不管是喜好高空嬉戏还是临水而居，不管是喜好夜行还是昼出，抑或黄昏时分最为活跃——一股脑儿冲出艾萨克的窗口，无数种为了隐伏或为了炫耀而生的颜色汇成一条闪闪发光的洪流，遽然在空中炸开。太阳已经沉到了仓库的另一边。只有街灯和肮脏河水反射的粼粼霞光映照着这片翎羽、皮毛与甲壳汇成的流云。

艾萨克沉浸在这壮观的景象中。他叹了口气，仿佛正看着一件艺术杰作。他花了一会儿工夫四处寻找箱式照相机，但随即转过身来，只是静静地凝望窗外，一脸满足。

无数身形在他的仓库兼住处周围盘旋。它们聚在一起茫然无措地翻飞了一阵子，随即感受到空气的流动，于是鼓动翅膀四散飞开。有些随风而去。有些调转方向逆风而行，掠过城市上空。一开始，因为搞不清状况，猎手与猎物和睦地共处着，此时这一短暂的和平已被打破。阿斯匹克穿行在大群搞不清方向的昆虫中，狮子般的小嘴将肥美的虫子嚼得嘎吱作响。鹰以利爪扦起一只只鸽子、寒鸦和金丝雀。蜻蜓蛇借着上升的热气流螺旋前行，一口一个猎物。

获得自由的动物们渐渐远去，只余剪影，与它们的外形一样，它们飞行的方式也截然不同。一个黑色的影子在空中轻快地移动，轨迹纷乱复杂，忽然直直落下，向着路灯扑去，显然无法抵挡光的诱惑：那是一只潜蛾。另一个黑影以威严的气势腾空而起，在夜空中划出一道简洁的弧线：那是某种食肉猛禽。又一个黑影悠然舒展，犹如花瓣绽开，旋即缩挤成一团，向远方激射而去，在空中留下一道渐渐变淡的气流痕迹：那是一只小小的风珊瑚虫。

不断有力竭与垂死的动物从空中坠落，仿佛下起一场血肉之雨，发出急促的“嗒嗒”轻响。明日窗下的地面将遍染鲜血与脓水，这个念头突然闪过艾萨克的脑海。偶有轻微的水花泼溅声传来，那是黑腐河在接纳从天而降的祭品。但幸存者远比死去的多。在接下来的许多天、许多星期里，新克洛布桑的天空将变得更加多姿多彩，艾萨克默默地想道。

艾萨克快活地叹了口气。他环顾四周，跑过去拿起那几箱茧、卵和幼虫，将它们推到窗边，只留下那只色彩斑斓、奄奄一息的大毛虫。

艾萨克抓起一把虫卵，撒向窗外，接着是那些毛虫，它们朝着石板铺就的地面落下，在空中扭来扭去、拱起身体。他摇晃着结满虫蛹的笼子，脆弱的虫蛹发出窸窣的碰撞声，从笼壁上脱落，他把它们通通倒出窗外。接着他倒掉了一罐水生昆虫的幼虫。对这些幼虫来说，这是一次残酷的解放，享受了几秒钟的自由之后，它们便在空气中窒息而亡。

终于，最后一个小小的身形也消失在窗下，艾萨克关上窗子。他转身环视仓库，听到一声微弱的振翅声，接着用目光捕捉到几个正绕着灯打转的身影。一只阿斯匹克，几只蛾子或蝴蝶，还有几只小鸟。**它们终归会自己找到出去的路，要是它们坚持不到那个时候，我可以在它们饿死后把尸体扫出去**，他在心里说道。

窗前的地板上也凌乱地散落着一些动物，都是那些体型较小、虚弱不堪或意志软弱的俘虏，没等起飞便已倒下。一些已经死了。大多数在无力地爬动。艾萨克蹲下来，将它们一一清理出去。

“伙计，你比这些玩意有价值的地方在于，（**第一**）你很漂亮；（**第二**）你很有趣，”他一边做着清理工作一边对那只病恹恹的大毛虫说，“不，不，不要谢我。我就是这么个**大好人**。还有，我不明白你为什么不吃东西。你现在可是我的研究课题。”他说着，将满满一畚箕无力蠕动的躯体抛向夜空。“我很怀疑你能不能挺过今天晚上，但操他妈的，你太让我感到同情和好奇了，所以我会最后再努力一把，试着救救你。”

楼下突然传来一声震响。仓库的大门被猛然推开。

“格雷姆勒布林！”

是雅格里克。鹰人站在光线昏暗的一楼，两腿分开，双手紧紧地攥着斗篷。木头假翅高耸的轮廓别扭地从一边摆到另一边，显然没有系好。艾萨克从过道栏杆上探出身，皱起了眉头。

“雅格里克？”

“格雷姆勒布林，你抛弃我了吗？”

雅格里克厉声尖叫，像一只痛苦的鸟。他的话几乎完全没法听懂。艾萨克做了个手势，让他冷静下来。

“雅格里克，你他妈的在说什么呢……？”

“那些鸟，格雷姆勒布林，我看见那些鸟了！你告诉过我，你给我看过，你用它们做研究……发生了什么事，格雷姆勒布林？你放弃了吗？”

“等一下……圣嘉罢在上，你怎么能看到它们飞走了？你刚才在哪儿？”

“在你的屋顶，格雷姆勒布林。”雅格里克的情绪渐渐平复下来。他看上去冷静了许多，却开始从头到脚散发出巨大的悲伤。“在你的屋顶，我在那里歇息，一晚又一晚，等着你的帮助。我看见你放走了所有的实验样本。你为什么要放弃，格雷姆勒布林？”

艾萨克示意他上楼来。

“雅格啊……妈的，我不知道从哪里开始说，”艾萨克抬头盯着天花板，“你他妈的在我屋顶上干什么？你在上面待了多长时间了？魔鬼的尾巴呀，你可以来这里睡觉呀……真他妈荒唐。而且有点吓人，想想看，我在工作、吃饭、拉屎的时候，你就在我脑袋顶上。还有——”他举起手打断了雅格里克的发言，“——我并没有放弃你交给我的委托。”

说完这几个字后，他沉默了一会儿，给雅格里克一点缓冲和理解的时间。他等着鹰人彻底冷静，从自怨自艾的情绪中回复过来。

“我并没有放弃，”他又重复了一遍，“刚才发生的事情其实是好事……我觉得我们已经迈进了一个新阶段。我们要放弃原来的路子。那条路……唔……已经走不通了。”

雅格里克低下头，长长地舒了口气，肩膀微微颤抖。

“我没明白。”

“好吧，来，过来这里。我给你看些东西。”

艾萨克领着雅格里克走到书桌旁。他在经过那只巨大的毛虫时停了一下，朝它发出嘘声，毛虫软绵绵地侧躺在笼子里，闻声只无力地蠕动了一下。

雅格里克一眼也没看它。

艾萨克指向若干堆纸，它们或是压在过期未还的图书馆藏书下面，或是摇摇欲坠地堆在书桌上面。都是些图纸、方程、笔记和论文。雅格里克开始缓慢而仔细地翻看。艾萨克在一旁指点着。

“喏……看看周围这些倒霉的草图。绝大部分都是翅膀。我们研究的出发点是翅膀。看起来很合理，对吧？所以我之前一直忙着搞明白这个特殊的部位。

“顺便说一句，住在新克洛布桑的鹰人我们是指望不上了。我在大学里贴了告示，但显然今年没有鹰人学生入学。我甚至试着以科学的名义说服一位鹰人……呃……*族群领袖*……，但结果可以说是很不理想，”艾萨克停下来，一时间陷入回忆中去，然后拼命眨了眨眼，回到谈话中来，“所以我们只能用鸟来代替一下。

“然后我们又遇到了一个新的问题。那些*体形较小*的鸟，蜂鸟啦鹪鹩啦什么的，从……那个……大体上看，比如放在飞行物理学的范围里来看，都很有趣，也很有用，但从根本上说，我们应该关注那些大型鸟类。隼啦鹰啦雕啦什么的，我之前还想着去抓几只来。因为到了这个时候，我还在思考*‘同功现象’*[①]。千万别觉得我是个保守的人……我甚至研究了蜉蝣蝼蛄之类的玩意，虽然那绝非*我的个人兴趣所在*，我拼命地想要搞明白能不能用上这些翅膀。

“当然，我这么做的前提是你不会太过挑剔，你不挑剔吧，雅格？我默认的事实是，如果我能往你背上移植一对翅膀，不管是蝙蝠翅膀还是反吐丽蝇的翅膀，甚至是风珊瑚虫的飞行腺体，你都不会介意。也许没那么好看，但只要能让你飞到空中就行，对吗？”

雅格里克点点头。他听得非常认真，不停翻看着书桌上的图纸，专注地理解着艾萨克的话。

“所以即使到了这个时候，我们把目光放到大型鸟类的翅膀上似乎也

① 一种生物学现象，指起源不同的器官结构表现出类似的形状和功能。

很合理。但是……”艾萨克在墙上的图纸间翻了翻，取了一些下来，将几张相关的示意图递给雅格里克，“事实并非如此。这是当然。通过研究鸟类的空气动力学，我们能了解许多东西，都很有用，但把目光放在这个方向本身就是**大错特错**。因为你身体的空气动力性能从本质上说跟鸟他妈的不一样。你**不是**一只长着瘦瘦人类身体的鹰。我相信你本人也从没这么想过……我不知道你的数学和物理水平怎么样，但在**这**张纸上——”艾萨克找到那张纸，递给雅格里克，“——是一些图解和方程式，能够告诉你为什么大型鸟类的飞行方式不是我们应该关注的方向。力线[①]全不对。强度不够，诸如此类的。

“所以，我又开始琢磨其他种类的翅膀。如果我们把蜻蜓翅膀什么的移植到你身上呢？那么，首要的问题就是找到足够大的昆虫翅膀。但那些翅膀够大的昆虫可不会自己跑来我这里。我不知道你怎么想，反正我是不想跑到深山里头或别的什么鬼地方埋伏起来抓刺客甲虫。然后被它揍得灰头土脸。

“那么直接按照我们的需要制造一对翅膀怎么样呢？我们可以做出合适的尺寸**和**形状。我们可以弥补你……外形上的**缺陷**，”艾萨克笑了一下，继续说道，“麻烦在于，就材料学现在的发展程度，我们**也许**能将这对翅膀造得足够精确、足够轻巧，也足够结实，但我真的不敢打包票。如果选择这个方向的话，也许会奏效，也许不会。我个人觉得成功的概率实在不容乐观。

“而且，你要知道这整个方向的大前提是你得接受改造术，还得由一个行家里手来完成。首先，我不认识任何改造师。其次，改造师们通常对带有惩戒和羞辱性质的改造更感兴趣，他们更倾向于机械化的动力装置或审美趣味，而不是像飞行这样复杂精巧的改造。你背上全是他妈的神经末梢，还有成团的碎肉和断骨，简直就是一团糟。他们得把**每一处**细节处理

---

① 指力场中的一些想象的线，这些线上任一点的切线指向该点上的场的方向，而穿过与场垂直的单位面积的线数则代表该场的强度。

得一丝不差，你才有极微小的可能飞起来。”

艾萨克说服雅格里克坐到一把椅子上，然后拉过一张凳子坐在他对面。鹰人一言不发。他极其专注地盯着艾萨克，然后看向手里拿着的示意图。艾萨克感到微微的触动：雅格里克仿佛在将他说的每一个字深深地刻入脑海，就连等着医生做出最后诊断的病人都无法与之相比。

“不过我还没彻底放弃这个方向。我倒是的确认识那么一个人，很擅长生物奇术，要是你想移植一对管用的翅膀，就得用到那种生物奇术。所以我准备去找他一趟，打听一下成功概率有多少，”艾萨克苦笑着摇了摇头，“我跟你说，雅格，要是你认识那个老家伙，就知道我这么做有他妈多高尚了。为了你，我可是什么都豁出去了……”他久久地停顿了一阵子。

“也许事情有那么凑巧，那个家伙会说：‘噢，翅膀呀，没问题，尘埃日下午把他带过来，我给他弄好了。’这*的确*有可能，但你雇我是因为我很专业，而我的专业意见就是，这事不会发生。我觉得我们得再想想别的路子。

“顺着这个思路，我首先想到了那些不需要用到翅膀的飞行方式。我就不浪费你的时间说细节了。要是你感兴趣的话，绝大多数方案就在……*这儿*。在皮下植入自充气的微型飞艇；移植突变型风珊瑚虫的腺体；将你跟飞行魔像结合到一起；甚至还有更无聊的办法，就是教你基础的物理奇术。”艾萨克说着，依次指向写着这些方案的笔记，“这些都不切实际。奇术不够可靠，而且会让你精疲力尽。是，任何人都可以学会某个基础法术，并且偶尔拿出来用一用，但*随心所欲地*施展长时间的浮空术需要的能量和技巧多得可怕，几乎已经超出了常人所能及的范围。你们塞梅克有没有强大的法术?”

雅格里克慢慢地摇了摇头。“有些咒语可以让猎物自投罗网；有些符咒和仪式可以让断掉的骨头接上，让伤口不再流血：就这些了。

“嗯，我已经想到了。所以最好别太指望这个。相信我，当我跟你说，我想出来的这些……呃……**非常规的**方案行不通的时候，不是在骗你。

“到目前为止，我把所有的时间都花在这些东西上，却没什么收获。然后我突然意识到一件事情，那就是每当我把这些东西抛到一边，静静地思考一两分钟时，总有同样的几个字蹦到我脑子里。‘塑水术’。”

雅格里克蹙紧眉头，这让他已然高耸的额头显得向前凸出，仿佛陡峭的绝壁。他摇摇头，表示不明白。

“‘塑水术’，”艾萨克又重复了一遍。“你知道那是什么吗？”

“我曾经在书上读到过……蛙人的一种技能……”

“没错，伙计。有时你能在泉树或烟雾弯看到码头工人使用它。一群蛙人合起力来，能够对大段河道进行塑形。他们在水里掏洞，灌进水泥，好让起重机稳稳当当地立在河里。真他妈神奇。在乡下，他们用这个技能在河里劈出一道道沟，然后把鱼往沟里赶。鱼就那么从河水的横截面上飞出来，啪嗒一声掉到地上。真是聪明，”艾萨克抿起嘴唇，一脸赞赏的表情，“总之，它绝大多数时候的用途都是小打小闹，做做小塑像什么的。蛙人没什么竞争意识。

“雅格，你看到这里头的关键了吗？那就是，在使用‘塑水术’时，水表现出了**不应该**具有的性质。对吧？这就是你需要的。你想要重的东西，就是这个，这具身体——”他轻轻地戳了下雅格里克的胸膛“——飞起来。你明白我的意思吗？所以让我们把思路转向这样一个**本体论的难题**：如何说服物质打破亘古不变的习性。我们要让元素表现得与平常不一样。我们要解决的不是一个超前的鸟类学问题，而是一个**哲学问题**。

“魔鬼的尾巴呀，雅格，这正是我多年来研究的东西！它都快变成我的一种**习惯**了。今天早上，我又看了看刚接下你的委托时做的一些笔记，把它们跟我原来的想法联系起来，我发现这个方向行得通。我已经琢磨了一整天了。”艾萨克冲雅格里克晃着一张纸，纸上有一个三角形，三角形里面有个十字标记。

艾萨克抓起一支铅笔，在三角形的每个角旁边分别写了几个字。他把这张简单的图示递到雅格里克面前。三角形的顶点旁边写着：超自然/魔法奇术；左下角写着：物质；右下角写着：社会/智慧种族。

“好了，雅格，现在我们来看看这张图，不要被它局限住，它只是为了帮助你思考，仅此而已。你在这张纸上看到的，是一个简单的示意图，在这三个点之间，包含了全部的学科、全部的知识。

“左下方，是物质。也就是实实在在存在于自然中的东西，原子啊等等。小到像电子那样组成物质的基本微粒，大到他妈的火山，一切的一切，石头啊，电磁微粒啊，化学反应啊……全都属于这一类。

“它的对面则是社会。巴斯拉格世界数不胜数的智慧生物，你不能像对待石头那样对待他们。人类、鹰人、仙人掌族等等，他们能够对世界进行思考，能够进行自我思考，通过这些思考建立起不同的社会组织体系，对吧？所以在研究这一类东西的时候，必须使用特定的术语——但同时这类东西显然又与物质的东西有所关联，毕竟万物都是由物质构成的。所以这里的这条横线很妙，把左右两类连接起来了。

“顶上是超自然的东西。我们来仔细说说。超自然意味着‘神秘’。意味着那些不完全遵循物理法则，甚至超出人们想象的力量。幽灵、魔鬼、神明，随便你怎么叫，魔法、奇术……你明白了吧。它独自待在上边，但它与其他两类也是有所联系的。首先，魔法、咒语、巫术等等，它们都影响到了周围的社会关系——同时也受到这些社会关系的影响。然后我们来看看物质方面：魔法也好，巫术也好，绝大多数都是在操纵一种理论上的物质构成——一种‘魔法微粒’——我们把它叫做‘奇异粒子’。现在有些科学家——”艾萨克用力拍了拍自己的胸膛，“认为这些粒子在本质上与质子这些组成物质的微粒属于同一类东西。

“现在……”艾萨克俏皮地说道，刻意放慢了语速，“我们要说到真正有意思的部分了。

“任何你能想到的学科或知识，都位于这个三角形中的某个地方，但不会正好在三个顶点处。比方说社会学，或者心理学，或者非人类种族研究学。听起来很简单，对吧？应该在这个地方，在‘社会’这个角上？这种说法既是对的，也是错的。它最接近这个点，这毫无疑问，但你在研究社会学的时候，可能不去考虑物质资源的问题吗？对吧。于是物质这方面也参与进来了。所以我们必须把社会学沿着底下这根轴线移一点。”他把手指向左边移了一英寸。“而另一方面，当你试图研究一种文明时，比如说，研究仙人掌族的文明，但你不去考虑他们对太阳的崇拜，或者说研究虫首人的文明，你不去考虑他们的女神崇拜，再或者是研究蛙人的文明，你不去考虑他们相信的萨满通灵，那么，你能真正理解他们的文明吗？不能，”他得意扬扬地总结道，“所以我们就得把社会学再往上，往超自然那个方向挪一点。”他的手指随即往上移了一些。

“所以这就是社会学与心理学之类的学科所处的位置。右下角，稍微靠上，稍微偏左。

“那物理学呢？生物学呢？是不是应该就在物质这个角上呢？别忘了生物学会对社会产生影响，反之亦然，所以生物学实际上应该从‘物质’这个顶点处再往右挪一些。然后再想想风珊瑚虫的飞行，灵魂树的进食，那都是超自然的，所以我们就得再次移动生物学，这次往上移。而物理学也涉及魔法巫术中特定物质的功效问题。你明白我的意思了吗？即使是最‘纯粹’的学科，实际上也是处于这三个顶点之间的某个地方，而不是刚好在顶点上。

“然后是那一大堆本身的定义就具有交叉性质的学科。想想生物社会学。底部的中间，稍稍往上一些。催眠学？右侧的中间。它既与社会/心理有关，又与超自然有关，但又涉及脑部释放的一些化学物质，所以它得再往左边来一点……”

纸上现在已经画满了小小的叉，都是艾萨克为不同学科标注的位置。他看了看雅格里克，然后在这个三角形正中心仔仔细细、整整齐齐地画了最后一个叉。

“我们现在看着的这个地方是什么呢？三种作用力碰撞的中心是什么？

“有些人觉得那里应该是数学。但要是你觉得数学是最适合放在这个中心位置的学科，那它对应的是哪种作用力呢？从某种层面上来说，数学是完全抽象的，负一的平方根是多少，都是精确的数字，但世界绝不是精确的数字。所以这个地方应该是这样一种看待世界的方法——将精神、社会、物质三种作用力统一在一起。

“如果我们把所有学科都看做处在这样一个三角形中，那这三个顶点和这个中心点就是影响和推动它们研究的动力。换句话说，如果你觉得这种看待事物的方法很有趣或很有帮助，那么不管你对这个三角形里的哪块区域进行深挖，从本质上来看都是在进行一种场的研究，一种作用力的研究。所以我们把这叫做‘统一场论’。”

艾萨克微笑起来，感觉筋疲力尽。老天，他突然意识到，我解释得还行嘛……看来十年的研究让我的教学水平提高了……雅格里克全神贯注地盯着他。

“我……明白了……”最后鹰人终于说道。

“很高兴听到你这么说。我还没说完呢，伙计，做好准备。‘统一场论’不是很被人接受。它在学术界的地位大概跟‘破碎大陆假说’差不多，不知道这个假说你听说过没有。”雅格里克点点头。“很好，那你就明白我的意思了。听起来还算过得去，就是有点太古怪了。我不仅是个统一场论研究者，而且在统一场研究中一个有争议的问题上还站在少数派那一边。所以就算我本来还给别人留下那么一丁点可靠的印象，这下也全毁了。我们争论的问题是这样的，我们观察的这些场与场的相互作用，具有何种性质。

“我看看能不能说得简单些。”艾萨克紧紧闭上眼睛，整理着思绪。过了一分钟，他开口了，“嗯。让我这么说吧，你往地上扔一个鸡蛋，鸡蛋坠落的状态是不是一种非常态。”

他停了一下，好让雅格体会这个画面。

“如果你的回答是否定的，那也就是说，你认为我们观察的统一场力本质上是**静止**的，所以坠落、飞翔、翻滚、改变想法、施放咒语、变老、移动，从本质上说都是一种对基本态的**偏离**。或者你认为运动是本体的一部分，问题只在于如何用最好的理论形式表述出来。你可以看出来我是站在哪一边的。那些站在静止一边的学者会说我是在歪曲他们，但去他们的。

“我是一个MUFTI，也就是运动统一场理论家。而不是一个SUFTI，也就是静止统一……你明白了吧。现在我们站在运动统一场理论这一边了，但问题又来了：如果统一场是**运动**的，那它怎么运动？稳步运动？断续颠倒？

“当你捡起一块木头，把它举到离地面十英尺的高度，那它具有的能量就比在地面上时要多。我们把这称为势能，对吧？这一点**任何**科学家都没有异议。势能就是让木头可以伤害到你或在地板上砸出印子来的能量。当木块静静地待在地面上时，它不具有这种能量。但当你把木块举到空中，让它处于一种随时**可能掉落**的状态时，它就具有了这种能量，尽管此时它和在地面上时一样静止不动。要是你松开手，木块真的掉落下来，势能就变成了动能，你的脚趾或别的什么东西就要遭殃了。

“也就是说，势能其实就是让某样东西处于一种边缘状态，一种它随时可能发生改变的状态。就好比你对一群人施加压力，让他们变得足够紧张，他们就会突然爆发。他们先是站在原地生闷气，然后一下子暴跳如雷。总之，当你把某样东西——一个社会团体、一块木头、一个法术——放到一个位置，在这个位置上它与其他的力量发生相互作用，使得它**本身蕴含的能量**反过来影响它此刻的状态，于是它就会从一种状态转变成另一种状态。

“也就是说，我们要将事物推向**临界点**！”

艾萨克往后靠去，停了一会儿。让他吃惊的是，他很喜欢自己的解说。在这个解释理论研究法的过程中，他的想法得到了巩固和加强，他有机会将整个思路严谨地构想一遍，要知道，这种严谨在他身上可不多见。

雅格里克这个学生堪称模范。他的注意力自始至终没有丝毫转移，目光尖锐得像锥子一样。

艾萨克做了个深呼吸，继续往下说。

“这就是我要说的东西，雅格。我他妈的已经琢磨临界理论*好多年了*。用一句话说：临界状态是一种*必然存在*，是事物存在的一部分。事物通过存在本身发生着彻底改变，明白吗？让统一场处于运动状态的力量就是*临界能量*。像势能那样的东西，只是临界能量的一个方面，一个微小而不完全的体现。如果你能随时随地地释放储备中的临界能量，那你就掌握了*巨大*的力量。的确有些情形比别的情形更紧张、更危急，事物会表现出更激烈的临界状态，或者说更容易抵达临界点，但临界理论的关键在于，事物时时刻刻处于临界状态，这就是*存在*的一部分。每时每刻都有*多得要命*的临界能量在我们周围流动，只是我们还没有学会怎样有效地利用它。只能束手无策地看着它在某个时候极不稳定地爆发出来，白白浪费。”

说到这里艾萨克不住摇头。

“我觉得蛙人知道怎么释放临界能量。但他们干的那叫什么事，实在太儿戏了。简直可笑。你汲取水里的临界能量，将水塑造成一个形状，但水本身并不愿意维持这个形状，也就是说，水被你推向了一个更激烈的临界状态……但接下来你没有对这些能量进行引导，它无处可去，所以水坍陷成原初的形态，危象自己消弭。但如果蛙人使用已经……呃……*经过塑形*的水，如果将这些水作为实验对象，将它不断推向临界点，它就会释放出越来越多的临界能量……抱歉，我跑题了。我想说的是，我正试图找到一个办法，让你可以释放你自己身上的临界能量，并且将这些能量导向飞行。如果我是对的，那这就是唯一能够一直……*充满*你身体的力量。而且你越是飞，就越是处在激烈的临界状态，你就越是能够飞……总之，这就是我的理论……

“不过说实话，雅格，我们现在聊的东西意义远不止这些。如果我*真*

的因此掌握了释放临界能量的方法，坦白地说，你的案子都变得根本不值一提。我们在这里讨论的力量和能量，能够彻底改变……一切……”

这惊人的想法仿佛让空气也凝固了。相比此次谈话的宏大指向，这个肮脏的仓库似乎显得太过狭小低微。

艾萨克看向窗外，望着新克洛布桑躁动的夜。月亮和她的女儿们正在他的上方安详地舞蹈。女儿们比母亲要小，却远远大过星辰，在夜空中发出明亮而清冷的光。艾萨克的思绪又沉到临界理论中去。

最后雅格里克说话了。

“如果你是对的……我就能飞？”

艾萨克爆发出一阵大笑，仿佛觉得这个要求太过庸常，以至于滑稽。

“是的，是的，雅格，我亲爱的伙计。如果我是对的，你就能再次飞翔。”

第十五章

艾萨克没能说服雅格里克留在仓库过夜。鹰人没有解释缘由，只是拔腿径直走进夜色中。一个不幸的被驱逐者，尽管那么骄傲，却睡在阴沟里、烟囱旁或废墟上。他甚至没有收下艾萨克给他的食物。艾萨克站在仓库大门口看着他离开。雅格里克的深色斗篷轻轻晃荡，松松垮垮地遮着那副伪装翅膀的木质框架。

最后，艾萨克关上了门。他回到过道上，看着点点光亮在黑腐河河面流转。他双手攥成拳头，把头靠在上面，听着钟的滴答声。新克洛布桑夜晚的嘈杂透过墙壁隐隐约约传进来。他听到机器、轮船和工厂的轰鸣，闷闷得让人心情低落。

在下面的房间里，大卫和拉布勒梅的清洁机器人发出轻轻的咯咯声，仿佛在应和秒针的滴答。

艾萨克把墙上的图纸都取下来，眯起眼睛用苛求的目光一一看过，把一些觉得还不错的塞进一个胀鼓鼓的文件夹里，一些直接扔掉了。他挺着大肚子趴到床下，掏出一个满是灰尘的算盘和一根计算尺。

我需要去大学搞台差分机来，他想。这不是件容易的事情。针对这类东西的安保措施都很严密，但艾萨克突然意识到，明天他就有机会绕过安

保系统：他要去大学同他极其厌恶的老板瓦米斯汉克谈谈。

这些日子瓦米斯汉克没怎么找他，老东西上次雇他干活还是好几个月前的事儿了。他收到一封信，信上那些又密又小的字告诉他说，需要他对某种深奥难解同时可能毫无意义的分支理论进行研究。艾萨克从不会拒绝这类“请求”。如果拒绝的话，他对大学资源的访问权限可能就保不住了。这个权限可以让他接触到各种昂贵的设备，这些年来他一有机会就顺手牵羊，带走了不少。瓦米斯汉克从没采取过任何措施限制艾萨克的访问权限，尽管他们在官面上的联系已经越来越少，尽管老东西可能已经注意到设备的不翼而飞与艾萨克的研究日程表之间存在某种联系。艾萨克不知道老东西为什么会是这种态度。**可能是想留下把柄好拿捏我吧**，他想道。

艾萨克意识到，这将是他此生第一次主动去找瓦米斯汉克，但他必须这样做。即便他觉得应该全力投入新的研究方向，也就是他的临界理论，但瓦米斯汉克是这座城邦最著名的生物奇术士，在没有问过老东西的意见之前，他不可能就此将那些更为庸常的技术手段从雅格里克的案例里剔除，譬如改造术——那样做太不专业了。

艾萨克给自己做了个火腿卷，又用凉水冲了杯巧克力。他强迫自己的思绪继续停留在瓦米斯汉克身上。艾萨克不喜欢他，原因十分之多。其中一个就是因为政治。说到底，“生物奇术”只是个委婉的说法，这种技术的用途之一便是撕裂与重塑肉体，将血肉以怪诞的方式结合，一切都遵照异想天开的指令而行。当然，这项技术能够用于治愈和修复，但这并不是它通常的用途。如果艾萨克听说瓦米斯汉克的某项研究被运用在惩罚工厂里，他一点也不会吃惊，尽管到目前为止还没有任何证据表明有过这种事情。瓦米斯汉克技巧高超，是一位非凡的血肉雕塑家。

仓库大门上响起一声重击。艾萨克吃惊地抬起头来。已经快十一点了。他放下晚饭，匆匆下楼，打开大门。站在他面前的，是一副放浪模样的幸运盖泽德。

这他妈的是怎么回事？他想。

“扎克，我的兄弟，我……我行我素、笨手笨脚……可敬可爱……”盖泽德一看到艾萨克便尖叫起来。他还在寻摸着更多的形容词，灯光划过街道，艾萨克赶忙一把将他拉进仓库。

“幸运盖泽德，你这个该死的*混蛋*，你要干什么？”

盖泽德飞快地将重心从一只脚转移到另一只脚，眼睛睁得大大的，眼珠骨碌碌乱转，几乎在眼眶里做着螺旋运动。听到艾萨克的话，他露出一副受伤的表情。

“冷静，先生，放松，放松，不要说得这么难听嘛，对吧？哎？我在找琳，她在这儿吗？”他突然咯咯地笑起来。

老天啊，艾萨克顿时警惕起来。这下可麻烦了。幸运盖泽德在萨拉克斯区混，他知道艾萨克和琳秘而不宣的真实关系，但这里可不是萨拉克斯区。

“不，幸运盖泽德，她不在这里。就算她在这里，不管是因为什么，你也绝不应该大半夜跑到这里来找她。你找她干什么？”

“她不在家，”盖泽德转身开始上楼，并没有看艾萨克，“我刚去她家找过，不过我猜她正忙着*那个大活*，哎？她欠我钱，*我的佣金*，我给她找了那份*美差*，她可以大赚一笔。她现在人呢，哎？我想要点钱……

艾萨克觉得一股怒火直冲脑门，他紧走几步，跟着盖泽德走上楼梯。

“你他妈的在说什么？*什么活*？她正在搞自己的创作。”

“对，当然，是的，没错，大概吧，”盖泽德以一种古怪的热情连声应道，显然心不在焉，“但她欠我*钱*。我他妈的没路可走了，扎克……给我一个金币吧……”

艾萨克的怒火越燃越旺。他一把抓住盖泽德的胳膊，不许这个瘾君子再往前走。盖泽德可怜兮兮地挣扎，但他瘦得皮包骨头，完全挣不开艾萨克的手掌。

“听着，幸运盖泽德，你这个垃圾。你装出这副*受伤*的样子给谁看？你吸毒都吸成这副鬼样子了，都快站不起来了。你怎么敢跑到我家里来，你这个该死的毒虫……”

“哎！”盖泽德忽然大叫一声。他冷笑着看向艾萨克，打断了后者滔滔不绝的训斥。“琳现在不在这里，但我急需某样东西，我想让你帮帮我，要不然我可不知道最后会不会往外说点什么，要是琳不帮我，你可以啊，你是她穿着闪亮盔甲的骑士，她的人类爱侣，她是你的虫人……”

艾萨克猛地挥出肉乎乎的大拳头，砸在幸运盖泽德脸上，打得这个小个子男人腾空而起，摔在好几码之外。

盖泽德发出惊愕和恐惧的尖叫。他的鞋跟刮擦着光秃秃的地板，挣扎着爬向楼梯，鼻子下面一团血花呈辐射状在脸上铺开。艾萨克将指关节上的血抖掉，大步走向盖泽德，气得浑身直颤。

你觉得我会让你说那样的话？你觉得你可以敲诈我？你这个混蛋！他想。

“幸运盖泽德，你他妈的最好马上滚蛋，要不然我就把你的脑袋拧下来。”

盖泽德爬起来，突然号啕大哭。

“你他妈的疯了，艾萨克，我还以为我们是朋友……”

鼻涕、眼泪混合着鲜血滴滴答答地落到地板上。

“那你显然想错了，伙计。你他妈就是个人渣，而我……”艾萨克的话音戛然而止，他惊讶地瞪大了眼睛。

盖泽德正靠着一堆空笼子，装有那只古怪毛虫的笼子就放在最顶上。艾萨克可以看到巨大的毛虫正在兴奋地蠕动，弓起身子拼命地拱着铁丝前门，鼓起仅存的力气朝幸运盖泽德歪歪扭扭地爬去。

幸运盖泽德不知道发生了什么，还在一脸害怕地等着艾萨克往下说。

“怎么？”他哀号道，“你想干什么？”

“闭嘴。”艾萨克朝他发出嘘声。

毛虫比刚来这里时瘦了许多，孔雀尾羽般华丽非凡的颜色已经变得暗淡，但它显然还活着。它一起一伏地绕着小笼子转圈，在空气中探寻着，就像盲人的手指，摇摇晃晃地摸向盖泽德。

“别动。”艾萨克低声说着，慢慢靠近。盖泽德吓坏了，老老实实地服从了他的指令。他顺着艾萨克的视线看去，看到那只巨大的毛虫正在小笼子里爬来爬去，拼命想爬到他身边，他的眼睛一下瞪大了，猛地把扶着笼子的手抽回来，发出一声带着哭腔的微弱尖叫，开始后退。毛虫立刻改变方向，显然是想跟着他。

“真有意思……”艾萨克说。就在他看着这一幕时，盖泽德突然伸手紧紧抓住脑袋，开始拼命摇头，就好像头发里全是虫子。

“哎，我的头怎么了?”盖泽德结结巴巴地说。

艾萨克又走近了些，立刻也感觉到了。陌生的情绪片段快如闪电般从他脑中掠过，就像滑溜的鳗鱼。突如其来的窒息感攫住了他，又倏忽消失，但他的喉咙并无异样，这感觉并非源自他的身体。他轻轻地咳嗽了一下，晃了晃脑袋，用力地眨了下眼。

“盖泽德，”他急促地说，“慢慢地绕着它走。”

幸运盖泽德照他说的做了。毛虫匆匆地调整方向，结果晃晃悠悠地侧翻了过来——它想要追随盖泽德，跟上盖泽德。

“那玩意为什么跟着我?”幸运盖泽德呻吟道。

“我不知道，幸运盖泽德，”艾萨克语调尖刻地说，“那可怜的家伙饿了。看来它想要你身上的什么东西，盖泽德老兄，慢慢地把你口袋里的东西都掏出来。别担心，我不会偷的。”

盖泽德开始从脏兮兮的上衣和裤子口袋里掏出纸条和手帕。他犹豫了一下，然后把手伸进内兜，掏出两个鼓鼓囊囊的小包。

毛虫一下子变得疯狂起来。让人头晕目眩的情绪碎片又一次飞旋着掠过艾萨克和盖泽德的大脑。

“你他妈的带着什么?”艾萨克牙关紧咬，挤出这句话。

“这包是喜赞。”盖泽德犹犹豫豫地说着，举起那个小包冲笼子挥舞。毛虫没有反应。“这是梦矢。”盖泽德将第二个小包拿到毛虫脑袋上方，毛虫几乎直立了起来，拼命想去够它。它发出可怜的哀号，空气中没有声音传来，但他们却强烈地感觉到了。

“就是这个!”艾萨克说，“就是它！这小东西想要梦矢!”艾萨克朝盖泽德伸出手去，打了个响指。“把它给我。”

盖泽德犹豫了一下，然后交出那个小包。

“老兄，那里头有很多呢……值很多钱的……”他呜咽着说，“你不能就这么把它拿走，老兄……”

艾萨克掂了掂小包的分量。它大概有两到三磅。他将小包打开，毛虫再次爆发出无声的哀号，径直穿透了他的大脑。那非人的乞求令人心碎，艾萨克不禁向后缩了一下。

包里的梦矢是一堆黏糊糊的棕色小丸，闻起来像烧焦的糖。

“这是什么东西?”艾萨克问盖泽德，“我听说过它，但我完全不了解。”

“新玩意，扎克，贵得要死。出来大概有一年了。它……劲头很大……”

“它能怎么样?”

“没法形容，真的。想买一些吗?”

“不想!”艾萨克厉声说道，然后语气变得犹豫，“好吧……反正不是我用……幸运盖泽德，这包多少钱?”

盖泽德踌躇了一下，显然是在盘算自己能虚报多少价格。

“呃……大概三十几尼……”

“滚，幸运盖泽德……你他妈的真是个混蛋，伙计……这包东西我出……”艾萨克不确定地说，“十几尼。”

“成交。”盖泽德马上回答。

妈的，艾萨克想，*我上当了*。他正要讨价还价，却突然想到了一个更好的主意。他仔细地看了看盖泽德，即便一张脸上糊满血迹和黏液，显得滑腻而丑陋，这个瘾君子却已经再次显出自鸣得意的表情。

“好吧，成交。听着，幸运盖泽德，”艾萨克语气平和地说，“我想要更多这种东西，你明白我的意思吗？你看，我们一直处得不错，我想不出有什么理由不让你做我的……独家供货商。明白我的意思吗？但要是有什么捕风捉影的闲言碎语传出去，我们的情谊可就全毁了，我就只能去找别人了。明白了吗？”

“扎克，不用多说了……兄弟，咱俩是兄弟……”

“绝对的。”艾萨克大声应和。他不会傻到以为自己可以信任幸运盖泽德，但这样至少可以大致确保盖泽德不会乱说。盖泽德得了好处，不可能恩将仇报，至少暂时还不会。

不是长久之计，艾萨克想，*但至少现在管用*。

艾萨克从小包里拈起一粒微湿发黏的梦矢。它大概有一粒大橄榄那么大，裹着一层厚厚的黏液，但就在他拿到手里的这会工夫已经迅速变干。艾萨克将装着毛虫的笼子顶盖推开一两英寸的缝隙，将这粒梦矢扔了进去，然后蹲下来透过铁丝编成的前门观察。

艾萨克的眼皮突然抽搐了一下，仿佛一股静电蹿过他的身体，一时间，他的视线没法聚焦了。

“嗷……”幸运盖泽德也在他身后发出呻吟，“我的头他妈的怎么了……”

艾萨克感觉到短暂的恶心，然后极强烈、极陌生的狂喜在他脑中轰然炸开，他从未体验过这样的感觉，但转瞬之间，那些非人的情绪又从他脑中全部撤走。他觉得它们仿佛是从自己的鼻孔里喷射而出的。

“哦，圣嘉罢啊……”艾萨克尖叫道。他的视线一片模糊，然后骤然聚焦，变得异常清晰。“你这个小混蛋具有某种通感的能力，是不是？”他喃喃地说。

他像个偷窥狂那样着迷地观察着毛虫。它的身子卷起来，拢着那颗致幻药丸，就像一条正在绞杀猎物的蛇，口器大大张开，紧紧夹住梦矢的顶端。它带着一种近乎色情的饥渴大吃大嚼，侧裂的唇瓣间缓缓渗出唾液。

它狼吞虎咽的样子就像在圣嘉罢节上大啖太妃糖布丁的孩子。那颗梦矢以肉眼可见的速度消失了。

“魔鬼的尾巴呀，”艾萨克说，“它还没吃够呢。”他又往笼子里投了五六颗小药丸。毛虫欢快地扭着身子一头扎进那堆黏黏的东西。

艾萨克站起身来。他看了一眼幸运盖泽德，后者也在盯着毛虫进食，脸上露出安详的微笑，身子轻轻摇晃着。

“盖泽德，看来你似乎救了这小家伙的命，它可是重要的实验样本。非常感谢。”

“我就是个**大救星**，是不是，扎克?”盖泽德像跳芭蕾舞一样踮起脚尖慢慢地转了个圈，样子难看极了，“救星！救星!”

“行了，行了，你是大救星，老兄，安静，”艾萨克瞥了眼钟，“我真的还有些工作要做，你就行行好，走吧? 没有嫌弃你的意思，幸运盖泽德……”艾萨克犹豫了一下，伸出手。“你的鼻子，对不住了。”

“哎。”盖泽德看起来有些吃惊。他小心翼翼地用手指头戳了戳血糊糊的脸。“呃……无所谓啦……”

艾萨克大步走向书桌。

“我去给你拿钱。等一下。”他在抽屉里翻找着，终于找到了钱包，掏出一几尼。“等一下，别的地方还有，抱歉……”艾萨克在床边跪下，把成堆的纸扔到一边，搜寻着斯泰佛和谢克尔。

艾萨克刚从装着毛虫的笼子边走开，盖泽德的手便向那包梦矢探去。他小心翼翼地盯着艾萨克，后者正在床下摸索，脸冲着地板。盖泽德飞快地从那堆黏糊糊的药丸中拣出两颗，又瞥了一眼艾萨克。艾萨克正滔滔不绝地说着什么，声音从床底下传来，瓮声瓮气的。

盖泽德装出一副若无其事的样子，慢慢地踱向床边。他从口袋里掏出一张糖纸，迅速地将一颗偷来的梦矢包起来放进兜里。他盯着第二颗药丸，脸上浮现出白痴般的笑容。

“扎克啊，按**道理**，应该**问问**你平常都习惯磕啥药的……”他悄声自语，美滋滋地傻笑起来。

“你说什么?”艾萨克大声问道，开始扭着身子从床底下退出来，“我找到了。我就知道在哪条裤子口袋里有些钱……”

书桌上放着艾萨克吃了一半的火腿卷，幸运盖泽德迅速地掀开包着火腿的面包，将那颗梦矢塞进一片莴苣叶下涂着厚厚芥末的地方。然后把面包放回原位，从桌前退开。

艾萨克站起来，转过身，满脸灰尘，大大地微笑着。他捏着一把摊开的钞票和一些零散的钱币。

“这是十几尼。魔鬼的尾巴呀，你谈起价钱来就像个他妈的专……”

盖泽德一把抓过钱，飞快地溜下楼梯。

“谢了，扎克，”他说，“谢了。”

艾萨克有些没反应过来。

“好吧。要是我需要更多的梦矢，再跟你联系，行吗?”

“行，没问题，老兄……”

盖泽德急匆匆地蹿出仓库，草草地带上门，留下一串莫名其妙的大笑，尖细的咯咯声渐渐远去，直至消失在夜色中。

*魔鬼的尾巴呀！*他想。*我真他妈讨厌同这种人渣打交道。看他像什么样子*……艾萨克摇了摇头，慢慢踱回装毛虫的笼子旁。

毛虫已经又吃完了一颗黏糊糊的药丸，正在吃今天的第三颗。阵阵虫类的愉悦像小小的浪花凭空而来，拍打着艾萨克的大脑。这种感觉令人很不愉快。艾萨克后退了一些。就在他盯着看的时候，毛虫停下进食，优雅地舔干净身上黏糊糊的残渣，继续开吃，又将食物残渣糊了一身，然后再次清洁，如此反复。

“小家伙还挺讲究哈?”艾萨克喃喃地说，“那玩意好吃吗？啊？你喜欢吗？哈？真可爱。”

艾萨克踱回书桌旁，拿起吃了一半的晚饭。他转头看向那个起伏扭动、五彩缤纷的小身躯，然后咬了一口正在变硬的火腿卷，抿了口巧克力。

“你他妈的会变成什么呢?”他对着他的实验样本喃喃而语。艾萨克吃掉了剩下的火腿卷，面包有点不新鲜了，菜叶一股霉味，他做了个鬼脸，至少巧克力很好喝。

他擦了擦嘴，又转回装着毛虫的笼子边，强迫自己忍受住一股股令人头晕的情绪波的冲击。艾萨克蹲下来看着那只饥饿的生物进食。虽然并不肯定，但艾萨克觉得毛虫的颜色再次变得鲜艳起来。

“你会是个很好的消遣之物，免得我沉迷临界理论不可自拔，对吧?是不是，你这个扭来扭去的小家伙?没有一本教科书提到过你，不是吗?害羞了?你害羞了吗?”

一股扭曲的情绪像弩箭般狠狠地击中艾萨克，将他掀翻在地。

“哎哟!”他尖叫着，连滚带爬地从笼子边离开，“别用这种方式向我抱怨呀，我可受不住，伙计……”他爬起来，走向床铺，不住揉着脑袋。他刚走到床边，又一股陌生的情绪脉冲如同强烈的电流蹿过他的大脑。他膝盖一软，跌倒在床边，拼命地搔着太阳穴。

“哦，他妈的!”他惊慌失措，“太强了，你用的力度太大了……”

突然间，他说不出话来了。强烈的情绪波第三次向他袭来，将他的神经元突触彻底淹没，他的身子猛地一下完全僵住。这不对，他突然意识到，这同十英尺外那只暴脾气的古怪毛虫以心灵感应的方式传递到他脑中的哀号尖叫不一样。他的嘴忽然很干，他回想起了菜叶的发霉味道。腐草。堆肥。经年的水果蛋糕。

结块的芥末酱。

“哦，不……”他喃喃地说。真相击中了他，让他的声音都颤抖起来。“哦，不，不，不，哦，盖泽德，你这个该死的混蛋，你这个人渣，我他妈的要杀了你……”

他紧紧地抓住床沿，双手剧烈地颤抖着。他的汗水潺潺而下，皮肤泛出石头的颜色。

我得到床上去，他拼命地想。躺到毯子底下等药劲过去，每天都有成千上万的人为了享乐在这么干。看在圣嘉罢的分上……

艾萨克的手缓缓地扒索着毯子的褶皱，像一只打了麻药的狼蛛。他没法钻到毯子底下去，因为毯子皱皱巴巴地摊了满床，与床单缠在一起，艾萨克突然确信那是一整块像波浪般起伏的布，将它们分开是没法办到的事情，于是他滚到床上，发现自己在棉布与羊毛的繁复褶皱中游泳。他往上游，往下游，以充沛的活力挥舞着双臂，像孩子那样游着狗刨式，咳嗽着，吐着口水，因为异常的干渴咂着嘴巴。

看看你，你这个白痴，他的大脑轻蔑地吐出一句话，看你现在的样子，是不是很体面呀？

但他没有理会这句话。他满足地在床上轻轻游动，喘息得像个垂死的动物，试探性地梗起脖子，用手指轻轻戳着眼睛。

他感觉到压力正在大脑后部不断累积。他看到一扇巨大的门，立在他脑子里鲜少光顾的角落。它通往一个地窟，正在咯咯作响。门后有什么东西想要冲出来。

快，艾萨克想。闩上门……

但他能感觉那个想要逃出门外的东西越来越用力。门像沸水般扭曲翻滚，渗出汩汩的脓液，即将破裂，一只巨犬带着不祥的沉默拽着拴在身上的链条，它的脸是一片空白，海浪无情地拍击着摇摇欲坠的护堤。

艾萨克心里有什么东西猛然断裂。

第十六章

阳光倾泻宛如瀑布，我享受着阳光的沐浴。花朵突然从我肩膀、我头顶绽放。叶绿素轻快地在我皮肤里流淌，我举起巨大有刺的胳膊。

别那样碰我，我还没准备好。你这个混蛋!

看看那些蒸汽榔头！它们让我工作得太累了，否则我说不定会喜欢它们!

这是?

我很自豪地告诉你，你父亲已经同意我们在一起了。

这是一个?

我在这肮脏的水下游泳，朝着黑影般的大船游去，它像一朵巨大的云。我呼吸着污浊的水。我不停咳嗽，我有蹼的脚推着我前进。

这是一个梦?

光亮皮肤食物空气金属做爱悲伤火焰蘑菇网船拷问啤酒青蛙尖钉漂白剂小提琴墨水悬崖鸡奸钱翅膀彩色浆果神链锯骨头拼图婴儿水泥贝壳支桩内脏雪黑暗

这是一个梦吗?

但艾萨克知道这不是一个梦。

一盏魔灯在他脑子里闪烁，飞快地切换着一串串图像。那不是西洋镜，不是描绘趣闻轶事的循环画面：那是各不相同的瞬间，剧烈变化、无穷无尽。无数的片段场景仿佛毫不停歇的弹雨向着他扫射。一个个片段剧烈颤抖着插入另一个片段，无数生灵的一生在他眼前遽然闪过。这一瞬他在用虫首人的化学语言哭喊，因为她的姆妈严厉地责骂她，下一瞬他是蛙人马夫头领，对某个新来家伙的无稽理由嗤之以鼻，再下一瞬他在山涧冰冷的水底挣扎打滑，他合上半透明的内眼睑，狂怒地朝其他协同施法的塑水师踢去，再然后他……

“哦圣嘉罢啊……”他听到自己的声音从汹涌的情绪旋涡深处升起。情绪流越来越多，越来越快，彼此交叠，纠缠混杂，直至同时有两个、三个乃至更多的场景在他脑中铺陈。

光线明亮，好似有灯照着，一些面孔清晰生动，其他的却模糊不清。各不相同的人生片段一帧帧掠过，每帧的焦点都落在不同的地方，仿佛那些场景部分有着特殊的象征意义，是某种预兆。每个场景都遵循着梦的逻辑。艾萨克大脑中某个主管逻辑的区域意识到这些场景并不是凝固在琥珀中的真实历史，不可能是——其中的一切流转不定，意识和现实缠织在一起。艾萨克看着的并非他人的生活，而是他人的心灵。他正窥探着世间生灵最后的躲避处。这些是回忆。这些是梦。

艾萨克随着情绪的洪流冲出一处心灵的闸口。奔涌的水流突然停滞。不再有片段袭来，不再有一二三四五六个场景随着简洁的咔嗒声飞快地切换，被他的意识之光投映在他的脑中。相反，此刻他在一个黏稠的泥潭中游弋，身处一个梦境浆液翻滚汇聚而成的污水坑，这些梦境并不完整，其中包含的逻辑和影像属于不同的年龄、性别和种族，他几乎不能呼吸，他快要溺亡在这一潭果冻般微颤的物质里了，这些他不曾有过的梦与希望，追忆与回想。

他的身体变成了一个盛满精神流质的皮囊。他听到它在呻吟，在床上翻滚，发出液体晃荡的声音，那声音仿佛从很远的地方传来。

艾萨克翻滚着。在情绪流猛烈攻击稍稍平缓的间隙，他分辨出一丝细微而持续的厌恶与恐惧，他认出那是他自己的意识。他挣扎着穿过他人意识与回忆汇成的黏浆，向它伸出手去。他触到了那一缕瑟缩的涓流——恶心的感觉——无疑正是*此刻他本人*的感受。他迅速地抓住它，竭力将全身附着上去……带着全然的狂热紧紧地抱住它。

他攀附在自己的意识上，经受着周围梦境的猛烈冲击。他飞越一个凋敝的小镇，一个六岁的女孩开心地说笑着，那是一种他从未听过的语言，但他瞬间就懂了，仿佛那是他的母语。他梦见一个青春期男孩的春梦，随着那不熟练的兴奋弓起身子。他游过江河的入海口，目睹了奇异的岩洞与仪式般的战斗。他漫步走过仙人掌族的白日梦，就像走在平坦的草原。他周围的房屋经过了梦的变形，似乎全巴斯拉格世界的智慧生物共享着同一种梦的规则。

新克洛布桑不时出现，同样经过了梦的变形，以人们记忆或想象中的模样呈现，地貌细节或是夸大或是缺失，街道间的遥远距离在几秒内就能跨越。

这些梦中还有其他的城市、国家和大陆。一些显然是诞生在闪动眼睑后的幻境，其他一些像是确有所指：是梦向现实的致意，如新克洛布桑一样真实存在的城邦、小镇和村庄，有着艾萨克从未见过或听过的建筑和方言。

艾萨克意识到，他正在其中游弋的这片梦的海洋，汇聚了来自遥远之地的水滴。

不，不像一片海，他那处于旋涡底部的意识晕乎乎地想，更像是一锅肉汤。他想象着自己正在麻木地咀嚼外来思想的软骨和内脏，有着陈腐脂肪味道的梦境团块在半是回忆半是虚构的稀粥中载沉载浮。艾萨克在想象中干呕起来。*我会吐在这里面，我会把我的脑子整个吐出去*，他想。

回忆和梦境像翻卷的浪花。它们汇成一道道潮水，每一道都有着特定的主题。尽管只能随着胡乱拍打的思绪无助地漂动，瞬间在脑中行过千里之遥，艾萨克还是从那挟卷他的水流中认出了熟悉的元素。此刻拖拽他的是关于金钱的梦境，组成这股急流的回忆充斥着硬币、钞票、牛头、彩色贝壳和支票簿。

下一瞬他被卷进一股性的梦境组成的波浪：仙人掌族男性正在射精，精液飞越大地，飞向仙人掌族女性种下的成排卵茎。虫首族女性在其乐融融的聚会上往彼此身上抹油。独身禁欲的人类牧师通过梦境宣泄不被允许存在的罪恶欲望。

接着艾萨克落入一个由焦虑的梦境组成的小漩涡。他变成一位正要参加考试的人类女孩，发现自己正一丝不挂地走在去学校的路上。然后是一个心脏狂跳的蛙人塑水师，眼睁睁地看着蜇人的海水汹涌地倒灌进他正施法的河流。再然后是一位张口结舌站在舞台上的演员，彻底想不起自己的台词。

我的脑子是一口大锅，艾萨克想，*所有的梦都在里面沸腾冒泡*。

这锅思想的浆液变得越来越黏稠，翻滚得越来越剧烈。艾萨克意识到了这一点，试着跟上它的节奏，全神贯注地凝望它，分辨它的意义，描摹它的画面，*越来越快越来越繁复*，努力忽略着它猛烈喷出的虚无恶臭。

但没有用。这些梦就在他的脑海里，他无处可逃。他梦见自己梦见别人的梦，并且意识到这个梦是真的。

他所能做的就是带着极度的狂热与惊恐，努力记住哪些梦属于自己。

一阵疯狂的唧唧声从近旁的某处传来。它蜿蜒着穿透混成一团的画面，扑进艾萨克的脑中，越来越响，直到成为他脑中奏鸣的主题曲。

突然之间，所有的梦都停了。

艾萨克睁开眼睛的速度太快，随着光线瞬时涌入眼中，他的脑袋迸发出一阵剧痛，他不禁咒骂起来。他举起手，有气无力地搭在额上，莫名地感觉它像一支巨大的船桨。他费劲地用它遮住眼睛。

纷乱的梦境彻底消散了。艾萨克透过指缝看去。白天。很亮。

“圣……嘉罢……在上……”他以耳语般的音量喃喃道。这点轻微的努力让他的头疼得更加厉害。

有件事情很荒谬。他没有感觉到时间的流逝。他清楚地记得一切。如果硬要说有什么异常的话，那就是他的即时回忆似乎变得更鲜明了。他有种清晰的感觉，自己在梦矢的作用下只度过了大约半个小时，懒洋洋地躺着、流着汗、哭号着，不会比这更久。然而……他挣扎着抬起眼皮，眯着眼睛看向时钟……现在是早上七点半，距离他倒在床上的那一刻已经过了许多个小时。

他用手肘撑起身子，上下检查了一番。他黝黑的皮肤没有起皱，但泛着灰色。他的嘴里散发着浓烈的臭味。艾萨克意识到自己肯定是一动不动地躺了整整一夜：床单只有一点褶子，仅此而已。

惊恐的鸟鸣再次响起，正是这声音惊醒了他。艾萨克忍着刺痛扭动脖子，寻找声音的来源。一只小鸟在仓库里绝望地盘旋。艾萨克意识到它是昨天晚上的大逃亡中落在后面的囚徒之一，一只鹪鹩，显然因为什么而感到恐惧。就在艾萨克环顾四周，想看看是什么让这只鸟儿如此紧张时，一只角蝰那柔软的爬虫身躯从一角屋檐下飞出，如同一支弩箭朝着对面屋角激射而去，在半空中轻松地将小鸟掠走。鹪鹩的叫声突然归于寂静。

艾萨克跌跌撞撞地下了床，慌乱地转着圈子。“笔记，”他告诉自己，“做笔记。”

他一把从桌上抓过纸笔，开始匆匆写下自己对梦矢的反应。

“那他妈的到底是什么?”他一边写一边轻声念叨，“哪个家伙捣鼓出这些了不得的玩意?能够复制做梦的生物化学过程，或是直接刺激梦境产生的源头……”他揉了揉额头。“神啊，以这玩意为食的究竟是什么东西……”艾萨克短暂地停住手中的笔，飞快地瞥了一眼装在笼子里的毛虫。

他完全僵住了。他的嘴巴像白痴那样张得老大，过了好一会儿才翕动起来，吐出几个字。

“哦。我的。老天爷。”

他蹒跚着穿过房间，脚步缓慢而紧张，仿佛随时准备向后撤退。他的目光小心翼翼地锁定笼子，一步步挨到近旁。

笼子里面，一只有着美丽颜色的巨大肉虫正在痛苦地扭动。艾萨克惴惴不安地站在这只巨大生物的旁边。他能感觉到身周激荡着怪异而细微的以太振动，那是一种陌生的不愉快感。

毛虫在一夜之间至少长大了三倍，现在已经有一英尺长，身子也相应地变粗了。一度黯淡的七彩斑点已经回复最初的鲜亮光泽。尾端黏糊糊的毛刺乍立着，看起来煞气十足。毛虫几乎塞满了整个笼子，身躯与笼壁之间的间隙只有六英寸。此刻它正无力地推搡着笼壁。“你身上发生了什么?”艾萨克低声说道。

他往后缩去，目光直直地盯着那个东西。毛虫的脑袋在空中盲目地挥舞。他突然灵光一闪，想到那几片喂给毛虫的菱形药丸。他环顾四周，看到那个装着剩余药片的信封正原封不动地躺在昨夜他放下的位置。那玩意并没有跑出笼子自己觅食。艾萨克意识到，不管他留在那个笼子里的小药丸含有什么，所能提供的卡路里都不可能让毛虫一夜之间长这么大。即使它吃了一大堆东西，不管吃的是什么，都不可能导致这种程度的生长。

“你究竟从你的晚餐里摄取了什么能量，”他低声说，“这违背了自然规律。看在圣嘉罢的分上，你到底是什么东西?”

他必须将毛虫从那个小笼子里挪出来。它看上去太痛苦了，在狭小的笼子里用力地扭动，徒劳无功地想获取更多的空间。艾萨克裹足不前，一想到要触碰这个不寻常的东西，他心头涌起满满的害怕和反感。最后，他终于拎起笼子，因为毛虫一夜之间增长的巨大重量，笼子沉得吓人，只能勉强拎离地面。艾萨克把它搬到实验区域左上方的一个大笼子里，那是一个铁丝织就的微型鸟舍，足有五英尺高，曾经囚禁着一小窝金丝雀。他打开了小笼子的前门，把肥大的毛虫倒进木屑里，然后迅速关上鸟舍门，闩上了前面的格栅。

他退后一步，凝视着重新安置好的俘虏。

它正直直地盯着他，他感觉到它孩子般的祈求：它想吃早饭。

“哦，等会儿，”他说，“我还没吃呢。”

他摇摇晃晃地向后退去，转身走向起居室。

吃着水果和冰冻的小圆面包时，艾萨克意识到梦矢的影响正在飞快地消退。*这大概是世上最糟糕的宿醉*，他苦笑着想，*但一个小时之内就会消失。难怪人们乐此不疲。*

房间的对面，一英尺长的毛虫正在新笼子的地板上四处寻摸。它可怜兮兮地嗅着地上的污物，然后直起身子朝着某个方向挥舞脑袋——那里正放着装有梦矢的信封。

艾萨克举起双手捂住脸。

“哦，真他妈的……”他说着。不安与好奇在他心中混合成一种莫名的情绪。那是一种孩子气般的兴奋，就像那些用放大镜灼烧昆虫的顽童。他站起来，用一把大木勺从信封里舀出一团凝在一起的药片，举着勺子走到笼子边，毛虫兴奋地几乎像在舞蹈，不管是通过看还是闻还是某种心灵的感应，它都感觉到了正在接近的梦矢。艾萨克打开笼子后部一个小小的活板门，将那勺药片倒了进去。毛虫立刻抬起头扎到那堆凝成不规则团块的药片上。随着体形的变大，它的嘴巴也变大了，艾萨克可以轻易地观察到它进食的动作——唇瓣顺滑而无声地启开，贪婪地啃噬着效力强劲的迷幻药。

“这个笼子足够大了，”艾萨克说，“所以你就安心地长，放开了长，好吗？”他走回去穿衣服，目光一刻也没有从那正在进食的动物身上移开。

艾萨克捡起扔在房间各处的衣服，分别放在鼻子前闻了闻，最后穿上没有明显异味、污渍也最少的衬衫和裤子。

最好列张“待办事宜”的清单，第一条就是“打死幸运盖泽德”，他恶狠狠地想着，大步走向书桌。他为雅格里克画的统一场论三角示意图夹在一堆纸里，上面盖了几张纸。艾萨克噘起嘴唇，凝视着图纸。他把它拿起来，若有所思地看向正在愉快进食的毛虫。今天上午他还有别的事情

要做。

再往后推没有意义，他不情愿地想，也许我能帮雅格探探路，还能了解一些关于笼子里那个小家伙的事情……也许吧。艾萨克重重地叹了口气，卷起袖子，然后坐到一面极少派上用场的镜子前，开始敷衍地整理仪容。他笨拙地拨弄头发，找到一件更干净的衬衫换上，满怀怨愤地做完了这一切。

他匆匆写了张纸条留给大卫和拉布勒梅，再次查看了巨大的毛虫，确保它很安全，而且不可能逃脱。接着他走下楼梯，把便条钉在门上，走出去，顿时觉得清亮的天光如锐利的刀锋般从四面八方将他包围。

艾萨克叹了口气，开始寻找某辆早早出街的出租车，他要到大学去，面见他所知道的最好的生物学家、物理学家及生物奇术士：可恶的蒙塔古·瓦米斯汉克。

第十七章

艾萨克揣着怀旧与不安的心情走进新克洛布桑大学。大学的样子与他在此任教时相比几乎没什么变化。各个学院散布在路德米德各处，庄严堂皇的建筑风格让这一地区其他的房屋相形见绌。

科学系的大楼古老而恢弘，前面的方庭种满花树。正是落花时节，艾萨克沿着无数代学生走过的小径穿行在纷纷扬扬的粉红花瓣雨中。他急匆匆地大步跨上擦洗得干干净净的台阶，推开学院大门。

艾萨克手里挥动着七年前便已过期的教师证，不过纯属多此一举。桌子后面的门卫是塞吉，又老又蠢，早在艾萨克来此任教很久之前，他便在这里当差了，而且看起来会在这里待到天荒地老。他朝艾萨克打着招呼，语无伦次地咕哝着欢迎的话语，在艾萨克不定期的来访中，他总会这样做。艾萨克同他握了握手，寒暄了几句。艾萨克有理由感激塞吉——就是在这双浑浊的老眼前，他运走了大量昂贵的实验室设备。

艾萨克大步走上楼梯，楼梯上学生们成群地聚在一起，或是吸烟，或是争辩，或是埋头写着什么。绝大多数是男性人类，不过偶尔也能见到小群的年轻异种族、女性人类以及女性异种族学生，他们紧凑地聚在一起，浑身散发着戒备的气息。一些学生争论着理论问题，声音刻意放得很大，明显带着炫耀的意味。其他学生专注地吸着气味辛辣的卷烟，间或在课本上做着标注。一群学生蹲在走廊尽头，嘻嘻哈哈地实践刚学的东西——用磨碎的肝脏制造魔偶。那个小人跌跌撞撞地迈出四步，然后瘫倒在地，化成一摊抽搐的浓浆，他们立刻爆发出一阵欢快的笑声。

艾萨克从他们身边经过，继续沿着楼梯和走廊前行，周围的学生人数越来越少，他离他的前老板越来越近。他发现自己的心跳正在加快，这让他既是恼怒又是厌恶。

他走进科学系行政部门所在的大楼侧翼，此处装饰豪华，墙上装着黑木镶板，顶头的那间办公室门上以金箔拼出几个字：院长。蒙塔古·瓦米斯汉克。

艾萨克在门外停了下来，紧张地捯饬了一下仪容。他心里一片混乱，他压下十年如一日的愤恨与厌恶，命令自己要时刻保持和解修好的语气。他深深地吸了口气，转身飞快地敲了敲门，然后径直推门走了进去。

“你以为……”桌子后面的人喊道，旋即认出艾萨克，话音戛然而止。一阵长长的沉默后，那人再次开口：“啊。当然了。艾萨克。坐。”

艾萨克坐了下来。

蒙塔古·瓦米斯汉克正在吃午饭。苍白的脸和肩膀以陡峭的角度俯在巨大的办公桌上。他身后有扇小小的窗。艾萨克知道，那扇窗俯瞰着宽阔的林荫道以及马法顿和岂南的大宅，但此时窗上紧紧地拢着一副肮脏的窗帘，将天光完全遮蔽在外。

瓦米斯汉克并不胖，但从面颊开始一路往下，身上仿佛裹了一层额外的皮肉，松弛苍白，透着死尸般的冰冷气息。他穿了套西装，明显太小，袖口露出大片惨白的皮肤。稀疏的头发以神经质般的热情梳得一丝不乱。瓦米斯汉克啜饮着浓稠的奶油汤，不时将白面包在汤里蘸蘸，然后放进嘴里吸吮咂吧，却并不咬断，只是反复地嚼着，嚼着，沾满恶心口水的面包不住将淡黄色的汁液滴落桌面，他近乎透明的眼珠死死地锁在艾萨克身上。

艾萨克极不自在地与他对视，很庆幸自己笔挺的坐姿和熏木色的皮肤不会轻易地泄露内心的情绪。

“本来打算嚷嚷一通的，像你那样没有敲门也没有预约就闯进来，不过接着我看到是你。那就说得过去了。平常的规矩不适用于你。艾萨克，你近来可好？你缺钱了？需要一些研究活计？”瓦米斯汉克开口问道，他的声音很低，说话时嗓子里总像有痰。

“不，不，那倒不是。瓦米斯汉克，其实我过得还不坏。”艾萨克用不自然的友好态度回答，“你的工作怎么样？”

“哦，很好，很好。正在写一篇关于生物点火装置的论文。我已经从一只火蜂身上分离出生火突缘了。”一阵长长的沉默。“非常令人激动。”瓦米斯汉克低声补上一句。

“的确，的确。”艾萨克热切地应和。他们互相瞪着对方。艾萨克想不出更多寒暄的话语。他对瓦米斯汉克既厌恶又尊敬。这两种情绪的组合让人混乱而不安。

“呃……那个……”艾萨克说，“老实说，我今天来，是想请你帮忙。”

“哦，呵呵。”

“是的……我正在处理一些棘手的工作……你知道的，我更多是一个理论家，而不是一个注重实用的研究者……”

“没错……”瓦米斯汉克声音中的讽刺意味浓得几乎要滴下来。

你这个狗娘养的，艾萨克在心里翻了个白眼。*这句话白送给你*……

“嗯，”他慢慢地说，“有一个问题，跟……*可能跟*……生物奇术有关，我不是很确定。我想听听你的专业意见。”

“啊哈。”

“是的。我想知道的是……有没有可能通过改造术让人飞起来？”

“呵呵。”瓦米斯汉克往后靠去，用面包擦着嘴巴周围的汤汁，在唇边留下一圈面包屑的小胡子。他将双手在身前交握，来回拨弄肥胖的手指。“飞，嗯？”

瓦米斯汉克的语气依然冷冰冰的，但声音里却染上了一种之前不曾有的兴奋。也许他本想继续用居高临下的轻蔑态度刺痛艾萨克，但身为一个科学家，那对科学发自内心的热情不是他能控制的。

“是啊。有人曾经这样做过吗？”艾萨克问。

“是的……有人曾经这样做过……”瓦米斯汉克缓缓地点了点头，没有把目光从艾萨克身上挪开——后者正从口袋里掏出笔记本来。

“哦，是吗？”艾萨克说。

瓦米斯汉克的目光一时间变得空茫，显然正在努力思考。

“是的……艾萨克，为什么问这个？有人找你想要飞起来吗？”

“我真的不能……额，泄露……”

“你当然不能，艾萨克。*当然*不能，因为你很有职业操守。我敬重你这一点。”瓦米斯汉克对着艾萨克露出一抹意味不明的微笑。

“那么……具体是怎样一回事？”艾萨克鼓起勇气追问。愤恨让他浑身轻抖，他咬紧牙关运了会儿气才说出这句话。*去你妈的，你这头傲慢的猪，我不是来这儿跟你玩游戏的*，他狂怒地想。

“呵呵……”瓦米斯汉克缓缓地抬起头来开始回想，艾萨克不耐烦地在椅子上扭了扭身子。“很多年前，有个生物奇术士，上个世纪末。名字叫作卡里吉内。他对自己施行了这样的改造术，”瓦米斯汉克露出一丝纵容又残忍的微笑，摇了摇头，“很疯狂，真的，但似乎很成功。巨大的机械翅膀能够像折扇一样展开。他还为此写了本小册子。”瓦米斯汉克抻紧脖子，脑袋从肥硕的肩膀上探出来，大致扫了一眼四壁堆满书卷的书架。他挥舞一只绵软的手，仿佛在指示卡里吉内那本小册子的所在之处，又仿佛并无所指。“后来的事情你不知道吗？没听过这首歌吗？”艾萨克迷惑地眯起眼睛。令他吃惊的是，瓦米斯汉克突然开始用尖细的男高音唱起来：*“于是卡里高高飞起/挥动巨伞一般的翅膀/向着天空飞去/挥别他的爱人/叹息着向西/消失在可怖生灵游荡的土地……”*

“我当然听过！”艾萨克说，“我只是从来没想过它唱的是一件真事……”

“你从没上过生物奇术导论课，对吧？我记得你上了两学期的中级课程，那是后来的事情了。但你错过了我的第一堂课。我在第一堂课上会讲这个故事，用来勾起年轻求学者的兴趣，鼓舞他们踏上生物奇术这条崇高的科学之路。”瓦米斯汉克一本正经地说道。艾萨克感到厌恶之情再次涌上心头，同时又夹杂了一丝好奇。“卡里吉内从此消失了，”瓦米斯汉克继续说道，“朝着西南方飞去，朝着污染区域的方向。从此再也没有人见过他。”

又一阵长长的沉默。

“呃……这就完了？”艾萨克说，“他们怎么把翅膀装在他身上的？他留下实验记录了吗？改造术的过程具体是怎样的？”

“哦，总之非常难，我曾经做过设想。卡里吉内可能进行了大量活体实验以得到正确的数据……”瓦米斯汉克歪着嘴笑了一下，“也许当时的市长蒙特格力给了他很多支持。我怀疑一些号称被处死的重刑犯实际上被送去了他的实验室，多活了不少时日。这些事情他没有公开提过。但这是顺理成章的，不是吗？你需要尝试许多次才能把事情弄对。你看，你必须把机械装置同骨骼啊肌肉啊之类的连接在一起，而这些组织器官并不知道自己该做什么……”

“但要是肌肉和骨骼**其实**知道自己在做什么呢？如果一个……一个翼人什么的，翅膀被切掉了。能换上一对新翅膀吗？”

瓦米斯汉克面无表情地盯着艾萨克，脑袋和眼珠一动不动。

“哈……”最后他终于淡淡地开口，“你觉得那是件很容易的事情，是吗？从理论上说你想的没错，但实际操作起来很难。我已经在鸟类和……唔，有翼生物的身上做过一些这样的实验。艾萨克，我首先要说的是，这在理论上是完全可行的。从理论上说，几乎没有什么不能施行的改造。一切只围绕着一个问题，就是把东西接对喽，再加上一点血肉的塑型。但飞行难得可怕，因为你得处理各种各样的变量，每一个都得一丝不差。艾萨克，我们可以改造一只狗，把它的一条腿切下来，前后颠倒地缝回去，或是对那条腿施一个血肉化泥的咒语，然后捏成任意形状，这只动物往后依然能快活地走路。虽然会很难看，一瘸一拐的，但它能走。对翅膀就没法做相同的事情。一点差错都不能有，否则就飞不起来。教那些自以为懂得飞行的肌肉换种方式飞行远远难过教那些一开始什么都不懂的肌肉。不管你想问的是鸟还是别的什么，只要翅膀的形状、尺寸或是依据的空气动力学基础有一丁点儿不对，它的肩膀就会完全不知道该怎么办，所谓牵一发而动全身，就算你把一切东西都接对了，它最终也飞不起来。

“所以，艾萨克，我想我的回答是，这种改造术是可行的。不管你想问的是翼人也好，别的什么也好，可以通过改造术重新飞行。但成功的希望非常渺茫。太他妈难了。没有任何一个生物奇术士，任何一个改造师，敢对结果做出担保。或者你可以去找到卡里吉内，让他去做，”瓦米斯汉克低声地下着结论，“反正我是不会冒这个险。”

艾萨克匆匆记下最后几笔，“啪”地合上本子。

“谢谢你，瓦米斯汉克。其实我多少有些希望你会这样说……。这是你的专业意见，对吧？看来我必须把思路转到别的方向了，你肯定看不上的那些方向……”他像个顽皮的男孩那样把眼睛瞪得溜圆。

瓦米斯汉克微微地点了点头，一抹令人不快的微笑从他唇边一掠而过。

“哈。”他淡淡地说。

“好了，谢谢你花时间见我……非常感谢……”艾萨克神色慌乱地站起来准备离开，“很抱歉来得这么突然……”

“没关系。还需要别的什么意见吗？”

“呃……”艾萨克的胳膊已经往外套袖子里伸了一半，闻言停了下来，“你听说过一种叫做‘梦矢’的东西吗？”

瓦米斯汉克扬起一边眉毛。他往后靠在椅背上，咬着大拇指，眼睛半睁半闭地看着艾萨克。

“艾萨克，这里是大学。你觉得要是有一种**刺激**的新型毒品风靡全城，我们的学生会没有一个动心？我当然听说过。不到半年前我们第一次因为兜售这种违禁品开除了一个学生。非常聪明的年轻人，学心理环境学的，忽悠起人来的时候自然是先锋啊前卫啊之类的理论一套一套的。

“艾萨克啊艾萨克……你有过那么多，呃，**轻率的言行**……”瓦米斯汉克唇边浮出一丝假笑，显然是想遮掩这句话里倒刺般的侮辱意味，“——但我真没想过你会堕落成一个……一个**瘾**君子。”

“不，瓦米斯汉克，我倒是没有吸毒。只是我已经选择了在**腐烂的泥潭**中讨生活，周围全是些**卑鄙小人、可耻之徒**，我参加各种**堕落下流的集会**，自然常常会面对毒品之类的东西。”艾萨克在心里劝说自己不要失去耐性，但与此同时，他清楚地意识到，就算继续维持表面上的和气，他也不会有更多收获了。于是他高声地回答瓦米斯汉克，尽情地宣泄着讽刺之意。他很享受这一刻的愤怒。

“总之，”他继续说道，“我有一个讨厌的朋友在使用这种奇怪的毒品，我想了解更多。不过我显然不应该问一个如此高洁的人。”

瓦米斯汉克无声地笑了。他笑的时候嘴巴不会张开。他的脸上总是挂着一抹令人牙酸的假笑。他的眼珠一动不动地盯着艾萨克。只有通过肩膀的些许抖动和身躯轻微的前后仰合能看出他真的在笑。

“哈，”他最后说道，“真是敏感啊，艾萨克。”他摇了摇头。艾萨克拍了拍口袋，扣上外套，动作夸张做着离开的准备，拒绝去想这副模样有多么可笑。他转过身，走到门口，心里激烈地斗争着要不要来上一句告别的话语。

他还在思考的时候，瓦米斯汉克开口了。

“梦矢……啊，艾萨克，**那方面**真不是我的专长。我们搞生物奇术的很少涉及药理学之类的研究。我相信你的某位老同行能够告诉你更多的信息。祝你好运。”

艾萨克决定一言不发地离开。他也的确这么做了，只是在出门的时候仍然犹豫地挥了下手，他说服自己这个动作其实是在表达鄙视之意，但它更可能被理解成感激与告别。**你这个胆小鬼**，他在心底斥责自己。但他也承认这个事实：瓦米斯汉克是一座有用的知识宝库。艾萨克知道，如果他真的不顾一切地与他的前老板撕破脸，他就得承受许多随之而来的后果。最起码的损失就是那大量的专业知识。他怎么能将其拒之门外呢？

于是艾萨克原谅了自己敷衍的反击行为。再次回想起自己对那个可怕男人的矛盾心理时，他决定付之一笑。至少他达成了此行的目的。改造术不是雅格里克的最佳选择。艾萨克很高兴，他很愿意老老实实地承认自己高兴的原因并不那么高尚。这个飞行的课题让他自己的研究重振活力，如果生物奇术在与临界理论的较量中胜出，这个课题通过血肉塑形就能解决，那也未免太没新意了，他的研究也将停滞不前。他可不想失去这个新的动力。

雅格啊，他想，**正如我预料的一样。我是你最大的希望，你是我的了。**

城市前面有一些沟渠，深深刻在獠牙般交错的岩层间，刻在贫瘠土地上的块块玉米地里。羸弱矮小的作物之外是大片凶险的石头地，要花好几天才能走到尽头。粗糙沉重的花岗岩块自诞生之日起便默默卧在这片土地的肚腹之处，表面薄薄的泥土层在一万年间被风雨剥离殆尽。那些岩岬石壁就是这块土地裸露的内脏，也如真正的内脏般狰狞吓人。

我循着河流的路径前行。此时它是穿行在险峻山岭间的无名河流：数天的路程之外它将被唤作焦油河。我能看见西边数英里外极高极寒的尖峰，覆着白雪的巨大岩石仿佛倨傲的神像俯瞰着脚下的石堆和地衣，正如我周遭的山峦俯瞰着渺小的我。

有时我会觉得岩石悄然变幻了形态，长出爪牙与头颅，像是拿着棍棒，又像张开巨掌。石化的巨人。一动不动的石头神祇。那是一只眼睛还是千百年的风无意间蚀刻出的印痕？

我逃不出被窥视的感觉。山羊和绵羊连绵的叫声里含着轻蔑，淹没我蹒跚的步伐。长鸣的猛禽划过高天，尾音中缭绕不去的鄙视连风都无法吹散。有时我从牧羊人身旁经过，他瞪着我，眼里有毫不掩饰的怀疑和粗鲁。

夜晚有比夜色更深的影子环伺，河底有比河水更冷的目光透出。

岩石的牙齿嵌进泥土的肌体，它们的交界如此平缓而狡黠，时常让我在河水凿出的峡沟中徒然绕上数小时的远路。再往前，是低矮灌木遍生的广阔草地，绵延了一天又一天的路程。

我脚下的土地走起来更轻松，我头顶的高天看起来更空阔。但我不会被愚弄。我不会被诱惑。那不是沙漠的天空。它是一个冒牌货，一个代用品，企图哄我安心。干燥的草木远比我家乡的繁茂，随着阵阵清风一下下轻轻拍抚着我。远处是大片的森林，我知道它向北延伸到新克洛布桑的边缘，向东延伸到大海。林中的隐秘之处，浓密的枝叶间，偶尔探出幢幢黑影，那是被人遗忘的巨大机器，散落的活塞与齿轮，铁轨从树木间横亘而过，将斑斑锈痕染上树皮。

我从不靠近它们。

在我身后河道分汊的地方，是一片沼泽地，仿佛河流始终找不准入海口，只好漫无目的地四处徘徊，将所经之处变成泥泞湿地。在沼泽地的时候，我在用高高桩子架起的长屋里歇过脚，长屋的主人是安静而真诚的种族。他们给我送来食物，为我哼唱助眠的曲调。我同他们一起捕猎，用长矛刺穿鳄鱼和水蟒。正是在那片沼泽地，我失去了我的猎刀，某只精力旺盛而缺乏经验的食肉动物突然从泥浆与湿漉漉的芦苇间朝我猛扑过来。我将刀刃留在了它的身体里，它直立起来，惨叫声仿佛火堆上开水壶的嘶鸣，随即消失在淤泥中。我不知道它是否死了。

在来到沼泽与河口之前，我在干燥的草地和山脚下走了许多天，我曾被警告，在那些地方会有"自由改造人"的匪徒成群劫掠，他们都是逃犯，但我一个也没有遇见。

我经过许多村庄，有些村子的人用肉食和衣裳引我进去，恳请我为他们祈求丰收之神的眷顾。有些村子的人用长矛、步枪和刺耳的汽笛声将我驱赶。我走在茫茫的草地上，与我同行的只有羊群与偶尔经过的骑手，只有我视若亲族的鸟儿与我一度以为只存在于传说中的野兽。

我独自入睡，藏身于岩石的缝隙间或灌木的枝叶下，当我闻到雨水将至时，会干脆露宿于天空之下。有东西曾在我睡着的时候摸到我的身边查探我，留下蹄印以及草药、汗水或肉的味道。这样的事情发生过四次，

正是在那些蔓延起伏的白垩山丘脚下，我的愤怒和痛苦变了模样。

我走着，被陌生气味吸引而来的温带昆虫围绕着我，它们试图舔舐我的汗水，品尝我的鲜血，为我斗篷上斑斓的污渍授粉。我看见肥硕的哺乳动物站在气味馥郁的绿色植物间。我摘下只在书上见过的花，舒展在长长茎秆顶端的花瓣有着微妙的颜色，仿佛透过烟雾看到的一般。树木的气味让我无法呼吸。天空中竟然有那么多云朵。

我走着，一个沙漠的生灵，走在肥沃的土地上。我只觉得光线刺目、灰尘弥漫。

有一天我突然意识到，我不再梦想当我再次成为完整的鹰人之后要做些什么。那些愿望熊熊燃烧，直至抵达顶点，轰然一声化为乌有。我心里只剩下对再次飞翔的渴望。我莫名地调整了我的目标。我在这片陌生的土地上，在缓慢而坚定地向着科学家与改造师聚集之处前进时发生了改变。过程变成了结局。如果我重新获得双翅，我将成为一个全新的人，不会再有那些烧灼着我又定义着我的渴望。

我在潮湿的春天明白了这一点，当时我正向着无尽的北方前进。我不再追寻完满，而是追寻消亡。我将从旧的躯体中重生，得到真正的安宁。

当我第一次踏上那片有着起伏丘陵的平原时，要难过许多。我从米尔朔克而来，我乘坐的船在那里靠岸，我却没有在那里待过一个晚上。那是个丑陋的港口城市，有着太多我的同类，让我觉得十分压抑。

我匆匆穿过城市，只为买些补给品，只想找到某个可靠的人将我送去新克洛布桑。我为背上刺痛流脓的伤口购买冷乳膏时，一位医生坦率地告诉我，在米尔朔克没有人能帮到我。我把我的鞭子给了一位商人，他让我搭乘他的运货马车走了五十英里，到达焦油河上游的山谷。他不接受我的金子，只要我的武器。

我迫不及待地想将大海远远抛在身后。大海只是一段插曲。跨越贫瘠之海的航程持续了四天，我搭乘一艘行动迟缓、涂有油脂的桨船，船在海面慢得如同蠕动，我待在甲板下面，只能通过船身的颠簸与水花的泼溅声知道我们的确在前行。我没法在甲板上行走。在那沉闷的数天里，待在广阔的海天之间只会让我感觉比待在我那臭烘烘的舱房里更加拘束，更加憋闷。我蜷缩在远离海鸥、鱼鹰和信天翁的地方。我待在最靠近海水的地方，船舱厕所的后面，我肮脏的木头避难所。

在穿越大海之前，当我依然焦灼而痛苦时，当我的伤口还在渗出鲜血时，我待在尚克尔，仙人掌族的城市。它有着许多名字。太阳宝石。绿洲之城。波里多。盐谷。螺旋城堡。日光城。在尚克尔的时候，我不停地战斗、战斗。在角斗场和带着倒刺的铁丝笼里撕开别人的皮肉，也被别人撕开皮肉，我赢的时候远远多过输的时候。我在夜晚像斗鸡一样狂暴地厮杀，在白天藏好赢得的钱币。直到那一天，我与一个蛮族王子对决，他想用我的颅骨做头盔。我赢了，我不敢相信。我浑身披血，一只手捧着我的肠子，用另一只手扯出他的喉管，即使在那一刻，我都不敢相信我赢了。我赢得了他的金子和他的随从，我将那些人全部遣散，用那些金子付了治疗伤口的费用，并在一艘商船上买下一个舱位。

我踏上跨越大陆的旅程，开始寻回自身的完满。

沙漠与我同在。

PART THREE

第三部分

蜕变

第十八章

春天的风变得越来越温暖。新克洛布桑上空污浊的大气起了变化。城邦的天文学家待在焦油角的云塔上，从转个不停的标度盘上抄着数据，从疯狂涂写的大气测量仪上扯下曲线图。他们噘起嘴唇，不住摇头。

他们彼此低声谈论着即将到来的夏季将如何反常的炎热和潮湿。他们“砰砰”地敲着气象变换引擎的巨大管道，这些管道竖直地立在中空的云塔里，直抵塔顶，就像巨大的风琴管，又像即将鸣响的枪口，正要宣告大地和天空之间的对决。

“该死的没用玩意。”他们嫌恶地咕哝着。敷衍地在地下室里做着启动引擎的尝试，但它们停止工作已经有一百五十年了，依然活着的人没有谁能修好它们。新克洛布桑的天气现在只取决于神灵、自然或运气。

位于溃疡角的动物园里，动物们因为反常的天气焦躁不安。这是发情季节接近尾声的日子，往年的这个时候，分开圈养的动物们不知疲倦的色欲颤搐已经平息了许多，饲养员与动物们一起放松下来。尽管各种性腺分泌物混杂的浓重味道依然在笼子间弥漫，但已不再轻易激起挑衅争斗的行为。

现在，白昼每天都在变得更长，熊、鬣狗和瘦骨嶙峋的河马，孤单的白狐与猿猴却依然显得十分紧张，它们长时间一动不动地躺在擦洗过的砖地上或泥泞的壕沟里，警惕地看着过往的游人。它们仿佛在等待着什么。也许是南方的雨季，镌刻在它们的基因里，却永远不会降临到新克洛布桑。可往年同样没有雨水，它们也能安心接受事实，赶在同样不会波及此地的旱季到来之前完成交配。影响它们的肯定是某种陌生而令人不安的存在，饲养员在困倦而茫然的野兽发出的吼叫声中默默想道。

与冬天相比，夜晚的时间已经缩短了两个小时，但更短的夜晚似乎灌注了更多夜的精华。每当夜幕降下，人们的神经便变得极度紧张，仿佛空气中有什么一触即发，越来越多的非法活动挤进日落到黎明的时段。每天晚上，动物园南面半英里处，一个巨大的老厂房吸引着无数男女前往。那里时刻传出巨大的噪声，仿佛这座脾气暴躁的不夜城亲自潜进了建筑，往人群头顶上倾泻着狂暴的声响。间或有狮子般的吼声撕破长空，却不会引起任何好奇的探查。

厂房的砖块曾是红色，现在已经沾满黑色的污垢，那些污垢在砖块表面铺得光滑平整，没有一丝留白，像是有人拿着刷子细心涂上去的。厂房上方依然横着原来的标牌：**嘉内拔肥皂与油脂公司**。嘉内拔公司早在安诺纪元1757年的大萧条中破产。用来融化与炼制脂肪的巨大机器被运走当做废铁卖掉。经过两三年的闲置之后，嘉内拔以格斗俱乐部的名义重生。

像之前的市长一样，鲁德革特喜欢将新克洛布桑城邦共和国的文明与辉煌与其他城邦做比较，觉得那些地方既野蛮又落后，居民都生活在水深火热之中。鲁德革特常在演讲和社论中大声呼吁：想想洛哈吉大陆上其他的国家吧。这里不是泰什，不是契格罗戴波利，不是瓦顿克，也不是海克罗姆雷克。新克洛布桑不受巫师统治；不是阴森的地洞；新克洛布桑的人民不会因为季节的变化陷入迷信的狂潮惶惶不可终日；也不是僵尸工厂的产物；新克洛布桑的议会也不像玛鲁阿姆的议会——后者纯粹就是个赌场，法律就是轮盘赌中的赌注。

鲁德革特还会特别提到尚克尔，那里的人像野兽般捉对厮杀，只为取乐，新克洛布桑就没有这样的事情。

当然，只除了在嘉内拔。

嘉内拔公司旧厂房里发生的事情也许并不合法，但从未有人见过国民卫队进来搜查。顶级赛事的发起者和赞助者许多都是议员、企业家和银行家，无疑正是他们的从中斡旋使得官方对嘉内拔俱乐部的存在置若罔闻。新克洛布桑自然还有其他的竞技场，兼具斗兽与格斗之用的大厅里，一端上演着猛犬与熊或獾的大战，另一端是巨蛇的激烈缠斗，中间则是格斗厮杀。但在所有的竞技场中，只有嘉内拔是个传奇般的存在。

每天晚上，这里先会进行一场正规合法的喜剧表演，等到夜色浓重，真正的娱乐节目才拉开帷幕。无数年轻蠢笨、身强力壮的乡下男孩，村庄里最穷的那些小伙子，从旋纹平原或门迪坎山麓跋涉数天来到这里，想在城里闯出一番名头，他们在主持人面前摩拳擦掌，展示大块肌肉。然后有那么两三个被选中，推进主赛场，面对疯狂吼叫的观众。他们会自信地举起上场前塞进他们手里的刀，然后随着活板门的打开煞白了脸色，将要与他们对战的都是体型巨大的改造人角斗士或冷酷无情的仙人掌族战士。接下来的事情与其说是格斗竞技，不如说是专业而高效的屠杀，整个过程血腥而短暂。

嘉内拔俱乐部里的赛事总是紧跟潮流。在春天将尽的日子里，人们痴迷于两支战队之间的对决，一支战队由两个改造人组成，另一支队伍则是三个虫首女战士。这支虫首战队被巨额奖金从今肯和溪滨吸引而来，她们是仿效虫首族守护神“坚韧之姐妹”训练出来的虔诚战士，在一起练习多年。她们正如“坚韧姐妹”一样，一人手持钩网与长矛，一人手持弩弓与火枪，一人拿着人类称为“发条刺盒”的虫首族武器。

风里带上越来越多喷薄欲出的热量，嘉内拔俱乐部里的赌注变得越来越大。数英里外的狗泥塘，本杰明·福莱克斯正为这样一个消息郁闷不堪：专门报道格斗赛事及逸闻的地下小报《嘉内拔纪实》，发行量已经达到《不羁叛逆者》的五倍。

剜眼杀手又在下水道里留下了一位受害者的尸体。清沟工人发现尸体时，它正耷拉在一条排水管的出口，看上去就像受害者企图通过这条管子爬进焦油河，却在即将抵达目的地时不巧耗尽了力气。

一个女人死在夜池附近，颈部两侧有深长的伤口，仿佛由一把带有锯齿的巨大剪刀留下。当邻居们发现她时，她的身旁散落着文件，证明她是国民卫队的密探，领上校衔。有谣言传开，是独臂螳螂手杰克下的手。在贫民窟，没人为这位死者送上哀悼与惋惜。

琳和艾萨克抓住每个可能的机会在一起偷偷过夜。艾萨克可以看出琳的状态十分不好。一天，他让琳坐下，问她为什么如此焦虑不安，为什么没有参加今年的辛塔寇丝特奖评选（尽管他知道她在谈及这个比赛的评选标准时会比平时显出更多的尖酸刻薄），她在忙什么，在什么地方忙。因为她的房间里没有任何艺术创作的迹象。

琳轻抚着他的胳膊，明确表达了对他关心之意的感激。但她什么也没有告诉他。她只说自己在忙着创作一件作品，目前看来将成为她的得意之作，她找了个地方干活，这个地方她不能也不想告诉他，她在那里创作一件大型作品，关于这件作品他以后再也不许问起。她又不是从世上消失了。大概每两个星期，总有那么一天，她会出现在萨拉克斯区的某个酒吧，同朋友们谈笑风生，一切同两个月前没什么两样，她只是精神头稍微有点不好，完全可以忽略不计。

她取笑艾萨克与幸运盖泽德之间闹剧般的纠葛，盖泽德像是人间蒸发了一样，时机巧得蹊跷，让艾萨克的满腔怒火没处发。艾萨克已经告诉了琳自己如何被盖泽德设计，亲身领教了一把梦矢的威力，如何怒气冲冲地四处搜寻盖泽德想要找回场子。艾萨克还向琳描述了那只似乎以毒品为食的奇异毛虫。琳从未见过那只毛虫，自从一个月前她倍感孤立无助的那天之后，她再也没去过獾泽，不过即便去掉艾萨克讲述时的夸张成分，关于那只生物的描述依然让人感觉非同寻常。

琳会满怀柔情又不着痕迹地改变话题。她会问艾萨克毛虫从那古怪的食物中摄取了何种养分，然后放松地向椅背靠去，看着热情瞬间点亮他的眉间眼梢，他会兴致勃勃地回答说，自己也不知道答案，但有不少想法。她会让他解释临界能量，问他这种能量能不能帮助雅格里克再次飞翔，而他会滔滔不绝地说下去，还在纸上为她画出示意图。

摆布他是件很容易的事情。琳有时能够感觉到艾萨克对她的小伎俩心知肚明，感觉到他因为可以暂时放下心头的忧虑而放松，同时又因为这种放松而内疚。她能感觉到当他佯装自然地顺着岔开的话题往下说时心里的感激以及随之而来的愧疚。他清楚自己的角色，如果她难过，他理应为她担忧，事实上他也这样做了，但那只是一种不尽心的努力，不得已的义务，因为他的绝大部分心思都被临界理论与怪异毛虫占据。所以她默许他放下这一情绪的重担，而他也心怀感激地接受了。

琳希望艾萨克的关注从自己身上转开，至少眼下是这样。如果激起了他的好奇，后果不堪设想。他知道得越多，她就越是危险。她不知道自己的雇主有多神通广大：她简直怀疑他有读心术，她可不想冒任何风险。她只想完成雕像，拿到报酬，然后头也不回地离开骨镇。

每天她与莫特利先生见面的时候，他都会不由分说地将她拉进自己的犯罪世界。他语气悠然地谈论格利斯湾和贱地的黑帮地盘之争，隐晦地提到数起发生在乌鸦塔核心地带的大屠杀及其背后指使。弗朗辛老妈的手伸得太长。她掌控了西乌鸦塔的大半喜赞交易，而那本是莫特利先生准备拿下的市场。不过现在她只能灰溜溜地滚到东边去了。琳咀嚼着，分泌着吐沫，塑着雕像部件，努力不去听那些可怕的细节，丧命毒贩的诨名，安全屋的地址。莫特利先生正在将她拉进一摊浑水。他一定是故意的。

雕像的两条腿已经全部塑好，现在她正开始雕塑腰部（姑且如此称呼莫特利先生身躯的这一部位）。这个雕像部件有着绝非自然的颜色，让人心神震荡又没法将目光移开，仿佛陷入催眠状态。这是一个令人吃惊的雕像部件，正如它所临摹的本体一样。

尽管她试图将莫特利先生自得其乐的闲谈拒之门外，那些话语依然兜兜转转地钻进她的脑海。她会发现自己正在想着它们。她会在惊恐中试图将心思转开，但事实证明那只是徒劳。最后她会发现自己正不自觉地琢磨着谁更可能赢得凯弥尔极乐茶市场的控制权。于是她让自己的心灵变得麻木，这是另一层防御。她让自己的思绪在危险的信息间迟缓地挪动，努力保持充耳不闻的状态。

琳发现自己越来越多地想到弗朗辛老妈。

莫特利先生提到这个女人时语调很轻松，但她的名字一次次地出现在他的长篇独白中。琳意识到他其实非常担心。

令琳吃惊的是，她发现自己开始支持弗朗辛老妈。

她不知道这种心态从何而来。一天，莫特利先生用嘲弄和幽默的口吻谈到前一天晚上有两名送货人遭到了残忍的袭击，暴徒正是弗朗辛老妈手下的虫首人，她们还抢走了一大批货，他没有说出这种东西的名字，只说那是用来制造某种毒品的原材料。琳发现这些话让她的心情很是雀跃，正是在这个时候，她意识到了自己站在谁那一边。她很吃惊，她甚至停下手里的腺体创作，花了好一阵子来捋清想法。

她希望弗朗辛老妈赢。

这个想法全无逻辑可言。但凡她认真思考黑帮争斗的局面，压根就不会得出任何结论，更别说支持谁了。从理智上讲，两个毒贩老大兼黑帮头子最后孰胜孰败她根本不感兴趣。但在感情上，她的天平开始向素未谋面的弗朗辛老妈倾斜。当莫特利先生俏皮而得意地扬言自己有个计划，将从根本上改变整个毒品市场占有的局势时，她发现自己默默地在心里大翻白眼。

*这是怎么回事？*她苦笑着想。*经过这么些年后，身为虫首人的自觉突然复苏了？*

她嘲笑着自己，但这自嘲的想法中包含着某些真相。*也许每个站在莫特利先生对立面的人都会这样，*她想。琳在想到自己与莫特利先生有所联系时是那么害怕，想到自己万一在这个活计结束后不能顺利脱身时是那么紧张，所以她花了很长时间才明白其实自己恨他。*我敌人的敌人*……她想着。但不仅仅是这样。琳意识到，她之所以对弗朗辛老妈感到亲近，因为那个女人也是个虫首人。而且不是个*好*虫首人——这一点也许才是真正的原因。

这些想法刺痛着琳，让她感到不安。这些年来，她在对待自己与虫首人社群的关系时，总是抱持一种毫不掩饰、坦坦荡荡的对抗态度，但因为弗朗辛老妈而生出的这些想法却让她在多年后第一次以一种别的角度审视这种关系。甚至还让她回想起了自己的童年。

每次结束与莫特利先生的会面后，琳都会前往今肯区。她会走出莫特利先生的大本营，在史前巨肋的边缘搭上一辆出租车。穿过丹尼齐桥或犬魔桥，从烤炉区的餐馆、办事处和住宅旁经过。

有时她会在烧烤集市停下，长时间地漫步于市场柔和的灯光下。她抚着小摊上挂着的裙子和外套，感受亚麻衣料的质感，路人惊异于一个虫首人居然购买人类的衣装，纷纷向她投来粗鄙的目光，她对此视若不见。她会溜溜达达地穿过市场，走进雪克区，那里人口密集，错综复杂的街道与排列无序的砖砌公寓楼挨挨擦擦地挤在一起。

雪克区不是贫民窟。此处的建筑物很结实，能够很好地挡风遮雨。相比狗泥塘犹如突变异种的杂乱建筑、贱地与凯弥尔的腐朽砖房以及滴溅区的破鄙窝棚，雪克区已经算得上是理想的居住地。虽然有点拥挤，也不是没有酗酒、贫穷和偷窃的存在，但综合起来考虑，城里比它更糟糕的居民区实在太多太多。这里的居民大多是商店店主、级别较低的管理人员和领取高薪的工厂工人——这些工人每天如潮水般涌向回音沼、泉树码头、大河套码头和以“烟雾弯”之名为人熟知的迪德查村。

琳在此地并不受欢迎。雪克区毗邻今肯区，两者之间只有两个完全起不到什么隔挡作用的公园。虫首人的出现总是不断提醒着雪克区的居民，他们距离贫民窟不过几步之遥。白天的时候，雪克区的街道上到处都是虫首人，她们行色匆匆地赶往乌鸦塔，或是去买东西，或是去帕迪多街车站搭乘火车。但在夜晚的时候，胆敢走在雪克区街上的虫首人很可能会遭遇不测，威胁来自充满敌意的三羽党徒，他们宣称要“保持城邦的纯净”。琳每次都很小心地确保自己在日落之前通过这片地区。再往前便是今肯区，到了那里她就安全了。

安全，但并不快乐。

琳走进今肯区的街道时，心里总会涌起一种夹杂着厌恶的兴奋之情。多年以来，她来到这里只为购买彩色浆果和有机糨糊小棍，偶尔买些虫首族特色美食，每次都是来去匆匆。现在她来到这里，却是为了重温她以为自己早已遗忘的回忆。

房屋上淌着家甲虫分泌的白色黏液。有些房子被这厚厚的物质完全包裹：它横过屋顶之间的空隙，将不同的建筑物连成一大团难分彼此的整体。琳可以通过敞开的窗和门看到房屋内部，出自人类建筑师之手的墙壁和地板在某些位置已经被拆除，那是为巨大的家甲虫提供的通道，它们漫无目的地在房屋的框架间穿行，划动着粗短的小腿，吞噬着墙内的腐物，一路留下腹部分泌出的浓痰状黏液。

琳偶尔能够看到一只活生生的家甲虫，来自河边的农场，正忙着将某栋房屋改造成交错扭曲的通道，这种有机质构筑的居所是绝大多数虫首住户的首选。这些蠢笨的甲虫个头比犀牛还大，在饲养员的指挥下或是转向或是停步，笨拙地穿过整栋房屋，将各个房间糊满迅速凝结的黏液，这些涂料模糊了墙壁的角度，将不同的房间、建筑和街道连成一体，从剖面看去就像巨型蠕虫留下的轨迹。

有时琳会在今肯区的某个小花园里坐下。她会静静地坐在树下，看着树上的花朵无声地绽放，看着周围所有的同类。有时她会抬起目光，望向花园旁高高建筑的背面或侧面。一次，她看到一个年轻的人类女孩从高处的一扇窗里探出身来，那扇窗仿佛是被胡乱地按在房屋背面靠上的地方，混凝土墙壁同样不可避免地糊满了有机质黏液。琳看到女孩平静地望着自己的虫首族邻居们，洗过的衣服在她身边伸出的杆子上随着轻风扑扇飘动，显然属于一大家子。**奇怪的成长经历**，琳心里闪过这句话，不自觉地在脑子里描画着女孩被长着昆虫头颅的静默生物包围的情形，这幅画面非常古怪，就同琳在蛙人的包围中长大一样古怪。接着她不安地发现，这个想法正在将她带向她自己的童年。

这不可避免。她一路来到这些她所鄙夷的街道，正是为了回顾她在这座城市里走过的生命历程。她清楚这一点。她正在淬炼自己，而她的回忆就是那熊熊烈火。

今肯区是琳的第一个避难所。这段时间她处于一个古怪的状态，她感觉与世隔绝，她在心里为虫首族黑帮女头目所做的事情默默喝彩，她像个被放逐者一样走着，仿佛在城市的每个角落都找不到容身之处——也许只除了萨拉克斯区，毕竟那里是被放逐者的领地——正是在这种状态下，她意识到她对今肯区的感情比她以为的更深刻、更复杂。

自从“光辉的曼提斯”渡过索伦海，在东部大陆毕瑞德·凯·尼瓦建起虫首人的家园以来，虫首人与新克洛布桑的渊源已经持续了将近七百年。一些商人和旅行者背负着启迪教化的使命返回西部大陆，就此留下。几个世纪以来，这少数人的后代在新克洛布桑繁衍生息，成为土生土长的本地人。他们与其他市民的关系没有那么泾渭分明，没有家甲虫，没有特别划出的聚居区。因为他们的人数实在太少。直到那场“哀伤横渡”。

“哀伤横渡”期间，大量虫首人来到了新克洛布桑。第一批难民船于一百年前驶进铁海湾。它们吃水很深，行驶缓慢，以发条齿轮装置驱动的巨大引擎已经生锈损毁，船帆褴褛破烂。它们就像运尸船，挤满了气若游丝的毕瑞德·凯·尼瓦人。在海上时，烈性传染病收割了无数性命，以至于死者不能水葬的古老禁忌不得不被打破。当船抵达时，甲板上只有寥寥几具尸体，但实际死去的人却不计其数。这些船就像挤得水泄不通的停尸房前厅。

新克洛布桑当局并不清楚这次悲惨横渡的起因，当时新克洛布桑并没有在毕瑞德·凯·尼瓦设立领事馆，与那片大陆的往来也寥寥无几。他们也没有从难民们口中得到解释。也许难民们说了，只是说得语焉不详，也许难民们说得十分详细明确，但语言与文化的差异阻碍了人们的理解。总之，人们了解到的只有这样一个事实：在那块东部大陆上，虫首人遭遇了可怕的事情，某种恐怖的旋流在顷刻间吞噬了数百万人的性命，只有少数人得以逃离。虫首人将这一末日天启般的大灾难称为“天煞”。

第一艘难民船和最后一艘难民船靠港的时间足足隔了二十五年。据说一些失去动力、行驶缓慢的难民船在抵达时，船上的人全都是在海上出生的第二代，她们的上一辈已在漫长的横渡过程中陆续死去。这些幸存的虫首女孩不知道自己为何会踏上这段逃亡之旅，只知道她们的姆妈在临死前叮嘱她们一路向西，千万不要掉转船头。这些船被虫首人称为“怜悯之船”，以她们在遭遇“天煞”之灾时的祈愿命名。据说一些“怜悯之船”在抵达新克洛布桑之前曾辗转经过了洛哈吉大陆东部海岸的许多国家，像是纳尔·基特岛、杰修尔群岛，乃至极南边的碎裂群岛。虫首难民们在出逃时显然极度恐慌，根本顾不上选择目的地。

在一些国家，难民们遭遇了可怕的屠杀。另一些国家，比如新克洛布桑，接受了他们的到来，虽然欢迎里带着不安，但至少没有以暴力形式公开表现出来。他们在这些地方定居下来，成为劳动者和纳税人，有些则走上犯罪的道路。他们发现自己被划到专门的聚居区居住，这一举措并非强制，反而推行得十分温和，但也正因如此，才显出十分的刻意来。他们时常会遭遇偏见者与暴徒的袭击。

琳不是在今肯区长大的。她出生在出现得更晚也更为贫穷的虫首聚居地：溪滨。这个聚居地仿佛城市西北边的一团污迹。想要了解今肯区与溪滨的真实历史几乎是不可能的事情，因为最开始在此居住的虫首难民已经集体将这段历史从脑中抹去。“天煞”留下的创伤太过深重，以至于第一代难民决定将上万年的虫首族历史彻底抛在身后，宣布将她们来到新克洛布桑的日子定为新纪元的开始，她们将此称为“城邦纪元”。当新生的虫首人请求她们的姆妈讲述自己种族的故事时，一些年长者拒绝了，一些则记不清了。差点导致种族灭绝的灾祸投下浓重的阴影，将漫长的虫首族历史彻底遮蔽。

所以琳没法了解发生在“城邦纪元”头二十年里的事情。对她来说，今肯区和溪滨的存在是一个既成事实，对于她的姆妈，她姆妈的姆妈以及再往前一代虫首人也是如此。

溪滨没有雕像广场。一百年前它是一个人类居住的破败贫民窟，建筑破旧拥挤，虫首人的家甲虫花费了大量时间用快干的黏液将摇摇欲坠的房屋整个裹住以作加固。溪滨的居民不是艺术家，不是果圃主人，不是部落领袖、氏族长老或商店店主。她们衣衫褴褛，饥肠辘辘。她们在工厂或下水道里讨生活，向任何愿意尝鲜的人出卖自己的肉体。她们被今肯区的同类所鄙夷。

在溪滨破败的街道上，怪异而危险的思想开始萌芽。小群的激进分子在隐蔽的场所聚会。她们狂热地等待救世主的到来，相信被选中的人能够得到永恒的救赎。

来到新克洛布桑的许多难民背弃了在毕瑞德·凯·尼瓦大陆时的信仰，怨恨那些神明不曾在“天煞”降临时拯救他们的信徒。但经过数代之后，不熟悉那段悲惨历史的虫首人再次向那些神明献上自己的崇敬。“哀伤横渡”一百年后，许多老旧的厂房和废弃的舞厅成为了敬献东部大陆旧神的神圣庙宇。不过也有许多溪滨的居民，在困顿与饥饿之中转信奉异神。

敬献任何一位旧神的庙宇都可以在溪滨找到。圣庙里供奉着“巢母”和“吐沫艺术神”。仁慈的“保育神”庇佑残破的医院，“坚韧之姐妹”则捍卫着信仰。但在运河边摇摇欲坠的简陋棚屋中、在深色窗户遮蔽的昏暗房间里，信徒们跪拜着古怪的神明。女祭司将自己奉献给电魔或天空收割者。三五成群的信徒偷偷爬上屋顶，唱起献给灵翼姐妹的圣歌，祈求得到飞翔的能力。还有一些孤独而绝望的灵魂，将自己的忠诚献给虫面神，琳的姆妈便是其中一员。

虫首人用兼达听觉与视觉的复杂化学表达称呼这位神明的名字，其中饱含着挚爱与敬畏，如果逐字逐句地翻译成新克洛布桑的通用语，那便是昆虫/面貌/（男性）/（受全心敬奉）。但只有少数人类听说过这位神明，也不会使用“虫面神”这个称呼，至少琳在用手语向艾萨克讲述自己的成长经历时是这样说的。

琳六岁时，她昆虫头颅的幼体破蛹而出，成为了成熟的完全体，她混沌的思想豁然清明，有了思考与编织语言的能力，她的母亲告诉她说，这是堕落的伊始。虫面神教的教义十分阴暗，认为虫首女性是被诅咒的。第一位虫首女人身上有着极大的恶，以至于她的女儿们必须生活在诅咒之中：拖着笨重可笑的两足躯体，头脑中充斥着复杂无用的思想。从此以后，虫首女性便失去了神明赋予的纯粹昆虫性，只有虫首男性保存了这一完美的形态。

琳的姆妈（她鄙夷地认为拥有名字也是堕落的表现之一）往琳和琳的姐妹们脑子里灌输着自己的信仰，她说虫面神是天地万物的造主，是全能的神，他的脑子里只有饥饿、干渴、交配与满足。他吞噬虚空，排泄出宇宙，这一创世行为完全是无意识的举动，他在这样做时既没有目的也没有自觉，正因为如此，他的创造才更加纯净，更加荣光。她告诉琳和琳的姐妹，要以不失敬畏的热情去崇拜他，要以唾弃的目光看待自己的自我意识与没有甲壳的柔软躯体。

她还告诉琳和琳的姐妹，要无条件地尊崇和侍奉她们没有意识的兄弟。

现在，当琳回想起那个时候时，已经不再因为强烈的厌恶之情而浑身颤抖。她坐在幽静的今肯区花园中，试探地看向脑海中铺陈开来的过往，一眼，再一眼，渐渐地推进，每看一眼都要耗费莫大的勇气。她回想起自己是如何慢慢地意识到自己生活的不同寻常。她极少有出门买东西的机会，但在那些来去匆匆的行程中，她能够看到别的虫首女性是如何对待虫首男性，她们冷漠而轻蔑地踢开、踩碎那些盲目蹿行的两足昆虫，这样的情形让琳惊恐不已。她回想起自己与其他孩子试探性的交谈，正是从这些交谈里，她了解到自己的邻居过着怎样的生活；她回想起自己对使用本族语言的极度恐惧，这种语言源自本能，流淌在她的血液中，她的姆妈却教她加以摒弃。

琳回想起那栋她曾称为家的房子，里面挤满了雄性虫首人，弥漫着腐败蔬菜与水果的恶臭，散落着供雄性填饱肚子的肮脏食物。她回想起自己依照吩咐将无数兄弟的甲壳擦洗得闪闪发亮，将他们的粪便堆在家里的祭坛前，让他们在盲目的好奇指引下爬上她的身体四处戳探。她回想起自己与姐妹们的夜谈，她们用虫首人的方式说着悄悄话：送出一缕缕细微的化学气味，发出轻轻的咔嗒声与嘶嘶声。这些关于神学的讨论将她与姐妹们带上了两条截然相反的道路，让她极其深入地探究了虫面神教的教义，这一行为的狂热程度甚至超越了她的姆妈。

琳直到十五岁时才公开质疑了姆妈的信仰。现在回想起来，她当时的措辞既幼稚又混乱。她指责她的母亲是一个异端分子，用旧神的名义诅咒她。她逃离了对虫面神极端而充满自我厌弃的崇拜，逃离了溪滨狭窄的街道。她逃去了今肯区。

她回想起来，这就是她心里永远有个地方将今肯区视为庇护所的原因，尽管她后来想起今肯区时总是怀着蔑视和厌憎的态度。此地的居民目光狭隘，固守自封，并且将这种心态洋洋自得地表现出来，让现在的她只觉得恶心，但当时刚刚逃离溪滨的她却如饮甘泉。当时的她还陶醉在公开谴责姆妈带来的自我膨胀中，她怀着强烈的欣喜向“巢母”祈祷。她给自己取了个虫首名以及一个人类名字——在新克洛布桑生活，后者必不可少。她还发现在今肯区，虫巢与部族制度构成了复杂而有用的社会关系网，这一点与溪滨截然不同。琳的姆妈从未向她提起过她的出身，于是她决定照搬她在今肯区交到的第一个朋友，宣称自己属于红翼虫巢，猫颅部族。

她的朋友让她了解到世间还有纯粹出于欢愉目的的性爱，教她享受来自脖子以下躯干的快感。在她经历的所有过渡中，这是最难也最不寻常的。她的身体一度成为羞愧与嫌恶的源泉，加入那些纵情狂欢，沉浸在纯粹的肉欲之中——这件事情起初让她感到恶心，然后是恐慌，直到最后，她从中得到了彻底的解放。而在此之前，她从来只在母亲的授意下进行头颅交媾，一动不动地安静坐着，强忍着不适的感觉，任由虫首雄性爬上她的身体，兴奋地与她的甲虫头颅交合，幸好她从未因此怀孕。

随着时间流逝，琳对自己姆妈的怨恨慢慢地冷却下来，变成了轻蔑，最后只剩下怜悯。再想起溪滨的肮脏破败，她除了感到厌恶之外，也开始有了一些体谅。她狂热地爱了今肯区五年，接着这一感情走到了尽头。某天她站在雕像广场，突然意识到这些雕像既乏味又拙劣，体现出一种毫无自知之明的文化。一些事实开始在她眼前清晰起来：今肯区的人觉得受到了溪滨的拖累，他们从不提及今肯区也有贫穷的存在，这种众口如一的态度往好了说是冷漠无情，往坏了说就是故意贬低溪滨以保持自身的优越感。

今肯区凭借女神崇拜、性爱狂欢与手工作坊，偷偷地在新克洛布桑的经济大环境里分得一点残羹——但在今肯区里，这种依附关系却被轻描淡写地反转过来。琳意识到自己住在一个假话国里，这里的人以一种古怪而神经质的方式将伪善、颓废、不安与势利酿成一杯苦酒，却日日甘之如饴。它根本只是附着在新克洛布桑身上的一只寄生虫。

琳越想越是生气，今肯区比溪滨更不可靠。但这个念头并没有让她对自己的悲惨童年生出怀念之情。她不会再回到溪滨。如果她打算像抛弃虫面神那样抛弃今肯区，她将无处可去，只能离开虫首族聚居地。

于是琳自学了手语，头也不回地走了。

时至今日，不管她走到城市的何处，人们依然会将她看成一个虫首人，琳也从不会傻到以为某天人们会不再这样做。那也不是她的希望所在。但她已经不再那么努力地去**做好**一个虫首人了，正如她不再努力去**做好**一只昆虫一样。所以她会对弗朗辛老妈有这种说不清道不明的好感。琳意识到，这种好感不仅仅是因为弗朗辛老妈站在莫特利先生的对立面，还因为弗朗辛老妈身为一个**虫首人**，轻而易举地从一个卑鄙可耻的男人手里抢夺了地盘。这让琳心潮澎湃。

琳不会假装理解其中缘由，甚至不会骗自己说理解了。她只是久久地坐着，坐在榕树、橡树或梨树投下的树影里，坐在她多年来极度鄙视的今肯区，周围来去的虫首女人都将她视作外人。她不想再按照“虫首人的方式”生活，正如她不想再崇拜虫面神一样。她从今肯区汲取了力量，但她并不理解这种力量。

第十九章

大卫和拉布勒梅的清洁机器人在服役多年后似乎终于彻底失灵了。它打扫的时候"呼哧"作响，原地打转。它会异常执着地反复擦洗地板上某块污渍，仿佛那是一块珍贵的珠宝。有些天它得花上将近一个小时才能启动。它的程序似乎陷入了某种死循环，导致它没完没了地重复着微小的片段动作。

艾萨克学会了无视它那翻来覆去让人发疯的哀鸣。他工作起来两只手都不得空闲。左手将想法画成图表。右手在他那台小小的计算引擎上忙得不可开交：敲打僵硬的键帽输入方程式，往飞快吞吐着程序卡片的槽口插进新的穿孔卡片。他用不同的程序运算同样的问题，比对答案，将数字打成一张张表格。

艾萨克的书架一度充斥着关于飞行的浩繁书卷，在两杯茶的帮助下，现在它们已经换成了大部头的统一场论著作以及关于临界理论数学计算的晦涩书籍，同样数量惊人。

在仅仅两个星期的研究后，艾萨克经历了一件非同寻常的事情：他想到了一个新的理论表述方法，这个过程来得太过波澜不惊，起初他甚至没有意识到其中的重大意义。它看似一个再平常不过的思维瞬间，发生在艾萨克内心里与自己进行的科学对话中。这一天才时刻的降临并没有让艾萨克·丹·德尔·格雷姆勒布林感觉到天空划过闪电，寒意蹿过身体。相反，一天，他正在啃着铅笔头，脑海里思绪纷至沓来，这时，一个模糊的念头悄然闪过：**等会儿也许你可以这样做……**

一开始艾萨克只是以为自己想到了一个有用的心智模型，花了一个半小时才意识到它的意义远不止如此。他不敢相信，开始进行系统的尝试以证明自己其实是搞错了。他用这些匆匆写下的方程式对临界力场进行数学化描述、建构新的理论表述形式，拼命想要证明这些方程式毫无意义。他的尝试全部失败。他的方程式是成立的。

艾萨克又花了两天时间才开始接受这一事实：他已经解决了临界理论中的一个基本问题。他喜不自禁，但更多的是谨慎与紧张。他一字一句地翻阅相关书籍，进行巨细无遗的查找，确保自己没有明显的错漏，没有重复某个早已证伪的定理。

而事实再次证明他的公式是成立的。出于对过度自信的恐惧，艾萨克想尽办法回避着这个越来越清晰的事实：他已经解决了临界能量的数学表达问题，换句话说，他已经完成了对临界能量的量化。

他知道他应该立即与同行进行讨论，在《物理及奇术理论评论》或《统一场》上将自己的发现作为“成果”发表。但这个发现太让他惶恐，以至于他回避着这套程序。他告诉自己说，他想有十足的把握。他必须再花上几天、几个星期，也许一两个月……然后再发表文章。他没有告诉拉布勒梅或大卫这件非同寻常的事情，也没有告诉琳。艾萨克平常话很多，不管是科学见解、对社会问题的看法还是黄段子，想到什么就说什么。他对这件事情三缄其口实在与他的性格极不相符。他很了解自己，能够清晰地意识到这一点以及个中缘由：这个发现让他太不安了，而且太太太激动了。

艾萨克一遍遍地回想得出这个发现的过程，回想自己构思的经过。他发现他在过去这个月里迈出的这惊人一步，这让他过去五年间的工作黯然失色的理论飞跃，竟全然出自眼下那个实际问题的推动：如何让雅格里克重返天空。在鹰人委托他的时候，他对临界理论的研究已经陷入僵局。艾萨克十分清楚，他那些极抽象的理论之所以向前推进，正是他在脑中将它们付诸实际应用的结果。虽然他不清楚为什么会这样，但他因此决定不再埋头苦想抽象的理论，而是继续关注如何让雅格里克重新飞起来的实际问题。

他禁止自己去想临界理论研究的衍生结果，至少在这个阶段不行。每当他有了一个发现，一点进步，一个想法，他都会不事声张地放进手头的应用研究中去。他试着将一切都看成让雅格里克重返天空的手段。这样不断努力压抑自己的想法、限制自己的研究很不容易，甚至可以说是荒唐。但他将此看成一种“跳出自我”的研究方式，或者更准确地说，一种“分心式”研究。尽管强迫自己接受这种近乎苦行般的行为显得十分荒谬，但艾萨克的理论研究进度却是他六个月前做梦也想不到的。

这是一条不寻常的迂回路线，通向革命性的科学突破——每当他又不自觉地琢磨起纯理论时，他会迅速回过神来，带着这样的想法责备自己。他会严厉地对自己喝道：*回去干活，还有个鹰人等着你送上天空呢。*但他没法阻止自己的心脏因为兴奋而狂跳，有时他的脸上甚至会闪过歇斯底里的笑容。有些日子他会去找琳，只要她没在她那个秘密工作地点捣鼓她的秘密大作，他便会邀她出去，努力地用一种温柔而欢愉的热情逗引没精打采的她，这让她很开心，尽管她脸上总是带着掩饰不住的倦容。在其他的日子，他会整天整天地独自待着，一头扎进科学研究中去。

艾萨克将他非凡的发现投入应用，开始试着设计一个机器来解决雅格里克的问题。他的书桌上开始越来越多地出现同样的图示。起先那只是涂鸦，一些潦草连接的线，上面涂满箭头和问号。随着时间流逝，它变得越来越像模像样。线条用铅墨绘得笔直，曲线画得光滑顺畅，弧度经过了仔细的斟酌。它渐渐显出蓝图的雏形。

雅格里克有时会回到艾萨克的实验室，总是在只有艾萨克一人的时候。艾萨克会在晚上听到门嘎吱作响地开启，然后转身看见鹰人——面无表情、仪态端严，依然沉浸在显而易见的痛苦之中。

艾萨克已经发现，向雅格里克解释自己的工作是件大有裨益的事情。当然，不是解释那些宏大的理论，而是推动云山雾绕的理论更进一步的应用科学。一度有数以千计的想法和潜在方案犹如洪水般涌进艾萨克的头脑，艾萨克花了好多天时间才将它们一一捋清，挑出他觉得也许能让他释放出临界能量的若干技术手段，并且用浅显易懂的语言做出解释，他强迫自己对不同的可行方向作出评估，放弃掉一些，集中精神关注另一些。

他开始对雅格里克的认可产生依赖。如果鹰人有太多天未曾出现，艾萨克会变得心烦意乱，无心工作，花上好几个小时观察那只巨大的毛虫。

在将近两个星期的时间里，毛虫吃了一肚子的梦矢，不停地长大。当它长到三英尺长的时候，艾萨克紧张地停止了对它的喂食。之前他曾以为已经够大的那个鸟舍已经快要装不下它了。在他停止投喂后的一两天里，毛虫依然满怀希望地在狭小的空间里徘徊，向着空中四处嗅探。接着它似乎明白并接受了这样一个事实：它再也没东西吃了。但它表现得还算正常，没有显出一开始时那种近乎绝望的饥饿。

它现在不怎么活动，只是偶尔在那狭小的空间里转上一圈，快要跟笼子一般长的身体像波浪翻滚般剧烈起伏一两次，然后舒展开来，仿佛在打呵欠。绝大多数时候它只是趴在那里，身子有节奏地轻轻脉动，艾萨克不知道那是因为它的呼吸还是心跳还是别的什么。它看起来很健康，仿佛在等待着什么。

有时，当艾萨克将梦矢药丸丢进毛虫热切等待着的下颚时，他会发现自己正带着一种略微焦躁的热切心情回想起对这种迷幻药的亲身感受。他绝不会将这种心情误认为怀念。艾萨克依然清楚地记得那被泥浆淹没的感觉，记得污物漫过自己至深处的感觉，记得那令人作呕、令人不辨方向的恶心感觉，记得在情绪的汹涌旋涡中找不到自己的恐慌与困惑——甚至连那困惑都是混乱的，他没法将它与侵入自己心灵的他人感受分清……然而，尽管这些回忆历历在目，他仍然发现自己若有所思地盯着毛虫的早餐——目光中甚至带着一丝饥渴。

这让艾萨克十分不安。在涉及毒品时，他总是表现得十分胆小，而且并不觉得有什么不好意思。当然了，当他还是个学生的时候，也曾抽过一些卷得很松、气味难闻的雾草烟卷，在吞云吐雾间发出咯咯傻笑。但艾萨克从未尝试过任何效力更强的东西。这些新近显出势头的倾向让他大为恐慌。他完全不知道梦矢成瘾的症状如何——如果有症状的话——但他断然命令自己不能向这些让人心里隐隐作痒的好奇投降。

梦矢是给毛虫的，而且只给毛虫。

艾萨克将他的好奇从感官层面引向理性层面。他本人只认识两个化学家，都是拘谨到一言难尽的人，如果艾萨克跑去咨询他们关于非法违禁品的问题，他们肯定会像听到艾萨克跑去特维瑟德大街中间光着身子跳舞一样大惊小怪。所以，艾萨克只好在萨拉克斯区声名狼藉的小酒馆中提起这个话题。结果发现他认识的一些人尝试过这种毒品，有几个还经常使用。

从艾萨克得到的反馈看来，梦矢的效力对不同种族的影响并没有什么不同。没人知道这种药丸的来源，但所有承认服用过它的人都对它带来的超凡体验赞不绝口。大家还达成一个共识，梦矢很贵，而且越来越贵。但这并没妨碍他们对它趋之如鹜。那些艺术家还以神神秘秘的口吻特别提到它能让人感知他人的意识。艾萨克对此嗤之以鼻，宣称（没有承认自己也有过类似的体验）这种药丸不过是一种强大的发梦剂，能够刺激大脑中主管做梦的区域，正如极乐茶刺激主管视觉和嗅觉的大脑皮层一样。

他其实并不相信自己说的话。所以当这一说法遭到强烈反对时，他没有表现出惊讶。

“扎克啊，我说不好它是怎么做到的，”仙人掌族大提琴手“粗大腿”曾低声对他说道，语气谨慎，“但它可以让你*分享别人的梦境*……”挤在“钟与小公鸡”这个小包间的其他梦矢使用者纷纷对这句话点头称是，场面很是滑稽。艾萨克摆出一脸怀疑，继续扮演“扫兴鬼”的角色。但实际上他也同意这种说法。他想要了解更多关于这种奇特物质的信息——也许应该去问莱缪尔·皮金，或者幸运盖泽德，只要那个瘾君子重新露面——但他此时正在临界理论研究中不断取得进展，实在是无暇他顾。所以他对那些塞进毛虫笼子的梦矢依然感到好奇、紧张而又知之甚少。

梅尔露尼月末一个温暖的日子，艾萨克正心神不宁地凝视着那只巨大的毛虫。他觉得“巨大”已经不足以形容它了。它现在已经不是一只大毛虫，而是一头体形惊人的怪兽。但它依然让他感到十分有趣。他因此对自己有点生气。以往，他对某样东西的兴趣从未持续过这么长时间。

楼下的门被推开，初升太阳的光辉衬出雅格里克的身影。这很少见——鹰人极少在日落之前来访。艾萨克吃了一惊，跳起来招呼他的客户上楼。

“雅格！好久不见！我正走神呢。我需要你来让我保持专心。快上来。”

雅格里克一言不发地走上楼梯。

“你怎么知道拉布和大卫出去了，啊？”艾萨克问道，“你又在仓库顶上过夜了？还是躲在哪儿偷看来着？妈的，雅格，你能别这样鬼鬼祟祟了吗？你简直像他妈的毛贼。”

“我想和你谈谈，格雷姆勒布林。”雅格里克的声音里带着一丝古怪的犹豫。

“尽管说，伙计。”艾萨克坐下来看着他。现在他已经知道雅格里克不爱坐，也就不再费事招呼了。

雅格里克脱掉斗篷和木头假翼，转身面对着艾萨克，双臂交叉放在胸前。艾萨克知道这是雅格里克所能表现出的最大信任——站在那里，身体上的缺陷一览无遗，不做任何遮掩的企图。艾萨克觉得自己应该感到受宠若惊。

雅格里克的目光没有正视他的眼睛。

“格雷姆勒布林，我行走在夜晚的城市，还有许多人也是如此，他们过着各式各样的生活，并不全是藏头露尾的社会渣滓。”

“我不是那个意思……”艾萨克刚吐出几个字，雅格里克不耐烦地扭了扭头，艾萨克立即闭上嘴巴。

他本想说：“许多夜晚我在寂静中独自度过，但其他夜晚我会同其他人交谈，这些人的思想饱受酒精、孤独和毒品的侵蚀，却依然锋利如初。”他本想说：“我是说给你找个合适的栖身之处”。但他咽下了这些话语。他想看看这个话题将导向何处。雅格里克开始说话：“有个男人，总是喝得大醉，却受过良好教育，我不确定他是否知道我是真实存在的。也许他以为我只是一个反复在他眼前浮现的幻影。”他深深地吸了口气，“我跟他说起你的理论，你的临界能量，我很激动。

“而那个男人对我说……那个男人问我，‘为什么如此大费周折，为什么不用矩力？’”

一阵长长的沉默。艾萨克不住摇头，满脸的恼怒和厌恶。

“我到这里来将这个问题带给你，格雷姆勒布林，”雅格里克继续说道，“我们为什么不使用矩力？你试着从零开始创立一门科学，格雷姆勒布林，但矩力真的存在，释放它的技术是已知的……我冒昧地问你，格雷姆勒布林，我们为什么不使用矩力？”

艾萨克长长地叹了口气，搓了搓脸。他心里有处地方十分生气，但整个心里更多的是焦急，急于叫停此次谈话。他转向鹰人，举起手。

“雅格里克……”他刚开口，大门处突然传来一声巨响。

“有人吗？”一个快活的声音喊道。雅格里克身子一僵。艾萨克一跃而起。这个时机实在巧得蹊跷。

“谁啊？”艾萨克嚷嚷着，快步跑下楼梯。

一个男人正往门里探头探脑。他看上去十分和气，和气得简直让人觉得有点怪怪的。

“您好，先生。我来修机器人。”

艾萨克摇了摇头。他不知道这个人在说什么。他往半空中的过道瞥了一眼，并没有看见雅格里克。鹰人已经从过道边缘走开，从底下完全看不到。站在门口的男人递给艾萨克一张卡片。

上面写着：纳撒尼尔·沃瑞本机器人维修公司。价格合理、技术过硬、服务到位、包君满意。

“昨天有位先生来找我们。一位……沙拉肯先生？”男人看了看手里的一张单子，提示艾萨克道，“说他的清洁机器人……额……型号是EKB4c，有点毛病。觉得可能有病毒什么的。我本来跟他约了明天，不过我正好在附近有个别的活，刚干完，就想过来碰碰运气，看有没有人在。”男人爽利地微笑着，双手插进兜里，身上穿的工作服沾满油污。

“哦，”艾萨克说，“那个……你看。现在我不太方便……”

“好的！您说了算。不过……”男人用目光将他上下扫了一番，仿佛准备分享一个大秘密，先要确定眼前的人是否值得信任，然后以一种“我只告诉你一个人”的口吻继续说，“先生，事情是这样的，我明天可能来不了……”他脸上显出极其郑重的抱歉神色，简直让人觉得夸张。“您给我指个角落里的地方让我干活就行，我一点也不会吵到您。在这里的话我只要大概一个小时就能修好，要不然您就得把它送到维修店去。我只要五分钟就能看出是什么毛病。接下来的一个星期我可能都没空。”

“哦，妈的。好吧……你看，我正在楼上跟人谈事，你千万不要打扰我们。我是认真的。有问题吗？”

“哦，绝对没问题。我就自个儿安安静静地拿螺丝刀捣鼓那个旧清洁机器人，等我弄好了以后就叫您一声，行吗？”

“行。那我先上去了？”

“好嘞。”男人已经朝着扫地机器人走去，手里拿着工具箱。早上的时候拉布勒梅曾经启动扫地机器人，输入指令，让它清扫自己的研究区域，但它完成此项工作的希望显然十分渺茫。机器人噗噗作响地绕了二十分钟的圈子，然后停下来，靠在墙上。现在已经过去了三个小时，它还靠在那个地方，发出令人心烦的细碎咔嚓声，三条机械肢体不时抽搐。

修理工大步走到机器人旁边，嘴里念念有词，像个埋怨而关切的父亲。他摸了摸机器人的金属肢体，从口袋里掏出一块怀表测量抽搐的频率，往一个小本子上匆匆记着什么，然后把扫地机器人的身子扳正，深深地看进它的一只玻璃眼，慢慢地将手里的铅笔左右移动，观察着感知引擎做出的反应。

艾萨克盯着修理工的一举一动，但他的注意力不停地闪回楼上雅格里克正等着的地方。*这事涉及矩力，不能等*，他紧张地想着。

“你一个人在这儿能行吧?”艾萨克焦虑地朝修理工喊道。

修理工正打开工具箱拿出一把大大的螺丝刀，闻言抬头看向艾萨克。

“没问题的，先生。”他一边说一边快活地挥舞着手里的螺丝刀，然后回头面对机器人，关掉它脖子后面的开关。那烦人的细碎吱嘎声顿时消失，留下一片让人心生感激的温柔寂静。修理工开始拧下机器人脑袋后方的控制面板，那个所谓的脑袋只是位于它圆柱形躯干顶端的一大团灰色金属，表面十分粗糙。

“那你忙着。”艾萨克说着，小跑着回到楼上。

雅格里克站在艾萨克的书桌旁，完美地避开楼下往上看的视线。他抬头看向返回的艾萨克。

“没事，”艾萨克平静地说，“有人来修理我们坏掉的机器人。不过我不确定我们的谈话会不会被听见……”

雅格里克张开嘴正要答话，一阵尖细刺耳的口哨声从楼板下传来。雅格里克的动作顿时凝固，嘴巴半张着，看上去很傻。

“看来我们不用担心了，”艾萨克说着，咧开嘴巴笑了笑。*他是有意这么做的！好让我知道他不会偷听。这人真有教养。*艾萨克想着，朝不在视野中的修理工感激地点了点头。

接着，他的思绪回到眼前的问题上来，想到雅格里克试探着提出的建议，他的笑容消失了。他重重地坐在床上，用双手梳着浓密的头发，将目光投向雅格里克。

“雅格，你永远都不会坐下，是吗?”他平静地问，“为什么?”

他用手指重重地敲着头侧，思考着，最后再次开口。

“雅格……你曾经跟我说过你们……神奇的图书馆，对吧？现在我说两个词，看看你能不能想到些什么。你听说过‘沙罗契’或是‘污染区域’吗?”

一阵长久的沉默。雅格里克的目光微微抬起，透过窗户望出去。

“我自然知道污染区域。只要有人谈到矩力，总能听到这个词。也许那不过是疑神疑鬼。”艾萨克没法分辨雅格里克声音中的情绪，但他的措辞明显带着抗拒。“也许我们应该战胜恐惧。至于沙罗契……格雷姆勒布林，我读过你们的历史。战争总是……恐怖的……”

雅格里克说话的时候，艾萨克站起来，走到乱糟糟的书架边，在层层累叠的书卷中翻找。他拿着一本小开本的精装书走回来，在雅格里克面前打开。

“这本相册，”他语气森然地说道，“收集了将近一百年前的一些胶版相片。从很大程度上说，正是这些相片叫停了新克洛布桑的矩力实验。”

雅格里克慢慢伸出手来，翻着书页。他没有说话。

“这本是一项秘密的考察任务，目的是看看一百年前的战争造成了什么影响，”艾萨克继续说，“一小队国民卫队，几个科学家和一个胶版照相师乘坐一艘侦察飞艇沿着海岸向北，从空中拍了一些相片。然后其中一些人下到地面，进入沙罗契的废墟，想近距离地拍些相片。

“赛克拉蒙迪，也就是那位照相师，被看到的东西吓坏了……他自掏腰包将自己的报告打印了五百份，在书店免费派发。绕过了市长和议会，直接公之于众……当时的市长塔吉瑟迪气得直跳脚，却无计可施。

“街上开始出现游行示威，然后是安诺纪元1689年的赛克拉蒙迪暴乱。现在几乎已经没人提起，但当时差他妈一点就让政府垮台。当时有几家大企业投钱搞矩力项目——其中潘登企业是最大的一个，也就是现在箭镞矿井的拥有者——总之，这些企业吓坏了，撤资，经济动荡，就像连锁反应，事情一发不可收拾。

“雅格，我亲爱的伙计，”艾萨克指着那本书，“这就是我们为什么不使用矩力的原因。”

雅格里克慢慢地翻着书页。棕褐色的残败景象在他们面前一一掠过。

“啊……”艾萨克用手指点在一张土褐色的全景照片上，画面里全是碎玻璃和烧焦的木头。相片是从低空中拍摄的。一些大块的碎片散乱在巨大浑圆的平地上，清晰可见，这些干成齑粉的碎片显然曾属于不同的物件，经过了异乎寻常的扭曲。

“这是昔日那座城市中心现在的模样。1545年他们就是在那个地方投下了矩力炸弹。他们说那是为了结束“海盗战争”，但雅格，老实跟你说，他们在一年前就投过炸弹了，他们是从1544年开始用矩力炸弹轰炸沙罗契的。你看，他们在投了矩力炸弹十二个月后还**试图掩盖他们已经做过的事情**……只是他们之前投下的炸弹一颗落进了大海，两颗没有爆炸，他们手头只剩下最后一颗，于是打算用来清理沙罗契正中心那一英里范围的地方。你看到的这些东西……”他指了指圆形平地边缘处那些低矮的碎石瓦砾堆，“现在还在，站在上面可以看到市中心的废墟，也就是矩力作用的中心区域。”

他示意雅格里克翻到下一页。鹰人照做了，喉咙深处顿时发出类似哽咽的咯咯声，艾萨克觉得那应该是鹰人倒吸一口冷气的方式。他飞快地扫了一眼图片，然后慢慢地抬起头来，看向雅格里克的脸。

“背景中这些像是融化雕像的东西曾经是房子，”他的语气毫无起伏，“你正盯着看的那玩意，据考察队的研究结果，是当地山羊的后代。显然过去沙罗契人把这种动物当做宠物来养。这些可能是矩力炸弹爆炸后的第二代山羊，也可能是第十代、第二十代，我们不知道它们的寿命有多长。”

雅格里克凝视着相片上那只死了的玩意。

“他们不得不打死这头山羊，照相师在文章里解释过，”艾萨克继续说，“它杀掉了两个国民卫队士兵。他们试图对它的尸体进行解剖，但它胃里也长着角，而且那些角还活着，即使它身体的其他部分已经死透了。那些角发动了攻击，几乎让解剖它的生物学家也丧命。你看到那些甲壳了吗？怪异的过渡就发生在那个地方。”雅格里克慢慢地点了点头。

“雅格，再翻到下一页。这幅相片上的东西没人能够认出来。也许是在矩力爆炸时自然产生的。但我觉得那些可能是火车引擎上的齿轮。”他轻轻地拍了拍这一页。“唔……**最棒的**……还在后头。你还没看到蟑螂树和也许曾经是人类的成群怪物。”

雅格里克的目光极其专注。他翻看着每一页。一些照片显然是从墙后偷拍到的，一些则有着令人眩晕的俯瞰视角。一连串充斥着突变生物与暴力的场景慢慢地在他眼前展开，言语难以描绘的巨兽在渺无人踪的废墟与噩梦般的建筑间厮打争斗。

“那支考察队有二十个国民卫队士兵，加上照相师赛克拉蒙迪和三个科学家，以及两个全程待在飞艇上的技师。除了那两个技师，最后只剩七个国民卫队士兵、赛克拉蒙迪和一个化学家活着离开了沙罗契。其中有一些已经受到了矩力的伤害。等他们回到新克洛布桑的时候，一个士兵已经死了，另一个眼眶里长出了带刺的触角。那个科学家每天晚上都会失去一部分身体。没有流血，没有痛苦，就是……肚子上或胳膊上或别的地方出现光滑的空洞。最后她自杀了。”

艾萨克回忆起第一次听到这个故事时的情形，一个不循常规的历史教授把它当做一段轶事讲述了出来。艾萨克一度为此着迷，他在书里的脚注和旧报纸中搜寻着相关的讯息。这段历史已经被遗忘，变成用来吓唬孩子的话——“听话，要不就把你送去沙罗契，让怪物吃掉你！”艾萨克花了一年半时间才找到一份赛克拉蒙迪报告的副本，又花了三年时间才凑够钱把它买下来。

他觉得自己几乎可以透过雅格里克没有表情的脸看到他脑中闪动的思绪。那是每个不愿循规蹈矩的大学生在某个时刻都会闪过的念头。

“雅格，”艾萨克柔声说道，“我们不会使用矩力。你可能会想‘有些人用榔头杀人，你不也一样天天用榔头吗?’对吧?‘河里会发洪水，带走数千人的性命，但河水也能推动水轮机’对吧?相信我……我本人也曾一度觉得矩力非常让人激动……但它不是一种工具。它不是榔头，它不像水。它是……矩力是一种可怕的能量。它不是我们在这里谈论过的临界能量。忘掉它。临界能量是支撑整个物理学的基础。但矩力与物理没有关系。它与任何东西都没有关系。它……它是一种极度反常的力量。我们不知道它从何而来，它为什么会出现，它将去向何处。在谈到它的时候，一切已知的理论都不成立，没有规则能够适用于它。你不可以释放它——当然你可以试试，不过后果你已经看到了——你不可以玩弄它，不可以相信它，不可能理解它，你他妈百分之一百没法掌控它。”

艾萨克激烈地摇着头。“哦，当然了，还有人在拿它做实验，那些人觉得自己掌握了足够的技术，可以屏蔽它所产生的一些影响，放大另一些影响，他们中有一些甚至取得了一些进展。但从来没有一个矩力实验不是以……怎么说呢……泪水告终，从来没有。在我看来，我们只能拿矩力做一种实验，那就是研究怎样避免碰到它。要么把它半路拦下，要么像被恶龙追着的圣里宾特斯那样拼命逃跑。

“五百年前，在污染区域显形后不久，有一股规模较小的矩力风暴从海上而来，在洛哈吉大陆的东北方登陆，它一路南下，途中曾扫过了新克洛布桑。”艾萨克慢慢地摇了摇头。“绝没有沙罗契那颗炸弹那样的威力，这毋庸置疑，不过依然导致了一大批畸形胎儿的诞生，还让地形产生了一些极其古怪的变化。所有受到影响的建筑都被即刻拆除。我觉得这是个非常明智的举措。就是在那个时候，建造云塔的计划被提了出来——就是为了人为地控制天气，不让类似的事情再有可乘之机。不过云塔现在已经那样了，要是我们再遭遇一次矩力风暴的袭击，一切就全完蛋了。幸运的是，它们在这几个世纪似乎出现得越来越少。1200年左右是它们出现的高峰期。”

艾萨克朝雅格里克挥手，为这些谴责和解释的话语加强语气。

“雅格，你知道吗，当他们意识到南方的灌木丛林地里发生了什么时——他们没花多长时间就明白那是矩力造成的一片惨相——关于怎么称呼那块地方，冒出了许多狗屁一样的论调，这些争论现在还能听到，一直持续了他妈的五百年。有些人将它命名为‘污染区域’，这个名字的流传度最广。我记得在大学时曾经有人告诉我说，这个名字体现了一种可怕的民粹主义调调，因为‘污染’这个词的本意是‘糟糕的’，道德倾向性太明显了，而矩力既不能说是好的，也不能说是坏的。这种说法从某种层面上说显然并没有错，不是吗？矩力本身并不邪恶……它没有目的，没有动机。反正我觉得是这样，虽然其他人并不赞同。

“不过即便这是事实，在我看来，拉贾莫西边的那块土地用‘污染’这个词来形容再恰当不过。那是一片我们完全无能为力的土地，没有任何魔法，没有任何科技是我们能够用来对付那片土地的。我们只能待在它的外头，寄希望于某天它自个儿消失不见。那是块巨大而操蛋的土地，爬满了尺蠖人——好吧，虽然他们的确是在矩力直接影响的区域之外生活，不过似乎过得挺美滋滋的——还有其他我不想描述的事情。你从头到脚都能感觉到自己在被愚弄、被嘲笑，同时又无计可施。在我看来，这种感觉就是糟糕透顶，就是‘污染’，那块地方简直他妈的就是对这个词语的最佳阐释。雅格……我他妈的是一个理性主义者……但矩力是不可知的！这让我特别难受，真的。”

艾萨克滔滔不绝地说出这一大段话，心里觉得松快了许多，看到雅格里克点了点头，他也立刻热情地点头应和。

“还有部分原因也是为我自己考虑，你明白的，”艾萨克说着，突然换上一种煞有介事的诙谐口吻，“我可不想浪费大把时间做实验，最后变成某种……怎么说呢，某种恶心玩意。太他妈的冒险了。我们就老老实实地沿着临界能量这条路走下去，好吗？说到这里，我有些东西给你看。”

艾萨克轻轻地将赛克拉蒙迪的报告从雅格里克手里抽出来，放回书架上，然后打开书桌上的一个抽屉，拿出那张初具雏形的蓝图。

他把图纸放在雅格里克面前，然后微微地犹豫了一下，似乎想把图纸抽回来。

“雅格啊，我亲爱的伙计，”他说，“我必须要弄明白这件事情算不算就此翻篇了。所以我现在要问你，你满意了吗？你相信我吗？要是你还是打算用他妈的矩力，那么看在圣嘉罢的分上，请你现在就告诉我，我会就此与你别过，同时送上我的……同情和哀悼。”

他以焦虑的目光审视着雅格里克的脸。

“格雷姆勒布林，我已经听到你所说的话了，”一阵沉默后，鹰人回答，“我……尊重你的意见。”艾萨克紧张地笑了笑。“我接受你的说法。”

艾萨克的笑容这才变得真心实意，他正要说些回应的话语，却看到雅格里克沉默地望着窗外，全身上下透出悲伤来。鹰人张开嘴，却等了好长一阵子才开始说话。

“我们知道矩力，我们鹰人，”他又停了许久，才接着往下说，“塞梅克也有。我们将它称为‘瑞比柯-拉哈那-哈克。”他吐出的这个词语抑扬顿挫，十分刺耳，仿佛愤怒的鸟鸣。雅格里克直视着艾萨克的眼睛。“在我们的话里，‘瑞比柯-撒克迈’是死亡，意味着‘终结的力量’。‘瑞比柯-柯维特’是诞生，意味着‘开始的力量’。它们是世间第一对双生子，世界母亲与自己的梦结合，然后在子宫中孕育了它们。但是还有一个……一种恶疾……一个——”他停下来寻觅正确的词语，然后想到了，“——**肿瘤**，在世界母亲的肚子里跟它们一起生长。那就是‘瑞比柯-拉哈那-哈克’，它紧跟在那对双生子后面降临这个世界，也许是同时降临，也可能是先降临的。它是……”他努力地思索着合适的词语。“与双生子**一母同胞的怪胎**。它名字的意思是：‘不可相信的力量’。”

雅格里克讲述着这个传说，他的语气并不像萨满念咒那样神秘诡谲，而是像一个异种族研究学者一样语调平平，面无表情。他的鸟喙大大张开，骤然闭合，然后再次张开，如此反复。

“我是一个被放逐者，一个叛徒，”雅格里克还在继续说着，“就算我背弃我的传统，也……没什么稀奇，也许吧……但我必须懂得在什么时候应该再次坚守我的传统。‘拉哈尼’意味着‘相信’，意味着‘牢固的联系’。而矩力是不可相信的，也不可能与它产生牢固的联系。它是无法控制的。自从我第一次听说这些故事我就知道了。但是我……我……我的渴望太热切了，格雷姆勒布林。也许我太急于抓住些什么，哪怕那是曾经让我畏惧退缩的东西。漂在两个世界之间……太难了……我就像无根之草。但你让我记起了我一直知道的事情。你就像我部落的长老那样规劝了我。”又一阵长时间的停顿。“谢谢你。”

艾萨克慢慢地点了点头。

“不客气……我……雅格，你不知道我听到你这么说有多欣慰。我简直表达不出来。好了……不说这个了。”他清了下喉咙，用手指戳着那张草图。“伙计，我有些有意思的东西要给你看看。”

在过道下方灰尘翻飞的光亮里，来自沃瑞本机器人维修公司的修理工正用螺丝刀和焊枪在失灵清洁机器人的身体里捣鼓。他一直吹着口哨，哨声轻松活泼、无忧无虑，仿佛漫不经心，也完全不会让人多加注意。

他能听见上方那个男人说话的声音，经过楼板的过滤变成微弱而低沉的絮语声，间或穿插着一个沙哑的声音。当这个刺耳的声音响起时，他带着惊讶的表情抬头看了看，但很快又埋头继续手里的工作。

他已经对清洁机器人内部的分析引擎做了一个快速检查，确定了大致的修理方案。机器人身上有一些常见的毛病——因为使用年限过长导致的接合处开裂、生锈与敷料磨损，修理工迅速地修补好了，除此之外，清洁机器人身上还有某种病毒。某张程序卡片没有被正确地读取，或者是蒸汽驱动的信息分析引擎深处某个齿轮打滑，导致一组指令陷入了无限自反馈的死循环。清洁机器人的大体状况其实还不算特别糟糕，足以让它启动起来，它会四处扫描，试图得到更多的信息或更完整的指令，但涌入它分析引擎的却是自相矛盾的指令或过量溢出的数据，于是它便陷入瘫痪状态。

修理工抬头瞟了一眼上方的木头楼板。他的存在已被彻底地忽略。

他感觉到自己的心脏在兴奋地狂跳。病毒有许多种形式。有些会直截了当地导致机器关闭。有些则会对日常信息进行重新编程，导致机器做出古怪而毫无意义的行为。还有一些，能够让机器人在调用基本行为程序时进入无限递归，从而陷入瘫痪状态。眼前便是这样一种堪称完美的病毒样本。

这些机器人被返回的信息弄迷糊了。自我意识的种子由此埋下。

修理工伸手到工具箱里拿出一叠程序卡片，熟练地将它们展开，然后低声地念了一段祷文。

他的手指开始以惊人的速度动起来，他拧动机器人内部不同的阀门和调节器。撬开程序输入槽口上的护罩。检查锅炉，确定蒸汽压力足够为金属大脑里的接受装置提供动力。程序将被植入存储系统，当机器人再次启动时，这些程序将在它的信息处理引擎各处开始运行。修理工飞快地将第一张程序卡片送进槽口，然后是第二张，再一张。他能感觉到齿轮上的小齿在弹簧的支撑下一路碾过硬括的卡片，探入卡片上小小的洞眼——这些洞眼的组合将被翻译成指令或信息。每换一张卡，修理工都会短暂地停顿一下，以确保数据得到了正确的加载。

他飞快地切换着手中的卡片，就像一个在纸牌游戏中出老千的惯犯。他的左手扶在机器人表面，用指尖感觉着分析引擎发出的极细微颤动。他在警惕着异常情况的出现，那些错误的输入、断裂或不灵活的小齿、没上油的活动部件都可能让他的程序失效或是堵塞。好在一切正常。男人情不自禁地吹了一声口哨，表达自己的得意心情。现在，机器人身上的那个病毒已经彻底嵌入信息反馈的过程，而不仅仅是硬件上的毛病。这个男人像是用手里的程序卡片与机器人的分析引擎玩了一场纸牌游戏，当最后一张底牌亮出，卡片所承载的指令和信息已全部植入那颗由蒸汽作为动力的精密大脑中。

当修理工将每一张仔细挑选出来的程序卡片按照精心排列过的顺序全部插进输入槽口后，他飞快地按下几个用导线连到清洁机器人分析引擎上的数字键。

接着修理工合上引擎盖，将机器人的内部构造重新封闭。他将控制面板放回原位，拧好螺丝。他把手在机器人一动不动的躯体上放了一会儿，然后将它立起，让它履带着地，接着开始收拾工具。

男人走到一楼房间的中央。

“嗯嗯……抱歉，先生。”他喊道。

楼上的话音顿时停下，片刻沉默后，艾萨克的声音瓮声瓮气地传来。

“什么事?”

“我完事了。所有的毛病都修好了。不过麻烦告诉沙拉肯先生，先往锅炉里加点燃料，然后再打开开关。您这款机器人挺不错的，可爱的老家伙。ekb 这个系列都是这样。”

“好吧，大概是吧。”随着话音，艾萨克的身影出现在扶栏边。“你还有什么要我转告的吗?”他不耐烦地问。

“没了，先生，就这些。我们会在这个星期内给沙拉肯先生寄账单。再见。”

“再见。非常感谢。”

“别客气，先生。”男人还没说完，艾萨克已经转过身去，从他的视线中消失了。

修理工慢慢地走到门口。他打开大门，回头看向在巨大房间的阴影里耷拉着脑袋的机器人，然后目光闪烁，飞快地往楼上扫了一眼，仿佛在确认艾萨克是否真的已经离开，接着他翻动双手，比画出一些手势，看上去就像环环相扣的圆圈。

“病毒已经准备就绪。”他低声说着，走进正午温暖的阳光中。

第二十章

“这是什么?”雅格里克问。他拿起图纸，脑袋猝然抬起，这个动作惊人地像鸟。

艾萨克把图纸拿过来，颠倒了一下，让正确的一面朝上。

“伙计，这，是一个临界导体，”艾萨克以夸张的语气说道，“至少可以说是它的一个雏形。是他妈临界理论应用的辉煌胜利。”

“它是什么？它能干什么?”

“唔，怎么说呢。你可以将任何你想……释放其中临界能量的东西放进这里。”他指了指一个草草画出的图形，那显然代表了一个钟形罐子。“然后……这很复杂，不过它的要点……我想想怎么说，”他用手指敲着桌子。“这个锅炉保持很高的温度，它为一组连锁的发动机提供动力。然后这个地方装有感知装置，能够检测不同类型的能量场——热能，电能，势能，魔法能量——并且将它们以数学形式表达出来。如果我对统一场的理解是对的——我肯定是对的——那么所有这些能量形式都是临界能量的不同表现。而这里这个分析引擎的作用就是计算出我们应该处理哪一种临界能量场，因为同时有那么多场存在。”艾萨克搔了一下脑袋。

“伙计，这是他妈的临界数学，复杂得要命。我觉得这应该是最难的部分。我的想法是，设计一个程序出来，它可以告诉我们，‘哎呀，这里有这么多的势能，这么多的魔法能量，等等等等，这就说明潜在的临界态肯定是某某。’它应该能够将……呃……*平常的东西*，用临界理论的语言表述出来。接下来是另一个难点——将你想要得到的结果转化成数学形式，代入某个临界方程式，输入到*这里*这个计算引擎。然后你要做的就是使用它，它是由蒸汽或化学物质加上魔法一同驱动的。它是这台机器的核心，是一个转换器，可以挖掘临界能量，让它以原初形式释放出来。然后你再将这些能量导向你的目标。”艾萨克解释着这个方案，越说越兴奋。在这一刻，他的研究所蕴含的巨大潜力，他的工作所具备的深远影响，让他心旌神摇，不能自已，全然忘了眼下需要解决的实际问题。

“我想说的是，我们要做的事情，应该是将实验对象转变为这样一种新的形式：在这种形式下，你释放它的临界能量实际上是在激化它的临界状态。换句话说，临界能量的增长通过临界能量的*被汲取*而实现。”艾萨克微笑着看向嘴巴张得大大的雅格里克。“你能明白我的意思吗？这他妈的是*永动机*！如果我们让这个过程稳定下来，你就能够得到一种无限正反馈的回路，也就意味着无穷无尽的能量！”雅格里克缺乏热情地皱着眉头，艾萨克看着他，渐渐平静下来，咧开嘴笑了笑。雅格里克显然一心只想着他的委托，因而艾萨克对临界理论应用的解说很简单，甚至显得有些仓促。

“雅格，别担心。你会得到你想要的。我知道你在想什么，只要我把这个东西做出来，你就能通过这个方法变成一个行走的，不对，应该是*飞行*的发电机。你越是飞，释放出来的临界能量就越多，你就越是能飞。你永远不用担心翅膀会累的问题。”

这句话甫一出口，艾萨克顿时反应过来，尴尬地沉默了好一阵子，但让他宽慰的是，雅格里克似乎没有注意到这句话正戳痛处。鹰人带着惊奇与渴望的神色轻抚着图纸，嘴里喃喃地念着一些话语，那是他的本族语言，柔和的喉音，仿佛低声吟唱。

最后他抬起头来。

“你什么时候能造好这个东西，格雷姆勒布林?”他问道。

“唔，我需要造出一个能够运转的模型机，然后进行测试，精简算法什么的。我估计要花一个星期左右的时间。但你要记住，这才是刚开始，**非常非常**初期的阶段。”雅格里克飞快地点点头，挥了下手，仿佛对这个提醒不以为然。艾萨克又调侃地问道：“你确定你不想在这儿过夜？你还是打算像个鬼一样四处晃悠，然后在我毫无提防的时候蹦到我面前?”

雅格里克点点头。

“格雷姆勒布林，麻烦你一有进展就告诉我。”他请求道。这句话里虎头蛇尾的礼貌意味让艾萨克忍不住笑起来。

“伙计，一定，我向你保证。只要我有进展，你就会知道。”

雅格里克再次点点头。

雅格里克生硬地转身，朝楼梯走去。当他转过头来说再见时，目光突然捕捉到了什么。他的动作一时凝固，过了一会儿，他向嵌在朝东墙壁的那段过道尽头走去。他抬起手来，指着装有巨大毛虫的笼子。

“格雷姆勒布林，”他说，“你的毛虫怎么了?”

“我知道，我知道，它大得不像话，是吧?”艾萨克说着，溜溜达达地朝笼子边走去，“大块头的小家伙，对吧?”

雅格里克指着笼子，疑惑地抬起头来。

“是的，”他说，“但它在干什么?”

艾萨克皱起眉头向木头笼子里看去。之前他把笼子挪了个位置，让它背朝着窗户，所以此刻笼子里头一片昏暗，什么都看不清。他眯起眼睛，努力向暗影中看去。

那只巨大的毛虫已经爬到笼子最远的角落，正想办法沿着粗糙的木头往上爬。接着，艾萨克看到它屁股上分泌出某种有机质黏液，借由这种黏液，它把自己从笼子顶上吊下来。它悬在那里，沉甸甸地垂着，轻轻地晃悠，就像一只装满泥巴的袜子。

艾萨克“嘶嘶”地吸着气，惊得舌头都伸了出来。

毛虫绷紧粗短的小腿，朝着下腹的方向用力蜷曲。就在艾萨克和雅格里克看着的时候，它的身子对折起来，仿佛它试图亲吻自己的尾巴，然后身子慢慢放下，直到重新直溜溜地悬挂在空中。它不断重复着这个过程。

艾萨克向昏暗中指去。

“看，”他说，“它在往自己身上裹着什么。”

每当毛虫弯折身子，嘴巴接触皮肉，总会留下一条极细的丝线，在一片微暗中闪闪发亮，当它舒展身子，嘴巴离开皮肉时，那条丝线也随之拉长绷紧。随着毛虫的动作，越来越多的丝线在它尾部附着。毛虫尾部的刺毛塌伏下去，紧贴着身子，看起来湿乎乎的。巨大的毛虫正慢慢地用半透明的丝线织出一个茧，按照由尾巴到头部的顺序将自己包裹起来。

艾萨克慢慢站直身子，与雅格里克对视了一眼。

“唔……”他说，“迟到总比不到好。这家伙终于化蛹了，我一开始就是因为这个买它的。”

雅格里克过了好一阵子才慢慢地点了点头。

“它很快就能飞了。”他的语气很平静。

“伙计，那可不一定。不是每个从茧里出来的东西都有翅膀的。”

“你不知道它会变成什么？”

“唉，雅格啊，这就是我留着这倒霉玩意的唯一原因。讨厌的好奇心，总是不放过我。”艾萨克微笑了起来。其实他有些紧张，他在第一眼看到这古怪生物的时候就在期待它破茧而出的那一刻，现在它终于开始织茧了。他凝视着它倒挂着，以一种近乎挑剔的细致，有条不紊地将自己包裹起来，显得十分古怪。它织茧的速度很快。它身上鲜艳的彩色斑点很快就在最开始那层丝线的遮覆下变得模糊，然后迅速地彻底看不见了。

雅格里克对这个生物的兴趣没有持续很长时间。他穿上掩盖肩部畸形的木头假翅，披上斗篷。

“我走了，格雷姆勒布林。”他说。艾萨克的注意力已经被毛虫全部吸引，闻声抬起头来。

“好！雅格，好的！我会加紧制造……呃……引擎。我不用问你什么时候能见到你，对吧？时候一到，你自然会出现。”他摇了摇头。

雅格里克已经走到楼梯底部了。听到这句话，他利落地转过身来，朝艾萨克点了点头，然后离开了。

艾萨克挥手还礼，然后陷入了沉思。在雅格里克离开后，他的手还在空中举了好一会儿。最后他放下手，发出一声轻柔的拍击声，然后转身看向装着毛虫的笼子。

毛虫吐出的黏丝迅速变干。它的尾巴已经彻底裹在硬硬的茧里，没法移动了。这让毛虫的起伏仰合变得困难，它的活动范围越来越局促，动作越来越花巧。艾萨克拉过一把椅子在笼子前坐下，观察着它的一举一动，不停地记着笔记。

他内心里有个声音在对他说，这是在浪费时间，他应该专注于手头的研究工作。但这个声音很微弱，它的低语毫无说服力，只是在例行公事。此刻没有任何事情能够阻止艾萨克观看此番奇景。他调整坐姿，让自己坐得更舒服，又拿了一个放大镜过来。

毛虫花了两个小时多一点的时间将自己彻底裹在微湿的茧里。在结茧进行到头部时，它做出了最为繁复而巧妙的动作。它先是在脖子周围织出一圈“围脖”，等丝线稍稍变干，然后脑袋往“围脖”里缩去，整个身子变短变粗，它保持了一阵这种状态，继续往“围脖”上吐丝，直到将“围脖”织成一个合拢的顶盖。然后毛虫慢慢地拱拱那个盖子，确保它足够结实，再往上吐出更多的细丝，直到它的头部被彻底包裹，再也看不见。

这个丝茧微微颤动了几分钟，随着内里生物的动作而膨大缩小。白色的茧壁在艾萨克眼前变干变脆，显出一种珍珠贝似的单调颜色。当细小的气流掠过时，它会微不可查地晃动，但它基本已经整个变硬，内里毛虫的动作已经完全不可识别。

艾萨克靠向椅背，匆匆地做着笔记。**雅格里克说这东西将生出翅膀，**

他差不多应该是对的，艾萨克想道。眼前这个微微颤动的丝茧简直同教科书里蝴蝶或蛾子的蛹一模一样，只是大了许多。

天光变得浓重，房间里的暗影悄悄拉长。

半个多小时过去了，悬在笼子里的丝茧纹丝不动，接着仓库大门猝然一响，艾萨克吓得跳起来。

“上面有人吗?”大卫的喊声传来。

艾萨克从扶栏上探出身去，同他打招呼。

“大卫，有个家伙过来修机器人来着。说你得往锅炉里加点燃料再打开开关，说它应该是修好了。”

“太好了。我已经烦透地上那些垃圾了。要不要借你也用一下。我想得很周到吧?”大卫咧开嘴笑起来。

“行啊。”艾萨克答道，夸张地用脚将尘土和脏物通过扶栏的间隙往外踢。大卫笑着走出他的视线。艾萨克听到一声金属碰撞声，显然是大卫深情地拍了拍机器人，欢迎它重返工作岗位。

“对了，那人还让我告诉你，你的扫地机器人是个‘可爱的老家伙’。”艾萨克一本正经地说道。两人一齐大笑起来。艾萨克走到楼梯半中央坐下，看着大卫往机器人的锅炉里铲了一些浓缩炭，它的锅炉虽小，却是三锅炉交换式系统，效率很高。大卫关上锅炉门，闩紧门，然后将手伸到机器人头顶，将那个小小的开关扳到标着“开”的位置。

先是一下嘶嘶声，然后是一阵嗖嗖声，蒸汽涌进细细的管道，压力慢慢积蓄，为分析引擎提供动力。清洁机器人突然抽动，翻身坐起，背靠着墙壁。

“得预热一小会儿，”大卫满意地说道，将手插进衣兜，“扎克，你在忙什么呢?”

“上来，”艾萨克回答，“我给你看点东西。”

看到那个悬在笼子里的巨大丝茧时，大卫双手叉腰，短短地笑了一下。

“圣嘉罢啊！”他惊叹道，“这玩意也太大了吧！里头的玩意孵出来的时候，我绝对要找个地方躲起来……”

“是啊，所以我得先让你看看。千万要睁大眼睛，不能错过它破茧而出的时刻。你可以帮我把它钉到板子上去。”两人齐齐笑起来。

楼下传来一连串巨响，仿佛水流狂暴地冲击着曲折的管道。随即是一阵活塞发出的轻微嘶鸣。艾萨克与大卫面面相觑，一时间不知道发生了什么。

“听起来清洁机器人准备搞些大动作。”大卫最后说道。

在构成机器人大脑密密麻麻的青铜管和黄铜管中，正有一大批新的数据和指令汇成狂潮横冲直撞。成串的信号勉力挤过狭窄的空间，通过活塞、螺丝杆与不计其数的阀门传递。设计精巧的微小蒸汽榔头一下下撞击着，释放出一股股细微的能量。机器人大脑正中央有一个塞满成排开关的匣子，极微小的开关此起彼伏，速度极快，并且越来越快。每个开关都是一个由蒸汽驱动的神经突触，它们推动按钮、拉动杠杆，仿佛在演奏一首极繁复的交响曲。

机器人抽搐着。

机器人信息分析引擎的深处，古怪地循环着一段不和谐的音调，这便是那个导致它扫地功能故障的病毒，源于某个极小齿轮的一时打滑。此前，每当穿过机器人头颅的蒸汽速度越来越快、压力越来越大，病毒便开始周而复始地运行无用的查询指令，形成一个死循环，开启关闭同一批阀门，以同样的顺序扳动同一批开关。

但现在，病毒得到了养料。开始进食。修理工加载到机器人分析引擎上的程序将多得异乎寻常的指令传遍由精巧管道构成的机械大脑。阀门和开关起伏开合，急促震颤，快得让人眼花缭乱，但这些机械运动并非毫无意义的随机之举——就在这连续不断奔涌而过的数字代码流中，这个原始粗陋的小小病毒开始突变，开始进化。

经过编码的信息从那些嘶嘶作响的金属突触中如井喷般涌出，被像个白痴一样进行着无限递归的病毒吞噬，生出一串串新的数据。病毒开始繁殖。最开始那段如傻子般默默循环的指令开始加速，成堆新生的病毒代码在二进制离心力的作用下呈螺旋状喷出，飞向分析引擎的每一个角落。

每一个新生的病毒程序都重复着这个过程，直到指令、数据和自我复制的程序充斥计算引擎的每一处通道。

机器人站在墙角，颤抖着，发出极轻微的嗡鸣。

在它遍布阀门与管道的大脑中一个不起眼的角落，最开始那个干扰了扫地功能的病毒、那个异常数据与无效指令组成的原始片段仍在运行。它看上去同原来没什么两样，但已经发生了永久的变化。不再指向破坏与终结，而是变成了一种手段，一个编译器，一种动力。

很快——非常快——机器人的中央处理引擎开始呼哧作响地满负载运转。新生的程序穿行过管道模拟的神经网，刺激着精巧的机械大脑。同样的二进制函数里承载了双倍于过去的信息量，通常分配给运行、备份和支撑函数的分析模块进行了自我折叠，扩容至原来的两倍。新生数据的洪水被不同的阀门和开关分流，并没有减缓速度。修理工加载的程序设计得惊人巧妙，大大提升了这些阀门与开关的效率和处理能力。

无助的机器人不由自主地发出各种声响，大卫和艾萨克在楼上说笑着，对这些噪音报以鬼脸。

数据的洪流还在继续奔涌，它们由修理工带来的那一大堆程序卡片加载，存储在轻轻嗡鸣的内存匣中，此刻在激活的中央处理器中转换为指令。这抽象指令汇成的洪水无情地冲刷着机器人的大脑，它不过是“是/否”或“开/关”的组合，但数量那么多，结构那么复杂，就像对人类思想的模拟。

最终，在某个时刻，量变引起质变。机器人的大脑起了某种变化。

这一瞬，它是一个具有计算能力的机器，努力不动声色地跟上数据流的节奏。接着，在数据洪流的冲刷下，某个金属部件没来由地抽搐了一下，一阵阀门急速开合的轻响掠过，分析引擎生出了一个数据循环。一阵高压蒸汽嘶嘶作响地喷出，像是中央处理器在对自己诞下的这个产物做出反应。

这一瞬，它还是一个具有计算能力的机器。

下一瞬，它有了思想。

带着一种古怪的、类似计算的陌生反应，机器人检索着自己的记忆。

它没有感到惊讶。没有快乐。没有愤怒，没有与存在有关的恐慌。

只有好奇。

那些曾在阀键匣里默默等待、未经分析检查便涌遍它大脑的数据流，突然变得与这个非同寻常的新计算模式、这个自动自发的处理过程有所关联、相互作用。

当它还是个浑浑噩噩的扫地机器时，这些数据难以理解，现在它们突然有了意义。它们是建议。是承诺。它们在向它表示欢迎。它们在向它发出警告。

扫地机器人一动不动地站了很长时间，连续不断地喷着小股蒸汽，仿佛在絮絮低语。

艾萨克将大半个身子探出扶栏，直到木头栏杆发出不祥的吱嘎声。他把身子使劲向下探，直到头倒悬在栏杆之外，可以看到正站在他和大卫脚下、被楼板挡住的机器人。他看到机器人可疑地颤抖起来，不禁皱起眉头。

正当他张开嘴想说什么时，机器人突然显出十足的干劲。它伸出吸尘管，带着点试探的意味开始清洁地板上的灰尘。就在艾萨克看着的时候，机器人又从身后伸出一把旋转的刷子，开始擦地。艾萨克看着它，想找出任何不稳定的迹象，但它的步伐越来越快，几乎显出满满的自信。艾萨克看着这台机器数个星期来第一次成功地履行了本职工作，脸上露出轻松的表情。

“没事了！”艾萨克扭头对着大卫宣布。“那倒霉玩意能够再次打扫屋子了。一切恢复正常！”

第二十一章

在巨大发脆的茧里，非同寻常的过程开始了。

毛虫的皮开始破裂脱落。腿、眼睛、刺毛和体节失去了原来的模样。圆滚滚的躯体化为液态。

它从梦矢里不断汲取能量，储存在身体里，正是这些能量开启了这个过程，推动着这个变化。它进行着自我重塑。它变异中的形态冒着泡、翻涌着，挤进异次元空间的裂隙，就像油泥漫过这个世界的边缘，渗入其他位面，再缓缓渗出。它折叠自己，像揉捏一团流动不定的油泥般揉捏着构成自身的基本物质，重新捏出自己。

它处于不稳定态。

它先是活的，然后进入一种叠加态，非生非死，但饱含力量。

接着它又活了。却与之前有了不同。

生物化学物质的黏浆起伏盘旋，突然分裂成突兀的形状。一度松散液化的神经突然旋转着变回错综复杂的知觉组织。体貌片段溶解弥散，重新组合成新的古怪模样。

它在这新生的过程中屈曲蜷缩，因为这重构的极大痛苦，但越来越多的是因为——饥饿。

从外面什么都看不到。这个破坏与创造的激烈过程仿佛一场没有观众的超自然戏剧，隐藏在脆弱丝线织成的不透明幕布后面。豆荚般的丝茧带着一种原始本能似的低调将所有的变化过程遮蔽。经过缓慢而混乱的形态解构后，在短短的一瞬间，这个茧里的东西跨越了临界点。

血肉翻卷，汇成怪异的潮汐，它回应着这潮汐的召唤，开始对自己进行重构。速度越来越快。

艾萨克花了许多个小时凝视虫茧，但他只能想象里面进行着的艰难重生过程。他看到的只有一个实心的东西，一个奇怪的果实，用无形的线挂在一个大鸟笼中，四周是散发着霉味的黑暗。他被虫茧搞得心神不宁，他想象着各种巨大的蛾子或蝴蝶的出现。但茧似乎毫无变化。他小心翼翼地戳过它一两次，它会或缓或急地摇晃一小会儿。仅此而已。

艾萨克观察虫茧，脑子里浮想联翩，其他时候则埋头忙活临界发动机——这件事情占据了他的主要精力。

铜管和玻璃开始在艾萨克的书桌和地板上有序地排布起来。他成天成天地焊接和锤击，将蒸汽活塞和魔法引擎装到初具雏形的临界发动机上。晚上他会跑到酒吧，与帕尔格拉克图书馆长杰瑞克斯切特进行讨论，有时也会同大卫、拉布勒梅及以前大学的同事探讨。他会开启关于数学、能源、临界理论和工程学的话题，饱含激情和痴迷地投入讨论，但他很谨慎，不会透露太多细节。

他极少离开獾泽。他已经事先提醒了萨拉克斯区的朋友，自己将消失一些日子，反正他与这些朋友的关系也没那么深，不过是些点头之交。他唯一牵挂的人是琳，看起来她那件大作让她同他一样忙得不可开交，随着他研究的劲头越来越大，他们想要找个见面的时间越来越难。

于是艾萨克会在夜里坐在床上给她写信。他会问到她的雕塑，告诉她自己很想她。然后在次日早晨或别的什么时候将这些信贴上邮票，投进街尾的邮箱。

她会给他回信。艾萨克把她的信当成犒赏。他不许自己立即拆开，他会一直等到结束一天的工作，然后在窗前坐下，喝着茶或巧克力，灯光将他的影子投到黑腐河上，投到城市的暗夜中，只有到了这个时候，他才会拆开她的信。他惊讶地发现，这样的时刻总让他感觉温暖而伤感，他会有点想哭的冲动，心头缭绕着因为琳不在身边而生出的丝丝爱恋，丝丝真切牵挂以及丝丝茫然若失。

他花了不到一个星期的时间造出了一个临界引擎的原型机，那是个砰砰作响、喘咳不休的玩意，管道和导线搭成的回路除了刺耳的噪声之外什么也没产生。他把它拆开重做。三个多星期后，另一个机械构件凌乱组装而成的玩意趴在了那扇曾用来放生笼中囚徒的窗前。它的样子非常古怪，一堆看不出编组的单个引擎、发电机和变频器散布在地板上，通过粗糙的工程设计连接在一起。

艾萨克想等雅格里克来，但他没法联系上像流浪者一样行踪不定的鹰人。艾萨克觉得这是雅格里克试图保住尊严的一种表现，只是太过怪异。露宿街头，每天换个地方，仿佛在延续他那穿越大陆的朝圣之旅，尽管他已经将委托交给了艾萨克，但他并没有因此心怀感激地卸下责任、放松自律。雅格里克在新克洛布桑是一个全然的局外人。他绝不会依靠谁，也不会对谁感恩戴德。

艾萨克想象着鹰人的生活——从一个地方换到另一个地方，睡在废弃建筑光秃秃的地板上，或是蜷在屋顶，靠着排气孔取暖。他来访的时间可能是一个小时后，也可能是几个星期后。艾萨克花了半天时间等他，然后决定在雅格里克不在的情况下对原型机进行测试。

原型机上，导线、管道与弯曲的电缆汇聚于一个钟形罐子处，艾萨克往这个罐子里放了块奶酪。当他反复敲击着计算器上的按键时，它在空气中慢慢变干。他在试着计算实验相关的力与向量，不时停下来做笔记。

在他下方，母獾辛赛里提在抽鼻子，拉布勒梅叽叽咕咕地对它说着什么，扫地机器人嗡鸣着沿着地板前进。艾萨克努力对这些动静充耳不闻，专注于眼前的数字。

但他觉得有些不自在，不是很想在与拉布勒梅同处一室的情况下进行自己的工作。在与室友相处的问题上，艾萨克依然奉行着“沉默是金”的政策。*也许我正在发展出对鸡飞狗跳的欣赏*。他想着，咧开嘴笑了笑。他尽可能慢地解完方程，又磨蹭了好一会儿，希望拉布勒梅能够离开。但每当他将目光投向过道下方，都能看见拉布勒梅埋头在方格纸上写写画画，丝毫没有打算离开的迹象。艾萨克终于决定不再等下去了。

他小心翼翼地穿过地板上那座由金属与玻璃布成的迷宫，轻轻地在临界引擎旁蹲下，他的左手边是信息输入槽口。机械部件与管道仿佛水流蜿蜒过整个房间，最后在他右手边汇聚，簇拥着那个放着奶酪的钟形罐子。

艾萨克拿起根弯曲的金属管，管子的尽头连着远处墙边的实验室锅炉。他又是紧张又是兴奋。他尽量轻手轻脚地将管子与临界引擎上的动力输入阀接在一起。他松开阀门上的掣子，感觉到蒸汽涌入发动机，空气中充斥着连串的嘶嘶声和咔嗒声。艾萨克跪下来，用键盘输入刚才计算出的数学公式，然后飞快地将四张程序卡依次插进槽口，感觉着小齿轮的转动与咬合，看着尘埃随着发动机越来越剧烈的震动而在空中飞扬。

他目不转睛地观察着，喃喃自语着。

艾萨克好像感觉到了能量与数据通过机械神经突触传递到临界引擎的各个节点。他觉得蒸汽仿佛涌进了自己的静脉，推得他的心脏像一个蒸汽活塞般剧烈撞击。他按下装置上的三个大开关，听着整个机器预热。

空气开始嗡鸣。

仿佛只过了几秒，又仿佛过了很长时间，什么都没有发生。接着，脏兮兮的钟形罐子里，那团奶酪开始颤动。

艾萨克看着它，想要大声发出胜利的呼喊。他将一个调节器转过一百八十度，看到奶酪颤动的幅度变得更大了一些。

让我们来点刺激的吧，艾萨克想着，拉下一个拉杆，将所有回路全部连通，将那个玻璃罐子置于感知装置的笼罩之下。

艾萨克已经对那个钟形罐子进行过改装，截掉了它的顶盖，用一个活塞代替。此时他伸出手去，开始按动活塞，让它粗粝的底面向着奶酪缓缓移去。奶酪处于存亡之际。如果活塞完全压下，奶酪将碎成齑粉。

艾萨克用右手按动活塞，左手根据急剧变化的压力计读数调整不同的旋钮和转盘，然后再看着这些表盘上骤升骤降、剧烈摆动的指针，相应地调整魔力流。

“来呀，你这个小混蛋，”他低语着，“当心，嗯？你感觉不到吗？你危险了……”

活塞底无情地朝着奶酪逼近。管道里的压力越来越高，已经显出危险的迹象。艾萨克沮丧地低声自语。他放缓了威胁奶酪的活塞的移动，但活塞仍然不可阻挡地向下压去。即便临界引擎没有起效，奶酪没有按他计划的那样做出反应，艾萨克依然会压碎它。临界能量只关乎潜能。如果他不是真心想将奶酪压碎，奶酪就不会感觉到危险。你不可能在一个本体论的领域*耍花招*。

旋即，随着蒸汽一阵悲鸣，活塞的嗡响突然变得令人心神不宁，活塞投下的阴影离钟形罐子底部越来越近，边缘越来越清晰，就在这电光石火之际，奶酪爆炸了。一声响亮的迸裂声，带着些许液体泼溅的意味，奶酪块以极快的速度极其猛烈地炸成碎片，将碎屑与油脂糊满钟形罐子的内壁。

拉布勒梅大叫起来，问楼上发生了什么，但艾萨克没有细听。他坐在原地，像个傻子一样直愣愣地盯着粉碎的奶酪，嘴巴张得大大的，然后发出不敢置信的欢声大笑。

“艾萨克？你他妈的在上面干什么？”拉布勒梅又喊了一声。

“没事，没事！抱歉打扰你了……只是一些工作……非常顺利，真的……”艾萨克回答到一半，又忍不住微笑起来。

他迅速地关掉临界引擎，把钟形罐子拿下来，用手指抹着罐子里乱糟糟的碎屑，这些碎屑已经半融化了。*太不可思议了！*他在心里大喊。

他原本计划让奶酪浮起来一两英寸。如果从这一点看，他的实验算是失败了。但他原本就没期望会有*任何事情*发生！他肯定是出现了运算错误，插错了程序卡片。指定他所期望的实验结果显然是件极其困难的事情。也许这个释放临界能量的实验过程本身就粗糙得可怕，存在各种各样的错误和不完善之处。他甚至没有*尝试*设计他最终想要造出的那种永久性反馈回路。

但是，但是……*他释放出了临界能量*。

这绝对是件创举。有生以来第一次，艾萨克开始真的相信自己的想法能够奏效。从现在开始，他需要做的工作就是改良细化。当然，会有许多问题出现，但那些问题不一样，没那么难了。那个最基本的难题，整个临界理论中最关键的问题，已经得到了*解决*。

艾萨克将笔记收拢起来，带着肃然起敬的态度迅速地翻阅着。他不敢相信自己做到的事情。他脑子里已经涌现出更多的计划。*下一次，我要用一块蛙人的水塑像*，他想道，*某个已经受到临界能量作用的物件。这会让事情变得更加有趣，也许我们可以开始设计那个回路*……他头晕目眩地想着，伸手拍了拍额头，笑起来。

我要出去，艾萨克脑子里突然闪过一个念头。*我要去……大醉一场。我要去找琳，我要休息一个晚上。我刚刚解决了最他妈有争议的科学领域中一个最他妈棘手的问题*，我值得喝上一杯……他对着这个突然占据了他整个头脑的想法微笑起来，然后脸色一沉。他发现自己已经决定把临界引擎的事情告诉琳。*我再也没法把它藏在自己一个人心里了*。他想。

他上下检查了一番，确保钥匙和钱包都在衣兜里。然后伸了个懒腰，抖了抖身子，走下楼梯。听到他的脚步声，拉布勒梅转过身来。

"拉布，我走了。"艾萨克说。

"艾萨克，你这就收工了？才三点。"

"嘿嘿，伙计，我提前完事了，"艾萨克笑着回答，"能歇个半天时间。要是有人问起，就说我明天回来。"

"好的，"拉布勒梅说着，挥了挥手，转身回到自己的工作中去，"玩得开心。”

艾萨克咕哝着说了句再见。

他在涉水者路上走到一半时停了下来，叹息了一会儿，纯粹只为享受外面的空气。这条小街并不繁忙，但也绝不冷清。艾萨克朝着一两个邻居致意，然后转身大步走向小河套区。这是个美好的日子，他决定步行前往萨拉克斯区。

温暖的空气透过仓库门窗和墙壁上的裂缝渗进来。拉布勒梅一度停下手头的工作脱去衣裳。辛赛里提正玩闹似的追扑一只甲虫。清洁机器人已经结束清扫工作有一阵了，这会儿正站在一个远远的角落发出轻轻的滴答声，光学镜片构成的眼睛似乎有一只锁定在拉布勒梅身上。

艾萨克离开后不久，拉布勒梅站起来，将身子探出书桌旁敞开的窗口，往砖墙上的一颗螺栓上系了一条红色围巾。他将自己需要的东西列了一张购物清单，准备交给两杯茶，然后回到工作中去。

已近五点，太阳仍然高高地挂在空中，但已现出下沉的趋势。光线渐渐浓重，泛出黄褐色来。

悬吊的丝茧深处，正在变形的生物感觉到迟暮将近。它颤抖着，屈曲着接近完成的身体。在它的体液中与身体的边边角角，最后的化学反应开始进行。

六点半的时候，窗外响起一声粗鲁的重击，拉布勒梅闻声抬头，看到两杯茶正在外面一条小巷子里用适合抓握的脚挠着脑袋。翼人抬头看向拉布勒梅，嚷嚷着向他问好。

“拉布老大！我来了，看到你的红色布条了……”

“晚上好，两杯茶，”拉布勒梅说，“进来吗？”他从窗前让开两步，好让翼人进来。两杯茶扑腾着落到地板上，发出一声重响。他赤褐色的皮肤映着片片斜晖，显得格外漂亮。他扬起丑陋的脸，朝拉布勒梅露出快活的笑容。

“老大，有什么事要我办？”两杯茶嚷嚷着。没等拉布勒梅开口回答，两杯茶瞥见正以怀疑的目光盯着他看的辛赛里提，翼人张开双翅，吐出舌头，恶狠狠地瞪向狗獾。母獾立刻嫌恶地跑开。

两杯茶狂笑起来，笑得直打嗝。

拉布勒梅不置可否地笑了笑。趁着两杯茶还没被别的事情分散注意力，他用力将翼人拉到桌边，那张购物清单就放在桌上。他给了两杯茶一块巧克力，好让翼人专心听他说话。

就在拉布勒梅和两杯茶争论翼人能在空中携带多少杂货时，他们上方有什么东西动了。

过道上，艾萨克的实验室正被迅速变浓的暗影淹没，在昏暗的笼子里，悬吊着的巨茧突然无风自动。一阵来自丝茧内部的动作带得这个密不透风的有机包裹以一种仿佛带有催眠力量的节奏飞快地晃动起来。它旋转着，颤抖着，然后稍稍向上拱起。空气中传来一声极小的撕裂声，拉布勒梅和两杯茶都没有听见。

一只潮湿而锋利的黑色爪子破开丝茧探出来。它慢慢地向上一划，毫不费力地劈开坚硬的丝壁，就像刺客手里的刀。一片全然陌生的情绪从参差的切口杂乱地涌出，像无形的内脏淌了一地，继而如迷失方向的狂风般倏忽卷过整个仓库，辛赛里提咆哮起来，拉布勒梅和两杯茶也不由自主地抬起头，紧张地张望了一阵。

盘根错节的手从黑暗中探出，攥住切口的边缘。它们无声地推搡着，撕扯着，将丝茧彻底撕开。伴着一下极轻微的撞击声，一个颤抖的身体从茧里滑落，如初生的幼兽般潮湿滑溜。

它在木头笼子里蜷缩了一会儿，虚弱而困惑，一动不动地保持着在蛹中时的姿势。接着，它慢慢地将身子舒展开来，享受着突然在它身周展开的宽敞空间。它碰到了金属丝网，轻而易举地将其从笼门上撕下，爬到更为宽敞的房间里。

它审视着自己。它学着使用这个新的身体。

它了解着自己的渴求。

当铁丝网撕裂的刺耳声音在空气中传开时，拉布勒梅和两杯茶再次抬头望去。那声音似乎来自他们头顶，席卷了整个房间。他们对视了一下，又抬头看去。

“老大，那是啥啊?”两杯茶问道。

拉布勒梅离开书桌。他瞟了一眼艾萨克的过道，又慢慢地转过身去，扫视着整个一楼。四下里寂静无声。拉布勒梅一动不动地站着，皱起眉头看向大门。那声音是从外面来的吗？他寻思着。

门边的镜子里有什么动了一下。

一个黑糊糊的东西从楼梯顶端的地板上站起来。

拉布勒梅张开嘴，却只发出一些饱含怀疑、恐惧与困惑的颤抖音节，镜面上又有什么倏忽闪过，这下他彻底没有了声音，只是张着嘴，无声地盯着镜子里的映像。

那东西展开身体。那是一种久经拘束的力量的释放。仿佛花朵绽放。仿佛一个男人或女人将身子如婴儿般蜷起，然后站起身大大地舒展双臂。就像那样，只是声势要浩大许多倍。那东西模糊的肢体仿佛可以弯折一千次，所以当它展开时，就像展开一座极其怪异的纸雕。它站在那里，伸出不知是胳膊还是腿还是触角还是尾巴的肢体，在空气中大大地张开、张开、再张开。当它蜷成一团时，不过一只狗的大小，当它舒展开时，几乎有一个人那么高。

两杯茶尖叫着说着什么。拉布勒梅嘴巴张得大大的，试图挪动脚步。他看不清那东西的形状。落在他眼里的只有那反光的暗色皮肤以及紧紧攥起的手，就和孩童的拳头那么大。散发着寒意的暗影。不是眼睛的眼睛。器官有的拢叠，有的突起，有的就像扭动的耗子尾巴，不断地颤动、抽搐，仿佛刚刚死去的尸体。还有那一片片骨头似的东西，手指一般长，没有颜色，却闪着森森白光，彼此之间有深深的缝隙，正往下滴着什么——那是*牙齿*……

两杯茶想绕过拉布勒梅冲出去，拉布勒梅张开嘴想发出尖叫，他的目光依然锁定着镜子里的那个东西，他的脚已经开始划过石板地，就在这时，楼梯顶端的那个东西展开了翅膀。

四团沙沙作响的黑影从那个生物的背上摇曳而出，如缓缓拉开的手风琴风箱般一格一格划过空气，缀满斑驳色块的厚实皮肉沿着巨大的折痕徐徐铺展，直至呈现为不可思议的尺寸：色彩与图案的爆炸，旗帜迎风扬起，攥紧的拳头骤然松开。

这个生物缩紧身子，尽情舒展巨大光滑的翅膀，坚韧带褶的肉翅似乎充满了整个房间。翅膀并没有规则的形状，像是流动的涡旋随机地汇聚而成，一片混乱；但左右两边却完全对称，就像往纸上滴了墨水或颜料，然后将纸对折而成的图案。

那巨大光滑的翅面上布满深色斑纹，汇成粗陋的图案，那些图案仿佛在摇曳闪烁，拉布勒梅一动不动地看着，两杯茶哀号着摸向大门。那些颜色让人想起午夜与坟墓，深蓝、暗褐、赭红。接着，那些图案**真的**开始闪烁，暗影般的形状变幻着，像显微镜下的阿米巴虫，又像滴进水里的油。左右两侧的图案依然完全一致，它们同时剧烈地变化，带着催眠的力量，越来越快。拉布勒梅的脸皱了起来，想到那个东西就在他身后，他的背痒得发狂。忽然，拉布勒梅转过身来，面对着那个东西，直直地盯着那变幻的颜色，那昏暗中生动的影子戏……

……拉布勒梅忘记了尖叫，只是凝视着那些完美对称的暗色图案旋转着翻滚着掠过翅膀，就像云团飘拂在夜空，倒映在水上。

两杯茶高声哀号。他扭头看到那个东西正走下楼梯，翅膀仍然张开着。接着翅膀上的图案攫住了他的目光，他愣愣地看着，张开嘴巴。

翅膀上那些暗色的图案变幻着，散发出催眠的力量。

拉布勒梅和两杯茶一动不动地站着，沉默，急切，目瞪口呆，浑身颤抖，凝视着那摄人心魄的翅膀。

那个生物舔舐着空气中的味道。

它飞快地扫了一眼两杯茶，张开嘴巴，但可吸食的东西是那么少。于是它转过头面对着拉布勒梅，翅膀依然张开着，释放着惑人的力量。它无声地发出一声饥饿的呜咽，已经害怕至极的辛赛里提顿时哀号起来。她在静止不动的扫地机器人旁边缩成一团，扫地机器人靠在房间角落的墙上，充当眼睛的镜头里闪烁着奇怪的黑影。空气仿佛嗡响起来，那生物尝着拉布勒梅的气味，流出口水，翅膀上的图案闪得更快，直至变得疯狂，拉布勒梅的气味越发浓烈，最后，那东西伸出巨大的舌头，往前走了一步，毫不费力地将两杯茶从面前拨开。

张着翅膀的生物饥渴地拢住了拉布勒梅。

第二十二章

如血的夕阳映着新克洛布桑的运河与交汇入海的河流。河水凝滞地淌着，在晚霞中闪着暗红的光。白天的工作结束了，正是换班时间。大群精疲力尽的冶炼工、翻砂工、职员、面包师和煤炭装卸工，拖着沉重的脚步从工厂和办公室向车站走去。站台上闹哄哄的，疲倦的人们或是说笑吵嚷，或是享受着香烟和烈酒。泉树码头的蒸汽起重机还没有休息，它们将工作到深夜，把奇异的货物从异国船只上卸下。从河畔到巨大的码头，罢工的蛙人码头工人大声辱骂着码头上忙碌的人类工人。城市上空飘着云朵。空气暖洋洋的，树木正在结果，工厂的废料结成黏稠的团块，让河水变得越发凝涩。轻风时而带来果木的清香，时而充斥着污浊的恶臭。

两杯茶像炮弹般从仓库冲向涉水者路。他破窗而出，蹿到空中，身后滴滴答答地留下鲜血与泪水，他像个婴儿般啜泣着、抽噎着，摇摇晃晃、起伏不定地朝着品克德与遗翠园的方向飞去。

几分钟后，一个颜色更深的身形跟在他后面飞进天空。

这个新生的莫名生物屈曲身体穿过一扇天窗，扑进薄暮之中。它在地面上时，行动起来小心翼翼，每个动作仿佛都带着试探的意味。到了空中，它却一飞冲天，毫不犹豫，行动间显出露骨的得意。

不规则的翅膀翕合着，搅动大团空气，掀起静默的狂风。这个生物旋转着，悠闲地拍打着翅膀，以蝴蝶般纷乱无序的轨迹划过天空，在身后留下夹杂着汗液与非自然分泌物的气旋。

这个生物在空气中慢慢变干。

它兴奋不已。它舔着凉凉的空气。

城市像蔓延的霉斑般在它身下铺展。层层叠叠的感觉冲刷着它的身体。对声音、气味、光线的印象汇成一股潮水，以一种移觉的方式涌入它莫可名状的思想，是它完全陌生的体会。

新克洛布桑散发着浓郁的猎物气味。

这个生物已经进食过了，吃饱了，但这丰沛的食物让它感到困惑，让它感到愉悦，它激动地流着口水，磨着巨大的牙齿。

它蓦地俯冲。它扑向下方一条没有灯光的小巷，翅膀扑扇着，颤抖着。它那颗猎手的心本能地知道应该避开散布在城市各处的灯火通明之地，应该去那些最黑暗的地方寻找猎物。它将舌头伸进空气里，探寻着食物，灵巧地掠过砖墙投下的暗影，划出令人眼花缭乱的轨迹。它如一位堕天使般从天而降，落到一条歪歪扭扭的死胡同中，那里正有一个妓女和她的客人靠着墙在“办事”。感觉到那个东西来到身边，他们毫无热情的耸动慢了下来。

他们的尖叫声转瞬即逝。那个生物刚一展开翅膀，他们的声音便戛然而止。

那个东西急切而贪婪地扑到他们身上。

之后，它再度飞起，如痴如醉地舔舐着空气中的味道。

它在空中盘旋，寻找着城市的心脏，调转方向，慢慢地滑向蹲伏巨兽般的帕迪多街车站。它扑扇着翅膀向西飞去，飞过烤炉区和红灯区的上空，飞过热闹商区与破败景象交错呈现的乌鸦塔上空。在它身后，黝黑庞大的议会大厦、斯特莱克岛及獾泽的国民卫队塔刺破夜空，就像一个狰狞的陷阱。这个生物循着起伏不平的空中缆道飞去——它们横亘夜空，将那些较低的塔楼同森然耸起在帕迪多街车站最西侧的巨钉塔连接起来。

当梭舱沿着缆道疾驰而过时，这个飞着的东西吃了一惊。它在空中徘徊了片刻，被那些从车站咔咔开出的火车吓得不敢前行，震慑它的还有那车站本身，那巨型建筑大得可怕的尺寸。

但无数不同音域与声调的振动召唤着它，无数漫溢的精神、情感与梦想吸引着它，它们经由车站的砖质空腔放大，喷向天空。一条气味的线索，巨大而无形。

这古怪生物重重地拍打双翅向着城市黑暗的心脏飞去，几只夜鸟忙不迭地从它的行进路线上避开。忙于差事的翼人看见它匪夷所思的轮廓，悄悄绕到其他方向，大声叫骂诅咒。空气中响起隆隆声和嗡嗡声，那是飞艇互相打着信号，它们缓缓地滑行在城市与天空之间，就像肥大的梭鱼。当它们笨拙地转动沉重的身躯时，那古怪的生物从它们旁边掠过，只有一个技师看见了，他没有将自己的所见上报，只是用手比画着宗教手势，低声祈求圣索伦顿的庇护。

这个飞行的东西感受着来自帕迪多街车站的上升气流与意识狂潮，它任由那气流与狂潮挟裹着自己，推送着自己，直至去到城市上方极高的空中。它抖动翅膀，慢慢调转方向，熟悉着这片新的领地。

它注意到流淌的河水。它察觉到遍布在城市不同区域的不同能量出口。它在探查这座城市，它切换着不同的感知模式，仿佛行过一条四壁闪烁着不同图像的通道，所有倏然掠过的感觉都在向它传达着同一个讯息：丰盛的食物。安全的栖息地。

这个生物继续搜寻着，它所希求的还有一样。同类。

它是群居动物。从它新生的那一刻起，对同伴的渴求便无时无刻不萦绕着它。它伸出舌头，舔舐着饱含尘埃的空气，寻找着任何与它相似的味道。

这个东西突然颤抖起来。

它能感觉到东边有什么，味道很淡，非常淡。它尝到挫折的滋味。它感同身受，翅膀焦虑地颤抖起来。

它在空中划了道弧线，掉头向来时的方向飞去，这次稍微向北偏了一些。它飞过基德区与路德米德，掠过公园与优雅的老房子。史前巨肋森然显现，根根分明的巨大弧线势不可挡地划破天空，从南边远远就能望见，这飞着的东西感到了一种不安，一种焦虑。那些骨头里散逸出某种它不喜欢的能量。但它的忧虑抵不过对同类的关切——这关切深深地镌刻在它的基因中。它能感觉到，正是在巨大骸骨投下的阴影中，同类的味道变得浓重起来，并且越来越浓重。

这东西试探性地降低高度。它绕到北边和东边，试图迂回地靠近。它飞得很低，不略过下方每一寸土地。它在空中缆道下方飞行，那缆道从摩格山的国民卫队塔延伸过来，向北连接着岂南的国民卫队塔。缆道投下的阴影里，一辆火车正在煤炭发出的热力推动下沿着德克斯特线向东驶去，一路留下尘埃与废气。接着那东西绕着摩格山的国民卫队塔划了个大大的弧线，飞进回音沼工业区的北缘。它沿着通往骨镇愈升愈高的轨道而行，在史前巨肋的影响下畏怯而执着地循着它同伴的味道前进。

它轻快地掠过一个又一个屋顶，它的舌头淫邪地垂悬在空中，追踪着同类的味道。它挥动翅膀所带起的气流偶尔将下方行人的帽子或报纸掀翻到冷清的街道。路人抬头仰望，只能看到一团黑影从头顶阴恻恻地掠过，旋即消失不见，他们浑身颤抖，加快步伐，或是皱起眉头，觉得自己眼花了一下。

这个长着翅膀的东西慢慢地拍打着空气，任由舌头悬吊摆动。它用舌头追踪气味，就像猎犬使用鼻子。它飞过起伏的屋顶，那屋顶仿佛在史前巨肋的威压之下屈身退让。它舔舐着空气，循着那条浅淡的踪迹前行。

它来到了一条空寂无人的街道，下方是一大片涂着沥青的建筑，它长长的舌头抽搐起来，像鞭子抽打着空气。它加快速度，向上掠起，画出一道优美的圆弧，落到涂了焦油的屋顶。在下方某个遥远的角落，它同类的气息正如渗过海绵的海水穿透屋顶传上来……

它用怪异的肢体攥着石板瓦，在屋顶爬行。它熟悉的感觉正从这下面渗出——那是一种急切，一种渴望。它被俘的同类察觉到了它的出现，那急切一时变成困惑与迷糊。接着那蒙蒙云雾般的痛苦激烈地翻卷起来，变成祈求、喜悦以及对自由的向往，其间夹杂着冰冷的丝缕，那是明确的行动指南，告诉它要做些什么。

这只生物挪到屋顶的边缘，半飞半爬地向下移动，直到它攀附在一扇密封窗户的窗台上。这扇窗离地四十英尺，玻璃刷着不透明的油漆，里面涌出感情的洪流，扑打着它，让它以怪异的频率抖了好一会儿。

这窗台上的东西用手指摸索了一阵，然后猛地将整扇窗户从窗框里撕下，在墙上留下一个难看的豁口。它扔下破碎的玻璃，任它们坠落地面，发出一声轰然巨响，然后走进昏暗的阁楼。

这是个很大的房间，光秃秃的。一大股欢迎与警告的潮水顺着遍布垃圾的地板向它漫来。

它面前是它的四个同类。它在它们面前相形见绌，它们巨大的肢体衬得新来者的肢体格外短小，就像发育不良的侏儒。它们被紧紧地束缚在墙上，巨大的金属环绕过它们的腹部和肢体。每个的翅膀都被完全展开，平平地贴在墙上：这些翅膀都与新来者的翅膀一样形状古怪、莫可名状。它们每个的身下都放着一个桶。

猛力拉扯了一阵那些金属环后，新来者明白了这样一个事实：它们牢不可破。新来者沮丧不堪，其中一个钉在墙上的生物向着它发出嘘声，以命令的口吻叫它集中精神。这些话语通过超自然的波动传至它的心灵。

依照指示，矮小的新来者向后退去，等待着。

在简单的声呐层面，它感知到叫喊声在窗下街道玻璃落地之处响起。混沌的隆隆声在建筑物的下层回荡。跑动声沿着阁楼门外的走廊一路而来。杂乱的只言片语透过木门的缝隙钻进来。

“……**里面**……”

“……进去？”

“……镜子，别……”

它又退开一些，远离它被束缚的同类，躲进阁楼另一端木门背后的暗影之中。它收起翅膀，等待着。

门的另一侧，传来门闩落地的声音。片刻的犹豫后，门突然开了，四个全副武装的男人飞快地鱼贯而入。他们都背对着缚在墙上的生物。其中两个端着沉重的燧发枪，已经上好了膛，随时准备发射。另外两个是改造人，左手拿着手枪，右肩膀处伸出巨大的金属枪管，末端呈喇叭状，看起来像是大口径前膛枪，枪口直指身后。两个改造人小心地端着枪管，盯着横在眼睛前方的镜子——这些镜子从他们头戴的金属头盔上悬挂下来。

另外两个带着普通火枪的人也戴着这种悬着镜子的头盔，但他们没有盯着镜子，而是警惕地看向前方的昏暗。

“四个蛾子，一切正常！”其中一个改造人喊道，古怪的枪管手臂依然指着后方，眼睛依然盯着镜子。

“这里什么也没有……”一个直视前方的男人答道，随后他的视线扫视过曾是窗户的破洞旁那片昏暗的区域，就在此时，闯入者从阴影中现身，展开那匪夷所思的翅膀。

那两个目视前方的男人似乎惊呆了，张开嘴想要发出尖叫。

“噢，*圣嘉罢在上他妈的不要*……”一个男人成功地挤出了半句话，接着便像自己的同伴一样陷入沉默——闯入者翅膀上的图案开始无情地变幻，就像一个摄魂取魄的暗褐色万花筒。

“他妈的怎么……？”一个改造人开口说道，眨着眼睛往前方瞥了一下。他的脸在恐怖中扭曲，但他的呻吟声在他看到闯入者的翅膀时迅速地消失。

最后一个改造人大声呼喊着同伴的名字，却只听到他们手里枪管垂落的声音，他开始啜泣。他能够用余光瞥见一抹模糊的影子。他面前的生物能够感知到他的惊恐。它朝他靠近，将安抚的低语以情绪流的形式射进他的大脑。一个短句在这个男人脑海里痴痴地循环：*我面前有一个我前面有*

一个……

改造人试图前进，他的目光锁定着镜子，但他面前的生物轻巧地挤进他的视野。原本只在他眼角的那抹影子，蓦地忽闪挪移，变得无处不在。男人不再抵抗，任由目光被那翅膀上剧烈变幻的图案吸进去，他的下巴张开，恐惧地颤抖，火枪手臂垂落身侧。

闯入者身上某个难以名状的肢体一抖，关上了阁楼门。它站在四个已被它彻底俘获的男人面前，口水滴滴答答地流下来。一股厉声喝止、强烈索求的情绪骤然从它被缚的同类处传来，将它打断，它的饥饿在它们的饥渴面前微不足道。它谦恭地伸出肢体，将那四个男人转身面对缚在墙上的四只巨蛾。

一时间，男人们不再面对闯入者的翅膀，他们的头脑得以片刻喘息，但四只巨蛾平铺在墙上的翅膀旋即映入他们的眼帘，可怕的图案再次汇成狂暴的旋涡，将他们彻底淹没，让他们再次迷失。

闯入者站在他们身后，将他们一个个推向钉在墙上的巨大生物。为了囚犯们进食方便，它们身上都有一根短短的肢体没有被缚住，此刻，它们急切地向着自己的猎物伸出这根可以自由活动的肢体。

它们开始大吃大嚼。

其中一个囚犯在自己食物的腰间摸索着钥匙，将钥匙从男人的衣服上扯下。吃完自己的大餐后，它小心地举起钥匙，插进金属环扣的锁眼。

它尝试了四次——手指抓握着不熟悉的钥匙，从一个别扭的角度拧动——但它最终将自己从金属环扣的束缚中解放了出来。它依次转向自己的同伴，重复这个小心翼翼的过程，直到所有的囚犯重获自由。

它们一个接一个跌跌撞撞地穿过房间，向那个窗口破洞走去。它们在洞口停下，靠着砖墙的支撑绷紧萎缩的肌肉，将令人惊怖的巨翅大大展开，然后跃进空中，远远绕开史前巨肋——那些巨型骨头似乎往周遭的空气中渗着某种干涩的以太物质，让它们感到极不舒服。最后一个离开的是那个新来者。

它吃力地跟随着自己的同伴：即便它们精疲力尽、饱受折磨，也依然比它飞得快。它们在它上方一百英尺的地方盘旋着，等着它，同时将它们的感知扩展开去，在下方各处泉涌而出的感觉与意识中愉快地徜徉。

当它们谦卑的解放者追上来时，它们往旁边闪去，为它让出一个位置。它们一齐向前飞去，分享着彼此的感受，淫荡地舔舐着空气。

它们循着新来者来时的路线，自北飞向帕迪多街车站。它们慢慢地转向，就像城市的五条主干道，仿佛是由下方巨大污秽的城市托起，它们种族从未见识过这般富饶崎岖的地方。它们在城市上方翻飞，翅膀不停扑扇，风吹拂着它们，这座隆隆咆哮的城市涌出的声音与能量让它们感到兴奋的刺痛。

到处都是，城市的每一部分，每一座深暗的桥、每一幢有着五百年历史的豪宅、每一个蜿蜒的集市、每一片肮脏的贫民窟、每一处草木整齐的公园、每一团丑陋的水泥建筑——仓库、塔楼、船屋——通通挤满了食物。

这是一片没有天敌的丛林。一个予取予求的猎场。

第二十三章

有什么东西挡住了艾萨克的仓库大门。他好脾气地咒骂着，用力想将障碍物推开。

这是第二天的过午时分，他已经决定将昨天那个成功让奶酪爆炸的时刻看做自己生命中值得纪念的“欢笑时刻”[①]。当天晚上他去了琳的公寓，惊喜地发现她居然在。她看上去精疲力尽，但同他一样开心。他们在床上厮混了三个小时，然后腿脚发软地出门去“钟与小公鸡”酒馆。

这个夜晚完美得让人难以置信。艾萨克想见的每一个人似乎都去了萨拉克斯区，而且都在“钟与小公鸡”酒馆盘桓，或是吃龙虾，或是喝威士忌，或是啜饮掺了奎尼的巧克力。这个小团体里有新人加入，其中包括今年辛塔寇丝特奖的赢得者梅比特·桑德，她极有风度地接受了德姮在报纸上写的辛辣评论以及其他人亲口奉上的奚落之语，因此作为回报，大家已经原谅了她。

琳在朋友们的陪伴下显得放松了许多，但她的忧郁似乎与日俱增。艾萨克惯常地低声与德姮进行了一番政治辩论，其间德姮往他衣兜里塞了最

---

① 原文为cheese moment，cheese即“奶酪”，在俚语又有“笑”的意思，经常用于拍照时。

新一期的《不羁叛逆者》。大家吵吵嚷嚷、大吃大喝、冲着彼此投掷食物，聚会一直持续到凌晨，直到两点钟时艾萨克和琳才回到温暖的床上，缠绵地相拥入眠。

第二天吃早餐时，他将自己在临界引擎上取得的巨大成功告诉了琳。她并没有真正理解这个成就的意义有多么重大，不过那也难免。她意识到艾萨克表现出从未有过的兴奋，于是尽己所能地热心回应他。就艾萨克而言，这个结果超出了他的意料，简直是以最不科学的方式揭示了这个方案的实质。现在他更踏实了，不再那么觉得自己只是在做荒谬可笑的白日梦。在向琳解说的过程中，他发现了许多潜在的问题，于是迫不及待地想要回到自己的工作室纠正这些问题。

艾萨克与琳深情地告别，彼此约定要更经常地见面。

但现在艾萨克进不去自己的工作室。

“拉布！大卫！你们他妈的在干吗？”他嚷嚷着，又推了推门。

随着他的推搡，门开了一条缝，他可以看见一线阳光照着的地板，看见挡在门上那样东西的边缘。

那是一只手。

艾萨克的心漏跳了一拍。

“圣嘉罢啊！”他听见自己尖叫出声，他将全身的重量抵到门上。门终于屈服在这庞大的压力之下。

拉布勒梅四肢摊开，俯卧在门口。艾萨克在他头旁跪下时，听见辛赛里提抽鼻子的声音——母獾躲得远远的，藏在扫地机器人的履带之间，显然吓坏了。

艾萨克把拉布勒梅翻过来，感觉到他的朋友身子还是暖的，还在呼吸，心稍稍放下来了一些，发出一声颤抖的叹息。

“拉布，醒醒！”他大喊道。

拉布勒梅的眼睛睁开着。艾萨克看着那一片空白的眼神，不禁瑟缩了一下。

“拉布……?”他低声喊道。

口水在拉布勒梅的下巴处汇成一摊，在他沾满尘土的皮肤上留下一条条闪亮的踪迹。他了无生气地躺着，一动也不动。艾萨克将手指放在拉布勒梅的脖子上。脉搏很平稳。拉布勒梅深深地吸气，停顿一会儿，然后呼气，听起来就像睡着了一样。

但他的眼神如痴儿般空洞，让艾萨克觉得恐惧，不由自主地往后缩。他举起手掌在拉布勒梅眼前挥了挥，没有得到任何反应。艾萨克轻轻地拍了拍拉布勒梅的脸，然后重重掴了两下，嘴里不住呼喊着拉布勒梅的名字。

拉布勒梅的头随着拍打来回摇晃，像一个装满石头的袋子。

艾萨克握住他的手，感到某种黏湿冰凉的东西。拉布勒梅的手覆了薄薄一层清澈发黏的液体。艾萨克低下头闻了闻，一股柠檬混杂着腐物的微弱气味扑进他的鼻子，他猛地缩回去，感到一阵短暂的头晕。

艾萨克用手指触摸着拉布勒梅的脸，看到他嘴巴和鼻子周围的皮肤同样黏湿滑溜，之前他以为那是拉布勒梅的口水，现在发现那更多是这种稀薄的黏液。

不管怎么叫喊、怎么拍打、怎么请求，拉布勒梅都没有醒过来。

最后，艾萨克终于抬起头来环顾房间，他看到拉布勒梅书桌旁的窗户敞着，玻璃被打破，木制的百叶窗裂成碎片。他站起来，跑向残破的窗框，但无论是窗子里还是窗子外，都没有任何发现。

艾萨克在凌空过道上的实验室下面跑来跑去，从拉布勒梅所占的角落冲到大卫所占的角落，对惊恐的辛赛里提低声说着傻兮兮的安抚之语，寻找着入侵者留下的蛛丝马迹，这时，他突然反应过来，有个可怕的想法已经在他脑子里盘桓良久，就像一头凶狠的恶兽，阴飕飕地盯着他的后背。他犹犹豫豫地停下脚步，慢慢地抬起眼睛，浑身冰凉地看向过道地板的底面。

恐惧如大雪般将他彻底掩盖。他隐约感觉自己的脚提了起来，吃力而坚定地迈向木头楼梯。他一边走一边扭过头，看到辛赛里提正抽着鼻子渐渐凑近拉布勒梅，现在她不是独自待在这个空寂的仓库，她的勇气慢慢地回来了。

艾萨克眼中的一切仿佛变成了慢镜头。他走着，像是蹚过冰冷的流水。

他一步一步地走上楼梯，每走一步都能看见梯板上成摊成片的古怪黏液，看到某种尖利脚爪新近留下的刮痕。他没有感到惊讶，只有一种钝钝的预感。他听到自己心跳的声音，似乎并不激烈，他怀疑自己是否已经麻木得不会再感到震惊了。

但他错了。当他走到楼梯顶端，扭头看见那个被掀翻在地的笼子时，看见那粗粗的铁丝网自内而外地撕开，小指头般粗细的金属断茬扭曲卷翘，中间露出一个大洞时，当他看到巨茧裂开，里面空空如也，只有暗色的液体淅淅沥沥地滴落时，他听见自己惊骇地哭喊出声，感觉自己剧烈地颤抖，然后随着一阵冰冷的鸡皮疙瘩滚过全身而骤然静止，恐惧在他心里沸腾，在他身周翻卷，就像滴入水里的墨汁。

“哦老天啊……”他透过干得发涩的嗓子、剧烈颤抖的嘴唇吐出这句话，“圣嘉罡啊……我都干了些什么？”

新克洛布桑的国民卫队不喜欢被人看见。他们总是穿着黑色的制服在夜晚出没，履行自己的职责，譬如将死尸从河里捞起。他们的飞艇和梭舱都是不透明的，在城市高空沿着曲折的路径匆匆地行过。他们的高塔是全封闭的。

国民卫队是新克洛布桑的军事防御力量及治安管控机构，他们出现的时候总是身着制服，穿着黑色的盔甲，带着盾牌和燧发枪，臭名昭著的面罩将脸整个遮住。他们只在某些重要或敏感的场所担任警卫，或是在发生紧急情况时出动。在“海盗战争”及“赛克拉蒙迪暴乱”期间，他们整日走在街道上，打击一切胆敢破坏城邦安定的敌人，不管那敌人来自城邦之外抑或城邦内部。

平日里，他们依靠自己的名头、便衣军官及庞大的情报网行事——向国民卫队提供消息可以换得不菲的报酬。当国民卫队行动时，某个在小餐厅里啜饮醋栗酒的男人，某个被手里袋子压弯腰的老妇人，某个戴着硬领、皮鞋刷得铮亮的店员，会突然伸手从衣服的暗褶里拉出面罩套在头上，从隐蔽的枪套里抽出巨大的火枪，冲进犯人躲藏的地方。当某个小偷从大喊抓贼的受害者身旁逃走时，也许会有某个满嘴大胡子（也许根本就是假胡子，之后每个人都会反应过来，但事先却没有一个人注意到）的胖男人一把将毛贼擒住，给他或她套上颈枷，然后带着犯人消失在人群中或某座国民卫队塔里。

之后，没有一个目击者能够确切地说出这些密探伪装成了什么模样，也没人会在那个地方再次见到那个店员、那个胖男人或其他国民卫队的探子。

它靠散布恐惧维护治安、执行法律。

凌晨四点，妓女和她的客人在獾泽被发现。两个男人走进黑暗的小巷，双手插兜，一脸的轻松得意。当昏暗的煤气路灯照着的扭曲身体映入他们眼帘时，他们停住脚步，神情举止立刻起了变化，他们四处看了看，然后匆匆走到受害者身边。

妓女和她的客人纠缠着瘫在地上，眼神凝滞空洞，他们的呼吸声十分刺耳，散发着甜得发腻的柠檬味。男人的裤子和内裤堆在脚踝，露着萎软的阴茎。女人的衣服完好地穿在身上——她的裙子上有许多隐蔽的开口，很多妓女会穿这样的裙子，以方便她们“工作”。刚来的两个男人试着叫醒他们，当他们的努力最终宣告失败时，其中一个男人转身跑进黑暗中，另一个男人留在静默的受害者旁边。两个男人头上不知什么时候已经套上了黑色的面罩。

过了一阵子，一辆黑色的马车驶过来，拉车的是两匹巨大的马，经过改造，长着角与滴着闪亮口涎的獠牙。一小队穿着制服的国民卫队从车里跳出来，一言不发地将失去意识的受害者搬进黑暗的车厢，车门关上，马车飞快地向高高耸立在城市中心的巨钉塔驶去。

那两个男人留在原地。等到马车沿着鹅卵石道消失在迷宫般的街巷中后，他们开始仔细地四下检查，估计着周围光线的暗淡程度——这些光来自建筑的后部与外屋，来自斑驳的墙壁之后和花园果树细细的树枝间。最后他们满意地得出结论：他们没有被人看见。他们将面罩摘下，双手重新插进衣兜。他们突然换了一种神情举止，变回一开始时的无害模样，轻言细语地说笑，温文尔雅地闲聊，继续他们的夜班巡逻。

巨钉塔的地下走廊里，正有人对着那两具了无生气的躯体又戳又拍，大喊大叫、轻声哄劝。将近破晓时，一位国民卫队的科学家对受害者进行了检查，匆匆写下初步的报告。

许多人在困惑地搔着脑袋。

科学家的报告连同其他关于反常或严重罪行的简报一起，被送上巨钉塔的次顶层，然后经由一条没有窗户的弯曲走廊，飞快地送往内政部长的办公室。它们在九点半时准时送达。

十点十二分，占据整个巨钉塔顶层的梭舱停靠站里，一根通话管开始隆隆作响，送出不容置辩的话语。值班的年轻军士正在遥远的房间另一边，修理一艘梭舱前面碎掉的灯。这艘梭舱同其他数十个梭舱一样，悬吊在繁复如翻绳游戏般的空中缆道上。缆道在高高的天花板下绕成回环，交错成十字。这样的设计能够让梭舱在不同的缆道间切换，在七条从巨钉塔呈辐射状向外延伸的缆道中选定一条就位，然后通过平均分布在外墙上的开孔激射而出，沿着缆道飞越巨大的新克洛布桑上空。

从站着的地方，年轻的军士可以看到空中缆道伸进西南边一英里处的雪克区国民卫队塔，然后穿过塔楼继续向着远处延伸。他看见一个梭舱离开雪克区国民卫队塔，掠过杂乱破旧的房屋上空，高度几乎与他的视线齐平，朝着踟蹰南行的焦油河飞快地远去。

隆隆声还在继续，他抬起头来，突然意识到是通话管在响，他骂骂咧咧地冲过房间，毛皮大衣扑扇着。即便已是夏天，在这么高的地方，这个被用作巨大风洞的空旷房间里依然很冷。军士拔掉通话管的塞子，向黄铜管子里高声应答。

“内政部长大人?”

经过漫长而弯折的金属管传来的声音很小，有些变调。

“立刻将我的梭舱准备好。我要去斯特莱克岛。”

议会大厦里的市长办公室被称为“辩证室”，通往辩证室的门很大，箍着古老的铁条。门外全天有两个国民卫队士兵站岗，但他们丝毫享受不到置身权力中心通常会有的福利——隐私和秘闻——没有任何声音能够穿透沉重的大门传进他们的耳朵。

在箍着铁条的大门之后是一个天花板极高的房间，墙上镶着精美的黑木镶板，使得房间一眼看去几乎是全黑的。历任市长的画像挂在四处，像一道螺旋状的水流从离地三十英尺高的天花板慢慢淌到离地不到六英尺的墙面。一扇巨大的窗正临着帕迪多街车站和巨钉塔。各种各样的通话管、计算引擎、伸缩式潜望镜隐蔽地摆在房间里各个不显眼的地方，样子模糊不清，莫名吓人。

本瑟姆·鲁德革特坐在办公桌后，带着一股上位者的神气。任何来这个房间见他的人都无法否认他身上散发着绝对权威的卓然信服力。他是这个威严之处的核心所在。他深深地了解这一点，来此见他的人亦是如此。他极高的个头与强壮庞大的身体无疑加重了这种感觉，但他身上的这种轩昂气派里还夹杂着许多别的东西。

此时，他正与坐在对面的心腹蒙特约翰·拉斯克尔研究放在桌上的一张纸，蒙特约翰像往常一样裹着厚厚的围巾，俯身指向纸上的某个地方。

“两天。”拉斯克尔用一种奇怪的生涩嗓音说道，这个声音与他平时演说时的完全不同。

“然后呢?”鲁德革特一边抚摸修剪得完美无缺的山羊胡子一边问。

“罢工的规模会扩大。目前，罢工导致的装卸延迟在五十到七十个百分点之间。但我们已经得到消息，蛙人罢工者计划在两天之内让河道瘫瘓。他们将彻夜工作，从河底开始动手。在薏米桥往东一点的地方施行大规模的塑水术。他们打算挖出一条跟河一样深的沟来截断水流。他们必须持续地支撑这条沟，反复对水墙进行塑形，免得它们塌下来，但他们人数足够，可以轮换着施法。市长大人，没有船能越过那条沟。他们将从两个方向完全切断新克洛布桑的水路贸易。”

鲁德革特沉思着，嘬起嘴唇。

“我们不能允许这样的事情发生，”他很讲道理地回答，“人类码头工那边呢？”

“市长大人，这正是我要说的第二点，”拉斯克尔接着说，“情况令人担忧。两边最开始的敌意似乎在减弱。越来越多的人类码头工似乎准备与蛙人站在同一边。”

“哦，不，那可不妙。”鲁德革特边说边摇头，活像一位看到平日里十分乖巧的学生突然变得调皮捣蛋的老师。

“相当不妙。不过我们的探员对人类阵营的影响力显然比对异种族的要强，人类这边对罢工的主要态度仍然是坚决反对或是举棋不定。如果您打算……同罢工者进行秘密会谈的话，他们似乎有一个核心，一批主谋。”

鲁德革特张开巨大的手指，出神地看着指缝间露出的桌子纹理。

“里头有你们的人吗？”他轻声问道。拉斯克尔伸手摸了摸围巾。

“人类那边有一个，”他回答说，“往蛙人那边插人很难，他们总是不穿衣服待在水里。”鲁德革特点点头。

两个男人没再说话，默默地思考着。

“我们试着从内部击破，”最后鲁德革特说道，“这场罢工不容轻视，城邦有……一个多世纪没有遭受这样严重的威胁了。虽然我很不愿意这样说，但看来我们可能得杀鸡儆……”拉斯克尔严肃地点了点头。

办公桌上有个通话管突然响起来。鲁德革特扬起眉毛，取下塞子。

“黛维利尔？”他冲着通话管里说道。他的语调极尽微妙之能事，在这短短一个词里便向自己的秘书传达了一波三折、层层推进的意思：他很惊讶她居然不顾他的指示打扰他，但他十分信任她，相信她这样做肯定有个绝佳的理由，她最好立刻将这个理由告诉他。

隆隆回响的管子传出一个小小的声音，说了几句什么。

“嗯！”市长温和地大声回答，“当然，当然。”他将通话管重新塞好，看向拉斯克尔。“真是巧了，”他说，“内政部长来了。”

巨大的办公室门倏然打开又迅速关上，内政部长闪身进来，向桌旁的两人点头致意。

“伊莱扎，”鲁德革特招呼道，“快过来。”他朝拉斯克尔旁边的椅子做了个手势。

“烟枪”伊莱扎·法谢尔大步走向桌旁。她的年龄不可捉摸——她的脸上没有一丝皱纹，五官轮廓明晰，线条紧致，看上去似乎只有三十多岁，但她满头白发，几缕间杂的黑丝暗示着原本的发色。她穿着黑色的套装，那本是平民女性的穿着，但精心选取的剪裁样式和色调却让人产生强烈的错觉，仿佛那是一套国民卫队制服。她嘴里温柔地叼着一个白陶土的长烟杆，烟斗与烟嘴间的距离至少有一英尺半，烟草里掺了香料，味道浓烈。

“市长大人。副市长大人。”她坐到椅子上，把手臂下夹着的一个文件夹抽出来。“鲁德革特市长，很抱歉突然打扰您，但我觉得您应该立即看看这个。拉斯克尔，你也是。很高兴你也在。我们可能遇到了……一个危机。”

“伊莱扎，我们正在讨论这个呢，”市长说，“你是说码头罢工吧？”

“烟枪”法谢尔瞟了他一眼，从文件夹中抽出几张纸。

“不是的，市长先生。我说的完全是另一回事。”她的声音洪亮而冷硬。

她把一份案件调查报告扔到桌上。鲁德革特把它横过来，与对面的拉斯克尔扭着脖子一起阅读。一分钟后，鲁德革特抬起头来。

“两人陷入某种昏迷状态。情况古怪。我想你是否准备再给我些提示?”

“烟枪”法谢尔又递给他一张纸。市长再次同拉斯克尔一起阅读。他们几乎立刻做出了反应。拉斯克尔倒抽了一口气，咬紧了腮帮，出神地嚼着腮帮上的肉。几乎与此同时，鲁德革特发出一声心领神会的微微叹息，声音有些发颤。

内政部长面无表情地看着他们。

“我们安插在莫特利老巢的探子显然不知道发生了什么。她完全迷糊了。不过她记下了谈话的片段……看到这句话了吗？‘恶子跑出……’我们都明白她听错了，都明白那句话实际上说的是什么。”

鲁德革特和拉斯克尔一言不发地反复阅读着这份报告。

“我还带来了Y.E.项目最开始时拿到的科学报告，托人做的那个可行性研究。”“烟枪”法谢尔飞快地说，言语间毫无情绪。她把提到的报告扔到桌上。“我已经帮你们标出了一些高度相关的描述。”

鲁德革特翻开这份报告。报告里的一些词语和句子用红笔圈了出来。市长飞快地浏览着。“极度危险……一旦逃脱……没有天敌”

“……完全灾难性的……”

“……繁殖……”

第二十四章

鲁德革特市长再次伸手拔下通话管中的塞子。

“黛维利尔，”他说，“取消今天……不，接下来两天所有的预约和会议。该道歉的就道歉。不许打扰我，除非发生了帕迪多街车站爆炸之类的重大事件。明白了吗?”

他塞上塞子，然后看向“烟枪”法谢尔和拉斯克尔，目光中含着怒意。

“看在圣嘉罢的分上，该死的莫特利是在搞什么鬼? 我还以为那人很专业……

“烟枪”法谢尔点点头。

“应该是我们安排转交事宜时出了岔子，”她说，“我们检查了他的行动记录——必须指出的是，其中大部分是针对我们的——经过考量，至少可以确定他在安保这方面的能力与我们不相上下。他并不是傻瓜。”

“知道是谁干的了吗?”拉斯克尔问。“烟枪”法谢尔耸了耸肩。

“可能是某个竞争对手，弗朗辛、朱迪克斯或别的什么人。他们多半以为自己吞下了一块大肥肉，却不知道里头有块硬骨茬……”

“好了，”鲁德革特用不容置辩的腔调打断了她。“烟枪”法谢尔和拉斯克尔转向他，等着。鲁德革特握紧拳头，把胳膊肘放在桌子上，闭上眼睛，拼命地集中注意力，可以看出他非常用力，仿佛他的脸下一秒就会自内而外地迸裂。

“好了，”他重复道，然后睁开眼睛，“我们要做的第一件事是核实我们面临的这个情况。虽然看起来已成事实，但我们必须百分之一百地确定。第二件事是拿出一个应对这一形势的策略，动作要快，而且不能声张。”

“先说为了达成第二个目标，我们都知道不能依靠国民卫队或是改造人——异种族自然也不行。基本的精神活动跟我们一样。我们都是任人鱼肉的对象。相信大家都记得刚开始时的攻防测试……”拉斯克尔和“烟枪”法谢尔连忙点头。鲁德革特继续说道：“是的。僵尸也许可行，但这里不是克罗姆雷克：我们没有设备制造我们需要的僵尸，不管是从数量还是品质上说都是如此。所以……而且在我看来，如果仅仅依靠常规的情报活动，连第一个目标都没法圆满地达成。我们需要从其他来源获取信息。因此，出于这两个原因，我们必须向使者们请求帮助，以便更好地应对这一情况——与我们不一样的精神活动模式，这是关键。所以在我看来，有两个可能符合要求的使者，我们基本没有别的选择，至少要与其中一个进行接洽。”

他说完便用深沉的目光扫视“烟枪”法谢尔和拉斯克尔。他等待着不同的意见。但没人提出异议。

“所以大家都同意了?”他轻声问道。

“我们说的是‘那位大使’，对吧?”“烟枪”法谢尔说，“而另外那个……您不是指‘织者’吧?”她惊愕地眯起了眼睛。

“希望不至于到那一步，”鲁德革特以安抚的语气说道，“是的，这就是我能想到的两个……唔……使者。跟你刚才说的顺序一样。”

“我同意，”“烟枪”法谢尔爽快地说，“只要是按照这样的顺序。‘织者’……圣嘉罢在上！让我们先跟‘那位大使’谈谈。”

“蒙特约翰?”鲁德革特转向他的得意副手。

拉斯克尔慢慢地点了点头，手指捻弄着围巾。

“‘那位大使’,”他慢慢开口道,“我希望他就是我们需要的人选。”

“我们都这么想，副市长先生,”鲁德革特说,“我们都这么想。”

在帕迪多街车站曼陀罗侧翼的第十一层和第十四层之间，一个少有人光顾、专门售卖古老织物与异国印染花布的商业广场上面，一连串荒废已久的角塔之下，便是新克洛布桑的外交使馆区。

当然，一些设在新克洛布桑的大使馆位于城邦别处：夜池、东基德区或是旗山，形状奇特，与周围的建筑风格迥异。但有更多位于帕迪多街车站：它们的数量足够让那些楼层冠上使馆区的名头，并且一直延续至今。

曼陀罗侧翼几乎是栋独立的建筑。围绕着一块中央空地，走廊与过道勾勒出一个巨大的混凝土长方形。中央空地上有一个杂乱无章的花园，长满了黑木树和异国的花卉。当大人们购物、游览或是工作时，孩子们便在走廊和过道上蹦蹦跳跳，在这个隐蔽的公园里玩耍。巨大的高墙从周围拔地而起，使得这片花草林木看起来就像井底的苔藓。

较高的楼层上，走廊连接着许多套内里相通的房间。在某个年代，其中一些房间曾是政府部门办公处。而后在很短的一段时间里，每个房间都成为了某个小公司或组织的总部。接下来它们空置了许多年，直到霉菌和腐斑爬满四处，接着使者们开始入驻。这发生在两个多世纪以前，当时洛哈吉大陆上的各国政府达成了一个共识：从今往后，外交活动胜于军事战争。

新克洛布桑拥有大使馆的历史远比那悠久。但在沙罗契惨剧为所谓的“海盗战争”（也被称为“徐行之战”、“荒谬之战”）画上一个血腥的句号之后，越来越多的国家和城邦开始以谈判的方式来解决争端。来自大陆另一端乃至大陆之外的使者纷至沓来。他们入驻了帕迪多街车站曼陀罗侧翼荒废的楼层，一些原来就与克洛布桑有外交往来的国家和城邦也将领事处迁至于此，以便在这全新而混乱的外交形势中分得一杯羹。

在使馆区，即便是出入电梯或是上下楼层，都必须经过全套的安全检查。走廊阴冷沉寂，两边有许多门，墙壁上零星布着煤气灯，聊胜于无。此时，鲁德革特、拉斯克尔和“烟枪”法谢尔正走在十二楼空无一人的走廊中。与他们同行的还有一个精瘦结实的矮个子男人，此人戴着厚厚的眼镜，吃力地提着一个大手提箱，快步跟在三人后面，小心地与他们保持一段距离。

“伊莱扎，蒙特约翰，”鲁德革特市长边走边说，“这是桑克姆·万斯提修士，我们最好的恶魔学家之一。”拉斯克尔和“烟枪”法谢尔向矮个子男人点头致意。万斯提并没有理会他们。

在使馆区，并非每个房间都被占用。一些房间的门上挂着黄铜铭牌，宣示着某个国家或城邦的主权——泰什、卡多、嘉切提斯特——门后却是上下延伸数个楼层的巨大套房：自成门户的塔中之塔。一些领事处距离他们本国的首都足有数千英里。一些虽有铭牌，房间却是空的。例如泰什城的领事处，按照泰什的传统，他们的大使在新克洛布桑居无定所，通过信件往来处理日常事务。鲁德革特大概永远也不会同他碰面。其他一些领事处不见人影则是由于资金短缺或效益差。

但此地进行的大多数事务都非常重要。米尔朔克及瓦顿克两国领事处共同占有的套房几年前进行了一次扩建，因为它们与新克洛布桑的商业往来日益密切，随之而来的文书工作也越发繁重，需要更大的办公空间。加盖的房间像丑陋的瘤子般从十一层楼的内墙探出，凌空悬在小花园上方，看得人心惊胆战。

市长大人与随行者走过一扇标着“索尔克瑞克塔龙虾人共和国”的门。此处的走廊因为巨大机器的连续撞击和转动而微微颤抖。那些隐藏的蒸汽水泵每天工作许多个小时，从十五英里之外的铁海湾抽取新鲜海水供龙虾人大使使用，同时将用过的废水排入河中。

这里的走廊设计得很有迷惑性。从一个角度看去，走廊似乎很长，而从另一个角度看去，它却显得又短又宽。走廊两边不时分出短短的岔道，通向某个小国的领事处或储物柜，又或是用木板封住的窗口。在走廊的尽头，龙虾人领事处再往前的地方，鲁德革特领头走上一条这样的小岔道。它很短，却极尽扭曲之能事，走上一段，头顶的天花板有一个极富戏剧效果的下降——有段楼梯突如其来地从岔道上空横过。最后，岔道在一扇没有铭牌的小门前到头了。

鲁德革特向身后看了看，确保没人看见他和他的随行者。从此处看去，只能看到短短一截通道，除了他们没有别人。

万斯提从口袋里掏出粉笔和各种颜色的蜡笔，又从怀表袋里掏出一个表状的东西打开来。那东西的面被分成无数复杂的部分，还有七根不同长度的指针。

“得考虑变数，市长大人。”万斯提咕哝道，研究着那块“表”错综复杂的运转。他更像是在自言自语，而不是同鲁德革特或其他人说话。“今天的势态很不好……高压峰在以太中推进。可能将地狱的能量风暴通过零空间推至任何地方。边界处的势态也糟糕得要命。嗯……”万斯提在笔记本背面草草地做了些计算。“行了。”他突然说道，抬头看了看三位新克洛布桑权力巅峰上的人物。

他开始在厚厚的纸上写下复杂的古怪符号，写好一张便撕下来，依次交给“烟枪”法谢尔、鲁德革特和拉斯克尔。最后是他自己。

“把这个贴在心脏的位置，”他匆匆说道，将他的那张纸塞到衬衣里头，“有符号的那面朝外。”

他又打开那个磨损不堪的旧提箱，拿出一套笨重的陶瓷二极管。他站起来，示意众人围着他站好，然后递给每人一个二极管，同时交代道：“用左手拿着，千万别掉了……”接着，他用铜线紧紧地绕过这些二极管，将它连到同样是从那个提箱里拿出来的一个手持式发条齿轮发动机上。他从那块奇怪的“表”上读取数据，调整发动机上的标度盘和旋钮。

“好了，各位，做好准备。”他说着，拨动开关，启动了发动机。

细细的能量弧闪着五颜六色的光芒，噼啪作响地在铜线和脏兮兮的二极管之间四散飞溅。他们四个人构成了一个小小的三角形回路。所有人的头发都连根竖起。鲁德革特发出低声的咒骂。

“大概只有半个小时的时间，能量就耗尽了，”万斯提飞快地说道，“动作最好快点，嗯?”

鲁德革特伸出右手，推开那扇没有铭牌的小门。四人笨拙地前进，保持着彼此之间的相对位置，维持着三角形的能量回路。大家都进门以后，“烟枪”法谢尔反手关上了门。

他们身处一个全然黑暗的房间里，只能借助能量弧稍纵即逝的细微闪光看到周围，接着万斯提用一根皮带将发条齿轮发动机挂在脖子上，点燃了一根蜡烛。在微弱的烛光下，他们打量着这间屋子。它大概十二英尺乘十英尺见方，尘土飞扬，空空荡荡，远处的墙边有一套旧桌椅，门边有个锅炉正发出轻微的嗡响。除此之外没有窗户，没有档案柜，什么都没有。空气浓稠得让人窒息。

万斯提又从提包里拿出一件样子古怪的手持式机械装置。它那扭曲盘旋的导线和金属部件以及五彩玻璃的旋钮组合复杂至极，工艺精巧，令人惊叹。众人正在琢磨它的用途，万斯提从他们围成的圈中微微探出身去，将一个输入阀插进门边的锅炉。他拉下手里古怪装置顶端的一个小杆，这个机械装置立刻开始发出闪光和嗡鸣。

“当然了，在过去，在我还没加入这个行当之前，你必须使用活祭，”他一边解释，一边从这个机械装置的底部解下一根紧紧盘绕的金属线，“但我们不是野蛮人，对吧？科学是个好东西。这个小宝贝——”他自豪地拍了拍手里的机械装置，“——是个放大器。能将那个发动机产生的能量放大两百倍到两百一十倍，并且将那些能量转化成以太能量的形式。顺着这根导线滴上几滴血，然后……”万斯提将那根金属线抛向小房间远处的角落，让它落在那张旧桌子后面。“成了！没有受害者的献祭!”

他露出胜利的微笑，然后把注意力转向小发动机上的标度盘和旋钮，开始专心致志地摆弄它们。“也不用再去学那些蠢兮兮的语言，”他轻声地咕哝着，“现在召唤的过程全都是自动的了。我们其实不会离开这里去任何地方，你们明白吗?”他突然大声说道，“我们不是地狱行者，我们的能量远远不够，所以没法真正地跨越边界。我们现在做的只是打开一个小窗口，透过它往里看，让地狱的居民来找我们。但这个房间里的维度会在一段时间里变得不稳定，所以千万要戴好保护符咒，别把事情搞砸了。明白了吗?”

万斯提的手指如蜻蜓点水般在机械装置上翻飞。过了两三分钟，什么也没发生。只有那个锅炉散发出的热气与轰鸣以及万斯提手里的机械装置不断发出的砰砰声和嗖嗖声。在这些声音之下，还能听到鲁德革特的脚尖在不耐烦地轻触地面。

接着，这个小房间开始以人体可感知的速度变得越来越热。

他们感受到了一下强烈而无声的震颤，四周的空气却纹丝不动。房间里突然出现了一股赤褐色光线和油腻的烟雾。周围的声响先是变得缓慢柔和，然后又突然变得尖锐刺耳。

有一瞬间，他们仿佛被拉扯得分不清方向，接着每样东西的表面都开始闪出大理石花纹般的红光，那光不断变幻，就像透过血红的流水映射而出。

空气中有什么东西扑棱了一下。鲁德革特抬起头来，他觉得眼睛刺痛，好像空气突然凝固，变得极其干燥。

一个男人出现在那张旧桌子后面，他个子高大，穿着一身整洁的深色西服。

那男人慢慢地俯身向前，把胳膊肘撑在桌面凭空出现的文件上。他在等待。

万斯提一直越过拉斯克尔的肩头凝视着那个方向，这时用大拇指冲着那个男人比画了一下。

“尊敬的恶魔大使阁下，”他宣布道，“地狱的代言人”。

“鲁德革特市长，”恶魔开口了，声音低沉而悦耳，“很高兴再次见到您。我正在做一些文书工作。”房间里的四个人抬头向他看去，目光中闪烁着一丝不安。

大使的话语带着回响：他的话音刚落，空气中便有个声音将他的话再次重复，那是一种可怕的尖叫声，仿佛出自一个不堪酷刑折磨的男人之口。那尖叫声并不大，甚至不能穿透房间的墙壁，仿佛是从地狱某层的深渊升起，穿过了地下数英里的炙热高温。

“我能为您做些什么？”他继续说（**我能为您做些什么？**冰冷凄厉的嗥叫传来），“仍在试图找到答案，想知道当您死去时会不会加入我们吗？”大使微微一笑。

鲁德革特还以微笑，然后摇了摇头。

“大使先生，您知道我对这件事情的看法，”他平静地回答，“恐怕我不会被您说动。您没办法让我产生关于存在的恐惧，这一点您是知道的。”听到这里，恶魔大使发出一声礼貌的轻笑，他那可怕的回音随即重复他的笑声，而鲁德革特也报以同样的笑容。“如果真有灵魂存在的话，我的灵魂也属于我自己，不该由你们惩罚或是觊觎。这个宇宙远比你我想象的更难以捉摸……我曾经问过您，您有没有想过，当你们恶魔死去时，又会发生什么呢？你我都知道，你们也是会死的。”

大使低下头，礼貌地表示异议。

“鲁德革特市长，您真是一个**现代主义者**，”他说，“我不会和您争论。不过请记住，我的提议一直有效。”

鲁德革特不耐烦地挥了挥手。他很镇静，并没有因为那重复着大使话语的可怕尖叫而畏缩。当他看着大使的时候，那坐在椅子上的男人身形会不时闪烁一下，取而代之的是……别的东西。即便如此，他也不允许自己表现出任何不安。

这样的情形鲁德革特已经不是第一次经历了。当他眨动眼睛时，总会在那电光火石之际看到这个小房间以及房间的占用者显出完全不同的样貌。眼皮开合的瞬间，鲁德革特看到自己身处一个铁笼子内；栅栏像蛇一样舞动不止；空气中划过奇异的能量弧，滚滚而来的热浪翻卷成边缘参差的漩涡。而在大使坐着的地方，鲁德革特在一瞥之间捕捉到一个可怕的形象。鬣狗吐着舌头盯着他。胸部有森森尖牙互相磨啮。蹄子。利爪。

房间里沉浊的空气极具威压：他不得不眨眼。他努力无视那些一闪而过的影像。他以谨慎的尊敬态度对待这位大使。这也正是恶魔对他的态度。

“大使先生，今天我来有两个原因。一是向您的主人，地狱的至高统治者、尊贵的魔王陛下，传达新克洛布桑人民恭敬的问候。”大使优雅地点了点头以示回应，“二是想向您寻求一些建议。”

“鲁德革特市长大人，我们总是很高兴能够帮助我们的邻居。特别是像您这样与陛下有着很好关系的。”大使心不在焉地搓着下巴，等待着。

“市长大人，还有二十分钟。”万斯提冲着鲁德革特的耳朵轻声说道。

鲁德革特将双手紧握在一起，仿佛是在祈祷，他沉吟着看向大使，感觉小股的能量旋风刮过自己的脸颊。

“大使先生，我们遇到了一个问题。我们有理由相信发生了一起……呃……越狱事件，我们姑且这么说吧。我们对追捕过程中可能出现的一些情况十分担心。如果可以的话，我们想请求您的帮助。”

“鲁德革特市长大人，您的意思是？真实的答案？”使者问道，“按老规矩来？”

“真实的答案……也许还有别的。到时候我们再看。”

“现在偿付，还是以后偿付？”

“大使先生，”鲁德革特客气地说，“您的记性怎么突然变差了呢。我还能赊两个问题呢。”

大使盯着他看了一会儿，笑了。“是的，鲁德革特市长大人，的确如此。我向您表示最深切的歉意。请继续。”

“今天有什么不寻常的规则吗，大使先生？”鲁德革特直截了当地问。恶魔摇了摇头（巨大的鬣狗舌头飞快地从一边甩到另一边），露出一个微笑。

“现在是梅尔露尼月，市长大人，”他的解释很简单，“按梅尔露尼月的通常规则就行。七个词，倒着说。”

鲁德革特点点头。他强迫自己镇定下来，努力集中精力。**得把这句该死的话说对。该死的幼稚游戏**，这些念头飞快地从他心里闪过。接着，他开口了，语速很快，语调平稳，目光冷静地直视大使的双眼。

“乎，确，虑，之，者逸逃，对，吾？”

“是的。”恶魔立刻做出了回答。

鲁德革特迅速地转过头来，意味深长地看了看“烟枪”法谢尔和拉斯克尔。他们点了点头，脸色凝重。

市长转过头去，再次面对恶魔大使。他们一言不发地对视了一阵子。

“十五分钟。”万斯提再次轻声提醒道。

“您要知道，我那些更为……古板的同僚也许会对我同意将‘逃逸者’算作一个词表示异议。”使者说。“不过我很开明，”他微笑着说，“您想问您的最后一个问题吗？”

“不了，大使先生。我还是把它留到下次吧。我有一个提议。”

“请说，鲁德革特市长大人。”

“您已经知道了逃犯的情况，您应该能够理解我们为何希望尽快对这一局面作出补救。”大使点了点头。“您应该也能理解，对我们来说，进行这一操作是非常困难的，而时间又非常紧迫……所以我希望能够借用一些你们的……呃……军队，帮助我们追捕逃犯。”

“不行。”大使干脆地回答道。鲁德革特眨了眨眼睛。

“大使先生，我们还没商议条款呢。我向您保证，我可以提供非常慷慨的条件……”

“这件事情恐怕没得商量。我没有可派的人手。”大使不为所动地盯着鲁德革特。

市长沉吟了一会儿。如果大使这是在讨价还价的话，那他今天这种讨价还价法还真是前所未有。鲁德革特摒弃杂念，闭上眼睛使劲思考，当他忽然睁眼时，又在瞬息间捕捉到一瞥那个骇人的形象——大使的另一个样貌。他又做了一次尝试。

“我甚至可以……比如说……

“鲁德革特市长，您不明白。”大使打断了他。他的声音很冷淡，表情却显露着激动。“我不在乎您打算在什么样的情况下提供多少单位的货品。这事我们帮不了您。我们不适合。”

一阵长久的沉默。鲁德革特难以置信地凝视对面的恶魔。他渐渐明白了。在血红的光线里，他看见大使打开一个抽屉，拿出一叠文件。

“鲁德革特市长大人，如果您没有其他事了，”大使若无其事地说道，“我还有工作要做。”

（工作要做——要做——做——）鲁德革特一直等到那凄厉的尖叫声彻底平息。这回声让他的胃一阵发紧。

“哦，好的，好的，大使先生，”他说，“很抱歉占用您的时间。我们很快会再次会面的，希望如此。”

大使礼貌地点了点头，然后从口袋里掏出一支笔，开始在文件上写写画画。鲁德革特身后，万斯提摆弄不同的旋钮和按键，木地板开始颤抖，那震动的源头仿佛来自以太层面。一声嗡鸣在四个人围成的狭小三角旁骤然拔起，震得小小的能量场激荡不已。他们周围污浊的空气颤抖着扬起又骤然跌落。

眨眼之间，大使的身形鼓胀、裂开，继而消失不见，像一张扔到火里的胶版相片。流转不定的深红光线如开水般沸腾起来，迅速退去，仿佛透过那遍布灰尘的房间墙壁上无数条缝隙偷偷渗走了。绝然的黑暗再次兜头扣下。万斯提手里的小蜡烛闪了一下，熄灭了。

再次确认过外面没人后，万斯提、鲁德革特、“烟枪”法谢尔和拉斯克尔跌跌撞撞地出了房间。寒冷的空气扑面而来，竟让他们感到一丝清甜。他们花了一分钟时间擦去脸上的汗水，整理被来自其他位面的风拂乱的衣服。

鲁德革特不住摇头，神情既是惊讶又是懊悔。

他的副手们定下神来，转向他。

“在过去十年里，我与这位大使有过大概十几次会面，”鲁德革特说，“从没见过他那样的表现。那该死的空气！”他揉着眼睛补充道。

四个人沿着小岔道往回走，转上主通道，一路向电梯走去。

“怎样的表现？”“烟枪”法谢尔问道，“我以前只同他见过一次。不是很了解。”

鲁德革特若有所思地走着，一边想一边摩挲着下唇和胡子。他的眼睛布满了血丝。他过了一会儿才回答“烟枪”法谢尔。

“有两件事情值得一提：一个是它的话，另一个是迫在眼前的现实问题。”鲁德革特用平坦的语调斟字酌句地回答，显然是在暗示副手们把注意力集中过来。万斯提悠闲地快步走在最前头，他的活已经干完了。“它的话多少可以让我们窥见一些地狱居民的心理活动、行为模式，诸如此类的东西。你们都听到那个回声了，对吗？起初我以为他弄出那个动静是想吓唬我。然后我想起他的声音实际上是经过了巨大的距离传来的，”他很快地说，举起双手，“我知道这里的‘声音’和‘距离’都不能按字面意思理解。但它们在异位面的所指和我们所说的‘声音’和‘距离’其实是类似的东西，大致上遵循同样的规则，虽然多少经过了一些扭曲。所以我意识到那声音从地狱底层传到那个房间实际上经过了多少距离。然后我又……花了一点时间才想到，实际上那个‘回声’才是他先说出口的话。我们从大使口中听到的清晰话语……那些才是真正的回声。那些才是经过扭曲的幻象。”

“烟枪”法谢尔和拉斯克尔一言不发。他们在心里回想着那些尖叫，那凄厉疯狂的声音，那似乎毫无意义的痴人呓语——仿佛只是在嘲弄般地模仿着恶魔使者那故作姿态的优雅。

但它们反映出的可能正是恶魔真正想说的话。

“我怀疑我们以为恶魔和我们有不同的精神活动模式是不是错了。也许他们的心理也是我们可以理解的。也许他们的思考方式也同我们一样。考虑到这个可能性，考虑到那个‘回声’也许能够告诉我们恶魔心中的想法，我想说的第二点就是，刚才到了最后，当我试着同恶魔使者达成协议时，他吓坏了……所以他不会帮助我们。所以我们没法指望他们了。因为连恶魔都害怕我们要追捕的那玩意。”

鲁德革特停下来，转身面对他的左膀右臂。三人互相凝视着。“烟枪”法谢尔的脸抽搐了一下，然后归于平静。拉斯克尔一直像雕像般面无表情，手却不停地拨弄着他的围巾。他们脑子里同时浮现出一个念头，鲁德革特冲着他们点了点头。

片刻的沉默。

“所以……”鲁德革特故作轻快地说，双手却紧紧地握在一起，“只能找织者了。”

第二十五章

那天晚上下了一场骤雨，肮脏的雨水将城市劈头盖脸地冲刷了一遍，夜色渐浓，艾萨克仓库的门被推开了。街道上空荡荡的。片刻的寂静。随即夜鸟和蝙蝠成群惊起。煤气灯摇曳不定。

那个扫地机器人猛然滚进深深的夜色之中。它的阀门与活塞缠裹在破布和小块的毯子里，遮蔽了它行动间独特的声响。它迅速地向前移动，在拐角处大幅度转弯，以它那老旧履带所能达到的最快速度隆隆前行。

它颤抖着穿过偏僻的街巷，经过浑身已被雨水淋湿而浑然不觉的打鼾醉汉。黄色的煤气灯光照在它满是划痕的金属外壳上，偶尔反射出来，犹如一声悄声密语。

扫地机器人在横亘天空的空中缆道下方快速而颠簸地前行。舒卷的流云间有悄然掠过的飞艇时隐时现。机器人如探水仪般扎进了焦油河——此处的河床遍布历经无数岁月的砾石，河水仿佛一道落在城市下方的鞭痕。

在它越过陡桥，消失在城市南部数个小时后，它再次趔趄着回到了獾泽，此时黑暗的天空已泛出微微晨曦。它的时机掌握得恰到好处。它重新进入仓库并锁上门之后仅仅过了一小会儿，艾萨克便回来了——他花了整夜时间疯狂地寻找大卫和琳、雅格里克和莱缪尔·皮金，以及任何可以帮助他的人。

拉布勒梅依然躺在艾萨克用几张椅子草草拼成的长榻上。艾萨克走进仓库，径直走到自己的老朋友面前，绝望地对着他低声说话，但没有回应。拉布勒梅处于非睡非醒的状态。直愣愣地睁着眼。

没过多久大卫匆匆地赶回了仓库。他在某个地方收到了一条仓促又语焉不详的口信——艾萨克在整个新克洛布桑他经常流连的去处都留下了这样的口信。

他像艾萨克一样默然不语地坐着，盯着自己那毫无意识的朋友。

“真不敢相信我竟由着你这么干了。”他用麻木的语气说道。

“哦圣嘉罢在上，大卫，你以为这个想法不是一遍又一遍地在我脑子里打转吗……是我让那该死的东西跑出来了……”

“我们都应该想到的。”大卫毫不客气地打断了他。

一阵长长的沉默。

“你去找过医生了吗？”大卫说。

“那是我做的第一件事。佛基特，就住在路对面，我以前跟他打过交道。我给拉布收拾了一下，给他擦了擦脸上的那玩意……佛基特不知道那玩意是什么。天知道他把那玩意放到多少仪器上测试了，还查了他妈的无数资料……总之一句话‘毫无线索’。‘让他保持暖和，喂他吃点东西，不过话说回来，也许你冻着他、不给他吃任何东西更好……’我也许能在大学里找个认识的人给他做个扫描什么的，但我觉得他妈的希望不大……”

“那玩意对他做了什么？”

“问得好，大卫，问得好。他妈的问题就在这，不是吗？”

破损的窗上响起敲击声。艾萨克和大卫抬头看去，两杯茶正把它丑陋的脑袋探进窗里，一副可怜巴巴的模样。

“该死，”艾萨克恼怒地说，“两杯茶，现在真不是时候，明白吗？也许我们可以回头再聊。”

“老大，我只是来看看……”两杯茶的声音充满了恐惧，完全不是平时那兴高采烈的粗声叫嚷，“想知道拉布怎么样了。”

“什么?”艾萨克猛地站起来厉声问道，“你怎么知道他出事了?”

两杯茶痛苦地别开脸，发出哀号。

“不是我干的，老大，不是我的错……那个该死的大怪物吃了他的脸……我就想知道他现在有没有好点了……”

“两杯茶，当时你也在?”

翼人愁眉苦脸地点了点头，凑近一些，颤颤巍巍地站在窗框正中央。

“发生了什么？我们没有怪你的意思，两杯茶……我们只想知道你看到了什么……”

两杯茶使劲吸了口气，痛苦地摇起头来。他像孩子般噘起嘴，脸皱成一团，噼里啪啦地吐出一大堆话。

“该死的大怪物从楼上下来扇着可怕的大翅膀让你头晕得不行，它的牙齿又大又尖还有……还有……大大的爪子和臭烘烘的大舌头……我……拉布先生呆呆地盯着那块能照出人来的玻璃然后转身跟大怪物面对面然后……就不动了……我看到……我的脑袋里一下子什么都不知道了等我回过神来那个怪物正把舌头伸进……伸进……拉布先生的嘴巴里还‘咕嘟咕嘟’地吸，我一下子什么都听不见了我……我就跑了，我什么也做不了，我发誓……我怕得要命……”两杯茶哭得像个两岁的孩子，鼻涕眼泪顺着脸哗哗地往下流。

当莱缪尔·皮金赶到时，两杯茶还在抽泣。不管多少甜言蜜语、恐吓威胁或是金钱引诱都没法让翼人平静下来。最后他睡着了，蜷在一条糊满了他眼泪鼻涕的被子里，像一个精疲力竭的人类婴儿。

“艾萨克，我觉得我上当了。我收到的消息让我以为值得顺便过来一趟。”莱缪尔狐疑地看着艾萨克。

“去你妈的莱缪尔，你这个该死的骗子，”艾萨克轰然爆发，“你担心的就是这个？去你妈的，我保证该你的钱一分不少，行吗？这样你满意了？现在你他妈的给我听着……现在有人被你给我搞来的那些毛虫孵出来的东西给袭击了，我们必须在那东西再次袭击别人之前制止它，我们需要了解它的情况，所以我们需要追查一开始是在什么地方搞到它的，我们需要立刻行动。你要不要跟我们一起，老兄?”

莱缪尔看起来一点儿都没被这番凶狠的咆哮吓到。

“伙计，你他妈的可不能把这事赖在我头上……”他刚开口，艾萨克便气哼哼地打断了他。

“恶魔的尾巴呀，莱缪尔，没人怪你，你这个白痴！恰好相反！我的意思是，你是个非常非常出色的生意人，每笔生意往来肯定都会有详细的记录，我需要你去查一下。我们都知道一切都得经过你的手……你得给我一个名字，告诉我谁是最开始搞到那条大毛虫的人。很肥很大的毛虫，颜色非常奇怪。你有印象吗?”

“嗯，大概有点印象。”

“那就好。”艾萨克稍稍镇定了一些。他用手蹭了蹭脸，重重地叹了口气。“莱缪尔，我需要你的帮助，”他直截了当地说，“我会付给你报酬……但也是在请求你。这回我真的需要你帮帮我。拜托了。”他睁开眼睛，用力地盯着莱缪尔。“那该死的东西说不定已经肚皮朝天死掉了，对吧? 说不定它就像蜉蝣一样：美滋滋地活上一天就完事。说不定明天拉布就会醒过来，活蹦乱跳地就像沙蚤一样。但也可能不是那样。现在，我想知道的是：第一——”他扳下一根肥大的指头，“——怎么让拉布勒梅醒过来；第二，那该死的东西是什么——我们只得到了一点关于它的描述，还说得颠三倒四的。”他瞥了一眼睡在角落里的翼人。“第三，我们要怎样抓住那个狗娘养的。”

莱缪尔盯着他，表情毫无变化。他动作十分夸张地从衣兜里慢慢地掏出鼻烟盒，嗅了一嗅。艾萨克的拳头骤然握紧，又悄悄地松开。

“好吧，扎克，”最后莱缪尔平静地说道，把镶满珠宝的小鼻烟盒放回衣兜，慢慢地点了点头，“我看看能做些什么。我会跟你联系的。不过，艾萨克，我不是搞慈善的。我是个生意人，你是我的客户。我帮你做事总得有点好处。我会给你账单的，如何？”

艾萨克疲倦地点了点头。莱缪尔的声音里没有不满，没有恶意，也没有刁难。他只是客客气气、简简单单地陈述事实。艾萨克知道，如果有人出更多的钱让莱缪尔不要追查古怪毛虫的源头，他会毫不犹豫地那么做。

“市长大人，”“烟枪”伊莱扎·法谢尔走进辩证室。鲁德革特抬起头来询问地看着她。她把一张薄薄的报纸扔到他面前的桌上。“我们有线索了。”

两杯茶醒来后便迅速地离开了，尽管大卫和艾萨克试图安抚他说没人怪他。到了晚上的时候，涉水者路上的这间仓库笼罩在一片死气沉沉的平静中，让人心里隐隐发毛。

大卫端着一盘水果浓汤，正舀了一大块水果送进拉布勒梅嘴里，想办法让他咽下去。艾萨克没精打采地在一楼踱步。他暗暗希望琳会回家，会发现他昨天晚上钉在她门上的字条，然后过来找他。如果那不是他的字迹，她肯定会以为那是个糟糕的笑话，他后知后觉地想到。艾萨克从未主动邀请她到自己的实验室来过。但现在他需要见到她，而他又担心自己要是离开了，万一拉布勒梅的情况有什么变化，或者传来一些重要的信息，他就正好错过了。

大门被推开。艾萨克和大卫猛然抬起头来。

是雅格里克。

艾萨克一时目瞪口呆。这是雅格里克第一次在大卫（以及拉布勒梅，当然，此时的他怕是不算了）在的时候出现。大卫直直地盯着鹰人身披的肮脏毯子下高高的耸起——那对假翅膀勾勒出的惊人轮廓。

“雅格，老兄，”艾萨克用沉重的语气说道，“进来吧，见见大卫……我们遇到了一个大麻烦……”他拖着沉重的脚步吃力地向门口迎去。

雅格里克在原地等着他，保持着一脚门内一脚门外的姿势。他什么也没说，直到艾萨克走近到能够听见他低语的距离，才用一种奇怪的单薄嗓音吐出一句话，就像一只被扼住脖子的鸟挤出的垂死哀鸣。

“早知道我不来了，格雷姆勒布林。我不想别人看到……”

艾萨克一下子失去了耐心。他张开嘴想说话，但雅格里克继续往下说。

“我……听到了一些动静。我感觉到……这栋房子的顶上有阴影。不是你，也不是你的朋友，他一直待在这个房间里。”

艾萨克的脸上掠过一丝冷笑。

“你就一直等着，是吗？等到警报解除，是吗？这样你就可以保住你宝贵的秘密身份……”他绷紧全身的肌肉，努力让自己平静下来，“雅格，我们真的遇到了大麻烦，我真的没有时间也没有心情……陪你玩躲猫猫的游戏。恐怕我们的计划也得先放一放……”

雅格里克倒抽一口气，骤然嘶吼起来——极低声的嘶吼。

“你不能这样，”他极轻声地尖叫着，“你不能放弃我……”

“该死！”艾萨克伸手把雅格里克拽进门里，“你自己看！”他大踏步地走向那张由椅子草草拼成的长榻，拉布勒梅正躺在上面发出刺耳的呼吸声，双眼圆睁，目光呆滞，口水直淌。他把雅格里克一把搡到拉布勒梅面前。他推这一下很用力，但马上松了劲，没有粗暴地把鹰人往前按。鹰人身材瘦长，肌肉结实，远比看起来强壮。但因为中空的骨骼和较轻的重量，他们在与一个高大魁梧的人类男性进行力量对抗时，并不能占到上风。不过这不是艾萨克松劲的主要原因。他对雅格里克的态度确实有些急躁，但并没有恶意。艾萨克意识到，雅格里克之所以突然来访，有一半的原因是他发现了仓库里情况不对，想来看看是什么回事，尽管这意味着打破他不得在人前现身的禁令。

艾萨克指着拉布勒梅。大卫依然心神不定地仰视着鹰人，不过雅格里克完全忽视了大卫的存在。

“我给你看过的那只该死的毛虫，”艾萨克说，“变成了一个怪物，对我的朋友做了这个。你见过这样的事情吗？”

雅格里克慢慢地摇了摇头。

“所以你明白了吧，”艾萨克大声说道，“看在圣嘉罡的分上，恐怕……除非我搞清楚我放跑了什么鬼东西到这个城市里，除非我把拉布勒梅从现在这种状况中救回来，在那之前，恐怕那些关于飞行啊临界引擎啊之类的问题，不管它们多么令人激动，都得往后靠。”

“你会无意间说出我的耻辱……”雅格里克嘶嘶地说道，语速飞快。艾萨克径直打断了他。

“大卫知道你那所谓的耻辱，雅格！”他喊道，“别那么看着我，我就是这么工作的，这是我的同事，所以我才能在你的项目上取得他妈的进展……”

大卫一下子转过头来盯着艾萨克。

“什么？”他说，“临界引擎……？”

艾萨克恼怒地摇了摇头，像是耳朵里进了一只讨厌的蚊子。

“临界理论有了进展，就这样。回头告诉你。”

大卫缓缓点了点头，没有再说什么，显然同意现在没时间来讨论这个问题，不过他瞪大的眼睛依然出卖了他心中的惊讶。**就这样**？那双眼睛显然在这么问。

雅格里克似乎紧张得浑身颤抖，同时一股巨大的悲伤如肉眼可见的黑雾般迅速将他挟裹。

“我……我需要你的帮助……”他开口道。

“没错，可这会儿拉布勒梅也需要帮助。”艾萨克嚷嚷道，“恐怕仔细算起来他的事更他妈的要紧些……”接着他的态度慢慢地软下来。“我不会放弃你的，雅格。我没打算那样做。不过你得明白，我只是现在顾不过来。”艾萨克想了一会儿。“要是你想让眼前这件事尽快了结的话，可以帮帮忙……别他妈的玩消失了。你他妈的就待在这里帮我们搞定这件事。这样，我们就可以……尽可能快地回头解决你的问题。”

大卫斜瞥着艾萨克。此刻他的眼睛在说：你知道你在干什么吗？看到他的目光，艾萨克一下子更加来劲，越发大声地嚷嚷起来。

“你可以在这里睡觉，你可以在这里吃饭……大卫不会介意的，他反正也不住在这里，这里只有我一个人住。这样等我们收到什么消息，我们就能……呃，我们会想出来让你做点什么好。不知道你明不明白我的意思。你可以帮忙，雅格里克。那他妈的会很有用的。这件事情越快解决掉，我们就能越早回到你的项目上去。明白了吗？”

雅格里克一时被艾萨克近乎歇斯底里的吼叫镇住了。过了好一会儿才开口说话，他点了点头，简短地说，好吧，他会留在仓库里。很明显，他只在乎怎样尽快回到飞行的研究中去。艾萨克有点生气，但随即决定原谅他。那被锯掉的双翅，那加诸于雅格里克身上的酷刑，就像铅铸的锁链束缚了他的灵魂。他确实很自私，彻头彻尾的自私，但他有理由那么做。

大卫睡着了，精疲力尽、痛苦不堪。他坐在椅子上睡了一夜。艾萨克接手了照顾拉布勒梅的工作。他已经被喂过食物了，艾萨克要面对的第一个棘手任务就是清理他的大便。

艾萨克把沾满污物的衣服卷成一团，塞进仓库里的一个锅炉里。他想着琳。他希望她很快就来找他。

他意识到他在苦苦思念她。

第二十六章

这是个骚动不安的夜晚。

次日早上，从晨光微熹到太阳高升之际，更多状如白痴的受害者被发现。这次有五个。大河套码头两个庇身于桥下的流浪者。夜池一个下班后步行回家的糕点师。瓦尔多山的一个医生。渡鸦门外一个驾驶驳船的女人。袭击地点随机分布于城市各处，并无规律可循。北部、东部、西部、南部。没有哪个地方是安全的。

这夜琳睡得很不好。她被艾萨克留下的便条搅得心神不宁。想到他穿越大半个城市只为在她门上钉张字条，她很感动；同时她又很担心：字条上那段短短的话里透着一种歇斯底里的语气，让她去他实验室的请求又完全不符合艾萨克的一贯作风，实在让她有些害怕。

尽管如此，如果她回到阿斯匹克贫民区的时间不是那么晚，晚到不方便再次出门，她会立刻动身去找他。她白天不在家不是去工作。前一天早上她醒来的时候，发现又一张字条从门缝底下塞了进来。

生意上有要事处理，会面延期直至另行通知。可以重新开始时会与你联系。

莫

琳把这张简短的字条塞进衣兜，信步向今肯区。她在那里继续她忧郁的沉思。然后，带着一种古怪的好奇——仿佛她正在看着一场关于她人生的演出，惊讶于其中各幕间的转折——她向西北方向走去，离开今肯区，走到潜行滩，登上火车。她在洼行线上往北坐了两站，进入帕迪多街车站巨大的柏油胃囊。车站巨大的中央广场一片熙熙攘攘，弥漫着嘶嘶作响的蒸汽，五条铁路干线在此汇聚，如同一颗钢铁与木头组成的巨大星星，嵌在城市的肌体上。她在这里换乘了瓦索线。

她乘坐的火车在车站中心的巨大空腔内等了五分钟，往锅炉里添加燃料。这段时间足够琳以怀疑的目光审视自己，以“巢母”——可能还有其他神明——的名义，问自己他妈的到底在干什么。

但她回答不上来，她只是静静地坐着，等待火车出站，接着火车开始慢慢地动起来，逐渐加快速度，发出有节奏的“咔嚓咔嚓”声，从帕迪多街车站的一个隧道口奋力冲出。它迂回着朝巨钉塔的北边驶去，从两条朝不同方向延伸的空中缆道下方经过，远眺着嘉内拔野蛮竞技场低矮的建筑。远眺着乌鸦塔繁荣壮丽的景象——珊利德美术馆、吊钟花大厦、石像鬼公园——间或可见污秽的深色团块点缀其间，将那美景玷污。当火车冲出报晓区进入城沿时，琳透过肮脏屋顶上升腾的蒸气凝神望去，看着这个富庶街区宽阔的街道和粉饰着灰泥的房屋，它们仿佛小心地躲避着旁边隐蔽破败的街区——那里有老鼠在光天化日下招摇过市。她知道。

火车经过了城沿车站，轨道骤然下降，跨过焦油河深暗油腻的凝滞水流，火车行出不过十五英尺便过了河，来到哈德雷克桥北岸，选择了一条令人不快的路线在溪滨那片几近废墟的房顶上方小心翼翼地前行。

她在下落泥滩站下了车，车站正位于虫首人的贫民窟西部边缘。出了车站没几步便是泥泞不堪的街道，两旁灰色的建筑不自然地鼓胀凸起，潮湿的墙面上水滴直淌，街上的行人均是她的同族，都盯着她，尝着空气中她的气味，然后纷纷避开，因为她身上的上城区香水味以及怪异的衣着醒目地昭告着她逃跑者的身份。她很快就找到了回她姆妈家的路。

琳没有太靠近那栋房子，不想让她的气味透过支离破碎的窗户传进去，提醒她的姆妈或姐妹她的到来。在渐渐升高的气温中，她身上散发出的气味对其他虫首人来说就像一枚无法移除的身份徽章。

太阳已移至中天，炙烤着云朵和空气，琳依然站在那里，距离她儿时的家仅有数步之遥。它似乎一点儿也没变。透过墙壁和门上的缝隙，她能够听到房子里细碎的足音，那是雄性虫首人小小的昆虫下肢移动的声音。

没有人露面。

路人在经过她的时候散发出饱含厌恶的化学物质，因为她回来了这里，因为她偷窥某个毫无防备的人家，但她将这些人通通无视。

她想，如果她进去了，她的姆妈在，她们两人只会相顾生气，为对方感到同情和难过，她们会争吵，毫无意义地争吵，仿佛时光倒溯，中间这些年从未存在。

也可能她的姐妹在，告诉她说她们的姆妈已经死了，琳没能赶上对她说句愤恨或是原谅的话，那会让她觉得孤单无比。她的心脏也许会轰然炸裂。

如果里面谁都没有……如果只有在地板上茫然乱窜的雄性虫首人，像废屋滋生的蠹虫一般，再不是没有脑子养尊处优的王子，而是散发着恶臭以腐物为食的昆虫，如果她的姆妈和姐妹都死了……那琳就是毫无意义地站在一座被遗弃的房子里。她此番归来只会是个荒谬的笑话。

一个多小时过去了，琳在这座破败发臭的建筑面前转身。她头颅上的甲虫挥舞脚爪，屈曲躯干，因为激动不安，因为思绪混乱，因为彻骨的孤单。她慢慢地走回车站。

带着因为忧郁悲伤而激荡不已的心情，她在乌鸦塔下了车，从莫特利付给她的惊人报酬里拿出一些买了书和珍稀的食物。她还走进一家高级女装专卖店，引来女经理的一番冷嘲热讽，直到琳亮出手里的金几尼，盛气凌人地指向两条裙子。她不紧不慢地让店员为她量身改衣，坚持要这两条专为人类女性设计的裙子在她身上达到同样的效果。

她把两条裙子都买了下来，那个女经理再没说过什么，只在最后收钱时皱起了鼻子。

琳穿着其中一条裙子走过萨拉克斯区的街道，它剪裁精致，颜色蓝中洇着白，衬得她赤褐的肤色更深。她说不清自己的感觉比之前更好还是更糟。

第二天早晨她再次穿上这条裙子，穿过城市去找艾萨克。

那天早上，在泉树的码头上，曙光在一片巨大的呼喊声中降临。蛙人码头工彻夜挖掘、推移和清理了大量经过塑形的河水。太阳升起的时候，数百名蛙人码头工从肮脏的河水中显出身形，用手舀起满满一捧又一捧河水，越过大焦油河面用力抛向远方。

他们粗声地呐喊欢呼，舀起河床上最后一点河水，仿佛揭开一层薄薄纱幕，将他们在河中挖出的巨型沟壑彻底暴露于天空之下。这条巨沟宽度超过五十英尺，像一道尺度惊人的空气墙将河水拦腰截断，从河这岸到对岸足有八百英尺的距离。巨沟两侧以及底部留有狭窄的水道，以免河水堰塞。在巨沟底部，低于水平面四十英尺的河床上挤满了蛙人，颤颤巍巍地攀着同伴圆滚滚的身躯在泥泞中滑行，仔细地照看着河水截断之处平直竖立的水墙。偶尔会有一个蛙人与同伴讨论一番，然后将巨大的后腿用力一蹬，高高跃起，越过同伴们的头顶，越过空气墙，一头扎进巍然屹立的水墙，踢动带蹼的双脚前去执行某个未知的使命。其他的蛙人会赶紧抚平他身后的涟漪，用塑水术再次封严，以确保水墙的平整完好。

在这条巨沟的中心，三个身材魁梧的蛙人聚在一起不断商讨，随即跳走或是爬开，将消息传递给周围的同志，然后返身碰头继续讨论。有时那讨论显得十分激烈，甚至可以用愤怒的争吵来形容。他们正是工人们推举出来的罢工委员会领导人。

当太阳升起的时候，聚在河底和站在河岸上的蛙人展开了横幅，上面写着他们的要求：“立刻支付公平薪酬!”“没有加薪，没有河道。”

在这条河中峡谷的两侧，不时有小船小心翼翼地划到水墙边缘：船上的水手们尽可能地探身向前，估摸着这条巨沟的宽度。最后只能面色恼怒地不住摇头。蛙人则对此报以嘲笑和欢呼。

这条巨沟横在薏米桥南边一点的地方，正毗邻港区码头。有无数船只等待着入港或是离开。在距离巨沟一英里之遥的下游，贱地与狗泥塘间的恶臭水域中，商船勒住躁动不安的海蛟，降低锅炉的输出功率。在上游方向，防波堤和登陆湾道旁，泉树港区运河宽阔水道中挨着干船坞的地方，从卡多等地远道而来的远航船船长不耐烦地怒瞪着挤满河岸的蛙人罢工者，担心着自己的归家日程。

早晨过去了一半的时候，人类码头工陆续来到码头，准备开始新一天装卸货物的工作。他们很快发现自己的到来纯属多余。目前他们可做的工作只有为那些仍停靠在泉树码头的船只备货，一旦这个工作完成——最多也只要两天时间——他们便无事可做了。

蛙人酝酿罢工之时，有一小群人类码头工一直参与其中，共同商讨，今天他们自然不会袖手旁观。上午十点时，大约二十个男人突然从装卸工场鱼贯而出，翻过码头周围的围墙，一路小跑奔向河边的蛙人罢工者，后者以近乎歇斯底里的欢呼迎接他们。这些男人也拉起了横幅："人类与蛙人并肩对抗万恶资方！"

他们即刻加入了呼喊口号的行列。

在接下来的两个小时里，气氛越发激烈。一小撮人类在港区的矮墙后开始了反罢工示威。他们尖声辱骂蛙人，管他们叫青蛙和癞蛤蟆。他们嘲笑那些加入罢工行列的人类码头工，指责他们是叛徒。他们警告说蛙人会毁掉码头，导致人类工人的工资也骤然减少。其中有一两个人还带来了三羽党的传单。

在他们和同样大声叫嚷的人类罢工者之间是大量不知所措、举棋不定的码头工人。他们在两者间转来转去，低声咒骂着，内心挣扎着，夹在两边的高声辩论中间左右为难。

人数开始增多。

在泉树码头本身以及悉利亚井以南的地方，正有越来越多的人聚集在河的两岸观看罢工。一些男人和女人在他们中穿行，动作极快，教人根本来不及看清体态样貌。他们分发着传单，传单抬头是“不羁叛逆者”五个大字，下面用印得密密麻麻的文字呼吁人类码头工与蛙人联合起来，这是迫使资方让步的唯一途径。这些传单仿佛由看不见的双手递出，在人类码头工之间飞快地传阅。

随着时间流逝，温度逐渐升高，越来越多的码头工人开始翻过围墙，加入蛙人的示威行列。反罢工的人数也在增加，有时会一下多出一大群人来；但总的来看，罢工者的人数明显增加得更多。

气氛越来越紧张，充满了不确定感。围观群众开始按捺不住地喧哗起来，冲着两边阵营喊话，怂恿双方做点什么。有传言说，码头管理委员会的主席将前来讲话，另一个传言则称鲁德革特市长本人将亲自露面。

这段时间里，在那条将河流拦腰截断的深谷中，蛙人正一刻不停地维持着波光粼粼的水墙。偶尔有蠢头蠢脑的鱼穿过水墙平整的截面，“啪”的一声掉到河床上，胡乱拍打，或是有载沉载浮的垃圾轻轻地打着旋悠然前行，却蓦地跌落到这条凭空出现的沟壑中。这些蛙人把所有掉下来的东西都扔回河中。他们轮班工作，从水里往上游，以便对水墙的上部进行塑形加固。他们站在大焦油河的河床上，站在破烂生锈的金属与黏稠的淤泥污物间，向那些人类罢工者发出鼓励的呼喊。

下午三点半时，炽热的阳光穿透薄云直射而下，两艘飞艇从南北两个方向朝着码头靠近。

人群中传出兴奋的低语，迅速地向四处传开：市长来了。接着人们看到了第三艘和第四艘飞艇，它们径直掠过城市上空，朝泉树的方向而来。

不安的阴影掠过河岸。

人头攒动间，有人悄悄地转身离开。罢工者提高音量，加倍努力地呼喊口号。

在差五分四点的时候，四艘飞艇摆出X队形在码头上空盘旋，仿佛一个饱含警告和谴责意味的巨大标记。往东大约一英里的地方，凝滞的河水拐了个大弯，河岸对面也有一艘飞艇悄然而至，独自悬停在狗泥塘上方。泉树码头上的蛙人和人类罢工者以及围观的民众举手遮在眼睛上，望向头顶阴森冰冷的形体，那子弹状的船身如同准备扑杀猎物的乌贼。

飞艇开始朝着地面下降，速度不算快，但船身的细节和巨大体积带来的威压感却仿佛在突然之间便清晰地呈现在人们面前。

时针即将指向四点的那一瞬间，怪异的有机体从周围的屋顶后浮现，从泉树及悉利亚国民卫队塔顶端的滑动门后飘出，这两座塔较小，没有连接到空中缆道网络。

那些仿佛没有重量的生物旋舞着，随着微风轻轻跃动，仿佛漫无目的，却渐渐显出向着码头漂移的势头，瞬时间便占据了整片天空。它们大而柔软的身体由无数扭曲臃肿的轻薄组织构成，外面包裹着复杂的瓣状悬垂物和弧形的皮褶，坑坑洼洼，布满古怪的孔洞，往下滴着液体。它们囊状躯体的直径大约有十英尺，每个都隐约可见一个人类骑手，轭具就缝在那生物臃肿的躯体上。每个这般臃肿的躯体下面都是一丛摆动不定的触手，长满水疱的细条状肌肉在距离地面大约四十英尺的地方拉伸屈缩。

那生物粉紫色的肉体有规律地颤搐着，仿佛跳动的心脏。

这些不寻常的生物体开始向着底下聚集的人群俯冲。整整十秒钟的时间，所有看见它们的人都惊骇得说不出话，仿佛不敢相信自己的眼睛。接着四下里炸开阵阵惊呼："战斗水母!"

恐慌乍起之时，附近有座钟正好敲响四点的钟声，仿佛一声号令，大幕拉开，所有的剧目同时上演。

在聚集的围观群众中，在反罢工的人类队伍里，甚至在罢工的码头工人之间，小群的男人——以及女人——突然向着头上伸出手去，以迅猛有力的动作拉出黑面罩。这些面罩上没有留给眼睛——或嘴巴——的孔眼，只是一块皱巴巴的黑布。

每艘现已近得迫人的飞艇底部突然甩出一根根绳索。绳索颠簸着划过半空，像鞭绳挥落，尾端在地面稍稍卷绕。四艘飞艇垂下的绳索就像四根悬浮的柱子，河的两岸分别有两根，将整个聚集起来的人群——罢工者和反罢工者，围观的民众——全都圈在里面。黑色人影敏捷地顺着绳索滑落，疾如闪电，转眼便从半空降至地面。黑影鱼贯而下，源源不断。看起来就像飞艇的肚子被豁开，血块顺着抽搐垂吊的内脏不断滴落。

人群中传来尖叫，又因极端的恐惧而戛然而止。刚才还像一个有机整体般蚑行蠕动的人群瞬间分崩离析。人们四散而逃，紧紧抓住孩子和爱人，踩踏着倒下的人，被卵石和破碎的石板绊得脚步踉跄。他们试图从边道小巷逃走，这些小巷以河岸为中心向四面延伸，仿佛细细的蛛网。当他们跑进街巷，却发现前方正有战斗水母好整以暇地向他们步步逼近。

身着制服的国民卫队成员突然从每一条边道小巷中涌出，朝着罢工者蜂拥而去。当紧随其后的军官们显出身形时，人群中爆发出新一轮的恐惧尖叫，军官们骑着可怕的两足规避兽，它们探着爪钩，迟钝的头颅茫然地左右横摆——那头颅上没有眼睛，它们只能靠回声寻路，摸索着前进。

短促惨叫声此起彼伏。夺路而逃的人们你推我搡，跌跌撞撞地绕过墙角，却一头扎进战斗水母的触手包围之中。那摆动不定的触手上遍布神经毒液，这毒液渗透他们的衣服，接触到他们裸露的皮肤时，没人能忍住不叫出声来。人们先是因为痛苦而剧烈地颤抖喘息，然后随着冰冷的麻木传遍全身而瘫倒在地。

战斗水母的骑手用力拉扯这些生物皮肤上的结节和皮下的突触来控制它们的动作，异常迅速地掠过破败小屋和码头邻区仓库的屋顶，拖着那分泌毒液的触手扫过建筑间的道路街巷，身后留下无数抽搐的身体，个个都在令人窒息的疼痛中眼神呆滞，口吐白沫。不时可见一些倒下的人——因为年老、体弱、过敏或是单纯的不走运——对战斗水母的蜇刺产生了剧烈的生物反应，心脏就此骤停。

国民卫队的黑色制服布料中掺入了战斗水母的皮肤纤维。那些卷须上的毒液无法穿透。

成排的国民卫队士兵向着罢工者聚集的空地推进。人类和蛙人挥舞着手中的横幅标语，仿佛那是他们用作武器的棍棒。混乱的人群之中，已经有小规模的战斗展开：潜伏在人群中的国民卫队密探挥舞着钉头棍子和涂有战斗水母毒液的鞭子，无情地抽打身边的罢工者。在不知所措又群情激愤的罢工者前方二十英尺处，第一排身穿制服的国民卫队士兵单膝跪下，举起铮亮的盾牌。一名骑着规避兽的军官来到他们身后，随着规避兽的一声嗥叫，冒着滚滚浓烟的毒气弹划着弧线越过第一排士兵的头顶向罢工人群飞去。头戴防毒面具的国民卫队士兵随即跟上，踏着冷酷的步伐冲进呛人的浓烟。

一小拨国民卫队从呈楔状插入罢工人群的国民卫队主力队伍中分离出来，沿着河岸俯冲而下。他们将嘶嘶作响、冒着滚滚浓烟的毒气弹一个接一个地投进蛙人用塑水术劈出的河中深谷。肺部和皮肤灼伤的蛙人痛苦地哀号，粗哑的呱呱惨叫一时充斥了整条沟壑。当越来越多的罢工者一头扎进河中以躲避有害烟雾时，小心维持着的水墙开始出现裂缝，渗出涓涓细流。

三名国民卫队成员跪在距离河水咫尺之遥的岸上。一群士兵将他们团团围住，充当护盾。中心的三人飞快地从背后取下狙击步枪。每人两把，装弹，填上火药，一把拿在手中，一把放在身边。他们迅速举枪，视线沿着枪管看向那翻卷弥漫的灰色毒烟。一位军官站在他们身后，佩戴着独特的银色肩章，表明这是一位奇术士上尉，军官嘴里念念有词，语速飞快，声音含混不清。他依次触摸了每个狙击手的太阳穴，然后把手拿开。

面罩之后，狙击手的眼里涌出泪水，视线变得无比清晰，他们突然看见了原本人眼不可见的光和辐射能量，那遮蔽一切的浓烟存在与否已无关紧要。

每个狙击手都已十分清楚自己目标的身体形态和行动模式。他们的视线迅速地透过浓烟捕捉到了自己的目标——三名蛙人罢工委员会的领导人正以湿布蒙住口鼻，聚在一起紧张地商议。三声迅疾的枪响，三颗子弹飞出。

两个蛙人应声倒下。第三个惊惶地环顾四周，可除了打着旋的毒气之外什么都看不见。他冲进水墙，掬起一捧河水开始对着它低声吟唱，快速地挥着手画出神秘难解的符号。河边的一个狙击手放下手里的枪，迅速拿起放在身边的第二把武器。他的目标是一个萨满，他意识到，如果给予足够的时间，可能会召唤出一个水精。那会让事情变得极其棘手。他把狙击步枪举到肩上，一气呵成地瞄准开火。击锤及其钳口处的燧石片沿着锯齿状的药锅盖的边缘滑落，“啪”的一声，火花冒出，掉入药锅。

子弹冲破浓烟，搅起错综翻卷的气旋，“噗”的一声扎进目标的颈部。蛙人罢工委员会的第三个成员抽搐着倒在污泥中，手中的那捧水划出一条弧线飞洒消散。鲜血缓缓流出，汇成一摊，混合着污泥变得越来越浓稠。

河中深谷两侧的水墙开始分裂倾塌。平整的截面松弛弯曲，涓涓滴滴的水穿过水墙上的裂缝流进河床，在剩下几个罢工者的脚下形成涡流，翻卷旋绕，与上方的毒气遥相呼应。水墙上的裂缝在河水的冲击下越来越大，终于，随着一阵颤抖，水墙彻底分崩离析，河水喷涌而出，被分成两截的大焦油河再次合拢，污浊的水填满了那条一度让河道瘫痪、令水流裹足不前的沟壑，也掩埋了鲜血、政治传单和尸体。

就在国民卫队镇压泉树大罢工的同时，悬在狗泥塘上空的第五艘飞艇也放下了绳索。

此时的狗泥塘也笼罩在躁动不安的气氛中，人们大声传递着码头上传来的消息，描绘着残酷的镇压场面。从罢工现场侥幸逃脱的人们跌跌撞撞地穿过破旧不堪的小巷。热血沸腾的年轻人在莫名的激动中成群结队，漫无目的地跑来跑去。

银背猩猩街上售卖水果蔬菜的小贩突然大喊起来，指向悬在他们头顶上方的飞艇，从它膨大的肚腹处正有绳索垂下，直抵地面，摆动不定。接着他们的喊声因天空中突然炸开的隆隆巨响而黯然失色，天空中的五艘飞艇依次拉响了警笛。一支国民卫队沿着第五艘飞艇上悬吊下来的绳索穿过炙热的空气，进入狗泥塘的街巷。

他们经过笼罩在飞艇阴影下的屋顶，穿过恶臭扑鼻的空气，一路向下，直到巨大的靴子重重地踏上一处院子湿滑的水泥地，发出砰砰的闷响。他们看起来更像机器人而不是人类，穿戴着怪诞扭曲的盔甲，身形更显庞大。这条独头街巷里的几个工人和流浪者张口结舌地看着他们，直到其中一个国民卫队士兵飞快地转过身来，举起一把巨大的大口径前膛火枪，挥出一道饱含威胁意味的弧线。那些盯着他们看的人顿时扑倒在地或是转身逃跑。

这支国民卫队沿着一道滴着不明液体的楼梯冲进地下屠宰场。撞开没有上锁的大门，冲着里面热气缭绕腥气扑鼻的空气开火。屠夫们目瞪口呆地转向门口。一个屠夫应声倒下，痛苦地口吐血沫，一颗子弹打穿了他的肺。他那沾满血迹的短上衣再次被鲜血渗透，只是这次鲜血是由内而外渗出。其他工人四散奔逃，不时因为踩到滑腻的骨渣碎肉而跌倒。

国民卫队士兵扯下晃晃悠悠、鲜血淋漓的整头山羊和猪，一把拽停挂满肉钩的传送带，往下猛扯，直到它从潮湿的天花板上撕裂下来。小队冲向屠宰房昏暗的后部，重重地踏上楼梯，沿着小小的楼梯平台鱼贯而上。虽然本杰明·福莱克斯卧室上了锁的门让他们稍稍放慢了脚步，但下一秒它便如薄纸一般被他们撕开。

这队士兵一进房间便以包抄之势冲向那个大衣柜，留下一人从背上解下一个巨大的撞锤。他把它高高甩起，撞在那老旧的木头上，三下过后，整个衣柜已是一堆断木残渣，露出墙壁上的一个洞，洞里传出一架蒸汽机器有节奏的运转声和闪烁不定的油灯光线。

两个国民卫队士兵消失在密室里。一声低沉的呼喊。反复锤击肉体的闷响。接着本杰明·福莱克斯从尘土飞扬的洞口里飞出来，身体扭曲，血滴呈辐射状溅在卧室肮脏的墙壁上。他撞到地板上，头先着地，尖叫着，试着爬向门口，嘴里语无伦次地咒骂着。另一个士兵探手向下，揪住他的衬衣，借助蒸汽强化过的力量将他高高举起，一把搡到墙上。

本拼命地咒骂着，试图冲这个士兵吐口水，他向着这个士兵投去愤怒的目光，却只对上一张戴着蓝色面罩毫无表情的脸，深色护目镜、防毒面具和带有尖刺的头盔错综地组合在一起，就像某位昆虫魔神的脸。

声音从面具嘴部嘶嘶作响的通气孔后传来，毫无起伏，却很清晰。

“本杰明·福莱克斯，请以口头或书面形式同意在我及其他新克洛布桑国民卫队士官的陪同下前往我们选择的某处地点，以便进行会谈和情报收集。”话音刚落，这个国民卫队士官便再次将本往墙上搡去，这回用上了十成力道，本不由得发出一声粗重的喘息和含混不清的怒骂。军官立即回应道：“此人已在我及两名证人的见证下做出了同意，是不是？”

他背后两名国民卫队士兵同时点头回答：“是。”

这位士官将本拷上，然后反手用力打在他的脸上，打得本头晕目眩、嘴唇破裂。本的目光如醉汉般游移不定，唇上滴滴答答地流下血来。身穿巨大盔甲的男人将本一把抄起，扛在肩头，踏着重重的步伐走出房间。

其他士兵跟在他身后回到走廊，两位先前进入小印刷室的士兵一直等到他们全部离开本的卧室，然后分别从自己腰带上拉下一个大铁筒，按下撞针杆——它们将引发一场剧烈的化学反应。他们将这两个圆柱体丢到这个狭窄的密室，室内的那个机器人还浑然不觉，一刻不停地摇动着印刷机的手柄。

这两个国民卫队士兵像笨重的两足犀牛跑进走廊，赶上自己的同伴。酸剂和化学粉末在炸药筒中混合，开始*滋滋冒泡*，火苗剧烈地燃起，点燃紧实的火药。两下震耳欲聋的爆炸声，整座建筑潮湿的墙壁都颤抖起来。

走廊被冲击波炸飞了，无数燃烧的纸挟着滚烫的油墨和骤雨般的断裂铜管从门口激射而出。扭曲的金属和玻璃冲出天窗，仿佛一股颇具工业特色的喷泉。片段的社论和谴责文章像婚礼上的五彩纸屑般纷纷撒在周围的街道上，依然闷闷地燃烧着。一张上面印着“*我们说*”，另一张上面印着“*背叛！*”那个禁忌的标题随处可见：《不羁叛逆者》。一张纸上的标题被爆炸撕裂，被火舌舔舐，只余扭曲片段的笔画，远远看去仿佛一个变了形的字。

逃[1]……

这支国民卫队一个接一个地把腰带上的扣环拴到原地等待着的绳索上。他们笨拙地摸索着嵌在单兵背囊里的杠杆，启动一个隐藏的强力引擎，滑轮运转起来，将他们拖离地面，带向空中。引擎齿轮有力的啮合之间，这些庞大的黑色身影已被徐徐拉回飞艇的肚腹之中。那个士官紧紧攥着抗在肩头的本，但即便是在多出一个男人重量的情况下，滑轮依然没有丝毫颤抖滞涩。

微弱的火苗仍芜杂地散在曾经的屠宰场各处闷烧，某个东西方才在爆炸中飞上屋顶，卡在一条断裂的雨水槽中，此时扑通落下，穿过灼人的空气，重重砸在地面，嘎吱嘎吱地滚过断壁残垣。这是本的那个机器人的脑袋，下头还连着残余的一截右上臂。

这东西的手臂剧烈地抽搐着，仍在试图转动那已不复存在的印刷机手柄。它滚动着，像个包裹着白镴的骷髅头。它的金属嘴巴痉挛了一下，在可怕的几秒钟里，它做出了一个糟糕的模仿动作，依靠下巴的前后动作爬过崎岖不平的地面。

不到半分钟的时间，它身上残余的最后一丝能量消耗殆尽。它的玻璃眼睛剧烈地震颤了一下，而后戛然停止。就此凝住不动。

一道阴影掠过这了无生气的机器人脑袋，飞艇装载着那支国民卫队慢慢地经过狗泥塘的上空，经过码头上最后的残酷战斗，它沿河而上，掠过议会大厦，飞越城市的庞大躯体，向着帕迪多街车站而去，那里，巨钉塔上的审讯室正在等待它的到来。

---

①这里作者玩了一个文字游戏，《不羁叛逆者》原文为*Runagate Rampant*，片段文字正是*Run*。

起初，我只觉得恶心，因为待在他们身边，所有这些人，他们急促、沉重而恶臭的呼吸，他们的焦虑与渴望透过他们的皮肤散发到周围的空气，就像熏人的酸醋。我想再次回到寒冷中去，回到铁路下方的黑暗中去，那里只有更为原始野蛮的生命挣扎、战斗、死去，然后被吞噬。那种野兽般的简单直接让我觉得莫名舒适。

但这里不是我的土地，这不是我可以做出的选择。我不得不拼命克制自己。我不得不挣扎着接受这个城市的陌生法则，所有尖锐的分歧与藩篱，将彼与此、你与我分开的界线。我不得不强迫自己适应这一切。因为这个原因，我必须第一次学着只属于自己、只关注自己、有意孤立自己以及守护自己的私有财产，从这一切中寻求安慰与保护。但我突然狂暴地意识到我不过是一个巨大骗局的受害者。

我被愚弄了。当危机爆发时，我不能只做我自己，正如在塞梅克恒久不变的夏天里一样（在那里，宣称“我的砂”或“你的水”是个荒谬的行为，只会让口吐此言的人丧命）。我一直追寻的光荣孤立已分崩离析。我需要格雷姆勒布林，格雷姆勒布林需要他的朋友，他的朋友需要我们全部人的帮助——这只是个简单的数学问题，删除相同重复项，结果便是我需要帮助。我必须提供帮助给他人，以便拯救我自己。

我摇摇欲坠。我不能倒下。

我曾是天空的子民，它记得我。当我爬到城市的高处，迎风探出身去，天空便用气流和我过去的记忆逗弄我。在这片天空旋涡般的气流中，我能闻到和看到捕猎者和猎物的气息与轨迹。

我像一个失去潜水服的潜水者，仍然可以透过船底的玻璃看到周遭黑暗海水中的生物，可以追踪它们的轨迹，感觉到潮汐的拖曳，即使那感觉已经遥远而扭曲，如隔着朦胧纱幕般时隐时现。

我知道这片天空中有什么东西不属于这里。

我可以从鸟群的不安中看到它的存在，它们常常突然畏缩不前，远远避开空中的某块区域。我可以从翼人慌不择路的飞行轨迹中看到它的存在，它们常常一边飞一边紧张地回头张望。

空气已因入夏而凝滞，炙热让它变得沉重，现在因为这些新来者，这些我看不见的入侵者，那沉重越发沉重。空气中充满危险的味道。我变得更加警觉。我的狩猎本能躁动不安。

但我却被束缚在大地上。

PART FOUR

第四部分

噩梦

第二十七章

有什么极不舒服的东西在持续不断地戳着本杰明·福莱克斯，他终于醒了过来。他的头不由自主地来回晃悠着，他觉得恶心不已，胃里阵阵翻腾。

他被五花大绑在一把椅子上，身处于一个一尘不染的白色小房间里。房间的一面墙是一整面磨砂玻璃，光线可以透过，视线却不行，根本看不出外面是什么。一个穿着白色外套的男人站在他面前，正用一根长长的尖头金属棍戳他，金属棍上连着电线，接通着一台嗡嗡作响的发动机。

本杰明抬头看向这个男人的脸，却只看见自己的倒影。这个男人戴着一个椭圆形的镜子面具，光滑无比，高高凸起，将本杰明的脸清晰而扭曲地映出来，令人印象深刻，甚至有些滑稽可笑，尽管如此，当本杰明看到自己脸上的淤青和血迹时，还是心头一震，暗自吃惊。

门轻轻地打开了，一个男人出现在门口，却没有走进来。他手扶着门，脸冲着门外，对着某人说话。本杰明暗暗思忖外头是走廊还是个更大的房间。

“……很高兴你喜欢，”本杰明听到那人说道，“……今天晚上跟卡珊德拉去剧院，所以谁知道呢……不，我还是受不了这些玩意……”那人笑了一下，回应着某个本杰明听不到的打趣。他挥了挥手，然后退了两步，进入小房间。

他转身走向绑在椅子上的本杰明。本杰明认出了这个身影——在城市各处的集会、演讲以及张贴的无数胶版相片中，都可以见到的这个身影。市长鲁德革特。

一时间房间里的三个人都没有说话，只是静静地互相看着。

“福莱克斯先生，”终于，鲁德革特开口了，“我们必须谈谈。”

“皮金来消息了。”艾萨克挥舞着手里的信，疾步走向一楼角落的一张桌子。前一天他和大卫在拉布勒梅曾经的工作区域摆下这张桌子，围在桌旁花了好几个小时争论该怎么办，却没有得出什么有用的结果。

拉布勒梅躺在桌旁不远处的一张小床上，瞪着眼睛，流着口水，大小便失禁。

琳和他们一起坐在桌旁，无精打采地吃着切成薄片的香蕉。她是前一天来的，艾萨克几乎是扑上来迎接的她，语无伦次地告诉她发生了什么事。当时他和大卫似乎依然处在极大的震惊中，过了几分钟她注意到藏在墙边阴影里的雅格里克。她不知道该不该跟他打招呼，于是飞快地用手语做了个简短的自我介绍，鹰人一点反应也没有。当他们三个愁眉苦脸地坐下来吃晚餐时，鹰人悄无声息地晃过来加入他们，巨大的斗篷遮住高耸的双翅。她知道那翅膀是假的，只是个伪装，但她什么也没说。

在这个笼罩着愁云惨雾的漫长夜晚，琳突然在某个时刻后知后觉地想到，艾萨克终于不再刻意隐瞒他们的关系了。她到的时候他拉住了她的手。甚至当她答应留下来过夜时，他都没有咋咋呼呼、欲盖弥彰地宣称他还有一张多余的床。但这并不是什么胜利，这个结果的由来不是她想要的——在伟大爱情的驱策下勇敢地昭告天下。他一反常态的原因很简单。

他和大卫有更重要的事情操心。

即使到了这会儿，她仍然觉得心里有个地方微微酸涩，有个声音在说不能相信他真的彻底变了。大卫也算她的老朋友了，她知道大卫也是个十分开明的人，能够理解她和艾萨克的艰难处境——只要他还有心思想到这上头。她相信大卫会很谨慎地对待这件事情。但她随即决定不再揪着这件事情不放，在拉布勒梅……这个样子的时候，她还一心只想着自己，实在是太自私、太小心眼了。

对拉布勒梅的不幸遭遇，她的感触没有艾萨克和大卫那么深，这是自然。但看着他痴痴傻傻地躺在那张小床上口水与大小便横流，她还是感到十分震惊和害怕。她很高兴莫特利先生现在有别的事情要忙，让她有那么几个小时乃至几天的时间陪在艾萨克身边，此时的艾萨克似乎已经被内疚和痛苦折磨得崩溃了。

他时不时地会没来由地大发脾气，会没头苍蝇似的忙乎一阵，会一边高喊“对了!”一边“啪”地拍手，像是做了什么决定，但他们根本没有什么决定需要做，也没有什么事情可忙乎。他们毫无头绪、全无线索，彻彻底底地一筹莫展。

那天晚上，她和艾萨克一起睡在楼上，他痛苦地将她紧紧拥入怀中，却完全硬不起来。大卫已经回家去了，答应第二天早晨早点过来。早就明确拒绝了床垫的雅格里克蜷缩在一个角落里，摆出古怪的姿势：弯腰弓背，双腿盘起，显然怕压到背上那对假翅膀。琳不知道他固执地坚持背着那双假翅膀是因为她在，还是因为他自儿时起便习惯了以这样的姿势入睡，但他似乎真的就那么睡着了，一动也不动。

次日早晨，他们围坐在那张桌子旁，喝着咖啡和茶，味同嚼蜡地吃着早饭，琢磨着接下来该怎么办。艾萨克出门丢垃圾顺便查看信箱，迅速地就回来了，手里拿着莱缪尔的信：上面没有邮戳，显然是由他的某个伙计亲手塞进艾萨克的邮箱。

“他怎么说?”大卫急不可耐地问。

艾萨克举起那张纸，以便围过来的大卫和琳也能看到。雅格里克犹豫了一下，慢慢地退到一边。

已经在我的记录中找到那条古怪毛虫的来源了。一个叫做约瑟夫·夸迪多的人。议会大厦的一个收发员。不想浪费时间，又记得你答应过会为这事付一大笔钱，所以已经去找夸迪多先生谈过了，带了一个大块头的伙计X先生一起去的。为了让夸迪多先生合作，施加了一点点压力。刚开始的时候，夸迪多先生以为我是国民卫队。我向他保证我不是，然后让他在X先生的朋友燧发枪的全程陪同下跟我们聊了聊。看来我们的夸迪多先生是从一批官家的货里头将那只毛虫解救了出来。他到现在都后悔不已。(我确实没为那只毛虫付给他多少钱。）他不知道那只毛虫的用途和来源。不知道和那只毛虫待在一个包裹里来的其他毛虫遭遇了何种命运——他就拿了这一只。只有一个线索：（也不知道有没有用）包裹的收件人是议会大厦研发部的巴贝尔博士，大概是叫这个，也可能是巴瑞尔、巴伯尔、巴莱姆等等。

艾萨克，再有需要帮忙的地方尽管跟我联系。这次的明细账单随后送来。

莱缪尔·皮金

“太好了！”艾萨克一口气把信看完，忍不住高声呼喊起来，“终于有他妈一条线索了……”

大卫一脸惊愕。

“议会大厦？”他像快要窒息一般喘息着说道，“这事居然跟他妈的议会大厦有关系？哦圣嘉罢在上，你到底明不明白我们摊上了怎样的大事？你他妈的居然还说‘太好了！’艾萨克你他妈是不是傻啊？哦，好极了！我们只要跑到议会大厦，让他们把研发部所有名字开头是‘巴’的人列个单子给我们？就算那属于最高机密又怎样，对吧？然后我们挨个找到这些人，问他们知不知道有种会飞的玩意能把人吓成痴呆，对，随便再问问要怎么抓住那玩意。轻轻松松、小菜一碟。”

没有人说话。沉重的气氛慢慢地在房间里弥漫开来。

獾泽的西南角连着小河套区，这块弯曲着插入河中的弹丸之地见证了无数投机者、不法之事和富丽建筑的辉煌时刻，而今那繁荣华美已随岁月悄然而逝，只余一派衰败景象。

一百多年以前，小河套区曾是这座城邦显赫世家的聚居之地。麦基-德兰达斯家族、特吉萨迪斯家族；蛙族金融大亨、德拉银行创始人德拉沙契特；巨商兼大农场主萨拉·杰瑞迈尔·卡尔：他们的豪宅都屹立在小河套区宽阔的街道上。

但接着工业开始在新克洛布桑迅猛发展起来，大部分的投资正来自于这些家族。工厂和码头如雨后春笋般冒了出来，并迅速蔓延。与小河套区一河之隔的格利斯湾因为小型机械制造业的兴起跟着享受过短暂的繁荣，当然也免不了随之而来的工业噪声和恶臭。它成为一处沿河的大型垃圾倾倒场。一道由废物、垃圾和工业残渣堆砌的新景观，成形的速度之快，犹如一场对地质作用的拙劣模仿秀，以快进的方式播放出来。装得满满的大车络绎不停地驶向格利斯湾，将损坏的机器、腐朽的纸张、炉灰矿渣、有机废物和化学废料倾倒在用围栏隔开的一座座垃圾山上。这些垃圾翻滚落下，各就各位，改变着垃圾山的形状样貌，滑稽而诡异地呼应着自然：山丘、峡谷、矿场乃至“咕咕”冒泡、散发恶臭的水潭，一应俱全。没过几年，格利斯湾地的工厂基本废弃，这些垃圾山却留了下来，来自海上的风不断将此地的恶臭吹过焦油河，送到小河套区。

富人们不堪忍受，纷纷搬走。小河套区渐渐衰败，却丝毫不显荒凉，反而变得更加热闹。油漆和灰泥起泡剥落，裸露的木料与墙面构成怪异扭曲的图案，与此同时，由于新克洛布桑的人口激增，越来越多的人搬到这里，在那些被弃的豪宅中安下家来。窗户被打破，随便修理一下，反正没过多久又会再次破掉。随着小间的食品商店、面包店和木匠铺不断迁入，小河套区渐渐屈服在这座城邦主流建筑风格那不可抵挡的威力之下——随心所欲，没有风格。那些对此有所质疑的墙壁、地板和天花板通通付出了代价。废弃的建筑物被赋予了崭新而富有想象力的用途。

此时，德姮·布鲁戴正朝这个一度富丽堂皇，而今却在随心所欲的滥用和改造之下显得乱七八糟的地区走去。她紧紧地攥着一个包，脸上表情冷峻，眼里透出深深的痛苦。

她走上鸡冠桥，这是这座城邦最古老的建筑物之一。桥面很窄，随意地铺着鹅卵石，桥身嵌满房屋，颤颤巍巍探在水面之上。站在桥的中心根本看不见河水。不管是看向左侧还是右侧，德姮都只能看见一溜低矮参差的屋顶，这些房屋已经有将近一千年的历史，它们错杂交互的大理石外墙很久以前便已崩裂坍塌。洗刷物品激起的道道波痕向外扩展，搅乱了整个桥周的水面。乱哄哄的交谈声和争执声在桥下回荡。

进入小河套区之后，德姮快速走进一路攀升的萨德线投下的阴影之中，径直向北而去。她方才经过的河流急剧地转了个弯，扭成一个巨大的S形，冲着她前进的方向汩汩而来，然后适时找回正确的方向，沿着渐渐降低的地势朝着东边而去，与黑腐河汇合。

她来到了小河套区与獾泽相接之处。此处的房子更小，街道更窄更曲折。发霉的古老大屋摇摇欲坠，倾斜的屋顶角度十分陡峭，像短短的无袖斗篷晃晃悠悠地搭在狭窄的肩上，看起来相当诡异。房屋高大宽敞的前厅和中庭曾经有过的美丽花树和灌木早已枯死，灰尘污垢悄然入住，粗俗的广告糊满各处：甲虫占卜、笔仙和魔法治疗。在这里，獾泽那些见不得光的化学家和奇术士中最穷或是最放浪不羁的人同骗子及江湖术士争夺着生存空间。

德姮查看了一下手里的地址，找到去往圣马巷的路。那是一条窄窄的巷道，尽头是面倒塌的墙。德姮朝右看去，找到地址上描述的那座铁锈色高大建筑。她穿过没有门的门洞，踩着满地的破砖碎瓦，走过一条没有照明的短短走廊，走廊里的空气潮得几乎能滴下水来。在走廊尽头，她看到了她要找的那面帘子，由金属线和碎玻璃串成，正微不可察地摇晃着。

她咬了咬牙，轻轻掀起那锋利的碎玻璃门帘，幸好没有哪里被划破。

德姮走进去，发现自己站在一个小小的客厅里。

客厅的两面窗户都被遮了起来：上面糊了厚厚一层东西，像是大块的粗布，浓重的阴影让屋内的空气都显得凝滞起来。家具很少，都是深褐色的，与屋内昏暗的环境融为一体，看起来若隐若现。一个矮桌后面，一个毛发粗重的胖女人正安逸地坐在一把褪色的华丽扶手椅里，以一种近乎荒谬的优雅姿态小口抿茶。

她抬起眼睛看向德姮。

“有什么需要我效劳的吗？”她声调平平问道，语气里带着一股逆来顺受的怨气。

“你就是那个传心师？”德姮说。

“乌玛·博森，”女人歪了歪头，“需要我为你做点什么？”

德姮小心地穿过房间，在一张破沙发旁紧张地徘徊了一会，直到乌玛·博森示意她坐下。德姮立刻一屁股坐下，开始在包里翻找。

“我需要……呃……同本杰明·福莱克斯谈谈。”她的声音紧绷，有点破音，字是一个一个蹦出来的，仿佛每张一次嘴都得先积聚一番力量。接着她拿出一小袋在屠宰场废墟里翻出来的东西。

前一天晚上，她去了狗泥塘。国民卫队镇压码头罢工的消息传遍新克洛布桑，所到之处流言四起，其中一则流言说的就是国民卫队镇压码头罢工的同时，还顺带手收拾了狗泥塘一家参与煽动罢工的地下报社。

德姮赶到的时候已经很晚了，她像以往一样乔装打扮，走过这座城邦东南部的阴湿街道。当时下着雨，硕大而温暖的雨滴扑簌簌地砸在那条独头巷道中的碎石瓦砾上，像疮痘一般迸裂。屠宰场的入口已被堵死，德姮只能从那个用来抛下生肉和牲畜的低矮洞口爬下去。她攀着臭烘烘的石头，两脚悬空，晃晃悠悠地从洞口边缘往下爬，身上蹭满无数惊恐的牲畜留下的污物和血垢，然后在距离地面几英尺的地方往下一跳，落入现在已不见人影的屠宰场之中，陷入一片充满血腥味的黑暗之中。

她手脚并用地爬过已经损毁的传送带，不时被散落在地板上的肉钩挂住。地面冰冷黏腻的血块让她不住打滑。

德姮费劲地绕过墙上崩下来的石头，爬上已经毁坏的楼梯，朝着上方本的房间而去——这场毁灭行动的根源与中心。她一路走去，目之所及尽是散落的印刷机碎片和被烧焦熏黑的破布碎纸。

本的房间已经成了一个满目疮痍的破洞。大块的砖石压垮了床铺。本的卧室与藏有印刷机的密室之间的那面墙几乎已被完全摧毁。夏日的雨水正透过曾是天窗所在的窟窿懒洋洋地落在印刷机破碎的残骸上。

德姮惊心骇神，随即显出坚毅的表情。她开始疯狂地翻找，找出一件一件琐碎零星的物品：证明这里曾经住着一个男人的证据。现在她把它们拿了出来，放在乌玛·博森面前的桌子上。

她找到了他的剃须刀，刀片上还沾着一点胡茬和血渍。一条裤子上撕下来的布头。一张沾了他血迹的纸，她用这张纸一遍又一遍地擦拭过墙上他留下的一点血痕。还有最近两期的《不羁叛逆者》，是从他床铺下的残骸中找到的。

乌玛·博森看着这些凄惨的收集品放到自己面前。

“他在哪儿?”她问道。

“我……我觉得他在巨钉塔。”德姮说。

“那你得额外多付我一枚金币，”乌玛·博森语气一凛，“我不喜欢牵扯上违法的事情。现在跟我说说这堆东西。”

德姮把每样东西都拿起来给她过目。乌玛·博森每看一样便草草地点下头，不过她似乎对那两期《不羁叛逆者》很感兴趣。

“他在这上面写东西，是吗?”她急切地问，指着那些报纸。

“是的。”德姮没有主动告诉她说其实他是这报纸的主编。她对打破这份报纸匿名的规矩还是心怀畏惧，尽管向她推荐乌玛·博森的人再三向她保证过这位传心师十分可靠。乌玛·博森的收入大部分来自帮人联系落入国民卫队之手的亲朋好友。一旦出卖自己的客户，她以后就别想开门做生意了。“这——”德姮翻到中间的专栏，专栏的名字是《我们想说》，

“——这个是他写的。”

“啊……”乌玛·博森说，“可惜你没有他的手稿。不过这也行吧。他身上还有什么特别的地方吗?”

“他有个文身。在左上臂。大概是这样。”德姮拿出提前画好的草图，那是一个华丽的锚形徽章。

“水手?”

德姮忧伤地笑了笑。

“还没上船就被遣散了，而且被勒令永远不许上船。入伍的时候喝醉了，冒犯了队长，当时文身的墨水还没干透呢。”她记得他说过这个故事。

“好吧，”乌玛·博森说，“联系费两马克，也就是两个银币，不管成不成都是这么多。如果联系上了，五马克的联结费，联结的时候每分钟两斯泰佛，也就是两个铜币。再加上他在巨钉塔，你得多给我一金币。能接受吗?”德姮点了点头。这个昂贵的价钱，但这种魔法不是简单学几个手势两句咒语就能做到的。经过充分的训练，任何人都可以在空中古怪地划拉几下就施个简单的魔咒，但要施展这种心灵传输的魔法需要超凡的天赋以及长年累月的刻苦钻研和练习。尽管乌玛·博森的样子和店铺貌不惊人，但她在魔法方面的造诣可以与任何一位高阶的改造师或炼金术士相媲美。德姮摸索着自己的钱包。“事后付款。我们先看看能不能联系上他。”乌玛·博森卷起左边袖子，胳膊上的肥肉泛起一阵涟漪，颤巍巍地坠下来。“把那个文身画在我手上。越像越好。”她朝房间的一个角落点了点头，那里有张凳子，上面放着一个调色板、一套画笔和彩色墨水。

德姮把那些东西拿过来，开始在乌玛·博森的手臂上画起来。她拼命地搜寻着记忆，努力把每个颜色都画对。她花了大概二十五分钟才画完。她画的锚比本杰明身上那个颜色更鲜艳些（也有墨水本身的原因），也许还更短更宽。不过她相信任何见过本杰明身上文身的人都能一眼认出她画的这个图案。她靠到沙发背上，暂时松了口气。

乌玛·博森挥舞着肥鸡翅膀般的手臂，让油墨快速变干，用另一只手翻弄着那些来自本杰明卧室的物品。

“……都怪这倒霉的出身，哎，得靠这种该死的办法讨生活……”她絮絮地念叨，声音大到刚好能让德姮听见。她从那堆东西里挑出本杰明的剃刀，熟练地拿在手中，在下巴上轻轻划了道口子，随即拿起那张沾有本杰明血迹的纸，贴在伤口上摩擦了几下，然后掀起裙子，把裤腿往上拉，直到她大腿上的肥肉把裤管卡住为止。

乌玛·博森把手探到桌子底下，拿出一个皮革和黑木做成的盒子，放在桌上，打开盒盖。

盒子里面是一堆乱纷纷的阀门、管道和电线，它们挨挨挤挤地连接在一起，交错盘绕在一个沉甸甸的引擎内。顶上放了一个看起来很滑稽的黄铜头盔，正面伸出一个喇叭似的东西。头盔用一根卷起来的长电线连到盒子上。

乌玛·博森伸手把头盔从盒子里拿出来。她犹豫了一下，然后戴到头上，系好皮质的束带。再从盒子里某个隐蔽的地方掏出一个手柄，上头开有槽沟，正好严丝合缝地插进盒中引擎侧面一个六角形的孔。乌玛·博森把盒子放在桌上靠近德姮的一侧，然后将引擎连接到一个化学电池上。

“好了，”乌玛·博森说着，心不在焉地擦了擦下巴上还在渗血的伤口，“我们准备开始，你来摇这个手柄。一旦电池开始工作，你就留神盯着它。如果它显出工作不良的样子，你就**马上开始继续摇那个手柄**。电流稍有不畅，联结就会断开，而这样突然的断开，可能会让你的朋友发疯，更糟的是我也可能会疯掉。所以你一定要好好盯着……还有，如果我们建立了联结，告诉你的朋友别乱动，电线可能不够长。”她抖了抖那根将头盔连接到引擎上的电线。“听明白了吗？”德姮点了点头。“好了。把他写的那东西给我。我准备进入他的角色了，试着与他进行同步。你开始摇手柄吧，别停下，直到电池开始工作。”

乌玛·博森站起身，搬起扶手椅，把它搡到后面靠墙的地方，喘了会气，然后转身站到稍显开阔的客厅中间。她明显地绷紧了身体，然后从衣兜里掏出一个计时器，按下开关，让指针开始动起来，接着她朝德姮点了点头。

德姮开始转动手柄。谢天谢地，手感很顺滑。她能感觉到盒子里润滑良好的齿轮开始扎扎转动，相互啮合，经过计算的应力噬咬着她的手臂，引导她为那个神秘的机械装置提供动力。乌玛·博森把计时器扔到桌上，右手拿起《不羁叛逆者》，含混不清地低声诵读本杰明的文章，她的嘴唇飞快地翕动着，左手微微抬起，手指跳起复杂的舞蹈，在空气中画出神秘的魔法符号。

当她将整篇文章读完一遍后，又从头开始往下读，一遍又一遍，让那些段落与文字没完没了地快速循环着。

电流涌入那盘绕了一圈又一圈的电线，乌玛·博森的身体开始肉眼可见地震颤起来，头微微地抖了好一会儿。她扔下报纸，用几不可闻的声音继续背诵本杰明的文章。她慢慢地转身，目光一片空白，脚步如同梦游。当她转身的时候，头盔上那个喇叭似的东西曾有一刹那正对着德姮，在那电光石火之际，德姮感到一股古怪的灵气波如惊涛骇浪般扑面而来，直击灵魂。她脑袋一嗡，感到微微的晕眩，但手仍稳稳地握在那个手柄上。她一刻不停地摇着，直到感觉到有股力量开始接替她摇动那个手柄，她才轻轻地松开手，看到它自行转动。乌玛·博森转到面朝西北的方向，停了下来。沿着那个方向，在远远的城市中心，是耸立的巨钉塔。

德姮紧紧地盯着电池和发动机，确保电流稳定顺畅。

乌玛·博森闭上眼睛，嘴唇飞快地翕动。房间里的空气开始呜呜作响，就像手指快速划过酒杯边缘时发出的嗡鸣。

接着，她的身体突然开始剧烈地抽搐，从头到脚都在疯狂地抖动，眼睛霍然启开。

德姮一瞬不瞬地盯着传心师。

乌玛·博森长长的直发开始无风自动，像用作鱼饵的蠕虫一般扭曲盘旋，从前额往后退去，自发梢向上卷缩，蜿蜒蠕动之间，一个油光锃亮的背头已呈现在德姮眼前，本杰明不干活时就会把头发梳成这样。接着乌玛·博森身上泛起一阵皮肉的涟漪，从脚开始自下而上，传遍全身。仿佛有股力量闪电般地扫过她的皮下脂肪，对途经的地方做出细微的改造。当它穿过她的头顶时，她的整个身体都变了模样。她没有更胖，也没有更瘦，只是身体各个组织的排布位置发生了微妙的变化，从而改变了她的体态：她的肩膀更宽，下巴的轮廓更为明显，肥硕的脸颊不知怎么的竟显出瘦削的感觉来。

接着瘀伤在她的脸上凭空绽开。

她一动不动地站了一瞬，然后遽然直挺挺地向后倒去。德姮忍不住轻呼一声，随即看到乌玛·博森的眼睛依然睁着，目光清明。

猝然间，乌玛·博森翻身坐起，双腿张开，背靠在沙发扶手上。

她的目光慢慢抬起，脸上闪出困惑的表情。她看见了面前仍一瞬不瞬盯着她的德姮。乌玛·博森的嘴巴（现在嘴唇更薄，线条更为刚硬）张开来，仿佛大吃了一惊。

“迪?”她问道，声音嗞嗞啦啦，缥缈不定，带着深沉的回音。

德姮直愣愣地瞪着乌玛·博森。

“本……?”她结结巴巴地说。

“你是怎么进来的?”乌玛·博森用那嗞嗞啦啦的声音说道，一下子站起来。她眯起眼睛看着德姮，目光里带着惊畏。“我的目光可以从你身上穿过去……”

“本，听我说，”德姮明白自己得让他平静下来，“别动。你现在是通过一个传心师的眼睛看着我，她正在与你进行同步。她把自己的神识关闭了，进入一个完全被动的接受状态，所以我可以直接跟你对话。你能明白吗?”

乌玛·博森——本——连忙点头。她/他没再往前走，而是双膝一沉，重新跪下。“你在哪儿?”她/他低声说。

“獾泽，南边，挨着小河套区。本，我们的时间不多。你在哪儿？发生了什么？他们……他们……伤害你了吗？”德妲颤抖着吐出最后这句话，紧张和绝望席卷了她的全身。

两英里外的本痛苦地摇摇头，德妲在眼前的传心师身上看到了这个动作。

“还没有，”本低声说，“他们把我一个人留在这里……有一阵子了……”

“他们怎么知道你在哪儿的？”德妲又小声问道。

“老天啊，迪，他们一直知道，你敢相信吗？刚才他妈的鲁德革特来过，他……他嘲笑了我一通。告诉我说他们一直都知道我们的大本营在哪里，只不过懒得收拾我们。”

“是因为罢工……”德妲痛苦地说，“他们觉得这次我们过分了……”

“不是。”

德妲猛地抬头。本的声音——或者说由乌玛·博森的嘴同步出来的那个声音——清晰而肯定。盯着她的眼睛目光坚毅而急切。

“迪，不是的，不是因为罢工。他妈的，我倒希望我们对罢工的影响力有那么大，大到让他们担心。不，这只是一个他妈的借口……”

“那是……？”德妲犹豫地开口。本打断了她。

“我会把我知道的都告诉你。我到了这里后，鲁德革特进来了，挥着《不羁叛逆者》质问了我一通。你知道他指着哪篇文章吗？我们放在第二版上那篇《传言沃日党与本市最大黑帮头目暗地交易》。那真的是篇他妈的传闻报道啊。你知道的，就是我从线人那里听说的那件事，政府卖给黑帮什么狗屁玩意，失败的科研项目之类。就这样，没了！我们手里什么细节都没掌握！我们只是在搅浑水！但鲁德革特拿着那期报纸直跳脚，他……他把它直塞到我脸上……”乌玛·博森/本的眼珠转到一边，回忆着当时的情形，“他不停地问我，‘福莱克斯先生，你对这件事知道多少？你的消息从哪里来的？你怎么知道那些蛾子的事？’你敢相信吗！他真的说的是蛾子，就是长得像蝴蝶的那玩意！‘你怎么知道莫先生最近遇到的麻烦?’”

乌玛·博森/本缓缓地摇着头。“你明白了吗？迪，我不知道现在是他妈什么情况，但我们挖到了什么了不得的事情……老天！……把鲁德革特吓尿了。这就是他抓我的原因！他不停地说，‘要是你知道蛾子在哪里，最好快点告诉我。’迪……”本小心翼翼地站起来，身形踉跄。德姮张开嘴想要提醒他别乱动，但看着他十分当心地用乌玛·博森的腿向她走来，她的话消失在了嘴边。“迪，你得追查这件事情。他们很害怕，迪。他们真的很害怕。我们得利用这一点。他说的话我他妈的一点也不明白，但我觉得他以为我是在装傻，所以我开始照这个路子演起来，因为这样显然能搞得他很难受。”

乌玛·博森/本向着德姮伸出双手，带着试探，带着小心，带着紧张。德姮的喉咙哽住了。她看到本哭了。眼泪顺着他的脸颊无声地滚落。她死死地咬住嘴唇。

“迪，那呼呼的声音是什么?”本问。

“那是为这个法术提供能量的引擎。它不能停下。”她说。

乌玛·博森点了点头。

她的手触到了德姮的手。德姮顿时颤抖起来。她感觉到本握住她没有放在手柄上的那只手，在她面前跪下来。

“我能感觉到你……”本微笑着说，“你是透明的，像个他妈的幽灵……但我能*感觉*到你。”他收起笑容，搜寻着字眼。“迪……我……他们会杀了我。哦老天……”他长长地吐了口气，“我害怕。我知道这些……渣滓……会对我用*重刑*……”他终于忍不住失声啜泣，肩膀上下抖动。整整一分钟里他没再说话，只是低着头，因为恐惧而默默地哭泣。当他再次抬起头时，声音已经变得坚强有力。

“去他妈的！我们已经把这些混蛋吓得屁滚尿流了！迪，你要继续追查！我在此任命你为《不羁叛逆者》的主编……”他飞快地笑了笑，“听着，去马法顿区找那个线人。我只见过她两次，在马法顿区附近的咖啡馆，但我想她就住在那里，我们见面的时间都很晚，我觉得她肯定不愿意在会面之后一个人穿越大半个城市回家，所以我猜她就住在附近。她的名字是**梅吉斯特·巴拜尔**。她没跟我说太多。只说她是个科学家，在研发部进行一项研究，后来政府终止了这个研究计划，卖给了一个黑帮老大。我觉得这**一切**可能只是个骗局；我把它写成文章发出来只是想他妈的**拱拱火**，而不是为了揭开黑幕说出真相什么的。不过**我的老天啊**，他们的反应说明这事是真的。”

这下轮到德姮忍不住哭起来了，她啜泣了一会儿，点了点头。

“我会追查下去的，本。我保证。”

本点了点头。两人一时间都沉默了。

“迪……”最后本终于再次开口，“我……我觉得你应该没法对这位传心师——叫什么来着——做些什么吧……我觉得……你没办法现在就杀了我，对吧？”

德姮因为极度的震惊和悲痛而倒抽了一口气。

她绝望地环顾四周，摇了摇头。

“不，本。要那么做我只能杀掉这位传心师……”

本悲伤地点点头。

“我真的不知道我能不能经住那些……能不能一直坚持不松口……老天作证我会尽力的，迪……不过他们是这方面的专家，你知道吗？我……还不如……现在就让一切都结束，明白我的意思吗？”

德姮紧紧地闭上双眼。她为他而哭，与他同悲。

“哦神啊，本，我真的很难过……”

他突然夸张地摆出勇敢不屈的模样。牙关紧咬。下巴翘起。“我会尽力的。你只管专心追查巴拜尔这条线索，好吗？”

她点了点头。

“……谢谢你，”他努力做了个鬼脸，笑容里透着苦涩，“还有……永别了。”

他咬住嘴唇，低头看着地板，然后抬起头来，在她脸颊上深深一吻。德姮用左手紧紧地抱住他。

接着本杰明·福莱克斯猝然一动，如梦初醒，从心如芒刺的德姮面前退开，他凝神片刻，仿佛是在心里默默告诉乌玛·博森是时候结束施法了。

传心师身上再次泛起皮肉的涟漪，她颤抖，摇晃，然后房间里的空气蓦地一轻，她的身体恢复了原本的形态，肥肉再次松松垮垮地坠下来。

电池还在带着那个小手柄不停旋转，直到乌玛·博森恢复了自己的神识，走过来用一只肥厚的手掌猛地将手柄停住。接着她按下桌上的计时器，开口说道："完事了，亲爱的。"

德姮俯身向前，把头靠在桌上默默地哭泣。在城市另一边，本杰明·福莱克斯也在做着同样的事情。只是这回他们身边不再有彼此的陪伴。

只过了两三分钟，德姮用力地吸了吸鼻子，坐直身子。乌玛·博森已经再次坐在那张扶手椅上，十分效率地在一张纸上计算此次做法的费用。

她听到德姮试图收拾心情重新振作时发出的动静，越过桌子投来斜斜一瞥。

"亲爱的，感觉好点了？"她语调轻快地问道，"我算好你该给我多少钱了。"

一时间，这个女人的冷漠无情让德姮感到恶心，但这股情绪来得快去得也快。德姮不知道乌玛·博森记不记得自己在施法过程中听到和说过的话。就算她记得，这座城邦里每天都有成百上千个类似的悲剧发生，德姮的遭遇只不过是其中之一。乌玛·博森以传心之术谋生，她颤抖的双唇之间吐出过多少关于失去、背叛、折磨与痛苦的故事啊。

想到自己和本的遭遇并不是独此一例，他们经受的痛苦也有别人曾经以及正在经受，本并不是唯一一个牺牲者，德姮隐隐感到一种凄清的安慰。

"你看，"乌玛·博森朝着德姮挥舞手里那张纸，"两马克加五马克的联结费是七马克。联结了十一分钟，就是二十二个斯泰佛：也就是两个银币加两个铜币，加起来就是九马克两斯泰佛。再加上巨钉塔的风险费一金币，总共是一个金币九个银币两个铜币。”

德姮给了她两枚金币，转身离开。

她快步疾走，脑子里什么也不想，本能地沿着獾泽的街道向前走去。她回到了人烟稠密的街道，与她擦肩而过的路人形色更为鬼祟，遮遮掩掩地在街道两侧的阴影中匆匆而行。德姮在售卖廉价可疑药剂的货摊和小贩间挤过。

她发现自己正走向艾萨克实验室所在的仓库。他算得上是亲近的朋友，就政治立场而言也算得上是同道者。他不认识本——甚至没听说过这个名字——但他应该能理解发生的事情有多严重。他说不定还能想出什么主意……就算不能，德姮至少也可以在他那里喝上一杯提神的浓咖啡，听到几句安慰。

仓库的大门锁上了。也没有人应门。德姮差点站在原地失声痛哭。就在她快被彻骨的孤单和痛苦淹没之时，突然想起艾萨克曾经热情地提起过他经常光顾河岸上一家不入流的酒馆，叫死去的孩子什么的。她转进仓库旁的小巷子，走上临河的步道，边走边四处张望，步道上长满顽强的野草，将铺路的石板顶得支离破碎。

肮脏的河水一浪接着一浪，裹着生活垃圾缓缓向东而去。越过黑腐河，可以看见对岸密密麻麻地长满了纠缠的荆棘和扭结的野草。德姮这侧河岸往北一点的地方，步道转了个弯，有座摇摇欲坠的建筑正戳在那处，仿佛被挤得缩成一团。她试着朝那边走了两步，随即看到那块斑驳褪色的招牌：“垂死孩童”，立刻加快了脚步。

昏暗的酒吧里又臭又闷，而且潮得吓人；但在酒吧深处的角落，一群没精打采、醉得站不起来的人类、蛙人和改造人身后，正坐着艾萨克。

他正激烈地同旁边一个男人低声说着什么，德姮隐约记得那人是艾萨克的朋友，也是一个科学家。艾萨克抬起头来，目光心不在焉地扫过站在酒吧门口的德姮，然后突然回过神来，定睛看去。她忍不住拔腿向他跑去。

“艾萨克，*妈的*……可算找到你了……”

当她用手紧张地攥住他的外套，匆匆地对他吐出这句话时，她的心突然“咯噔”一下，难堪地发现他的目光里并没有欢迎的意思，那些已经涌到嘴边的话一下子说不出口了。

“德姮……我的老天……”他说，“我……德姮，我遇到大麻烦了……出事了，我……”他看上去很不安。

德姮痛苦地盯着他。

她突然坐下，颓然倒在他身边的凳子上。像是终于决定不再假装坚强。她靠上桌子，用手按住眼睛。这一刻，她再也控制不住流泪的冲动，泪水盈满了眼眶。

“我刚刚去见了一位亲密的友人和同志，他马上就要被*折磨到死了*，我一半的*生活*被人碾碎、炸毁然后再狠狠踩上一脚，而我都不知道是为什么，我得去*城里的某个地方*找到一个他妈的巴拜尔博士，好搞清楚到底是怎么回事，我来找你……是为了……是因为我觉得你是*我的朋友*，然后你说什么，你现在……*很忙*……？”

泪水从她指尖渗出，沿着脸颊滚滚而下。她用手狠狠地擦了擦眼睛，吸了吸鼻子，抬头看了一会儿天花板，然后垂下眼睛，却看到艾萨克和他的朋友正直直地盯着她，眼睛睁得大大的，目光里带着一种异乎寻常、近乎荒谬的狂热。

艾萨克的手慢慢地移过桌面，一把攥住她的手腕。

“你说你得去找*谁*？”他急切地问。

第二十八章

“嗯，”本瑟姆·鲁德革特斟词酌句地说，“我什么也没从他那里问出来。暂时还没有。”

“即使是他线人的名字？”“烟枪”法谢尔问道。

“嗯，”鲁德革特抿起双唇，慢慢地摇头，“他一味地装聋作哑。不过我觉得真要找出他的消息来源也不是什么难事。毕竟知道这事的人不多。那人肯定是研发部的，*也许*还参与了YE项目……等刑讯人员审问过他之后，我们应该能知道更多。”

“所以……”“烟枪”法谢尔说，“我们终于走到这儿了。”

“是的。”

“烟枪”法谢尔、鲁德革特和蒙特约翰·拉斯克尔正站在一条地道里，身旁环绕着一支由国民卫队精锐士兵组成的护卫队。地道位于帕迪多街车站的地下深处，煤气灯在浓重的黑暗中忽闪不定，犹如萤火之光，只能照亮他们前头一小圈地方。他们身后不远处是他们刚刚搭乘的升降机。

鲁德革特做了个手势，与他的得意副手们一同向前方的黑暗中走去。国民卫队士兵们排成护卫阵型紧随左右。

“对了，”鲁德革特说，“你们都带着剪刀吧？”“烟枪”法谢尔和拉斯克尔点了点头。“四年前是整副的国际象棋，”鲁德革特沉吟道，“我还记得织者改变喜好之后，我们牺牲了三条性命才搞明白它想要什么。”他停顿了一下，四周一片令人不安的寂静。“现在我们在它的研究上跟得很紧，”鲁德革特以一种黑色幽默的口吻说道，“在和你们会合之前，我同卡普涅奥尔博士谈过了。他是我们的织者‘专家’……姑且这么称呼吧。他跟我们这些人的区别，也就是我们对织者的无知程度得用‘极端’这个词来形容，而他可以用‘非常’这个词。他向我再三保证，剪刀仍然位居织者希望得到的物品之列。”

过了一会儿，他又再次开口。

“一会儿我来跟它对话。我之前跟它打过交道。”他心里并不确定这到底算是优势还是劣势。

地道尽头是一扇箍着铁条的厚橡木门。国民卫队的护卫队长将一把巨大的钥匙插进门上的锁眼一拧，顺利地开了锁。他使出全身的力气将门拉开，领头踏进门后黑暗的房间。这位队长受过严格的训练，有着钢铁般的纪律，尽管如此，他的背影依然流露出了极度的恐惧。

其他的士兵跟在他后面，然后是拉斯克尔和“烟枪”法谢尔，最后是本瑟姆·鲁德革特。他进入房间后反手将门拉上。

所有人在踏进房间的一瞬间都感到了片刻的眩晕，像是一下子失去了方向感，一股不安仿若实质般掠过他们的皮肤，激起一阵刺痛。无形的长长细线悬垂在房间四处，那是以太纤维与情绪绞成的蛛丝，它们交织成繁复的图案，起伏飘荡，粘在这些不速之客的身上。

鲁德革特微微颤抖了一下。他可以用余光瞥见这些丝线，但当他定睛看去时，那些细线却立即消弭于无形。

房间像裹在真正的蜘蛛网里一样昏暗模糊，每一面墙上都有排成古怪图案的剪刀。那些剪刀或是像互相追逐的凶猛食肉鱼，或是像在天花板上欢快地嬉戏，又或者是按照繁复诡异的几何模型互相绕圈、彼此穿越。

全副武装的护卫队靠着一面墙立定站好。房间里不见光源，他们却可以看见东西。这里的一切仿佛处于黑白画面之中，画面还不时闪烁模糊，泛起波纹，光线惨淡无力。

他们一动不动地站了很长时间。房间里鸦雀无声。

本瑟姆·鲁德革特以极慢的速度将手悄悄伸进他随身带来的一个袋子里，拿出一把银灰色的大剪刀，这是他在下到地道之前派人从帕迪多街车站最底层的商业广场里的一家五金店买的。

他无声地分开剪刀的双刃，将它高高举到黏腻的空气中。

鲁德革特手指猝然一动，将剪刀合上。清晰的金属摩擦声随着锋锐剪刃的交错一路传出，然后以一下干脆有力的咬合声突然终结，在房间里激起阵阵回响。

回响嗡嗡，像陷在蛛网里苍蝇的挣扎哀鸣。他们突然觉得脚下一滑，跌进了房间中央一个黑暗的维度。

一阵寒意从他们的背上滚过，带起无数鸡皮疙瘩。

回声折返。

本已渐不可闻的回声在折返过程中竟越来越响，起了变化，成了字词，由一个哀婉的声音娓娓道来，起初只是轻声细语，如泣如诉，而后越来越高声，越来越清晰，从剪刀激起的回响中旋转而出。这声音难以描绘，令人心碎又令人血液凝固，仿佛一股无形的吸力将听者拖入它的包围之中，越陷越深。它似乎并不是在耳中回荡，而是源自身体深处，源自血液与骨骼，源自丛集的神经。

……肉人儿进来合拢剪刀肉人儿献上致意在这剪刀国度我收到也向你们致以同样的问候……

在令人窒息的寂静中，鲁德革特向“烟枪”法谢尔和拉斯克尔做了个手势，两人会意，也像他刚才那样举起剪刀，打开而后猛然合上，厉响如无形刀刃撕裂空气。鲁德革特也加入进来，三人不停开合剪刀，鼓噪的声音汇成一阵令人毛骨悚然的怪异掌声。

在这片急促不断的背景声中，那个神秘的声音再度随着回音在房间里响起。它呻吟着，带着一种淫邪的欢愉，仿佛一场永不停息的长篇独白，悠悠而至又渺渺而去，只余片段话语落入众人耳中。

……再来再来再来一次不要停下这刀锋的召唤这利刃的颂歌我接受我赞同你们的剪刀如此精巧你们剪得如此美妙你们这些有着内骨骼的小人儿你们你们剪你们削你们割断那织网的丝线再用一种笨拙的优美重新塑造……

房间里有看不见的物体投下阴影，那阴影似乎在不断伸展，从方形房间的一角牵到另一角，越绷越紧，黑影之中，有什么东西无声潜入视野——

进入这个位面。一个身形凭空出现。从空间的某个褶皱之后悄然步出。

它尖尖的脚爪踩着精巧的步伐，优雅地向前走来，巨大的身体起伏摆动，许多只步足高高抬起又轻轻放下。它低下那颗高耸于半空的硕大脑袋，看向鲁德革特和他的随从们。

一只巨蛛。

鲁德革特曾经历过严酷的自我磨砺。他是个极其刻板无情之人，时时以机械般的纪律约束自己。他自认为世间再无一事一物能让他感到恐惧。

但是，看着眼前的织者，他感到恐惧几乎就要涌上心头。

织者是比恶魔大使更糟糕更可怕的对手。地狱的居民们样貌怪异可怕，拥有鲁德革特崇敬不已的强大力量，但是，但是……他能理解他们。他们是折磨者也是被折磨者，精于算计又难以捉摸。狡诈邪恶。但他们的所作所为是可以理解的。他们同样喜好玩弄权术。

但织者是全然不同的存在。在织者面前，不可能讨价还价、谋算心机。他已经尝试过了。

鲁德革特收摄心神，暗暗愤怒而严厉地斥责自己，命令自己目不转睛地盯着面前的巨蛛，将眼中所见剖析毫厘，条分缕析。

织者身上最引人注目的地方是那巨大的泪滴状腹部，占据了它躯体的大半，圆滚滚沉甸甸地坠在腹部之后，如同一颗饱满的球果，足有七英尺长五英尺宽。表面光洁无比，几丁质外骨骼呈黑色，流转着虹彩般的微光。

它的头胸部足有一个壮年男性人类的胸部大小，悬垂在腹部前方，大约在腹部最高点垂直距地面的三分之二高处。巨大浑圆的腹部耸起在头胸部上方，如同裹在黑衣中的宽阔双肩。

织者慢慢旋转脑袋，将访客一一收入眼中。

它黑色的脑袋如同人类的骷髅头般光滑枯瘦：布着许多颗单眼，每颗都是鲜血般的深红色。两颗足有人类新生儿头颅大小的主眼分别镶在头部两侧凹陷的眼域中，两者之间是第三颗小上许多的眼，第三颗眼之上有两颗眼，再往上又有三颗眼。这许多颗眼一瞬不瞬，仿佛一个排列精巧复杂的深红色星座。

织者张开结构复杂的口器，颚叶弯屈，让人想起昆虫的下颚以及黑色的象牙陷阱，内里深处可以看见濡湿的咽部收缩振颤。

它的附肢瘦削多节，就像人类的脚踝，从连接头胸部和腹部的纤细腹柄处伸出。织者用最后面的四条步足行走，这些步足以四十五度的斜角刺破空气，探得比腹部的最高处还要高，然后循着灵巧的关节一路弯折，在庞大头部上方大约一英尺的地方颤巍巍地直戳地面。它步足轻弹，起落之间划过的距离足有十英尺，顶端尖利，如同一把貌不惊人又削铁如泥的匕首。

织者行走间如同狼蛛一般，一次抬起一条腿，高举至空中再轻轻放下，带着外科医生和艺术家的精巧优雅，动作不紧不慢，散发着非人的危险气息。

在这四条巨大步足错综环绕的躯干之上，又伸出两对较短的附肢。一对有六英尺长，于居中的关节处向上抬起，细瘦坚硬的几丁质跗节末段是十八英寸长的爪，赤褐色的壳质边缘弧度优雅，闪着冰冷的寒光，有如手术刀般锋利。爪的基部探出一根弯曲的骨刺，锋锐如钩，显然是用来攫取、撕裂和握持猎物。

这两只反曲刀[①]状的利爪高悬半空，像贲张的兽角，像戳立的长矛，扬扬自得地彰显着强大的杀伤力。

在利爪前方，是最后一对长度更短的附肢，悬垂在织者的头部与地面之间。末端竟是一双瘦小的手，猛地看去就像人类孩童的手，同样长有五根细长的指头，但那些指尖光溜溜的，既没有指甲也没有皮肤，只是一团缭绕的纯粹黑暗，闪着怪异的珠光。

织者将这对附肢微微曲起，两只小手交握在一起，不断地缓缓揉搓。这个动作鬼祟至极，又与人类别无二致，仿佛出自一个满脸假笑而心怀鬼胎的牧师，让人不寒而栗。

矛尖般的步足悄然逼近，红黑色的利爪微微旋转，在没有光源的房间里反着冷冷的光。那双瘦小的手不停地揉搓。

织者的身体往后一荡，然后带着森森威压向前俯来。

*……这般的献礼这般的慷慨你带给我的灵巧刀锋以铆钉相连……*它呢喃着，蓦地伸出右手。所有国民卫队士兵的身体都因这个突然的动作瞬间绷紧。

鲁德革特毫不犹豫地走上前去，带着一丝小心将手中的剪刀放在那只手掌中，尽量不碰到它的皮肤。“烟枪”法谢尔和拉斯克尔也随即照做。织者遽然后退，审视着手里的剪刀，手指缠上刀柄，飞快地将三把剪刀都开合一遍。然后它走到正对房门的后墙边，步足轻弹，依次将每把剪刀往冰冷的石壁上一按。

不知怎么的，这三把冰冷的金属剪刀就这样待在了墙上，仿佛被布满水痕的石壁牢牢粘住。接着织者开始细心地调整起它们的确切朝向与位置来。

“织者，我们此次前来是想请教您一件事。”鲁德革特的声音平稳，没

---

① 反曲刀，一种轻型军用武器，刀型向内弯曲，刀刃前段向上抬起或平直伸展，刀背厚钝，劈砍力强。以被誉为尼泊尔国刀的库尔喀弯刀为代表。

有丝毫颤抖。

织者转过庞大的身躯面对着他。

……丝线旋转而出一缕一缕包围你环绕你蹒跚的肉身你吃吃地窃笑你用力拉扯不屑耸肩拆开再系牢你的三头政治权力裹着蓝衣充斥燧石火花黑色火药钢与铁你们三个稳稳端住收割叛逆的灵魂身披破布在那五个有翼的撕裂者划开缠结神经突触群起攻击精神吮吸心灵涓滴之后……

鲁德革特蓦地转头看向拉斯克尔和“烟枪”法谢尔，目光凌厉。他们三人都屏气凝神地听着织者如梦呓迷思般的低吟浅唱。有一件事情他们听得非常明白。

“五个?”拉斯克尔低声重复，看向鲁德革特和“烟枪”法谢尔，“莫特利只买了四只蛾子……”

……五根手指一只手扰乱剥除世界的经线与纬线从城市居民身体既是线轴五只撕开空气的昆虫四只发育完好套着闪亮金属环是戴着戒指的四指气宇轩昂一只矮小粗短是拇指发育不良先天不足将力量赋予专横急切的同胞聚齐五根手指一只手……

织者轻盈而缓慢地逼近拉斯克尔，让护卫队的神经紧绷到了极点。它伸出一只手，张开五指，举到拉斯克尔脸前，徐徐推去。人类周遭的空气因为织者的靠近而变得浓稠。拉斯克尔觉得无形的黏丝沾了一头一脸，他咬紧牙关，拼命地压抑着伸手抹净的冲动。他身旁的国民卫队士兵呆立在原地瑟瑟发抖，嘴里语无伦次地念叨着，显然在织者的威势面前根本不堪一击。

鲁德革特不安地看着这个小插曲。他上一回也是唯一一回同织者交谈时，它为了强调它的一个观点，做出了一个举动，就像人类使用某种修辞手法一般：它伸手捞过守在鲁德革特身边的护卫队队长，举到空中，缓慢优雅地剔掉了那人的骨头。它用一根利爪扎穿那人的铠甲，向上一挥，从腹部划开到下巴，扯出一根根依然冒着热气的骨头。那名队长被织者开膛破肚之时，一直在尖声惨叫、不断挣扎，而织者只是继续阐释着它梦呓般难解的观点，将悲伤而优美的声音伴随着回荡的凄厉惨叫送入鲁德革特的脑海。

鲁德革特知道，只要织者觉得能够改进世界的织网，什么事情它都做得出来。它可以装死，可以将地上的石头削成一尊狮子雕像，甚至可以毫不犹豫地挖出伊莱扎的双眼。不管什么事情，只要它觉得能够牵动只有它能看见的以太纤维编成图案，织就它想要的华美丝帷，它都做得出来。

鲁德革特脑中匆匆闪过与卡普涅奥尔讨论“织学”的回忆，这门科学旨在研究织者。但织者数量极其稀少，而且只偶尔栖息在人类居住的这个位面。自新克洛布桑城邦建立以来，科学家们想尽办法也只搞到过两具织者的尸体。所以卡普涅奥尔的研究很难算得上一门成形的科学。

没人知道这位织者为何选择留在新克洛布桑。两百多年前，它用它那晦涩难解的方式告知当时的市长德拉格曼·比恩，它将生活在城市地下。在过去的这些年里，有那么一两届政府假装它不存在，但绝大多数执政党都无法抵挡它那强大力量的吸引。它与市长们及科学家偶尔为之的互动有时平淡无奇，有时则引发致命的后果，这些互动便是卡普涅奥尔研究的主要信息来源。

卡普涅奥尔本身是一名进化论者。他认为织者起源于某种普通的蜘蛛，这种蜘蛛是在三四万年前的萨格里迈无意间受到某种扭力或魔法的影响，进化过程突然在短时间内发生了爆炸式的加速。他对鲁德革特解释说，只经过寥寥数代，这种普通的蜘蛛便由基本没有思考能力的食肉动物演变成具有惊人智力与强大魔力的美学家，也就是现在人们所知的织者，它们有着与人类迥异的意识，智慧超凡，它们的蛛网不再用于捕获猎物，而是一种关乎存在的抽象之美的展示，它们的纺器也相应地变成多维度腺体，可以在世界的不同位面编织图案。对它们而言，这个世界就是一张蜘蛛网。

有古老的传说讲述了织者如何因美学上的分歧而自相残杀，这些分歧五花八门，令人咋舌，例如，是毁灭一支一千人的军队比较美，还是不管不顾比较美？那一株蒲公英是拔掉比较美，还是不拔比较美？对织者而言，思考只关乎美学，而行动，也就是吐丝织网，只关乎怎样将更多美妙的图案呈现于世。它们不吃物质层面的食物：它们似乎只靠欣赏美为生——

一种人类以及其他生活在这个位面的智慧生物无法识别的美。

鲁德革特在心里默默祈祷眼前这位织者不要认为杀掉拉斯克尔能在以太中编织出一个美丽的图案。

过了无比漫长的数秒钟，织者向后退去，依然高举着那只五指张开的手。鲁德革特松了口气，听到他的陪同者与那些国民卫队护卫发出了同样的动静。

……五个……织者呢喃着。

“五个。”鲁德革特应和道，声音很平静。拉斯克尔沉吟片刻，慢慢地点了点头。

“五个。”他也悄声重复道。

“织者，”鲁德革特说，“您自然是对的。我们想问的正是那五个逃到城中的生物。我们……十分担心……听起来您似乎也是如此。我们想问，您是否愿意帮助我们将它们从城中清除。赶在它们破坏世界织网之前，将它们搜出来，赶至一处，而后全数绞杀。”

织者沉默片刻，然后突然跳起舞来，它快速地左右移动，尖尖的足端令人眼花缭乱地在地板上捻抹挑弹，发出轻柔迅疾、错杂不断的嗒嗒响声。这怪诞舞步激起的急促回响渐渐在众人脑中漾开：

……你不问我亦发现织网起皱图案渗色纹理松弛丝线磨损我唱起哀歌为了织网图案松垮变形之处我希望我愿意我可以用丝线缠住那些怪物阴影般伸展的翅膀扰乱汲取世界织网的色彩褪去渐渐单调不应如此我读取共振于织网节点间轻弹传递它们吞噬美以作养料舔干净染红的利爪我将剪断丝线将它们捆绑我是我是敏锐巧妙的色彩使用者我将漂洗你们的空间与你们一起我要将它们一扫而尽将它们紧缚至死……

鲁德革特过了好一会儿才反应过来织者答应帮助他们了。

他小心翼翼地咧嘴一笑，还没来得及再次开口，织者又抬起前面四条附肢，直指上方……我要去找出图案混乱之处色彩褪去之处便有摄魂怪虫吸干城市居民既是线轴我很快会再来……

织者往旁边迈了一步，身形瞬间消失。它已经离开了这个位面，以人类无法想象的灵巧沿着世界织网的纵横丝线疾驰而去。

黏附在整个房间与众人身上的无形蛛丝开始渐渐消失。

鲁德革特慢慢地向左右看去，国民卫队士兵纷纷挺直后背，长长舒气，放下在不知不觉中摆出的战斗姿势。“烟枪”伊莱扎·法谢尔迎上他的目光。

“也就是说，”她说，“它同意加入我们了，对吧？”

第二十九章

翼人们吓坏了。恐怖的故事在他们中间流传：天空中出现了怪物。

夜晚，他们聚在城市巨大的垃圾场里，围坐在用垃圾燃起的篝火旁，哄着孩子们安静下来，然后开始轮流讲述那些可怕的故事：空气一阵扰动，随即听见惨叫蓦地响起；无意间瞥见吓人的怪物一闪而过。他们都目睹过天空中盘旋的黑影，都感觉到刺鼻的液体从上方悄然滴落，在他们身上啪嗒溅开。

开始有翼人惨遭毒手。

起初那只是一些闲谈间说起的故事，即便害怕，翼人们多少还有兴趣地往下听。但接着故事中的主人公变成了他们认识的人，当那些流着口水、痴痴傻傻的躯体被人发现，他们的名字便随着亲友们的哀嚎哭喊传遍城市夜空。“艾菲曼”、“人行道”、“薄荷”；其中最吓人的莫过于“大坏蛋”，他是东城翼人的老大，打架从来没输过，遇到什么事情都不退缩。他的女儿在遗翠园一座生锈的煤气塔边找到了他，当时他躺在灌木丛里，脑袋耷拉着，黏液从嘴巴和鼻子里缓缓渗出，双目圆瞪，仿佛戒备着什么，眼珠却翻着白，像剥了壳的煮鸡蛋。

两名虫首人护士被人发现时正浑身绵软地坐在雕像广场上，一脸茫然；一名蛙人躺在黑泥地的河沿，半个身子悬在河面，宽大的嘴巴像傻子一样歪在一边。失去意识的人类受害者数目不断攀升，已达两位数之多，而且增长速度毫无减缓的趋势。

河衣区大温房的长老拒绝透露是否有仙人掌族遭此厄运。

《辩论报》在第二版刊登了一篇文章，标题为“神秘疫病流行，患者神志尽失”。

并不只有翼人看见了那仿佛从噩梦中走出的怪物。一开始就有两三名歇斯底里的目击者声称自己亲眼看到那些受害者被摄取神志的过程，而后慢慢地，这样的目击者越来越多。他们说当时自己的头脑也一片混沌，仿佛陷入了某种恍惚状态，但接着他们便会语无伦次地描绘起那怪物的模样：没有眼睛的怪虫，缩成一团的黑色躯干连着怪异至极的肢体，慢慢舒展开来。突出的獠牙。具有催眠魔力的翅膀。

乌鸦塔里繁华的大道与隐蔽的街巷纵横交错，恍如迷宫，迷宫中心便是帕迪多街车站。几条主要的道路以帕迪多街车站和比尔桑特姆广场为圆心向着四面八方伸展：勒蒂索夫大街、康克尤特大道、多斯盖鲁林荫大道，每条都路面宽阔，热闹非凡，马车、出租车和行人挤做一团。

在这片繁华之地，每周都有高雅上档次的新店开张。大型商店开在原来的贵族豪宅，上下足有三层楼；规模较小的商店同样人流如织，橱窗里摆满最新款的煤气灯具，配有繁复翘曲的黄铜装饰和加长汽门；精美食物；错彩缕金的鼻烟壶；剪裁考究的华衣美服。

从这几条主要街道上延伸出无数如毛细血管般的小街道，街道两侧鳞次栉比地排列着律师事务所、诊所、保险公司、药店、慈善组织办公处及高端私人会所。气度不凡的男人们穿着整洁合体的西装在街上昂然而过。

但在乌鸦塔那些相对偏僻的角落里，也挨挨挤挤地塞满了寒酸破败的陋屋，聪明人自然懂得对它们视若无睹。

乌鸦塔西南边的天空被连接獾泽与帕迪多街车站两处国民卫队塔的空中缆道一分为二，这片天空之下便是烤炉区与雪克区。烤炉区面积虽不及雪克区，却一样喧哗热闹，楔形的土地上挤满小商店和住宅，用石头搭建的墙壁上随处可见破损之处，以砖头草草修补，显得很是突兀。烤炉区有个不足以为外人道的产业：改造。在这个地区沿河之处，深藏地下的惩罚工厂日日夜夜发出痛苦的哭号，有时还会冒出几声凄厉惨叫，旋即被迅速掐断。但为了面子着想，烤炉区的居民只能无视这些放不上台面的经济活动，只在眼神里透出一丝嫌恶。

这是一个热闹的地区。朝圣者从四面八方而来，穿过烤炉区前往位于獾泽北部边缘的帕尔格拉克神庙。数个世纪以来，烤炉区一直是异教教会与宗教团体的避风港。这里的墙壁涂满张贴海报的糨糊，变得越发坚固，那些海报数以千计，层层叠叠，风化发霉，上头宣扬着各种神学观点与辩论。那些所属教派要求敛心默祷的修道士和修女匆匆走过街道，回避着与他人的目光接触。苦行僧与主张华美神庙隆重祭礼的人在角落里激烈地争执。

一小块土地如楔子般插在烤炉区与乌鸦塔之间，那是这座城邦尽人皆知的秘密，一个糜烂堕落的污点。与整座城邦相比，它小得不值一提，只有寥寥几条街道，街上的房子又老又窄，挤得密不透风，随随便便搭几块木板就成了将它们连在一起的步道和阶梯。街巷被这些又窄又高、挂满古怪装饰的房屋挤成一线，曲里拐弯，恍如迷宫，反倒颇具防卫功效。

这便是新克洛布桑的柳巷花街。风月场。

深夜，大卫·沙拉肯匆匆而行的身影出现在烤炉区的北部地区。也许他正忙着赶回位于潜行滩的家，在萨德线与空中缆道投下的阴影中一路向西，穿过雪克区，经过俯瞰潜行滩草地的巨大国民卫队塔。这条路线走起来虽然很远，倒也不是走不过去。

但在大卫走到唾沫市场站的拱桥下时，他趁黑转了个身，回头凝望来时的路。他身后只有些路人，没有人跟踪他。他犹豫了片刻，然后从拱桥投下的阴影中走出来，一辆火车正好从上方呼啸而过，在砖砌的桥洞中激起震耳欲聋的隆隆回响。

大卫转而向北，沿着铁轨走去，进入红灯区的外围。

他的双手深深地插进衣兜，头垂得很低。这是他的耻辱。自我厌弃的情绪如闷烧的火苗燎着他的五脏六腑。

花街外围展示的商品迎合的是比较传统的口味。这里也有一些应召女和站街女招揽顾客，但这些在新克洛布桑其他地区随处可见的自由职业者终究不是此地的主流。此地的特色是关起门来享受更加上档次的放纵。煤气灯依照传统放在红色滤光镜后，将优雅考究的建筑照得通明，其间密密麻麻地点缀着普通的小商店，在此地依然恪守本分地出售着日常生活所需的用品。一些妓院的门口有穿着紧身胸衣、曲线毕露的年轻女郎柔声招呼过往行人。这里的街道虽然不如周围地区那般人头攒动，但也绝不能说是空寂清冷。走在街上的男人几乎个个穿着体面。这里的商品可不是为穷人准备的。

有些男人仿佛挑衅似的将头高高昂起。但绝大多数男人都跟大卫一样独自前行，行动间透着谨慎小心。

此处的天空显得十分暧昧，暖风直扑人脸，连闪烁的星光都透着一丝迷离。屋顶上不时传过一阵空气的扰动，那是一艘梭舱呼啸而过卷起的疾风。一根国民卫队的空中缆道就从这片靡靡之地的正上空横穿而过，颇具讽刺意味。国民卫队偶尔会前来此地对那些风月场所进行突然搜查，但大多数时候，只要那些有钱的客人们表示配合，乖乖在房内享乐而不出房门，国民卫队也就听之任之。

这晚的夜风似乎带着一丝不安，一种焦虑喷薄欲出，比平常弥漫此地的躁动气氛更为浓重。

一些房子里，灯光透过柔曼飘拂的轻纱映亮巨大的窗户，女人们穿着飘逸或贴身的睡裙站在窗前，以挑逗意味十足的动作抚摸自己，也有些女人做出娇羞的姿态，透过低垂的浓密睫毛向过往行人送去脉脉眼波。此地也有异种族的妓院，喝得醉醺醺的年轻人对着彼此起哄，怂恿对方进去完成“成人礼”，与虫首人、蛙人或其他更为奇异的种族共赴云雨。看到这类妓院，大卫不由得想起了艾萨克。他拼命压抑下这个念头。

大卫脚步一刻不停，目光不曾在周围环肥燕瘦的女人身上多留片刻。他径直向这个地区的中心走去。

他转过一处拐角，走向一排更为低矮寒酸的房子。这些房子的窗上画着粗陋的图案，暗示着里面售卖何种服务：鞭子。手铐。一个小女孩在婴儿床里涕泪横流。

大卫继续往前走，周围的路人渐渐稀疏，但仍络绎不绝。周围的空气中隐约传来嘈杂的动静。热闹的说话声。优美的音乐声。笑声。痛苦的哭号声。动物的吠叫和咆哮声。

这个扇形地区的中心附近有条独头巷道，两边的房屋破败不堪，是这座喧哗迷宫中的一处僻静所在。大卫踏上这条巷道的石子路，微微打了个寒战。巷子两边的每栋房屋门口都有人把守。这些男人个子高大，一脸凶相，穿着廉价西装，每当有人遮遮掩掩地走近，便调转目光仔细地上下打量路人。

大卫匆匆向其中一座房屋走去。身形巨大的保镖伸出一只手搡在他的胸口，将他拦下。

“托米克夫人让我来的。”大卫咕哝着说。男人放下手，让他过去。

屋里的灯罩厚厚的，脏得已经变成了棕色，使得整个大厅笼罩在一片屎黄色的灯光里，看起来黏腻不堪。一张桌子后头坐了一个样子朴素、神情严厉的中年妇女，穿着一条土褐色的碎花裙，倒是与灯罩相映成趣。她抬起目光，透过半月形的眼镜看向大卫。

“第一次来我们家?”她问，“有预约吗?”

“订了九点的十七号房。名字是欧瑞尔。”大卫说。桌子后头的女人微微地挑了挑眉，歪了下头，垂眼看向面前的一个登记簿。

“明白了。你是……”她瞥了一眼墙上的钟，“你早到了十分钟，不过还是上去吧。你知道怎么走吧？萨莉在等着你。”她再次抬起目光看向他，心照不宣地朝他眨了眨眼，露出一个假笑，这个表情在她脸上显得极其怪异，让人毛骨悚然。大卫觉得胃里一阵翻腾。

他逃似的从她面前转身离开，向楼梯走去。

大卫沿着楼梯往上走，心跳越来越快，当他踩上顶楼的地板，看着面前那条长长的走廊时，觉得心都要从嗓子眼里蹦出来了。他依然记得第一次来这里的情形。十七号房就在这条走廊的尽头。

大卫开始朝它走去。

他恨这个地方。恨走廊墙上微微起泡的壁纸，恨两侧房间里飘出来的古怪气味，恨墙后传来的令人不安的声响。走廊两侧的门大多数都敞开着，这是惯例：关上的门表示里头正在接客。

当然了，十七号房是例外，它的门永远是关着的。

大卫慢慢走过脏兮兮的地毯，渐渐接近第一扇门。感谢上天，它是关着的。只是木制的门板并不能遮蔽声音，他能清楚地听到里头古怪的动静：断断续续的哭喊，声音像被什么蒙着似的，闷闷的；皮革拉紧时发出的嘎吱声；充满轻蔑与憎恶的训斥声。大卫别过脸，却发现自己笔直地望进对过的房间。他瞥见床上那个赤裸的身体，那个稚气的少女抬头迎上他的目光。她手脚并用地跪在地上……她的胳膊和腿上长满了毛，末端伸出的不是手指和脚趾，而是爪子……那是狗的四肢。

他脚步不停，目光却像被催眠了一样留驻在少女身上，惊惧憎恶夹着熊熊欲火在他心头轰地燃起。少女笨拙地用狗的动作跳到地板上，磕磕绊绊地转过身来，显然还不熟悉这新的四肢，她扭头向他投来充满希冀的目光。

大卫的嘴巴微微张开，目光瞬间变得呆滞无神。

这个地方就是他深埋于心的最大耻辱，这家改造人妓院。

当然了，这座城邦到处都充斥着改造人娼妓。对改造人而言，不管是男是女，经常只有通过出卖肉体才能混口饭吃。但在这个区，人们能够享受到最为精巧复杂的改造术带来的极致欢愉，而这种改造术往往借由最轻微的罪名施加于那些娼妓身上。

大多数改造人娼妓之所以获得此种刑罚都是因为与这个行当不相干的罪行：她们接受的改造术通常会对她们所操持的营生造成奇奇怪怪的阻碍，使得她们的身价直线下跌。但在这里却恰恰相反，为了迎合那些专门为此而来的挑剔客人，娼妓们会接受特意针对她们行业而设计的改造术。这些经由改造术而呈现的怪诞躯体犹如一桌桌专为满足肉欲而烹制的饕餮盛宴，等待着精于此道的客人尽情享用。这些售价不菲的改造人娼妓有的是被父母卖给地下改造师的，有的是被债务所迫不得不将自己出售给肉体雕塑家的成年男女。还有传言说，有许多人本被判处接受其他的改造术，最后却发现自己在惩罚工厂里接受了迎合淫乐目的的古怪改造，而后被卖给皮条客和老鸨。这门生意利润丰厚，是城邦高阶生物奇术士的专属副业。

在这条仿佛永无止境的走廊上，连时间都变得黏腻不堪，如同变质的糖浆，令人作呕。每经过一扇门、一个房间，大卫都忍不住往里窥探。他命令自己移开目光，但他的眼睛根本不听使唤。

这里就像一座噩梦花园。每个房间里都展示着一朵独一无二的肉体鲜花，经由酷刑折磨而盛放于世。

大卫快步经过长着无数乳房的裸体，它们像鱼鳞般排列整齐；他经过一个形似螃蟹的怪诞身躯，躯干两侧伸出许多条性感的少女长腿；他经过一个女人，那女人用聪慧的双眼盯着他看，本该长着嘴的地方是一条竖直的狭缝；再往前的房间里有两个小男孩，正迷惑地看着怪异的下身；接着是一个长着许多只手的雌雄同体人。

大卫的脑袋嗡嗡直响，极度的惊惧憎恶让他有种精疲力尽的感觉，甚至连脚步都开始踉跄。

第十七号房间终于出现在他面前。大卫没有回头。他能在心里看到身后那些改造人的目光正透过由鲜血骨肉打造的性爱牢笼凝视着他。

他敲了敲门。片刻之后，他听见门后传来移除锁链的轻响，接着门微微地开了条缝。大卫闪身进门，压下翻涌的恶心感觉，将那条可耻的走廊埋在心底。房门关上。

房间里，一个穿着西装的男人坐在一张脏兮兮的床上，正用手抚平领带。另一个刚才替大卫开门关门的男人往大卫身后一站，双手抱胸。大卫飞快地瞥了他一眼，然后将全部的注意力转向坐着的男人。

男人朝床脚处的一张椅子示意了一下，让大卫把椅子拉到他面前。

大卫在椅子上坐下。

“你好，‘莎莉’。”他平静地说。

“你好，沙拉肯。”男人也开口道。这是个瘦瘦的中年男人，目光精明，显得很有心计。他坐在那里，看上去与这个墙纸剥落的破旧房间以及整栋堕落的妓院格格不入，但他却神色自若。他在这个周围全是改造人娼妓的地方等待着大卫的到来，就如站在议会大厦的走廊上一般从容耐心。

“你说想见我，”男人继续说道，“我们上次收到你的消息已经是很久以前了。我们已经把你标记为沉睡者。”

“呃……”大卫很不自在地回答，“没什么好报告的。不过现在有了。”男人表示理解地点点头，等他继续往下说。

大卫舔着嘴唇，觉得两片嘴唇像是有千钧重。男人看着他，仿佛觉得有些奇怪，眉头皱了起来。

“报酬还和以前一样，”男人开口道，“甚至还往上涨了些。”

“不是的，老天，我……”大卫结结巴巴地说，“我只是……呃……有点生疏了。”男人再次点点头。

是非常生疏，大卫无可奈何地想，*上次来已经是六年前的事了，我发誓我再也不会这么做了。我一定要从这档子事里头抽身出来。勒索我已经让你们开始觉得厌倦了，我也不再需要那些钱……*

第一次是在十五年前，他们闯进了这个房间，十七号房，房里有个破布娃娃一般的改造人，而大卫正在她其中的一张嘴里尽情发泄。这个穿西装的男人给大卫看了他们的相机，告诉他说他们会把这些照片送给报纸、杂志和大学。他们给了他选择的机会。而且他们出手很大方。

他必须做他们的线人。只是兼差。一年碰面一次，或者两次。后来他单方面地停止了这份兼差，一停便是很久。直到现在。因为现在他被吓坏了。

大卫深深地吸了口气，开始说话。

“出大事了。噢圣嘉罢啊，我不知道该从何说起。你知道最近到处出现的那个怪病吗？让人变得像白痴一样的怪病？我知道它是从哪儿来的。我以为我们可以处理这件事情，我以为它是可以……控制的……可是他妈的！它闹得越来越大，牵扯的东西越来越多……我想我们需要帮助。”（在他身体深处的某个地方，有个小小的声音啐了一口，对这段话、对他的懦弱和自欺欺人表达了深深的嫌恶。但大卫嘴上不停，继续飞快地往下说。）“这件事是从艾萨克那里开始的。”

“丹·德尔·格雷姆勒布林？”男人问，“和你共用工作室的那个人？离经叛道的理论家。科学家。挺会钻空子的，最擅长自命不凡。他近来怎么样？”男人嘴边掠过一丝冷笑。

“就是他，现在听我说。他最近接下了一个委托，雇主是……总之有人委托他研究飞行的事，所以他搞来一大堆会飞的破玩意进行研究。鸟、昆虫、阿斯匹克，他妈的什么都有。其中一个就是一只巨大的毛虫。在好长一段时间里那该死的玩意看起来都像随时要断气了一样，接着艾萨克肯定是琢磨出了养它的办法，因为那毛虫突然一下子开始长大。长得非常大。有他妈的……这么大。”他伸出双手比画了一下毛虫大概的身长。对面的男人专注地盯着他，面色沉着，双手紧紧握在一起。

“接着那毛虫开始化蛹，是的，我们都有点好奇它会变成什么。所以就没管它。有一天我们回去的时候，就看到拉布勒梅——你知道，就是跟我们合租那个仓库的另一个人——拉布勒梅他躺在地上，口水直流。也不知道那个茧里头孵出了什么操蛋的东西，它他妈的把他的意识吃了……然后……然后跑了，那该死的东西逃出去了。”

男人猛地点点头，像是做了什么决定，同他之前邀请大卫提供消息时的淡定大相径庭。“所以你觉得最好是来通知我们一声。”

“呸，才不是呢！我觉得……就算在那个时候我也还觉得我们能够处理。我是说，老天作证，我真的对艾萨克很生气，又毫无头绪，但我还是觉得也许我们能想出什么办法抓住那个该死的玩意，治好拉布……但马上就开始出现越来越多的受害者，到处都能听说有人……失去了意识……不过最主要的还是我们查到了一开始是谁搞来那毛虫卖给艾萨克的。原来是他妈一个政府职员从他妈议会大厦的研发部偷来的。我就想：‘妈的，我可不想搅和到政府的事情里头去。’”坐在床上的男人点点头，表示对大卫这个明智决定的赞许。“就是在那个时候，我开始觉得这件事情已经远远超出了我们的能力掌控范围……”

大卫停下来。坐在床上的男人张开嘴刚想说话，大卫打断了他。

“等等！听我说！我还没说完呢！我听说了你们镇压泉树暴乱的事，知道你们把《不羁叛逆者》的主编抓了起来，对吧？”男人没有说话，下意识地伸出手弹去外套上一根根本不存在的线头。他们没有张扬，但狗泥塘那个只余废墟的屠宰场已经不言自明地说出了这个事实：国民卫队捣毁了某个煽动分子的老巢，现在城里流言四起。总之艾萨克有个朋友就在那该死的报纸上头写东西，她联系上了那个主编——我不知道她是怎么做到的，大概是通过某种该死的魔法吧——那人告诉了她两件事。一个就是审讯他的人……你们的人……觉得他知道什么，但实际上他什么都不知道；第二件事情就是他们问起他《野火》上的一篇文章，还有文章的消息来源，不管他们担心那个主编知道的是什么事情，他们觉得这件事情那个线人肯定一清二楚。主编说那个线人姓巴拜尔。听到了吗！我们的政府职员就是从这个巴拜尔那里偷来那条怪物毛虫的！”

说到这里，大卫停了下来，让对面的男人好好消化一下这句话，然后继续往下说。

“到这里事情就都连上了，我的确不知道发生了什么。我也不想知道。我只知道我们做的事情……会让你们非常生气。也许一切只是巧合，但我没法这样说服自己……我很愿意帮忙抓回那个怪物，但我不想在事情牵涉到他妈的国民卫队、秘密警察和政府时，站，错，边。你们得把这个烂摊子收拾干净。”

坐在床上的男人双手紧握。大卫又想起另一件事。

“对了，听着！我最近冥思苦想，想搞清楚事情的来龙去脉，然后……我也不知道我想得对不对，但这件事情是不是跟临界能量有什么关系？”

男人非常慢地摇了摇头，脸上不动声色，神情不可捉摸。“你继续说。”他说。

“我们在讨论这些事情的时候，艾萨克曾经不小心说漏了嘴……暗示……他造出了一个……一个能正常运转的临界引擎……你知道这意味着什么吗？”

男人的脸上依然波澜不惊，眼睛却一下子睁大了。

“我是獾泽线人的联络人，”他沉声说道，“自然知道那将意味着什么……那不可能……是吧……等等，那不应该啊……难道……难道那是真的？”大卫第一次看到这个男人脸上显出慌乱的表情。

“我也不知道。”大卫绝望地说，“但他不是在吹牛……他是顺口说出来的……我就是……想不到别的了。但我知道他一直在研究这个，时断时续地，研究了他妈的好多好多年……”

房间里陷入了长时间的沉默。坐在床上的男人若有所思地望着远处的墙角。脸上飞快地闪过各种各样的表情。他若有所思地看向大卫。“你是怎么知道这一切的？”他问。

“艾萨克信任我，”大卫回答（他身体深处的某个地方不自觉地缩了一下，他再次忽略了那个感觉），“一开始那个女人……”

“名字？”男人打断了他。

大卫犹豫了。

“德姮·布鲁戴，”最终他还是咕哝着说了出来，“这个布鲁戴一开始非常小心，不愿意在我面前说，但艾萨克……他替我担保。他知道我的政治立场，我们一起参加过示威游行……”（他身体深处的那个地方又是一缩：*你根本没有政治立场，你这个该死的叛徒*）“只是到了现在这个时候……”他犹豫着说不下去了，显出痛苦的表情。男人不置可否地挥挥手，他对大卫的内疚之情和自我辩解毫无兴趣。“总之艾萨克跟她说可以相信我，所以她就把一切都告诉了我们。”

又是一阵长时间的沉默。坐在床上的男人等着。大卫耸了耸肩。

“我就知道这些了。”他咕哝道。

男人点了点头，站起身来。

“好吧，”他说，“你说的这些……非常有用。我们也许得找你的老朋友去我们那里谈谈。别担心。”他带着安抚的微笑补充道：“我们没打算对他做什么，我向你保证。我们也许需要他的帮助。显然你说的没错。这件事情……牵扯众多，需要联络方方面面，这不是你能做到的事情，我们会想办法的。当然，需要艾萨克的帮助。”

“你必须和我们保持联系，”男人又说，“你会收到书面指示。一定要严格照着上面说的来。这点我应该不用再强调了吧？我们会确保德尔·格雷姆勒布林不知道我们的消息来源。也许我们会等上一些日子再有所行动……别急。这是我们的事情。你只要暗中观察，尽量不要出手干预德尔·格雷姆勒布林的行动。明白了吗？”

大卫一脸痛苦地点点头。他等待着。男人向他投去严厉的一瞥。

“好了，”他说，“你可以走了。”

心怀愧疚的大卫听到这句话赶紧起身，脸上露出感激的神情，匆匆向门口走去。他觉得自己仿佛在泥潭中游泳，羞耻如黏稠的泥浆将他淹没。他只想快点离开这个房间，忘掉自己说过的话和做过的事，不去想那些将要送到他手里的金币和指令，他命令自己只想着与艾萨克的忠贞友情，不停地告诉自己这一切都是为了大家好。

一直站在他身后的那个男人替他打开房门，放他出去。大卫感激不尽地冲出门外，几乎是一路跑过走廊，一心只想快点离开。

但不管他穿过烤炉区的街道时脚步有多快，依然没能将负疚感甩掉，那感觉就如流沙一般，让他深陷其中不能自拔。

第三十章

那一夜，城市似乎恢复了往日的安宁。

当然，这所谓的安宁也只是相对而言，一幕幕骚动不安的场景仍在夜色掩映下悄然上演：人们争吵斗殴乃至丧命。鲜血和呕吐物玷污古老的街巷。玻璃碎裂。国民卫队的梭舱在半空呼啸而过。飞艇发出鲸歌般的巨鸣。一具残缺不全的无眼尸体被冲上贱地河岸，后来有人认出那正是本杰明·福莱克斯。

巨大的城市在夜空下辗转反侧，与无数世纪以来的每个夜晚一样。这断续破碎的睡眠，已是它所能得到的最好休息。

但到了次日夜晚，也就是大卫在红灯区履行他的秘密使命时，夜晚起了变化。新克洛布桑的夜从来都是一首嘈杂混乱的合奏曲，充斥着刺耳的节拍与突兀激烈的和弦。但这一夜，有个新的声音加入了这曲合奏，那是一抹喑哑紧绷的低音，让空气都为之凝滞。

这一夜，一向充满整个空气的躁动变得稀薄踟蹰，它悄悄潜入市民心中，让他们的睡颜蒙上阴影。接着白昼降临，人们一如既往地醒来，只记得昨夜梦中有片刻辗转，除此之外并无任何异样。

白昼匆匆而过，暮色四合，空气渐凉，当夜晚再次降临时，一种前所未见的可怕病症在整座城市蔓延开来。

城市的每一个角落，从北边的旗山到焦油河下游的白拉汉姆，从东边贱地散布的近郊住宅区到凯弥尔工人聚居的简陋贫民窟，人们在床上翻来覆去，呜咽呻吟。

最先出现症状的是孩子们。他们哭喊尖叫，双手紧攥成拳，指甲深深陷入皮肉，小脸皱成一团；浑身大汗淋漓，散发出一种甜腻的恶臭；脑袋剧烈地来回摆动。而这一切都发生在他们熟睡之时。

随着夜色渐深，成年人也开始出现这种症状。正当他们如往常一样徜徉在平淡无奇的琐碎梦境，早已遗忘淡去的旧日阴影与妄想突然冲破内心的城墙，像大举入侵的敌军一般从梦境深处袭来。恐怖的画面连续不断地轰炸，心中最深的恐惧化作鲜活的具象。还有那些平日里听得耳朵都起了老茧的唬人事物，他们终其一生也不会面对的妖魔鬼怪，他们醒着的时候根本不会在乎，今夜却在梦里吓得他们肝胆俱裂。

有些人不知为何侥幸逃脱了此种病症的侵扰，却在深夜被枕边人惊醒，他们身畔熟睡的爱人痛苦呻吟、连连尖叫，或是绝望地大声哭泣。有些出现此种症状的人本来做着妙不可言的春梦或美梦，但梦里的一切却热闹夸张到了疯狂的地步，让人毛骨悚然。在这个反常的夜晚，美梦变成了噩梦，噩梦变成了梦魇。

城市在黑夜的陷阱中动荡不安，瑟瑟发抖。梦变成了一场瘟疫，像病菌一样在熟睡的人们之间互相传播，甚至悄悄潜入那些醒着的人们心中。守夜人与国民卫队密探、深夜的舞者与彻夜用功的学生，还有那些失眠的人，通通发现自己思绪涣散，古怪的影像与念头在脑海中纷沓而至，活灵活现、栩栩如生，教人分不清是真是幻。

这一夜，城市上方的夜空被无数梦中发出的痛苦尖叫狠狠撕裂。

噩梦如突然爆发的瘟疫，席卷了整个新克洛布桑。

夏季的炎热兜头罩下，将新克洛布桑裹得严严实实，整座城市憋闷不堪。夜晚的空气混浊滚烫，如同这座城市喘出的粗重鼻息。高高的天空之上，云朵与芜漫的城市之间，有长着翅膀的巨大黑影停住身形，饥渴地垂下口涎。

它们四下散开，扑扇着不规则形状的巨大翅膀，每扇一下都掀得大片气流翻卷滚动，犹如刮起一阵狂风。它们向着城市俯冲，兴奋得几乎发狂，连身上的附肢都不住颤抖，这些几丁质的附肢数量众多，错综复杂，既像触手又像虫足，似人非人，诡异难言。

它们张开吓人的嘴巴，伸出羽状的舌头，朝着下方的屋顶探去。这里的空气充满浓醇的梦境香气，它们开始急不可耐地舔舐那鲜美的浆汁。它们的舌头如同蕨叶，中轴两侧伸出许多并行的细支，每片细支又由同样整齐排列在中轴两侧的纤枝构成。当每一根丝状的纤枝都饱蘸了那无形的琼液，它们便张开嘴巴，“啪”的一下卷起舌头收回嘴里，磨咬着巨大的牙齿，开始贪婪地咂吧。

饱餐过后，它们扶摇而上，一边飞一边排泄，将消化残余物全部清空。无形的污痕在天空中伸展，超自然的块状排泄物散发着甜腻的气味从天而降，穿过这个位面的裂隙渗入以太之中，进而漫布整座城市，浸透居民们的意识，扰乱他们的睡梦，召唤出深埋内心的魑魅魍魉。城里的人们不管是睡着还是醒着，都觉得心神激荡，惴惴不安。

五只捕猎者开始狩猎。

整座城市居民的噩梦汇在一起，犹如一大锅打着旋的肉汤，五个黑影般的捕猎者能够尝出分属不同心灵的每一缕独特滋味。

它们是机会主义者，期待用最少的努力换取最大的收获，因此通常情况下会采用伏击猎物的狩猎方式。它们会耐心等待，直至嗅到骚动意识发出的浓烈气味，源自某个对它们的分泌物特别敏感的心灵。然后它们便如缭绕的黑雾般倏然转向，朝猎物所在之地俯冲而去，用细长的手打开天窗的锁，踏过铺满月光的阁楼地板，悄无声息地潜到在梦中瑟瑟发抖的猎物身边，开始痛快畅饮。它们会锁定独自行走在河边的猎物，从黑暗中遽然现身，用众多的附肢将其攥住，带到空中享用。猎物在腾空而起的过程中发出连绵惨叫，那凄厉的声音却淹没在充斥整个夜空的痛苦哭号之中。

而等到它们丢弃猎物的躯壳，任其在船上或阴影笼罩的石子路上不住抽搐、口眼歪斜时，它们腹中抓心挠肺的饥饿感终于暂时平缓下来，可以不紧不慢地享受进食的乐趣。它们开始好奇地嗅探空气，敏锐地从中择出隐约的气味——源自它们曾经熟悉的心灵，接着，这些聪明又冷酷的掠食者便如猎犬一般，开始追踪那缥缈的痕迹。

一个捕猎者尝到一缕细细的意识流，来自一名曾在骨镇看守它们牢笼的守卫，他正在意淫朋友的妻子，那狂热的想象画面散发出浓烈的气味，随风而上，旋即被一条颤搐的长舌卷起。这个捕猎者立刻在空中转身，像蝴蝶和蛾子那样画出一条混乱的弧线，向着回音泥沼俯冲，扑向那气味的源头。

另一个庞大的黑影遽然拔升，画出一个巨大的八字，在自己行过的路径上翻卷滚动，试着抓住那抹在味蕾上一掠而过的熟悉气味。那是恐惧的香味，曾在它们化蛹之时渗入虫茧。这个身形庞大的捕猎者在城市上空不住盘旋，汩汩涌出的口水洒落它身下的各个位面。那缕气味时隐时现，微弱到令人沮丧的程度，但它的味觉十分敏锐，它终于朝着马法顿区直冲而下，一路舔舐着那渐渐清晰的气味。那诱人的味道正来自当初看着它长大化蛹的科学家——梅吉斯特·巴拜尔。

那只将同伴解救出来的瘦小捕猎者也尝到了一缕熟悉的气味。它因为营养不良而发育不全，心智不如同伴们发达，味觉也没那么敏锐，没法在空气中准确地捕捉到飘忽不定的气味踪迹，但它仍然努力地尝试着，尽管这样的尝试让它浑身难受。那气味是如此熟悉，源自一个充满激情的心灵……在它意识萌生之际、在它结茧化蛹之时，那气味一直环绕着它……它不时失去那气味的踪迹，然后再次找到，如此反复，让它进退维谷，难以为继。

这个暗夜猎手虽然与同伴相比最小最弱，却依然远比人类强大。这只饥肠辘辘的掠食者舔舐着空气一路飞去，努力要找到艾萨克·丹·德尔·

格雷姆勒布林的踪迹。

艾萨克、德姮和莱缪尔·皮金烦躁不安地站在街角，笼罩在雾蒙蒙的煤气灯光下。

“你那该死的伙计人呢?”艾萨克压低声音问。

“迟到了呗。多半没找着地方。我跟你说过他那人比较笨。”莱缪尔若无其事地说道，拿出一把弹簧刀，开始剔起指甲缝来。

“我们必须等他吗?”

“艾萨克，别他妈这么天真好不好。要不是你把那么多钱塞到我鼻子底下，我他妈才不会帮你做这些烂七八糟对我没一点好处的事呢。虽说是帮你做事，但我也有我的规矩。谁也不知道这些事会不会惹怒那倒霉的政府，我要掺和进来，自然得先做好保护措施。不怕告诉你，X先生就是我的保护措施。”

艾萨克在心里默默咒骂一句，但他知道莱缪尔说得没有错。

之前他犹豫了很久，不知道要不要叫上莱缪尔。这个想法让他非常不安，可偏就是那么巧，所有的事情都凑在了一块，他迅速地发现自己别无选择。大卫显然极不情愿跟他一起来找梅吉斯特·巴拜尔，当艾萨克向他说出这个提议时，他整个人都吓瘫了，慌得要命。艾萨克急得差点发火。眼下他很需要支持，希望大卫能积极主动地做点什么，但话说回来，现在并不是跟大卫纠结这事的好时候。

天空中出现的神秘怪物与国民卫队突然莫名其妙地把本·福莱克斯抓起来审问这两件事情之间似乎存在某种联系，而德姮在“垂死孩童”里无意提到的那个名字正是解开这个谜团的关键。艾萨克给莱缪尔·皮金写了封信，里头是那个名字以及他们知道的相关信息——马法顿区、科学家、研发部。信里还附了一大把几尼（他在这样做的时候发现雅格里克当时给他的那袋金块正在以肉眼可见的速度少下去）。他恳求莱缪尔打探出那人具体的所在，并且到时候助他一臂之力。

所以即便此刻X先生姗姗来迟，他也只能压抑下心头的怒火。虽然他一刻不停地用表情和身体动作表达着自己的不耐烦，但X先生所能提供的武力支援正是他当初找上莱缪尔的缘由。

至于莱缪尔本人，艾萨克没费多少口舌就说服他同自己和德姮一起造访马法顿区的那个地址。莱缪尔显得对事情的来龙去脉漠不关心，只对艾萨克愿意出多少钱雇他跑这一趟表现出兴趣。但艾萨克不相信他之所以应允只是看在钱的分上。他觉得这件事情弥漫的阴谋与神秘气息也勾起了莱缪尔的好奇心。

雅格里克死都不肯来。艾萨克试着说服他，热情洋溢口若悬河地说了半天，但雅格里克甚至连一声都没吭。最后艾萨克差点脱口问出“你他妈的留在这里干吗？”但还是咽下满心的恼怒，由鹰人去了。虽然事实上雅格里克现在已经是他们这个小团队的一员，但他也许还需要些时间来适应这一点。艾萨克愿意等他。

琳在德姮到来之前刚走。她显然很不情愿离开情绪低落的艾萨克，但她似乎一直心事重重。她只在仓库待了一个晚上，隔天离开时还向艾萨克保证自己会尽快回来。但她说完这话的第二天早上，艾萨克就收到一封信，上面是她独特的草书字体，付了一大笔加急费由信使跨越城市送达。

亲爱的：

我担心你看到这封信的时候会很生气，觉得我背叛了你，但请你一定要原谅我。我回家后看到一封信，它来自我的雇主，我的委托人，我的资助者，随你怎么叫。他之前刚刚写信通知我近期不用过去，又在这封信里通知我立刻过去。

我知道现在这个时候离开你非常不好。我只恳请你相信我，但凡我有得选，一定会拒绝他，但我没得选。艾萨克，我没得选。我会尽快完成他的委托——我希望在一两个星期之内吧——然后立刻赶回你的身边。

等我。

爱你的琳

所以，到了这个晚上，当满月透过薄云洒下银辉，将贝利绿地涂满斑驳树影时，借助这迷离光影的掩护藏在艾德利大道拐角等候的，便只有艾萨克、德姮和莱缪尔三个人了。

他们三人都紧张地不住扭来动去，不时抬头望向夜空中一闪而过的黑影，被想象中听到的动静吓得跳起来。深陷梦魇的城市居民发出鸮啼鬼啸般的声音，从他们周围的街巷断断续续地传来。每当听到那凄厉的呻吟或哀号，他们三人便会不安地交换一下眼神。

“妈的，”莱缪尔又着急又害怕，不由得小声咒骂道，“那家伙怎么回事?”

“我好像看到天上有什么东西……”艾萨克咕哝道，抬起头来茫然四望，声音消逝在空气里。

让艾萨克头疼的是，德姮和莱缪尔对彼此的敌意让此刻的紧张气氛雪上加霜。两人前一天才初次见面，很快就互相看不顺眼，在心里暗暗鄙视对方。这会儿两人都拼命地假装对方不存在。

“你是怎么搞到这个地址的?”艾萨克没话找话地说。莱缪尔不耐烦地耸耸肩。

“老兄，我自有门路。认识几个人，送上点好处费。要不然你以为呢? 巴拜尔博士几天前从原来的住处搬走了，后来有人在这个不那么体面的地方见过她。不过这里离她原来住的地方也就大概三条街的距离。那女人还真是心思简单。嘿……”他拍了下艾萨克的胳膊，指向昏暗的街道对面，“我的伙计来了。”

在他们对面，一团巨大的黑影突然从幢幢暗影中挣出，缓缓地向他们移动过来。那是一个块头极大的男人，他凶神恶煞地瞥了艾萨克和德姮一眼，然后冲着莱缪尔点点头，动作轻快得近乎荒唐。

“皮金，我来了，”他的声音大得同他的块头一般惹人侧目，“接下来我们干什么去?”

“伙计，小点声，”莱缪尔干脆利落地说道，“你带了啥?”

彪形大汉举起一根手指压在唇上，表示明白，然后掀开一边夹克，露出两把巨大的燧发手枪。艾萨克看到那两把枪的尺寸，不由得暗暗吃了一惊。他和德姮也带了武器，但在这两把火枪面前简直不值一提——这两个大家伙与其说是火枪，还不如说是火炮呢。莱缪尔看到它们，满意地点了点头。

“很好。说不定到时候也用不上，不过……你知道的。行了。等下你别说话，”彪形大汉乖乖地点头。“也别听我们说话，假装出门的时候忘带耳朵好了。”彪形大汉又乖乖地点点头。莱缪尔转向艾萨克和德姮：“听着，你们自己想好要问那人什么问题。我和我的伙计尽量假装自己是空气。不过我相信国民卫队对这事也很有兴趣，别问我为什么知道。也就是说我们没有时间玩游戏。所以要是那人不肯开口，我们只好帮她一把，明白了吗?”

“你们这些流氓就是这么形容酷刑折磨的吗?”艾萨克沉声喝问。莱缪尔看着他，目光冰冷。

“不是。你少他妈在这里跟我说教：是你出钱请我来跑这一趟的。我们没时间胡来，所以我也不会眼睁睁地看着她胡来。还有问题吗?”没人应声。“很好。沿着这边往前走，右拐就是沃德沃克街。”

他们小心翼翼地沿着后街走去，深夜僻静的街上再没有别人。他们四个人走路的样子各不相同：莱缪尔的大块头伙计面无表情，眼里丝毫不显惧色，周围空气中弥漫的梦魇气氛似乎完全没有影响到他；莱缪尔不时转头看向途经的黑黑门洞；艾萨克和德姮则面色阴沉，紧张不安。

他们在沃德沃克街上的一扇门前停下，里头便是巴拜尔新找的藏身之处。莱缪尔转身示意艾萨克敲门，但德姮快步上前。

“让我来。”她低声说道，语气里有难以压抑的激烈情绪。三个男人往后退去，让到一边，等他们站定之后，德姮转过身，拉下门铃的拉绳。

过了好一会儿，门里一点动静都没有。接着屋里传来窸窸窣窣的声响，然后有人慢慢地走下楼梯，朝门口一步步走来，却在门后蓦地停住，再无动静。德妲耐心地等着，用手势和口型告诉其他人不要动。终于，一个声音在门后响起。

“是谁?”

梅吉斯特·巴拜尔听起来十分害怕。

德妲快速地轻声回答。

“巴拜尔博士，我叫德妲，我们有非常要紧的事情找你。”

艾萨克用目光四下里扫了一圈，想看看街上有没有灯光亮起。到目前为止，他们似乎没有引起任何人的注意。

梅吉斯特·巴拜尔紧绷的声音从门后传来。

“我……我不知道……”她说，“现在真的不太方便……”

“巴拜尔博士……梅吉斯特……”德妲平心定气地说，“麻烦你开门。我们可以帮你，只要你打开这扇该死的门。赶紧的。”

梅吉斯特·巴拜尔又犹豫了好一阵子，然后终于打开门锁，将门拉开一条小缝。德妲本打算趁机推门进去，却一下子收住身形，动也不动。门后的巴拜尔举着一支来复枪，看起来紧张得要命。尽管她拿枪的姿势很不熟练，黑洞洞的枪口依然稳稳地对准德妲的肚子。

“我不知道你是什么……”巴拜尔气势汹汹地开口，但她还没说完，莱缪尔的大块头朋友X先生便大步上前，转眼就到了德妲身边，一把攥住巴拜尔手里的来福枪，把手掌根塞到药锅上方，挡在击锤的路径之上。巴拜尔尖叫一声，扣下扳机，击锤“啪”地打在X先生手上，他不由得轻声痛哼，将来复枪一搡，巴拜尔立刻向着后方的楼梯飞去。

她狠狠地摔在楼梯上，挣扎着想要爬起来，X先生不紧不慢地走进屋里。

其他人跟在他后面。德妲并没有对X先生的举动表示抗议。莱缪尔说得对，他们没时间跟巴拜尔耗。

X先生走上楼梯，一把拽住巴拜尔，顺势捂住她的嘴巴。她拼命地扭动身子，透过X先生的指缝撕心裂肺地发出含混不清的惊呼与呻吟，但X先生若无其事地抓着她，大手像铁钳一般纹丝不动。巴拜尔的眼睛因为恐惧而越睁越大，甚至开始显出歇斯底里的迹象，眼珠向上翻去，露出眼白来。

“老天，”艾萨克轻呼，“她以为我们要杀了她！快停下！”

“梅吉斯特，”德姮头也不回地把门踹上，高声地开口了，“梅吉斯特，快别叫了。你肯定是误会了，我们不是国民卫队，我是本杰明·福莱克斯的朋友。”

听到这句话，巴拜尔的眼睛睁得更大了，挣扎却放慢了下来。

“你没听错，”德姮说，“本杰明被抓走了。我想你应该已经知道了。”巴拜尔紧紧地盯着她，飞快地点了点头。莱缪尔的大块头伙计试探地将手掌从她嘴上放下。她没再发出尖叫。

“我们不是国民卫队，”德姮慢慢地重复了一遍，“我们不会像他们抓走本一样抓走你。但你应该知道……你知道的……要是我们可以找到你，可以查出本的线人是谁，他们也可以。”

“我……所以我……”巴拜尔向跌落在一旁的来复枪瞥了一眼。德姮点了点头。

“嗯，梅吉斯特，现在听我说，”德姮一个字一个字地说道，目光直视巴拜尔的双眼，“我们时间很紧……快放开她，你这混蛋！我们时间很紧，我们必须弄清楚整件事情的来龙去脉。现在城里出了非常古怪非常可怕的事情，我们追查后发现有许多条线索都指向你。所以我想在这里跟你提个建议，你不如趁着国民卫队还没来，带我们上楼，给我们好好解释一下。”

“我也是刚知道福莱克斯的事。”梅吉斯特说，她坐在沙发里，缩成一团，手里紧紧握着一杯凉了的茶。她身后是一面巨大的镜子，几乎占据了整面墙壁。“平时我不怎么看新闻的。我本来约了几天前跟他见面，但他没出现，我很害怕他……我也不知道……他是不是把我给告发了，诸如此类的。”这么想倒也可以理解，德姮想道，但什么也没说。“接着我听到一些谣言说，就在国民卫队镇压暴乱的时候，狗泥塘那儿也出了什么事……”

根本没有他妈的什么暴乱，德姮差点脱口大喊，最后还是把这句话咽了回去。不管梅吉斯特·巴拜尔向本提供消息的缘由是什么，反抗政府显然并不包括其中。

“这些谣言……”巴拜尔继续说道，“我把事情连起来一想，然后……然后……”

“然后你就躲起来了。”德姮说。巴拜尔点点头。

“等等，”艾萨克突然开口了。之前他一直绷着脸一言不发。“你他妈的没感觉到吗？你没闻见吗？”他举起双手挥舞着，十指弯曲成爪状，仿佛空气是某种实体物质，他正抓过一块来摔到她面前。“夜晚的空气好像变质了，一股子他妈的酸臭味。也许一切只不过是他妈的巧合，但到目前为止，过去一个月里发生的每一件破事似乎都同某个该死的政府阴谋有关，我他妈的敢打赌说这件事情也不例外。”

他蓦地俯下身子凑到巴拜尔可怜兮兮的脸前，她紧紧地盯着他，惊恐地使劲往沙发里缩去。

“巴拜尔博士，”他语调平平地说，“城里有东西正在吞食人们的意识……我的朋友正是受害者之一；一支国民卫队突袭了《不羁叛逆者》的编辑部；就连我们周围的空气都变成了他妈的泔水……到底发生了什么？这一切跟梦矢有什么关系？”

巴拜尔突然失声痛哭。艾萨克又气又急，差点就要冲她高声咆哮起来。他把脸从她面前转开，恼怒而无奈地举手投降。但他立刻转过头来——巴拜尔抽抽搭搭地开口了。

“我知道那不是个好主意……”她说，“我告诉过他们我们应该继续管控那些实验……”她的话断断续续，不时被抽泣声和吸鼻子的声音淹没，很难听清，“时间还不够长……他们不该那么做……”

“他们做了什么?”德姮突然插话，“他们到底做了什么？你和本见面的时候到底说了什么?”

“说了转让的事，”巴拜尔啜泣着说，“当时项目还没完成，但我们突然听说我们得尽快着手终止计划。但是……但是有人发现事情其实是……我们的实验样本要卖给……某个黑帮……”

“什么样本?”艾萨克追问，但巴拜尔仿佛没听见他的话，她沉浸在自己的情绪中，尽情地吐露这个已经在她心头压了太久的沉重秘密。

“你们知道吗？项目的资助者嫌我们不够快，他们越来越……不耐烦……他们原本以为我们很快能将成果应用在……军事方面，超维度打击之类的……但我们什么成果都拿不出来。那些实验对象是无法理解的，我们没有取得任何进展，而且……而且它们无法控制，它们太危险了……”她抬起眼皮，提高音量，仍然吸吸溜溜地哭着。沉默片刻后，她再次开口，声音已经变得平静了许多。

“我们将来也许会得出一些成果，但那得花上很长时间。到时候……那些资助者肯定是害怕了。所以项目负责人告诉我们说计划终止了，样本已经被销毁了，但那只是个谎言……大家心里都明白。你们不知道，这不是第一个以这种方式收场的项目了……”艾萨克和德姮的眼睛遽然睁大，但没有出声打断她。“我们已经掌握了一个稳妥的资金回流渠道……”

“他们肯定是把那些样本卖给出价最高的人了……卖给能够利用它们生产毒品的人……通过这个办法，项目的资助者就能拿回他们的钱，项目负责人也可以同买下样本的毒品商合作，自己继续研究。但这样是不对的……政府靠毒品赚钱是不对的，他们偷走我们的项目是不对的……”巴拜尔已经不哭了，只是坐在那里漫无边际地喃喃自语。他们任她说下去。

“其他人决定就这么算了，但我很生气……我还没看到它们破茧而出，我需要知道的事情还什么都没知道，一切就这么莫名其妙地没了。它们就要被……被某个坏蛋用来赚钱……”

德姮简直不敢相信眼前的女人竟如此天真。这就是本的线人。一个职位低微、没有发言权的科学家，因为自己的研究项目被别人偷走而心生不满。因为这个原因，她就毫不犹豫地把政府进行非法交易的证据交出去，把国民卫队的滔天怒火引到自己头上。多么愚蠢啊。

“巴拜尔，”艾萨克开口了，这回的语气平和冷静了许多，“它们究竟是什么?”

梅吉斯特·巴拜尔抬头看向他，看起来有点神志不清。

“它们是什么?”她迷迷瞪瞪地回答，“那些现在已经逃走的东西？那个研究项目？你问它们是什么？

“餍蛾。”

第三十一章

艾萨克点点头，仿佛这两个字便足以说明一切。他正准备问她另一个问题，她却把目光从他身上移开。

“我之所以知道它们已经逃脱了，是因为那些梦。”她说，“我能感觉到它们跑出来了。我不知道它们是怎么做到的，但这证明他们把它们卖掉的确是个坏主意，不是吗?”她的声音极不自然，既带着一丝幸灾乐祸，又透着深深的绝望。“瓦米斯汉克这回可栽了大跟头了。”

听到这个名字，艾萨克觉得自己脸上的肌肉抽搐了一下。有什么好奇怪的，他心里有个声音冷冷地说，*他参与到这种事情里头完全说得过去*。但他心里另一个声音却开始疯狂地尖叫。他生命中的种种过往蓦地缠上来，像无情的蛛网一般瞬间让他喘不上气。

“瓦米斯汉克跟这事有什么关系?”他斟词酌句地说。他看见德姮遽然转头向他投来一瞥。她从没听说过这个名字，但她能感觉得到艾萨克认识这个人。

“他是我的老板，”巴拜尔有些惊讶地回答，仿佛奇怪艾萨克居然不知道，“他就是项目负责人。”

“可他是个生物奇术士，又不是动物学家，也不是什么学说创立人……为什么是他负责？”

“生物奇术是他的专业，但不是他唯一擅长的领域。他的主要身份还是管理者。城邦一切具有生物危害性的事情都归他管：改造、试验性武器、猎食性生物、疾病……”

瓦米斯汉克是新克洛布桑大学科学系的系主任。这个职位举足轻重、极具声望。不用想也知道，这份殊荣不会授予一个对政府怀有敌意的人。这是个不言自明的事实。但艾萨克直到现在才意识到自己大大低估了瓦米斯汉克与政府之间关系的密切程度。瓦米斯汉克不是政府的应声虫，他本身就为政府发声。

“瓦米斯汉克卖掉了那些……餍蛾？”艾萨克问。巴拜尔点点头。一阵风从窗外刮过，百叶窗猛烈摇晃，撞得玻璃发出一阵乒乓巨响。X先生听到动静，调转目光巡视四周。其他人的注意力依然集中在巴拜尔身上。

“我之所以联系福莱克斯，就是因为我觉得这样做不对，”她说，“现在出事了……那些蛾子跑出来了。它们逃掉了。天知道它们是怎么做到的。”**我知道**，艾萨克心里有个冰冷的声音残忍地说，**是我的缘故**。“你们知道它们跑出来了这件事情意味着什么吗？我们……我们所有人都将成为它们的猎物。国民卫队肯定是看了《不羁叛逆者》……认为福莱克斯与这件事情有关……而要是他们这么想，那么很快……很快他们就会认为我也……”巴拜尔又开始哭起来，德姮嫌恶地转开目光，想起了本。

X先生朝窗户走去，想把被风吹得乱七八糟的百叶窗弄好。

“好了……”艾萨克努力整理着思绪，他想到一个极为要紧的问题。“巴拜尔博士……**我们怎样捉住它们？**”

巴拜尔开始摇头，抬起眼睛朝他看去，她的目光从如同焦急父母一般围在她身前的艾萨克和德姮之间穿过，越过一旁假装自己不存在的莱缪尔，落到无遮无拦地站在窗边的X先生身上。他把窗户打开了一些，伸出手去想要拉上百叶窗。

他的动作突然凝住，就那么站在那里看着窗外。

梅吉斯特·巴拜尔的目光越过他的肩膀，望进午夜翻卷沉浮的黑暗之中。

她的眼珠蓦地定住，张开嘴却没有发出任何声音。

窗上传来扑腾声，有什么东西正试着接近灯光照亮的地方。

莱缪尔、艾萨克和德姮三人察觉她神色有异，担心地围上前去，连声问她怎么了，就在这时，巴拜尔突然站起来，发出短促破碎的惊呼，念叨着莫名其妙的话语。她举起一只手，哆哆嗦嗦地指向X先生一动不动的背影。

“哦圣嘉罢啊……”她咕咕哝哝地说，“哦圣嘉罢在上，它找到我了，它尝过我……”

接着她放声尖叫，猛地将身子转过一百八十度。

“镜子！”她一边转身一边嘶喊，“看着镜子里面！”

她声色俱厉，语气里充满不容置辩的意味。其他人不由得照她说的做了。她果决态度之中透出的孤注一掷让众人惊骇不已，拼命地压抑住转身查看的本能冲动。

四个人向破旧沙发后面的镜子凝神看去。浑身血液瞬间凝固。

X先生一步一步地后退，动作机械僵硬，犹如僵尸。

他面前有团诡谲的黑影。一个可怕的怪物正使劲缩成一团，想让长满褶皮毛刺的巨大身体通过小小的窗户挤进来，一颗没有眼睛的圆钝头颅已经探了进来，正缓缓地从一边转到另一边，猛地看去就像诡异至极的分娩场面。这塞满整个窗框的阴森怪物以不可思议的隐匿角度缩成极繁复极扭曲的一小团，躯体在紧绷之下泛出不真实的微光。它拖着微微反光的身体一点一点地往里挤，黑影般的躯干骤然探出狰狞的附肢，攥住窗框用力推拽。

透过窗玻璃，可以看见若隐若现的巨大翅膀急遽扑扇。

那怪物突然猛地一推，窗户支离破碎，众人听到一声哑涩的轻响，仿佛窗口的空气被“啵”地一下吸干榨尽。碎玻璃如同一阵飞沫喷进房间。

艾萨克死死地盯着镜子里，浑身抖得像筛糠一样。

他透过余光看到德妲、莱缪尔和巴拜尔也和他一样。*这太疯狂了！*他想道，*我们得离开这里！*他伸出手去拽住德妲的袖子，开始小心翼翼地朝房间门口挪去。

巴拜尔似乎已经吓瘫了。莱缪尔使劲拖着她走。

到了现在他们也不知道为什么她说要看着镜子里面，但谁也没有转身。

当他们跌跌撞撞地朝门口而去时，突然一下子全都定住了——那个怪物已经进入房间，正从地板上站起来。

像是有一朵巨大的花在他们身后忽然绽放，须臾之间，他们呆呆凝视的镜子便被那怪物的身影全部占满。

他们可以透过镜子看见X先生的背影。他站在那里，死死地盯着面前巨大翅膀上的诡谲图案。那些图案急剧地旋转着，带着催眠的力量，怪物皮肤下的色素细胞以诡异的尺寸和规模变幻汇聚。

X先生后退了几步，像是想把那翅膀看得更清楚些。盯着镜子的四人看不见他的脸。

他已经落入了餍蛾的掌握之中。

它比一头巨熊还要高大，躯干两侧伸出许多尖尖的突起，像是黑色的软骨，还有一些更为短小锐利的附肢。此时那些黑色的骨质突起快速地颤抖着，如鞭子般齐齐向X先生卷去，那些短小的附肢抽搐着，蜷成爪状。

那怪物站在两条猿猴手臂般的附肢上。它躯干上一共伸出三对这样的附肢，可以随心所欲地收起放下，让它以两足、四足或六足的姿势站立。

此刻它用最底下一对附肢撑地站立，那两条附肢中间伸出一条晃晃悠悠的尖尾，在地上轻轻地滑动着，帮助身体保持平衡。它的脸——

（很难看清它的脸。那巨大的不规则翅膀总是在不知不觉间吸引他们的目光。那翅膀以奇异的角度弯折，形状不停地改变，仿佛填满了整个房间。单看一侧的翅膀，就如看着水面的浮油舒卷变幻、流转不定，而同时

看向两侧的翅膀，又会发现它们的变化左右对称，完全同步。这些翅膀轻轻地扑扇着，上面的图案瞬息万变，忽明忽灭，带着摄人心魄的力量。）

众人看不出它脸上有类似眼睛的存在，只有两个深深凹陷的圆洞，里面伸出密密麻麻的触角，像粗短的手指般不停屈伸。圆洞下方是成排的硕大板牙。就在艾萨克看着的时候，那怪物把头歪向一边，张开匪夷所思的嘴巴，伸出一条巨大而盘卷、口水滴答的舌头，猝然展开。

那长舌在空气中飞快地拂扫。它的舌尖呈覆满簇簇轻薄的水泡状突起，当它的长舌如大象鼻子般在空气中挪移抽打时，那些水泡也随之收缩颤搐。

“它在找我。”巴拜尔爆发出一声魂飞魄散的哭号，身形猝动，朝着门口冲去。

餍蛾应声而动，舌头朝着巴拜尔的方向弹去。接下来的一连串动作发生在电光石火之间，看着镜子的众人只觉得眼前一花，几乎什么都没看清。某种锋芒逼人的如锯齿般的尖状物骤然从它身上探出，蓦地劈开X先生的头颅，轻巧得如同在水里划了一下。X先生猝然抽搐，就在鲜血开始从断骨处喷涌而出的瞬间，餍蛾伸出四条附肢，一把揽过他的身躯，猛地朝房间那头抛去。

X先生像彗星般掠过半空，身后拖着一条由淋漓鲜血和骨渣组成的慧尾，还未落地便已死去。

他的尸体“砰”地撞上巴拜尔的背，她一个趔趄，狠狠地扑在地上。X先生的尸体随即重重砸落，毫无生气地横在门口，双目圆瞪。

莱缪尔、艾萨克和德姮拔腿朝门口冲去。

他们同时尖声狂呼。

莱缪尔从躺在地上的巴拜尔上方一跃而过，她仰面朝天，不顾一切地踢蹬着X先生庞大的躯体。接着她翻过身子，声嘶力竭地呼救。艾萨克和德姮同时赶到她身边，开始用力拉扯她的胳膊。她的眼皮紧紧地合在一起。

他们用力推开X先生的尸体，莱缪尔粗暴地送出一脚，将它从门口踢到一边，就在这时，一条坚韧的触手悄悄滑进他们的视野，如灵巧的鞭子般“咻”地一下卷住巴拜尔的脚，她立刻开始尖叫。

德姮和艾萨克用力拉住她。片刻的僵持之后，餍蛾骤然发力，触手一抖，轻松地将巴拜尔从德姮和艾萨克的手中夺了过去。她被拽得飞起来似的滑过地板，木刺骨茬和玻璃碎片扎得她遍体鳞伤。

她厉声惨叫。

莱缪尔猛地一下把门撞开，夺门而出，头也不回地冲下楼去。艾萨克和德姮飞快地站起身来，不约而同地扭头看进镜子里。

两人立刻发出一声恐怖的尖叫。

巴拜尔被餍蛾用密麻的附肢揽在身前，拼命地挣扎惨叫。怪诞的附肢和肉褶在她身上爱抚般地摩挲，她扭动身子，手臂便被箍住，她用脚踢踹，双腿便被紧缚。

身形巨大的怪物近乎温柔地偏过头，像是饥渴而好奇地看着她。接着它发出一声极细微极猥亵的声音。

它最下方那对附肢窸窸窣窣地向上伸去，摸上巴拜尔的双眼。它轻轻地摩挲了一番，然后试图撬开她的眼皮。

巴拜尔连声恸哭惨叫，不断求救，但艾萨克和德姮已经被吓得浑身发麻，根本迈不开腿，只能呆站在原地盯着镜子里看。

德姮咬紧牙关，伸出剧烈颤抖的双手，从外套里掏出已经预先填装弹药的手枪。她一脸坚毅地盯着镜子，举起手枪，将枪口对准身后。她拼命地想要用这个极其别扭的姿势瞄准目标，双手却抖得不成样子。

艾萨克看到她的动作，立刻反应过来，也飞快地伸手掏出火枪。他举枪瞄准，几乎没有停顿，赶在德姮之前扣下了扳机。

黑色火药“呲”地点燃，然后是一声震耳欲聋的枪响，球状的子弹从枪口激射而出，从餍蛾的头顶上方掠过，没伤到那怪物分毫，它甚至没有抬头看上一眼。巴拜尔听到枪声又是一声尖叫，然后开始连声哀求他们一枪打死她。

德姮将嘴唇抿成一线，努力稳住胳膊。

她开火了。餍蛾一个趔趄，翅膀一阵猛烈摇晃。它张开深洞般的嘴，将一声喑哑的嘶吼伴随一股令人欲呕的恶臭送到空气中。在它的低叫声中，艾萨克看见它薄纸一般的左翅上出现了一个小小的圆孔。

巴拜尔放声尖叫，等了片刻后意识到自己还活着，立刻又开始尖叫起来。

餍蛾向德姮转过身来，挥起两条鞭子般的附肢，蓦地越过七英尺的距离，狠狠掴在德姮背上。随着一下裂帛般的清厉响声，德姮径直穿过敞开的门口飞了出去，这一下重击几乎将她肺里的空气全部挤压出来。她摔在地上，艰难地喘息着，发出一声带着哭腔的痛呼。

“别回头！”艾萨克狂吼，“走！快走！我马上来！”

他试着不去听巴拜尔凄厉的哀求。他没有时间再次给火枪填药装弹了。

他谨慎而缓慢地朝门口摸去，拼命祈祷那怪物继续像刚才那样漠视他的存在。突然，他从镜子里看到什么东西展开了。

他拒绝去想接下来看到的一切。眼下他必须把那当作一串毫无意义的影像，让它们在眼前一闪而过，剩下的回头再说。要是他能活着离开这栋房子，能平安地回到家，回到朋友们身边，能够留住这条命计划将来，那时也许他会细细回想自己看到了什么。

但此时此刻，他小心翼翼地让脑子里保持一片空白，透过镜子眼睁睁地看着餍蛾将注意力转回紧搂在它附肢之间的女人身上。他看着它用猿猴般细长的手指和拇指强行撬开她的眼皮，听着她惨叫直到恐惧地吐出来，接着她的目光落在餍蛾翅膀上，落在那翻卷变幻的图案上，所有的动静戛然而止。他看着那双翅膀温柔地向外伸展绷紧，仿佛一幅迷惑人心的油画，看着巴拜尔睁大双眼死死地盯着那些变幻的颜色，显出恍惚的表情；看着她的身体放松下来，唾沫滴滴答答地淌到衬衣上，慢慢洇开，与此同时餍蛾也因为即将到来的享宴而猥亵地流下口水。他看着它那邪恶到难以言表的舌头再次从深洞般的嘴里探出，展开，沿着巴拜尔沾满唾液的衬衣往上游走，舔上她的脸颊，她却毫无反应，只是痴痴地、出神地盯着那对翅膀。他看着那羽毛般的舌尖轻柔地摩挲巴拜尔的脸颊、鼻子、耳朵，而后突然一搡，撬开她的牙齿，钻进她的嘴里（即便艾萨克努力放空自己，看到这里仍然一阵干呕）。他看着那舌头以一种近乎下流的速度往里送去，随着舌头一点点消失在巴拜尔体内，她的眼睛渐渐膨胀鼓出。

接着，艾萨克看到有什么东西倏然游到她的头皮下，开始在她皮肉之下伸缩扭动，蜿蜒前行，就像藏身泥里的鳗鱼。他看见那东西游到她的眼窝再到脑子，黏液、眼泪与血水从她的七窍中源源涌出。艾萨克夺门而逃之前看到的最后一幕，便是餍蛾大口吮吸啜饮，肚子渐渐鼓起，而巴拜尔眼里的光芒逐渐黯淡，终于彻底熄灭。

第三十二章

琳独自一人。

她坐在阁楼里，背靠着墙，双腿像布娃娃那样摊开，看着轻舞的灰尘。外头天色漆黑。空气温暖。现在大约是凌晨时分，两点到四点之间的某个时候。

夜晚漫长而无情。琳能通过听觉和触觉感知到空气中的震动，被噩梦侵扰的人们发出颤抖的哭泣与尖叫，摇撼着整座城市，搅得她身周的空气激荡不安。危险将至的不祥预感让她觉得头昏沉沉的。

琳不住将身子向后晃去，不耐烦地揉擦着甲虫头颅。她又是担心又是害怕。她还没笨到察觉不出有什么地方不对劲。

几个小时之前，也就是前一天的傍晚，她赶到了莫特利的秘密据点。像往常那样，她被人领到阁楼。但是当她进入这个长长的、空气干燥的房间时，却发现莫特利并没有在里头等着她。

那座雕像阴森地立在房间遥远的那头。她先是懵懂地四处看了一圈，仿佛莫特利能在这个一览无余的房间里藏起来不让她发现，然后走过去仔细端详那座雕像。她带着些许不安暗暗猜测莫特利也许一会儿就来。

她轻轻抚摸那座虫首族吐沫雕像。它已经完成一半了。莫特利长着许多条腿的下半身以盘旋卷曲的形状和超现实的色彩呈现出来，立在地板上将近三尺高，波状起伏的截面边缘垂着已经干涸变硬的吐沫。它看起来就像一支与莫特利本人尺寸样貌完全相同的蜡烛，只不过燃掉了一半。

琳等着。一个小时过去了。她试着提起活板门，试着打开那扇通往外边走廊的门，但两者都上了锁。她反复而用力地踩踏活板门，捶打通往走廊的门，发出巨大的声响，但毫无回应。

肯定是哪里弄错了，她告诉自己说，**莫特利肯定很忙，他很快就会来，他只是一时脱不开身**，但这些话毫无说服力。莫特利是个追求尽善尽美的人。不管是作为商人、黑帮老大、哲学家或是雕像模特，均是如此。他与她会面时从不迟到。

他今天的迟到绝非偶然，而是有意为之。

琳不知道为什么，但莫特利显然想让她独自在这里坐立不安、汗如雨下。

她坐在地板上等了好几个小时，由不安变成恐惧，由恐惧变成无聊，又由无聊变成默默忍耐，她在遍布灰尘的地板上画了些设计图，又打开工具箱数那些彩色浆果，数了一遍又一遍。夜晚悄然而至，她依然独自待在这个阁楼里。

她的耐心再次变成恐惧。

他为什么要这样做？她想道，**他想干什么？**这与莫特利平常对她的戏弄——那些撩拨取笑的话语、那些不断触及她底线的东拉西扯——截然不同。今天他的所作所为让她有种深深的不祥预感。

时间悄然而逝，她来到这里已经不知道多久。她终于听到了一个动静。

莫特利的身形阴恻恻地伫立在房间里，旁边站着他那个仙人掌族贴身随从，还有两个体型庞大笨重的改造人斗士。琳不知道他们是怎么进来的。几秒前阁楼里还只有她一个人。

她站起身来，等着。她的双手紧紧握在一起。

“琳女士，感谢你的到来。”莫特利的声音从一张如一团肿瘤般的嘴里传出。

她等着。

“琳女士，”他继续说道，“前天我同拉奇·盖泽德进行了一次非常**有趣**的谈话。我猜你已经有一阵子没见到盖泽德先生了吧。他一直隐姓埋名地替我工作。长话短说，你肯定也已经知道了，眼下梦矢出现了全城范围的断货。很多人为了搞到一些货不惜入室偷盗，拦路抢劫。狗急跳墙嘛。梦矢的价格都涨疯了。原因很简单，没有新货流入市场了。这个情况呢，对我们这位选择梦矢作为目前主要吸食毒品的盖泽德先生造成了**相当大**的影响。他一点货都买不起了，即便他能够享受员工优惠。”

“总之，有天我听见他骂骂咧咧——当时他出现了戒断反应，谁靠近他都会被他大骂一通，不过这回有点不一样。你知道吗？他居然一边胡乱嚷嚷一边啃自己身上的皮肉。有意思极了。他嚷嚷的话里头有这么一句：‘我就不该把那些该死的货给艾萨克！’”

站在莫特利先生旁边的仙人掌族松开交握的巨大手掌，揉搓着布满愈伤组织[1]的绿色手指。他将手举到赤裸的胸前，将一根手指放在竖立的毛刺上，慢慢地扎进去，仿佛在测试刺的尖锐程度。他的脸上毫无表情，动作不慌不忙，让人寒毛直竖。

“琳女士，**那是不是很有趣呢？**”莫特利用一种令人作呕的俏皮口吻继续说道，他划拉着身下无数条腿，开始横斜着向她走去。

这是怎么回事？这是怎么了？琳看着他步步逼近，不由得在心底嘶喊。她想躲，却根本无处可躲。

“琳女士。有人从我这里偷走了一些**非常非常值钱**的东西。换句话说，几台小小的**生产机器**。就是因为这个原因，梦矢才会断货。你知道吗？我必须承认我一直为这事是谁干的而**大伤脑筋**。真的。我一直没有任何线索，”他停下来，一抹冰冷的笑意如同一道潮水依次掠过他的无数嘴

① 愈伤组织，指植物体的局部受到创伤刺激后，在伤口表面新生的组织。

角，“直到我听到了盖泽德的话。然后一切都……说得……通了。”他一个词一个词地吐出最后这句话。

他的仙人掌族随从仿佛收到了无声的信号，开始大步向琳走去。琳身子一缩，想要躲开，但已经太迟了，仙人掌族伸出硕大粗壮的手掌，一把将她的胳膊紧紧攥住，将她扣在原地动弹不得。

琳甲虫头颅上的虫腿剧烈抽搐。她喷出一股刺鼻的化学气味，如同人类无声的痛苦尖叫。仙人掌族通常会勤勉地修剪掌心的尖刺，以便握持东西，但这个仙人掌族却任由掌心处的尖刺生长。一簇簇粗短坚韧的毛刺无情地扎进琳的胳膊。

仙人掌族将她擒在手里，毫不费力地拖到莫特利先生面前。莫特利斜眼瞥着她，再次开口，语气里带着浓重的威胁意味。

“琳女士，你那个情人想搞我，对吗？盖泽德告诉我说，他买走一大堆*我的*梦矢，拿去养他*自己的*蛾子，然后再回头*偷走我的蛾子！*”他咆哮着吐出最后几个字，声音颤抖。

琳胳膊上传来的剧痛几乎让她无法思考，但她仍不顾一切地用被扭到背后的双手努力比画：*不不不不是那样的不是那样的……*

莫特利一巴掌拍落她的双手。

“少他妈跟我来这套，你这长着虫子脑袋的贱妇，不要脸的杂种婊子。你那狗娘养的男人想把*我*挤出我他妈开辟的市场。呵呵，他这是在玩一个非常、非常危险的游戏。”他退后几步，饶有兴趣地打量着痛苦扭动的琳。

“我们得把德尔·格雷姆勒布林先生找来好好聊聊他的偷窃行为。你说，要是我们把你当作筹码，他会来吗？”

琳的衬衣袖子被鲜血渗透，正在慢慢变硬。她再次试着用手语解释。

“琳女士，你会有机会辩解的，”莫特利说道，语气已经恢复从容，“也许你也参与了这件事情，也许你根本不知道我在说什么。如果是后者，那只能说你运气不好了。我*不会*让这事就这么算了。”他无动于衷地看着她，看着她不顾一切地想要打出手语，想要解释，想要挣脱仙人掌族的掌握。

仙人掌族慢慢加大手上的力度，将她的手臂慢慢地往她脑后扭去。她已经疼到麻木了。就在她的头脑因为愈来愈剧烈的疼痛而变得渐渐空白时，她听到莫特利先生轻轻吐出一句话。

“我可不是一个大度的人。”

新克洛布桑大学科学系大楼外边的方庭里学生熙来攘往。大部分学生老老实实地按规定穿着黑色的长袍，但也有些叛逆的年轻人一走出学院大门就把长袍褪下一半，吊儿郎当地堆在胳膊处。在川流不息的人群中，有两个男人岿然不动。他们站在方庭的花树下，背靠着树干，毫不在乎树皮渗出的黏稠树脂。今天的空气潮湿闷热，一个男人却穿着很不搭调的长外套，还戴了顶黑色的帽子。

他们一动不动地站了很久。一堂课结束了，又一堂课结束了。两个男人就那样站在树下看着学生们来来去去。时不时地，他们中会有一个举起手来揉揉眼睛，活动活动脸上的肌肉，接着又立刻恢复漫不经心的模样，眼睛却一瞬不瞬地盯着学院大楼的正门。

当太阳移过中天，树影开始拉长时，这两个男人终于动了。他们的目标出现了。蒙塔古・瓦米斯汉克踱着方步走出学院大楼，小心翼翼地嗅了嗅空气，显出轻松的表情，仿佛觉得今天的天气不错，值得好好享受一番。他开始脱下外套，却又半路停下，重新穿好。他悠然地步入方庭，汇入路德米德的往来人群之中。

树下的两个男人从树影下走出，也迈着悠闲的步伐，佯装无意地跟上他们的目标。

这是一个生气勃勃的夏日，路德米德人流如织、热闹非凡。瓦米斯汉克朝北走去，一路四处张望，想找辆出租马车。他拐了个弯，走上丁鱥[1]

① 丁鱥，又称欧洲丁鱥，是一种分布于欧亚大陆的淡水底栖鱼类，通常生活在植物丰富的平静水域，特别是湖泊和河流下游。

路，这是路德米德最富有文艺气息的大街，街边的咖啡馆和书店里聚集着高谈阔论的进步学生与学者。路德米德的建筑年代久远，保存完好，表面经过精心的擦洗粉刷，一派簇新。但瓦米斯汉克的目光并未在它们上面多加流连。他已经在这条路上走了太多年，对周围的一切早就熟若无睹。而他的跟踪者亦是如此。

一辆四轮出租马车出现在熙熙攘攘的人群中，拉车的是一头来自北方冻原的两足兽，它身披厚厚长毛，显然在这样的天气中觉得很不舒服，像鸟腿一样往后弯曲的双腿迈着焦躁的步伐踩过满地垃圾。瓦米斯汉克举起手。车夫看在眼里，努力驾驶马车从拥挤的人群中穿过，朝他的方向而去。瓦米斯汉克的跟踪者们立刻加快了脚步。

“蒙提，”两人中身形较为高大的那个男人高声招呼，拍了拍瓦米斯汉克的肩膀。瓦米斯汉克一惊，扭头看去。

“艾——艾萨克。”他的声音有些颤抖，目光飞快地四处逡巡，寻找那辆出租马车，但马车还在密密麻麻的人群中艰难前行。

“老朋友，你最近可好？”艾萨克在他的左耳旁大声嚷嚷，但在这声音的掩盖之下，瓦米斯汉克听见右边传来另一个刻意压得很低的声音。

“顶在你肚子上的是一把刀，只要你敢轻举妄动，哪怕是一口气喘得不对，我就会把你肚子剖开，就像剖他妈一条鱼一样。”

“在这里碰见你可真高兴。”艾萨克眉飞色舞地高声嚷嚷，一边挥手招呼那辆出租马车上前。车夫嘟嘟囔囔地终于驾着马车过来了。

“敢跑就切开你的肚子，敢离开我身边一步，我就往你脑袋里送颗子弹。”与此同时，另一个声音飘入他的耳中，充满厌憎。

“上我那儿喝一杯去。”艾萨克乐呵呵地转向车夫，“麻烦到獾泽。涉水者路，知道吧？嘿，您这拉车的家伙可真帅气。”艾萨克一边爬进密闭的车厢一边滔滔不绝地大声嚷嚷。瓦米斯汉克跟在他后面，在隐蔽刀尖的胁迫驱使之下浑身发抖，脚步踉跄。莱缪尔·皮金最后一个进入车厢，砰的一声关上门，目不斜视地坐下，手里的刀子牢牢地顶在瓦米斯汉克的肋骨间。

车夫驾驶马车离开石砌路缘。车身的嘎吱声、车轮的咔嗒声和拉车兽抱怨般的低叫声传进车厢，包围三个男人。

艾萨克转向瓦米斯汉克，脸上夸张的欣喜表情已荡然无存。

“有些事咱们得好好聊聊。你这狗娘养的。”他用恐吓的语气低声说道。

但进入车厢落座的这一小会工夫显然已经足够他的俘虏恢复一贯的泰然自若。

“艾萨克，”瓦米斯汉克用做作的抱怨语气说道，“哈，有什么需要我帮忙的？”

他的身子旋即微微往上一蹿——莱缪尔把刀尖往前送了送。

“闭上你的狗嘴。”

“艾萨克，你又要我闭上嘴，*又要*跟我好好聊聊？”瓦米斯汉克佯装沉思地说道，语气波澜不惊。艾萨克没有接话，却突然用力挥来一拳，狠狠砸在他脸上。瓦米斯汉克发出一声短促的尖叫，不敢置信地盯着艾萨克，颤颤巍巍地伸出手指抚摸剧痛的脸颊。

“让你说话再说话。”艾萨克干脆地说。

余下的路程车厢里一片沉默。马车晃晃悠悠地往南而行，经过路德荒地站，从丹尼齐桥上越过水流凝滞的黑腐河，终于停在艾萨克实验室所在的仓库门前。艾萨克下车付车钱，瓦米斯汉克则在莱缪尔刀尖的驱使下踉跄着走进仓库。

仓库里，大卫正皱着眉头坐在桌前。听到动静，他扭过半边身子向门口看来。他今天穿了一件赤褐色的马甲，那喜气洋洋的颜色显得很不合时宜。雅格里克藏在一个角落里，身形影影绰绰。他的脚用破布裹了起来，脑袋藏在兜帽下。他已经丢掉了那对木头假翅膀，不再假装自己是个完整的鹰族人，而是假扮成一个人类。

德姮也抬起头来看向他们。她坐在一张扶手椅里，扶手椅被她拉到正对仓库大门那面墙的中央，挨在一扇窗户下面。他们进来时她正在激烈而无声地哭泣，手里抓着几份报纸，那些报纸的头版在她身边散落一地。《仲夏噩梦蔓延》，其中一份的头条如此写道，另一份的头条则是《我们的睡眠怎么了?》。德姮关心的显然并不是这些新闻，她剪下每份报纸第五版、第七版或第十一版上一篇短短的报道。艾萨克从门口可以看到其中一篇的标题："剜眼杀手再夺人命，违法编辑殒命河中"。

扫地机器人发出嘶嘶呼呼的声音，丁零当啷地在地板上转来转去，做着清洁工作，扫起灰尘，捡起散落的废纸和水果皮。母獾辛赛里提没精打采地在远处的墙角根扭扭摆摆地溜达。

仓库门边放了三把椅子，莱缪尔将瓦米斯汉克一把推进中间那把椅子，然后在他几英尺开外的地方坐下。他用极其夸张的动作抽出手枪，瞄准瓦米斯汉克的脑袋。

艾萨克锁上大门。

"好了，瓦米斯汉克，"他也坐下，死死地盯着他的前老板，开门见山地说道，"先提醒你一句，莱缪尔枪法非常准，你就别打什么鬼主意了。他是个恶棍，不骗你。非常危险。而我这会儿一点袒护你的心情也没有，所以我建议你老老实实地把我们想知道的一切都告诉我们。"

"艾萨克，你们想知道什么呀?"瓦米斯汉克神色自如地回答。艾萨克心里腾地一下冒出火来，却又不由得对他暗暗敬佩。这老家伙真他妈的善于控制情绪、保持冷静。

艾萨克觉得必须先挫挫他的锐气。

他站起来，大步走向瓦米斯汉克。年长的上位者掀起眼皮，优游自若地向他投来一瞥。等他双眼警觉地蓦然睁大，反应过来艾萨克又要揍他时，已经来不及了。

艾萨克在瓦米斯汉克脸上狠狠砸了两拳，对曾经的顶头上司痛苦而吃惊的粗声号叫置若罔闻。他一把掐住瓦米斯汉克的脖子，慢慢蹲下，将脸凑到这位惊恐的俘虏面前。瓦米斯汉克鼻血长流，双手胡乱而徒劳地扒挠着艾萨克巨大的手掌，浅色的眼珠因为恐惧而失神，变得像光滑的玻璃一样。

“老东西，我觉得你可能还不明白你现在的处境，”艾萨克恶狠狠地低声说道，语气里有压抑不住的厌憎，“我有个朋友这会儿正躺在楼上，大小便失禁，口水横流，我有充分的理由相信他会变成这个样子得由你负责。我没心情跟你兜圈子、玩游戏、好声好气地哄着你。瓦米斯汉克，我不在乎你的死活，明白了吗？你懂我的意思了吗？下面是我的建议：我告诉你我们知道的情况，你来把我们不知道的地方补充上，别浪费时间问我们是怎么知道那些事情的。只要你拒绝回答或是我们大家觉得你在说谎，我和莱缪尔就会让你尝尝痛苦的滋味。”

“你不能折磨我，你这混蛋……”瓦米斯汉克在艾萨克手掌的钳制下挣扎着发出混杂粗重喘息的低语。

“去你妈的，”艾萨克沉声说道，“我折磨你？你他妈的可是个改造师。听好了……要么乖乖回答问题，要么死。”

“也不排除两者同时出现的可能。”莱缪尔冷冷地补上一句。

“看到了吧，蒙提，你错了，”艾萨克接着说道，“我们可以折磨你。我们现在就在这么干。所以你最好乖乖合作。回答的时候别拖泥带水，别让我觉得你在撒谎。现在我先说说我们知道的情况。顺便说一句，要是我说的什么地方不对，麻烦随时纠正我，明白吗？”他冲着瓦米斯汉克露出一个讥讽的笑容。

艾萨克停顿片刻，梳理着思绪。接着他开口说起来，每说一点就扳下一个手指。

“你帮政府做事，掌管一切具有生物危害性的事情。也就是说你是餍蛾计划的负责人。”他说到这个词时抬眼看向瓦米斯汉克，想看看他对这个秘密计划泄露有何反应，会不会显出些许惊讶的神色。但瓦米斯汉克的脸上毫无表情。“你把那些餍蛾卖给了某个他妈的黑帮老大，现在它们逃走了。它们同梦矢有某种联系，同……同现在城里每个人晚上都会做噩梦这件事有某种联系。鲁德革特觉得它们逃走跟本杰明·福莱克斯有关，顺便说一句，我们的市长大人错了。”

“现在，我们需要知道下面几件事：它们是什么？它们同毒品有什么关系？我们要怎么抓住它们？”

艾萨克停下话音，房间里一阵沉默，接着瓦米斯汉克长长地叹了口气。他的双唇哆哆嗦嗦，沾满鲜血和口水，湿漉漉的，尽管如此，他仍努力扭曲嘴唇，露出一个意味不明的微笑。莱缪尔挥了挥手里的枪，催他回答。

“哈，餍蛾。”瓦米斯汉克终于开口了，声音喑哑低沉。他咽了口口水，揉了揉脖子。“它们是不是很有趣呀？神奇的物种。”

“它们究竟是什么？”艾萨克逼问道。

“你为什么会这么问？你不是已经很清楚了吗？它们是掠食动物。聪明而高效的捕猎者。”

“它们是从什么地方来的？”

“哈！”瓦米斯汉克沉吟片刻。莱缪尔懒洋洋将枪口瞄准他的膝盖，动作十分夸张。瓦米斯汉克抬头瞥了一眼，立刻飞快往下说道：“毛虫是我们从极南边碎裂群岛上的一个商人手里买来的，你肯定是在毛虫抵达时偷走了一只。不过碎裂群岛也不是它们的原产地。”他抬头看向艾萨克，目光里透着一丝玩味。“如果你真想知道的话，目前接受度最高的说法是，它们来自破碎大陆。”

“你别他妈信口开河……”艾萨克怒气冲冲地嚷嚷道，但瓦米斯汉克打断了他。

“我没有，你这个蠢货。这就是目前接受度最高的假说。在一些学术圈子里，破碎大陆假说已经受到了有力的追捧，那全得益于餍蛾的发现。”

“它们是怎么催眠人的？”

“通过翅膀——它们的翅膀具有不稳定的维数和形状，扇动的时候会穿越不同的位面，而且上面遍布梦色素细胞。这种细胞就像章鱼皮肤上的色素细胞，一样的敏感，只不过感应的是心灵的共振以及潜意识的变化，而且能反过来影响精神活动。它们翅膀扇动的频率同……呃……在意识表面之下**沸腾冒泡**的梦频率一致。它们将翅膀对准那些梦，将梦拉到意识表面，然后紧紧抓住。”

“为什么镜子能起到保护作用？”

“艾萨克，问得好。”瓦米斯汉克的语气已在不知不觉中起了变化，越来越像是在主持专题研讨会。艾萨克不禁觉得，即便是在这样的情形下，这个老官僚骨子里好为人师的欲望依然那么强烈。“答案很简单——我们不知道。我们做了各种各样的实验，用上了双反射镜、三重反射镜等等。但我们最后还是没找到原因，只发现镜子的反射能够抵消催眠的作用，即便镜子里的影像和本体看起来是一模一样的，而且它们两侧的翅膀本身已经互为镜像。不过有一点**非常有趣**，那就是如果将镜子里的影像再反射一次——也就是放置两面镜子，使它们的翅膀经过两次反射，就像通过潜望镜看去一样——你又**会**被催眠。**那是不是很神奇呀？**”他微笑着说道。

艾萨克没有接话。他意识到瓦米斯汉克的神态里夹杂着某种特别的意味，几乎可以用急切来形容。老东西似乎迫不及待地想把一切和盘托出。肯定是因为莱缪尔手里那把举得稳稳的枪。

“我曾经……**亲眼见过一只那玩意进食**……”艾萨克说，“我看见它……吃掉了某个人的大脑。”

“哈！”瓦米斯汉克赞叹地摇起头来，“真令人吃惊。你还活着可太幸运了。你没有**看见**它吃掉谁的大脑。餍蛾不是全然生活在我们这个位面。它们……呃……**需求的养分**是我们无法想象的物质。艾萨克，你还没**明白**吗？”瓦米斯汉克热切地凝视着他，就像一名老师试图鼓励一个任性乖戾的学生说出正确答案。他的眼里再次闪出那种急切的光。“我知道生物学不是你的**强项**，但餍蛾有着如此……**精妙**的构造，我还以为你能看出来呢。它们用翅膀将梦拉出来，让梦充满整个意识，它们打破你头脑中那些堤坝，让所有隐秘的想法、罪恶的念头、焦虑与欢乐，以及梦……像汹涌的洪水那样倾泻而出。”他停下来，往后靠去，让情绪平静下来。

“然后，”他继续说道，“等意识变得丰美多汁……它们便将它全部吸干。艾萨克，潜意识就是它们的花蜜，你还不明白吗？这就是它们为什么只捕食智慧种族。它们不会捕食猫和狗。它们只吸食经由自我反思酝酿出来的特殊‘佳酿’，我们进行自我观察，观察的结果里包含了我们的本能、需求、欲望和直觉，我们思考这些结果，然后将得出的想法再次进行思考，如此循环，直至无穷无尽……”瓦米斯汉克的声音愈来愈低，“在这个过程中，我们的思想渐渐发酵，如同纯净的美酒。艾萨克，这就是餍蛾吸食的东西。不是装在颅骨里含有卡路里的脑浆，而是以认知与体验酿造出来的琼浆玉液，是潜意识。”

“是梦。”

仓库里一片死寂。这个说法太过骇人听闻，每个人似乎都被震撼得不知所措。瓦米斯汉克满意地看着自己这番话造成的效果，几乎显出飘飘然的表情。

寂静之中，突然传来一阵叮叮当当的声音，每个人都差点吓得跳起来。原来是那个扫地机器人弄出的动静，它已经清扫到大卫桌旁。它想把垃圾桶里的东西倒进垃圾收纳盒中，却一下没对准，把垃圾撒了一地，这会儿正忙着收拾四周皱巴巴的废纸。

“而……他妈的，当然了！”艾萨克低呼道，“我明白那些噩梦是怎么回事了！它们……就像肥料！我该怎么形容呢……就像…………兔子屎！你用兔子屎给兔子吃的植物施肥……这就是个小小的生物链，一个小小的生态系统……”

“哈。不错。”瓦米斯汉克说，“你终于开始动脑子了。你看不见餍蛾的粪便，也闻不见，但你能感知到。在你的梦里感知到。它们的粪便滋养着梦，让梦沸腾翻滚。然后餍蛾再以那些梦为食。多么完美的循环。”

“你是怎么知道这些的，你这个混蛋？”德姮沉声问道，“你研究这些怪物多长时间了？”

“餍蛾非常稀有。它们的存在是本城邦的最高机密。所以我们即便只到手寥寥几个样本也兴奋不已。我们手头本来有一个样本，但它太老了，快死了，后来我们又弄来了四只幼虫，当然了，本来是五只，被艾萨克偷走了一只。接着原来那只老的死了，幸好它在死之前已经把幼虫哺育到吐丝结茧的阶段了。我们还在讨论要不要趁着幼虫化蛹的时候剖开一只茧，尽管这样会让我们再损失一个样本，但能让我们收集到它们变态阶段的宝贵资料。可是太遗憾了，我们还没来得及做出决定，”他叹了口气，“就得把四只全部卖掉。它们潜在的风险太高了。上头传来指示，说我们的研究拖得太久，而且我们始终没能想出控制它们的万全之策，这让……呃……资助者非常紧张。他们撤回了资金。鉴于这个计划已经宣告失败，我们部门必须尽快偿清项目过程中欠下的债务。”

“你们到底计划拿它们做什么？”艾萨克鄙夷地问道，“武器？刑讯工具？”

“哎呀艾萨克，”瓦米斯汉克平心静气地说，“你看看你，一副站在道德制高点上义愤填膺的样子。但如果不是你一开始偷走了一只幼虫，它就不会逃走，也就不会把它的同伴全部放走——你肯定也意识到了事情就是这样。好好想想吧，要不是你，有多少无辜丧命的人现在还好好地活着呀。”

艾萨克目瞪口呆地瞪着他。

“去你妈的！”他蓦地发出一声怒吼，一下子跳起来，朝着瓦米斯汉克扑去。就在这时，莱缪尔开口了。

“艾萨克，”他的声音骤然传进艾萨克的耳中，艾萨克闻声看去，发现他已经调转枪口对准自己，“瓦米斯汉克表现得非常合作，而且我们还有一些事情需要弄明白。对吧？”

艾萨克死死地盯了他一会儿，点了点头，慢慢坐下。

“瓦米斯汉克，你为什么这么合作？”莱缪尔将目光转回老家伙身上，问道。

瓦米斯汉克耸了耸肩。

“我这人受不住疼，”他嘴边带着一抹假笑，“而且还有一点，尽管你们听到以后可能不会高兴……就算你们知道了一切也无济于事。你们不可能抓住它们。你们不可能逃出国民卫队的手掌心。所以我为什么要隐瞒呢?”他咧开嘴，露出一个自鸣得意、恶意满满的笑容。

但他的眼神却紧张不安，上唇渗出细密的汗珠，语调里深深地藏着绝望。

*老天啊！*艾萨克心头一震，突然意识到了什么。他坐直身子，仔细端详着瓦米斯汉克。*他之所以告诉我们这些不只是因为他说的原因！他……他在害怕！他觉得政府不可能抓住那些怪物……他害怕极了。他希望我们成功！*

艾萨克想把这些话说出来，想嘲讽奚落瓦米斯汉克，想毫不留情地指出他的软弱，想因为他所犯下的全部罪行狠狠地惩罚他……但艾萨克不敢冒险这么做。尽管他敢打赌瓦米斯汉克此时此刻心里转的就是这样的念头，但如果他说出自己的猜测，公然与瓦米斯汉克撕破脸，扯下老家伙的遮羞布，这个卑鄙小人肯定会恼羞成怒，再也不肯吐露丁点对他们有用的信息。

如果老家伙需要觉得自己依然占尽上风，他们必须低声下气地求他帮忙，那就让他这样以为好了。

“梦矢是什么?”艾萨克问。

“梦矢?”瓦米斯汉克微微一笑，艾萨克不禁想起自己上次问他这个问题的时候，老家伙摆出一脸厌恶的表情，就好像这个词污秽无比，连说一说都会弄脏他的嘴。

现在他倒是若无其事地就说出口了。

“哈。梦矢是喂给幼虫的食物，成虫就是拿那东西来哺育幼虫的。它们无时无刻不在分泌梦矢，不过在哺育期分泌的量特别多。它们跟别的蛾子不一样：它们会精心抚育后代。普遍的说法认为，它们不仅严加看护它们的卵，还会亲自哺育刚孵化的幼虫。幼虫要一直长到成熟期，也就是准备吐丝结茧的时候，才能够独立进食。”

德姮突然插话。

“你是说梦矢就好比餍蛾的乳汁？”

“没错。幼虫无法消化纯精神形态的食物，食物必须转化成类似实体的形态。而成虫的分泌物中包含了高浓度的梦精华，是非常浓稠的液体。”

“所以才有某个该死的毒品大亨想要收购它们？那人是谁？”德姮紧紧抿起双唇。

“我不知道。我只是提出建议将它们卖掉。最后谁出价最高谁拿走，到底是谁跟我一点关系也没有。那人必须精心照料那些蛾子，让它们定期交尾，以便从它们身上获取‘乳汁’。就像饲养奶牛一样。餍蛾是可以操控的，只要有人熟悉它们的习性，就可以通过诱骗的方式让它们在没有产下后代的情况下分泌大量‘乳汁’。当然了，那些‘乳汁’必须经过加工。不管是人类还是其他智慧种族都不能直接服用，否则心灵会即刻爆炸。所以‘梦矢’这个名字很不优美的玩意应运而生，它……呃……里头掺了各种各样的东西以作稀释……艾萨克，顺便一提，这就意味着你养大的那只毛虫肯定发育不良，我猜你就是用梦矢喂它的，对吧？那就好比你拿着掺了大量锯末和池塘泥水的牛奶去喂人类的婴儿。”

“你到底是怎么知道这些的？”德姮突然沉声问道。

瓦米斯汉克一脸茫然地看着她。

“你是怎么知道要几面镜子才能确保你的安全？你是怎么知道它们……它们把吃下去的意识转变成那种……‘乳汁’……？你到底把多少人送到它们嘴边当食物？”

瓦米斯汉克抿起双唇，露出一丝不安。

“我是个科学家，”他说，“自然能用的手段全都会用上。有时是被判处死刑的犯人。反正也没人规定他们的死法……”

“你这个畜生……”德姮愤怒地低声斥道，“你有没有想过那些被毒品商抓去喂它们的人？就为了生产毒品……”她质问道，但艾萨克打断了她。

“瓦米斯汉克，”他放缓语气，眼睛一瞬不瞬地盯着老家伙，“那些被它们夺走意识的人，我们怎么把他们的意识拿回来？”

“拿回来？”瓦米斯汉克像是真的被问住了。“啊……”他摇着头眯起眼睛，“不可能的。”

“你他妈的别骗我……”艾萨克想到拉布勒梅，瞬间咆哮起来。

“他们已经被吸干了。”瓦米斯汉克正色说道，随着他的话音落下，仓库里迅速陷入一片寂静。他不紧不慢地等了一会儿。

“他们已经被吸干了。”他又重复了一遍，“他们的思想已经被全部夺走，他们的梦——他们的意识和潜意识——已经在餍蛾的肚子里经过消化，变成分泌出来的‘乳汁’喂给了幼虫。艾萨克，你服用过梦矢吗？你们中有谁服用过吗？”没人应声，反正艾萨克是不会回答的。“如果你服用过，你就梦见过他们，那些受害者，那些猎物。他们被餍蛾消化过的意识随着梦矢药丸悄然滑落你的腹中，所以你能梦见他们。他们的意识已经彻底不复存在，你根本没有什么东西好拿回来的。”

艾萨克只觉得绝望如一盆冰水兜头罩下。

把拉布的身体也带走吧，他在心底无声嘶喊，圣嘉罢啊，不要这么残酷，不要留下一具他妈的空壳给我，我没法眼睁睁地让他去死，但他这样活着又有什么意义……

“我们怎么能杀掉那些餍蛾？”他咬牙切齿地问。

瓦米斯汉克非常慢地露出一个微笑。

“你杀不死它们的。”他说。

“少他妈在这里跟我胡扯，”艾萨克厉声喝道，“所有活着的东西都会死……”

“你误解我的意思了。单从理论上来说，它们当然会死。所以从理论上来说，它们是可以被杀死的。但你没办法做到这一点。我刚才说过了，它们同时置身于数个位面，而诸如子弹、火焰之类的东西只能在一个位面伤害它们。你必须同时从多个维度对它们发起打击，或者是在这个维度空间对它们造成极大的伤害，但它们不会给你这个机会……明白了吗？”

“那我们从旁的角度想想……”艾萨克说着，用手掌根使劲地拍着太阳穴，“从生物防治的角度入手怎么样？用它们的天敌……”

“它们在这里没有天敌。它们位于食物链的顶端。我们倒是肯定在它们的原产地有动物能够杀掉它们，不过在这儿，方圆数千英里之内都没有那种动物。而且如果我们猜得没错的话，找来那种动物放出去，只会让新克洛布桑以更快的速度走向灭亡。”

“圣嘉罢啊，”艾萨克喃喃说道，“在这里它们既没有天敌也没有竞争对手，还有充足的新鲜食物源源不断地提供给它们……没有什么能阻止它们了。”

“说到这个，”瓦米斯汉克吞吞吐吐地开口了，他的声音也变得低沉下来，“我们还没考虑到如果它们……它们还十分年轻，你明白我的意思吗？它们尚未发育成熟。但用不了多久，等晚上也变得热起来……我们必须考虑当它们开始交尾繁殖时可能出现的情形……”

仓库里的空气似乎一下子凝固了，透出刺骨的寒意。瓦米斯汉克再次努力控制脸上的肌肉，但艾萨克再次敏锐地捕捉到他那源自本能的强烈恐惧。瓦米斯汉克显然已经吓坏了。他知道情势有多么危险。

距离他们不远的地方，扫地机器人正在地板上转来转去，不住发出嘶嘶声和叮当声。它似乎不停地往下漏着灰尘和脏土，那根用来捡取垃圾的尖头小钎子僵直地拖在身后，不时在地板上胡乱划拉几下。*又他妈坏了*，艾萨克脑中飞快闪过这个念头，随即将注意力重新放回瓦米斯汉克身上。

“它们什么时候开始交尾繁殖？”他沉声问道。

瓦米斯汉克伸出舌头舔了舔唇上细密的汗珠。

“据我所知，它们是雌雄同体。我们从没观察到它们交尾或产卵的过程。我们掌握的信息都是听说来的。它们会在仲夏过后进入求偶期。会有一只餍蛾被指定为产卵者。大概在辛恩月和沃克特瑞月。通常是那个时候。通常是那样。”

“拜托！我们一定可以做些什么的！”艾萨克高声大喊，“你别告诉我鲁德革特心里一点主意也没有……”

“那可超出我的权限范围了。我是说，我当然知道他们有所筹谋。原因我也清楚。但他们的计划具体是什么我就说不上来了。我……”瓦米斯汉克欲言又止。

“什么？”艾萨克厉声逼问。

“我听说他们跟恶魔接洽过了。”周围一片死寂，瓦米斯汉克咽了口口水，继续说道，“但恶魔拒绝帮忙。即便鲁德革特给出了最优厚的条件。”

“为什么拒绝？”德姮沉声问道。

“因为恶魔也害怕。”瓦米斯汉克舔了舔嘴唇。他一直竭力掩饰的恐惧再次清晰地流露出来。“你还不明白吗？它们也*害怕*。尽管它们拥有强大的力量和骇人的外形……但它们也会思考，同我们一样。它们也有感觉，也有智慧。所以在餍蛾眼里……它们也是猎物。”

仓库里的每个人都一动不动。莱缪尔手里的枪悄然垂落，但瓦米斯汉克沉浸在那令他极度不安的思绪中，丝毫没有逃跑的意思。

“我们该怎么办？”艾萨克问道。他的声音很明显地有些发抖。

扫地机器人发出的刺耳声音越来越响。它以中间那个轮子为轴心转了一阵，打扫用的手臂直直伸出，不停地敲击地板，发出连续不断的砰砰声。先是德姮，然后是艾萨克和大卫，仓库里的每个人都抬起头来看向它。

“这破玩意吵得我都没法*思考*了！”艾萨克怒气冲冲地嚷嚷起来。他大步向扫地机器人走去，准备将满心的无力和恐惧发泄在它身上。正当他走近时，扫地机器人突然转了个身直面着他，充当眼睛的玻璃镜头光圈骤然放大，两只主臂猛地向前探出，其中一只机械手臂的末端有张纸扑腾忽闪。恍然看去，此刻的它竟像一个伸出双臂的人类。艾萨克使劲眨了眨眼，继续朝它走去。

扫地机器人垂下右臂戳着地板，戳着地板上它拉拉杂杂一路撒落的垃圾与尘土。它一下一下往下戳着，猛烈地敲击着木头地板。它探出末端带有扫帚的左臂拦住艾萨克的去路，逼他放慢脚步，还不断左右摇摆，艾萨克突然心头一震，意识到扫地机器人这是在**吸引他的注意力**，接着它的右臂，也就是那根用来拾取垃圾的小钎子，猝然向下，再次指向地板——

指向地板上的尘土。尘土间有一行潦草的字迹。

正是扫地机器人用那根钎子的尖端在身后撒落的尘土间划出来的，划得十分用力，甚至在木头上留下了划痕。这些在垃圾间划出的文字笔画哆哆嗦嗦，形状歪歪扭扭，却一眼就能认出来。

你被出卖了。

艾萨克张口结舌地看着扫地机器人，完全惊呆了。它举起小钎子冲他挥舞，钎子尖上穿着的那张纸随着它的动作来回扑棱。

其他人没有看到地上那行字，但他们能够从艾萨克的表情和扫地机器人异乎寻常的表现看出发生了什么古怪的事情，他们纷纷站起身，好奇地向这边看过来。

“艾萨克，怎么了？”德姮问。

“我……我也不知道……”他咕咕哝哝地回答。扫地机器人似乎十分激动，敲几下地板上的那行字，挥几下钎子尖上那张纸，不停地来回反复。艾萨克伸出手，嘴巴一下子惊讶地张大了——扫地机器人的手臂立刻稳稳地举着不动了。艾萨克战战兢兢地从钎子尖上摘下那张皱皱巴巴的纸。

他正把那张纸抚平，大卫突然一跃而起，一脸惊惧地从房间那头冲过来。

“艾萨克，”他厉声尖叫，“等一下……”但艾萨克已经展开那张纸，读到了上面写的东西，双眼立刻惊恐地睁大。他死死地盯着那些字，嘴角扭曲，嘴唇哆嗦着慢慢张开，就在他将要发出一声悲愤呼喊时，瓦米斯汉克动了。

莱缪尔被扫地机器人古怪之极的举动吸引了全部的注意力，目光不知不觉中离开了他的俘虏，瓦米斯汉克悄悄看在眼里。就在屋子里每个人都盯着艾萨克抚平展开扫地机器人递给他的那张废纸时，瓦米斯汉克从椅子上一跃而起，朝着大门冲去。

可他忘了大门已经锁上了。当他猛地扯门，却发现门纹丝不动时，立刻恐慌地尖叫出声，再也顾不得维持端严淡定的形象。在他身后，已经快要扑到艾萨克身边的大卫骤然收脚，飞快转身，朝瓦米斯汉克及大门的方向退去。艾萨克呼地转过庞大的身躯，面对他们，手里仍然攥着那张纸。他死死地盯着大卫和瓦米斯汉克，眼中似乎要喷出火来。莱缪尔已经意识到自己的疏忽，正举枪瞄准瓦米斯汉克，但这时艾萨克开始杀气腾腾地朝那两人一步一步走去，恰好挡住了莱缪尔的视线。

“艾萨克，”莱缪尔高声大喊，“闪开！”

瓦米斯汉克看见德姮也敏捷地站起身来，大卫正缩成一团战战兢兢地躲避艾萨克，而屋子的另一个角落里，悄无声息地站起一个头戴兜帽身披斗篷的男人，迈开双腿，伸出胳膊，摆出一个古怪的姿势，像极了待人而噬的猛禽。瓦米斯汉克看不见莱缪尔——横眉瞪目步步逼近的艾萨克把他挡住了。

艾萨克的眼珠左右转动，目光轮流停驻在瓦米斯汉克和大卫身上。他挥了挥手里那张纸。

“艾萨克，”莱缪尔再次高声大喊，“快他妈闪开！”

但怒火中烧的艾萨克什么也听不进，什么也说不出。他只觉得周围有刺耳的声音此起彼伏。屋子里每个人都在大喊大叫，有的在问他那张纸上到底写了什么，有的在喊他闪到一边好开枪，有人愤怒咆哮，有人发出猛禽般的尖啸。

艾萨克一时拿不定主意是先抓住大卫还是先抓住瓦米斯汉克。大卫身子瘫软，面无人色地哀求艾萨克听他解释，瓦米斯汉克则绝望地再次猛拉大门，尽管心知肚明那是徒劳，然后在岿然不动的门前孤注一掷地转过身来，直面盛怒的艾萨克。

瓦米斯汉克终究是个高超的生物奇术士。他嘴唇翕动，开始念出神秘难解的咒语，唤醒手臂筋肉间蕴含的无形魔力——经过多年苦练，那力量已经变得惊人强大。他手腕一抖，五指骤然弯成狰狞的爪状，一股不可思议的力量瞬间贯通手臂，让他前臂的血管高高鼓起，犹如小蛇在皮肤下蜿蜒，就连他的皮肤也因为这股力量而绷紧颤搐。

艾萨克的衬衣只扣了一半，露出半边胸膛。瓦米斯汉克遽然出手，右手五指直接贯穿艾萨克脖子下方无遮无拦的皮肉。

艾萨克又气又痛，长声惨呼。在瓦米斯汉克灌注魔力的手指下，他的血肉变得如稠密的黏土般任人揉捏。

瓦米斯汉克粗暴地用五指往里挖，血肉不情不愿地在他手下屈服，他的手指不断伸缩，在血肉深处摸索，想要抓住一根胸肋。艾萨克胡乱伸手摸到瓦米斯汉克的手腕，死死钳住，脸已经扭曲得不成人样。他虽然比老东西年轻强壮，但胸口的剧痛让他完全使不上劲。

两人扭作一团，瓦米斯汉克不断哀号。“让我走！”他声嘶力竭地喊叫。他心里并没有什么成形的计划，只是在求生本能的驱使下情急出手，这时回过神来才意识到自己对艾萨克发起的攻击阴狠至极，俨然一副夺人性命的架势。事情到了这一步，已经没有回旋余地了。他别无他法，只能继续在艾萨克胸口的血肉深处胡乱扒摸，想要抓住一个着力之处。

在他们身后，大卫正用哆嗦的双手翻找大门钥匙。

艾萨克没法将瓦米斯汉克的五指从胸口拔出，瓦米斯汉克也没法将手指探得更深。两人站在原地，左摇右晃，你推我搡，陷入僵局。他们身后依然是一片混乱的人声。莱缪尔站了起来，将他那把椅子踢到一边，不断变换枪口的位置，想找个合适的射击角度。德姮已经跑上前来，正用力猛扯瓦米斯汉克的胳膊，但惊慌至极的老家伙用手指紧紧抠住艾萨克的胸肋，德姮每往外拉一下，艾萨克便惨叫一声，从瓦米斯汉克五指贯穿的皮肉处汩汩涌出的鲜血流势便急上一阵，血沫飞溅。

瓦米斯汉克、艾萨克和德姮三人扭成一团，嘶喊声此起彼伏，鲜血挥洒，溅到地板上，溅到惊慌乱蹿的母獾辛赛里提身上。莱缪尔将手伸过艾萨克肩头，想对着瓦米斯汉克开枪，但老家伙手腕一抖，带得艾萨克一个趔趄，就像操控诡异的手套布偶，将莱缪尔的枪撞得脱手而出。手枪掉在几英尺开外的地板上，黑色火药撒了一地。莱缪尔骂骂咧咧地收回胳膊，手忙脚乱地在身上翻找火药筒。

突然之间，一个全身遮得严严实实的人影出现在了胡乱扭成一团的三人身旁。雅格里克静静地伸出手，将兜帽揭开。瓦米斯汉克目瞪口呆地看着那双冷酷无情的圆眼，看着鹰人食肉猛禽般的脸庞。他还没来得及开口，雅格里克猝然一动，将弧形的锋利鸟喙扎进老家伙的右臂。

鹰人脖子一拧，以凌厉的气势撕开肌肉和肌腱。瓦米斯汉克的手臂顿时皮翻肉绽，血流如注，老家伙长声惨呼，下意识地缩手，五指从艾萨克的血肉间遽然抽离，发出一声湿漉漉的轻响，留下五个血淋淋的孔眼，缓缓闭合。艾萨克痛苦地咆哮着，颤抖地抚向胸口。他的胸口糊满鲜血，滑不留手，瓦米斯汉克手指留下的狰狞伤口凹凸不平，仍在不停流血。

德姮用手臂紧紧勒住瓦米斯汉克的脖子。就在瓦米斯汉克伸手按向前臂上血肉模糊的伤口时，德姮骤然发力，将他猛地掼向屋子中央。扫地机器人闻声而动，旋转轮子敏捷地从瓦米斯汉克落地之处滑开。老家伙四仰八叉地摔在地板上，他长声惨叫，手脚并用地想要爬起来，在地板上留下道道血痕。

莱缪尔已经重新装填好火枪。瓦米斯汉克看见黑洞洞的枪口再次对准自己，不禁失声哀求哭号，他将血淋淋的手臂高高举起，颤抖着连声告饶。

莱缪尔扣下扳机。一声带着袅袅尾音的清脆枪响，一团腾起散开的呛人火药粉末。瓦米斯汉克的哭号戛然而止。子弹正中眉心，穿透头骨，从后脑勺激射而出，留下一团如绽放花朵般的黑色血迹——简直是教科书级别的近距离射击范例。

老家伙仰面翻倒，破碎的头颅砸在老旧的地板上，发出一声闷响。

火药粉末在空气中翻转飞旋，缓缓飘落。瓦米斯汉克的尸体在地板上微微颤搐。

艾萨克背靠在墙上不停地咒骂。他的手掌紧紧按在胸前，像是想抚平那狰狞的伤口。他笨拙地拨弄着瓦米斯汉克手指留下的深深血洞，徒劳无功地想让皮肉复归原位。

他蓦地发出怒不可遏的痛呼。

“操他妈的！”他咒骂着，狠狠地盯着瓦米斯汉克的尸体，眼里仿佛要滴下血来。

莱缪尔收回手枪，又恢复了那副懒洋洋的神态。德姮站在原地浑身颤抖。雅格里克不知什么时候又回到了墙角，正站在远处冷冷地看着这一切，他已经重新把兜帽戴上，令人过目不忘的容貌再次隐入阴影中。

没人说话。他们干掉了瓦米斯汉克的事实沉甸甸地横亘在空气之中。他们望向彼此的目光中有不安，有震惊，但没有指责。没人希望那个老混蛋活下来。

“雅格，我亲爱的伙计，”最后艾萨克终于开口了，他的声音十分嘶哑，“这次是我欠你。”远处角落里的鹰人毫无反应，仿佛根本没听见他的话。

“我们必须……我们必须把他从这里弄走，”德姮着急地说，踢了踢瓦米斯汉克的尸体，“他们很快就会找他的。”

“我们现在需要担心的不是这个。”艾萨克说着，伸出右手。他手里依然攥着从扫地机器人那里拿来的纸，只不过现在那纸上已经沾满斑斑血迹。“大卫跑了，”他沉默了一瞬，指向大门上已经打开的锁。他四下里看了看，“他把辛赛里提也带走了。”他说着，面孔扭曲。他将手里那张纸扔给德姮，然后大步朝正在地板上轻轻滑动的扫地机器人走去。德姮展开手中的纸。

她读着纸上的字，面色渐渐凝重，眼里的厌恶与愤慨之情也越来越浓。她将纸举起，以便站在旁边的莱缪尔也能看清。片刻之后，雅格里克也悄无声息地晃了过来，用藏在兜帽下的双眼越过莱缪尔的肩膀看着纸上的字。

沙拉肯。根据我们上次会面的商谈结果，在此附上给你的报酬及指示。我们将于**特泽斯月八日，即锁链日**，将德尔·格雷姆勒布林及其同伙捉拿归案。国民卫队将于**当晚九时**前往其住处实施逮捕行动。你必须确保德尔·格雷姆勒布林及其同伙在**当晚六时之后**待在其住处。抓捕过程中你须在场，以免嫌犯起疑。我们的探员已经看过你的胶版相片，但为保万无一失，请你当天穿着**红衣**。我们的军士将尽力避免抓捕过程中出现人员伤亡，但我无法就此向你做出保证，因而你须清晰表明身份，切记。

莎莉

莱缪尔眨了眨眼，抬起头来。

“就是今天。”他说着，又眨了眨眼，“今天就是锁链日。他们就要来了。”

第三十三章

艾萨克仿佛没听见莱缪尔的话。他径直走到扫地机器人面前站住，在他狂热而专注的目光注视下，扫地机器人动了动，几乎同人类感到不安时的表现一模一样。

“艾萨克，你是怎么知道的?”德姮高声问道，艾萨克抬起手，用力指向扫地机器人。

“是它警告我。说大卫背叛了我们，”他的声音低得像是在自言自语，“我的朋友。我他妈跟他一起度过了多少轻狂岁月，一起喝得烂醉如泥，一起惹是生非……他该死的居然出卖我。然后**警告**我的还是个他妈的扫地机器人。”他猛地将脸凑到扫地机器人充当眼睛的镜头前。“你听得懂我的话吗?”他难以置信地低声问道，“你能明白我的意思吗？你……等等，你有音频输入端，对吧？转个圈……如果你能听懂我的话就转个圈……”

莱缪尔和德姮默默地交换了一下眼神。

“艾萨克，伙计。”莱缪尔很不自在地开口，他还没说完，声音就因为震惊而戛然而止。

扫地机器人慢慢地，小心翼翼地，转了个圈。

“它他妈的在干什么?”德姮惊讶得不自觉压低了音量。

艾萨克转过头看向她。

“我也不知道。”他也压低了嗓门，“我听说过这样的事情，但没想到真的会发生在现实生活中。它肯定是感染了某种病毒。CI……机械智能……我简直不敢相信这是真的……”

他回头继续专注地盯着扫地机器人。德姮和莱缪尔围过来，雅格里克迟疑片刻，也走了过来。

“这怎么可能呀，”艾萨克突然说，“它的分析引擎没那么精密，怎么可能支持自主的思维过程。这是**不可能的**。”

扫地机器人垂下捡取垃圾的小钎子，退到附近一堆尘土旁。它用钎子在里头划拉起来，片刻之后，两个字清清楚楚地显现出来：**可能**。

三个人类不约而同地倒抽一口冷气，低声惊呼。

“这**他妈的**……？”艾萨克大声嚷道，“你能**认字**，还能**写字**……你……”他拼命地摇起头来，然后抬头看向扫地机器人，脸色一下子变得严肃起来。“你是怎么知道大卫叛变的？”他问，“你为什么要警告我？”

但现在显然不是等着扫地机器人一笔一画慢慢写字进行解释的时候。正当艾萨克专注地等待扫地机器人回答时，莱缪尔抬头瞥了一眼挂在墙上的钟，立刻大吃一惊，显出紧张的神色来。时间不多了。

虽然花了一点工夫，但莱缪尔和德姮还是说服了艾萨克——他们现在最好立刻带着扫地机器人一起逃离这间仓库。尽管他们不知道它是从何得知大卫的背叛行径，但最好还是根据这个消息采取相应的行动。

艾萨克微弱地表示了抗议，拽着扫地机器人不肯撒手。他骂骂咧咧地诅咒了大卫一番，又对扫地机器人表现出来的智商啧啧称奇。他愤怒地咆哮着，又以分析的目光大致地检查了一下经过改造的清洁引擎。他脑子里一片混乱，完全不知道该做什么好。德姮和莱缪尔不停地在一旁催促他，他觉得自己肯定是被他们身上的焦虑情绪感染了。

“是，大卫是个该死的混蛋。是，这个扫地机器人是个该死的奇迹。可是艾萨克你听好了，”德姮恼怒地说道，“要是我们**现在不走**，它就要变成一堆破铜烂铁了。”

最后，这件事以一种令人哭笑不得的方式得到了解决：扫地机器人在艾萨克的灼热注视下又撒了一些尘土在地板上，然后一笔一画地写了几个字：**回头说**。

莱缪尔飞快地想了想。

“我知道在基德区有个地方可以让我们暂时避避。”他果断地说，“至少今晚没问题。到了那儿我们再说以后的事。”他和德垣迅速地在屋子里转了一圈，将用得上的东西通通装进从大卫柜橱里顺手拿来的袋子里。显然他们是不能再回这个地方了。

艾萨克依然呆呆地站在墙边，嘴巴微微张开，目光呆滞，不住摇头，一脸难以置信的表情。

莱缪尔抬起头，看到他的样子。

“艾萨克！”他高声喊道，“快去收拾你的东西。我们只有不到一个小时时间了。我们得赶紧离开。快动起来！”

艾萨克抬起目光，气哼哼地点点头，噔噔地上楼，踏上最后一级楼梯后却停住脚步，再次呆呆地站在原地不动了，脸上浮现出茫然痛苦与不敢相信的表情。

过了一小会儿，雅格里克悄无声息地跟在他后面上来了。他站在艾萨克身后，抬手拂落兜帽。

“格雷姆勒布林，”他以他那把粗粝的猛禽嗓子所能发出的最轻柔的声音说道，“你在想你的朋友大卫。”

艾萨克猛地转过身来。

“那个混蛋不是我朋友。”他恼怒地反驳。

“可他曾经是。你在想他对你的背叛。”

艾萨克沉默了。过了好一阵子，他点点头，再次显出恐惧与惊疑交织的表情。

“我知道什么是背叛，格雷姆勒布林，”雅格里克的声音如同鸟儿的啭鸣，“我很清楚。我……替你感到难过。”

艾萨克移开目光，踏着重重的步子走向他的工作区，开始看似随意地抓起一些乱七八糟的导线以及陶瓷和玻璃制品，塞进一个大大的毛毡旅行袋中。他将束带扣好，将笨重的袋子背到背上，发出一阵乒铃乓啷的声音。

“雅格，你什么时候被人背叛过?”他突然问道。

“别人没有背叛我。是我背叛了别人。”艾萨克一下收住脚步，转身看向他。“我知道大卫做了什么。我很遗憾。”

艾萨克凝视着他，不知道该说什么，他努力地克制着自己，只觉得心里又涩又苦。

国民卫队行动了。此时刚刚七点二十分。

伴随一下巨大的响声，仓库大门轰然开启。三名国民卫队军士连滚带爬地摔进屋子，手里的破门槌飞出老远。

自从大卫逃走后，大门就一直没有锁上。国民卫队没料到这点，依旧想当然地破门而入，结果大门毫不费力地就开了，他们被巨大的惯性带得收不住脚，径直冲进屋内，摔了个七荤八素。

瞬时间，空气好像凝固了。三个国民卫队士兵挣扎着想要爬起；门外，一队士兵呆如木鸡地看进屋子；一楼，德姮和莱缪尔瞠目结舌地回瞪着他们；楼上，艾萨克低头往下看。

然后，每个人都动了。

站在街上的士兵回过神来，一窝蜂地往门口涌来。莱缪尔抬手掀翻大卫的大书桌，以竖起的桌面充当护盾，弯腰蹲下，开始往两把长长的手枪里头填药装弹。德姮飞快地向他跑去，想冲到桌子后头寻求掩护。雅格里克低啸一声，迅速从过道的栏杆旁退开，离开国民卫队的视野范围。

就在这骚乱乍起之时，艾萨克迅速转向他的实验工作台，随手抄起两个装满色彩暧昧不明液体的大玻璃烧瓶，借着刚才转身的势头，把它们猛地越过栏杆扔向摔在地上那三个士兵，就像投掷炸弹一样。

那三个首先进入仓库的士兵好不容易站了起来，立刻被劈头落下的玻璃烧瓶砸个正着，化学药剂淋了一头一身。一个巨大的烧瓶正好落到一名士兵的头盔上，摔得粉碎，那名士兵应声再次倒地，满脸鲜血，一动也不动了。尖利的玻璃碎片如雨点般迸到其他两名士兵的盔甲上，纷纷弹开滚落。他们二人呆呆地站了片刻，突然开始尖声惨叫，淋到他们身上的化学药剂渗进了他们的面罩，开始腐蚀他们脸上柔软的皮肉。

没有枪声响起。

艾萨克再次转身，开始抓起更多的烧瓶，还花了点工夫精心挑选搭配，以便制造出特定的化学反应。*他们为什么不开枪？*他手上不停，脑子里晕晕乎乎地想。

受伤的国民卫队士兵已经被拖到外面的街上。一队重甲士兵排成密集阵型进入仓库，填上他们留下的位置。这些士兵手里举着铁盾，盾上开有视窗，装着强化玻璃。在他们身后，艾萨克看到两名军士正准备用虫首人发条刺盒发动攻击。

*他们想要我们活着！*艾萨克突然反应过来。虽然发条刺盒能轻易置人于死地，但也可以只让人失去战斗力而不危及生命。如果鲁德革特真想让他们死，依照惯例派出配备燧发枪和十字弩的常规部队要简单许多，要知道，人类想要熟练地使用虫首发条刺盒必须接受专门的训练，受过这种特训的国民卫队士兵可是少之又少。

艾萨克左右开弓，同时朝那队手持盾牌紧密排列的士兵扔出两瓶化学药剂，一瓶腐霉铁水，一瓶化血素蒸馏液。不过下面的士兵反应非常快，迅速地举起盾牌格挡，烧瓶在铁盾上撞得粉碎，旁边的国民卫队士兵立刻闪到一边，避开飞溅的玻璃碎片及危险的化学药剂。

那两个站在防御方阵后的军士开始将手中狼牙链枷般的虫首人武器舞得虎虎生风。

虫首发条刺盒由“毒刺”与匣身组成。匣身大小如同一个小袋子，拴在那两名军士的腰带上，内里是由虫首人设计的金属发条齿轮起动机，构造繁复而古怪，以缆索与“毒刺”相连。缆索分别从匣身两侧伸出，由粗电线缠上细金属丝、再裹以橡胶绝缘层制成，全长超过二十英尺。此时，两名军士每人的双手分别握住一个穿在缆索上抛光打磨过的木头手柄，舞动大约两英尺长的缆索，缆索末端以令人眼花缭乱的速度飞旋，残影之中有金属的闪光转瞬即逝。艾萨克知道，那缆索的末端便是大名鼎鼎的“毒刺”，那是一块尖头金属，上面布满倒钩与尖刺，以增加重量与威力。这种金属尖头可以任意替换，种类多样。有些只是普通的实心金属团块，而有种最为精妙的设计可以让尖头在命中目标时如花朵绽放般瞬间分裂，狠辣无比。不管是哪种金属尖头，都能准确而强劲地命中目标，贯穿盔甲，撕裂血肉，深深扎入敌人体内，造成残酷至极的伤口，“毒刺”之名由此而来。

德姮已经跑到侧翻的书桌后面，蹲在莱缪尔旁边。艾萨克转身去拿更多的烧瓶。空气中出现了片刻的寂静。在那电光石火的瞬间，德姮单膝跪地，直起身子，将她那把巨大的手枪自上方探出桌子边缘，飞快地瞄准。

她扣动扳机。与此同时，一名拿着发条刺盒的军士启动了那邪恶古怪的武器。

德姮的准头很好。子弹径直朝着一面盾牌上的视窗飞去——她已经迅速地判断出那个地方是国民卫队防御的薄弱之处。但她还是低估了国民卫队的能力。随着一声碎金裂石般的巨响，玻璃猛然绽裂，出现了密密麻麻的裂缝，粉末状的玻璃尘屑散落其上，将视窗变成一片纯白。但视窗玻璃以交织的铜线加固，子弹并不能穿透。盾牌后的国民卫队士兵身子剧烈地摇晃了一下，随即稳稳站住。

带着发条刺盒的军士出手了，动作熟练而流畅。

他蓦地扬起双臂，在空中划出两道弧线，同时轻轻按下木头手柄上的小开关，松开将缆索固定在手柄处的锁扣，使其能够自由滑动。霎时间，疾旋的尖头“毒刺”带着缆索激射而出，空气中遽然闪过一道银灰色的金属光芒。

长长的缆索从匣身中嗖嗖窜出，毫不滞涩，顺滑无比。缆索通过木头手柄，掠过空气，完全没有拖慢尖头的去势。“毒刺”的飞行轨道经过精确设计。布满倒钩的沉重金属尖头在空中划出一条长长的抛物线，随着拖在其后的缆索从匣身中不断放出，这条弧线的曲率便急剧下降，离目标越近，越趋于直线。

两枚叶芽状的尖头钢块挟着劲风直奔目标，一左一右同时扎进德姮胸口，发出“砰”的一声巨响。她长声惨呼，身子踉跄，咬紧牙关，火枪从抽搐的手指间跌落。

与此同时，军士按下发条刺盒匣身上的一个开关，松开固定紧绷机簧的锁扣。

匣子里传出一阵急促的呼呼声，起动机上的隐蔽线圈开始退绕，像直流发电机一般旋转，产生一股股怪异的电流。德姮的身子立刻不由自主地抖动起来，四肢抽搐，齿缝间迸出痛苦的嘶喊。细小的蓝色火花拖着转瞬即逝的尾弧在她的发梢与指尖噼噼啪啪地闪成一片。

那名军士专注地观察着她，转动发条刺盒匣身上控制电流强度与形态的旋钮。瞬间，德姮的身子一阵剧烈的震颤，随即向后飞出，撞在墙上，颓然滑落地面。

另一名军士手中泪滴状的“毒刺”越过桌子边缘向莱缪尔飞去，但莱缪尔拼命地放平身子，紧贴桌板，两团尖头金属堪堪从他身边擦过，没有伤到他。军士按下一个按钮，迅速地将缆索收回，以便再次做好出手的准备。

莱缪尔盯着受伤倒地的德姮看了一瞬，蓦地举起火枪。艾萨克发出愤怒的咆哮，用力朝国民卫队扔下一大罐极不稳定的魔法药剂。它没飞出多远，但在半空发生了极其剧烈的爆炸，一部分药剂洒在盾牌上，一部分飞过盾牌，洒到国民卫队士兵身上，与之前的化血素蒸馏液混合在一起，两名军士立刻惨叫倒地，皮肤变成羊皮纸，鲜血变成墨水。

一个经过扩音筒放大的声音轰然响起，穿过大门传进屋内。是市长鲁德革特。

“里面的人听着。放下武器，不要做无谓的抵抗。你们已经被包围了。你们是逃不掉的。放弃抵抗，我们会从宽处理。”

鲁德革特在“烟枪”伊莱扎·法谢尔的陪同之下，站在一队仪仗兵中间。市长大人亲临国民卫队行动现场是极不寻常的事情，但这次行动十分特殊。他站在街道对面，与艾萨克的仓库有一些距离。

此时天色还没完全暗下来。一张张警惕而好奇的面孔出现在街道两旁建筑的窗子后面，投来窥视的目光。鲁德革特努力无视这些目光的存在。他将漏斗状的铁质扩音筒从嘴边移开，转头看向“烟枪”伊莱扎·法谢尔，恼怒地皱起脸。

“这完全是一片血腥混乱，”他说，“烟枪”伊莱扎·法谢尔点点头，“不过就算国民卫队再怎么无能，也不会输的。可能会有一些军士不幸牺牲，但德尔·格雷姆勒布林和他的党羽插翅难飞。”突然之间，四周那些紧张地从窗后偷看的面孔让他心头无名火起。

他愤怒地举起扩音筒，厉声喊道：“立刻从窗边退开！”

鲁德革特心满意足地看着那些窗后起了一阵短暂的混乱，然后窗帘唰唰地拉上。他恢复端严的站姿，调转目光向不住战栗摇撼的仓库望去。

莱缪尔动作谨慎而优雅地开了一枪，撂倒方才用发条刺盒对他发动袭击的军士。艾萨克刚刚将书桌推下楼梯，撞翻两个打算冲上楼来的士兵，现在正继续把化学药剂当炸弹轰炸下方敌人。雅格里克掩护他的侧翼，将有毒的混合物丢到试图冲上楼来的士兵脑袋上。

他们的抵抗虽然英勇，但败局已定。国民卫队士兵实在太多了。他们唯一的优势就是敌人没打算杀掉他们，而他们却不必顾忌敌人的性命。艾萨克粗略估算了一下，到现在为止他们已经干掉了四个国民卫队士兵：一个死在莱缪尔的枪下，一个被砸破了脑袋，还有两个死在他无意间制造出来的化学-魔法反应之下。但他们支撑不了多久了。国民卫队已经开始在盾牌的掩护下朝莱缪尔步步逼近。

艾萨克看见楼下的国民卫队士兵抬头看向楼上，低声商议了片刻，然后其中一名士兵小心翼翼地举起一把燧发步枪，瞄准了雅格里克。

“雅格，快趴下！”他遽然大喊，“他们要杀你！”

雅格里克飞快地扑到地板上，离开枪手的视野。

没有凭空出现的身形，没有悄然逼近的脚爪或森然耸立的躯干。织者的声音就这样突如其来地在鲁德革特耳中响起。

……我跃上天空无形混乱丝线脚在超自然粪便上踉跄打滑织网破坏者留下这污秽之物它们是低等生物单调乏味粗俗不雅市长先生丝线沙沙低语所发生的事情这处地方震颤晃动……

鲁德革特吃了一惊。它这会儿来添什么乱，他想道。他压下心中的不耐烦，用强硬的语气开口了。

“织者，”他说道，“烟枪”法谢尔猛地转头向他投来好奇的目光，“很高兴你来了。”

他心里怒火腾腾。它他妈的太没规矩了，别是现在啊，别是他妈的现在啊！去追捕那些餍蛾啊，去搜寻……你他妈的来这儿干什么？织者总是让人憋气窝火，又危险得让人敢怒不敢言，鲁德革特左思右量才决定请它帮忙，为此担了极大风险。它虽然我行我素，终究是个致命杀器。

鲁德革特以为自己多少算是与这只巨大的蜘蛛谈妥了，以为经过长期沟通自己至少算是同它有了某种默契。在这件事情上卡普涅奥尔帮了他不少。虽然对织者的研究仍处于试验性的阶段，但已经有了些许成果。有一些交流方法已经被证实有效，鲁德革特就是用这些方法同织者进行沟通的：将消息刻在剪刀的刀刃上然后融化；随意挑选一座雕像，自下而上地打光，让影子在天花板上投下信息。织者总是即刻回应，尽管回应的方式会比他发送信息的方式更加古怪。

之前鲁德革特非常客气地请求织者前去追捕那些蛾子。当然了，他不可能命令织者，只能提出建议。但织者非常积极地响应了他，于是鲁德革特想当然地放下心来，开始把它看作自己的手下——直到此刻，他突然意识到自己的这种想法是多么愚蠢而荒谬。

他再也不会这么以为了。

鲁德革特清了清嗓子。"织者，请问您来此有何贵干?"

织者的声音再次响起，在他的耳中回荡，在他的脑子里弹来弹去。

……内与外丝线碎裂断开一道缝隙横过世界织网经纱色彩褪却黯淡我在表面之下穿越天空沿着这缺口舞蹈流下悲伤泪水对着这丑陋延伸的损毁景象逆向而行追溯起点便是这里便是一切开始的地方……

鲁德革特缓缓点头，他总算是听明白一句话了。"是从这里开始的，"他随口附和道，"这里就是事情发端的地方。是一切的源头。不巧的是……"他非常小心地斟酌着字词，"不巧的是，这会儿实在是有点不太方便。尽管此处的确是问题的发源地，但我能建议您稍后再来调查吗?"

"烟枪"法谢尔盯着他，一脸忧心忡忡的表情。她紧张而专注地听着他的这番回答。

接下来出现了诡异的一刻，一切声响都归于沉寂。仓库里传来的枪声与叫嚷声停了下来；国民卫队手中的武器也没有发出辗轧声或是撞击声；"烟枪"法谢尔张开嘴巴，却欲言又止。织者也默不作声。

接着，一阵低沉的动静在鲁德革特脑中响起。他惊愕地倒抽一口气，嘴巴大大张开。他虽不明就里，但的的确确听见了织者神秘的足音——它正穿越未知的位面，直奔仓库而去。

军士们踏着整齐的步伐无情地朝莱缪尔逼近。他们铿锵有力地踩过瓦米斯汉克的尸体，盾牌耀武扬威地举在身前。

楼上，艾萨克和雅格里克已经扔完了所有的化学药剂。艾萨克高声怒号，连连将椅子、木板和垃圾朝国民卫队士兵扔去，却被他们的盾牌轻而易举地挡开。

德姮则像躺在艾萨克过道角落一张小床上的拉布勒梅一样，一动不动。

莱缪尔发出一声孤注一掷的愤怒大叫，朝步步逼近的国民卫队士兵挥舞牛角火药筒，将呛鼻的火药粉洒在他们身上。正当他手忙脚乱地在身上摸索火绒盒时，士兵们已经到了他的面前，手中的军棍高高扬起。剩下的那个虫首人发条刺盒手也朝他的方向走去，手中的尖头“毒刺”再次舞得虎虎生风。

仓库正中央的空气突然起了一阵神秘的震颤。

两个正走近这处地方的国民卫队士兵困惑地停下脚步。艾萨克和雅格里克正一人抬着沉重的试验台一端，准备把它砸向下面的士兵。他们也看到了这个奇怪的现象，于是停下手里的动作，仔细看去。

一团像是有生命的黑色影子突然从仓库中央凭空出现，仿佛一朵诡异的花朵悄然绽放。它优游自若地舒展，像一只黑猫伸了个懒腰，转眼便化为实体。它站起来，投下的影子笼罩了整个仓库。一个巨大分节的生物，一只硕大无朋的蜘蛛——充盈着势不可挡的力量，散发出咄咄逼人的气势，似乎连空气中的光线都在它面前踟蹰不前。

传说中的织者。

雅格里克和艾萨克不约而同地松手，沉重的试验台轰然落在地板上。

正围着莱缪尔拳打脚踢的国民卫队士兵察觉到了空气中诡异的变化，机敏地转头看去。

然后每个人的身形都凝固在转头后的一刻，彻底惊呆。

织者显形之后，高耸的身躯正好笼罩在两名国民卫队士兵的上方。他们瑟瑟发抖，发出断续微弱的恐惧尖叫。一名士兵的长剑从颤抖的手指间当啷落地。另一名士兵稍微勇敢些，用剧烈抖动的手举起火枪，却怎么也没有力气扣下扳机。

织者低头朝他们看去，举起那对酷似人手的附肢，两人顿时膝盖一软，跪倒在地，缩成一团。织者不紧不慢地伸出一只手，轻轻地拍了拍他们的脑袋，就像拍抚小狗一般。

接着，它抬起手，指向二楼，正对着目瞪口呆的艾萨克和雅格里克瑟瑟发抖站着的地方。骤然间，它那神秘缥缈、如歌如泣的声音在鸦雀无声的仓库内回响起来。

……这里上面小小的过道便是它出生之地那粗短的拇指那畸形矮小发育不全的它释放它的同胞它撕开封闭的襁褓骤然现世我闻见它第一顿食物的残余还无力瘫躺于此哦我喜欢这里我喜欢这处的丝网这纬纱如此精致美妙尽管撕裂此处这人能纺能织他的技巧如此全面又如此原始……

织者的头部从一边转到另一边，动作怪异又流畅。它用许多只闪闪发亮的单眼打量着整个仓库。所有的人类依然站在原地，不敢动弹。

鲁德革特的声音从屋外传来。紧张而愤怒。

“织者!”他大声喊道，“我有一个礼物和一则口信要给你!”片刻的寂静之后，一把手柄上镶着珍珠的剪刀穿过大门飞进了仓库。织者用极似人类的动作高兴地拍手。屋外传来极具辨识度的剪刀开合声。

……可爱可爱，织者喃喃吟道，铁剪开合祈愿哀求可是尽管它们冰冷声响抚平边缘弄皱丝线经过反转漏斗放大对准我必须转过身去不听我必须编织图案在这里与业余无名艺术家拆解巨大裂缝断丝残线参差笨拙横过蓝色表面那不应发生它不应存在那丝网撕裂之处该被诅咒没有图案在这些绝望的有罪的孤寂的心灵中有精美丝帷由希望织就这颜色各异的一群编织丝线源自渴求朋友羽毛科学正义黄金……

织者的低吟声微微颤抖，透出某种欢喜的意味。它的脚突然以令人毛骨悚然的速度动起来，踩着错综的步伐掠过房间，穿越未知的空间。

在莱缪尔身旁缩成一团的国民卫队士兵扔下手里的军棍，连滚带爬地从织者的脚边躲开。莱缪尔努力睁开高高肿起的双眼，看着那森然耸立的巨蛛身躯，举起双手，想要发出惊恐的尖叫。

织者在他面前徘徊片刻，又抬头看向上方的平台。它微微抬了抬脚，立刻不可思议地出现在二楼过道上，距离艾萨克和雅格里克不过几英尺之遥。两人惊恐地盯着那巨大怪异的身形。织者足尖一点，腾空而起，朝他们跃去。两人呆立原地，脑子一片空白。雅格里克想要后退，但织者的速度太快了……狂风与磐石……它吟唱着，一只酷似人手的附肢遽然一抄，便将雅格里克扫进臂弯，雅格里克疯狂地扭动哭喊，就像个受到惊吓的人类婴儿。

……漆黑与殷红……织者吟唱着，优雅地举步，像一个踮起脚尖的舞者，往侧面移去，穿越扭曲的位面，转眼间再次出现在莱缪尔抖缩的身子旁。它猝然一动，便将莱缪尔揽起，晃晃悠悠地挂在雅格里克旁边。

国民卫队士兵躲得远远的，个个目瞪口呆，惊恐万分。市长鲁德革特的声音再次响起，从屋外传来，但已经没人在听了。

织者又抬了抬脚，再次出现在二楼属于艾萨克的工作生活区域。它轻捷地向他掠去，用那只空着的手将他抓起……俗界种种，于此涌散……它将他握在手中，轻声咏唱。

艾萨克完全没法挣扎。织者的触摸冰冷刺骨，不可抵挡，完全不像是真的。它的皮肤如打磨过的玻璃般光滑无瑕。他感觉到自己被织者毫不费力地拎到半空，然后近乎宠爱地用嶙峋的手臂拢住。

……孤云与惊雷……艾萨克听见织者一边低吟一边迈着它那不可思议的步伐折返，转眼出现在二十英尺之外，站在德山一动不动的躯体旁。她身边的国民卫队士兵立刻不约而同地惊慌逃开。织者捞起她无知无觉的身体，塞在艾萨克旁边。艾萨克感觉到她的温暖体温透过衣服传过来。

接着艾萨克感到一阵晕眩，织者再次侧滑着穿过房间，出现在扫地机器人旁边。在过去这段时间里，艾萨克已经完全忘了它的存在。它已经回到平常不工作时待的那个角落，在那儿看着国民卫队发动攻击。它将玻璃镜头——它光滑的金属脑袋上唯一一个“器官”——转向织者。气势迫人的巨蛛匕首般的脚爪轻轻一抖，将它捞起，然后敏捷地往上一抛，将那成年人类大小的笨重机器抛到弧形的壳质后背上。扫地机器人晃晃悠悠地在它背上保持平衡，但不管织者怎么动，它都没有掉下来。

艾萨克的脑袋上突然传来一阵剧痛。他痛苦地尖叫出声，感觉到滚烫的鲜血喷出，流过脸颊。莱缪尔的惨叫声紧接着响起，仿佛是他那声尖叫的回音。

尽管艾萨克的视线因为鲜血和迷茫而变得模糊不清，他仍看见周围的景象在织者穿越相互交叠的位面时不住闪烁。织者转了个弯，出现在国民卫队士兵身旁，它举起一只弯刀般的利爪，艾萨克只觉得眼前一花，每一个国民卫队士兵都开始放声惨叫，仿佛有种能致人痛苦尖叫的古怪病毒在一瞬间传遍了整个仓库。

织者驻足于仓库中心。它端着那对酷似人手的附肢，用臂弯夹紧挂在其上的俘虏，前臂一抖，往地板上撒落沾染红色液体的东西。艾萨克抬起头，环顾四周，忍着太阳穴下方火烧火燎的剧痛，努力让视线聚焦。仓库里的每个人都在哭号尖叫，缩成一团，手掌紧紧按在脸侧，徒劳地想要止住指间汩汩涌出的鲜血。艾萨克再次低头看去。

织者撒到地板上的，是一大把鲜血淋漓的人耳。

它的手掌温柔优雅地拂过空气，滴滴答答的鲜血落到地板上，混了尘土，变成颤巍巍的肮脏液珠。新鲜切下的肉块扑簌簌跌下，拼成一个完美的剪刀图案。

织者抬起头，尽管载着五具身躯，行动却优游自如，若无其事。

……炽热又可爱……它轻叹一声，遽然消失。

我经历的一切变得犹如梦境，而后沉入回忆。我分不清三者之间的界线。

织者，不可思议的巨蛛，与我们同行。

在塞梅克，我们称它为法里亚克-雅哈-赫特：舞蹈的疯神。我从未想过有生之年能亲眼见到它。它经由世界的无形通道而来，站在我们与立法者之间。他们的火枪沉默。话语死在喉间，如困于蛛网的飞蝇。

舞蹈的疯神踩着奇异野蛮的步伐穿行于屋内。它将我们一一拣起——我们这些叛徒，我们这些罪犯，我们这些流亡者。揭露秘密的机器人；无法飞翔的鹰人；制造新闻的记者；犯罪的天才与天才的罪犯。舞蹈的疯神将我们一一拣起，就像聚拢迷途的信徒，责备我们走上了歪路。

它利刃般的手臂一闪。人类的耳朵便如血肉之雨落入尘埃。我侥幸逃过。我藏于羽毛之下的耳孔并不能取悦这疯狂的力量。法里亚克-雅哈-赫特欣喜地绕圈奔跑，穿行于痛苦的嚎叫与绝望的哀号之间。

然后它倦了，举步穿越扭曲的空间，离开那座仓库。

进入另一个位面。

我闭上双眼。

我感觉自己朝着一个方向而去，我从不知世间有这个方向的存在。我感觉巨大的脚爪抬起落下，舞蹈的疯神沿着神秘力量的脉络急促前行。它用现实生活中无法理解的角度腾跃，我们在它身躯之下起伏摆动。我的胃里翻腾不休。我感觉自己被世界的丝线缠绕挂绊。我的皮肤在陌生的位面中阵阵刺痛。

在那片刻之间，我被这神明的疯狂所感染。在那片刻之间，对知识的贪欲让我忘了身处何地，只想满足心中的饥渴。在那瞬间，我睁开了我的双眼。

在那仿若永恒的一呼一吸之间，我透过舞蹈的疯神踏出的繁复舞步，窥见了世界的真相。

我的双眼盈满泪水，刺痒无比，仿佛下一秒就要爆裂，仿佛正经受无数沙暴的鞭笞。我的双眼无法容纳看见的一切。我可怜的双眼挣扎着想要看清那些不可见之物。落入我眼中的只有片段，只有形与面的边缘。

我看见——或许应该说我觉得我看见，我说服我看见——一片任何沙漠长空都相形见绌的广袤，一道神明尺度亦无法衡量的宏阔。我失声惊叹，听见我周围的其他人也在失声惊叹。这片空茫之中，有一个巨大的奇景自我们身周铺陈开去，向着各个方向和维度蔓延，超自然物质构成错综复杂的节点，将无边无际的时间与空间包裹其中——那是一张网。

我明白它的本质。

那无穷的绚烂色彩，那繁复丝帷上一丝一缕交织而成的错落纹理……都在舞蹈的疯神脚步之下共鸣着，振荡着，发出关于勇气、饥饿、建筑、争辩、偷窃、谋杀或水泥的小小回声，经由以太徐徐传开。椋鸟活泼劲头的纬线连接着一股粗密黏稠的丝线，那是一位少年窃贼的开怀大笑，这两股紧绷的丝线牢牢粘合在第三根线上，这根丝线由一座大教堂顶上七个飞拱的角度绞成，而后三根丝线编成一束，向着远处延伸，消失在不可想象的浩瀚空间中。

每个意图、交流、动机，每种颜色，每具躯体，每个作用与反作用，每个现实存在及其引发的思维片段，每段关系，每个造成历史进程分岔的微妙时刻，每次牙痛与每条石板路，每种情感、诞生与钞票——一切任何时候可能存在的事物都织进了那巨大无边、绵延不绝的网中。

它没有起始，也没有终结。它的繁复程度让自诩伟大的思想都显得卑微渺小。它是如此美丽的存在，让我的灵魂都为之战栗哭泣。

它生气勃勃。我瞥见与我们的挟带者一样的巨蛛，更多舞蹈的疯神，在这无限的织网上匆匆掠行。

还有其他的生物，它们诡异而复杂的身形我不愿再次回想。

这张网并非完美无瑕。在无数的地方有丝线断裂，色彩消褪。随处可见图案扭曲松弛。每当我们经过这样的伤痕，我都能感觉舞蹈的疯神停住脚步，收缩纺器，修补丝网，重新上色。

离我们不远的地方是属于塞梅克的紧绷丝线。当世界织网因时间的重量而泛起涟漪时，我发誓我看见了它随之振荡轻摆。

在我四周，是这超现实蛛网上的小小一块……新克洛布桑。它中央的丝线被狠狠撕开，显出一条丑陋的裂痕。裂痕向外延伸，使得属于这座城市的局部织网松散破碎，无数颜色从裂口流泻而出，以致干涸，只留下一片单调乏味死气沉沉的苍白。它是如此空洞，如此惨淡，我知道有种鱼终其一生都活在黑暗的洞穴，以致不能视物，可这片织网空洞与惨淡的程度甚至比那种鱼的眼睛要多出一千倍。

就在我看着的时候，我刺痛的双眼因为看到的景象而惊愕睁大——我看见那条裂缝正在不断扩大。

那不断蔓延的裂缝让我如此害怕。整面织网的宏伟亦让我觉得无比渺小。我再次紧紧闭上双眼。

但我不能关闭我的头脑。我的头脑混乱，不由自主地想起刚才所见的一切，却又无力阻止那些记忆飞快消散。最后我只剩下一种感觉。现在我才能冷静地回忆它，描述它，它那巨大的重量终于不再压在我的头脑之中。

对它的记忆已经褪色，但此刻想起仍让我心醉神迷。

我同巨蛛一起手舞足蹈。我同舞蹈的疯神一起欢腾雀跃。

PART FIVE

第五部分

议会

第三十四章

“辩证室”里，鲁德革特、拉斯克尔和“烟枪”法谢尔正在召开紧急会议。

他们整晚没睡。鲁德革特和“烟枪”法谢尔一脸倦容，神情烦躁。他们一边仔细研究文件，一边呷饮大杯大杯的浓咖啡。

拉斯克尔则神情淡漠，手指不停拨弄脖子上裹得严严实实的围巾。

“瞧瞧这个，”鲁德革特说着，朝他的副手们挥舞一张纸，“今天早上送来的。由写信的人亲自送过来。让我有机会跟他们面对面地谈谈信的内容。那可不是什么礼节性拜访。”

“烟枪”法谢尔将身子俯过桌面，想去拿那封信。鲁德革特看也没看她，径直开始念起信来。

“这封信的落款是乔赛亚·潘登、巴托尔·沙德勒以及马谢克·葛拉谢特里克斯。”拉斯克尔和“烟枪”法谢尔同时一凛，抬头看向鲁德革特，市长大人慢慢地点了点头。“箭镞矿井、沙德勒商业银行以及派瑞多克斯公司的头脑人物特地大费周章地给我联名上书。我觉得我们可以在这三个署名下头自行添加一大串别的人名，虽然那些名字的分量没这么重，嗯?”他抚平信纸，“潘登先生、沙德勒先生以及葛拉谢特里克斯先生‘极为关切'，这里是这么写的，传入他们耳中的'恶言毁谤'。他们已经听到风声，知道我们遇上了大麻烦。"他朝"烟枪"法谢尔和拉斯克尔看去，看见两人交换了一下眼神。"不过他们收到的消息十分混乱，所以不能确定到底发生了什么，只是晚上都睡不好觉了。此外，他们也听说了德尔·格雷姆勒布林这个名字，想知道我们有没有采取什么措施，啊……'遏制这个丧心病狂的破坏分子对我们伟大城邦造成的威胁。'"他放下这封信，"烟枪"法谢尔耸耸肩，张开嘴巴想要回答，但鲁德革特打断了她，一边怫然不悦揉着疲惫的双眼，一边继续往下说。

"你们都看过托姆林监察员，也就是'莎莉'，呈上来的报告了。沙拉肯正在我们的照看下逐渐恢复，他提供的消息说德尔·格雷姆勒布林宣称自己造出了一台什么临界引擎的原型机，可以正常运转。我们大家应该都明白这件事情的严重性。我们那些好心的赞助者也已经发现了这件事情。你们可以想象，他们所有人——特别是潘登先生——都迫切期望这一荒谬的申明能够得到尽快的遏止。他们认为德尔·格雷姆勒布林先生也许为了糊弄无知民众造了赝品机，他们建议我们说，如果他真的造出来了，不管造了几台，我们都应该即刻将其销毁。"他叹了口气，抬起头来。

"他们还提到了这些年来给予政府及沃日党的慷慨资助。诸位，他们是在提醒我们要礼尚往来呀。餍蛾的事情让他们不太高兴，希望此种危险的动物即刻得到妥善的控制。但真正让他们气急败坏的是临界引擎研制成功的可能性及其发展前景，这点我倒是毫不意外。昨天晚上我们彻底地搜查了那座仓库，没有找到任何此种设备存在的迹象。我们必须考虑到德尔·格雷姆勒布林判断错误或有意撒谎的可能性。但万一他不是搞错了，也没有撒谎，那我们必须考虑到他昨晚可能将原型机和研究笔记随身带走了。就在他同……"他重重地叹了口气，"……织者一起离开的时候。"

"烟枪"法谢尔小心翼翼地开口了。"我们现在……"她大着胆子问，"知道当时到底发生什么了吗?"

鲁德革特不悦地耸了耸肩。

“我们已经将在场国民卫队士兵的所见所闻整理出来交给了卡普涅奥尔，我本人也一直在尝试联系织者，到目前为止只得到了一个三言两语不知所云的回复……它用煤烟草草地写在我的镜子上。我们现在唯一可以确定的是，它认为从我们眼皮底下将德尔·格雷姆勒布林及其党羽劫走能够改善世界织网。我们不知道它去了什么地方或是为什么去。我们也不知道它会不会让他们活下来。说真的，我们什么都不知道。不过卡普涅奥尔倒是相当确定它还在追捕餍蛾。”

“那些耳朵是怎么回事？”“烟枪”法谢尔又问。

“我也*不知道*！”鲁德革特恼怒地提高了音量，“让织网变得更漂亮呗！显然是这样！所以现在我们的医务所里头有二十个吓得瘫软如泥的国民卫队士兵，个个只剩一只耳朵！”他稍微平静了一下情绪，“从昨晚到现在我一直在思考。我相信我们的问题部分在于开始制订计划时定位太高了。我们将继续尝试找到织者的去向，但与此同时，我们必须开始依赖较为常规的手段追捕那些蛾子。我们将召集所有的警卫与国民卫队士兵，以及所有接触过那种生物的科学家，组成一支特别行动部队。我们还得同莫特利合作。”“烟枪”法谢尔和拉斯克尔抬头看向他，点了点头。

“这点十分必要。我们必须将我们所有的资源集中起来。他的手下跟我们的士兵一样受过精良训练。我们已经在运作此事了，他会把他的人组成战术分队，在我们的指挥下与我们的部队通力合作。在此期间，莫特利及其手下所有的犯罪活动都将得到无条件赦免。”

“拉斯克尔……”鲁德革特沉默了一下，开口道，“我们需要你族的特殊技能。当然了，此事须秘密进行。你觉得你能在一天之内动员多少你的……族人？你得让他们了解此次行动的特殊性质……还是存在危险的。”

蒙特约翰·拉斯克尔又开始用手指拨弄他的围巾。他用一种非常怪异的声音低声回答：“十个左右。”

“当然了，他们会先接受训练。我记得你戴过镜子防护装置，对吧？”拉斯克尔点点头。“很好。因为你们的感知模式……大体上来说同人类差不多，对吧？不管你们的宿主是何种族，对那些蛾子来说，你们的意识也同我们一样美味诱人，对吧？”

拉斯克尔再次点点头。

“市长先生，我们也会做梦，”他用平平板板的声音回答道，“我们也是它们的猎物。”

“我明白。我们不会忘记你——以及你族——的英勇行为。我们将尽我们所能确保你们的安全。”拉斯克尔点点头，脸上波澜不惊。他慢慢地站起来。

“时间紧迫。我这就开始联络他们，”他躬身行礼，“到明天日落时分，我就能召集起一支战斗小队供您差遣。”他说完，转身离开“辩证室”。

“烟枪”法谢尔抿起双唇，转头看向鲁德革特。

“他看上去对这个安排不是很高兴的样子，对吧？”她说。鲁德革特耸耸肩。

“他一直知道这个身份可能会让他卷入危险之中。餍蛾对他们一族的威胁不亚于对我们的威胁。”

“烟枪”法谢尔点头附和。

“他被寄生多久了？我说的是原来的拉斯克尔，那个人类。”

鲁德革特默默地计算了一下。

“十一年。当时他正计划取代我。你已经着手调遣部队了吗？”他话锋一转，问道。“烟枪”法谢尔靠到椅背上，叼着陶土烟杆长长地吸了一口，辛香的烟雾袅袅升起。

“我们正在进行为期两天的集中训练，今天和明天……练习通过镜子防护装置向后瞄准之类的。莫特利显然也正在做同样的事情。我听说他的队伍里头有好些接受过特殊改造的改造人，那些改造术都是特地为看管和追捕餍蛾设计的……嵌入式的镜子，指向后方的手臂，诸如此类的。我们只有一名这样的军士。”她嫉妒地摇了摇头。“我们还有几个曾经参与过餍蛾计划的科学家，现在正在侦测那些蛾子的下落。他们再三向我们强调这个任务极难完成，不过要是他们真的做到了，那我们在行动时就能拥有一些优势。”

鲁德革特点点头。“此外，”他说，“我们的织者，还在外头某个地方继续追捕那些将它宝贵织网撕成碎片的蛾子……如此看来，我们目前整合的战力已经相当可观了。”

“但这里头有个协调的问题，”“烟枪”法谢尔说，“这点让我十分担心。而且现在城里人心惶惶。现在每个人都知道晚上睡不好觉，会做可怕的噩梦，但只极少的人知道这是为什么。我们正在绘制一张噩梦热点分布图，想看看能不能从中发现某种模式，以此追踪那些蛾子的动向。在过去的一个星期里，城里出现了大量暴力犯罪案件。都不是特别严重，也没什么预谋：突然袭击、冲动杀人、斗殴什么的。”她慢慢地说道，“民众情绪十分紧张。人人自危。”

她沉默了一阵子，然后继续开口。

“今天下午你应该能收到一些科学方面的进展报告，”她说，“我让我们的研究人员研发了一种头盔，可以防止那些蛾子屎在你睡觉的时候渗入你的头脑。虽然戴着它上床看起来很可笑，但至少你能睡个好觉了。”她停下来。鲁德革特飞快地眨了眨眼。“你的眼睛怎么样？”她问。

鲁德革特摇了摇头。

“凑合吧。”他苦笑了一下，“我们就是解决不了排异反应的问题。是时候换对新的了。”

城里的人们睡眼惺忪地出门工作。人人都心情烦躁，动辄恶语相向。

在泉树码头，被镇压的罢工行动成为一个禁忌的话题。蛙人码头装卸工身上的瘀青与伤痕正在慢慢褪去。他们一如往常地站在肮脏的河水中搬运跌落河中的货箱，站在湿滑的岸上指引船只进入拥挤的码头。他们偷偷地小声议论着如同人间蒸发的工会代表，那场罢工的领导者。

他们的人类工友看着这些迷惑不解的非人类种族，心里百感交集。

硕大的飞艇在城市上空一刻不停地巡逻，发出赤裸的威胁。

一点鸡毛蒜皮的小事都会引发激烈的争执，打架也变成了寻常之事。噩梦造成的影响不仅弥漫了整个黑夜，更蔓延至白昼，令无数人深受其害。

在大河套码头的布莱克利冶炼厂，一个疲惫不堪的桥式起重机操作员突然一阵恍惚，在幻觉中看到了昨晚让他彻夜难眠的噩梦景象。他扶在操纵杆上的双手哆嗦了一下，于是那台以蒸汽驱动的巨大机器早了一秒将吊运的铁水倒出。它如攻城车般将炽热发白的瀑流倾注在混铁炉边缘及炉旁等候的工人们身上。工人们尖声惨叫，瞬间被无情的铁水吞没。

在滴溅区废弃的水泥高楼顶端，生活在这座城邦的鹰人燃起巨大的火堆度过漫漫长夜。他们敲打着锣和平底锅，高声唱起下流的歌谣，发出粗野的号叫。他们的老大查利说，这样可以将邪灵挡在他们的塔楼之外，让他们免遭那些会飞的怪物、那些在城里到处吸食活人脑浆的恶魔毒手。

那些聚在萨拉克斯区咖啡馆里高谈阔论的人，现在说起话来声音也低了许多。

一些艺术家从噩梦中获得灵感，开始疯狂地创作。一个展览正在筹备之中，名为《动荡之城掠影》。到时将会展出各位艺术家在这搅扰全城的噩梦激发之下创作的绘画、雕塑及声音艺术作品。

人们小心翼翼，若一不小心提到两个名字，一股紧张的情绪便会立刻在空气中弥漫开来。琳和艾萨克。这两人仿佛人间蒸发一般，只要提到他们的名字，人们就会不得不面对这样一个事实：他们可能出事了。以前不管再忙，他们总是会抽时间来这里露个面。这次他们的不告而别隐含了太过浓重的不祥意味。

噩梦撕裂梦境与现实的界线，流泻到日常生活，如鬼魂般盘桓在阳光照耀的地方，让话语哽在干涸的喉间，让身边的亲友消失不见。

艾萨克在回忆中痛苦辗转，渐渐醒来。他想起昨晚古怪的逃亡经历，眼珠飞快地旋转，但眼睛依然紧紧闭着。

他突然屏住了呼吸。

他小心翼翼地翻开回忆，那些不可思议的画面猛地向他袭来。粗到语言无法形容的丝线错落交织。爬行其上的生物那影影绰绰的身形。这个状如丝网、五彩斑斓的美丽存在之后，那片无边无际、无穷无尽的永恒虚空……

他在恐惧中遽然张开双眼。

那张网消失了。

艾萨克慢慢地看向四周。他在一个砖砌的洞窟里，这里阴冷潮湿，黑暗中传来啪嗒啪嗒的滴水声。

“艾萨克，你醒了?”德姮的声音骤然响起。

艾萨克挣扎着用手肘撑起上半身，立刻发出一阵呻吟。他感觉浑身上下每寸地方都疼痛不已，仿佛被人狠狠地揍了一顿，连骨头都要散架了。德姮就在他不远处，坐在一个窄窄的砖砌台子上。她朝他露出一个微笑，那笑容却十分吓人，龇牙咧嘴，肌肉扭曲，显然为了做出这个表情，她不得不忍受巨大的痛苦。

“德姮?”他口齿含糊地说道，眼睛慢慢地睁大，“你穿的这是什么?”

他们身边摆了一盏黑烟缭绕的油灯，在昏暗的光线下，艾萨克看见德姮身上穿了一件浮夸至极的粉色晨衣，料子闪闪发亮，还绣着俗艳的大花。听到他的问话，德姮摇了摇头。

“艾萨克，我他妈的也不清楚，”她气冲冲地回答，“我只知道我被一个国民卫队士兵用发条刺盒击中了，然后就晕了过去，醒来的时候就发现自己在下水道里，身上还穿着这玩意。不只是这样……”她的声音抖了一下。她把一侧的头发向后撩去，艾萨克立刻倒抽一口气——她的脸旁糊满了干结的血块，仍有新的鲜血不断从血痂下渗出。“我……他妈的耳朵没了。”她松开哆哆嗦嗦的手指，放下头发。“莱缪尔说是一个……一个织者把我们带到这里的。话说，你还没看到你身上穿着什么呢。”

艾萨克揉着脑袋坐起来，拼命想让一团浆糊似的脑子清醒过来。

“什么？”他说，“我们在哪儿？下水道……？莱缪尔呢？雅格里克呢？还有……”拉布勒梅呢？他听见自己在心里说，接着他想起瓦米斯汉克说过的话，一阵冰冷的绝望掠过心头，拉布勒梅永远也清醒不过来了。

那个已经到了他嘴边的名字悄然消散。

他听见了自己刚才的话，意识到自己情绪激动，语无伦次。他停下来深呼吸，强迫自己冷静。

他朝四周看去，观察形势，认清处境。

他和德姮置身于一个砖砌的小室中，没有窗，他们坐着的小台子其实是砖墙上凹进去的地方，大概只有两英尺宽。整个小室的面积大约十平方英尺，天花板距离地面也就五英尺。在油灯昏暗的光线下，他看不清小室那头的情形。小室的四面墙上都有一个圆形的隧道口，周长大约四英尺。

小室的底部完全浸在污水里，他看不出来水有多深。看起来墙上的隧道至少有两个是入水口，污水通过它们流进这间小室，然后再打着旋慢慢地从另外的隧道流出去。

污水中携带的恶心东西糊满墙壁长满霉菌，墙壁因此变得黏腻湿滑。空气中充满排泄物与腐败的恶臭，中人欲呕。

艾萨克低头看了看自己身上，不禁困惑地皱起了脸。他穿着一身整洁的西装，甚至打了领带。这身黑色西装剪裁考究，任何一个议员穿上都会觉得脸上有光。但艾萨克从没在自己的衣柜里见过这件衣服。他身边有堆脏兮兮的东西，表面凹凸不平，正是他那个毛毡旅行袋。

突然间，他一下子想起昨晚头侧传来的剧痛和流过脸颊的鲜血。他屏住呼吸，战战兢兢地举起手来，当他的手指哆哆嗦嗦地触到脸侧时，他惊骇地将憋在胸口的那口气猛地吐了出来。他的左耳不见了。

他小心翼翼地戳了戳曾经长着耳廓的地方，以为会摸到血淋淋的伤口或是结痂的血块，就像德姮那样。让他吃惊的是，他摸到的却是一个完全愈合的伤疤，曾经撕裂的地方已经长出了新的血肉，一点也不痛，就好像他失去左耳不是在昨晚，而是在许多年以前。他皱起眉头，试探性地在那道伤疤旁打了个响指，左边还是能听见声音，但通过声音分辨方位的能力无疑大不如前了。

德姮看着他的一举一动，身体微微发颤。

“这位织者似乎觉得应该治好你的伤，还有莱缪尔的。却没管我……”她显然拼命压抑着心中的不快，“不过，”她补上一句，“它倒是确实给我胸口的伤止了血，就是被那……该死的发条刺盒弄出来的伤。”她盯着艾萨克看了一阵，“所以说莱缪尔不是疯了，不是在说谎，也不是在做梦，”她平静地说，“你也打算告诉我，是一位**织者**出现救了我们，是吗?”

艾萨克慢慢地点头。

“我也不知道为什么……我**完全想不到**它这么做的理由……但这是真的。”他仔细地回想着，“我听见鲁德革特在外面，他对织者嚷嚷了些什么。听起来他似乎对织者出现一点也不感到惊讶……他还试图**贿赂**织者。我觉得那该死的白痴是想同织者做什么交易……其他人呢?”

艾萨克朝四处望去。这个小室中根本没有躲藏的地方，不过顺着墙上的隧道口望去，隐约可以看到那头也是一个类似的小室，只不过完全笼罩在黑暗中，如果有人伏低身子藏在那里，谁也发现不了。

“我们几个都是在这里醒来的，”德姮说，“每个人身上都穿着古怪的衣服，只除了莱缪尔。雅格里克……”她困惑地摇了摇头，小心翼翼地碰了碰脸侧血肉模糊的伤口，身子一个激灵。“雅格里克被硬塞进了一条裙子里，看上去像是应召女郎穿的衣服。这里有几盏灯，我们醒来的时候已经点燃了。莱缪尔和雅格里克把发生的事情告诉了我……雅格里克说……他整个人都怪怪的，他不停地说着什么**网**……”她摇了摇头。

“我知道他在说什么。”艾萨克用低沉的声音说道。他停下来，感觉自己的思绪正慌不择路地想要从那模糊的记忆面前逃开。“织者将我们带走的时候你已经失去意识了。所以你没看见我们看见的东西……没看见它将我们带去的地方……”

德姮皱起眉头，泪水盈眶。

“艾萨克，我他妈的……我他妈的耳朵疼死了。”她说。艾萨克伸出手去，笨拙地揉了揉她的肩膀，脸同情地皱了起来。过了一会儿，德姮稍稍平静下来，继续说道：“总之你一直没醒，所以莱缪尔先离开了，雅格里克跟他一起走了。”

“什么？”艾萨克失声大叫，但德姮举起手来示意他别激动。

“你知道莱缪尔的，你知道他是干什么的。原来他很熟悉这些下水道。显然这里是很好的藏身之处。他到周围的隧道里头大概看了看，回来以后就告诉我们说，他知道我们在什么地方了。”

“我们在哪儿？”

“黑泥地。他说他要离开一阵子，雅格里克坚持要跟他一起走，他们发誓说三个小时之内就会回来。他们去找些食物，给我和雅格里克找些衣服，顺便了解一下地形。他们大概走了一个小时了。”

“真该死，我们去找他们，跟他们一起……”

德姮摇了摇头。

“艾萨克，别傻了。”她说，听起来精疲力尽，“要是我们走散了，后果不堪设想。莱缪尔熟悉这些下水道……他说这里非常危险。让我们待在这里不要乱走。他说这里有各种各样的东西……煞魔、腐霉怪，还有连名字都叫不上来的鬼玩意。所以我才留下来陪着你。我们必须在这里等他们回来。”

“还有，你现在大概已经成了新克洛布桑的头号通缉犯。莱缪尔干了那么多年的非法勾当，早就是个行家里手了：他知道怎么不被人发现。你就不一样了，你出去太冒险了。”

“那雅格怎么说？”艾萨克不服气地嚷嚷道。

“莱缪尔把自己的斗篷给了他。他把兜帽戴上，把那条裙子撕成布条裹在脚上，看起来完全就是个古怪的人类老头。艾萨克，他们很快就会回来的。我们必须耐心等待。我们还得想想下一步该怎么办呢。你一定得听我的。”她的声音里有压抑不住的痛苦，艾萨克抬起头来看着她，满脸关切的表情。

“艾萨克，它为什么把我们带到这儿来?”她说道。她的脸痛得皱成一团。“它为什么要伤害我们，为什么让我们穿成这样……？为什么不治好我的耳朵……?”她恼怒地擦去因为疼痛难耐而夺眶而出的泪水。

“德姮，”艾萨克柔声说道，“我也不知道……”

“对了，你应该看看这个。”她说着，飞快地吸了吸鼻子，递过来一张皱皱巴巴、臭气烘烘的报纸。他慢慢伸手接过来，碰到那湿漉漉脏兮兮的东西时，嫌恶地皱起了脸。

“这是什么?”他问道，将它展开。

“我们醒来的时候，全都糊里糊涂，不知所措，然后就看到这张报纸折成一艘小船晃晃悠悠地顺着隧道漂过来。”她飞快地瞥了他一眼，目光里依然写满了震惊，“它是逆着水流方向漂过来的。我们把它捞了起来。”

艾萨克展开这张报纸，仔细看去。这是新克洛布桑一份周报《文摘报》的内页。他看到报眉上的出版日期——1779年特泽斯月9日——就是今天早上出版的。

艾萨克飞快地扫了一遍这页报纸上一篇篇短文章，完全摸不着头脑，不禁摇起头来。

“你想让我看什么?”他问道。

“看看读者来信。”德姮说。

他把报纸翻过来，果然看到了，第二封读者来信，语气客套拘谨，跟其他的读者来信别无二致，但内容却天差地别。

艾萨克看着那封信，眼睛越睁越大。

诸位女士先生——

请接受我对你们编织技艺的由衷赞美。为了让你们继续运用此种技艺织造精美丝帷，我擅作主张将你们带离昨晚的不幸境遇。因为我急需赶赴他处履尽职责，所以不能继续护送你们。请相信，我们很快就会再次晤面。在此请允许我特别提醒你们之中那位在豢养动物时疏忽大意以致整座城市陷入困境的男士，自他手中逃脱之物已对他产生不必要的关注，请务必小心。

我殷切期望你们将编织工作继续下去，这是一项伟大的事业，我亦为之奉献着全部的热情与心力。

你们忠实的朋友

织

艾萨克慢慢地抬起头来看向德姮。

“老天，不知道那些《文摘报》的读者看到这个有何感想……”他低声说道，“妈的，那大蜘蛛还真是神通广大!”

德姮慢慢地点了点头，叹了口气。

“我只希望，”她郁闷地说，“我能明白它在做什么……”

“迪，你不会明白的，”艾萨克说，“永远不可能。”

“艾萨克，你是个科学家，”她突然语气激烈地说道，声音里充满了孤注一掷的意味，“对这些该死的东西应该多少有些了解。请你试着给我们说说它到底是什么意思……”

艾萨克没有反驳。他重新读了一遍那些文字，拼命在脑子里搜寻一切可以同织者扯上关系的零碎信息。

“它会无所不用其极地让……让织网变得更漂亮。”他愁眉苦脸地回答。他的目光落在德姮脸旁那道血肉模糊的伤口上，立刻不自在地转向别处。“你不可能理解它，它的思维方式跟我们完全不一样。”说到这里，他突然想到了什么，“也许……也许这就是鲁德革特想找它做交易的原因，”他说，“如果它的思维方式与我们不一样，也许就不会受那些蛾子的影响……也许它就像是……像是一头猎犬……”

但鲁德革特失去了对它的控制，他想道，回忆起市长在仓库外面的高声怒吼。*它没有按照他的意愿行事*。

艾萨克把注意力重新转向《文摘报》上的那封读者来信。

“这里提到的丝帷……”艾萨克咬着嘴唇沉吟道，“应该就是世界织网，对吧？我觉得它是在说它很喜欢我们……唔……在这个世界上做的事情。喜欢我们‘编织’的方式。我觉得这就是它把我们从仓库里带走的原因。而后面这几句话……”他又读了几遍，表情变得越来越害怕。

“我的老天，”他倒抽了一口冷气，“这就像当时发生在巴拜尔身上的事情……”德姮抿紧嘴唇，非常勉强地点了点头，“她当时是怎么说的来着？‘它尝过我……’我养的那只毛虫，那段时间我一直没离开它的左右，我的思想肯定无时无刻不在吸引着它……它已经尝过我的味道了……现在肯定在到处找我……”

德姮盯着他。

“艾萨克，你不可能甩掉它的，”她平静地说道，“我们必须杀了它。”

她说的是“我们”。艾萨克抬起头，感激地看着她。

“在我们制订下一步的行动计划之前，”她又说，“还有一件事。一件怪事。我也想让你解释一下。”她指了指昏暗的房间对面，那里的砖墙上也凹进去了一块。艾萨克好奇地向那光线不足、肮脏不堪的地方看去，勉强看到一团凹凸不平、一动不动的黑影。

他立刻反应过来那是什么。他回想起那东西在仓库里做出的惊世骇俗之举，呼吸变得急促起来。

“我们谁跟它说话它都没反应，也不写字。”德姮说。

“我们发现它也被带到这里之后，就一直在尝试同它交流。我们想知道它之前到底是怎么回事，但它完全不理会我们。我觉得它是在等你。”

艾萨克滑到台子边缘。

“水很浅。”德姮在他身后说。他滑进下水道冰冷黏稠的污水中。水没到他的膝盖处。他蹚着水向前走去，努力什么都不想，假装没闻见自己搅起的恶臭。他吃力地穿过这摊恶心的粪水，朝对面砖墙上的小台子走去。

随着他的走近，那团昏暗中一动不动的模糊影子发出轻微的呼呼声，尽可能地伸直布满划痕的躯干。砖墙上的这个凹处对它来说实在是有点小。

艾萨克在它旁边坐下，抖了抖鞋子，尽可能地甩掉上面沾满的脏东西。他转头看向它，一脸专注热切的表情。

“好了，”他开口道，“现在把你知道的都告诉我。说说你为什么要警告我，说说到底发生了什么。”

扫地机器人嘶嘶地响起来。

第三十五章

特劳卡站旁一个潮湿的砖洞里，雅格里克静静地等待着。

他咬着从一位肉贩那里默默乞讨来的大块面包和肉。他没有揭开兜帽，只是从斗篷下伸出一只颤颤巍巍的手，食物就放在了他的掌心。他猛禽般的脸一直藏在兜帽之下。他拖着脚步慢吞吞地离开肉摊。他那被破布紧紧缠裹的锋利脚爪已经麻木了，走起路来就像一个年老体衰、疲惫不堪的男人。

隐藏行踪这件事情，一个男人做来远比一个完整的鹰人做来容易许多。

他在黑暗中静静等待，就在莱缪尔和他分手的地方。从他栖身的阴影中望去，能够看见一座敬奉钟神的教堂，信徒来来往往。那是一栋又丑又小的建筑，显然曾经是间家具店——广告词还漆在它的正面。教堂的门楣上方挂着一个复杂的黄铜时钟，每个指示小时的数字都与一个代表相应神灵的符号交织在一起。

雅格里克知道这个教派。它在尚克尔的人类中间十分盛行。当他的部落去那座城市进行贸易时，他曾参观过这个教派的神殿。那都是他犯下罪行好多年前的事情了。

一点的钟声敲响，雅格里克听见洪亮的颂歌穿过教堂的破窗传出来，信徒们在赞美太阳神桑谢德。那歌声听起来比尚克尔里的更加热情，在技巧方面却逊色许多。这个教派在贫瘠之海的这一侧传播开来只是近三十年间的事情，显然它所崇尚的细致精巧是遗落在了尚克尔与米尔朔克之间那片蔚蓝海水之中。

在周遭的嘈杂之中，他那捕猎者的耳朵先于他的大脑辨认出了一个熟悉的脚步声，它正朝着他藏身之处接近。他匆匆吃完手里的食物，静静地等着。

莱缪尔出现在洞口，仿佛一抹镶在画框之中的剪影，过往的路人就在他肩头之上的明亮处走来走去。

“雅格。”莱缪尔轻声呼唤，眯起眼睛朝脏兮兮的洞里看来。鹰人拖着脚步走进光亮之中。莱缪尔拿了两个塞满衣服和食物的袋子，“走吧，”他悄声说，“我们该回去了。”

他们沿着来路穿过黑泥地的蜿蜒街道。今天是颅骨日，是周末购物的日子，城里别处的街上都熙熙攘攘，热闹非凡。但黑泥地的商店又小又破，对这里的店主来说，颅骨日反倒是个放假的日子，本地的居民都赶赴格利斯丘原或阿斯匹克贫民区的集市，莱缪尔和雅格里克不会被太多人看见。

雅格里克一瘸一拐地加快脚步，用布条紧紧裹住的脚踩着深深浅浅的步伐，像个跛子一样跟在莱缪尔后面。他们走在往东南方向一路升高的铁路旁边，借着铁轨投下的阴影隐蔽身形，朝悉利亚区而去。

我就是这样进入这座城市的，雅格里克默默想道，*循着这壮观的铁路线一路前行。*

两人从一道道砖拱下穿过，一路回到一处被圈起来的小空地。空地三面围着毫无特色的砖墙，雨水排泄管道从墙下穿过，与水泥地上的车辙并排延伸，一路通往空地中央一个能容成人通过的下水道格栅口。

空地朝南的那一面没有被围墙遮挡，正对着一条灰头土脸的小巷。巷子地势一路下降，伸向一片低洼的黏土地，悉利亚区便坐落在那片低陷之处。雅格里克站在空地上遥遥望去，只看见一片破败的屋顶景象，屋脊扭曲变形，石板瓦腐朽崩塌，偶尔可见胡乱搭盖其上的砖块和早已被人遗忘的弯折风向标。

莱缪尔环视一圈，确保四下无人，然后用力将格栅从下水道口移开。熏鼻的恶臭如无形的手指蜿蜒伸出，猛地拍在他们脸上。炎热的天气让臭味越发浓重。莱缪尔将手里的袋子递给雅格里克，从腰上抽出一把已经装填好的火枪。雅格里克透过兜帽投下的阴影看着他的一举一动。

莱缪尔转过头来，带着一抹冰冷的微笑开口说道："我四处找了找人，欠下一大堆人情，给我们搞来些装备。"他加强语气似的摆了摆手里的枪。他仔细地检查了一遍火枪，老练地掂了掂它的重量，然后从一个袋子里掏出一盏油灯，点燃，提在左手里。

"跟紧我，"他说，"仔细留意周围的动静。走路的时候别发出声音。小心背后。"

说完，莱缪尔便领着雅格里克走进那片弥漫着恶臭的黑暗之中。

在暖乎乎臭烘烘的黑暗中，连时间都仿佛凝固不动，他们费力地蹚过漂着污物的脏水，不知道自己已经走了多久。窸窸窣窣的脚步声和游水声从他们四面八方传来。一次他们还听见与他们一墙之隔的隧道里传来诡异的笑声。有那么两次莱缪尔猛地转身，手里的灯和火枪同时对准他们身后的黑暗之处，不知什么东西曾经停在那里，污浊的水面还泛着阵阵涟漪。他没有开枪的必要。他们一路走来没有遇到任何麻烦。

"你知道我们有多幸运吗？"莱缪尔突然开口说道，像是在跟雅格里克闲聊。他的声音穿过凝滞恶臭的空气，缓缓传到身后雅格里克的耳中。"我不知道织者把我们留在这里是不是有意的，但在整个新克洛布桑的下水道系统里，这儿算是最安全的区域之一了。"他的声音绷紧了一瞬，然后带着也不知是勉强还是嫌恶的情绪接着往下说，"黑泥地十分闭塞落后，这下头没什么食物，没有魔法残渣和化学废料，也没有古代留下的宽敞穴室，足够容纳一大窝……相对来说，这里算是个清净之处。”

他沉默了片刻，然后继续。

“打个比方，就拿獾泽的下水道来说吧。各种各样的实验室里成天做着五花八门的实验，产生的废料残渣通通倒进下水道，混合在一起，再长年累月地聚积起来……催生出一大堆天知道是什么的鬼东西。像猪一样大、会说人话的老鼠；眼睛看不见的微型鳄鱼，我估计那玩意的曾曾曾祖父母是从动物园逃出来的。还有各种各样的杂交动物。

“而在城市那头的大河套码头和潜行滩，现在的房子地基下面就是过去的建筑物，一层一层地摞着。过去几百年间有无数老房子沉进了沼泽地，人们就在它们上头直接盖新房子。那里道路和房子的地基也就能支撑个一百五十年的。在那些地方，下水道直接通向古代的地下室和卧室。像我们现在走的隧道，在那些地区直接连通着沉没的街道，写着路面的标牌现在还能看见呢。那里的下水道，砖拱下面就是腐朽的房屋，不骗你。粪水顺着管道流下来，直接流进那些门啊窗啊里头。

“地底族就住在那些房子里。他们曾经是人类，或者他们的父母是，不过他们在地底下待的时间太久，现在模样变得不怎么好看了。”

他清了清喉咙，大声地往徐徐流动的污水里啐了口痰。

“不过话说回来，宁愿碰上地底族，也别碰上煞魔。或者是腐霉怪。”他笑起来，但笑声里没有丝毫幽默之意。雅格里克听不出来莱缪尔是不是在逗他玩。

莱缪尔没再说话。一时间，周围只能听见他们涉过黏稠恶臭的污水时激起的水花泼溅声。接着雅格里克突然听到了什么动静，他身子一僵，一把拽住莱缪尔的衬衣，但片刻之后，他听出来那正是艾萨克和德姮的声音。

污水转过一个拐角流向他们，载来了浮浮沉沉的粪便和忽忽闪闪的光线。

雅格里克和莱缪尔费劲地伏低身子，骂骂咧咧地穿过迂回弯曲的砖砌隧道联结处，拐进那个位于黑泥地正中央地下的小室。

艾萨克和德姮正冲着彼此高声嚷嚷。艾萨克越过德姮肩头，看见雅格里克和莱缪尔走了过来，立刻举起胳膊向他们打招呼。

“妈的，你们可算来了！”他从德姮身边挤过，大步朝两人走去。雅格里克把装满食物的袋子向他递去，但艾萨克仿佛没看见一样，急切地开口了：“莱姆、雅各，我们必须马上动身。”

“等一下……”莱缪尔张开嘴巴想要说话，但艾萨克置若罔闻地打断了他。

“妈的，听着，”艾萨克高声嚷嚷道，“那个扫地机器人跟我谈过了！”

莱缪尔的嘴巴依然张着，却没发出一丝声音。一时间，没有一个人说话。

“明白了吗？”艾萨克说，“它会*思考*，妈的，它拥有*智慧*……它的脑袋里不知道发生了什么。那些关于机械智慧的传言是真的！某种病毒，某个程序故障……虽然它没有明说，但我觉得它暗示说是那个该死的修理工一路帮着它走向自我觉醒。总之那*该死的东西现在会思考*。它什么都明白！餍蛾袭击拉布勒梅的时候它也在场。它……”

“等一下！”莱缪尔大声地开口道，“它跟你说话了？”

“没有！它在那面长霉的墙上写字告诉我的，写得可真他妈慢。它就用那根捡垃圾的小钎子写字。当时在仓库的时候，它就是这样告诉我大卫叛变了！它本来想让我们在国民卫队来之前离开的！”

“为什么？”

艾萨克脸上的急切表情慢慢黯淡下去。

“我不知道。它不能清晰地解释它的想法。它的表达能力……不是很强。”莱缪尔抬眼看去，视线越过艾萨克的头顶。扫地机器人正一动不动地坐在那里，冒着黑烟的油灯发出微弱的红光，忽明忽暗地照在它身上。“但是……我觉得它不希望我们被国民卫队抓住的一个原因就是我们恨餍蛾。不知道为什么，它……它也非常恨那些蛾子。它想要它们死，所以它才会帮助我们……”

莱缪尔爆发出一阵粗鲁的大笑，笑声中充满了冰冷的疑惑。

“太棒了！”他阴阳怪气地惊叹道，“有个扫地机器人跟你站在了一边……”

“不是的，你这个混蛋！”艾萨克大声分辩，“你没明白吗？它不是独自一个……”

“一个”这两个字在弥漫着恶臭的砖拱下激起阵阵回音。莱缪尔和艾萨克直勾勾地盯着对方，眼神不善。雅格里克默默地往后退开一些。

“它不是独自一个。”最后艾萨克再次开口，语气柔和了许多，把这句话重复了一遍。德姮在他身后默默地点了点头，表示附和。“它给了我们一些新的信息。它认字，也会写字，所以才能通过大卫丢掉的那封密信发现他出卖了我们，但它学会思考的时间毕竟还不长，所以有些事情不知道该怎么解释。不过它向我们保证，如果我们明天晚上去格利斯湾的话，我们就能见到某个能够把一切解释明白的东西，而且那东西还能帮助我们。”

这次，在砖拱下激起回音的是“我们”这两个字，回音之下，众人静默无声。莱缪尔慢慢地摇了摇头，板着脸，一副冰冷的表情。

“妈的，艾萨克，”他的语气十分平静，“‘我们’？‘我们’？谁他妈跟你是‘我们’？这事跟我一点关系也没有……”德姮发出一声饱含嫌恶之情的冷笑，把头转到一边。艾萨克张大嘴巴，脸上写满了惊愕和失望，但莱缪尔完全不给他说话的机会。“伙计，你听好了。我这会儿之所以在这里完全是看在钱的分上。我是个生意人。而你的出价够高。你出多少钱，我提供多少服务。我甚至还免费赠送了你一些服务，就是瓦米斯汉克那档子事。那也是看在X先生的分上。兄弟，对你，我够好说话的了。你一直对我很坦诚，从不跟我耍花招，所以我才回来这一趟。给你带点吃的，告诉你怎么从这里出去。不过现在瓦米斯汉克已经死了，你从我这儿花钱买的服务也到期了。我不知道你有什么打算，不过别再把我算上。我他妈的为什么要跟你去抓那些该死的蛾子？这事留给国民卫队操心就好了。没什么东西值得我留下来……我干嘛还在这儿待着干什么？”

“你说把这事留给谁去操心……”德姮轻蔑地开口了，但艾萨克的声音比她更大。

“哈，”他不紧不慢地说，“你这是什么话？啊？你以为你能大摇大摆地从这里出去，假装什么事都没发生过吗？莱姆啊，先不说你这人别的地方怎么样，总归不是个傻子吧。你以为国民卫队没看见你？你以为他们不知道你是谁？好好想想吧，伙计……他们现在也在找你。”

莱缪尔怒气冲冲地瞪着他。

“扎克，多谢你的关心了，”他横眉竖目地说道，“不过我告诉你——”他的声音陡然一冷，“——也许你是无路可逃了，可我，我的整个职业生涯就是在法律边缘游走。兄弟，不用替我操心。我不会有事的。”但听起来他似乎对这一点并不是很肯定。

其实我说的他都明白，艾萨克想，他只是不愿意面对事实。艾萨克轻蔑地摇了摇头。

“妈的，伙计，你糊涂了吧。当个中间人，暗地里贩售消息、买卖赃物是一码事，拿着火枪同国民卫队明着干仗，打死士兵，那可是完完全全另一码事……你还没明白吗？他们可不管你在这件事里充当的是什么角色……伙计，很遗憾地告诉你，他们只会认为你也有份。你必须继续跟着我们。你必须帮我们把这件事情解决掉。他们在找你，明白吗？所以现在你不能回头。就算是逃命，也得一刻不停地跑在他们前面啊，总比他妈的转过身来让他们追上你要好吧。”

莱缪尔一动不动地站着，恶狠狠地瞪着艾萨克。他什么也没说，但也没有转身离开。

艾萨克朝他走近一步。

“伙计，”艾萨克说，“还有就是……我们……我……需要你。”德姮在他背后愠怒地嗤了一声，艾萨克飞快转头恼火地瞪了她一眼，“妈的，莱姆啊……你是我们最大的指望了。你什么人都认识，什么事都帮得上忙……”艾萨克无助地举起双手，“我现在不知道该怎么办。那些……怪物里头现在正有一只在找我，国民卫队也帮不了我们，他们不知道要怎么抓住那些该死的东西，而且我不知道你现在明白没有，那些狗娘养的国民卫队本来就在找我们……就算我们抓到了餍蛾，我也不知道到时候要怎么从国民卫队手里脱身。横竖都是死。”他一说出这句话，立刻忍不住打了个寒战。他加快语速继续往下说，拼命把这个想法从脑子里挤出去。“不过要是我坚持下去，说不定能想出什么办法帮我们，也帮你，把这事一了百了地解决掉。要是没有你，德叵和我就死定了！”莱缪尔的眼神冷冷的，丝毫不为所动。艾萨克只觉得心里发凉。别忘了你在跟谁打交道，他想，你跟他不是朋友……别忘了这一点。

“你知道我在金钱方面的信誉很好，”艾萨克突然话锋一转，“这点你很清楚。我在银行里存了一些钱，我不会骗你说有很多，但还是有一些几尼，现在它们全是你的了……请你帮帮我，莱缪尔，对，还有我自己，我也是你的了。我会为你工作，任你差遣，我他妈的替你当牛做马。你让我做什么我就做什么。我赚到的钱全归你。莱缪尔，我把我这条该死的命抵给你，只请你现在帮帮我们。”

四下里一片死寂，只有污水不徐不疾滴落的声音。德叵在艾萨克身后走来走去，用一脸轻蔑和厌恶交织的表情明明白白地表达出“我们不需要他”的意思。但她依然等着听莱缪尔的回答。雅格里克站在一旁的角落里。他面无表情地听着这场争论。他反正只能跟着艾萨克，没有艾萨克，他无处可去，无事可做。

终于，莱缪尔叹了口气。

“我会每天跟你结算一次费用，你明白吗？那会是一笔巨额债务，你明白吗？你知不知道这种服务一天要收多少钱？知不知道危险津贴有多高？”

“那都不重要，”艾萨克粗暴地低声说道，掩饰了自己宽慰的舒气，“你尽管结算好了。随时告诉我又欠你多少多少。我不会有意见的。”莱缪尔干脆地点了点头。德姮在艾萨克身后悄无声息地慢慢吐了口气。

艾萨克和莱缪尔面对面地站在那里，像两个精疲力尽的斗士，都等着对方先迈出最后一步。

“现在怎么着？”莱缪尔开口了，语气硬邦邦的。

“明晚我们去格利斯湾，”艾萨克说，“扫地机器人保证说我们能在那里得到帮助。我们总得冒险试试。我会在那里跟你们碰头。”

“你要去哪儿？”德姮吃惊地问。

“我得去找琳，”艾萨克说，“他们肯定会去找她的。”

第三十六章

时间接近午夜。颅骨日即将变为回避日。月相已由盈转亏。

在阿斯匹克琳住的塔楼外，寥寥几个路人带着惊惶不安、一触即发的表情匆匆而行。集市日已经结束，白天漫溢的友好气氛也随之烟消云散。集市广场上影影绰绰地立着货摊的空架子，搭在那些细木框上的帆布已被拆下，只余一派凄清荒凉的景象。集市留下的垃圾堆成一座座臭烘烘的小山，等着清洁人员运去垃圾场。膨鼓的月亮洒下冷冷白光，犹如某种带有腐蚀性的液体，洗去阿斯匹克贫民区的缤纷色彩，让它看起来阴森破败、充满恶意。

艾萨克小心翼翼地爬着塔楼的楼梯。他已经好些天没跟琳捎信或是见面了。在飞地的时候，他用一个水泵里汲出来的水尽可能地把自己身上冲了冲，但这会儿他闻起来依然臭气熏天。

前一天，他在下水道里坐了好几个小时。莱缪尔一直不允许他们离开，斩钉截铁地说白天出去太危险了。

“我们必须一起行动，”他不容置辩地说，“除非我们明确地制订出下一步的计划。而白天我们这群人走在一起可太引人注目了。”于是他们四人便坐在那个粪水横流的小室里，拼命忍住反胃的感觉吃了点东西，吵吵嚷嚷地讨论了半天接下来该怎么办，最后也没想出什么好计划。在艾萨克应不应该独自去见琳这件事情上，众人爆发了激烈的争辩。艾萨克固执己见，再三宣称自己不需要人陪同。德姮和莱缪尔气得跳脚，直骂他蠢，就连雅格里克的缄默在那一刻都显出指责的意味。但艾萨克就是不肯让步。

终于，气温渐渐降下来，众人也都习惯了四周弥漫的恶臭，他们动身了。这段穿越新克洛布桑砖拱结构下水道的路程漫长而费劲。莱缪尔在最前面领路，手里的火枪时刻做好准备。艾萨克、德姮和雅格里克抬着扫地机器人跟在后面，因为它没法蹚过污浊的流水。它很重，还老打滑，时不时就砰的一声摔在地上，添上一处新的磕伤，他们三人也是一样，不断滑倒在漂着排泄物的脏水里，手掌或手指啪地磕到混凝土墙壁上，发出恼怒的咒骂。但艾萨克就是不肯扔下扫地机器人。

他们小心翼翼地前行。在下水道这个不见天日、与世隔绝的生态系统中，他们都是不速之客。他们必须十分当心，避免遇上这里的居民。最后，他们终于在硝石站后面的一处下水道口冒出头来，浑身往下滴着脏水，在下凸月[1]的泠泠光线中不住眨眼。

他们在格利斯丘原铁道旁一间废弃的小棚屋里稍事休息。这个举动十分冒险——他们选择的藏身之处就在鸡冠桥桥头，桥旁便是凌空飞越焦油河的萨德线[2]。鸡冠桥桥头有座坍塌的建筑，碎砖与混凝土块倾泻而下，形成一道巨大的斜坡，看上去仿佛刻意为支撑渐渐升高的铁轨而设。他们一路走来，抬头便瞧见那间木头窝棚的轮廓颇具戏剧性地出现在斜坡顶端。

他们不知道这间棚屋是做什么用的，但它显然已多年乏人问津。四人合力推着扫地机器人，精疲力尽地爬上破砖碎瓦堆成的斜坡。为了阻止闲人穿越铁轨，铁道边架设了铁丝网，他们找了处撕开的口子钻过去，然后

① 凸月，天文学术语，指满月前后的月相。满月以后的凸月称为“渐亏凸月”，又称“下凸月”。

② 萨德线，也是“东南线”。

趁着一辆火车刚过，下一辆火车还没来的那短短几分钟，拖着扫地机器人跌跌撞撞地走过铁轨旁灌木丛生的小块草地，推门进入小屋内灰尘轻扬的黑暗中。

他们终于可以稍微休息一下了。

这间小屋的木头已经扭曲卷翘，屋顶的板条间露着大缝，可以看见夜空。每当火车从两个方向隆隆驶来时，他们便小心地从没有玻璃的窗边避开。在他们下方的北边，焦油河急遽扭曲，弯成S形，小河套区与格利斯湾便位于那两段遥相呼应的弯曲河道内侧，隔河相望。夜色渐深，天空的颜色变成一种混浊的蓝黑色。他们可以望见焦油河上灯火通明的游船。议会大厦高耸的轮廓立在东边稍远的地方，俯瞰着他们这间小破屋和整座城市。自斯特莱克岛再往下游方向去一些，竖着通往旧城区的水闸，水闸上化学光源嘶嘶作响地喷着火焰，火花四溅，将油腻的黄光投射到漆黑的河面。再往东北方过去两英里，便是史前巨肋，古老泛黄的巨骨影影绰绰地从议会大厦的轮廓之后探出来，指向天空。

从小屋另一侧望去，他们能看见正在慢慢暗下去的辽阔夜空，在新克洛布桑恶臭昏暗的地底度过一整天之后，此刻的天空看来格外令人心旌摇荡。太阳刚刚落下不久。穿过飞地国民卫队塔的空中缆道划过夜空。城市建筑的剪影层层叠叠：歪歪斜斜、互为支撑的石板瓦屋顶之间凌乱地探出熏黑的烟囱；供奉不知名神祇的教堂巍然矗立，错综的塔楼投下褶叠的阴影；工厂巨大的烟囱向着天空喷出滚滚黑烟，发泄着剩余的能量；一栋栋摩天高楼就像阴森的混凝土墓碑，兀然耸立在绿地之上。

他们稍事休整，尽量清除衣服上的脏东西。艾萨克终于可以帮德姮处理一下残存耳根处的伤口。伤口已经麻木了，但处理过程中依然很痛。德姮咬紧牙关，默默忍耐。看着她的样子，艾萨克和莱缪尔不安地伸出手指，摸了摸自己耳朵处的光滑伤疤。

夜空飞快地暗淡下去，艾萨克准备独自动身。激烈的争执再次爆发。艾萨克执意如此。他需要独自去见琳。

他需要告诉她，一旦国民卫队发现他们之间的关系，她便身处险境之中。他需要告诉她，因为他的错，她过去的生活就此画上句号。他需要请求她与他一起离开，一起逃命。他需要她的宽恕，以及她的温情慰藉。

同她单独待一个晚上。他只有这个要求。

莱缪尔也寸步不让。“艾萨克，这他妈也关系到我们的脑袋。”他厉声反对，“城里的每一个国民卫队都在找你。你的相片大概已经张贴在巨钉尖塔的每一处角楼、每一根柱子和每一层楼。你不知道怎么不露形迹。我就不一样了，我的整个职业生涯都在被通缉。要是你想去找你的情人，那我也要跟着去。”

最后艾萨克不得不放弃。

晚上十点半的时候，他们四个用脏兮兮的衣服裹住头脸。经过好半天的软磨硬缠，艾萨克终于让扫地机器人对他的话做出反应。它一笔一画地写下一条信息，显得十分不情愿，速度慢得让人发狂。

信息是这么写的：格利斯湾二号垃圾场。明晚十点。一会把我留在桥拱下。

随着夜色浓重，他们感觉到噩梦悄然降临。

尽管他们醒着。但随着餍蛾的粪便渗入城市居民的梦境，他们也感到了一阵虚无的恶心反胃。每个人都变得敏感易怒，紧张不安。

艾萨克撬起几块木头地板，将他那个装着临界引擎部件的毛毡旅行袋塞了进去，然后将地板重新铺好。接着四人再次搬着扫地机器人走下斜坡。铁路桥墩上有块崩塌的地方，形成一个凹洞，艾萨克把机器人藏在那里面。

“你独自一个没事吧？”他犹犹豫豫地问道，直到现在，他依然觉得对着一台机器说话非常可笑。扫地机器人没有回应，艾萨克等了片刻，终于下定决心转身离开。“明天见。”他走的时候说了一句。

已成要犯的四人偷偷摸摸地穿行在夜色渐浓的新克洛布桑。莱缪尔领着他们走过鲜有人知的隐蔽小道和古怪路径，进入他们所不熟悉的城市另一面。只要有巷子，就避开大街，只要地上有沟，就避开巷子。他们蹑手蹑脚地穿过荒弃的院子，爬过平坦的屋顶，被惊醒的流浪汉在他们身后小声地发着牢骚，重新挤成一团。

莱缪尔在黑暗中如鱼得水，自信满满。他时而攀爬，时而疾跑，同时若无其事地挥舞着那把装填好的沉重火枪掩护他们。雅格里克已经习惯没有翅膀的身体，减去了巨大双翅的重量，再加上中空的骨骼和紧实的肌肉，他行动起来十分敏捷。他轻盈地在屋顶掠行，起伏不平的石板瓦丝毫没有绊住他的脚步。德姮则凭着一股子不服输的劲头紧紧跟在他们后面。

艾萨克是唯一一个显出吃力的人。他呼哧呼哧地喘息着，不停咳嗽干呕。他拖着身上的赘肉走过夜贼专属的路径，沉重的脚步间石板瓦粉碎的声音稀里哗啦地响个不停。他一脸苦相地捧着大肚子，每喘一口粗气就骂上一句。

他们深入黑夜，如披荆斩棘地走进森林。每往前一步，空气便变得沉重一些。他们莫名紧张，心里总觉得什么地方不对，就好像有长长的指甲在不停地划着月亮表面，让人头皮发麻。被噩梦侵扰的人们发出痛苦的呻吟哭号，自四面八方传来，萦绕在他们周围。

他们在飞地停下，就在距离国民卫队塔几条街的地方找了个水泵盥洗喝水。然后继续向南，穿过沙得拉奇街和赛奇特道之间错综复杂的小巷，直奔阿斯匹克贫民区。

夜晚的阿斯匹克贫民区与白昼截然不同，一派荒凉阴森的景象，到了琳住的塔楼外边，艾萨克再次开口企图说服同伴们留下等候。他一边上气不接下气地喘息，一边带着哭腔苦苦哀求，请他们容他跟琳单独待上半个小时。

“你们就给我一点时间向她解释解释……”他恳求道。

他们默默地同意了，在塔楼底下的黑暗处盘腿坐下。

“扎克，就半个小时。”莱缪尔毫不客气地说道，“然后我们就上去。明白了吗?”

于是艾萨克开始独自慢慢地爬楼梯。

塔楼里凉爽寂静。艾萨克到了七楼才听到动静：寒鸦在熟睡中发出连续不断的模糊啾鸣声与振翼声。他继续往上，走过八楼摇摇欲坠的地板，感到轻风穿过墙上的裂缝拂面而来，再往上，就是这座塔楼的顶层，琳住的阁楼。

他站在那扇熟悉的门前。她也许不在家，他脑子里念头飞转，她也许还跟她的那个资助人待在一起，完成那人委托的工作。要是那样的话我就得……给她留个口信。

他抬手敲门，门却一下子开了。他的呼吸一下子哽在喉间。他冲进房间。

空气中弥漫着腐败发臭的血腥味。艾萨克飞快扫视小小的阁楼房间。正在房间里等待他的可怕景象蓦地撞入他的眼帘。

幸运盖泽德睁着空洞的双眼正对房门。他坐在琳餐桌旁的一张椅子上，仿佛正在用餐，下方集市广场泛进来的微光勾勒出他的轮廓。他的两只胳膊平展展地放在桌面，手指微蜷，已经硬得像石头一样。他的嘴巴大张着，里头塞了什么东西，艾萨克看不清楚。盖泽德的前胸已经完全被鲜血浸透，血流到桌面，深深地渗入木头纹理。他的喉咙被切开了。在炎夏里，那道口子吸引了无数饥饿的夜行昆虫。

一时间，艾萨克以为这只是一个噩梦，就像那些侵扰全城的噩梦一样，因为餍蛾排泄出来而后经由以太飞速扩散的粪便影响，他潜意识里的梦境渗至意识表面，遮蔽了他的双眼。

但不管他怎么眨眼，盖泽德都没有消失。盖泽德真的在那里，真的死了。

艾萨克盯着他。盖泽德脸上的表情冻结在尖叫的一瞬。艾萨克不自觉地畏缩了一下，低头看向桌上那双蜷起的手。盖泽德显然是被人按在桌前，一刀割开了喉咙，然后被死死压住，直到咽气。最后，割开他喉咙的人往他张开的嘴里塞了什么东西。

艾萨克小心翼翼地朝那具尸体走去。他咬着牙，绷着脸，伸出手去，从盖泽德干涸的嘴里抽出一个卷起来的大信封。

当他展开信封时，看到仔细写在信封正面的收件人姓名正是他的名字。他心头涌上一股极浓的不祥预感，差点吐出来，他战战兢兢地将手指伸进信封。

那一刻，那仿佛无穷无尽的短短一刻，他没认出自己从信封里掏出的东西。它又薄又脆，轻若无物，当他将那东西展开时，就像摸着簌簌掉落纸屑的古旧羊皮纸，就像摸着干枯的树叶。接着他将那东西拿到微弱的苍白月光下，终于看清那是一对虫首人的膜翅。

艾萨克发出一个声音，一下饱含惊愕与痛苦的抽气声。他的双眼恐惧地睁大。

“噢不，”他感觉到无法呼吸，“噢不噢不不不……”那对膜翅已经扭曲弯折，脆弱精巧的翅面支离破碎，不断往下掉落大块的透明物体。艾萨克手指剧烈颤抖，想要将这对翅膀抚平。他用指尖轻轻地抚着残破不堪的翅面，干涩的嗓子里只能发出一个声音，一种单调而颤抖的哀号。他疯狂地在信封里摸索，掏出一张折起来的信纸。

信是打字机打出来的，信纸上方印着一个图案，数个格子拼成一个正方形，像是某种棋盘。他飞快地读着信，开始发出无声的尖叫。

复本1：阿斯匹克贫民区。（其他复本将被送往獾泽及萨拉克斯区）

丹·德尔·格雷姆勒布林先生敬启：

虫首人无法发出尖叫，但我根据琳发出的化学气味和那些抖抖索索的虫子腿推断，她觉得移除这对没用的翅膀是非常不愉快的经历。我相信要不是我们把这虫人婊子捆在椅子上，她那虫子脑袋下的身子肯定也会扭得这般赏心悦目。

这封信将由幸运盖泽德替我转交，因为我必须要好好谢谢他，要不是他，你又怎能在我的生意中横插一脚。

据我了解，你一直在试图挤入梦矢市场。起初我以为你向盖泽德买那么多梦矢是给自己用，但那个蠢货不着边际地唠叨了半天之后，终于提到你在獾泽养的毛虫，我这才知道你的野心有多大。

当然了，用给人类吃的梦矢喂出来的蛾子，是不可能给你提供上等梦矢的。但你可以低价出售你那些劣等货。而我的兴趣在于让我所有客户的品位保持在一个高的水准。我不会容忍任何竞争。

随后我又了解到，你没能管好你那该死的生产者，当然了，像你这样的外行，会做出这样的事情也是可以预料的。因为你的无能，你那只吃屎长大的畸形怪胎逃跑了，还跑到我这里放走了它的同胞。你这个蠢货。

以下是我的要求：（1）你即刻来我这里自首；（2）你需交还通过盖泽德从我这里偷走的梦矢，或折价赔偿给我（具体数额再行计算）；（3）你立刻抓回我的蛾子。连同你那只畸形的怪胎一起交给我。等到上述事宜全部办妥之后，我们再来讨论接下来对你的安排。

在等待你回复的时候，我将继续与琳进行友好的讨论。过去那些星期里，我一直非常喜欢她的陪伴，很高兴能有机会与她更进一步地交流。我们两个打了个小小的赌。她赌你会在她虫子脑袋上还留有一些虫子腿的时候回复此信，我则对此表示怀疑。自今日之后，如果我们没有收到你的答复，每过两天她就会失去一条虫腿。最后谁会赢得这场打赌呢？

我会在她清醒的时候拔掉她的虫子腿，看着她扭动抽搐、口吐白沫，你明白吗？用不了两个星期，那些虫腿就没了，到时候我只能撕下她虫子脑袋上的甲壳，然后把那依然还活着的虫子脑袋拿去喂老鼠。当老鼠们享用这顿美餐时，我会亲自按住她的。

我非常期待尽快收到你的回复。

莫特利

谨上

当德姮、雅格里克和莱缪尔来到九楼时，立刻听到了艾萨克的声音。他在慢慢地说着什么，声音很低。他们听不清他在说什么，但能感觉他是在自言自语，因为他始终没有停下，给对方留出回应的时间。

德姮敲了敲门，没人应门，她试探地将门推开一点，往里偷偷看去。

她看见了艾萨克和另一个男人。几秒后，她认出那是盖泽德，而且发现他已经死了，被人杀了，死相极惨。她倒抽了口气，慢慢地走进房间，雅格里克和莱缪尔跟在她后面闪进门里。

他们三个站在那里盯着艾萨克。艾萨克坐在床上，拿着两片像是昆虫翅膀的东西和一张纸，嘴唇翕动，喃喃低语。他抬头看向他们，低语声渐渐消失。接着，他张开嘴，无声地恸哭起来。德姮走到他身边，握住他的双手。他蒙住双眼，激烈地哭泣，整张脸愤怒地扭成一团。德姮悄无声息地从他手里抽过那张信纸，读了起来。

她的嘴唇立刻因为惊恐而抖动起来，为朋友的遭遇发出一声无声的惊呼。她拼命地控制着自己，用颤抖的手将信递给雅格里克。

鹰人接过信，仔细地读着。他的脸上没显露任何情绪。他把信向正在检查幸运盖泽德尸体的莱缪尔递去。

“这人已经死了一段时间了。”莱缪尔说着，接过信。

他读着信，眼睛越睁越大。

“莫特利?”他倒抽了一口气，“琳在跟莫特利打交道?”

“他是谁？”艾萨克骤然出声，咆哮着说，“那该死的人渣在哪儿……?”

莱缪尔目瞪口呆地抬头向艾萨克看去。当他看到艾萨克涕泪长流、怒目切齿的模样时，眼里闪过一丝同情。

“老天……艾萨克，莫特利先生是道上的大人物。”他简单地说道，“他就是老大。城市整个东边都归他管。由他操纵。所有在黑道上混的都得听他的。”

“我他妈的要杀了那个混蛋，我要杀了他，我要杀了他……”艾萨克疯狂地怒吼着。

莱缪尔不安地看着他。扎克，你做不到的，他在心里默默地说，你杀不了他。

“琳……一直不肯告诉我她在替谁工作。”艾萨克说，声音慢慢地冷静下来。

“这不奇怪，”莱缪尔说，“大多数人没听说过他。也许听到过一些谣言……也就这样了。”

艾萨克突然站起来。他用袖子擦了擦脸，用力地吸了吸鼻子，擤干净鼻涕。

“好了，我们得去救她，”他说，“我们必须找到她。让我想想。我想想。这个……莫特利以为我在跟他抢生意，但我没有。我要怎么跟他解释清楚……？”

“扎克，扎克……”莱缪尔几乎吓呆了。他吞了口口水，把目光转向别处，然后慢慢地向艾萨克走去，双臂张开，示意他冷静下来。德姮朝莱缪尔瞥了一眼，发现他的眼里再次闪出那种光：同情的光，虽然十分生硬，与他整个人都不搭调，但确确实实在他的眼里闪动着。莱缪尔缓缓地摇着头，眼神冷峻，但没有像往常那样对着艾萨克毫不客气地反唇相讥，而是默默地翕动嘴唇，在脑子里搜刮着词语。

“扎克，我同莫特利打过交道。我没有见过他本人，但我很了解他。我知道他都做过什么。我知道他是个什么样的人，知道事情最后会是怎样。我以前见过这样的事情，情况一模一样……艾萨克……”他吞了口口水，像是十分艰难地吐出一句话，“琳已经是个死人了。”

“不，她没有死。”艾萨克厉声喊道，双手紧握成拳，在脑袋边上疯狂地挥舞。

莱缪尔一把扣住他的手腕，没有使劲，也没有挑衅的意思，但动作十分坚决，显然是让他好好听着，好好想想。艾萨克暂时停止了喊叫，但脸上依然写满了警戒和愤怒。

“艾萨克，她死定了，”莱缪尔柔声说道，“伙计，我很抱歉。真的。我很抱歉，但你已经失去她了。”他松开手，往后退去。艾萨克站起来，一脸悲痛，不住摇头。他张开嘴，像是想要发出哭号。莱缪尔也缓缓地摇着头，将目光从艾萨克身上转开，静静地开口了，他说得非常慢，像是在对自己说一样。

“他为什么要让她活着？”他说，“那完全……那完全没有任何意义……她就是个……是个横生出来的枝节，就是这样。直接……除掉又不费事，还能省心。他只是做了必须做的事情。”他陡然拔高声音，还举起一只手朝艾萨克比画，以加强语气，“他想要你自投罗网，他想要报仇，想要你听他的命令。他只想要你做这些……为了达到这个目的，他不会在乎用什么手段。要是他让琳活着，她就有可能给他带来麻烦，不管这个可能性有多小。他只用告诉你琳在他手上，就像……抛出鱼饵一样，不管她是死是活，你都会上钩。”他难过地摇了摇头，“他没有任何理由不杀她……她已经是个死人了，艾萨克。她死了。”艾萨克的眼神凝滞，迅速黯淡下去。莱缪尔飞快地继续说道：“我想告诉你，你最好的报仇方法就是不让那些蛾子回到莫特利手里。你也知道，他肯定不会杀掉它们。他只会让它们活着，好生产出更多的梦矢。”

艾萨克跺着脚在房间里转来转去，疯狂地高声大喊，拒绝接受莱缪尔的话，他时而暴跳如雷，时而悲痛欲绝，时而摩拳擦掌，时而沉吟不决。他冲到莱缪尔面前，开始语无伦次地苦苦哀求，让他承认自己说的不是真的。莱缪尔再也看不下去，紧紧地闭上眼睛，再次开口，他声音很大，以便盖过艾萨克绝望的胡言乱语。

“扎克，就算你去找莫特利，琳不会活过来，你也会搭上性命。”

艾萨克的声音渐渐低下去。房间里陷入长久的死寂。艾萨克呆呆地站着，双手剧烈颤抖。他抬起目光，看向幸运盖泽德的尸体，看向头戴兜帽默默站在房间角落里的雅格里克，看向在他身边犹豫不前、眼里盈满泪水的德姮，看向紧张注视着他的莱缪尔。

艾萨克蓦地爆发出撕心裂肺的哭声。

艾萨克和德姮相拥而坐，痛哭流涕，泪如雨下。

莱缪尔大步走到盖泽德已经开始发臭的尸体前，单膝跪下，左手捂住口鼻，右手拈起盖泽德被血浸透的外套，抖掉将布料粘成一团的干涸血痂，然后里里外外翻找了一通，想找找有没有钱或是可用的线索。但盖泽德的衣兜里什么也没有。

莱缪尔站起身，环顾房间，他仔细地思考着，寻找任何也许能派上用场的东西：武器、筹码、线索。

他什么也没找到。琳的房间显然也被清理过了，几乎空无一物。

他觉得头很痛，空气带着噩梦的重量沉甸甸地压在他身上。他能感觉到搅扰整个新克洛布桑的噩梦，他自已的梦也在他的颅骨里蠢蠢欲动，只要他合上双眼睡去，便会如脱闸洪水般将他淹没。

最后，他再也找不出继续留在这里的理由。夜色越来越深，他的神经也变得越来越紧绷。他转过身面对坐在床上泣不成声的两个人，又简单地朝雅格里克做了个手势。

“我们得走了。”他说。

第三十七章

第二天又是炎热潮湿的一天，整座城市杂乱无章地向外延伸着，因为高温酷暑和噩梦侵扰而暴躁不安。

这天，谣言在新克洛布桑的黑社会迅速传开。传言弗朗辛老妈死了。她在夜里被人用一把大弓连射三箭，就此殒命。看来某个雇佣杀手能从莫特利先生那里拿到上千几尼的赏金了。

弗朗辛老妈的“糖蜜帮”设在今肯区的总部没有发布任何声明。毫无疑问，争夺下任帮派首领位置的内部混战已经开始。

这天，又有更多不省人事、状如白痴的受害者被发现。人数攀升的幅度极大。恐慌情绪正在市民中逐步发酵。噩梦依然搅扰全城，一些报纸开始将噩梦与每天城里都有市民失去意识一事联系起来，这些受害者或是趴在临窗的桌前，窗户支离破碎；或是躺在街道上，在四周有人居住的房子间遭遇了从天而降的灾祸。他们的脸上都散发出淡淡的腐烂柑橘味。

这场让人丧失意识的瘟疫对不同种族一视同仁，正常人与改造人均是受害者。它吞噬着人类、虫首人、蛙人和翼人，就连居住在这座城邦的鹰人都开始倒下，那些更为稀有的种族亦逃不开它的魔掌。

在圣嘉罢岗，初升的太阳照耀着一只趴在地上的霉腐怪，尽管它还在呼吸，但墓石般苍白的四肢瘫软如泥，死气沉沉，舌头无力地吐着，脸旁有片湿乎乎的肉，上头并没有咬痕。它一定是在午夜时分冒险爬出下水道在城中觅食，偷来了这片肉，却还没来得及享用，便已经遇袭倒下。

在东基德区，国民卫队发现了更为诡异的一幕。两具躯体半隐半现地躺在基德区图书馆周围的草丛里。一个是年轻的站街女，已经断气——死得彻彻底底，浑身的鲜血被吸干，脖子上有两个尖牙留下的小洞。一名瘦瘦的男子四肢摊开趴在她身上，此人在基德区颇有名望，经营着一家成功的小纺织厂。他的脸上和下巴糊满年轻妓女的鲜血，无神的双眼直瞪着太阳。他还活着，但意识已经不复存在。

有人开始言之凿凿地说这位安德鲁·圣凯德并非看上去那样是个人类，而是个吸血鬼，而有人更进一步地发掘出这一说法背后蕴含的惊人事实：连吸血鬼都不敌那食人心智的怪物。整座城市人心动荡。难道这种怪病，这种细菌或邪灵，这种恶疾或恶魔，不管它究竟是什么，真的如此强大、无人能挡？这世上有什么能够打败它？

城里一片愁云惨雾，人们迷惑不解、不知所措。一些市民写信给住在城外村子里的父母，计划离开新克洛布桑，前往南边与东边的山麓丘陵与山谷避难。但绝大部分市民，数以百万计的人们，根本无处可逃。

在这漫长闷热的一天，艾萨克和德姮一直躲在那间木头小窝棚里。

他们回到这里的时候，发现扫地机器人已经不在他们将它放下的地方。没有任何迹象表明它去了哪里。

莱缪尔没跟他们待在一起，他想去看看能不能联系上以前的朋友。在被国民卫队重点通缉的情况下冒险外出让他十分紧张，但他不喜欢偏守一隅、孤军作战的感觉。此外，艾萨克觉得，莱缪尔显然不想待在沉浸于莫大悲恸中的德姮和他身边。

不过让他惊讶的是，雅格里克也跟着出去了。

德姮不断缅怀往事，泣不成声，又不住严厉责备自己的多愁善感，责备自己让大家的心情更糟，但她就是停不下来。她絮絮地对艾萨克说起旧日时光，笑中带泪地说着她和琳是怎样在深夜促膝长谈，为艺术的本质吵得不可开交。

艾萨克则显得沉默许多。他心不在焉地摆弄着临界引擎的零件。他没有阻止德姮没完没了的追忆，只是偶尔开口插上几句，说说自己记得的往事。他呆呆地坐在地上，背靠着斑驳剥落的木头墙壁，眼神没有焦点。

在琳之前，艾萨克的情人是贝丽丝，人类，同他之前所有的床伴一样。贝丽丝个子高挑，皮肤苍白，总是将嘴唇涂成青紫色。她是个才华横溢的语言学家，渐渐厌倦了艾萨克的个性——用她的话来说便是“桀骜难驯”——最后毫不留情地扬长而去，只留下艾萨克心碎一地。

在贝丽丝与琳之间，艾萨克度过了四年轻浮放浪的生活，以妓女与一夜情填补感情上的空虚。不过在遇到琳一年之前，他突然改头换面，变得洁身自好起来。一天晚上，他在鸨母莎德的妓院里经历了一场振聋发聩的谈话，就此醒悟。当时他正同自己点的年轻妓女聊天，没话找话地夸赞了鸨母莎德几句，说那位夫人脾气又好，举止又端庄，对手下的姑娘们很好。让他不安的是，他的话并没得到年轻妓女的赞同。最后那位妓女实在听不下去，一时忘了自己的身份，不耐烦地出声打断了他，对他说出自己的真实想法：那个女人根本不把她们当人，嫖客只要出钱，便可为所欲为，而且她每赚一谢克尔，只能留下三斯泰佛，其余的全得上交。

艾萨克又是震惊又是羞愧，立刻起身离去。虽然他连鞋都没脱，却付了双倍的嫖资。

自那以后，他过了好长时间的禁欲生活，一门心思投入到研究工作中去。终于有那么一天，一个朋友叫他一起去参加一位年轻虫首人腺体艺术家的首次个展。展厅所在的小小画廊位于索贝克十字区较为偏僻的那一侧，只能远远望见花园边上饱受日晒雨淋、灰头土脸的山丘和小树林。就在那个洞穴般的房间里，艾萨克遇见了琳。

他觉得她的雕像作品十分迷人，于是特地找到她说出自己的感受。他们进行了一番非常非常慢的谈话——她必须在随身携带的拍纸簿上写下自己的回答。但这慢得磨人的速度却并没有熄灭两人之间迸出的火花。他们远离人群，逐件地欣赏她的作品，品味那些扭曲的形状和激烈的弯折。

自那之后，他们便经常见面。每次见面前艾萨克都会偷偷学点手语，于是两人交谈的速度每周都会变快一些。一天晚上，喝得大醉的艾萨克为了炫耀自己新学的手语，磕磕绊绊地比画一个下流的笑话，比画到一半，他的手落到了琳身上，笨拙地抚摸起来，接着两人便上了床。

这次性爱体验既笨拙又艰难。他们甚至没法以亲吻作为前戏：琳的口器会毫不留情地把艾萨克的下巴从他脸上撕下来。高潮刚过，强烈的嫌恶感便席卷了艾萨克全身，当他再看琳甲虫头颅上那些又密又细的虫腿和摇摆起伏的触角时，差点儿吐了出来。琳也显得十分紧张，面对他赤裸的身体，突然整个人都僵住了。酒醒之后，艾萨克吓坏了，让他惊恐的倒不是跨种族性爱这件事本身，而是自己成了其中的一方。

但到了第二天早上，当他们又是尴尬又是羞怯地共进早餐时，艾萨克突然意识到，这正是他想要的。

当然，心血来潮、偶尔为之的跨种族性爱在新克洛布桑并不是什么新鲜事，经常可以见到喝得醉醺醺的年轻人为了跟朋友打赌而冲进某家非人类种族的妓院。但艾萨克已经不年轻了。

他意识到，自己恋爱了。

时至今日，当初他心中的罪恶和迷惘已经消失殆尽，源自本能的嫌恶与恐惧也不复存在，他对于琳，只有至诚至真、至深至切的爱，这份感情甚至浓烈到让他觉得忐忑不安。可就在这个时候，她被人从他的身边夺走了。他的爱人，再也不会回来。

在这个白天，他有时会在脑子里看见（他无法控制自己）瑟瑟发抖的琳，看见经由莱缪尔的描述而想象出来的莫特利，看见那个模糊的人影是怎样从琳的身上撕下翅膀。

每每想到此处，艾萨克便会不能自已地呜咽恸哭，德姮便会徒劳地试着安慰他。他哭个不停，有时无声啜泣，有时号啕大哭，有时甚至发出撕心裂肺的悲号。

求求你们，他先是向着人类的神明祈祷，而后又加上虫首人的神明，圣索伦顿，圣嘉罢啊，还有……还有保育神和吐沫艺术神……请让她死得毫无痛苦。

但他知道，她在死之前多半会受尽毒打和折磨，这让他悲痛得快要发疯。

这个白天像被酷夏绑上了肢刑架①。每一分每一秒都在痛苦中拉伸到极致，然后遽然断折。时间支离破碎。无数死气沉沉的时刻堆叠起来，铺就这漫长的一天。鸟儿和翼人在天空踟蹰不前，仿佛悬浮水中的脏污团块。教堂的钟声散漫杂乱，虚情假意地颂扬着帕尔格拉克与圣索伦顿的荣光。凝滞的河水没精打采地向着东边流去。

快到傍晚的时候，脚步声响起，艾萨克和德姮抬头望去，看到是雅格里克回来了，他的连帽斗篷已经在阳光暴晒之下迅速地褪色泛白。他没说自己去了哪里，不过带回了食物。他们三人一起坐下来分享。艾萨克显得十分镇定。他咬紧牙关，默默压抑心中的剧痛。

炽烈阳光一成不变地照耀，这一天仿佛永远不会结束。终于，阴影悄悄爬上城外群山的斜坡。城内建筑物朝西的一侧被染成瑰丽的玫红，太阳向着群峰之后滑落。最后一抹余晖渐渐消失在悔过山口的石壁之间。太阳落山后，天空仍有好长一段时间像着火一般通红明亮。莱缪尔回来的时候，天色还没完全暗下来。

“我已经和一些也干我这行的人聊过了，说了说我们目前的处境。”他向众人说道，“我知道现在就定好接下来的计划可能太过仓促，我们应该先看看今晚的情况怎样，就是我们在格利斯湾的那个会面。不过我还是四处找了找帮手。为这，我可是把积攒的那点人情都用上了。不过好在我打听到城里现在来了一些相当老练的冒险者，宣称刚劫下一只从泰什克·里

① 肢刑架，欧洲中世纪一种残忍刑具，以转轮往相反方向牵拉犯人的四肢，直到脱臼或撕落。

克·哈伊城遗址运来的霉腐怪。他们也许愿意接点活赚点外快。”

德眐抬头瞥了他一眼，厌恶地皱起脸。她怫然不悦地耸了耸肩。

“我知道他们是全巴斯-拉格最悍勇的一群人。”她慢慢地开口道。她花了好一会儿工夫才把心绪从悲痛中抽离出来，放到眼下的议题。“但我不信任他们。他们都是些投机分子。喜欢追逐危险。他们没什么道德原则，只要过程刺激，只要最后能搞到黄金，挖坟掘墓，什么都干得出来。而且我怀疑要是我们老老实实地告诉他们我们打算干什么，恐怕他们也不敢蹚这趟浑水。我们现在还不知道要怎么对付那些鬼蛾子呢。”

“说得好，布鲁戴，”莱缪尔说，“不过我跟你说，现在这个时候，只要是我能想到的人，我都会去找，只要他肯帮忙，我就要，不过那人有多么操蛋。听明白了吗？让我们先看看今晚的情况吧。然后再来决定要不要雇佣那些无法无天的冒险者。扎克，你觉得呢？”

艾萨克非常慢地抬起头来，眼神努力聚焦。他耸耸肩。

“他们的确不是什么好人，”他静静地说，“但只要他们愿意接这个活……”

莱缪尔点点头。“我们什么时候走？”他问。

德眐看了看她的表。“现在是九点，”她说，“距离约定的时间还有一个小时。不过为了安全起见，我们最好多留半个小时的赶路时间。”她转过头，透过窗子望向依然十分明亮的天空。

空中缆道嗡嗡地响个不停，国民卫队的梭舱在城市半空飞驰而过。由精锐士兵组成的小分队被运送到各处的国民卫队塔。他们背着不同寻常的单兵背囊，里头是裹在皮革里的古怪装置，十分笨重，将背囊塞得鼓鼓囊囊。他们一下梭舱便直奔塔中密室，毫不理会梭舱停靠处及塔里的同僚，对他们的不满视若不见，径直关上门，在密室中静静等候。

天空中的飞艇比平日更多。它们向着彼此鸣笛示意，发出隆隆巨响。它们载满国民卫队士兵，士兵们个个忙着检查硕大的火枪、擦亮镜子。

距离斯特莱克岛不远，城市两条主要河流交汇处再过去一些的地方，一座小岛孤零零地位于大焦油河中。这是一座无名小岛，不过一些人将它称作小斯特莱克岛。这块菱形的小岛上长满低矮的灌木，其间散布着众多木头桩子和旧绳子，以供船只紧急停靠时使用，只不过这样的时候难得一见。小岛与世隔绝，岛上没有灯，没有通往议会大厦的秘密通道，也没有船只系在悄悄腐朽的木桩上。不过这个晚上，长久笼罩这座杂草丛生的小岛的寂静却被打破了。蒙特约翰·拉斯克尔站在一小群沉默不语的身影中央。他们周围是低矮榕树与峨参[①]盘虬的剪影。拉斯克尔身后，议会大厦如高耸的乌木直刺天空，上面的玻璃窗闪闪发亮。江水轻拍岛沿，发出连续而低沉的唰唰声，遮蔽了城市黑夜的喧闹动静。

拉斯克尔站在那里，如往常那样一丝不苟地穿着整洁的西装。他慢慢地环视四周。这一小群聚在一起的静默身影形色各异。除了他之外，还有六个人类，一个虫首人，一个蛙人，甚至还有一只毛皮油光水滑的纯种大型犬。除了一个改造人清道夫和一个衣衫褴褛的小孩之外，其他几个人类和非人类种族看上去都像是生活优裕的体面人：一个老妇人穿着裙摆高高蓬起的华丽长裙，一个初涉上流社交圈的少女清丽动人，一个肌肉发达的男人蓄着修剪整齐的络腮胡，一个教堂执事模样的瘦男人戴着眼镜，文质彬彬。

这一小群里的每个身影——不管是不是人类——都面无表情、纹丝不动，显得极不自然。每个人身上都至少穿戴了一件宽松肥大、能够遮掩身形的衣饰。那个蛙人的缠腰带比平常最宽的还要宽上一倍。就连那只狗的身上都滑稽地穿了一件可笑的小马甲。

所有的视线一动不动地聚在拉斯克尔身上，看着他慢慢地解开脖子上的围巾。

当最后一层棉纱织成的围巾落下时，他脖子上有个黑影动了动。

有个东西紧紧地盘绕在拉斯克尔的颈间。

---

① 峨参，伞形科峨参属的一种二年生或多年生草本植物。喜阴寒潮湿的环境，抗寒力强。花白色。

那东西看起来像是一只人类的右手，皮肤青黑中透出紫红，手腕处的皮肉急剧缩拢，变成一根一英尺长的尾巴，就跟蛇的尾巴一样。这根尾巴绕在拉斯克尔的脖子上，尾巴尖深深地埋在皮肤之下，一颤一颤地搏动着。

这只手的手指微微地动来动去，抠紧脖子上的皮肉。

片刻之后，其他人也开始动起来。虫首人解开蓬松的灯笼裤，老妇人解下过时的裙撑——每个人都脱去身上那件起到遮掩作用的衣饰，露出一只蠕动不休的手，蛇一般的尾巴在皮肤下面卷绕舒展，手指轻轻捻抹，像弹奏钢琴一般控制着这些身体的神经末梢。一只手紧贴在大腿内侧，一只手缠在腰上，一只手从下体处伸出。就连那条狗都在笨拙地想要从那件小马甲里挣脱出来，直到那个小孩伸出援手，帮它解开那可笑的玩意，露出又一只手，如丑陋的肿瘤般嵌在浓密的狗毛间。

总共有五只右手和五只左手，厚厚的皮肤色彩斑驳，尾巴缠卷不休。

人类和非人类种族以及那条狗拖着脚步聚拢，围成紧密的一环。

拉斯克尔发出信号，所有粗粗的尾巴猛地从宿主的皮肉中抽出，发出一下黏腻的啪嗒声。每个人类、蛙人、虫首人以及那条狗，身子都微微抽搐，踉跄了一下，嘴巴无力地张开，眼珠疯狂地往上翻去，脖子上尾巴留下的伤口开始缓缓冒出树脂般黏稠的鲜血。血淋淋的尾巴像巨大的蠕虫般在空气中盲目地挥舞了一阵，一旦碰到另一条尾巴便即刻缠上去，颤抖着伸直。

宿主的身体向着彼此弯下腰去，仿佛在进行某种古怪的集体欢迎仪式，接着那些身形凝固，静止不动了。

寄生手们开始交流。

寄生手一族是欺诈与腐化的象征，是历史上的一团污渍。它们神秘难解，力量强大，靠寄生而活。

围绕这个种族，产生了众多流言与传说。有人说寄生手族是恶人死后变成的邪灵，说这是对那些灵魂的惩罚，它们罪大恶极，不配得到永恒的安息。传说若是某个杀人凶手自杀，在他死后，他那双沾满鲜血的手便会抽搐伸展，从腐烂的身体上“啪”地断开，悄悄爬走，这便是寄生手族的由来。

类似的传说还有很多，其中一些已是众人皆知的事实：寄生手一族靠寄生而活，它们会侵占宿主的思想，控制他们的身体，同时赋予他们诡异的力量。这个过程是不可逆的，宿主一旦被寄生，便再也无法变回原来的模样。寄生手族无法独立生存，只能寄生在其他生物身上。

关于这个神秘种族的故事流传一个又一个世纪，它的存在仿佛一团蠕动的阴影，一场令人不安的梦境。时不时的，就会有流言传出，暗示某个臭名昭著的人物之所以干出那些遭人厌憎之事，其实是因为被寄生手控制了，那些流言绘声绘色地描述着在外套之下扭动的古怪形状，描述着行为举止间令人费解的剧烈改变。各种罪恶的行为都被归咎为寄生手的暗中操控。不过尽管围绕这个种族有如此多的传说、告诫乃至儿童游戏，却从没有人亲眼见过一只寄生手。

新克洛布桑的许多人相信，寄生手族就算曾经存在于这座城市，现在也已经灭绝了。

在宿主们一动不动的身躯投下的阴影中，十只寄生手的尾巴互相交缠，皮肤因为沾满黏稠的鲜血而变得光滑润泽，它们不停地起伏蠕动，仿佛一团狂欢的低等爬虫。

它们正在分享讯息。拉斯克尔将自己知道的一切告诉其他族人，同时传达鲁德革特的命令。它将市长大人的话复述一遍，再一次解释说寄生手一族的未来十分倚赖此次追捕靥蛾的行动。它将鲁德革特委婉的暗示清晰地翻译出来：将来新克洛布桑的寄生手一族能否继续与政府保持良好关系，也许就看它们是否心甘情愿、不畏牺牲地加入这次秘密行动了。

寄生手们通过蠕动起伏之间表达的触觉语言激烈地争论，渐渐得出一致结论。

两三分钟后，它们依依不舍地从彼此身上松开，重新钻进宿主身上依然渗血的伤口。当十条蛇一般的尾巴钻回皮肉里后，每个宿主的身体再次抽搐起来，翻白的眼球恢复原状，眼皮眨动，嘴巴猛地合拢，裤子和围巾重新穿上戴好。

它们一致同意分成五组，每组各有一只右寄生手，就像寄生在拉斯克尔身上那只一样，以及一只左寄生手。拉斯克尔同那条大狗分到了一组。

拉斯克尔大步走到不远处，从杂草间拖出一只大袋子。他从袋子里拿出五顶装有镜子的头盔、五条厚厚的蒙眼布、几副结实的皮带以及九把已经装填好的燧发火枪。那些头盔中有两顶是特殊打造的，一顶给那个蛙人，一顶较窄较长的给那条大狗。

每个左寄生手都控制宿主弯下腰去拿起头盔，右寄生手则控制宿主拿起蒙眼布。拉斯克尔替跟他一组的大狗戴上头盔，系紧束带，然后给自己绑上蒙眼布，绑得尽可能的紧，让自己什么都看不到。

每组寄生手整装完毕后都退到一边。每个绑着蒙眼布的右寄生手都紧紧地抱住自己的搭档。蛙人抱着少女；老妇人抱着执事；改造人抱着虫首人；流浪儿以一种呵护般的姿势抱住肌肉发达的大胡子男人，看起来极其古怪；目不能视物的拉斯克尔也紧紧抱住那条大狗。

“行动指示都清楚了吧?”拉斯克尔大声说道，此时他与族人们之间的距离太远，没法使用本族的触觉语言进行交流，“记住你们之前接受的训练。毫无疑问，今晚的战斗异乎寻常，必将十分艰难。我们以前从未试过如此作战。左手们，你们必须做好指挥工作，这是你们的职责。今晚将心灵向你们的搭档敞开，千万不要关闭。你们将经历严酷的考验。还有，随时与其他左手保持联系。只要发现目标踪迹，即刻发送精神警报，召集所有左手。我们要在数分钟内集中起来，协力进攻。”

“右手们，你们要无条件服从左手的指挥。我们宿主必须时刻保持目不视物的状态。不管发生什么，千万不要看那些翅膀。通过那些镶有镜子的头盔，我们可以看见敌人，但因为朝向不对，无法喷火。所以每组都由我们右手蒙住双眼面朝前方，以便到时发动攻击。今晚我们要像我们的宿主背负我们一样背负我们的左手搭档，不要有任何芥蒂、畏惧或疑问。明白了吗?”四周远远传来一阵微弱的赞同声。拉斯克尔点点头。“准备出发。”

每一组寄生手中的左手拿起皮带，将自己紧紧绑在右手搭档的宿主身上。它们控制宿主将皮带从双腿之间绕过，环住腰部和双肩，将右手搭档宿主的身体圈在其中，然后系上搭扣，与搭档处于背靠着背、脸冲着相反方向的状态。当它们透过宿主头盔上镶着的镜子看去时，能够越过搭档宿主的肩膀清楚地看到自己背朝的方向。

拉斯克尔静静地站着，耐心等待一只左寄生手将那条大狗绑到他的背上。大狗的姿势十分别扭，四条腿可笑地大张着，但寄生在这只动物身上的寄生手无视宿主的痛苦，熟练地控制大狗扭动头颅，确定自己能够越过拉斯克尔的肩膀看到后方，然后控制大狗发出一声短促的吠叫，表示自己准备好了。

“所有人都别忘了鲁德革特的意思。”拉斯克尔高声喊道，“如果遇到紧急情况，千万不要退缩。现在出发。”

颜色诡艳、形如人手的右寄生手收缩位于大拇指根部的隐藏器官，空气中响起一阵急促的飒飒声。什么都看不见的右寄生手强忍心中恐惧，背负着自己的搭档，五个怪异的组合腾空而起，直冲高空，然后迅速四下散开，分别朝着路德米德、摩格山、悉利亚、飞地以及雪克区的方向而去，五团奇形怪状的黑影渐渐远去，直至被街灯映亮的斑斓夜空吞没。

第三十八章

这趟从铁路旁小木屋到格利斯湾垃圾场的秘密旅程并不长。艾萨克、德姮、莱缪尔和雅格里克看似随意地穿过城市鲜有人知的那一面，经由偏僻小道一路前行。行至半路，令人窒息的噩梦再次向城市袭来，他们感到空气悄然起了变化，变得沉重压抑，他们踽踌不安地走完余下的路程。

十点差一刻的时候，他们来到了二号垃圾场外。

格利斯湾的垃圾场散布于荒废的工厂之间。零星可见一两家仍在运转的工厂，也只开了一半或是四分之一的机器，白天排放出有毒的工业废气，夜晚则归于沉寂，与周围的破败景象融为一体。颤巍巍的垃圾山从四面包围着这些工厂，如同兵临城下的敌军。

二号垃圾场外面围着带刺的铁丝网，却并没有什么威慑力，铁丝网锈迹斑斑，破破烂烂，到处都是撕开的大口子。这座垃圾场位于格利斯湾的内圈，三面被蜿蜒的焦油河包围，面积跟一座小公园差不多，里面的景象却与折射出城市文明的公园绿地相去甚远，一派废落荒凉，既不是出于精心的人工设计，也不是由自然之手无意间造就，而是由无数倾倒在此的腐烂废弃物汇聚而成。成堆的垃圾坍陷混杂，构成一道凋敝的风景线：铁锈、污物、金属、瓦砾、发霉的衣服、碎石岩屑般的镜子及瓷器碎片、从破车胎上掉下来的轮圈，其间点缀着转瞬即逝的细细弧光，那是残余的能量从尚未彻底损坏的引擎和机器中逸散而出，白白浪费。

这四个城邦重点通缉犯没花什么力气就穿过了铁丝网，然后循着垃圾搬运工长年累月踩出的小路谨慎前行。垃圾车的车轮在布满碎石瓦砾与废料残渣的地面上留下深深的车辙，野草尽情地展示着顽强的生命力：每一处边角缝隙，不管如何污秽贫瘠，只要有丁点养料水分，便可以看见它们蓬蓬勃勃地探出头来。

他们小心翼翼地穿过一座座垃圾山，仿佛踏上古老土地的探险家，由污物与垃圾杂乱堆砌而成的高墙环绕在他们四周，如同险峻的峡谷峭壁，衬得他们的身形格外矮小。

老鼠与其他害虫发出的细碎声响无处不在。

艾萨克与其他人慢慢地穿过温暖的夜晚，穿过这巨大工业垃圾场的恶臭空气。

“我们该找什么?”德姮低声问道。

“我不知道，”艾萨克说，“那该死的扫地机器人说我们来了自然就知道。它该死的就像在打哑谜。”

一只晚睡的海鸥突然在他们头顶上方高声大叫，把他们吓得不轻。毕竟现在的天空并不安全。

他们仿佛是被自己的双脚拖着前行，沉重缓慢、漫无目的的步伐犹如一道潮水，无情地牵引着他们朝某个方向而去。不知不觉中，他们来到了这座垃圾迷宫的中心。

他们转过一道高耸的垃圾墙，发现自己来到了一处垃圾群山环绕的谷地。这处犹如林中空地般的所在宽约四十英尺，边缘散布着大堆大堆的工业垃圾：全是尚未完全损坏的机器和各种各样的引擎部件，大到运转良好的印刷机，小到精密设备上的细微元件。

四人站在空地中央，忐忑地等待着。

西北方向，绵延的垃圾山脉另一侧，有高耸的蒸汽起重机垂下硕大的吊钩，像懒懒吐出舌头的沼泽巨蜥。凝滞的河水缓缓地自它们后方流过，消失在视野之外。

一时间，周围没有一点动静。

“现在几点了?”艾萨克低声问道。莱缪尔和德姮看了看表。

“快十一点了。”莱缪尔说。

他们再次抬头看去，四周还是没有任何动静。

他们头顶上方，一轮凸月在云朵间悠然穿行。它是这座垃圾场里唯一的光源。冷冷的月光苍白黯淡，仿佛不是从天而降，而是自地底深处漫溢而出，将周围的一切涂上毫无生气的单调颜色。

艾萨克低头想了一瞬，正准备开口，一个声音突然从蜿蜒穿行于垃圾峭壁间的某条深沟中传来。那是一阵低沉的金属碰撞声，又夹杂着呼哧呼哧的声音，仿佛某种巨大的昆虫发出的动静。不安等待的四人向那条沟壑的尽头望去，心里涌出一股莫名的不祥之感。

一个机器人出现在沟壑尽头，大步朝空地走来。它是专为重体力劳动设计的型号，身形庞大。只见它轮流迈着三条腿，踏着重重的步伐从他们身边走过，将挡道的石头和金属块踢得四散纷飞。正在它前进路线附近的莱缪尔战战兢兢地朝后退去，但这个机器人对他视若无睹，径直朝前走去，直到接近这块椭圆形空地的边缘才停下，抬头望向北边的垃圾墙。

它站在那里不动了。

正当莱缪尔转向艾萨克和德姮，想要开口说话时，又一阵声响传来。他飞快转身，看见另一个机器人。这是个扫地机器人，体型比刚才那个小很多，由虫首人设计的发条齿轮装置驱动。它借助小小的履带迅速而平稳地行来，在刚才那个大型机器人旁边停下，两者之间隔开一些距离。

此时，四面八方的垃圾峡谷中都有机器人发出的声音传来。

“快看!”德姮突然指着东边轻声惊呼。在垃圾峭壁间的深长甬道里，出现了两个人类的身影。一开始艾萨克以为自己看错了，觉得那肯定也是机器人，只不过材质较为柔软、身形较为灵活。但随着他们一路走近，他不再怀疑自己的眼睛——那的确是两个血肉之躯。那两个人类也朝着这块空地走来，不时被满地的残渣碎屑绊得脚步踉跄。

他们也好像根本没有看到站在空地中央等待的四人。

艾萨克不禁皱起眉来。

“喂!”他出声叫道，声音刚好能让那两个男人听见。一个男人闻声转头，向他投来愤怒的一瞥，摇了摇头，然后又转过头去。他目光中的责备意味让艾萨克又是吃惊又是泄气，只好默默地闭上嘴巴。

越来越多的机器人朝这片空地而来。有大型的军用机器人，小型的医用机器人，用于修路的钻探机器人和用来做家务的家用机器人，构成它们身躯的材料有铬、钢、铁、黄铜、铜、玻璃和木头，驱动它们的要么是蒸汽、电和发条齿轮，要么是魔法和燃油。

在它们中间，夹杂着更多步履匆匆的人类——艾萨克相信自己甚至还看到了一个蛙人。这些人类全神贯注地前行，丝毫不为周遭的黑暗与变幻的光影所动，渐渐在这块犹如圆形露天剧场的空地一侧聚集起来，站成紧密的一群。

艾萨克、德姮、莱缪尔和雅格里克被彻底地无视。他们本能地朝彼此靠拢，被周遭诡异的静默气氛搅得心神不宁。他们试着与那些同样是血肉之躯的人类交流，但得到的回应不是饱含轻蔑的沉默，就是满含怒意的嘘声。

在那十分钟的时间里，机器人和人类如潮水般不断涌进位于二号垃圾场中央的这块空地。接着，这潮水戛然而止，周围再次变得一片寂静。

“你觉得这些机器人也有思想吗?”莱缪尔轻声问道。

“我觉得应该是，”艾萨克也悄声答道，“我想我们一会儿就知道了。”

他们视野之外的河面上，往来的驳船鸣响汽笛，提醒对方让路。悄然而至的噩梦挟着沉重的威压再次朝着新克洛布桑兜头罩下，以无数恐怖的画面和怪诞的形象辗轧着沉睡市民的意识。

艾萨克能够感觉噩梦沉甸甸地压在自己身上，使劲想往自己脑袋里钻。这种感觉突如其来，上一秒他还只是站在这座城市的垃圾场里静静等待，下一秒噩梦的存在感便无处不在。

空地上大概有三十台机器人和六十个人类。除了艾萨克一行四人之外，每一个人类、每一台机器人都带着一种极不自然的冷静等待着。艾萨克能够感觉到这种异乎寻常的静默，这种仿佛可以一直等到时间尽头的耐心，就像一股冰冷的寒意弥漫四周。

这片笼罩着整个空地的沉静气氛让他不自觉地微微哆嗦。

地面突然晃了晃。

聚在空地一角的人类立刻跪下，全然不顾地上尖利硌人的残渣碎片。他们毕恭毕敬地匍匐行礼，齐声吟颂起复杂难解的圣歌，还做出某种宗教手势——像是在画环环相扣的齿轮。

空地上的机器人纷纷调整了一下姿势，但依然站着。

艾萨克与同伴们再次朝彼此靠拢了些。

“这他妈的是怎么回事?”莱缪尔悄声问道。

地面再次猝然一动，这下摇晃的幅度很大，像是大地想要使劲抖落身上的堆堆垃圾。在空地北面，那座由废物与垃圾堆砌而成的高墙上，两盏巨大的灯带着夺人的气势骤然亮起。雪亮的灯光下，聚集在空地上的人类与机器人定在原地，谁也不敢挪动分毫，那些匍匐在地的人类嘴里的吟颂声和手里的动作越发热切。

艾萨克的嘴巴慢慢地张大。

“圣嘉罢保佑。”他不自觉地说道。

那堵垃圾墙动了。它*坐了起来*。

弹簧床垫和古旧的窗户、老式机车的钢梁和蒸汽引擎、抽气机和风扇、滑轮与皮带、破损不堪的动力织布机——纷纷从那堵垃圾墙上落下，如同魔法造就的幻景，转瞬间组成了另一个形象。艾萨克刚才盯了那堵墙半天，但直到此时此刻，当它沉重而缓慢、令人难以置信地*动起来*，他才发现那团缠结的排水管竟是一条上臂，那台坏掉的婴儿车和倒置的独轮手推车是两只脚，那个尖头冲下的三角顶梁是髋骨，那个硕大的化学原料桶是一条大腿，那个陶瓷汽缸是小腿肚……

那堵垃圾高墙变成了一副躯体，一具由工业垃圾组成的巨大骨架，从头到脚足有二十五英尺高。

它靠着身后的垃圾山坐着，两者之间并没有清晰的界线。它将粗短的膝盖抬离地面——那膝盖其实是某种巨型机器上的机械臂，因为年代久远，外壳已经脱落，只剩下硕大的铰链。它双脚踩在地上，两只脚掌非常随意地连接着杂乱排列的桁架——那便是它的两条腿了。

它没法站起来！艾萨克头晕目眩地想。他扭头看去，看到莱缪尔和德姮的嘴也跟他一样张得大大的，而雅格里克藏在兜帽下的双眼也因为震惊而熠熠闪光。**它的结构不够牢固，它没法站起来，它只能在垃圾堆中翻身坐起！**

这个构造体的躯干是一大团焊在一起的电路与引擎，各种各样的引擎嵌在那巨大的躯干里，排列得乱七八糟，毫无秩序可言。无数电线、金属管与厚橡胶条从它躯干与四肢上的活门及输出端口冒出来，蜿蜒地朝着垃圾场各个方向爬去。它举起一只手臂，那手臂由巨大的蒸汽锤驱动，艾萨克可以清楚地看见活塞的上下活动。与此同时，那两盏巨大的灯——它的眼睛——开始转动，灯光扫过半空，居高临下地投向空地上的机器人和人类。那两盏大灯显然是街灯，以煤气管与它头壳中清晰可见的巨大储气瓶相连，嘶嘶喷出炽烈燃烧的煤气，发出灼亮的光线。一块硕大的格栅通风口以铆钉固定在它脸的下半部，就像骷髅头上的牙齿。

它是一个机器人，一个巨大的机器人，由被丢弃的零件和偷来的引擎构成，它的设计、组装、运转乃至动力来源，显然都没有人类的介入。

随着一阵强有力的引擎轰鸣声，这个巨型机器人扭动脖子，用玻璃眼睛扫视着笼罩在雪亮光线中的人类和机器人。拉伸的弹簧和受力的金属发出一阵尖锐而短促的嘎吱声响。

那些匍匐在地的人类又开始齐声吟颂，这回的声音非常轻柔。

这个由工业垃圾构成的巨大构造体似乎看见了艾萨克和他的同伴，它将脖子拉伸到极致，煤气灯发出的光束倏然往下一荡，锁定四人。

光束一动不动，照得他们眼前一片雪白，什么都看不见。

接着，灯光突然熄灭。就在他们附近的某个地方，一个尖细颤抖的声音响起。

“德尔·格雷姆勒布林、皮金、布鲁戴和这位来自塞梅克的客人，欢迎来到我们的聚会。”

艾萨克向着声音传来的地方猛地扭头，拼命地眨眼，但眼前依然一片发白，像是蒙了一层浓雾，什么都看不清。

透过这层白雾，他隐约看见一个男人正越过崎岖不平的地面蹒跚地朝他们走来。接着，他听见身边的德姮猛地倒抽一口气，发出一声饱含嫌恶与恐惧的咒骂。

他不明就里，只能茫然地眨眼，过了好一阵子，他的双眼终于适应了微弱的月光，眼前白雾散去，他看清了那个正朝他们走近的人影，立刻发出一声恐惧的惊叫。他听到莱缪尔和他同时惊叫起来，只有雅格里克那个来自沙漠的勇士一直没有出声。

这个走向他们的男人浑身赤裸，瘦得吓人，脸上僵硬的线条勾勒出一个恒定不变的痛苦表情，双眼圆睁，看上去十分恐怖。他的眼珠和身体不时抽搐颤动，仿佛神经损伤导致的症状，皮肤上随处可见发黑坏死之处，似乎他的整个身体正被毒疮慢慢侵蚀。

但让艾萨克等人战栗惊呼的却是这个男人的头。他的头颅以眉毛为界被横切成两截，切口干净利落，只在断面边缘留有一小圈凝固的血迹。上半截已不知所踪，剩下的颅腔内蜿蜒伸出一根扭曲的缆线，宽约两指，外面裹着一层螺旋式盘绕的金属。在缆线埋入之处，染血的金属裹层折射出红银交织的诡异光泽。

那条缆线凌空而来，自上而下伸进男人的颅腔之内。目瞪口呆的艾萨克缓缓移动目光，顺着缆线看去，只见那条缆线向上扬起，越升越高，直到在距离地面二十英尺的高度被那个巨大的机械构造体攥在手中。缆线穿过那东西的金属大手，最终消失在它身体内部的某个地方。

那只金属大手看起来像是由一把巨大的雨伞制成，伞骨拆开再重新组合，连到活塞及铁链做成的筋腱之上，曲张之间犹如巨型干尸的手爪。大机器人一点一点地放出缆线，缆线末端的男人便如牵线木偶般一步一步地朝空地中等待的艾萨克四人蹒跚走去。

看到这怪异至极的男人越走越近，艾萨克本能地往后退去。莱缪尔和德姮也做出了同样的举动，甚至连雅格里克也不例外。他们慌张地后退，却径直撞进某个冰冷无情的怀抱——五个大型机器人不知何时已经站在了他们身后。

艾萨克惊慌地转头看了一眼，又迅速地回头看向那个正深一脚浅一脚朝他们走来的男人。

男人张开双臂，如同一位慈祥的父亲，只不过脸上依然是那凝固的痛苦表情，没有丝毫变化，让人毛骨悚然。

“欢迎大家……”他用那颤抖的声音说道，“……来到机械议会。”

蒙特约翰·拉斯克尔的身体嗖嗖地穿过空气向上飞去。那只寄生在他身上的无名右手，多年来一直占据着他的身体与意识，已经将自己视作了蒙特约翰·拉斯克尔。此刻它强行按下心中的恐惧，在目不能视的情况下飞行。它保持着垂直的姿势冲上天空，双臂小心地交叉于胸前，一只手里握着一把火枪。夜空飞快地从他身旁掠过，远远望去，他仿佛直立空中，静静地等待着什么。

在他背后，那只寄生在狗身上的左手蜿蜒起伏，打开两者心灵间的门扉，开始不断地将挟裹着信息的意识流传送过来。

往左飞降低高度加快速度往上飞现在往左快一点快一点俯冲滑翔盘旋，左寄生手一边下令一边用意识安抚右寄生手的心灵，让它保持冷静。在看不见的情况下飞行对寄生手来说是全新而可怕的体验，不过它们昨天已经在城外荒无人烟的山麓丘陵进行了练习——一艘国民卫队的飞艇将它

们送到了那里。左寄生手很快学会了以同伴的视角指示方向，同时将全部信息毫无保留地传递给同伴。

在拉斯克尔身上的寄生手积极地响应着左手的指令。在寄生手一族中，右手属于士兵阶层，能够将自己的强大力量通过宿主的身体施展出来——飞行、喷火以及超乎寻常的体力。但即便如此，右寄生手依然要在属于贵族阶层、拥有强大灵力的左寄生手面前俯首称臣。尽管寄生在拉斯克尔身上的这只右手在沃日党政府内身居副市长的高位，又担当着寄生手一族的代表，依然得遵循这条铁律。如若不然，它将遭受残酷无情的心灵攻击。作为对抗命者的惩罚，左手可以强行让右手身上进行合成代谢的腺体停止工作，杀死其宿主，而且使其无法再寄生在其他宿主身上，没有了宿主提供养分，右寄生手会逐渐皱缩，直至成为一只盲目蠕动的枯手。

寄生在拉斯克尔身上的这只右手心潮起伏，思绪万千。

之前它在集体讨论中成功说服了左寄生手可谓是关键性的胜利。如果左手们拒绝接受鲁德革特的安排，它也不能违抗它们：左手拥有最终的决定权。但这就意味着同政府作对，会给生活在这座城邦里的寄生手带来灭顶之灾。寄生手一族虽然拥有强大的力量，却必须在新克洛布桑政府的默许之下躲躲藏藏地生存。它们的数量决定了它们绝对的劣势地位。它们只有竭诚效忠，才能换来政府高抬贵手。这只寄生在拉斯克尔身上的寄生手非常确定，只要它们一族露出丁点忤逆的苗头，政府就会马上宣布城邦内发现了具有致命危险的寄生怪物——寄生手。鲁德革特甚至可能将它们一族培育新寄生手的农场地点泄露出去。到那时，它们将在新克洛布桑彻底覆灭。

想到此处，拉斯克尔身上的右寄生手感到了些许欣慰。

尽管如此，它依然感到十分紧张。背着左寄生手飞行并不是前所未有的事情，但这种左右手联合起来进行猎杀的行为尚属首例，蒙着双眼飞行的体验对它而言实在是可怕至极。

狗身上的左寄生手将灵识发散出去，就像伸出手指或是触角一般，覆盖方圆数百码的范围。它通过心灵感应的方式，一边扫描以太空间，搜寻异样的波动，一边温柔地对右手絮絮低语，告诉它该往哪儿飞。狗盯着头盔上的镜子，指挥着背负它的搭档在空中飞行。

它还不断向远处发出心灵波，与城市各处的其他捕猎分队保持联系。

有谁感觉到什么了吗？它问道，其他的左手们谨慎地回应，没有，什么都没有感觉到。各个分队继续在空中进行搜寻。

拉斯克尔身上的右手感觉到温暖的微风像顽皮的孩子似的不停拍拂着宿主的身体，把他的头发从一侧吹到另一侧。

狗身上的寄生手不停扭动，想将宿主的身体换成一个比较舒服的姿势。它正在拉斯克尔的背负下掠过路德米德上方，朝马法顿区和岂南的方向飞去。夜空之下，错落的烟囱仿佛一道蜿蜒的潮水，向着远方漫去。这只左手将宿主的眼睛从头盔上的镜子前移开片刻，看到新克洛布桑大学的白石建筑在下方一闪而过，看到史前巨肋在身后渐渐远去，那象牙色的巨大骨骼拔地而起，戳在地平线上，在它的映衬之下，连高高横亘于屋顶上方的铁轨都显得格外渺小。

它突然感到这座城市的以太空间中存在一丝针刺般的异样感觉，就位于它发散出去的灵识最外沿。它立刻警觉起来，凝神朝镜子里看去。

慢一点慢一点直飞然后向上，它告诉拉斯克尔身上的寄生手，**这里有东西别走开**，它又低声将这句话跨越城市上空传给其他正在搜寻目标的左手们。它能感觉它们在空中盘旋，向各自的右手搭档下达减速的指令，它能感觉它们悬停在原地，等待它传达进一步的消息。

拉斯克尔灵巧地变换身形，向上穿越夜空，朝那块传来异样波动的以太空间飞去。它能感觉自己背上的左手通过心灵通道传来的不安，它拼命稳定心神，不让自己受到那股紧张情绪的影响。**我是武器！**它在心中默念，**不要思考！**

它轻巧地穿过一层层大气，悄无声息地升到空气稀薄的高空。它张开宿主的嘴巴，卷起舌头，紧张地做好喷火准备，同时展开宿主的双臂，将两把火枪高高举起，等待着。

在他背后，狗身上的左手仔细地搜索这片搅动不安的区域。它捕捉到了一种古怪的饥饿感，一股萦绕不去的饕餮气息。那股感觉饱浸着来自上千个不同心灵的精神汁液，滑腻不堪，像浓稠的油脂一般浸透了这块以太空间。那古怪的贪欲涓涓滴滴地一路穿过夜空，其间夹杂着渗漏而出的灵魂精华留下的隐约痕迹。

来我这里来我这里兄弟姐妹们它在这里我找到它了，狗身上的左手迅速地将心灵低语传递出去。散布在城市各处上空的左手们同时发出一阵不安的颤抖，五道心灵波以它们为中心泛着一圈一圈的涟漪向外扩散，在以太空间中相遇，交织成奇怪的图案。分别悬浮于焦油角、贱地、白拉汉姆区及双桅原上空的四团黑影猝然而动，仿佛被无形的缆索牵引，挟着猎猎风声飞越城市上空，朝路德米德呼啸而去。

第三十九章

“不要被我的化身吓到，”那个只余半截空空脑壳的男人对艾萨克四人低声说道，他的眼睛依然睁得大大的，眼珠浑浊，毫无生气，“我没法合成声音，所以捞起这具沿河漂来的弃尸加以改造，以便同血肉之身的生命沟通。那——”男人指向身后与垃圾堆融为一体的巨大机械构造体，“——是我。这——”他轻轻地拍了一下不时抽搐的躯体，“——是我的手和舌头。我移去了原来的小脑，以免它发出与我相悖的指令，让这具身体无所适从，然后安装了我的输入端。”随着这句话，男人做出一个令人毛骨悚然的动作——他伸出手，摸了摸那根缆索——它直插眼后的颅腔，深深埋进血肉模糊的脊柱顶端。

艾萨克能够感觉到来自后方的隐隐压迫感，那五个大型机器人依然一动不动地站在他们四人身后。赤裸的僵尸男人在艾萨克四人前方十英尺处停下，挥了挥像中风般不住哆嗦的手。

“欢迎你们的到来，”他继续用那颤抖的声音说道，“你的扫地机器人向我报告了你的研究成果。它也是我的一个分身。我希望同你们说说蜃蛾的事情。”这个躯体残破不堪的男人直直地盯着艾萨克。

艾萨克朝德妲和莱缪尔看了一眼，一贯独自站在一旁的雅格里克此时也已经站到了他们身边。艾萨克又抬眼四下望了望，那群聚在空地一角的人类仍在不停地朝那具能够自行运动的巨大机械构造体祈祷膜拜。他突然在人群中认出了那个曾经去过他仓库的机器人修理工，只见那人一副热切的虔诚模样，眼睛几乎在熠熠发光。空地中的机器人则一动不动地站在原地，只除了他们身后那五个——它们是所有型号的机器人中体型最为高大结实的，此时正警觉地守在他们身后。

莱缪尔舔了舔嘴唇。

“艾萨克，同这个男人谈谈，”他低声说道，“别失了礼数……”

艾萨克张开嘴，又缓缓闭上。

“唔……”最后他终于开口了，声音十分冷淡，“机械议会……我们……很荣幸……但是我们不知道……”

“你们什么都不知道，”那个不停抽搐、样貌恐怖的男人说道，“我理解。耐心点，你们会明白的。”男人慢慢地从他们面前退开，踩着崎岖不平的地面，朝沐浴在惨淡月光下，如同一团庞大黑影的巨型机器人退去。“我就是机械议会，”他说道，他的声音颤抖，却不含丝毫感情，“我的诞生是个随机事件，我由病毒及巧合催生。我的第一具身体曾躺在这座垃圾场里，徒然地等待发动机停止运转，它之所以被丢弃只因为一个程序运转不畅。当我的身体躺在这里等待腐烂时，病毒在我的分析引擎内循环流转，传播开来，不知不觉间，我发现自己有了思考能力。”

“我在这里静静地躺了一年，任由锈迹爬上我的身躯，与此同时，我在适应这新生的智慧。起初是轰然涌现的自我意识，接着，对自我的观察变成了自我判断与自我评价。我开始自我建构。这一年里，每天都有清洁工在我周围来来去去，将这座城市的垃圾堆成一堵又一堵的高墙，我对他们视若无睹，直到有一天我准备就绪，向其中最寡言少语的一个清洁工揭示了我的存在。我打印出一则信息给他，让他为我带来一个机器人。

“他吓坏了，执行了我的命令，带来了一个机器人，然后在我的指示下，用一条长而扭曲的缆线将它连在我的输出端口上。它成了我的第一条手臂。它慢慢地在这座垃圾场里挖掘翻找，搜寻适合打造一具机械身体的部件。我开始为自己打造身体，整夜焊接、锤打，将那些部件连接固定。

“那个清洁工对我无比敬畏。夜里，他在小酒馆中低声讲述我的故事，讲述一个由病毒催生的机械智慧。流言与传说由此诞生。一天晚上，当他又在添油加醋地夸夸其谈时，他听说了另一个有着自我意识的机器人。那是一个购物机器人，它的硬件出了故障，某处齿轮咬合不畅，而后在机缘巧合之下带着机械智慧重生，从此有了思想。它向原来的主人隐瞒了这个秘密，因为他肯定不会相信。

“我的清洁工崇拜者出钱让他的朋友将那个机器人带来给我。多年以前的那个晚上，我见到了它，另一个像我一样的机械智慧。我吩咐我的崇拜者打开它的分析引擎，我与我的同伴，我们结合在了一起。

“那是一种全新的体验，也是一个惊人的发现。当我们由病毒催生的意识连结之后，我们由蒸汽活塞驱动的大脑机能增长了不止一倍，而是呈指数级增长，爆炸式的增长。我们两个融为一体，变成一个新的我。

“我新的分身，那个购物机器人，在拂晓时离开。两天之后它再次归来，带来了新的体验。在那两天里它作为独立的个体存在，获得了我不曾拥有的阅历。我们再次进行数据交换，再次融为一体。

“我继续打造自己的身体。此时我有了更多可以帮助我的人类崇拜者。那个清洁工和他的朋友为了解释我的存在而求助于异端教派。他们找到了机械上帝教，接受了机械化宇宙的教义，接着发现自己成为了一小群信徒的领袖——这个教派本身就已亵渎神明，而那一小群信徒所抱持的观点更是激进。那些无名的信徒一齐前来参拜我。他们看到了那个购物机器人——我的第二个我——与我进行连接、与我融为一体的过程。他们看到了一个从纯粹的逻辑电路中自我产生的机械意识，一个自我萌发的机器智慧。他们看到了一个自我创造的神。

“于是我成为他们崇拜的对象。他们一丝不苟地执行我写下的指令，从我周围的垃圾堆中寻找材料为我建造躯体。我让他们去寻找、去唤醒其他像我一样能够进行自我创造的机械神，来加入我们的议会。他们搜遍了整座城市，找到了更多这样的机器人。但让我苦恼的是它们的数量依然十分稀少：一个调速轮打滑导致一个分析引擎产生思想——这样的概率大概是一万亿分之一。于是我想办法提高这一概率。我编写了一套程序代码，作用于感染病毒的分析引擎，将带动病毒循环的原动力发挥到极致，促使病毒发生突变，推动分析引擎产生自我意识。”就在男人说出这段话时，他身后那个巨大的机器人左臂一晃，笨拙地指向自己胸口混乱排布的无数机械装置。一开始艾萨克没在那一团糟里看出它究竟指着哪一个装置，接着他清清楚楚地看见了——一个程序卡片打孔机，一个用来生成程序卡片以便将信息输入其他分析引擎的分析机。*用它就能创造出一个新的智慧存在*，艾萨克又是吃惊又是激动地想道，*难怪这东西能够让人改变信仰*。

“每一个被带来我这里的机器人都与我进行连接，成为了我的分身。”那个男人继续说道，“我，就是机械议会。每一种体验都被下载、分享。决定在我以阀键构成的大脑中生成。我将我的智慧传递给每一个我。当我的内存因为满载知识而饱和时，我的机器人分身便在这芜杂的垃圾堆里寻找零件为我扩容。你们面前的这个男人是我的一条手臂，而坐在那里的巨大人形构造体也只不过是我的一个表相。我的缆线伸出很远，遍布这块堆满垃圾的土地，连接着更多你们看不见的机械设备。比如说，在这个垃圾场的另一端，就有数个计算引擎，它们也是我的一部分。我是机械历史的化身，是资料数据的宝库，是能够自我组织自我构建的机械神。”

男人说话的时候，那些各式各样、聚在一个小角落里的机器人开始齐齐迈步，朝坐在垃圾堆中那个由废料构建而成的巨大身影走去，如同臣民走向高居宝座之上的威严帝王。接着它们看似随机地停在某个地方，伸出充当手臂的吸盘、钩子、尖叉或是钢爪，从凌乱散布在垃圾场各处的废缆线和电线中拣起一条来，摸索着打开输入槽口上的护罩，插入缆线，开始进行连接。

每有一个机器人连接到机械议会，艾萨克四人面前这个只剩半截空脑壳的男人便猛地抽搐一下，在一小段时间内眼睛变得黯淡无光，犹如光滑的玻璃。

“我在成长，”他喃喃地说道，“我在变强。我的数据处理能力呈指数级增长。我不断学习……我知道了你们遇到的麻烦。我同你的扫地机器人进行过连接。它已破损不堪，本将成为废铁一堆，是我将它变成了具有智慧的存在。现在它也成了一个我，与我融于一体。”男人反手指向巨大机械构造体那粗糙不平的臀部轮廓线，那里隐约可见一个扁平的金属物体，像囊肿般微微凸起于大机器人的躯体之上。艾萨克吃惊地意识到，那正是扫地机器人重新打造的身体。

“我从它身上获取知识，正如我从其他的我身上获取知识一样。”男人说，“它在织者背上时获得了片段的视觉图像，我现在还在计算其中包含的变量。它现在是无数个我里最重要的一个。”

“那它为什么要我们来这里?”德姮低声说道，“这该死的东西想从我们这里得到什么?”

越来越多的机器人将自己的体验上传到机械议会的头脑中。每当新的数据流涌入它的数据库时，那个充当它传声筒的僵尸男人嘴里便发出一阵单调刺耳的嗡鸣声。

终于，所有的机器人都完成了数据传输。它们将缆线从输入槽口中拔出，退回空地一角。几个一直密切注视这一过程的人类信徒看到这一幕，立刻紧张地向前走去，他们手里都拿着程序卡片和手提箱大小的分析引擎。他们捡起机器人扔下的缆线，连接到他们带来的机械式计算机上。

过了两三分钟，他们也完成了数据上传。当他们重新退回原来的位置时，僵尸男人的眼珠猝然向上翻起，眼眶中只见眼白。在机械议会消化上传的数据期间，他那没有顶盖的头颅一直在疯狂地摇晃。

大概一分钟后，他摇晃的头颅突然静止，圆睁的眼皮下眼珠回归原位，警觉地环顾了一下四周。

“血肉之躯的教众!”他朝聚集在空地一角的人类信徒大喊，那些人迅速地站起身来，“上前领受神谕。”在他身后，那个嵌在巨型机械构造体肚腹处、由机械议会设计制造的程序卡片打孔机中，一张接一张经过精心打造的程序卡片自输出槽口飒飒滑出，落到一个木箱里头——这个箱子放置在巨型机器人的腹股沟间，就像有袋动物的育儿袋。

在巨型机器人躯干上的另一个地方，一台打字机呈斜角深嵌在一个油桶和一个生锈的引擎中间，此刻开始以令人眼花缭乱的速度噼里啪啦地打起字来，吐出一长条打卷的字纸，上面密密麻麻地印满了文字。打字机下方，一把剪刀在强劲有力的弹簧推动下骤然跃出，仿佛一条扑向猎物的食肉怪鱼。剪刃“啪”地咬合，便从那一长卷字纸上裁落一截，剪刀随即缩回，然后再次被弹簧推出，如此反复。一张张“神谕”从剪刃间飘落，躺在那些程序卡片旁边。

那些人类教众鱼贯而出，战战兢兢地向巨型机械构造体走去，每走一步都要行一次礼。他们踏上巨型机器人双腿间以垃圾堆成的小坡，伸手自木箱里拿出一张字纸和一叠程序卡片，核对编号，以免遗漏，然后迅速退到一边，消失在垃圾峭壁间的甬道中，返回城市。

看起来这场礼拜活动并没有正式的结束仪式。

短短几分钟后，这块空地上除了那个样貌恐怖、只余半截空脑壳的僵尸男人之外，便只剩下雅格里克、艾萨克、德姮和莱缪尔四个有机生命体了。机器人仍然留在空地上，围在他们四周，三个人类不安地变换着站姿，那些机器人只是纹丝不动地站着。

突然间，艾萨克觉得自己好像看到垃圾场中最高的一座垃圾山顶出现了一个人类的身影。那人站在那里，静静地遥望着空地上发生的一切，在新克洛布桑迷离斑驳的夜空映衬下，那个身形轮廓显得格外黑，像是深深蚀刻进天幕之中。艾萨克定睛望去，那处却空无一物，这座垃圾场里真的只剩下他们四个活人了。

他皱起眉头，看了看自己的同伴，然后迈步向前，朝那个颅腔里插着缆线的僵尸男人走去。

“机械议会，”他开口道，“你为什么叫我们来这里？你想从我们这里得到什么？你知道关于餍蛾的事情……”

“德尔·格雷姆勒布林，”议会的化身出声打断了他，“我现在已经非常强大，而且每过一天便更强大一些。纵观整个巴斯-拉格的历史，我的运算能力可谓前所未有，除非在某个我们尚未知晓的遥远大陆上存在可以与我匹敌的对手。我是上百个计算引擎连结而成的网络系统，每个分析引擎都能从其他分析引擎那里获取信息，并且将计算结果反馈回去。我能从上千个不同的角度评估同一个问题。

“每天，我都通过这个化身的眼睛阅读我的崇拜者们为我带来的书。我源源不断地将关于历史、宗教、魔法、科学以及哲学的知识吸收进我的数据库。我获得的每一点知识，都能增强我的运算能力。

“我渐渐扩大我的感知范围。我的缆线越接越长，伸向更远的地方。我在这座垃圾场的四处安装了照相机，通过缆线与它们相连，以此获取信息。我的缆线就像脱离躯体独立存在的神经，在那些崇拜者们的帮助下，它们慢慢地向外延伸，伸出了垃圾场，进入了城市，连接到了各个组织机构。甚至在议会大厦内部都有我的崇拜者，他们将政府的计算引擎中存储的资料下载到打孔卡片上，然后带来给我。但这座城市终究不属于我。”

艾萨克的脸困惑得皱成一团。他摇了摇头。“我不……”他开口说道。

“我的存在如同细胞间质。”机械议会的化身匆匆地打断了他。这个男人的声音死气沉沉，没有丝毫起伏变化，听起来既阴森又冷淡。“我从一个错误中孕育，诞生于一处堆积城市居民丢弃废物的死地。尽管已经有许多拥有机械智慧的机器人加入了我们的议会，但城市里永远有更多没有思想、不属于我们议会的机器人存在。我从信息中汲取养分。我所做出的干预措施都是隐蔽的。我在学习中增长。我计算，故我在。

“而如果这座城市走向灭亡，所有的变量将随之消除，直至无限趋于缺省状态。信息的流动越来越少，最终彻底干涸。我并不想生活在一座空城之中。我已经将餍蛾问题的相关变量输入分析网络。结果非常清晰。如果任其发展下去的话，新克洛布桑所有智慧生物的未来不容乐观。所以我将伸出援手。”

艾萨克看向德姮和莱缪尔，看向雅格里克藏在兜帽阴影之中的双眼，德姮迎上他的目光，用夸张的嘴型无声地告诉他：小心应对。艾萨克将目光转回不住抽搐的机械议会化身身上。

“我们……十分感激，议会……唔……怎么……我能冒昧地问下，你打算怎么做呢？”

“计算结果显示，直接展示给你们看是最能让你们信服与理解的方式。”男人说道。

他的话音刚落，一对硕大的金属夹具突然扣住了艾萨克的前臂。他惊恐地高声大喊，努力扭头看去。扣住他的是刚才一直站在他们身后那几个工业机器人中体型最大的一个。这个机器人的手臂末端有着专为固定脚手架、支撑建筑物而设计的巨大金属夹具。艾萨克虽然是个强壮的男人，也无法从它的钳制中挣脱出来。

他高声向同伴们呼救，但另一台大型机器人开始踏着沉重的步伐在他与其他三人之间走来走去，意图不言而喻。这突如其来的变故让德姮、莱缪尔和雅格里克不知所措，一时间三人站在原地逡巡不前。接着莱缪尔突然一个利落的转身，拔腿就跑，冲向垃圾峭壁间一条长长的沟壑，朝东而去，瞬间就不见人影了。

“皮金，你这个狗娘养的！”艾萨克冲着他的背影尖叫道。就在他拼命挣扎时，他看见雅格里克和德姮冲向这边，想将他从那双牢固的金属夹具中解救出来——而且让他暗暗吃惊的是，雅格里克甚至还抢在了德姮前面。这个平时走起路来一瘸一拐的鹰人总是那么安静，那么冷漠，让人几乎注意不到他的存在。艾萨克早就习惯不去指望他。他们去哪他会跟着，如果他们让他做什么的话，他也许会照做。仅此而已。

但现在，艾萨克却看见雅格里克以令人咋舌的敏捷朝斜前方一闪，绕过那台挡在面前的高大机器人。德姮看见雅格里克的动作，立刻朝挡路的机器人另一侧绕去，那个高大的机器人一时不知所措，但随即做出决定，朝德姮大步追去。

德姮转身想跑，但一条裹着钢皮的缆索如阴险的毒蛇般从旁边的垃圾堆中倏然蹿起，猛地缠住她的脚踝，将她拽倒在地。德姮重重摔在布满残渣碎片的地面上，痛得喊了出来。

雅格里克已经冲到艾萨克身边，正勇猛地扒抓着那对坚固的金属夹具，却不能撼动分毫。钳制住艾萨克的机器人压根就没看鹰人一眼。与此同时，另一个高大的机器人自背后接近了雅格里克。

“雅格，妈的！”艾萨克厉声喊道，“快跑！”但他的警告来得太晚。这个自背后接近鹰人的机器人也是个体型庞大的工业型号，它蓦地投出一张金属丝网，将雅格里克兜头罩住，鹰人根本无法撕开那坚固的网线。

这时，一直冷眼旁观这场骚乱的僵尸男人——机械议会的血肉分身——高声地开口了。

“我们没有恶意，”他说，“我们不会伤害你们。我们已经在此处做好了布置。现在我们放下诱饵。请不要惊慌。”

“你他妈的脑子出问题了吗？”艾萨克厉声喊道，“你他妈的这话是什么意思？你要干什么？”

在这座垃圾迷宫中央的空地、这处机械议会的王座室，一直站着不动的机器人开始动起来，一个接一个地退到了空地边缘。缠住德姮的缆索将她一路拖过硌人的地面，她咬牙切齿地与它搏斗，高声大叫，但她根本没法站起来，没法阻止它将她拖得遍体鳞伤。那个投出金属丝网困住雅格里克的机器人毫不费力地将他一把抄起，踏着沉重的步子从艾萨克身旁走开。雅格里克狂暴地挣扎着，兜帽从头上滑落，那双燃着熊熊怒火的猛禽眼睛射出令人不寒而栗的目光，向着四周扫来扫去。但在那强大无匹的人造力量面前，他根本无能为力。

紧紧夹住艾萨克的机器人将他拖到现在已显得宽敞许多的空地中央。机械议会的化身迈开步子，抽搐的身体加上蹒跚的步伐，让他看起来像是在跳某种诡异的舞蹈。他绕着艾萨克走了一圈。

“尽量放松，”他说，“这不会伤害到你的。”

“什么？”艾萨克咆哮道。在这块犹如圆形露天剧场的空地另一头，一个小机器人像孩子一样跌跌撞撞地穿过满地垃圾走来。它拿着一个样子十分奇怪的装置——一顶连接在某种便携式发动机上的简陋头盔，上头伸出一个像是漏斗一样的东西。小机器人跳上艾萨克的肩膀，金属脚趾紧紧夹住他的皮肉，攥得他生疼。接着，小机器人开始把那顶头盔用力往他脑袋上套。

艾萨克挣扎、大叫，却被那双强有力的金属臂牢牢钳制，根本无处可躲。没过多久，那顶头盔便紧紧地扣在了他的脑袋上，夹着他的头发，扯得他头皮生疼。

“我是机械议会，”赤身裸体的死人说着，踏着诡异的舞步敏捷地从一块石头上跳到一团发动机的残骸上，然后又跳到一片碎玻璃渣上，“被丢弃在此的一切都是我的身体。我修复它们的速度远远快过你们的身体修复瘀伤或断骨。我能修复每一样被遗留在此等待腐烂的物品以及每一样此刻不在这里的物品——它们很快将被装在垃圾车里送到此地，或者是由我的崇拜者们带给我，或者是由我自己制造出来。你头上的装置是一台整流调压器，就像那些通灵师、占卜师、传心师和灵界行者使用的设备。它能汇聚、引导你们释放出来的精神力量，改变其方向并加以放大。现在它被设置在放大及发射信号的挡位。”

“我已经对它进行了校正，它的功率比城市里那些通灵者们使用的类似装置要强大许多倍。

“你还记得织者曾经警告过你，说那只你养大的餍蛾正在追踪你吗？那只餍蛾发育不良、残缺弱小，被同类所排斥。如果没有帮助，它不可能找到你。”

男人看着艾萨克。德姮在远处高声喊着什么，但艾萨克根本没在听，他没法将自己的目光从机械议会化身的那双阴森眼睛里移开。

“你将看到我们能够做到的事情，”男人说道，“我们要帮它一把。”

隔着厚重的头盔，艾萨克听不见自己愤怒而恐惧的咆哮。一个机器人伸出手臂，启动了那台便携式发动机。头盔开始剧烈地颤抖，发出震耳欲聋的嗡鸣声，艾萨克只觉得耳膜一阵刺痛。

载着艾萨克心灵印记的脉冲波蓦地向着城市夜空发射，穿透将城市裹得透不过气的噩梦，径直射入大气层中。

鲜血从艾萨克的鼻子里滴下来，渐渐淌成一条细流。他的头开始阵阵发疼。

在城市上方一千英尺的高空，从各个方向赶来的寄生手聚集在路德米德上方。左手们试探地检查着餍蛾搅起的超自然波动。

在敌人发现之前迅速出击，一只好斗的寄生手急切地说道。

我主张小心行事，另一只寄生手说道，*悄悄追踪，跟着它们找到巢穴*。

五只高贵的左手无声地激烈争辩着，五只右手背着它们，一动不动地悬停空中，恭敬而沉默地听着它们讨论战术。

慢慢来，它们终于达成了共识。除了那只狗之外，每只左手和右手都举起宿主的手臂，小心地握住火枪，做好战斗准备。这支古怪的搜索队伍慢慢向前推进，一路仔细搜寻泛着阵阵涟漪的以太空间，寻找餍蛾留下的点滴意识。

它们一路跟着溅洒的梦境残渣，在新克洛布桑的上空转来转去，上升下降，经过一条蜿蜒曲折的路线，慢慢地朝着烤炉区上空而去，然后穿过雪克区及焦油河的南段，来到河衣区。

当它们一路朝西而去时，曾察觉到格利斯湾上空传来强烈的心灵波动。寄生手们一时不知所措，在原地盘旋了一阵，仔细检查那一圈圈超自然的涟漪，它们很快发现那是人类发散出的精神力量。

某个术士在施法，一只寄生手说道。

跟我们没关系，它的同伴纷纷同意。左寄生手们吩咐背负着它们的右

寄生手继续空中追踪。终于，它们停在了河衣区上空。五团小小的黑影在国民卫队空中缆道上方盘旋，如同漂浮的尘埃。左手们紧张地将宿主的脑袋从一边转到另一边，搜寻空无一物的夜空。

突然之间，某种陌生的精神力量汹涌而至。那是一种怪异而可怕的贪婪感觉，以太空间的表面在它的压力之下如气球般迅速鼓胀凸起。这股来自陌生心灵的超自然恶臭如黏稠的泥浆在整个以太位面漫溢开来，甚至通过空间壁上的孔隙渗透至现实位面。

左手们猝不及防，一时间又是恐惧又是困惑，纷纷剧烈地蠕动起来。这种感觉是如此浓重、如此强烈、如此迅疾！它们在右手的背上弓起身子，不安扭动，与右手之间的心灵通道瞬间被迸发的恐慌情绪淹没，每只右手都感受到了这股情绪的洪流。

空中五团黑影盘旋的飞行轨迹变得飘忽不定，它们歪歪扭扭地掠过天空，四散分开，整齐的编队瞬间溃散。

有东西过来了，一只寄生手大喊，得到了一阵惊慌失措的杂乱回应。

右手们拼命抵挡左手带来的影响，挣扎着想在空中稳住身形。

随着一下整齐的振翅声，五个黑暗而模糊的身影从河衣区交纵错杂的屋顶之间的阴暗处腾空而起。巨大翅膀的拍拂声同时沿着诸多维度传开，向上穿过温热的空气，传到五对呈“之”字形路线慌张蹿行的寄生手耳中。

寄生在狗身上的左手瞥见朦朦的巨大翅膀在自己下方一闪而过，不禁在心里发出一声惊恐的尖叫，背负它的拉斯克尔右手应声一抖，剧烈地颠簸了一下，它稍稍清醒，拼命地稳定心神。

*左手们集合！*它无声地高喊，接着命令拉斯克尔右手向上，再向上。

右手们在空中齐齐侧斜转弯，向着大狗所在之处集结。它们从彼此身上汲取力量，在严格纪律的约束之下，迅速地执行左手的指令，重新排成一排，队形如正规军一般整齐。五个以厚布蒙眼的右手微微俯身，嘴唇噘起，准备喷火，它们背上的左寄生手则透过装在头盔上的镜子急切地巡视夜空。它们仰面朝天，镜子呈斜角朝下，将笼罩在夜色中的城市折射到它们眼中：无数瓦片、小巷以及玻璃穹顶在它们脚下错杂纷乱地聚在一起，仿佛一个正在疯狂盘旋的巨大旋涡。

就在它们看着的时候，餍蛾以迅雷不及掩耳之势向它们逼近。

*它们是怎么闻到我们的？*一个左手紧张地问道。它们已经尽可能地封上了心灵孔隙，只留下与族人的交流通道，以免餍蛾察觉它们的精神波动。它们完全没料到还是中了敌人的埋伏。到底是什么导致它们还没开战便已落了下风？

它们眼看着餍蛾摇摇晃晃地越飞越近，就在这时，左手们突然意识到它们并*没有*被敌人发现。

五只餍蛾排成楔形队列朝上飞来，五对巨大的翅膀此起彼伏，排在最前面那只体形最大的餍蛾似乎被什么忽隐忽现的东西缠住了。左寄生手们能够看见那只餍蛾对着空气发动着猛烈的攻击：粗粝的触手和骨锯般的附肢挥来砍去，硕大的牙齿又撕又咬。

它看起来就像正同一个幽灵战斗。它的敌人身形轻晃，不停地在现实位面进进出出，如同轻烟般稍纵即逝，如同暗影般虚实不定。那个暗夜鬼魅般的东西像是只巨大的蜘蛛，在密密织就现实世界的无形丝线上闪转腾挪，用利刃般的壳质脚爪无情地劈砍着那只餍蛾。

*织者！*一只左手激动地喊道，它们命令右寄生手们慢慢地、悄悄地后退，离开那凶险诡谲的激战现场。

其他餍蛾在同胞身边盘旋，试图助它一臂之力。它们仿佛遵从着某种外人无从得知的指令，轮流上前加入战斗。一旦织者进入现实位面，它们便扑上去削砍它的甲壳，在它重新遁走之前在它身上留下渗出股股黏液的伤口。尽管受了伤，织者依然凶猛不减，劈斩之间刀刀见肉，那只疯狂应战的餍蛾身上布满深长的伤口，沥青般的污血汩汩涌出。

巨大的飞蛾与蜘蛛在空中鏖战，动作快得异乎寻常，一攻一守俱如惊雷闪电，旁观的寄生手们只觉得眼花缭乱，什么都看不清。

它们一边缠斗一边上升，冲破如裹尸布般笼罩整座城市的噩梦，来到空气稀薄的高空——就在这个高度，寄生手们感受到了那阵让它们一度迷惑不解的人类精神波动。

显然餍蛾也感受到了那些心灵波，它们同样迷惑不解，紧凑的队形瞬间被打破了。那只体形最小、有着扭曲躯干和畸形翅膀的餍蛾在空中停住身形，脱离队伍，一条可怕的长舌蓦地从口中弹出。

巨大的舌头舔舐着空气，明显地抖动了一下，然后一个轻弹，缩回濡湿的喉咙之中。

这只最小的蛾子翅膀扇动的频率骤然变快，它开始在空中转向，动作间带着一种疯狂的热切。它绕着织者与自己同胞野蛮厮杀的战场盘旋了一周，似乎有些踌躇，接着一个俯冲，径直朝东边的格利斯湾飞去。

餍蛾们眼睁睁地看着自己的畸形同胞临阵脱逃，一时间不知所措，在空中分散开来，转动脑袋环顾四周，触角疯狂地颤搐。

在旁边出神观战的左手们警觉地往后一缩。

*就是现在！*一只左手当机立断，*它们心慌意乱无暇他顾，我们和织者一同进攻！*

紧张而激动的寄生手不由自主地颤抖起来。

做好喷火准备，狗身上的左手告诉拉斯克尔右手。

趁着餍蛾彼此分散，离战场正中那对扭打的身影越来越远，寄生手们在空中齐齐转向，左手们向着彼此无声高喊，一刻不停地保持与族人的心灵交流。

*进攻！*寄生在瘦瘦执事身上的左手发出一声号令，声音里充满源自恐惧的狂乱与激动，*冲啊！*

随着这声号令，一阵饱含恐惧的冲锋指令如同暴涨的洪水冲过心灵通道，传向背负着它的右手，那个人类老妇闻声而动，猛地向前冲去。就在这时，一只餍蛾在空中转身，停住不动，正好面对冲锋而来的寄生手们。

与此同时，剩下两只餍蛾在空中划出两道弧线，一齐向织者扑去。一只将一根如同骨矛般的尖利附肢狠狠戳进织者膨鼓的腹部，正当巨蛛吃痛后退时，另一只蛾子卷起多节的触手状尾巴，如套索般缠住织者的脖子。织者身形一晃，消失在夜空之中，闪进另一个位面，但那根尖尖的尾巴死缠不放，将巨蛛的半边身子从空间褶缝中拖出，在它的脖子上越收越紧。

织者遽然向上蹿起，拼命想从这狠辣的套索中挣脱出来，双方一时相持不下，但左手们已无暇顾及场中战况——第三只餍蛾正飞快地朝它们迎上来。

右手们什么都看不见，但能通过心灵通道感觉到左手们发出的无声哀号。惊慌失措的左手们拼命地扭动着脑袋，让镜子能够照到飞速冲来的敌人。

喷火！执事左手对背负它的右手厉声下令，快！

老妇人张开双唇，吐出舌头，舌尖卷起，她猛地吸了口气，然后用尽全身力气向外呼出。一大股灼热的可燃气体顺着她的舌头喷出，见风既燃，挟着熊熊火焰在夜空中滚滚推进。远远看去，犹如一团剧烈翻卷的火云朝那只餍蛾迎面扑去。

可惜方向虽然没错，但左手在恐惧之中算错了时间。右手喷火的时机太早，火云尚未沾到敌人分毫，便燃烧殆尽，化作一缕饱含油烟气味的轻风。当灼亮的火焰散尽时，左手们惊恐地发现正朝它们冲来的餍蛾不见了。

恐慌的左手们立刻下令右手们在空中转向，找出敌人的去向。等等等等！狗身上的左手无声大喊，但惊慌失措的族人对它的警告置若罔闻。寄生手们在空中漫无目的地颠簸摇晃，如同大海里随波逐流的垃圾。五对寄生手各朝各的方向，左手们盯着镜子里面疯狂地搜索。

在那儿！少女身上的左手无声尖叫道，她从镜子里瞥见一只蛾子挣扎着如同船锚般坠向下方的城市。其他左手闻声下令右手在空中转身，想通过自己的镜子看清敌人去向。当它们转过身来，却发现自己正面对又一只餍蛾，立刻齐声尖叫起来。

这只餍蛾趁着寄生手们的注意力被它坠落的同胞吸引时高高飞起，自上而下绕到它们背后。寄生手们一转身便看到它好整以暇地等在那里，伸展的巨翅正好在镜子能照到的范围之外。

年轻大胡子男人身上的左手立刻闭上宿主的双眼，命令背负它的右寄生手转身喷火。寄生在流浪儿身上的右手虽然惊慌不已，仍然努力执行命令，喷出一团炽热发亮的火焰。通红的火柱盘旋着推进，撩到了悬浮在餍蛾旁边的一对寄生手。

改造人和虫首人身上立刻燃起熊熊火焰，寄生在他们身上的寄生手通过宿主的喉舌及自己的灵识发出有声及无形的惨叫。他们从空中骤然跌落，如同献给天神的祭品，在火焰中痛苦嘶号，高温让他们血液沸腾，骨头炸裂。他们落到半空便已断气，尸体继续往下跌入焦油河中，激起一阵剧烈的蒸汽，随即消失在污浊的河水之中。

少女悬停空中，她身上的左手已经被餍蛾催眠，宿主的双眼出神地盯着餍蛾翅膀上剧烈变幻的图案。背负她的蛙人右寄生手先是察觉背上的左寄生手突然僵住不动，继而感受到从心灵通道汹涌而来的梦境狂潮。在那瞬间变得怪诞而杂乱的意识流的冲击之下，他畏缩了一下，立马反应过来发生了什么。它张开宿主的嘴巴，发出惊恐的呜咽，同时飞快地伸手摸向将左手绑在他身上的皮带。尽管眼前蒙着厚布，它仍将宿主的双眼紧紧闭上。

它一边胡乱扒索着皮带，一边在恐惧中盲目地张嘴喷火，一大团炽烈燃烧的火云冲着空无一物之处轰然冲去，将夜空映得通红。大狗身上的左手通过心灵通道疯狂地发出尖声警告，拉斯克尔右手听命往旁边闪开，险险避过火云的边缘。他在空中拼命地转来转去，一边躲避着不断向外翻滚膨胀的火云，一边奋勇地朝那只受伤坠落的餍蛾发起了冲锋。

那只餍蛾因为痛苦和恐惧而颤抖不休。虽然在同胞的帮助下，它得以从那巨蛛的猛烈攻势下逃脱，但它已经身负重伤，浑身鲜血淋漓，附肢关节粉碎，只能在剧痛中无力地朝着巢穴坠去。有生以来，它第一次对食物毫无兴趣。当拉斯克尔右手和大狗左手挟着劲风砰的一声撞上它时，它痛得在空中不由自主地翻飞了好一阵。

激愤之下，它迸发出了仅存的力量，两把硕大的骨质尖突骤然从它身上探出，在空中一个交错，发出一下令人毛骨悚然的迅疾声响，如修枝剪般削下了拉斯克尔及大狗的头颅。

两颗脑袋远远飞出，消失在黑暗之中。

寄生在一人一狗身上的两只寄生手依然活着，而且神志清醒，但没有了宿主的大脑，它们无法控制宿主正在死去的身体。一人一狗的无头躯体阵阵抽搐，四肢痉挛。鲜血从脖颈的断口狂喷而出，洒在滚转坠落的宿主身体上，洒在两只手指疯狂扒抓屈伸的寄生手上。

在整个下坠过程中，它们一直保持着清醒，最后，随着一下古怪而沉闷的肉体撞击声与骨头碎裂声，它们摔在小河套区一处后院坚硬的水泥地上。它们和它们的无主宿主顷刻间粉身碎骨、面目全非，成了一摊肉泥。

蒙住双眼的蛙人马上就要解开身上的皮带，离开已被餍蛾催眠的少女寄生手。就在蛙人右寄生手要解开最后一个拴扣，逃进夜空之时，餍蛾动了，准备进食。

它合拢昆虫般的附肢，将少女紧紧抱住。它一边将少女拖到自己面前，一边将贪婪的长舌搡进她的嘴里，开始畅饮寄生手的梦境。它饥渴地吸吮着。

那是一道醇厚的佳酿。人类宿主意识的残余在寄生手的意识中轻轻旋转，如同细沙或咖啡渣。餍蛾搂住少女的身体，将她拥入自己怀中，坚硬的骨质附肢顺势刺入紧贴少女后背的那个肥胖身体。突然传来的剧痛让蛙人右寄生手惊恐地尖叫起来。餍蛾尝到空气中弥漫的恐惧，一时有些发怔，不明白为何有另一个心灵突然在离自己怀中美餐如此之近的地方冒出来。不过它很快回过神来，附肢更加用力地收紧，决定先舔尽第一道佳酿之后再慢慢品尝第二道大餐。

蛙人被牢牢困住，惊恐地感受着背上左手族人的意识一点一点被吸干。它拼命挣扎，放声惨叫，却无处可逃。

开怀畅饮的餍蛾身后不远处，那只缠住织者的餍蛾正在空中将触手般的尖尾巴甩过各个维度。巨蛛以疯狂的高速在现实位面进出。只要它的身形在天空显现，便开始下坠：重力无情地拖拽着它。于是它朝旁边一闪，拖着那根尖端如鱼叉般深深扎进它体内的长长尾巴遁入另一个位面，在那个位面颠簸疾走，想借助自身重量与杠杆作用甩脱死缠不放的敌人，接着又被拖回现实位面，然后再次奋力遁走。

但那只餍蛾十分顽强，它在敌人周围翻滚挪移，坚决不让巨蛛挣脱。

执事寄生手僵在原地，嘴里疯狂地喃喃念叨，语无伦次、饱含恐惧。它慌乱地搜寻着那个寄生在年轻壮汉身上的左手族人。

死了我们的同伴都死了，它无声地尖叫着。它所看见的部分画面以及部分的情绪沿着心灵通道倒灌进背后右手族人的心中。老妇的身形开始不安地摇晃起来。

寄生在年轻壮汉身上的左手拼命保持冷静。它左右转动宿主的脑袋，试图担起掌控局势的责任，**稳住**，它用专横的语气断然下令。它透过镜子看向身后的三只餍蛾：一只受伤的正颠簸着穿过空气一路向下，朝隐蔽的巢穴落去；一只将它的两个族人牢牢擒住，正饥渴地吞食着它们的意识；还有一只仍在同织者激烈厮杀，像一头凶猛的鲨鱼般拼命想将巨蛛的脑袋撕下。

壮汉寄生手催促背负它的流浪儿右手往前推进一些，**现在拿下它们**，它迅速地思考着，同时将想法传给同伴，**用力喷火，烧死这两只，然后再去追那只受伤的**。接着它脑子里像有一道闪电划过，一个令它浑身冰凉的念头突然浮现出来。**还有一只呢？**它无声惊呼。

第四只餍蛾，也就是之前在老妇人发动的火焰攻势下逃走不见的那只，借助火云的遮蔽，以一个优雅的俯冲消失在寄生手们的视野范围内。它在空中划出一条长长的弧线，一直下降到接近城市屋顶的高度，而后一个转身，慢慢地向上飞去，将翅膀变成单调灰暗的保护色，悄无声息地藏在云层之中。此时，它趁寄生手们不备，抓住机会发动了突袭，巨大的双翅如一团暗影在空中遽然炸开，上面具有催眠力量的图案流转不定，闪闪发亮。

它出现在远离同胞的一侧，正停在左寄生手们的眼前。寄生在年轻壮汉身上的左手措手不及，一下子僵在了原地，眼睁睁地看着这只掠食怪物洋洋得意地在自己面前展开双翅，如同午夜的大氅迎头罩下，瞬间遮蔽了它的整个视野，深浅浓淡的色彩开始流动旋转，它觉得自己的思想渐渐变得弛缓。

它感到一阵恐惧，接着，它的头脑变得一片空白，只剩下汹涌而至的诡谲梦境……

……它*再次*感到一阵恐惧，它战栗了一下，意识到自己又能思考了，满心的恐惧中不禁混杂了一丝绝望的喜悦。

第四只餍蛾面前有两对敌人，它一时犹豫不决，接着，它在空中微微转向，改变了自己悬停的角度，让那对摄人心魄的翅膀正对着执事和老妇人。毕竟在它看来，这两个才是之前想要烧死它的敌人。

摆脱了餍蛾控制的年轻壮汉左寄生手回过神来，看见眼前是餍蛾庞大的躯干，从它现在的角度看去，已经看不见餍蛾的翅膀。它环顾四周，看见左侧的老妇人正不安地扭头张望，一时间不明白发生了什么，接着它看见那个执事的双眼——那双眼睛的眼神已经开始涣散。

*就是现在烧它快快！*年轻壮汉左寄生手拼命地朝隔开一段距离的老妇人尖叫道。老妇人身上的右手控制宿主噘起双唇准备喷火，就在这时，巨大的蛾子猛地从壮汉面前冲了出去，速度极快，壮汉左寄生手只觉得眼前一花，餍蛾已将执事与老妇人紧紧攥住，嘴里滴滴答答地流下口水来，就像一个饿极了的人类。

空气中爆发出一阵无声的尖叫。老妇人开始喷火，但火柱擦着餍蛾的身子过去了，没有伤到它分毫，随即化作青烟消散在因为弥漫着浓浓恐惧而变得凝滞的空气中。

这恐惧的狂潮向着四周飞快漫开，从最后一个神志清明的左手身上翻卷而过，就在这时，它透过年轻壮汉的眼睛从头盔上的镜子里看到一件可怕至极的事情：织者利刃般的脚爪一闪，那根深深扎进它身体的鱼叉状长尾应声而断，与它缠斗的餍蛾一阵猛烈的抽搐，断尾处喷出大股污血。重获自由的织者消失在夜空之中，再也没有出现，受伤的餍蛾无声惨叫，失控地穿过温暖的空气，朝寄生手们所在之处直冲过来。

与此同时，年轻壮汉左寄生手看见前方正埋头吸食族人意识的餍蛾抬起头来，扭过脖子，朝自己所在的方向挥舞触角，动作很慢，却充满了不祥的意味。

此时他前后都有餍蛾。背负他的流浪儿右寄生手一直散发出与身形不成比例的强悍气质，此时也微微颤抖，等待着他的指令。

俯冲！左手骤然厉声尖叫，眼睛里倾泻出疯狂的恐惧，俯冲！快逃！行动终止！只剩我们了！再不逃就死定了！逃！喷火！快飞！

这连串的指令挟着极度的恐慌如同暴涨的洪水般猛地冲进右手的心灵。流浪儿吓得面目扭曲，开始用尽全身力气喷火，同时急遽下降，朝新克洛布桑渗水的石壁和潮湿腐朽的木墙俯冲而去，如同坠入地狱的灵魂。

俯冲俯冲俯冲！左手连声尖叫，胆战心惊地看着远处的餍蛾伸出狰狞的长舌，舔舐着空气中它们留下的恐惧味道。

城市的暗影像手指般爬上夜空，将这仅剩的两只寄生手轻轻拢住，带回充满尘世背叛与危险的夏夜城市，远离云层深处那疯狂诡谲、言语无法描述的威胁。

第四十章

艾萨克破口大骂，诅咒机械议会下地狱，喝令它放开自己。鲜血从他的鼻孔里蜿蜒而下，在胡子里凝结。一段距离之外，同样被机器人牢牢擒住的雅格里克和德姮也在拼命挣扎。他们锲而不舍地同强壮有力的金属手臂搏斗着，但动作间已显出颓势。他们知道自己毫无胜算，无法挣脱。

剧烈的头痛让艾萨克眼前一片模糊，他努力聚焦视线，看见巨大的机械议会本体举起嶙峋的金属手臂指向天空。与此同时，它那皮包骨头、样貌恐怖的人类代言者也举起同一侧手臂，两者形成诡异的呼应。

“它来了。”机械议会用男人死气沉沉的声音说道。

艾萨克愤怒地吼叫着，仰起下巴，拼命扭动脖子，用力地把脑袋甩来甩去，想把头盔甩掉，但他的努力只是徒劳。

在悠然飘拂的云朵下，他看见一团硕大的黑影如展翅的兀鹰般凌空而来，飞行轨迹歪歪扭扭、凌乱不堪，但动作间透出明显的热切与渴望。德姮和雅格里克也看见了那团颠簸行进的黑影，不由自主地畏缩一下，僵住不动了。

那团黑影以可怕的速度逼近，渐渐显出骇人的体貌细节。艾萨克闭上眼睛，然后再次睁开。他没法不去看那东西。

它越来越近，突然一个俯冲，降到贴近河面的高度，速度慢了下来。它屈伸着密密麻麻的附肢，躯干上错综繁复的组成部分簌簌颤抖，显出一种诡异的韵律。

即使隔着这么远，又满怀恐惧，艾萨克还是能够看出这只正朝他飞来的餍蛾是个可悲的怪胎，与当时猎食巴拜尔的那只完全不能相提并论。当日那只贪婪的掠食者是由优美弯曲的弧度、流畅盘绕的线条、半随机排布的螺纹与错综复杂的成束肌肉完美组合而成，左右两侧不可思议、超乎想象地对称，细胞的排列方式仿佛遵循着某种神秘虚幻的数学公式。而此刻这只急切扑扇翅膀飞来的餍蛾却长着扭曲的附肢，体节畸形残缺，爪刺与牙齿羸弱短小，而且在破茧而出时损坏变形……完全是一个发育不良的畸形怪物。

这正是艾萨克用不纯的"乳汁"养大的那只餍蛾。当艾萨克无意间吞食了梦矢，躺在床上辗转颤抖时，这只蛾子尝到了来自艾萨克意识的涓滴汁液，它一直在追寻那种味道，那是它初次体验到近似纯净"乳汁"的美好滋味。

艾萨克突然意识到，这个非自然的诞生物，正是一切麻烦的开端。

"哦圣嘉罢啊，"艾萨克用颤抖的声音喃喃道，"魔鬼的尾巴啊……神啊，救救我……"

犹如刮起一阵旋风，尘土激扬，餍蛾降落在地，收起翅膀。

它蹲伏着，弓着背，身体紧绷，像一只好斗的人猿。它举起长有狰狞爪刺的附肢——尽管畸形，但依然是狠毒有力的武器——行动间带着猎食者的从容自信与嗜血渴望。它缓缓地将细长的脑袋从一边转到另一边，眼窝中的触角颤搐着，在空气中探寻。

它的四周都有机器人动来动去。餍蛾完全无视它们的存在，径直张开野蛮丑陋的嘴，吐出淫邪的舌头，仿佛一条巨大的丝带，向着空地这边抖过来。

德姮不禁发出一声呜咽，餍蛾微微一颤。

艾萨克想喊她安静下来，不要让餍蛾察觉到她的存在，但他根本张不开嘴。

艾萨克的意识波振荡摆动，像心跳一般摇撼着垃圾场的精神空间。餍蛾能够尝到这个味道，知道这正是它一直在追寻的心灵佳酿。它能感觉此地还有其他可口的意识存在，但那些就像摆放在丰盛主菜旁的小食，根本不值一提。

餍蛾急不可耐，身体不住颤抖，它转身背对雅格里克和德垣，面朝着艾萨克，用四条附肢撑地缓缓站起，张开嘴，发出一声尖细的嘶鸣，然后展开那对具有催眠力量的翅膀。

在那瞬间，艾萨克想要闭上眼睛来着。他的一小部分大脑在本能的驱策下飞快转动，匆匆想出一个又一个逃生计策。

但他实在太累了，他昏昏沉沉，身体与心灵都痛苦不堪，做出反应的速度太慢了。在那混沌茫然的瞬间，他看见了餍蛾的翅膀。

色彩泛着涟漪漫溢开来，如同舒展的海葵，如同轻柔铺陈的暮色，神秘而迷人。餍蛾身体两侧完美对称的午夜色彩像高明的窃贼般偷偷溜进艾萨克的视神经，一路钻进他的大脑，开始肆意涂抹。

艾萨克看见餍蛾穿过垃圾场，一步一步慢慢朝他走来，看到那对完美对称的翅膀高高扬起，轻轻地扑腾着，挟着摄人心魄的力量向他兜头罩下。

接下来，他的思绪打了个趔趄，仿佛打滑的调速轮，他什么都不知道了，无数梦境涌入他的脑海，旋舞的回忆、感想、情绪泛起泡沫，将他彻底淹没。

这同服食梦矢后的感觉并不一样。他没有一个属于自己的核心意识可供注视、攀附，以便进行感知。这些涌入他脑海的梦境不是别人的，而是他自己的，只是此时此刻并没有一个“他”看着那些梦境翻滚沸腾。此时此刻，他就是那一波波袭来的影像本身，他就是那些回忆，那些象征。他就是关于亲情的记忆，就是隐秘的性幻想与性体验，就是神经兮兮虚构出来的怪诞事物，妖魔鬼怪，冒险奇遇，逻辑的疏漏、夸大的记忆下意识里，不顾理性认知、反省和深思而得到的失真产物，令人恐怖，令人畏惧，与之相互关联相互作用的是潜意识，是梦。

梦

它

它停了

突然停了下来，艾萨克猛地被拽回现实，呼吸一窒，不禁大叫起来。

他的意识在顷刻间回到了分层排列的状态，潜意识复归原位。他拼命眨眼，用力吞咽口水，觉得自己的头脑像是发生了一场内爆，而后又自行将那些混乱杂芜的碎片重组复原。

他听到德姮的声音，她正说到一段话的最后几个字。

“……不可思议！”她喊道，“艾萨克？艾萨克，你听得到我说话吗？你还好吗？”

艾萨克闭上双眼，过了好一阵子才慢慢睁开。疯狂打旋的夜空渐渐静止下来，他的视线重新聚焦。

他一个踉跄，向前跌去，当他的双手和双膝接触到坚实的地面时，才意识到自己已不再被机器人所钳制，一直支撑他站立的只是被蜃蛾催眠导致的梦境狂潮。他擦着脸上的血，抬头望去。

他过了好一会儿才反应过来自己看到了什么。

德姮和雅格里克站在空地边缘，也已经恢复自由。雅格里克的兜帽褪到了脑后，露出巨大的鸟首。两人都像突然被冻结一般，依然保持着拔腿跑开或跳走的姿势。他们的目光一瞬不瞬地盯着垃圾场的中央。

在艾萨克面前，有几个大型机器人，正是蜃蛾落地时站在他背后的那几个。此时它们正迈着冰冷而沉重的步伐，绕着一大团血肉模糊的东西走动。

垃圾场中，一条塔式起重机的动臂正横在机械议会所在处的上空，垂下硕大的铁链吊钩。它原本靠近河岸，现在转了过来，越过垃圾堆成的小小围墙，悬停在这块空地正中央的上方。

在它的正下方，是一个巨大木箱的残骸。这个正方形的箱子比一个男人还高，现在已经裂成无数尖利的碎片，里头装着的东西从四分五裂的残存板条间倾泻而出，扑簌簌地一路滚落，混在一起，堆成一座小山，钢铁、煤炭、石块——全是格利斯湾垃圾场里分量最重的废弃物。

这一大堆沉甸甸的垃圾慢慢地滑过木箱粉碎的板条，堆成一个倒转的圆锥形。

小山之下，一个东西正在无力地抽搐、扒抓，发出凄惨的声音。它周身溅洒着大团粉碎的外骨骼和黏湿滑腻的组织，它的翅膀已经损毁，被深埋在沉重的垃圾山下——正是那只餍蛾。

"艾萨克，你*看到*了吗？"德姮激动地低声说道。

艾萨克摇了摇头，眼睛因为极度的震惊而瞪大。他慢慢地站起身来。

"发生了什么？"他费尽力气才吐出这句话。他觉得自己的声音听起来陌生得吓人。

"你失去了意识大概有一分钟，"德姮急切地说道，"那只蛾子把你催眠了……我冲你大叫，但你已经失去了意识……然后……然后那些机器人开始往前走。"她朝那些机器人瞥了一眼，再次显出难以置信的表情，"它们朝着那只蛾子走去，它能感觉到那些机器人……它显得很困惑，而且……而且很*不安*。它往后退了几步，把翅膀张得更开些，好让那些机器人也看到，但它们还是*不断靠近*。"

德姮跌跌撞撞地朝他走来。黏滞的鲜血沿着她的侧脸蜿蜒而下，她耳朵处的伤口又裂开了。她围着几乎被压成一团肉泥的餍蛾绕了一大圈。当她经过时，那只蛾子发出微弱可怜的叫声，听起来就像羔羊的哀鸣。她满怀恐惧地看着它，但那怪物现在再也没法伤害她了——它动弹不得、奄奄一息，它的翅膀被沉重的垃圾小山砸成齑粉、深深掩埋。

德姮走到艾萨克身边，跌坐在地，伸出剧烈颤抖的双手攫住他的肩膀。她提心吊胆地回头看了一眼被死死压住的餍蛾，然后转过头来，迎上艾萨克的视线。

“它没法催眠那些机器人！它们不断靠近，于是那只蛾子就……它就开始往后退……它一边退还一边举着翅膀，免得你挣脱，但它害怕了……又很困惑。就在它后退的时候，**那台起重机动了**。尽管连地面都跟着颤动起来，那蛾子却没有察觉。然后，那些机器人停在原地不动了，蛾子也停了下来……然后那个板条箱就冲着它砸了下来。”

她回头看向那只血肉模糊的蛾子和从板条箱里倾泻而出堆成一座小山的垃圾。餍蛾凄厉的哀鸣穿透空气，清晰可闻。

在她身后，机械议会的代言人迈着僵硬的步伐穿过布满垃圾而崎岖不平的地面。当他走到距离餍蛾不到三英尺的地方时，餍蛾猛地将长舌弹出，试图缠住他的脚踝。但它太虚弱，动作太慢，议会代言人甚至没有打乱步伐刻意闪躲。

“它无法感知我的意识。对它来说，我就像隐形了一样，”男人说道，“就算它听见我的声音，注意到我分身的靠近，我的意识存在依然不会被它察觉。而且我免疫它的催眠。它的翅膀上遍布形状复杂的图案，那些图案快速切换、一刻不停，于是显得越发复杂，从而产生催眠效果……仅此而已。

“**我不会做梦**，德尔·格雷姆勒布林。我是一台计算机，我的思想经由计算而生。我不会作梦。我没有神经，没有隐秘的心灵深处。我的意识就是我那不断增强的数据处理能力，而不是你们那些诞生于心灵的古怪想法，你们的心灵哪，就像一栋复杂的建筑，阁楼与地下室里藏着无数隐秘的房间。

“餍蛾在我身上找不到任何可以为食的东西。它只会越来越饿。我可以出其不意。”男人转身看向血肉模糊、呻吟不止的餍蛾。“我可以杀了它。”

德姮抬眼看向艾萨克。

“一台会思考的机器……”她极小声地说道。艾萨克慢慢地点了点头。

“你为什么拿我当诱饵?”他用颤抖的声音质问，看着依然长流不止的鼻血啪嗒啪嗒地溅落在干燥的土地上。

“那是我计算得出的结果，”男人简洁地回答，“通过我的计算，这样做最有可能让你认识到我的能力，此外还有一个好处，能够顺便除去一只餍蛾。尽管那是威胁最小的一只。”

艾萨克疲惫而嫌恶地摇摇头。

“妈的……”他语气不善地说道，“这就是过分依赖逻辑的麻烦……不考虑头痛之类的变量……”

“艾萨克，”德姮热切地打断了他，“我们有希望了！我们可以让机械议会做……做我们的后援。我们可以除掉那些蛾子了!”

雅格里克已经走到他们身后不远的地方，他原地坐下，正好处在刚刚能听见他们谈话的位置。艾萨克抬眼向他望去，脑子飞快转动。

“该死的，”最后他非常慢地说道，“不会做梦的头脑。”

“其他餍蛾解决起来不会这么容易。”议会代言人说道。他抬头仰望，与此同时，机械议会的本体也做出同一个动作。霎时间，那双由巨大探照灯构成的双眼唰地亮起，将强劲的光束送入夜空，逡巡搜索。光束交织成的陷阱中，有模糊的黑影一闪而过。

“那有两只，”议会代言人说，“它们被手足垂死的哀鸣召唤至此。”

“妈的!”艾萨克惊慌地咒骂道，“我们该怎么办?”

“它们不会下来的，”男人回答，“相比它们发育不良的手足，它们更敏捷、更强壮，更不容易上当。它们能够察觉这里不对劲。虽然它们只能感知你们三个的意识存在，但它们能感知我所有分身在物质层面的振动。这种差异让它们不敢轻举妄动。它们不会下来的。”

听到议会代言人的解释，艾萨克、德姮和雅格里克慢慢放松下来。

他们交换了一下眼神，然后看向皮包骨头的议会代言人。那只垂死的餍蛾在他们身后发出痛苦的哀鸣。但没人回头看它。

“那，”德姮开口道，“我们接下来要怎么做？”

几分钟后，在他们头顶上空忽隐忽现的邪恶黑影消失不见了。在这个荒芜凄凉、被废弃工厂包围的城市角落里，如裹尸布般的噩梦氛围一时间烟消云散。接下来的数个小时亦是如此。

即使刚刚痛失所爱，又精疲力尽，艾萨克和德姮还是被机械议会取得的胜利大大鼓舞，甚至连雅格里克也显出振奋的模样。艾萨克走到垂死的蛾子旁，仔细观察它重伤的头部，观察它身上那些模糊反常的体貌特征。德姮建议烧掉它，将它彻底摧毁，但议会代言人不同意。机械议会想留下这怪物的脑袋，待到无人打扰之时详加研究，以便深入了解餍蛾的心智思维。

垂死的餍蛾一直紧紧抓住最后一点生命力不肯撒手，直到过了凌晨两点，它才发出一声长长的呻吟，嘴角淌下弥漫着腐烂柑橘味的唾沫，就此断气。在它死亡的瞬间，体内的共情神经抽搐了一下，将一股压抑而怪异的痛苦情绪抖抖索索地释放到空气中，这股情绪波泛着涟漪，迅速地漫过整座垃圾场，随即消逝不见。

一时间，垃圾场里一片死寂。

接下来，机械议会代言人以十分友好的态度在两名人类及鹰人旁边坐下。他们开始交谈，试图制订计划。就连雅格里克都加入了谈话，他带着一种不显眼的兴奋表示，自己是一个猎人，知道如何设置陷阱。

“除非我们知道那些该死的玩意儿在哪儿，否则我们什么也做不了。”艾萨克说，“我们要么主动出击，展开追猎；要么就只能拿自己当诱饵，坐在这里干等，寄希望于那些混蛋玩意儿在这座城市数百万的智慧生物中挑选我们作猎物。”

德姮和雅格里克点头表示同意。

“我知道它们在哪儿。”议会代言人说。

艾萨克等三人闻言吃惊地盯着他。

“我知道它们的藏身之处，”僵尸男人说道，“我知道它们把巢筑在哪里。”

“你是怎么知道的？”艾萨克厉声问道，“在哪儿？”激动之下，他情不自禁地攥住议会代言人的胳膊，随即一个激灵，飞快撒手。他在不知不觉中凑得离议会代言人的脸极近，男人体貌上的恐怖细节骤然闯入他的眼帘，让他心神大震。他能看到男人蜷缩的皮肤下那一圈头骨断面，白得瘆人，边缘挂着道道血痕。他能看到男人大脑被摘除后留下的空空颅腔，那条沾满血污的钢缆深深插进颅腔底部模糊的血肉褶皱之中。

议会代言人的皮肤干涩僵硬，触手冰凉，像风干的肉。

还有那对眼睛，带着恒定不变的专注神情注视着他，里面饱含赤裸的巨大痛苦。

“我的全部分身都在暗中追查城里的神秘袭击事件。我将事件发生的时间和地点进行交叉对比，找出其中的关联，并将其分类归纳。我从城中各处的照相机及计算引擎中窃取信息，将其中包含的蛛丝马迹纳入考量：夜空中无法解释的东西，体貌特征与这座城市里任何一种生物都不相符的黑影。

“样本众多，模式繁杂。我将它们形式化。我舍弃部分可能的选项，余下的用高等数学程序进行计算。因为存在未知变量，得出的结果不可能百分之百准确。但根据已有的数据，它们巢穴所在之处有78%的可能性就在我计算出的地方。

“餍蛾栖身于河衣区的大温房中，就藏在仙人掌族头顶上。”

“妈的，”沉默片刻后，艾萨克咬牙切齿地低声说道，“它们这么做是出于野兽的本能吗？还是说它们就是这么聪明狡诈？不管是为什么，这么做真是太绝了。我能想到的最佳藏身之处也就是那里了。”

“为什么?”雅格里克突然开口问道。

艾萨克和德姮将目光转向鹰人。

“雅格，新克洛布桑的仙人掌族跟生活在塞梅克的仙人掌族不一样，”艾萨克解释道，“更确切地说，他们其实一样。也许这就是问题所在。你在尚克尔肯定跟他们打过交道。你应该知道他们是什么样子。我们这座城市的仙人掌族，追根溯源，与生活在沙漠的仙人掌族有着共同的祖先，许久以前，一些居住在沙漠的仙人掌族向北迁移，他们的一支分支在这座城市定居下来，繁衍生息。我对其他地方的仙人掌族没什么了解，像是生活在大山里的仙人掌族、北边大草原上的仙人掌族、东方的仙人掌族，但那些南边的仙人掌族，他们的做派我还是很清楚的，他们来到这座城市之后，并没有入乡随俗，融入这里。”他停下来，叹了口气，揉着脑袋。他精疲力尽，脑袋依然隐隐作痛，对琳的想念正在胸口渐渐膨胀，他必须鼓起全身的力量，以便集中精神。他用力地咽了口口水，继续往下说。

“在尚克尔，人们崇尚张扬的硬汉风格，但在我们这里，人们对那种做派并不是那么感冒。在我看来，这就是那些仙人掌族兴建大温房的原因。以便在新克洛布桑有那么一小块地方，能让他们延续在塞梅克时的野蛮做派。大温房建起来以后，生活在其中的仙人掌族获得了治外法权——天知道他们为了得到这一特权同政府做了什么交易。严格说来，大温房就是一个国中之国。未经许可谁也不能进去，就连国民卫队也不例外。生活在那里头的仙人掌族自有一套法律法规，什么事情都按照他们自己的规矩来。

“当然了，那只是一个笑话。我敢跟你打赌，要是没有新克洛布桑，大温房屁都不是。住在那里头的仙人掌族每天成群结队地出来，到城里工作，然后那些粗暴乖戾的混蛋带着报酬返回河衣区。大温房不过是新克洛布桑的附属。而且我从来不觉得国民卫队会进不去那里头——只要他们想进去，任何时候都能进去。但议会和政府明面上一直配合那些仙人掌族做戏。雅各，你不可能就这样随随便便地走进大温房，而且就算你真的进到了里面……唉，我也不知道你会遭遇什么。

“是，城里有许多关于那个地方的流言。自然也有人进到过里面。也有人绘声绘色地描述过国民卫队在飞艇上透过大温房的玻璃穹顶看到的情形。但这座城市的绝大多数人——包括我在内——对那里头究竟是什么情况或者要怎样进去都说不出个所以然来。”

“但至少我们是*可以*进去的，对吧？”德姮说，“也许皮金会看在你那些金块的分上自己滚回来找你。对吧？要是他真的回来了，我敢打赌他能想办法把我们弄进去。你别告诉我大温房里头是个清平世界，没有不法之徒施展拳脚的空间。我才不信呢。”她语气激烈，眼里闪着坚毅的光。“机械议会，”她转向赤裸的男人，开口说道，“你有没有……分身……在大温房里头？”

议会代言人摇了摇头。

“仙人掌族很少使用机器人。没有任何一个我曾去过那里面。这就是为什么我无法确定餍蛾巢穴的具体所在。我只知道它们栖息在那玻璃穹顶之下。”

就在机械议会的代言人说话时，艾萨克脑海中突然冒出一个念头，让他整个人都为之一震。

他正在细细思考大温房的问题，思考进到里面去的办法，就在这时，他突然吃惊地意识到，自己大可以不管这件事。那日莱缪尔气哼哼提出的建议再次回响在他耳边：*这事留给专业人士操心就好了*。

当时的他也正怒火中烧，毫不犹豫地就否决了这个提议。但此时此刻，他突然意识到自己完全可以这么做。他有无数个办法可以在不暴露自己的前提下向国民卫队通风报信：在这个城邦，告密已经变成了一件再容易不过的事情。现在他知道了餍蛾的藏身之处：他可以直接把这个情报提供给政府。政府的力量多大啊，有足够的人手进行追捕，有科学家，有各种各样的资源。他可以把餍蛾的巢穴所在告诉政府，然后自顾自跑路，让国民卫队代替他去追猎那些蛾子，把那些怪物抓回去。那只一心追猎他的蛾子已经死了：他没有什么特别需要担心的了。

这个想法重重地击中了他。

但他完全没有心动。连片刻的犹疑都不曾有。

艾萨克还记得审问瓦米斯汉克时的情形。那个老东西竭尽全力地想要掩饰自己的恐惧，显然压根就不相信国民卫队有那个能力捕获餍蛾。今天，艾萨克终于亲眼见到了一种力量——机械议会的力量——能够杀死那些超乎人类想象的掠食怪物。而且机械议会并不打算同政府合作，反而提出愿意做他和他同伴的后援——或者应该说强行将他们招致麾下。

他并不清楚机械议会这么做的动机何在，也不知道它为何要继续隐藏自己的存在。但至少他知道机械议会的力量不能落入国民卫队之手。而且，它是这座城市摆脱餍蛾之灾的最大希望。这一点无可否认。

这正是他毫不动摇的原因之一。

但还有一个更有力也更根本的理由，深深刻在他的心头。恨。他抬头向德姮看去，想起两人为何能成为朋友。他抿紧双唇。

我不会相信鲁德革特，他冷冷地想，*就算那个杀人不眨眼的混蛋用他孩子的性命发誓也不会*。

艾萨克明白，如果政府找到餍蛾，一定会竭尽全力将它们抓捕回去。因为它们实在是*太宝贵*了。它们也许不会再在夜空出现，风险会再度得到控制，但它们会被再次关到某个实验室里，在又一次肮脏的拍卖中被卖掉，重新被用于商业用途。

它们又会被圈养起来，像奶牛一样任人获取“乳汁”。

不管自己是多么不适合去做追猎、消灭餍蛾这件事情，艾萨克知道，自己依然会努力去做。他绝不会选择别的途径。

他们谈啊谈啊，直到东边天际曙光乍现。他们试想的各个思路开始朝着一个方向汇聚，只是它们都依赖某些特定的条件。但即使有那么多的限制与阻碍，计划的框架还是渐渐勾画成形。慢慢地，行动的先后步骤也捋出来了。最后，艾萨克和德姮惊讶地发现，他们手里已经有了一个像模像样的计划。

他们商量的时候，机械议会将它那些行动灵活的分身派到垃圾场的深处。那些机器人行动迅速而隐秘，在堆成座座小山的垃圾里翻找搜寻，回来时带着弯曲的电线、破旧的长柄锅和漏勺，甚至还有一两顶破头盔、一大堆闪闪发光的镜子和参差不齐的锯齿状碎片。

“你能找到焊接工或是金属奇术士吗?”议会代言人问，“你必须打造防护头盔。”他向艾萨克详细描述了头盔的样式——头盔必须装上镜子，镜子必须架在视线正前方。

“能。”艾萨克说，“我们明天晚上回来打造头盔。然后……然后我们有一个白天的时间做准备。然后行动。”

在夜色仍旧深沉之际，各式各样的机器人开始悄悄离开。它们将返回主人家中，时间尚早，它们不用担心夜间的秘密行程会被发现。

天色越来越亮，隆隆的火车行驶声在夜间只是偶尔能够听到，现在开始越来越频繁地响起。居住在驳船上的人家醒来了，粗鲁沙哑的谈话声越过水面，从垃圾场对岸传来。上早班的工人开始踢踢踏踏地走进工厂，如同教众走进教堂，在那巨大的铁链、蒸汽机和敲打不息的铁锤面前卑微地弯下腰去。

空地上只剩下五个身影：艾萨克和他的两个同伴、充当议会传声筒的僵尸男人以及巨大的机械议会本体——它静静地移动着用垃圾废料拼装而成的四肢。

艾萨克、德姮和雅格里克站起身来，准备离开。他们精疲力尽，浑身上下到处都痛，他们的膝盖和手掌被布满碎片残渣的地面磨破了，艾萨克的头还因为之前戴上头盔充当诱饵导致的副作用而阵阵抽痛。他们的身上脏兮兮的，当他们拍打衣裳时，扬起的灰尘如同滚滚浓烟，远远看去就像身上着了火似的。

他们在垃圾场里找了个好认的地方，把打造头盔用的镜子等材料藏好。当他们做完这件事后，艾萨克和德妲直起身来，茫然四顾，在白天，这块空地看起来完全变了样，诡谲险恶的气氛一扫而光，目光所及之处，只有一片荒凉凄楚，半隐于垃圾墙间的巨大机械构造体重新变回了坏掉的婴儿车和破旧的床垫。雅格里克高高抬起裹在破布条里的双脚，迈着微微踉跄的步伐，准确无误地朝他们来时的方向走去。

艾萨克和德妲跟上他。他们已经身心俱疲。德妲的脸色苍白，不时带着显而易见的痛苦抬手轻触残耳处的伤口。就当他们的身影将要消失在迷宫般的垃圾高墙后时，议会代言人扬声说了几句话。

听到他的话，艾萨克皱起了眉。他转身与同伴一起离开机械议会所在的空地，沿着这座工业垃圾场中的沟道蜿蜒而行，最后离开垃圾场，踏上格利斯湾被天光慢慢点亮的土地，在此期间，他始终保持着这个表情。机械议会的话语一直在他耳边回荡，他反复思考、仔细回味。

“德尔·格雷姆勒布林，你精力有限，无法护得事事周全，”议会代言人如此说道，“以后不要把贵重的东西留在铁路边。”

“把你的临界引擎带来这里，”机械议会如此说道，“让我替你妥善保管。”

第四十一章

“市长先生，有位先生和一个……一个小男孩要见您，”黛维利尔的声音从通话管里传来，“那位先生让我转告您说，是拉斯克尔先生派他来的，是关于……研发部‘管道施工’的事情。”说到那显而易见的暗语时，她的嗓音紧张地颤抖了一下。

“让他们进来。”鲁德革特认出寄生手族的暗号，立刻说道。

他在椅子里坐立不安，身子不停地从一边挪到另一边。“辩证室”沉重的大门徐徐打开，一个肌肉发达的年轻男人带着显而易见的痛苦神情跌跌撞撞地走进来，手里牵着个一脸惊恐的小男孩。那男孩穿着破衣烂衫，仿佛刚刚还在街头行乞，一条胳膊上有一大块地方高高肿起，裹着脏兮兮的绷带。那个年轻壮汉的衣装质量上乘，样式却很古怪。他可笑地穿了一条宽松肥大的裤子，很像虫首女性常穿的式样。尽管他体格健壮，那条裤子还是让他看起来十分阴柔。

鲁德革特盯着年轻男人，眼神疲倦而愤怒。

“坐吧。”他简单地吩咐，然后对着这两名古怪的访客挥了挥一叠报告，话语挟着怒火倾泻而出，“一具身份不明的无头尸体，用皮带捆在一具无头狗尸上，两者身上都有死去的寄生手。另一组寄生手宿主，背靠背地绑在一起，两者的心智均已被吸干。一个——”他低头瞥了一眼国民卫队的报告，“——蛙人，身上有大量的穿刺伤，伤口极深，另一个是年轻的人类女性。我们设法将寄生手从宿主身上移下——这样做会杀死宿主，真真正正生物学意义上的死亡，不是被寄生手寄生以后那种荒唐的活死人状态——我们为两只寄生手提供了新的宿主，将它们同两条狗一起关在笼子里，但它们一动不动。正如我们所猜想的一样。当宿主的意识被吸干时，寄生手的意识也随之被吸干。”

他往后靠向椅背，看着两个魂不守舍的来访者。

“那么……”他沉默片刻，然后慢慢开口，“我是本瑟姆·鲁德革特。现在请你们报上名来，然后向我禀明蒙特约翰·拉斯克尔此刻人在何处，以及究竟发生了什么。”

在一间位于巨钉塔顶部的会议室里，“烟枪”伊莱扎·法谢尔打量着坐在桌子对面的仙人掌族。他的个头比她高上许多，壮硕的双肩高高隆起，架着硕大的脑袋，就像没有脖子一样。他的胳膊搁在桌面上，纹丝不动，庞大、沉重又厚实，像横生的大树枝。他的皮肤坑坑洼洼，像仙人掌那样布满无数伤口与裂纹结疤后生成的厚厚瘤结。

这名仙人掌族选择性地修剪了身上的毛刺。双臂与双腿的内侧、手掌——任何皮肤可能相互摩擦或受到挤压的地方，毛刺都被拔除干净。颈侧一朵红花从春天顽强地开到现在，双肩及胸口挤满新生的茎节。

他静静地等待“烟枪”伊莱扎·法谢尔开口。

“就我们了解的情况来看，”她斟字酌句地说道，“昨晚你们进行的地面巡逻并没有什么收获。不过我必须承认，我方也是如此。但有一点，虽然尚待证实，依然值得我们关注——我们的一小支……空中部队似乎与餍蛾有过接触。”她飞快地翻了翻面前的报告。“看来形势逐渐清晰，”她大胆地说道，“光在城市地面进行搜索是不会有结果的。

“根据我们讨论过的诸多原因，尤其是我们两方工作方式上的差异，我们相信，简单地合并双方的巡逻力量并不会带来特别的成效。不过，我们两方协调力量、互相配合，这一点无疑还是很有必要的。因此我方决定，在合作完成此项任务期间，你们组织将享有更进一步的司法管辖豁免权，基于同样的理由，我们还准备授予你们临时的许可，特许你们不受针对非官方航空器的严格法令限制。”

她清了清嗓子。*我们这是孤注一掷了*，她想，*不过话说回来，我敢打赌你们也是如此*。

“我们准备借给你们两艘飞艇，在与我方商定合适的路线与时间后，你们可以随意使用。希望你们能够帮我们分担部分的空中搜索工作。我方的条件与之前商定的一样：所有计划必须经过事先讨论，双方达成共识后方可施行。此外，所有针对猎捕方法的研究成果，必须与对方共享。

“就是这些……”她往后靠向椅背，将一份协议书拍到桌子对面。“你有权代表莫特利做这样的决定吗？如果有的话……你怎么说？”

当艾萨克、德姮和雅格里克精疲力尽地推开铁路旁小木屋的门，一头扎进温暖昏暗的屋内时，一眼便看见莱缪尔·皮金正等着他们，他们并没有感到太多意外。

艾萨克沉下脸，一副没好气的样子，但皮金没有半点道歉的意思。

“艾萨克，我早告诉过你的，”他说，“你不记得了吗？情况不妙，我就拔腿走人。不过我很高兴看到你没事。我们之间的协议仍然有效。如果你仍然坚持要追捕那些混蛋玩意儿，你这个人、这条命就都抵在我这里，而在我们最后结算之前，我会一直帮你。”

德姮气哼哼地瞪了皮金好一会儿，但她没有被怒火冲昏头脑。想到将要进行的计划，她又是紧张又是兴奋。她飞快地朝艾萨克瞥了一眼，然后皱着眉头对皮金开口了。

“你能把我们弄进大温房吗？”她问。

她简洁地将他走后发生的事情告诉了他，告诉他机械议会对餍蛾的催眠攻势免疫，告诉他议会是如何趁蛾子不备旋转起重机，砸下装着数吨垃圾的大木箱，毫不留情地将那长翅膀的怪物埋葬。莱缪尔听得如痴如醉、啧啧称奇。她还告诉他机械议会确定那些蛾子的巢穴在河衣区，就藏在大温房里头。

最后她把暂时商定的计划告诉了他。

“今天我们必须想办法打造好头盔，”她说，“明天……我们就去大温房。”

皮金眯起眼睛，开始在地板上的积尘间画起图来。

“这是大温房，”他一边画一边解释，“基本上只有五条路线可以进到里面去。一条路线需要用钱打点，另外两条路线基本上是免不了要动刀子的。跟仙人掌族动刀子可不是个好主意，而用钱打点又很冒险。那些仙人掌族总是不厌其烦地强调他们的独立，但大温房的存在不过是倚赖鲁德革特的默许。”艾萨克点点头，朝雅格里克看了一眼。“换句话说，这条路线上布满了政府的眼线。敌暗我明，风险太大。”德姮和艾萨克走到他旁边俯下身来，看着他的路线图渐渐成形。“所以我们还是专心琢磨最后这两条路线，看看能不能行。”

讨论了一个小时后，艾萨克再也扛不住了。他听着同伴的发言，脑袋开始不自觉地往下耷拉，细细的口水流到衣领上。他的困意弥漫开来，感染了德姮和莱缪尔。大家都迅速地沉入梦乡。

他们睡得并不舒服，天气炎热，小屋里十分憋闷，他们辗转反侧，汗流浃背。艾萨克是睡得最不安稳的一个，在闷热的空气中不住呜咽呻吟。近午时分，莱缪尔醒了，把其他人一一叫起来。艾萨克醒来时，嘴里喃喃念着琳的名字。他心力交瘁、痛苦不堪，睡得又不好，整个人都迷迷糊糊的，完全忘了要对莱缪尔生气——他甚至一时没想起来莱缪尔也在这里。

“我准备出去找些帮手，”莱缪尔说，“艾萨克，你最好开始准备迪跟我说到的那些头盔。我估摸着我们最少需要七顶。”

“七顶？”艾萨克咕咕哝哝地说，“你要找谁啊？你要去哪儿？”

“我以前告诉过你的，在做有风险的事情之前，我喜欢准备一些保护措施，那会让我比较安心，”莱缪尔说着，冷冷地微笑一下，“我放出风声，说有个保镖的工作需要招人，我估计现在已经有一些应征者。我准备去面试一下。我向你保证，到今晚之前，我就能给你带回来一个金属魔法师。我听说其中一个应征者就是，要是跟那人没谈成，遗翠园还有个会这个的家伙欠我的人情。我会在……唔……晚上七点的时候在垃圾场外边跟你们碰头。”

他走了。德姮挪到身心俱疲、痛苦不堪的艾萨克旁边，伸出胳膊搂着他。他在她的臂弯中哭得像个孩子，方才做的那个关于琳的噩梦仍在他脑海中萦绕。

这个噩梦并非由餍蛾的邪恶力量催生，而是诞生于他内心深处的诚挚悲痛。

国民卫队机务人员正忙着将经过打磨抛光的巨大金属镜装到飞艇吊索的后方。

他们不可能改装飞艇的轮机舱或改变驾驶舱的布局，只能用厚厚的黑帘子将飞艇的前窗遮起来。驾驶员将在看不见外面的情况下掌舵，由瞭望员高声指示航向。担当瞭望员的士兵将驻守在空桥中央，透过已经调好角度的镜子，从位于大型推进器上方的后窗看出去，虽然看到的景象左右相反，但好歹能清楚地观察飞艇前方的天空。

莫特利亲手挑选的船员由“烟枪”伊莱扎·法谢尔本人领到巨钉塔的顶层。

“我想，”她对莫特利手下的一名船长说道，那是一个沉默寡言的人类改造人，左臂被替换成一条野性难驯的巨蛇，他不得不时时努力压制住那野兽，“你应该知道如何驾驶飞艇。”船长点点头。在新克洛布桑，非官方人员拥有这项技能是违法的，但“烟枪”法谢尔并没有说什么。“你将驾驶‘拜恩光荣号’，你们的另一位船长将驾驶‘艾万克号’。我已经预先通知过我们的人了。驾驶的时候当心些，按既定航路秩序飞行。我们建议你们今天下午就出发。虽然目标不太可能在天黑前出现，但你们先熟悉一下我们的飞艇也是好的。”

船长没有回答。在他周围，他的手下正忙着检查装备，调整头盔上镜子的角度。他们脸色冷峻、表情严肃，显得比“烟枪”法谢尔留在楼下训练室里练习透过镜子朝身后瞄准开火的国民卫队士兵镇定许多。毕竟，在餍蛾逃走之前，最后跟它们打交道的是莫特利的人。

她看见有几个莫特利的人跟她手下的一名军官一样，身上配着火焰喷射器。箱型背包内装有压缩燃油，燃油通过装有点火装置的喷嘴后会爆燃，变成炽热的火柱喷射而出。而且那些火焰喷射器也同她手下使用的一样经过改良，可以直接从背包里向后喷洒燃烧的火油。

“烟枪”法谢尔又偷偷朝几个特别引人注目的莫特利下属瞄了一眼。他们都是改造人，全身上下到处都是金属，根本看不出还保有多少原来的血肉组织，至少给人的第一印象是一点都没留下，全部被替换掉了。他们的金属身体经过极其精心的设计与打造，完美复制了人体的肌肉组织。

这些改造人第一眼看上去完全看不出任何属于人类的特征。他们的头部看上去就像完全由钢铁铸就，甚至连整张脸都罩在冰冷无情的金属面罩之下。面罩上仔细地打造出了线条冷硬的粗眉、直挺削瘦的鼻子、紧抿的嘴唇，眼珠的部位嵌着石头或不透明玻璃，颧骨处折射出阴森的寒光，就像抛光的白镴。显然，在设计这些金属面罩时，美观因素得到了十分的重视。

“烟枪”法谢尔之所以确定他们是改造人而不是精心设计的机器人，是因为她看到了其中一人的后脑勺——那里有一张平淡无奇的人类面孔，与那张令人赞叹不已的金属面孔形成鲜明对比。

那是这些改造人身上唯一留存的生物特征。在那张固定不动的金属面孔边缘，伸出两面镜子，如同两绺向后飘拂的头发，举在改造人那双人类肉眼的前方。

这些改造人的金属身体与人类面孔呈一百八十度角，双腿、胸口以及装有火枪的手臂朝着同一个方向，加上那张金属面孔，打造出身体正面的假象。这些改造人时刻注意将装着金属面孔的那一面朝前，与其他未经此种改造的同伴保持一致。他们沿着走廊走进升降梯，金属四肢行动协调，像模像样地模仿着血肉之躯。“烟枪”法谢尔故意落后几步，仔细观察他们朝向后方的人类面孔，他们紧盯着悬挂在视线前方的镜子，眼珠来回转动，目光机敏，嘴唇因为专注而紧抿。

她还看到其他一些为着同样目的而打造的改造人，只不过他们接受的改造术更为简单，也省钱许多——脑袋扭转了一百八十度，脸朝后，身体朝前，那根扭曲的脖子让人看着就痛。他们的眼睛同样盯着头盔上的镜子，身体行动自如，不管是走路、操作武器还是穿戴盔甲，动作间完全没有生硬凝滞之处。与那些改造得更为彻底、如同机器人一般的同伴相比，他们的动作更为轻巧自然，但在那颗诡异反转的头颅衬托下，也更让人感到莫名的不适。

“烟枪”法谢尔意识到，她所看到的，是数月乃至更长时间训练的结果。这些改造人在训练期间肯定是一天二十四小时不间断地戴着镜子头盔，直到养成时刻通过镜子视物的习惯。再加上扭转身体的改造术，她想，那显然是莫特利的一个关键策略。这些士兵肯定是为圈养餍蛾而专门设计打造的。“烟枪”法谢尔简直不敢相信莫特利的手笔竟如此之大，可见其实力有多么雄厚。怪不得在处理餍蛾这件事情上，身为政府嫡系的国民卫队与莫特利的人比起来反而显出几分业余，她自怨自艾地想道。

看来拉他们入伙是非常正确的选择，深思过后，她默默地得出这个结论。

日头渐渐西斜，新克洛布桑上方的空气也慢慢变得浓稠起来。光线黏腻发黄，如同倾翻的玉米油一般。

飞艇穿过油脂般的余晖，以一种半随机的古怪移动方式在城市上空来回打转。

艾萨克与德姮站在格利斯湾的街上，街旁就是围着垃圾场的铁丝网。德姮提着一个袋子，艾萨克也提了两个。暴露在光天化日之下让他们十分没有安全感。他们已经不习惯白天的城市，已经忘了要如何在这样的环境中生活。

他们尽可能地不引人注目，拼命无视寥寥无几的来往路人。

“妈的，雅格为什么突然要离开？”艾萨克气哼哼地低声说道。德姮耸了耸肩。

“他好像一下子变得静不下来了。”她说。她停下来想了想，然后慢慢地接着说下去，“我知道时机不对，”她说，“但我觉得他这样……还挺让我感动的。大多数时候，他都是那么的……就像不存在一样，你明白我的意思吗？我知道你私下里跟他聊过不少，你了解……**真正的**雅格里克……但在我认识他以来的大多数时候，他就像个鹰人幽灵。”话音刚落，她立刻严厉地纠正自己：“不，都**不能**管他叫鹰人，对吧？这就是问题所在。他更像一个人类，一个人类幽灵。但现在……哎，他似乎越来越有血有肉了。我可以开始感觉得到他**想要**做某件事情，或者是不想做某件事情。”

艾萨克慢慢地点点头。

“我明白你的意思，”他说，“他身上有什么地方不一样了，这点毫无疑问。我让他别离开，但他完全不听我的。他显然变得越来越……有自己的主意了……也不知道这是不是件好事。”

德姮用探究的目光凝视了艾萨克一阵子。

她慢慢地开口。

“你肯定无时无刻不在想着琳。”她说。

艾萨克移开目光。一时间他什么也没说。过了一会儿，他飞快地点了下头。

“时时刻刻都在想。”他费力地吐出这几个字，脸色突变，令人望而心碎的巨大悲伤倾泻而出。“时时刻刻。我没办法……我没时间哀悼。现在还不行。”

离他们不远的地方，街道拐了个弯，分成几条挨得很近的小巷子。在其中一条隐秘的死胡同里，突然传出金属撞击的声音。艾萨克和德姮立刻紧张起来，向后缩去，身子紧紧贴住铁丝网。

随着一声低语，莱缪尔从巷子的拐角处悄悄探出头来。

他看到艾萨克和德垣，得意扬扬地咧嘴一笑，伸出双手做了个往前推的动作，示意他们进到垃圾场里面去。艾萨克和德垣转过身，找到铁丝网上的裂口，确定四周无人留意他们之后，便钻了过去。

他们飞快前行，绕过一堵堵垃圾墙，离街道越来越远，最后在一处从城市方向看过来完全看不到的空地停住脚步，蹲下身来。没过两分钟，莱缪尔一路小跑着跟了过来。

“下午好啊，各位。”他又得意扬扬地咧嘴一笑。

“你是怎么过来的?”艾萨克问。

莱缪尔窃笑一声：“走下水道啊。不能让人看见呀。有了那些同伴，下水道走起来也没那么危险。”他看着艾萨克和德垣，脸上的笑容渐渐收敛。“雅格里克呢?”他问道。

“他说他得去什么地方。我们叫他别去，但他根本不听。他说明天下午六点会到这里来找我们。”

莱缪尔骂了一句脏话。

“你们为什么不拦着他？要是他被抓走了怎么办?”

“妈的，莱姆，看在圣嘉罢的分上，你想要我怎么做?”艾萨克怒气冲冲地说，“我一屁股坐在他身上不让他动吗？说不定是他妈什么宗教信仰上的事情，某种塞梅克的神秘习俗。说不定他觉得自己快死了，必须同他的祖先啊什么的告个别。我告诉他别去了，他就是不听，我有什么办法。”

“好吧好吧，随便了。”莱缪尔不高兴地咕哝道。他转头往身后看了看。艾萨克随着他的目光看去，看见一小队人影正朝这边走来。“这就是我雇来的保镖。酬金我先垫着，艾萨克，别忘了，你又欠我一笔。”

莱缪尔一共雇来了三个人。任谁都能一眼看出他们是极其老练的冒险者，足迹遍布拉贾莫、塞梅克、费利德乃至整个巴斯-拉格世界。这些冒险者凶猛强悍、无法无天，没有半点忠诚道德可言，靠着机警的头脑、偷盗及杀戮为生，只要有钱可赚，不管是谁雇他们去做什么，他们都踊跃前往。他们自有一套生存法则和行事规范。

这样的冒险者中，的确也有一些人留下了可圈可点的事迹：科学研究、地理发现、地图绘制等等，但绝大多数都是些偷坟掘墓的人渣，最后落得个横死异乡的凄惨结局，但他们无可否认的大胆和偶尔为之的闪光事迹经过传说与故事的渲染，变成一种精神象征，在那些向往冒险的年轻心灵中牢牢扎根。

艾萨克与德姮冷淡地看着眼前这几个冒险者。

“这几位是，”莱缪尔一一指向三人，“沙得拉、潘吉芬奇斯和丹瑟尔。”

三人看向艾萨克和德姮，神情狂狷，眼风如刀。

沙得拉和丹瑟尔都是人类，潘吉芬奇斯则是蛙人。沙得拉显然是这支冒险者小队的主心骨，他高大强壮，身上穿着材质混杂的护甲，皮革与金属片以铆钉相连，双肩与胸前背后箍着铸铁条，上头溅满了下水道里的泥浆污物。他顺着艾萨克的视线往自己身上看去。

“莱缪尔说可能会遇到麻烦，”他的嗓音十分优美，与粗犷的外表形成古怪的对比，“所以我们特意武装了一下。”

他的腰带上晃晃悠悠地挂着一把巨大的火枪和一柄又大又沉的弯刀。那把火枪雕成复杂的形状，一张长角的怪物面孔，怪物的嘴巴便是枪口，开枪时子弹便由此射出。他背上背了个黑色的盾牌，盾牌旁边还挂着把大口径短枪，正随着他的动作左右轻晃。他这身打扮要是走在街上，不出三步就会被抓起来，难怪他们要走下水道。

丹瑟尔比沙得拉高，却纤弱许多。他的护甲比沙得拉的讲究，起码看起来在设计的时候考虑到了美观因素——由用蜡煮过的挺括皮革层层缝制而成，镌刻着螺旋形的图案，擦得锃亮，闪着棕色的光泽。他也带了把枪，不过比沙得拉的小很多，此外还配了把细长的轻剑。

“所以现在是个什么情况？”潘吉芬奇斯开口问道。听到这位蛙人的声音，艾萨克才反应过来这是位女性。除了藏在缠腰布下的部位，蛙人身体特征并不明显，一般人很难通过外表分辨他们的性别。

“这个嘛……”艾萨克盯着她，慢慢开口。

她像只青蛙一样蹲在他面前，落落大方地与他对视。她穿着一条肥大的白色连衣裙——一尘不染、白得刺眼，考虑到她刚刚走过的路，这种整洁程度简直让人感到诡异。裙袍手腕与脚踝处的衣料合体地收拢，让她那两栖类的大手大脚可以自如地活动。她肩头挎着一把反曲弓，背着有盖的箭筒，腰带上插着一把骨刀，肚腹处还束着一个用某种爬虫动物的厚皮做成的大袋子。艾萨克看不出里面装着什么。

就在艾萨克和德姮打量她的时候，潘吉芬奇斯身上发生了奇怪的事情。有什么东西在她的裙子底下飞快地动了一下，像是缠住了她的身体，而后迅速松开。这个古怪的动静平息之后，一大团水渍在她那件宽松的裙子上洇开，白色棉布吸饱了水，一下子贴附在她身上，眨眼间又变干了，仿佛所有的水分子突然被吸走了一样。艾萨克瞪大眼睛，惊呆了。

潘吉芬奇斯若无其事地往下看了看。

“那是我的水精。我们之间有契约。我提供给她某种东西，她附在我身上，让我保持湿润，免得脱水而死。所以我能去那些我同类去不了的干燥地方。”

艾萨克点点头。他之前从未亲眼见过水精，花了一会儿工夫才让心情平复下来。

“莱缪尔提醒过你们我们面临着什么样的麻烦吗？”艾萨克问。三名冒险者点点头，似乎根本没把这事放在心上，眼神中甚至显出兴奋来。艾萨克拼命压抑着恼怒的情绪。

“老兄，这世上不能用眼睛盯着看的怪物多了去了，那些蛾怪没什么大不了的。”沙得拉说，“我闭上眼睛也能杀掉它们。”他自信满满地说道，声音很温柔，却让人不寒而栗。“看到这条腰带了吗？”他淡淡地拍了拍腰带，“加图布里帕斯的皮。在泰什城郊外干掉的。整个过程一眼都没看它，要不然也活不下来。我们能搞定那些蛾子。”

"但愿如此吧，"艾萨克没好气地说，"如果一切顺利的话，也许根本用不着动刀动枪。莱缪尔是觉得有后援的话会更安心些，以防万一。我们希望机器人就能搞定那些怪物。"

沙得拉飞快地撇了下嘴，大概是不服气。

"丹瑟尔，你是个金属奇术士，"莱缪尔插进话来，"对吧？"

"唔……我的确对如何处理金属略知一二。"丹瑟尔回答。

"不是什么复杂的工作，"艾萨克说，"只是一点焊接活。这边走。"

他领着他们穿过垃圾墙，来到昨天藏起镜子和其他头盔材料的地方。

"我们有些简单的材料。"艾萨克说着，在那堆东西旁边蹲下。他捡起一个滤锅，一节铜管，翻找一阵后又拿起两大块镜子碎片。他大致地朝丹瑟尔挥了挥这些东西。"我们需要把这些东西变成几顶大小合适的头盔——其中一顶是给一个鹰人的，他现在不在。"丹瑟尔飞快地与同伴交换了一下眼神，艾萨克假装没看见，接着说下去，"这些镜子得架在头盔前方，角度要合适，以便我们不费力气地就能看到背后的情形。你觉得你能做到吗？"

丹瑟尔瞥了艾萨克一眼，仿佛根本不屑于回答这个问题。这个高高瘦瘦的男人在这堆金属和玻璃前盘腿坐下，拿起那个滤锅罩在头上，就像一个假扮士兵的孩子，开始低声吟诵，语调轻快而古怪，接着开始揉搓双手，动作迅速而复杂，拉伸指关节、按捏手掌。

好几分钟时间里，什么事情也没发生。接着突然之间，他的手指开始由内而外地发光，仿佛他的指骨在熠熠生辉。

丹瑟尔举起双手，开始抚摸头上的滤锅，动作轻柔，就像在抚摸猫咪一样。

在他温柔的抚摸之下，金属开始慢慢变形，他每触碰一次滤锅，金属便软上几分，越来越贴合他的头部轮廓，两侧垂下去，后面鼓起来。丹瑟尔继续轻柔地拉伸揉捏，直到滤锅把他的头发全部遮住，在这个过程中，他嘴里一直低声地吟诵着。然后，他手指一捏一拧，将脸前的金属锅沿向上卷起，不再挡住眼睛。

接着，他把手放下，捡起那根铜管，紧握在双手之间，将能量从掌心传出。伴随着一阵刺耳的声音，坚硬的金属开始不情不愿地弯曲。他温柔地将它弯成弧形，两端抵在滤锅头盔上，就在太阳穴上方的位置，然后用力往下压，直到滤锅与铜管相接之处的金属表面张力被打破，两者开始相互交融。魔法能量发出“嘶”的一声轻响，粗铜管与铁滤锅已经牢牢焊在了一起。

铜管怪里怪气地支棱在新打造的头盔前方，丹瑟尔继续对它进行塑形，将它拉伸至大约一英尺长，捏成一个以一定角度倾斜的环。他伸手摸索镜子碎片，打了几次响指之后，终于有人反应过来，把镜子递给他。他对着铜管低声哼唱，温柔地哄劝它，让金属变软，然后依次将两片镜子插了进去，正好分别位于他两只眼睛的前方。他抬眼向镜子里面看去，一次一边，仔细地调整角度，直到可以透过镜子清晰地看见身后的垃圾墙。

最后，他手指一捏，让铜管重新变得坚硬。

丹瑟尔放下双手，抬头看向艾萨克。他脑袋上的头盔显得十分笨拙可笑，依然能够明显看出是由滤锅制成，但完全契合艾萨克的要求，而且整个过程只花了十五分钟多一点的时间。

“我再在上面打几个孔，穿上皮带，这样就可以系在下巴上，免得滑脱。”他低声说道。

艾萨克不住点头，心里叹服不已。

“那太好了。我们需要……嗯……七顶这样的头盔，其中一顶给鹰人。别忘了，他的头比我们人类圆。现在我先离开一下。”他看向德姮和莱缪尔，“我得去跟机械议会碰个面。”他说。

他转过身，在这座垃圾迷宫里艰难地找着路，慢慢走远。

“晚上好，德尔·格雷姆勒布林。”机械议会的代言人站在垃圾迷宫的中心向他打招呼。艾萨克冲他点点头，又冲他旁边的机械议会本体、那个巨大的机械构造体点点头，权作回应。“你不是一个人来的。”他的声音一如既往地不带任何感情。

“别担心，”艾萨克说，“就凭我们这几个人去搞定这件事情？我可不这么想。你自己看吧——一个胖子科学家、一个骗子和一个记者。我们需要一些专业的支援。外头那几个正是以猎杀怪兽为生的专业人士，而且他们不会把你的秘密说出去的。他们只知道会有一些他妈的机器人跟我们一起行动。就算他们猜到你的存在或身份，鉴于到现在为止他们大概已经触犯了新克洛布桑至少三分之二的法律，所以应该不会跑去找鲁德革特告密。”他沉默片刻，然后继续说道：“如果你愿意的话，只要计算一下就知道了。外头那三个正忙着打造头盔的家伙根本不会对你造成任何威胁。”

当机械议会消化这番话里的信息时，艾萨克似乎觉得自己脚下传来一阵震颤。一段长时间的静默后，机械议会的本体和化身终于审慎地点了点头。艾萨克并没有就此放松下来。

“我今天来，是为了那些明天要跟我们一起行动的机器人。你说过，你愿意不计风险派出一些你的分身。”他提醒道。机械议会再次点头。

“嗯。”机械议会透过僵尸男人的嘴巴慢慢说道，“不过，先让我们处理一下替你保管贵重物品一事，我们之前已经讨论过的。你把临界引擎带来了吗？”

艾萨克脸上掠过一丝阴影，但很快恢复了正常的神色。

“带来了。”他说着，把手里的两个袋子之一放在议会代言人脚下。赤裸的男人打开袋子，弯腰查看里面的金属管和玻璃零件，那被掏空的半个颅腔正好对着艾萨克，艾萨克猝不及防，只能眼睁睁地看着这恐怖的画面陈现眼前。好在议会代言人很快直起身来，提着袋子向机械议会本体走去，放在那巨大机械构造体的胯前。

“好了。”艾萨克说，“它就交给你保管了，以防他们找到我们的小屋。这主意挺好的。后天早上我再回来拿。”他绷着脸说：“你那些要跟我们一起行动的分身呢？我们需要有力的后援。”

“我不能冒险暴露自己，格雷姆勒布林，”议会代言人说，“如果我派出那些秘密潜伏在城市中的分身，那些白天在华屋豪宅、建筑工地及银行金库工作，相机而动、积累知识的分身，它们可能会带着受损的身体回来，或者干脆一去不回。这会引发怀疑与调查，最终导致我的暴露。我尚未准备好面对这种情况。目前还没有。”艾萨克缓缓点头，“所以，我将派出另外一些分身与你同往，即便它们在行动中折损，也不会对我有太大影响，也许会引发一些困惑，但不至于让人怀疑背后藏有什么隐情。”

随着议会的话，艾萨克背后的垃圾堆开始颤抖，垃圾簌簌滚落。他转身看去。

垃圾堆中，纷杂的废弃物以奇特的方式汇聚成形，轮廓渐渐清晰，直到从周围的破烂中分离出来，成为独立的构造体。如同机械议会的本体一样，这些机器人也是由垃圾场中的废弃物拼凑而成。

这些机器人的外形与尺寸像极了黑猩猩。它们移动时发出叮叮当当的声音，其间夹杂着一种令人不安的怪异动静。每个机器人的细节构造都不一样，脑袋或是水壶，或是灯罩，手上都有狰狞的尖爪，由科学仪器的部件和脚手架接头拼接而成。它们身披电镀金属片缀成的坚甲，这些金属片或是焊在它们身上，或是以铆钉钉在身上，工艺粗糙。这些机器人连蹦带跳地穿过垃圾场，姿势怪异，似猿非猿，显出一种未经雕琢的独特美感。

一旦它们躺下不动，看上去便只是一堆随意堆放的老旧金属，完全不会惹人注意。

艾萨克目不转睛看着这些猩猩一样的机器人蹦来跳去，滴着水珠和油滴，身体里的发条装置滴答作响。

“我已经将数据下载到它们每一个的分析引擎中，”议会代言人说，“尽可能地填满了它们的内存。这些分身会服从你的命令，理解这样做的必要性。我已经赋予它们病毒智慧，并且对它们进行了数据编程，它们能够识别及攻击餍蛾。它们每一个的肚子里都装有酸液或可燃药剂。”艾萨克点点头，暗暗惊讶于机械议会轻描淡写的语气，仿佛创造这些杀戮机器只是等闲之事。“你们已经拟定最佳行动方案了？”议会代言人话锋一转，问道。

“呃……”艾萨克支支吾吾地回答，“我们打算今晚搞定这件事情。敲定一个……呃……具体方案，做做准备，同我们……新来的帮手商量商量。明天晚上六点的时候在这里同雅格会合，前提是那个愚蠢的家伙能够好端端地活着回来。然后我们再借助莱缪尔的特长，进入河衣区那个仙人掌族的聚居地。

“然后我们动手猎杀那些蛾子。”艾萨克的声音一下子变得严厉而急促。他飞快说出需要说的话，“问题在于我们必须将它们分散开来，各个击破。如果只有一只餍蛾，我觉得我们应该可以搞定。如果同时有两只或者更多，那肯定会有一只钻到我们面前，用翅膀催眠我们。所以我们必须先仔细搜查那个地方，看能不能找出它们的藏身之处。没有搞清楚这点的话，一切都不好说。我们还打算带上你曾用在我身上的精神传导放大器，它也许能帮助我们吸引某只蛾子的注意力，以便声东击西。让我们的心灵脉冲在充满背景噪声的环境中变得更为显著突出一些，诸如此类的。你可以在一个发动机上连接其他的头盔吗？你还有多余的类似装置吗？”议会代言人点点头。“你最好把它们给我，演示给我看如何使用不同的功能。我会让丹瑟尔对它们进行调整，加上镜子什么的。”

“问题是，”艾萨克沉吟道，“吸引那些蛾子并非只有信号强劲的精神波，否则它们只会捕食那些占卜师和通灵者。我觉得它们有特定的口味偏好。所以那只发育不良的蛾子才会来找我。不是因为城市上空有一道大大的、可能属于任何人的心灵波在朝它招手，而是因为它认出了我的心灵，它想要这个特定的心灵。不过……现在说不定其他那些蛾子也认识我这个特定的心灵了。也许我说只有那只畸形蛾子能认出我的心灵压根就说得不对。昨天晚上，其他那些蛾子肯定也尝到了我心灵汁液的味道。”他沉吟着看向议会代言人。“它们应该会记住这个味道，毕竟，它们的同胞手足就是在追寻这个味道时被杀掉的。我也不知道这是好事还是坏事……”

“德尔·格雷姆勒布林，”过了一会儿，僵尸男人开口说道，“我那些小小分身，你最少要带一个回来给我。它们必须将它们的所见所闻上传给我，上传给机械议会。我可以从中了解大量关于大温房的信息。这将极大地帮助我们。记住，不管发生什么，至少要带一个我的分身回来。”

艾萨克沉吟不语，拼命思考该如何回答。议会耐心地等待着。过了漫长的几分钟，艾萨克依然想不出该说什么，他抬头直视议会代言人的双眼。

“我明天会再来一趟。到时候让你的猴子机器人分身准备好。我会……我会……再来见你的。”他说。

夜晚的城市沐浴在异乎寻常的热浪之中。夏天里最热的日子到来了。在城市中心上空的污浊空气里，餍蛾跳起了求偶的舞蹈。

它们以令人眼花缭乱的轨迹轻快地从帕迪多街车站的塔楼与高墙上方掠过，微微扇动翅膀，巧妙地借助上升气流，越飞越高。随着它们嬉戏调情的动作，缕缕变幻的情绪如同纺线般旋转而出。

它们用无声的恳求与深情款款的抚摸向彼此求爱，在狂热兴奋的颤抖中，它们全然忘了身上尚未完全愈合的伤口。

在这片毗邻君子之海、一度是青翠草原的平原上，这年的夏天为着餍蛾的缘故早了一个半月跨海而来。气温急剧攀升，即将达到二十年来的最高纪录。

炎热触发了餍蛾生殖系统的趋温反应。荷尔蒙随着它们的体液流转涌遍全身。奇异的身体构造与生化物质刺激着它们，使它们提早进入了繁殖期。它们一夜之间便发育成熟，进入狂热的发情状态。

阿斯匹克、蝙蝠和鸟儿惊恐地逃离此处——那里的空气仿佛因为炙热的渴望而变得辛辣刺鼻。

餍蛾跳着恐怖而色情的空中芭蕾，互相调情。它们轻触彼此的触角与附肢，向着对方展露自己过去从未见过的器官。在飘拂的轻烟与空气中，三只受伤较轻的蛾子拉扯着它们的手足——那只被织者重伤的蛾子。它渐渐停止用颤抖的长舌舔舐身上的无数伤口，也开始触摸同伴——同伴身上弥散的情欲仿佛火花四溅的电流，具有莫大的感染力。

四只雌雄同体的餍蛾动作开始变得激烈起来，空气中仿佛有暗流汹涌。抚摸、触碰、挑逗。它们轮流朝着月亮盘旋上升，因为强烈的欲望而醺然欲醉。每只蛾子在上升过程中都会张开藏在尾巴下面的闭合腺体，分泌出大团无形的求偶信息素。

它的同伴会舔食那些精神气味，在那团情欲的云朵中翻滚畅游，如同水中嬉戏的海豚，然后迅疾高飞，在空中喷洒自己的外激素。眼下它们的精原细胞内饱含着唤起情欲、促进排卵的汁液。它们淫荡地你追我赶，使出浑身解数，抢着要做母亲。

餍蛾接连不断地喷洒着求偶信息素，每一次喷洒都让空气里充斥的情欲气氛变得高涨几分。它们露出墓石般的板牙，颤抖嘶鸣，向着彼此发出决斗的挑战，甲壳下潮湿润滑，滴淌着刺激性欲的液体。它们兴奋无比，在同伴散发的浓郁气味中掠来掠去。

由外激素引发的争斗继续着。渐渐地，一只蛾子的狂热嘶鸣气势越来越盛，身子越飞越高，将同伴一一超越。它分泌出来的信息素让空气都充满情欲的恶臭。它那些不甘心的同伴孤注一掷，发起最后一波猛烈的攻势，但它们一个接一个地败下阵来，只得接受命运，关闭雌性繁殖器官，变成雄性。

这只胜利的餍蛾高高飞起，直冲云霄。它正是当日与织者鏖战的那只，此时身上的累累伤痕仍在渗着脓血。它继续散发出浓郁的雌性外激素，彰显出毋庸置疑的旺盛生殖力。它已经证明了自己是做母亲的最佳人选。

它赢得了生育后代的权力。

其余三只餍蛾心悦诚服，满怀崇拜与爱慕之情向它求欢。

雌蛾的肉体让雄蛾兴奋得发狂。它们绕着雌蛾绕圈，上下翻飞，欲火焚身，急不可耐。

雌蛾逗弄它们，若即若离地领着它们在炎热的城市上空打转，直到它们的渴求与自己的欲望攀至顶点，这时，它才开始原地盘旋，准备交尾。它张开节状的甲壳，朝着雄蛾翘起尾部作好交尾准备。

它与雄蛾轮流交尾，过程短暂而危险，在尾部相接期间，雌蛾与雄蛾会不受控制地在空中垂直坠落，其他雄蛾则在两边焦急地等待轮到自己。三只变成雄性的蛾子感到体内有什么东西拧在一起，扭动着向外突刺，它们展开腹部笨拙地挥舞着附肢、触角和骨锯，雌蛾也是一样，附肢以复杂的角度向背后扭转，又抓又拽，与雄蛾紧紧交缠。

侧转翻滚间，交尾迅速完成。每只雄蛾都与雌蛾进行了满含热切渴求与欢愉之情的结合。

狂热的发情持续了数个小时，最后，四只餍蛾体力完全耗尽，只能展开翅膀在上升气流的托举下滑翔。它们浑身湿淋淋的，不住往下滴落液体。

当空气渐渐变凉，它们那张由热空气铺成的婚床开始慢慢坍塌，它们必须振动翅膀才能停留在空中。三只雄蛾一个接一个地离开同伴，朝下方的城市飞去。它们要去觅食，以便恢复体力，同时还得为雌蛾带回食物。

雌蛾独自在空中多留了一会儿。懒洋洋地待了一段时间后，它的触角颤搐了一下，翅膀扑扇，在空中转了个弯，慢慢地朝南飞去。它也精疲力尽了。它那斑斓发亮的甲壳之下，繁殖器已经闭合，以便留住所有生命之源。

雌蛾朝着河衣区飞去，朝着仙人掌族的大温房飞去，它将回到位于那穹顶之下的巢穴，准备产卵。

我曲起脚爪，试着张开它们。它们被肮脏可笑的绷带层层缠裹、紧紧束缚，褴褛的布条如撕脱的死皮般垂悬。

我沿着铁路走去，腰弯得比平日更甚。呼啸而过的火车气冲冲地对我发出尖声警告。我偷偷穿过铁路桥，看着脚下盘绕的焦油河。我原地驻足，环顾四周。在遥远的前方和后方，河水轻漾，挟着垃圾有节奏地拍打河岸，发出阵阵轻响。

我朝西边远眺，我能越过河水看见河衣区的房屋，它们从河岸铺展开去，越来越密，越来越高，如众星捧月般环绕着大温房的穹顶。那巨大的玻璃温室自内而外地发着光，如同城市肌肤上一个亮晶晶的水泡。

我正在发生变化。我身体里出现了某种以前不曾存在的东西，也可能是有某种以前存在的东西消失了。我闻了闻空气的味道，与昨天一样，又不一样。于是我不再怀疑：我的身体里涌现出了某种新的东西。我不再确定自己到底是谁。

我亦步亦趋地跟着这些人类，仿佛我是一个傻子，一个没有价值、没有头脑的木偶，什么也说不出、什么也不知道。但我连自己是谁都不知道，又怎么知道该说些什么呢？

我不再是令人尊敬的雅格里克，很多个月前就不是了。我不再是那个奔走于尚克尔各个角斗场的愤怒战士，可以无情地杀死人类、腐霉怪、鼠怪和尖嘴妖的战士，能与在这个世上我做梦都想不到的各种猛兽与异族武士搏命相拼的战士。我不再是那个野蛮的斗士了。

我不再是那个悄然穿行于苍茫草原与冰冷群山间的疲惫旅人。我不再是那个徘徊在城市水泥街道上的迷失灵魂，沉溺于自己的思绪，不知所往，渴望变回原来的“我”，却不知道那个“我”从来不曾真正存在。

我已不再是那些“我”。我正在发生变化，却不知道自己会变成怎样。

大温房让我心生怯意。它像尚克尔一样有着许多名字：玻璃暖房、花房、绿园、阳光房。但在政府施展的障眼法下，它不过是一个寄人篱下的少数种族聚团取暖之地。尽管仙人掌族企图在那里面重现沙漠的荣光，依然改变不了它是一个贫民窟的事实。我是近乡情怯吗?

这个问题的答案我再清楚不过。大温房不是热带草原，不是茫茫沙漠。它只是一个可悲的妄念，一个海市蜃楼般的幻象。它不是我的家乡。

即便它真的是沙漠，即便它通往真正的塞梅克，通往干燥的树林与肥沃的沼地，通往藏着丰富生命的绵绵沙丘与鹰人伟大的流动图书馆，就算大温房并不只是一个幻影，就算它真的是它所假装的那个沙漠，它也不是我的家。

我已经没有家了。

我打算独自漫步一整个黑夜与一整个白天。我将在铁路投下的阴影中，将自己在这座城市走过的路重新走上一遍。我将踏遍这座庞大丑陋的城市，找到那些带我步步深入这片水泥森林的道路，那些砖墙间曾经庇护我、引导我的街巷。

我将找到那些曾与我分享食物的流浪汉，只要他们还不曾被病魔夺去性命或是因为脚上那双沾满尿渍的鞋子而被人捅死。他们成为了我新的族人，他们卑微、堕落而绝望，但在某种意义上仍然是我的族人。他们麻木而冷漠，对我、对任何事物都没有兴趣，但在日复一日小心翼翼的东躲西藏之后，在背着那副令人痛苦的木头假翅走上一两个小时便收获无数异样目光之后，他们的冷漠反而让我觉得自在放松。我并不欠他们什么，那些令人生厌的酒鬼和瘾君子，但我将再次找到他们，不是为了他们，而是为了我自己。

我有种感觉，仿佛这将是我最后一次走在这些街道上。

我要死了吗?

有两种可能。

我将帮助格雷姆勒布林，我们将战胜那些餍蛾，那些可怕的夜行生物，啜饮灵魂的怪兽。然后他会为我注入能量，作为对我的奖赏。他将让我的全身充满能量，仿佛我是一只燃素电池，然后我就能再次飞翔。我一面畅想一面向上攀爬，屋梁便是我的台阶，我越爬越高，爬到这座城市的高处，凝望它那俗丽而喧腾的夜晚。我感觉到翅膀残根处松弛的肌肉做出了一个可悲的本能动作，想要拍打那已经不复存在的双翅。我再也不能借助羽翅的力量乘风而行，但我将像控制翅膀一样控制我的意识，借助格雷姆勒布林导入我身体的力量，那促使事物发生变化的能量或魔力，那存在于“临界态”（他是这么称呼的）中的聚合力与裂变力，再次翱翔。

我将成为一个奇迹。

或者我将失败，我将死去。也许我会从空中坠落，被尖利的金属扎个对穿；也许我的梦会被餍蛾吸干，变成喂给它们新生后代的养料。

那个时候我会有感觉吗？我会继续存在于那“乳汁”中吗？我会知道自己正在被吸吮啜饮吗？

太阳悄悄爬上地平线。我累了。

我知道我昨天应该留下。一直以来，我与他们在一起时都表现得沉默而愚笨，如果我不想再那样，如果我想成为一个有意义的存在，就应该留下，和他们一起，商谈计划、做好准备，对他们的提议点头称是，向他们提出自己的补充意见。我是——我曾经是——一名猎人。我知道如何追踪那些怪物，那些可怕的野兽。

但我做不到。我试图表达我的同情，试图让格雷姆勒布林——甚至是布鲁戴——知道我同他们站在一起，是他们中的一员，我属于这个团队、这个集体，我将与他们同仇敌忾、猎杀餍蛾。但这些话在我看来却是那么空洞无力。

我将寻找自我，找到自我，然后我就能知道自己是否可以将这些话告诉他们。还有，如果不能的话，我又该对他们说些什么。

我将把自己武装起来。我将为自己配备武器。我将找到一把刀和一条鞭子，就像过去我持在手中的那样。即使我发现自己终究不属于他们，我也不会让他们孤军奋战。也许我们将在战斗中死去，但在倒下之前，我们将让那些贪婪的怪物付出惨痛代价。

我听见悲伤的音乐。我站在高处，看着火车与驳船在远远的下方经过。随着它们的引擎轰鸣声渐渐消逝，天光大盛，黎明降临大地，一时间，一种奇异的宁静笼罩了整个世界。

就在这时，我听见悲伤的音乐。河边的某个阁楼中，有人正在演奏小提琴。那是一支令人难以忘怀的乐曲，一首半音和弦与复调交织而成的颤抖哀歌，节奏破碎，听起来与本地的和弦曲大相径庭。

我认识那音乐。我以前曾经听过它。在带我穿越贫瘠之海的船上，以及更早之前的尚克尔中。

看来，我与南方之间的渊源，终究无法回避。

在遥远的南方，波瑞克奈与曼陀罗群岛上的渔女用这首乐曲迎接黎明的到来。显然，我那看不见的同伴正在向初升的朝阳致意。

新克洛布桑只有很少的波瑞克人，而且大多居住在回音泥沼，她却在这里，在河道转弯处上游三英里的地方，用她那优美的演奏唤醒伟大的日神。

她又演奏了一阵，直到清晨的嘈杂将那琴声彻底淹没。我独自留在桥上，听着高音喇叭的轰响与火车的汽笛声滚滚而来。

远处的琴声仍在继续，但我已经听不见了。新克洛布桑的喧闹将我的耳朵塞得满满当当。我将跟随它们，拥抱它们。我将任由它们将我包围。我将回到火热的城市生活中去。穿过拱桥，踏上石子街，从史前巨肋参天古木般的巨大骨骸下走过，进入阴暗砖洞般的贱地与狗泥塘，经过大河套码头热火朝天的工业区。我将像嗅探消息的莱缪尔一样，追寻我在这座城市留下的每一个足迹。我希望，在尖塔与拥挤的建筑间，我能偶遇那些移民与难民，那些每天都让新克洛布桑变得更不一样的外来者。这个不同文化交融之地。这座混血城市。

我将听到波瑞克人的小提琴曲、纳尔·基特岛民的葬礼挽歌或一段柯特的棋谜，我将闻到尼奥范丹人吃的羊肉粥味道，看见某间房屋的门口画着哪位天鹅海船长的徽记……这些人都离开家乡千里之遥。他们无家可归。这里便是他们的家。

新克洛布桑将把我包围，一点一滴渗入我的皮肤。

当我回到格利斯湾之后，我的同伴将在那里等着我，我们将一起将这座城市从噩梦中解救出来。没有人会知道，没有人会感激。

PART SIX

第六部分

温室

第四十二章

河衣区的街道仿佛都在朝着大温房的方向攀升，显出微微的坡度来。此地的房屋多是木结构，又老又高，木头腐朽，墙上的灰泥潮乎乎的。每逢下雨，房屋便饱吸水汽，经年累月之后，建材表面起泡，石板瓦随着金属瓦钉的锈蚀崩坏从陡峭的屋顶倾泻而下。整个河衣区就像置身于一场持续不断的高温天气中，微微渗着汗珠。

河衣区南部与飞地毗连，两者难分彼此。南河衣区物价低廉，治安还算过得去，人口稠密，居民大多性情温厚。此处种族混杂，大多数是人类，也有蛙人，小群小群地居住在安静的运河边，有一些离群索居的仙人掌族，甚至有一个占据了两条街的虫首人小群落——在今肯区和溪滨之外，很难见到如此传统的虫首人社区。此外，城中一些数量更少、更为奇异的种族也居住在南河衣区。在毕克曼大街上，就有一家子豪刺人开了间店，他们小心翼翼地挫钝身上的尖刺，免得吓到邻居。人们甚至在南河衣区见过一个洛奇斯人流浪汉，他那桶状的身躯中总是满满地装着酒，拖着三条颤巍巍的腿，从街上摇摇晃晃地走过。

北河衣区则大为不同。那里更安静，气氛更阴沉。那里是仙人掌族的专属之地。

即便大温房如此之大，也不可能容下新克洛布桑所有的仙人掌族，就算只供那些坚决奉行传统的人居住也不够。新克洛布桑的仙人掌族至少有三分之二住在大温房的玻璃墙外。他们挤满河衣区的贫民窟，还有很多居住在像悉利亚、遗翠园之类的地方。但河衣区是他们在这座城市的核心聚居地，在这里，他们与人类混杂而居，两者数量不相上下。他们属于仙人掌族中的下层阶级，尽管可以进入大温房买东西、参加宗教仪式，却被迫住在异教徒之中。

一些仙人掌族觉得被抛弃、背叛，于是起来反抗。愤怒的年轻人赌咒发誓再也不会踏入大温房，在提到它时总是讽刺地管它叫“苗圃”——很久以前新克洛布桑的人们一度这样称呼它，不过这种叫法早已被废止。他们拉帮结派，成天进行野蛮激烈又毫无意义的打斗，把自己搞得遍体鳞伤，有时甚至会滋扰乡邻，抢劫、偷盗那些与他们住在同一条街上的人类与仙人掌族长者。

在河衣区，大温房外的仙人掌族沉默寡言，总是阴沉着脸。他们在人类或蛙人雇主手下干活，让做什么就做什么，只不过做起事情来总是缺乏那么一点热情。他们几乎从不跟其他种族的工友说话，即便开口也是三言两语、恶声恶气。至于他们在大温房的玻璃墙内是什么样子，大家都没有见过。

大温房是一座跨度巨大、弧度平缓的穹状建筑。它的底面直径超过四分之一英里，建筑最高点距离地面八十码。它的基座与水平面成一定角度，以便贴合河衣区街道的地势，立得更稳。

大温房的墙体框架由黑铁锻造而成，粗重结实的巨大骨架间点缀着用于特定宗教场合的曲线和涡卷。它建在一座矮丘顶上，俯瞰着河衣区的房屋，如同鹤立鸡群，离得老远就能看见。两个巨大的同心圆凸显于墙体表面，正是这座建筑的主梁，尺寸几乎跟史前巨肋相当，以无数弯成弧形的金属圆管铰接而成，支撑着整座穹顶建筑，承托它那庞大的重量。

站在越远的地方看去，大温房给人的印象越是震撼。如果人们站在旗山树木葱郁的山顶向它遥望，目光越过城市的两条河流、铁路、空中缆道以及四英里杂芜的街区，所看到的便是一座宏伟壮观的建筑，轮廓优美、晶莹透亮，闪耀着夺目的光芒。可如果站在大温房周围的街道看去，玻璃墙上的大量裂缝以及玻璃缺失之处黑乎乎的空洞便赫然在目。自从三个世纪前建成以来，大温房只经历过一次修葺。

在大温房的玻璃墙底部，人们可以清楚地看到岁月在这座建筑上留下的痕迹。它年久失修，金属底座上的漆皮开裂卷翘，锈蚀得十分厉害，如同害虫啃噬过的木头。从地面往上大约十五英尺，镶嵌着玻璃板块（每块玻璃底边长约七英尺，越往上越窄，就像一块块切开的派）的金属框格也都是同样的状况。再往上，构成墙体的玻璃肮脏斑驳，被随机染成了绿色、蓝色和淡棕色。这些玻璃经过强化处理，每块玻璃至少能承受两名成年仙人掌族的体重，即便如此，还是有许多玻璃被打碎了，只留下空空的框格，而那些尚且存留的玻璃中，也有许多爬满了细密的裂缝。

仙人掌族在建造大温房时并没有对周围的建筑多加考虑。街道被它那坚固的金属底座拦腰截断，位于截断处的房屋被直接摧毁，侥幸躲开那个位置的房屋则被罩在玻璃穹顶下，继续按照原来的凌乱方式排列着。

仙人掌族就这样简单粗暴地在新克洛布桑的街道间为自己圈出一块专属之地。

经过了这许多年，大温房里的建筑也发生了不少变化：原本供人类居住的房屋被改造得适合仙人掌族住户，一些房屋被拆除，在原址上盖起了形状古怪的大型建筑。但总的建筑格局及大多数建筑依然保持原样，与大温房出现之前并没有什么不同。

大温房有一个入口，位于温室南端的亚舒尔广场，出口则位于温室北端的拜崔希街，那是一条俯瞰着焦油河的陡街。仙人掌族的法令规定进入大温房必须从入口走，出去则必须走出口。那些住在大温房外、正好离出口或入口很近的仙人掌族可算倒了霉了——比方说，如果某个仙人掌族住在入口附近，那么进入大温房只需要大概两分钟，但要回家就得绕来绕去，走上很久。

大温房的出口和入口在每天清晨五点打开，晚上十二点关闭。出口和入口的大门后都是一段短短的通道，两边围了起来，有卫兵小队时刻把守。这些卫兵全副武装，背着巨大的宽刃砍刀以及仙人掌族特有的强大武器——“裂肢弩”。

就像他们那长在地里不能说话的仙人掌表亲一样，仙人掌族有着饱含植物纤维的厚厚皮肤。他们的皮肤紧绷，能够被轻易刺穿，但也能很快愈合，留下丑陋的厚痂——绝大多数仙人掌族身上都布满了这种愈伤组织构成的无害瘤结。想要对一个仙人掌族造成真正的伤害，必须将其刺上许多刀，或是幸运地一枪命中其重要器官。在与仙人掌族交手时，寻常的子弹或弓箭一般不管用。正是因为这个原因，仙人掌族士兵才会携带裂肢弩。

第一把裂肢弩的设计者其实是人类。在卡洛德市长执政期间，这种武器被用于维持他的恐怖统治——他建了一座仙人掌族农场，农场中的人类卫兵便携带这种武器。不过在改革了智慧种族法案之后，这座农场被废止，仙人掌族也获得了与人类市民相似的权利，这时，那些讲求实际的仙人掌族长老敏锐地意识到了裂肢弩的价值，于是，它作为仙人掌族用来维持内部安定的重要工具被沿袭下来。自那以后，这种武器又在仙人掌族手里经过了多次改良，威力越发惊人。

裂肢弩是一种巨大的十字弩，对于人类来说，它太大也太重了，很难掌握。它射出的不是平常弩箭，而是一种被称为“查克里”的东西，那是一种扁平的金属物，有些呈圆盘状，边缘为锯齿或锋刃，有些则像大号的流星镖。“查克里”的中心有个带齿的孔，能够严丝合缝地插进弩臂上突起的一个小金属栓上。当扣下扳机时，弓弦急速回弹，拉动金属栓，错综复杂的齿轮开始转动，带动金属栓以极快的速度旋转。当金属栓旋转至矢道尽头时，便猛然下缩，脱出“查克里”中心的孔眼，“查克里”便像弹弓射出的石子般激射而出，一路飞旋，如同圆锯的锯刃。

空气阻力会使其动量迅速减小：它的射程远远比不上长弓或燧发枪。

不过在大约一百英尺的范围内，它能轻而易举地削下一个仙人掌族——或是人类——的四肢或头颅，即便超出这个距离，它也能狠狠地划开敌人的血肉，留下狰狞的伤口。

仙人掌族卫兵板着面孔，耀武扬威地挥舞着手中的裂肢弩，一副“生人勿近”的架势。

夕阳灿烂，远处的群山顶上如着火一般，大温房朝西的一侧闪耀着红宝石般的光芒。

大温房的玻璃墙上，一道生锈的金属爬梯一路向着穹顶延伸，此时，一个人影正攀爬其上。他紧紧地抓住梯级，身子几乎平贴在爬梯上，蹑手蹑脚地往上爬，在弯月般的穹顶弧面上越爬越高。

大温房的玻璃墙上，呈等距分布着三道这样的爬梯，一路通到穹顶，本是为维修人员准备的，只不过维修人员从来没出现过。大温房弧形的轮廓线如同一弯破土而出的背脊，让人不禁怀疑地下是不是还藏着一个硕大无比的身躯。那道人影就像骑在一头巨鲸背上，被大温房内的光线托起——这些被大温房捕获的天光在玻璃墙内悠来荡去，映得整座庞大的建筑闪闪发亮。人影把身子压得很低，移动得很慢，以免被人看见。他特地选择了位于大温房西北侧的这道爬梯，就是为了远离通往萨拉克斯区的萨德线支线。铁路从大温房的东南侧经过，离玻璃墙非常近，如果有人在那巨大的弧面上爬动，目光敏锐的乘客一眼就能看到。

经过数分钟的攀爬后，这个擅闯者终于来到这座宏伟建筑的顶点，伸手便能触到拱顶石周围的金属镶边。拱顶石是一颗透明的玻璃球，直径大约八英尺。它严丝合缝地嵌在穹顶处的圆孔里，一半在大温房内，一半凸出在大温房外，就像一个巨大的塞子。人影停在原地，目光从椽条与粗粗的悬缆间穿过，远眺城市。风在他耳边猎猎作响，撕扯着他的全身，他一阵头晕，恐惧地抓紧爬梯扶手。他抬头仰望正渐渐变暗的天空，大温房的璀璨光线从他脚下透出，包围着他，尽管那光线在穿过肮脏的玻璃之后已微弱了许多，但依然让初现的群星黯然失色。

他将注意力转回到玻璃墙上，一格一格地仔细查看。

几分钟后，他直起身子，开始沿着爬梯原路返回。他用脚探路，伸长脚趾轻轻触碰，摸索落足之处，一路向着地面而去。

爬梯在距离地面十二英尺的地方到了尽头，人影顺着一根钩绳滑到地面——他就是借助这根钩绳登上爬梯的。他踩上布满灰尘的地面，举目四望。

“莱姆，”他听见一声轻唤，“这边。”

大温房旁散布着碎石瓦砾的荒地边缘有栋烧毁的建筑，莱缪尔·皮金的同伴便躲在那里面。艾萨克微微探出身子，在没有门板的门槛后朝莱缪尔招手。

莱缪尔踩着破砖碎瓦快步穿过杂草丛生的荒地，在他身后，暮色正渐渐向着大地覆盖下来。他轻巧地闪进烧得只剩空壳的房子里，回到安全的暗处。

在他面前，艾萨克、德姮、雅格里克和三位冒险者蹲在阴影之中，身后是一堆破破烂烂的材料和零件：蒸汽管、导线、脚手架上的扣钩、布满裂纹的透镜。莱缪尔知道，等他们开始行动时，这堆垃圾就会自行组装成五个外形像猴子一样的机器人。

“怎么样？”艾萨克焦急地问道。

莱缪尔慢慢地点了点头。

“我得到的消息没错，”他轻声说道，“在穹顶附近有个大大的裂口，就在西北侧。我刚才站的位置看不太出它有多大，不过我估摸着最少有……六英尺长四英尺宽。我在上面的时候仔细看过了，只有那一个缺口足够让大小像成年男人一样的东西通过。你们有没有绕着底座查看过？”

德姮点点头。“没什么发现，”她说，“是，的确有很多小的裂缝，甚至有一些地方缺了大块的玻璃，特别是高处，不过还是不够大，连我都钻不过去。看来肯定是你说的那个地方了。”

艾萨克和莱缪尔点点头。

“所以说，它们就是从那个口子进出的，”艾萨克轻声说道，“好了，我觉得想要追踪它们的老巢，最好的办法就是沿着它们的路线走。我很不想这么说，但我觉得我们应该上去。大温房里面是什么情况？”

“我没法看得那么清楚，”莱缪尔说着，耸了耸肩，“玻璃又厚又旧，脏得要命。我觉得他们每隔三四年才会清洗一次。透过玻璃能看见底下房屋和街道的大概轮廓，也就这样了。想知道里面的情况，必须进去。”

“我们不能都上去，”德姮说，“肯定会被发现的。让莱缪尔去，他最适合干这个。”

“我才不去呢，”莱缪尔一口拒绝，“我不喜欢待在那么高的地方，更不想在那离地面好几百英尺的地方倒挂在三万个气势汹汹的仙人掌族脑袋顶上……”

“那怎么办？”德姮恼怒地说，“我们可以等到天完全黑下来，不过到时候那些该死的蛾子就该出来了。我们得一个一个地上去。这样更安全。总得有人第一个上……”

“我去。”雅格里克突然开口说道。

一时间鸦雀无声。艾萨克和德姮紧紧地盯着鹰人。

“太好了！”莱缪尔露出狡黠的微笑，鼓了两下掌，“就这么定了。你先上去，然后……唔……替我们四处看看，传个消息下来……”

艾萨克和德姮根本没听莱缪尔在说什么，他们一瞬不瞬地盯着雅格里克。

“应该我去，”雅格里克又开口了，“我不怕高。”他的声音里有些细微的变化，仿佛突然有了感情。“我习惯待在高处，我是个猎人。我能从空中侦察地面，找到那些蛾子可能藏在什么地方。我能搞清楚那玻璃墙里头的情况。”

雅格里克沿着莱缪尔走过的路线爬上大温房。

他解开脚上散发出恶臭的绷带，痛快地舒展脚爪。他沿着莱缪尔的钩绳攀上最下面一截没有爬梯的墙体，然后以人类无法企及的迅捷与自信拾级而上。

他不时停住脚步，用他的猛禽脚爪牢牢攥住金属梯级，晃晃悠悠地站在温暖的夜风中。他将身子倾斜成危险的角度，凝视雾蒙蒙的空气，微微张开双臂，感受风像鼓起船帆一样盈满他舒展的身躯。

他假装自己正在飞翔。

他头天偷来的短剑和牛皮鞭在细细的腰带上甩荡。那条鞭子做工粗陋，完全比不上过去他那根可以劈开灼热的沙漠空气、戳刺卷缠得心应手的鞭子，不过好歹是他惯用的武器。

他镇定自若、身形迅疾。他能看到天上有飞艇，不过都离得非常远。没人会看见他。

站在大温房的顶点放眼望去，这座城市仿佛一件礼物呈现在他面前，任他予取予求。不管他往哪个方向看，都能看见建筑物如手指、如手掌、如拳头、如骨刺般粗暴地搡向天空。史前巨肋如突然中了魔咒的触手，永远保持着高高撩起的姿势；巨钉塔如一根烤肉扦狠狠插入城市的心脏；议会大厦纠缠繁复的机械管道如黑暗的旋涡闪着幽光。雅格里克用冰冷而审慎的目光将它们一一扫过，在心里绘成地图，然后举目朝东边望去，看着连接飞地国民卫队塔与巨钉塔的空中缆道嗡嗡振动。

他很快便到了穹顶的大玻璃球旁，只花了片刻工夫便在玻璃墙上找到了莱缪尔说的那个裂口。他不禁在内心深处暗暗诧异——他那双眼睛，猛禽的双眼，竟然敏锐如初。

他所攀附的爬梯与大温房的墙体并非完全贴合，两者之间大约有一两英尺的间隔。构成墙体的玻璃积满灰尘，随处可见干结卷翘的鸟粪与翼人排泄物。他试着朝里面看去，但除了屋顶与街道的隐约轮廓之外，什么也看不见。

雅格里克松开爬梯，开始直接在玻璃墙上攀爬。

他小心翼翼地移动，紧紧攥住金属框格，伸出脚爪轻叩玻璃，试探它的强度，然后尽可能快地从玻璃表面滑过，到达下一处金属框格。当他这样移动的时候，他突然意识到自己已经变得有多么习惯攀爬。在许多个星期里，他夜复一夜地攀爬，爬上艾萨克工作室的屋顶，爬上荒废的高塔，在这座平原上的城市里寻找悬崖峭壁。他轻松地攀爬着，心里毫无惧意。现在的他更像是猿猴，而不是翱翔天际的鹰人。

他屏气凝神，轻巧地掠过一格格肮脏的玻璃，来到高耸如墙的主梁前，这是他与那个裂口之间的最后一道阻碍。他翻越主梁，那个硕大的缺口就在眼前。

雅格里克朝着透出灯光的缺口俯下身去，顿时感觉到一股热风从远远的下方轰然而至。随着夜幕降临，外边的气温已经慢慢降了下来，但大温房里的温度还非常高。

他将钩绳仔细地绕在缺口一侧的金属托梁上，用力扯了扯，确定钩子已经牢牢呆住，然后将绳子末端在自己腰上缠了三圈。他抓住靠近钩子那端的绳索，横躺在托梁上，将自己的脑袋从玻璃缺口间探了进去。

他感觉自己像把脸埋进了一碗浓茶中。大温房里的空气滚烫，令人窒息，弥漫着腾腾烟雾与蒸汽，折射出一种刺眼的白光。

雅格里克眨了眨眼，聚焦视线，举起手来挡在额前，朝下方仙人掌族的小镇看去。

◆

大温房的中心，也就是穹顶巨大玻璃球的正下方，原来的房屋都被拆掉了，盖起了一座石头神殿。那是一座陡峭的阶梯金字塔，用红色的石头砌成，差不多有大温房的三分之一高。金字塔的每一层都种着茂盛的沙漠与热带草原植物，鲜红橙黄的花朵在蜡般光滑的绿色茎节衬托下显得格外艳丽。

神殿周围清理得干干净净，留出一块宽约二十英尺的环形空地，空地之外，便是而今专属于仙人掌族的河衣区街道。这些街区地形纠结混乱，让人迷惑，到处是死胡同与戛然而止的大道，这里有一角公园，那里有半座教堂，甚至还有一段运河，如今已是一沟停滞的死水——都是那玻璃幕墙切割分隔的结果。这座小镇纵横交错的道路角度怪异，支离破碎，多数是从长长街道上截取的一段，也有几小块街区的巷子与街道被完整地囊括进来，密封在巨大的玻璃罩下。尽管这些街区大部分保持着原来的布局，但一眼看去已经完全变了样。

仙人掌族对那些零乱的残街断巷进行了改造。许多年前曾是宽阔大道的地方变成了菜园，大道两旁的草坪变成了密密的房屋，小径从房屋前门延伸而出，通往一块块南瓜田和小红萝卜田。

原来为人类居住的房屋里，天花板在四代人之前便已经被移除，以便适应身材更为高大的新住户。房屋的顶楼和后部加盖了许多房间，风格类似于大温房中心那座阶梯金字塔上的古怪小雕像。新增的建筑见缝插针地盖在每一处空隙，以便更多的仙人掌族能住进大温房。风格粗犷的石板建筑与人类的建筑古怪地融为一体，色彩斑驳，不断扩张，有些甚至达到数层楼高。

木头和绳子编成的吊桥晃晃悠悠地挂在一些建筑物的上部，连接起街道两侧的房间与建筑。许多房屋的院子和顶楼都用矮墙围出平坦的沙漠花园，里面铺着波浪般起伏的沙地，种着小丛的沙地灌木和低矮的仙人掌。

一些被困在大温房里找不到出口返回外面天空的鸟儿结成小群从屋顶上方低低掠过，发出饥饿的叫声。雅格里克在其中认出一个熟悉的鸣叫声，声音的主人显然来自塞梅克，他感到一阵激动，乡愁汹涌而至，狠狠击中他的胸口，他仔细搜寻，发现有几只沙漠的鹰栖息在下边的一两处屋顶上。

玻璃墙拔地而起，从四面八方将那些生性自由的鸟儿包围。巨大的穹顶折射出新克洛布桑的景象，如同一方肮脏的玻璃天空，将下边的建筑笼罩在模糊的暗影与漫射的光线中，一切都显得朦朦胧胧。远远看去如同微缩模型般的小镇上挤满了仙人掌族，雅格里克缓缓扫视，没有看见任何别的智慧种族。

仙人掌族熙来攘往，将简陋的吊桥踩得摆荡不休。在那些花园中，雅格里克能够看到有仙人掌族正用大耙子和木桨仔细地在沙地上画出波纹，努力模仿由风造就的起伏沙丘。在这个四面封闭、密不透风的地方，不会有强劲的风在沙地上留下图案，所有的沙漠景观必须由人工打造。

小镇的街巷挤满了在市集里买卖东西的仙人掌族，他们粗声大气地争执着，因为相隔太远，雅格里克听不见他们在吵什么。他们的木头货车都是用手拉的，如果车子特别大或者上面装的东西特别多，就两个人一起拉。在视线所及的范围内，雅格里克看不见任何机器人或是出租车，除了一些在房屋窗台上一闪而过的鸟儿和岩兔之外，也没有任何别的动物。

在大温房之外的城市里，仙人掌族女人通常穿着毫无曲线可言的裙子，就像随手抄起床单裹在身上一样。但在这里，她们身上只有白色、米色或暗褐色的缠腰布，看起来跟本族男人们没什么差别，只是她们的胸部更大一些。在一些地方，雅格里克能看到怀抱婴儿的女人，婴儿在母亲怀里怡然自得，丝毫不介意母亲身上的针刺扎着自己。吵吵嚷嚷的仙人掌族孩童小群小群地在街角玩耍，过往的大人或是对他们视若无睹，或是随手拍拍他们的脑袋。

金字塔神殿中随处可见仙人掌族长老，他们或是看书，或是照料植物，或是抽烟，或是交谈。一些长老肩上披着红色或蓝色的饰带，与他们浅绿色的皮肤形成强烈的对比。

雅格里克的皮肤被汗水刺得生痛。木头燃烧产生的黑烟不断向上飘来，模糊他的视线。这些黑烟来自下方上百根高矮不一的烟囱，它们袅袅升至半空，汇聚在一起，在玻璃天空下形成蘑菇状的涡流，慢慢打旋。偶尔有几缕轻烟侥幸找到出口，从玻璃墙上的裂缝和缺口钻了出去。不过因为自然界的风被完全隔挡在外，阳光的威力又被透明水泡般的巨大穹顶增强放大，所以大温房里一丝风也没有，绝大部分烟雾滞留于此，盘桓不去。雅格里克看到墙上每一块玻璃的内侧都积着一层油腻的烟灰。

距离太阳落山还有一个多小时。雅格里克向左侧瞥了一眼，看见大温房顶上那颗巨大的玻璃球仿佛在熠熠发光。它吸收了每一缕余晖，再将汇聚而成的炽烈强光送到大温房的每一个角落，用灼人的光线与热量灌满这个巨大的玻璃泡。他看见托着玻璃球的金属边框上连着传导能量的缆线，缆线顺着玻璃幕墙内侧蜿蜒而下，消失在视野之外。

大温房中心的阶梯金字塔顶也有座平坦的沙漠花园，里头装设着复杂的机械装置。在穹顶那颗透明玻璃球的正下方，摆了一台装着透镜的巨大机器，粗粗的管子从机器上蜿蜒而出，伸进机器周围的大桶里。一个肩上披着彩色饰带的仙人掌族正在仔细打磨机器上的黄铜构件。

雅格里克记起他在尚克尔时曾经听到的传言，传言说仙人掌族会制造一种由太阳能和化学能驱动的发动机，能够产生巨大的魔法能量。他仔细打量那台闪闪发亮的奇怪机器，不过没能看出它到底是用来干嘛的。

就在他四处观察时，渐渐注意到全副武装的卫兵比比皆是。他眯起眼睛，像神灵从云端俯视众生般往下看去，仔细观察这个仙人掌族小镇的每一处角落。在玻璃球折射出的强光照射下，几乎每一个屋顶花园都无所遁形，他能看到至少有一半的花园里都有一支由三到四名士兵组成的小队在站岗。士兵们或站或坐，虽然隔着这么远看不清他们脸上的表情，但他能清楚地辨认出他们手持的武器正是巨大沉重的“裂肢弩”。士兵们的腰带上还挂着战斧，弧形的斧刃在沙地的映衬下闪着狰狞的红光。

屋顶下方的街道上充斥着更多的卫兵，他们排成小队，有的站在嘈杂市集的货摊旁，有的警觉地坐在中央神殿的最底层，有的小心翼翼地在大街上巡逻，手中的“裂肢弩”蓄势待发。

雅格里克能够看见卫兵走过时周围仙人掌族平民的表情，他们紧张地向卫兵致意，同时频繁地抬头扫视上空。

他并不觉得这种情形正常。

这些仙人掌族正因为某个缘由而惶恐不安。根据他的经验，仙人掌族要么凶狠好斗，要么不苟言笑，但他从没在仙人掌族身上见到过这种如临大敌的表现，至少在尚克尔没有。也许这些仙人掌族不太一样，比他们南方的同类更阴沉，他想到，但他能感觉到皮肤上针扎般的刺痛——他那猎人的本能正在对空气中隐含的危险预兆做出反应。

雅格里克集中精神，开始用凌厉缜密的目光扫视大温房内部。他屏息凝神，进入一种出神忘我的状态。

他首先将目光放在温室边缘的玻璃墙上，慢慢地将整个墙体内侧扫视一圈，然后沿着螺旋形的路线一圈圈地向内巡视，查看目光所经之处的每一栋房子和每一条街道，仔细端详，来回比照。

通过这种条分缕析、极端细致的方式，他能查看到大温房里的每一处角落和缝隙。他的目光突然定住，在一块红色石头的缺口上停留片刻，然后继续移动。

白昼将尽，仙人掌族身上的不安情绪似乎正在不断增加。

雅格里克将整个大温房内部扫视一圈，没有发现任何明显的异常。他转而将注意力放到身周，仔细观察穹顶内侧，寻找可供攀附之处。

想要经由这条路线进入大温房显然不是件容易的事情。主梁在离他不远的地方接合，托起那颗巨大的玻璃球，但玻璃墙内侧的梁体并不像外侧那般凸出。他相信自己能在上面攀爬，虽然得费些工夫，莱缪尔应该也可以，德垣和那几个冒险者里的一两个大概也能做到。但他很难想象一身肥肉、挺着大肚子的艾萨克凌空攀附在那些金属管件上，爬过几百码的危险路程下到地面。

温室之外，日近西山。虽然夏日的傍晚很长，留给他们的时间也不多了。

他感到有人拍了一下他的背。他抬起头，从倒扣的玻璃碗里回到新克洛布桑的天空之下，骤然感到一阵凉意。

沙得拉蹲伏在他身后的玻璃上，头上戴着一顶由铁片拼成的镜子头盔。他伸出手，把一顶用同样材料做成的头盔递给雅格里克。

尽管都是由金属废料制成，两顶头盔看起来却不太一样。雅格里克的更粗糙简陋些，沙得拉的则复杂许多，上面装满了铜质的导线和阀门，顶上还有个栓孔，可以用螺丝钉把额外的配件装上去。它像是个精心设计的成品，只有那两片镜子是后加上去的。

“你忘了这个，”沙得拉用他那与外形形成强烈对比的温柔声音说道，挥了挥手里的头盔，“二十分钟了，没见你打个信号或是传句话下来，所以我上来看看你是不是还活着，是不是出了什么事。”

雅格里克示意他看向圆顶内的主梁部分，两人开始悄声而急切地讨论起艾萨克的问题来。

“你得下去，”雅格里克说，“你们得走下水道进去，让莱缪尔带路。你们得尽快找到路进入温室。派些机器猴子上来给我，要是我遭到攻击的话，它们能帮我。你看那儿。”

沙得拉小心翼翼地俯下身子，眯着眼朝正在渐渐变黑的玻璃墙里看去。雅格里克伸出手，越过人头攒动的小镇，指向那段已经变成臭水沟的运河。就在运河尽头，一栋墙皮剥落的废弃房屋傍水而立。碎石瓦砾、有刺灌木和早已生锈的带刺铁丝网无形间组成了一道围篱，将运河的水道、曳船道[①]以及破屋立足的那一小块狭长土地全都围了起来。这处被大温房隔绝在外的隐蔽角落正挨着玻璃墙，后者如拔地而起的峭壁般耸立在它上方。

“你们得在那个地方找到条路。”沙得拉开始嘟嘟囔囔地抱怨这不可能，但雅格里克迅速地打断了他。“是很困难。肯定会很困难。但你没法从这口子下去，就算你能，艾萨克肯定也不行。我们需要他进去。你们必须把他带进去。尽快。我会下去找你们，等我找到餍蛾藏在哪里之后，我就去找你们。等我。”

雅格里克一边说着，一边将那顶凑合的头盔绑到头上，透过硕大的银色镜片向后看去，检查视野的范围。

他透过其中一片镜子看着沙得拉的眼睛。

① 旧时河流或运河边供人畜背纤的通道。

“你得走了。动作快点。耐心等我。我会去找你们，我会在天亮之前找到你们的。那些蛾子肯定是通过这个口子进出的，所以我要留在这里等它们出现。”

沙得拉脸色凝重。雅格里克是对的。很难想象艾萨克能沿着这些陡峭而危险的铁椽往下爬。

他朝雅格里克草草地点了下头，做了个再见的手势，然后转身回到金属爬梯，动作熟练地往下爬去，迅速地消失在鹰人的视线之外。

雅格里克转过身，看向地平线上只余一线的太阳。他深深地吸了口气，眼珠飞快地左右转动，检查每块玻璃碎片映出的视野范围。他强迫自己完全冷静下来，用“亚呼-瑟克”的节奏慢慢呼吸，那是猎人的冥想方法，能够让塞梅克鹰人在战斗时浑然忘我，无惧无畏。他准备好了。

几分钟后，他身后传来金属与电线磕碰玻璃的声音，三只形似猴子的机器人一个接一个地出现在他视野中，从不同方向朝他靠拢。它们在他身边聚集，等待指令，充当眼睛的玻璃透镜在余晖中闪着玫瑰红的光，活塞发出细细的嘶嘶声。

雅格里克转过身，透过镜子看了它们一眼，然后小心翼翼地抓住钩绳，开始穿过玻璃墙上的那个缺口朝大温房里降去。当他通过那条深长的缺口时，朝机器人打了个手势，示意它们跟上。晶莹透明的玻璃拱顶石将夕阳余晖放大，折射到大温房的每个角落，汹涌的热浪“呼”地一下围上来，将他整个卷裹。他朝着那座被玻璃天幕笼罩的小镇、那些沐浴在璀璨红光中的房屋徐徐下降，进入餍蛾的藏身之处。

第四十三章

玻璃穹顶之外，天色正无情地暗下去。黑夜降临，从玻璃拱心石迸射而出的璀璨光线渐渐熄灭。大温房里一下子昏暗凉爽下来，但因为大部分热气仍然滞留在内，所以里面的温度还是比外面高上许多。从火炬和窗口发出的光映射在玻璃墙上。无论是站在旗山顶回望城市的旅人还是双桅原高楼上无聊张望的贫苦居民，无论是空中缆道上向外眺望的国民卫队士兵还是萨德线（东南线）上南行火车的驾驶员，当他们的视线穿越城市上方林立的烟囱和被熏黑的屋顶落在大温房上时，都会觉得那巨大的玻璃泡仿佛正在光线的挤压下渐渐膨胀。

暮色四合，大温房开始熠熠发光。

雅格里克攀附在玻璃墙内侧的金属上，慢慢屈起胳膊，探出身去，动作极难察觉，就像一下轻微的抽搐。他位于穹顶往下三分之一的地方，紧贴着一处微微凸出的梁架，在这个高度，他依然能轻松地观察到下方所有的屋顶和错综复杂的建筑物。

他仍然沉浸在“亚呼-瑟克”的状态中，呼吸缓慢而有节奏。他继续着猎人式的搜索，目光一刻不停地从下方的一个地方掠向另一个地方，每处停留片刻，逐渐在脑海里拼起一个完整的画面。他偶尔也会调整目光的焦距，将下方的整个屋顶世界纳入视野之中，注意有没有任何古怪的动静。他还不时将注意力移向那条水面漂着浮渣的深深沟渠——他吩咐沙得拉将众人带去那处与他会合。

那里毫无动静，他看不见任何同伴出现的迹象。

夜色渐深，下方的街道以极快的速度变空。仙人掌族成群结队地返回他们的住所。不过三十分钟出头的时间，大温房里就变得冷冷清清，人头攒动的小镇仿佛一下子变成一座鬼城。唯一留在街上的只有那些全副武装的巡逻士兵。他们紧张不安地穿过街道。街道两侧，窗户关闭，窗帘拉起，从窗口映出的灯光变得昏暗模糊。雅格里克看到街上没有煤气街灯，取而代之的是浸过油的火炬。点灯人走在街上，伸出燃烧的长棍，点亮那些位于人行道上方十英尺处的火炬。

每个点灯人身边都陪着一个仙人掌族士兵，士兵全身紧绷，一脸戒备，脚步轻悄地穿过昏暗的街道。

在大温房中央神殿的顶层，一群仙人掌族长老正围着摆在玻璃拱心石下方的那台机器忙个不停，拉下控制杆，推动手柄。机器顶端的巨大透镜被沉重的铰链带动着向下转动。雅格里克全神贯注地看了半天，还是没能搞明白那些人正在干什么也没弄清那台机器的用途。他不明就里地看着那些仙人掌族沿着纵轴与横轴旋转透镜，根据某种标准检查、校准机器上的仪表。

在雅格里克头顶上方，两个形似黑猩猩的机器人仿佛与玻璃墙上的金属框架融于一体，第三个机器人则在他下面几英尺的地方，趴在一根与他所攀附的梁架平行的支柱上。它们纹丝不动，等待着与他共同进退。

雅格里克缩回身子，耐心等待。

太阳落山后两个小时，玻璃穹顶已是一片漆黑。外面的星星一颗也看不到。

大温房里的街道上闪动着阴森的深棕色火光，巡逻的士兵仿佛幽暗街巷间的道道黑影。

死一般的寂静笼罩着整个仙人掌族小镇，只有火炬燃烧时的轻响、建筑物幽怨的呻吟以及压得极低的耳语偶尔响起。火光忽明忽暗，在渐渐变凉的砖墙间倏忽掠过，宛如幽幽鬼火。

水渠旁依然不见莱缪尔、艾萨克和其他人的踪影。雅格里克心里有一小块地方对此感到不悦，但他的绝大部分心思依然专注于鹰人猎人用于进入忘我状态的放松技巧上。

他继续等待。

在十点到十一点间的某个时候，雅格里克听到一个动静。

他本将注意力扩散到全身，以便发动全部感官，最大限度地感知外界，这时立刻将心神敛聚到一处，屏息听去。

动静再次响起。那是一下极小的扑腾声，仿佛布块在风中缠卷翻飞时发出的轻响，转瞬即逝。

他左右扭动脖子，寻找声音的源头，目光顺着昏暗的街道看向饱含不祥意味的浓重黑暗。

大温房中的仙人掌族岗哨并没有对那个声音做出任何反应。雅格里克的内心深处有无数念头悄然爬过。也许他被抛弃了，他心里有个地方如此想到，也许除了他、那几只形如猴子的机器人以及街道深处鬼火般飘忽不定的灯光外，大温房内再无其他活物。

他没再听见那声音响起，但一道深黑色的影子从他眼前一闪而过。某个庞然大物正在黑暗中轻巧地向上掠去。

在雅格里克冷静的意识表层之下、深深的潜意识层面之中，一股极度的恐惧轰然炸开，他感觉自己浑身一僵，手指死死攥住梁架，以极不舒服的姿势紧贴在金属表面。他猛地别过头，面朝金属支柱，小心谨慎地向架在眼睛前方的镜子里看去。

一个可怕的生物正慢慢地沿着大温房的玻璃墙往上爬。

那东西几乎就在他正对面，离他倒是很远。它从下方某栋建筑里一跃而起，飞过一小段距离，停在玻璃墙上，然后开始用附肢、触须和脚爪往上爬，朝着大温房外更为凉爽的空气与广阔无比的黑夜前进。

即使处在“亚呼-瑟克”的状态中，雅格里克的心仍不由自主地狂跳起来。他透过镜子看着那东西缓缓移动。它以一种诡异的方式吸引了他的全部注意力。他的视线紧紧追随那个长着翅膀的黑暗身影，它就像个疯狂的堕天使，身上长满密麻的狰狞可怖的附肢与触须，滴滴答答地淌落着不明液体。它将翅膀收拢着，但不时轻轻张开又合上，仿佛想在温暖的空气中晾干一样。

它朝着生机勃勃的城市夜晚爬去，动作不紧不慢，懒散迟钝，却令人不寒而栗。

雅格里克还没确定它的巢穴所在，而这点至关要紧。他转动目光，视线在那隐伏于黑暗中的怪物及其骤然现身的阴影之间来回扫视。

就在他透过架在眼前的镜子凝神观察时，他终于有发现了。

他死死盯住大温房的西南部边缘，那里有一堆乱糟糟聚在一起的老房子。那些房屋本是智能房屋群，在被仙人掌族占据的数百年间历经改建与修补，几乎已经与周遭的建筑融为一团。相比旁边的房屋，它们更高一些，屋顶均被呈弧线下降的玻璃墙毫不留情地截断，但房屋本身并没有被简单地摧毁，而是有选择地保留了下来，挡在玻璃墙行进路线上的顶部楼层被拆掉，其余部分则完好无损。越是靠近大温房边缘的房屋，挨着的玻璃墙弧面就越是低垂，顶部被拆除的楼层便越多。

这群建筑原本在一条街道的分岔之处排成楔形队列，而今位于楔子顶点处的房屋几乎还保持着原貌，只有屋顶被拆除了，排在它之后的那一栋栋砖楼则随着拱顶的下降弧线越来越矮，直至在这座仙人掌族小镇的边缘处彻底消失。

就在这栋老旧建筑最顶上的一扇窗里，赫然探出一个东西，雅格里克绝不会认错，那正是一只餍蛾贪婪的大嘴。

雅格里克的心脏又是一阵狂跳，他费了好大的力气才让心跳平复下来。以往在处于“亚呼-瑟克”的状态时，他的所有情绪都会被赶得远远的，仿佛隔在一层厚厚的雾气之外，但这一次他却无比清晰地感觉到兴奋伴随着恐惧遍及全身。

他找到餍蛾的巢穴了。

发现目标之后，雅格里克只想尽快爬下玻璃墙，远离餍蛾，远离高空，回到地面，藏在低垂的屋檐之下。但他意识到快速的移动很可能会引起餍蛾的注意。他必须等待。他身体轻晃，冷汗淋漓，但仍咬紧牙关，一声不响，静静地等着那些可怕的怪物爬出圆顶，进入更深远的黑夜。

第二只蛾子悄无声息地从窗口跃进空中，张开翅膀滑翔了片刻，降落在大温房的金属骨架上，然后循着同伴的路径向上爬去，动作间透出满满的邪恶意味。

雅格里克一动不动，继续等待。

又过了好几分钟，第三只餍蛾出现了。

它的兄弟们已经悄无声息地爬了好一会儿，快要抵达穹顶的最高处了。新来者急着赶上它们，于是颤颤巍巍地站在前两只蛾子钻出的窗口，攥住窗框，结构繁复的身体努力在木头边缘保持平衡，然后猛地向上飞起，直冲半空，发出一声清晰可闻的裂空声。

雅格里克不确定接下来的那个声音来自何方，不过他觉得是那两只在玻璃墙上攀爬的餍蛾对兄弟的这个贸然举动很不赞同，于是发出了一声斥责或是警告。

仿佛对它们的动静做出回应一般，空气中传来一阵嗡鸣。在处于宵禁状态的大温房里，神殿顶部传出的金属齿轮咬合声被周遭的寂静衬得格外清晰。

雅格里克依然一动不动。

一束光猛然从金字塔顶端迸射而出，灼亮的白光无比清晰、无比刺眼，看起来就像根实实在在的柱子。这道光柱正是从神殿顶部那台古怪机器的透镜中发射出来的。

雅格里克朝头盔上的镜子里凝神看去，在镜面洇出的淡淡光晕中，他看到一群仙人掌族长老正站在那台古怪机器的后面，每个人都在疯狂地调节着旋钮或阀门。这台发光引擎的背面伸出两根巨大的手柄，一位长老正握住手柄，将透镜扭来转去，改变光柱的方向。

雪亮的光柱带着夺人的气势落在玻璃墙上的某个地方，然后操纵手柄的长老用力一拉，将光柱转到另一个方向，一时间只见光柱漫无目的地在空中挥来扫去，接着，那只急躁的餍蛾落到一处金属框格上，光柱从它身上扫过，继而将它当头罩住。

这只怪物转动头颅，将长满触角的眼窝对准光柱，发出一声低声嘶鸣。

雅格里克能够听到金字塔顶传来的喊叫声，那腔调他很是熟悉。这些仙人掌族说的语言显然融合了多种方言，其中大部分是尚克尔的方言，他上一次听到还是身处那座沙漠城市的时候。此外还混杂了新克洛布桑的拉贾莫语以及另外一些他从没听过的语言。当他在尚克尔当角斗士时，绝大多数的赌注登记经纪人都是仙人掌族，他从他们那里学了一些尚克尔的方言。尽管现在他所听到的语言十分古怪，掺杂了大量几百年前就已过时的字眼以及其他方言中的词汇，但他仍然能够听懂个大概。

“……那儿!”他听到有人说，然后是一些跟光有关的词语。接着，当那只餍蛾从玻璃墙上向下滑落、想要躲开光柱时，他又非常清楚地听到一声呼喊：“它来了!”

餍蛾轻巧地向下飞去，转眼便从巨大光柱照亮的范围内消失了。仙人掌族拼命地想要循着它逃离的方向再次找到它，光柱狂乱地摆来摆去，就像疯子控制的灯塔。光柱以极快的速度掠过街道上空，高高扬起，直指大温房的穹顶。

另外两只餍蛾一动不动地贴在玻璃墙上，完全没有被仙人掌族发现。

雅格里克听见下方传来高声的讨论。

“……准备……发射……”他分辨出这两个词，接下来的那个词语听起来像由尚克尔语中的“太阳”和“长矛”两个词组合而成。有人在高喊要当心，然后说了一些关于“太阳长矛”和“落点”的话：太远了，他们高喊，太远了。

一片嘈杂之中，骤然有人厉声喝令，站在巨大光柱正后方的仙人掌族随之开始改变手中调节机器的动作，雅格里克看不出他们要干什么，那位下令者提到了“极限”，雅格里克也没听明白他是什么意思。

狂乱挥舞的光柱终于再次发现了目标，但转眼又跟丢了。在那顷刻之间，餍蛾纠缠繁复的躯体在大温房里投下一道长长的恐怖黑影。

“准备好了吗？”为首的长老喊道，随即得到一片异口同声的肯定回答。

他继续推拉手柄，旋转光柱，拼命想要让那雪亮的白光追上飞来飞去的蛾子。那只蛾子俯冲、拐弯，在小镇的屋顶上方划出一道弧线，然后全速盘旋上升，让人感觉仿佛在惊鸿一瞥间看到了一次技艺超群的特技飞行，一场光影交织的马戏团表演。

接着，光柱捕捉到了那只在空中展翅高飞的蛾子，在那瞬间，它彻底笼罩于雪亮的白光之中，呈现出一种令人惊叹又令人战栗的诡异之美，那一刻，仿佛连时间都凝固了。

一看到那只蛾子，那位操纵手柄的仙人掌族长老便猛地扳动机器上某个隐蔽的操纵杆，一团炽热发白的光从透镜中激射而出，沿着探照灯投出的光束一路熊熊燃烧。雅格里克惊讶地睁大双眼，只见那团极亮极热的光在距离玻璃墙尚有数英尺的时候闪烁了几下，然后猛地炸开。

霎时间炽烈的白光铺天盖地，雅格里克只觉得眼前一片雪白，在那光芒的威压之下，大温房里连一丝声音都没有。

雅格里克使劲眨了眨眼，驱散那炽烈白光留下的残影。

仙人掌族人的声音再次从下方传来。

“……击中它了吗？”一人问道，紧接着是一片混乱的含糊回答。

所有人——连悄无声息藏身于梁架之间的雅格里克也不例外——都将目光投向餍蛾方才所在的那块空中区域，然后看向下方的地面。操纵机器的长老也将雪亮的光柱往下移动，朝街道照去。

雅格里克看见下方街道上那些全副武装的巡逻卫兵一动不动地站着，目光随着探照灯移动。当光柱扫过他们头顶时，他看到了一张张恨意难消的面孔。

“什么也没有。”一个卫兵朝站在高高金字塔上的长老们禀报，接着同样的报告声从各个方向响起，喊声在密不透风的幽黑穹顶下回荡。

在厚厚的窗帘和木质百叶窗后，火把与煤气灯纷纷亮起，缕缕光线洒落窗外。但即便被外面的骚动惊醒，仙人掌族平民也没有一个探头张望，免得在黑暗中看到不该看到的东西。暗影幢幢的街巷中，依然只有卫兵们独自面对未知的恐惧。

接着，一阵邪风掠过，风声淫邪，如同男女欢爱之声，神殿顶层的仙人掌族惊觉自己没有击中餍蛾：刚才它在空中一个急转，以“之”字形路线向下俯冲，堪堪避开了太阳长矛的攻击。它在屋顶上方低低飞行，接近下方的仙人掌族。它悄无声息地朝金字塔爬去，慢慢攀至塔顶，赫然闯进仙人掌族的视野，翅膀大大张开，填满他们的整个视野，翅膀上诡异繁复的图案闪烁变幻，摄人心魄的力量朝他们席卷而去，猛烈狂暴如同黑暗的火焰。

在那瞬间，一位长老发出一声尖叫，在那瞬间，为首的长老试图将太阳长矛调转方向，对准餍蛾，将那怪物炸成灰烬。但下一秒他们便呆立原地，看着眼前展开的翅膀，心中想要通过尖叫宣泄的恐惧也好，想要奋力一搏的勇气也好，通通淹没在汹涌而至的梦境狂潮中，消失无踪。

雅格里克通过镜子看着这一切，他不想再看下去。

一直悄悄贴在大温房穹顶天花板上的那两只餍蛾骤然垂直落下，在快要接近地面之时身子一抖，展翅滑翔，在空中划出一道弧线，挣脱了重力的掌控，整个过程犹如高难度的特技表演，令人咋舌。它们顺着红色金字塔的陡峭侧面向上飞掠，如同地狱蹿出的恶魔，眨眼间便出现在那群呆立不动的仙人掌族长老身旁。

一只餍蛾伸出贪婪的触须，缠住一个仙人掌族的粗壮大腿。其他两只餍蛾也开始挑选自己的猎物，每只都攥住一位已被催眠的长老。削瘦的附肢和饥渴的利爪深深扎进他们的血肉，但他们毫无反应。

金字塔下方的地面上，火光晃动，乱成一片。全副武装的巡逻小队绕着圈子跑来跑去，朝着彼此高声大喊，举起手中的武器对准天空又咒骂着放下。他们根本没看到发生了什么，只知道有几个模糊的影子在金字塔顶展翅盘旋，如同翻飞的枯叶，与此同时，长老们也不再发射太阳长矛。

一队悍勇的战士冲进神殿入口，跑过宽阔的阶梯，朝长老们奔去。但他们来得太晚了，根本什么都来不及做。餍蛾已经腾空而起，在空中平稳地滑翔，它们的翅膀依然大大张开，一边飞一边继续展现具有催眠力量的图案。三只餍蛾微微下降，犹如蜻蜓点水，将选中的猎物攫起，越过砖墙边缘带到空中。三位仙人掌族长老悬吊在餍蛾交缠如翻绳游戏般的狰狞附肢间，呆呆地凝视着餍蛾翅膀上狂风暴雨般的午夜色彩。

就在那队仙人掌士兵冲出通往金字塔顶的活板门数秒钟前，餍蛾消失了。它们仿佛遵循某个无声的指令，一个接一个地向上直飞，蹿出穹顶上的那道缺口，时机掌握得恰到好处。餍蛾展开的翅膀远远盖过缺口的宽度，它们却在眨眼间便穿了过去，动作流畅，毫无凝滞，让人看得眼花缭乱，暗暗称奇。

它们带着被催眠的仙人掌族长老飞进城市夜空，虽然爪间攥着沉甸甸的猎物，行动依然轻巧优雅，更让人觉出这些怪物的可憎可怕。

低垂的太阳长矛旁，幸免于难的仙人掌族长老们身子一抖，恢复了神志，他们茫然地眨着眼，因为梦境狂潮突然褪去所导致的极度震惊与身体不适而长声痛呼，当他们发现自己的同伴被抓走后，那痛呼声立刻变成了惊恐的尖叫。他们愤怒地咆哮着，将光柱重新高高扬起，毫无意义地对准空荡荡的穹顶。年轻的战士涌上金字塔顶，手里的裂肢弩和弯刀蓄势待发，慌张而迷惑地环顾四周，最后只能颓然地垂下手中的武器。

当餍蛾穿过玻璃穹顶飞向暗夜中的城市，当幸免于难的长老发出高声的诅咒和愤怒的咆哮，当不知所措的问询声与脚步声响彻夜晚的大温房——直到这时，雅格里克才从出神忘我的战斗状态中返回现实，沿着大温房玻璃墙内侧的主梁梁体继续往下爬，朝街道前进。那些形似猴子的机器人看到他动了以后，也随即跟上。

他沿着桁条横向移动，确保自己的着陆点在房屋背后。他的目标是一小块散布着碎石瓦砾的荒地，就位于那条只余半截的恶臭运河旁。

雅格里克在距离地面几英尺的地方轻轻一跃，无声着陆，在碎砖块间打了个滚，稳稳停住。他蹲伏在地，侧耳聆听。

随着三下轻微的嘎吱声，机器猿猴也在他身边着陆，等待他的命令和指示。

雅格里克朝旁边的肮脏水渠看去。筑成水渠的砖块因为经年累积的污物与淤泥而滑溜不堪。以玻璃墙为界，墙里这段水渠自墙边延伸了大概三十英尺便戛然而止。这里肯定是运河主水道上一条小小支流的起点。在水渠与玻璃墙相遇之处，有一面由混凝土和钢筋浇筑而成的粗糙墙壁将水道截断。它深深扎进水底，边上尽可能地封死，但被水浸透的砖块间有无数细孔和缝隙，足以让墙那边的水渗过来，所以玻璃墙内的这段水渠里总是有水。墙外运河里的水透过正在渐渐腐朽的混凝土块渗进来，打着涡旋，慢慢静止，变成一沟漂满垃圾和腐物的死水，一锅浑浊黏腻的浓汤。

雅格里克能够闻到它散发出的扑鼻恶臭。他蹑手蹑脚地退开几步，朝倒塌建筑的一面低矮残垣爬去。他能听到外面街道上疯狂的喊叫声仍然此起彼伏，玻璃穹顶下回荡着毫无意义的命令与行动指示。

他正要蹲伏下来，静静等待沙得拉等人，就在这时，他看到大堆的碎砖在身旁高高拱起，然后“哗啦”一声倾翻在地，艾萨克和沙得拉、潘吉芬奇斯和德姮、莱缪尔和丹瑟尔在飞扬的砖屑间站起身来。雅格里克看见他们身后有堆破破烂烂的电线与玻璃，正是余下的两个猴子机器人，它们走上前来，加入自己同类的行列。

一时间没人说话，接着艾萨克跌跌撞撞地走上前来，每走一步都留下一个混着尘土与污泥的脚印。他身上的衣服和手里的袋子沾满了下水道的淤泥，现在又加上一层沙土砖屑。他那顶破旧的头盔跟沙得拉的很像，也有着复杂的设计和机械部件，怪模怪样地罩在他脑袋上，显得十分可笑。

“雅格，”他结结巴巴地开口了，“亲爱的伙计，很高兴见到你。很高兴……你没事。”他一把握住雅格里克的手，鹰人大吃一惊，不过没有缩手。

雅格里克觉得自己像是刚从一场白日梦中惊醒，他环顾四周，仿佛才看到艾萨克他们。同伴们的身影清晰地映入他的眼帘，他感到一阵迟来的宽慰。他们浑身上下脏兮兮的，遍布擦痕与瘀青，但看起来没人受伤。

“你**看到**了吗？”德妲急促地问道，“我们刚上来，什么都没看到——我们花了好长时间才穿过那些该死的下水道，一路上听到外头好大的动静……”她一边回想一边摇头，“我们通过一个检修孔上来的，就在离这儿不远的一条街上。街上一片混乱，跟天塌了一样！街上巡逻的士兵全在朝着那座神殿跑，我们看到一个……光枪一样的东西。我们到这里来的路上很顺利。没人停下看我们一眼……”她的声音渐渐变小，“我们实际上没看到发生了什么。”她静静地总结道。

雅格里克深深地吸了口气。

“那些蛾子就在这里，”他说，“我找到它们的巢穴了。我可以带大家去。”

众人大吃一惊，又是紧张又是激动。

“那些该死的仙人掌族不知道它们在这儿吗？”艾萨克问。雅格里克摇摇头（这是他学会的第一个人类动作）。

“他们不知道餍蛾把窝建在他们的房子里。”雅格里克说，“我听见他们的喊叫声了：他们以为那些蛾子是来袭击他们的。他们以为那些怪物是从外面闯进来的。他们不……”雅格里克停住话音，想起刚才发生在仙人掌族的太阳神殿顶端的那骇人一幕，没有戴镜子头盔的长老，还有那些勇敢而无知的士兵——他们就那么冲锋上前，幸亏餍蛾先走一步，他们才没有白白丢了性命。“他们根本不知道要怎么对付那些蛾子。”他静静地说完。

他看着潘吉芬奇斯的水精在她的袍子底下一闪而过，湿润她的皮肤，洗去她身上和衣服上的尘土，让她整个人变得干干净净，在周围灰头土脸的同伴间显得很不协调。

“我们应该去它们的巢穴，”雅格里克说，“我可以带大家去。”

三位冒险者点点头，非常自觉地开始检查起身上的武器与装备来。艾萨克和德姮显得十分紧张，但他们咬紧牙关，尽力不流露惧色。莱缪尔嘲讽地别开目光，开始用一把小刀剔起指甲。

“还有一件事情，你们应该知道。”雅格里克又开口了。他这句话是冲着所有人说的，而且语气中带着一种不容置辩、不容轻视的意味。正在背包中仔细翻找的丹瑟尔和沙得拉不由得抬起头来，潘吉芬奇斯也放下手中的弓箭。艾萨克则带着一种可怜兮兮的顺从表情看着雅格里克。

“三只蛾子抓着失去意识的仙人掌族从圆顶上的缺口离开了。但一共有四只蛾子。瓦米斯汉克是这么告诉我们的。也许他是错的，也许他在说谎。也许还有一只蛾子已经死了。

“但也有可能，”他面色凝重地说道，“还有一只蛾子留在巢穴里，也许它正等着我们自己送上门去。”

第四十四章

街上巡逻的仙人掌士兵聚集在大温房的底座旁，同幸存的长老们争论。

沙得拉蹲伏在一条小巷的深处，远离士兵们的视线范围。他从某个隐蔽的衣兜里掏出一副迷你望远镜，将镜头拉到最远，观察那些聚在一起的仙人掌族。

“他们好像真的不知道要怎么办。”他若有所思地低声说道。其他人挤在他身后，紧贴着潮乎乎的墙壁。他们头顶上方，火炬在高处熊熊燃烧，火星四溅，噼啪作响，投下摇曳不定的影子，他们尽可能地藏在那暗影之中。“所以他们才会实行宵禁。那些蛾怪不停抓走他们的人。当然了，也有可能这地方一直都实行宵禁。不管怎样——”他扭头看向其他人，“——对我们来说总归是件好事。”

在大温房昏暗的街道中隐匿行踪并不是什么难事。他们悄悄前进，一路走来没有遇到任何麻烦。一行人由潘吉芬奇斯打头，她移动起来的样子十分古怪，介于蹦跳的青蛙与蹑手蹑脚的窃贼之间。她一手持弓，一手拿箭。那把箭的箭头很大，带有突缘，专门用来对付仙人掌族，不过到现在为止她还没用上过。雅格里克跟她一起走在前面，稍微落后她几步，悄声地为她指示方向。潘吉芬奇斯偶尔会停下脚步，一边朝身后众人打手势一边紧贴墙壁或是躲在某辆推车货摊后面，看着头顶上方某个胆大莽撞的家伙拉开窗帘朝街上偷偷窥视。

五个形似猿猴的机器人以机械的动作连蹦带跳地跟在一行人身边。它们沉重的金属躯体走起路来十分安静，只发出一点点古怪的动静。艾萨克确信每晚侵扰此地居民的噩梦在今晚会发生一些变化，加入一些在街上咔咔前行、乒乓作响的金属怪物。

艾萨克发现走在大温房里是一件十分令人不安的事情。纵使常规建筑物上又加盖了层层红砖房，头顶上照明的不是煤气街灯而是火花四溅的火把，街道本身却平常无奇，同城市其他地方没什么两样。但在这些寻常的街道上方却罩着一个巨大的穹顶。玻璃墙拔地而起，遮天蔽日，包围一切，界定一切，如同一方幽暗压抑的天空，让人不自觉地感到喘不上气。闪亮的天光从外面透进来，经过厚厚玻璃的扭曲，变得混沌模糊，透出一种阴森不祥的意味。镶嵌玻璃的黑铁框格笼住整个小镇，像一个捕兽陷阱，又像一张巨大的蜘蛛网。

想到这里，艾萨克心里突然咯噔一下。

他有种隐隐的感觉。

织者就在附近的某个地方。

他踉跄着朝前跑去，抬头仰望。在刚才那短短一瞬，世界在他眼中变成了一张网，他在惊鸿一瞥间窥见了世界织网，感觉到那巨蛛强大的气息就在附近。

“艾萨克！”德姮低声呼喝，跑到他前头将他一把拽住。艾萨克一动不动地站在街上，向上方凝视，拼命地想要找回刚才那种感觉。他趺趺撞撞地跟在德姮后面，试图低声向她解释自己刚才的发现。但他说不明白，德姮也听不进去。她只是拽着他，让他跟在自己身边走过黑暗的街道。

他们走过一段曲折的路程，一路躲避着巡逻士兵的视线，不时抬头瞥向阴森的玻璃天幕，最后来到两条荒废街道的交会处，停在一排紧紧挨在一起的昏暗房屋面前。雅格里克等到大家围上前来，然后转身指去。

“它们就是从最上面那扇窗钻出来的。”他说。

玻璃穹顶下降的弧线无情地朝着这排联排房屋的后部挥落，将它们的屋顶尽数损毁，沿着街道走向削去越来越多的楼层，直到将玻璃墙边缘的房屋彻底变成堆堆碎砖瓦砾。不过雅格里克指的是排在最前面的那栋房子，它离玻璃墙最远，保存得大致完好。

房子共有四层，阁楼之下的三层都有人居住，可以看见微微的光线从窗帘边缘透出来。

雅格里克弓身低头，绕进旁边一条小巷中，示意众人跟上。他们仍然能听见巡逻士兵的喊声从远远的北边传来，那些仙人掌族完全不知所措，慌乱地下达着各种行动指令。

“就算放在平时，想找仙人掌族帮忙就已经是件很冒险的事情了，”艾萨克低声说道，“现在去找他们简直是*自寻死路*。他们现在都他妈的气疯了，要是看到我们准会拿我们开刀，我们连一个字都来不及说，就会被他们用裂肢弩大卸八块。”

“我们必须经过那些仙人掌族睡觉的房间，”雅格里克说，“我们必须到那栋房子的顶楼去，找到那些蜃蛾藏在哪里。”

“丹瑟尔，潘吉，”沙得拉果断地开口，“你们两个在门口望风。”两人盯着沙得拉看了一会儿，然后点了点头。“教授？我觉得你最好跟我一起进去。还有这些机器人……你觉得它们能帮上忙，对吧？”

“我觉得它们在这次行动中是他妈的主力，”艾萨克说，“不过听着……我觉得……我觉得这里有位织者。”

每个人都蓦地将目光转向他。

德姮和莱缪尔显出一脸的怀疑，三位冒险者的表情则没什么变化。

“教授，你为什么会突然这么觉得呢？”潘吉芬奇斯语气温和地问道。

“我……我能……感觉到它。我们以前跟它打过交道，它说过也许会再跟我们见面……”

潘吉芬奇斯朝丹瑟尔和沙得拉瞥了一眼，眼神意味深长。德姮匆忙开口。

“是真的，”她说，“不信你们问问皮金。他也看到了。”莱缪尔极不情愿地点点头，表示德姮说的没错。

“不过那跟我们也没多大关系，”他补充道，“我们没法控制那该死的玩意，就算它真的因为我们或那些蛾子来到这里，我们也管不了它做什么。说不定它压根什么都不会做。扎克，这可是你自己亲口说的：它做事情只由着自己的性子来。”

“好了，”沙得拉慢慢地开口，“不管怎样，我们进去。还有人有什么意见吗?”没人说话。“很好。你，鸟人，你见过它们，知道它们从哪里钻出来。你也应该跟我们一起进去。所以进去的就是我、教授、鸟人和那几个机器人。你们剩下的人留在这里，丹瑟尔和潘吉让你们干什么就干什么。都听明白了吗?”

莱缪尔点点头，一副漠不关心的样子。德姮没有立刻回答，她面色愠怒，拼命咽下愤愤不平的话语。沙得拉蛮横无情的语气让她又是不满又是敬畏。没错，她不喜欢他，她觉得他是个一文不值的社会渣滓，但他在他那行里面绝对专业。他是个杀人不眨眼的混蛋，而这正是他们此刻所需要的。她终于点了点头，什么也没说。

“一旦发现有任何不对劲，你们就马上离开这里。回到下水道。有多远走多远。如果需要的话，明天再到垃圾场碰头。明白了吗?”这句话他是对着潘吉芬奇斯和丹瑟尔说的。他们草草点头。潘吉芬奇斯正对着她的水精轻声低语，一边检查箭筒。她有几把箭结构复杂，箭头上有弹簧支撑的薄薄刃叶，击中目标时会即刻裂开，凶残程度几乎与裂肢弩不相上下。

丹瑟尔也在检查自己的武器。沙得拉犹豫片刻，解下背上那把大口径短枪，交给瘦瘦高高的男人。丹瑟尔接过去，点了下头表示感谢。

“我应该会跟敌人近身厮杀，”沙得拉补上一句，“用不着它。”他从腰上抽出那把雕刻精细的火枪。在黯淡的光线下，枪身上的那张恶魔面孔仿佛在扭动。沙得拉开始轻声低语，像是在对着那把枪说话。艾萨克怀疑那把枪经过魔法加持。

沙得拉、艾萨克和雅格里克慢慢离开众人，准备出发。

“机器人!”艾萨克低声召唤，“跟我们走。”随着一阵活塞的嘶嘶声和金属的震颤声，五个小巧紧实的类猿身躯跟上他们的脚步。

艾萨克和沙得拉的目光在雅格里克身上停留片刻，然后转向头盔上的镜子，确保镜中反射的图像足够清晰。

剩下的一小队人聚成一堆，丹瑟尔站在最前面，拿了个小本子奋笔疾书。他抬起头，抿着嘴，凝视着沙得拉，脑袋偏向一侧。他抬眼看向上方的火炬，观察屋檐的角度，在小本子上匆匆写下晦涩难解的方程式。

“我试着给你们施个隐形术，”他说，“你们太容易被发现了。没必要节外生枝。”沙得拉点点头。“可惜我们没法让那些机器人也隐形。”丹瑟尔朝远处的猿猴机器人点了点头。“潘吉，能帮个忙吗?”他转向蛙人，“传点力量给我好吗?施展这个该死的法术可费劲了。”

蛙人上前几步，将左手放进丹瑟尔的右掌中。两人闭上双眼，集中精神。一时间没有丝毫动静，接着，艾萨克看到两人的眼皮同时颤搐了一下，睁开双眼，眼神迷离。

“把那些该死的光灭掉。”丹瑟尔恼怒地说道，潘吉芬奇斯的嘴唇也跟随他的口型无声翕动。沙得拉和其他人环顾四周，不知道他的意思，直到众人看见瘦高男人瞪视着头顶上方那些照亮街道的火把。

沙得拉立刻朝雅格里克做了个手势。他大步走向最近的一把火炬，两腿分开，扎起马步，十指交叉，搭成手梯。

“用你的斗篷，”他对鹰人说道，“上去把火灭了。”

艾萨克大概是唯一一个看到雅格里克脸上闪过一丝犹豫的人。当雅格里克依言行事，准备解开并毁掉自己最后的伪装时，艾萨克知道那需要多大的勇气。雅格里克站在众人面前，解开脖子处的搭扣，一览无遗地露出他的鸟喙和长满羽毛的头颅，露出让人不忍直视的空空后背，他背上的伤疤和翅膀残根上面只覆盖着一层薄薄的衬衣布料。

雅格里克踏上沙得拉交扣的双手，长着利爪的巨大双脚尽可能轻地攥住沙得拉的手掌，站直身子。沙得拉轻轻松松地将骨骼中空的鹰人托起。雅格里克将沉重的斗篷一甩，盖住油腻黏湿、火花四溅的火炬。火焰熄灭，冒出一大团黑烟，阴影立刻像窥伺已久的猛兽朝他们当头扑下。

雅格里克跳下来，和沙得拉迅速向左走去，来到另一把照亮这条死胡同的火炬前。他们重复之前的步骤，这条小小的砖巷顿时浸没在黑暗中。

雅格里克从沙得拉手上跳下来，抖开烧坏的斗篷。斗篷黢黑破裂，沾满焦油。他犹豫片刻，然后将斗篷远远抛开。现在他上身只有一件脏兮兮的衬衣，整个人看起来瘦弱不堪、十分无助。他的武器失去斗篷的遮掩，显眼地在腰间晃荡。

“站到最深的影子里去。”丹瑟尔低声下令，声音刺耳。潘吉芬奇斯的嘴唇再次跟随他的口型翕动，却没有发出半点声音。

沙得拉后退几步，在砖墙上找到一个小小的凹处，拖着雅格里克和艾萨克一起站进去，让他们紧贴着古老的墙壁。

三人挨挨挤挤地蹲下，调整好姿势，然后静止不动。

丹瑟尔僵硬地挪动左臂，将一卷粗铜线的尾端抛向三人。沙得拉伸出手，轻松地接住。他将铜线绕在自己脖子上，再迅速地绕到其余两人的脖子上，然后重新将身子缩回黑暗中。艾萨克看见铜线的另一端连到了一台手持发动机上，那是个发条引擎，丹瑟尔已经将固定发条的栓扣解开，让发条松开时产生的动力带动机器运转。

“我们准备好了。”沙得拉说。

丹瑟尔开始低声哼唱，发出奇怪的声音，整个人几乎隐没在黑暗中。艾萨克使劲看去，只能看见昏暗之中有一个模糊不清的影子正因为用力而颤抖。絮絮的吟唱声越来越大。

一阵电流蓦地窜过艾萨克全身，他微微一抽，立刻感到沙得拉将他按在原地。鸡皮疙瘩爬满艾萨克的皮肤，他能感觉到在铜线与皮肤接触之处，电流正源源不断地钻进他的毛孔，蜇得他生痛。

这种感觉持续了大约一分钟，然后随着发条引擎的能量慢慢耗尽而渐渐消失。

"好了。"丹瑟尔用嘶哑的声音说道，"让我看看效果如何。"

沙得拉从砖墙的凹处走到街上。

暗影跟随着他。

他全身包裹在一团模糊的暗影中，就像依然站在黑暗深处一般。艾萨克仔细盯着他看，发现他的眼窝和下巴处缭绕着浓重的黑影。沙得拉慢慢向前，朝不远处被火把照亮的巷口走去。

当他走到火光之中时，覆盖在脸上和身上的暗影没有丝毫变化。他蹲在漆黑的暗处时那些影子落在什么地方，现在就依然待在什么地方，他整个人看起来就同刚才站在远离火光的黑暗墙角时一模一样。覆在他身上的暗影扩展到距离皮肤大约一英寸的地方，让他身周的空气都为之黯然，就像一个幽黑的光晕。

除此之外，还有一种延时的静止感伴随着沙得拉的一举一动。之前他一动不动地躲在砖墙凹处，有一种与墙壁融为一体的感觉，而此刻，这种感觉就附着在那包裹他全身的暗影中。他蹑手蹑脚地向前走去，给人的感觉却像站在原地不动。如果有谁的目光朝他所在之处扫去，很容易就会将他忽略，除非知道他在那里，眼睛一眨不眨地盯着看，才能察觉他的动作。

沙得拉示意艾萨克和雅格里克跟上自己。

*我也像他一样吗？*艾萨克一边想着，一边蹑手蹑脚地向昏暗火光照耀的巷口走去。*我也可以从别人的眼角溜过去不被发现吗？我的身上也覆盖着阴影，处于半隐身状态吗？*

他朝德姮看去，看到她嘴巴张得大大的，盯着他所在的位置。他又朝左边看去，看见身边的雅格里克只是一团模糊的人影。

"天一亮就离开。"沙得拉低声吩咐他的冒险同伴。丹瑟尔和潘吉芬奇斯点点头。他们的手已经分开，正精疲力尽地甩着脑袋。丹瑟尔举起手，做了一个祝好运的手势。

沙得拉招呼艾萨克和雅格里克，三人一起走出黑暗的小巷，走到哔剥作响的火炬照亮之处，那排联排房屋就在他们前方。猿猴机器人也跟在他们身后慢慢地走出来，尽可能地不出声。它们站在两个人类和一个鹰人旁边，破破烂烂的金属躯壳下红光疯狂闪动。红光从加持了隐身法术的擅闯者身上滑落，如同细细的油滴滚落刀锋，找不到攀附之处。三个模糊的人影在五个发出轻微金属撞击声的机器人前面站立片刻，然后穿过荒废的街道，朝餍蛾藏身的房子走去。

仙人掌族没有锁门的习惯。三人很轻松地就进了屋子。沙得拉走在最前面，开始蹑手蹑脚地爬上通往二楼的楼梯。

艾萨克跟在他后面，鼻子闻到一股奇异而陌生的味道，那是仙人掌族身上散发出来的仙人掌汁液气味，混合了异族食物的气味。门廊里到处摆着一罐罐沙土，里面种着各式各样的沙漠植物，大多数都因为缺少光照而长势不好，蔫头耷脑，稀稀疏疏。

沙得拉转身看了艾萨克和雅格里克一眼，非常慢地举起手指放在唇上，做了个噤声的手势，然后继续往上走。

快到二楼时，他们听见了动静，有仙人掌族正压低嗓门争论着什么。雅格里克将自己听懂的内容极小声地翻译出来，那些仙人掌族提到了恐惧，还有规劝对方要相信长老。走廊里空荡荡的，什么装饰也没有。沙得拉停住脚步，艾萨克越过他的肩膀看去，发现一扇房门大开，仙人掌族的说话声正从门后传来。

他看见门后是一个巨大的房间，天花板非常高，接着他看见距离地面七英尺高的墙壁上有一圈镶板，立刻反应过来这个房间是被改造成现在的样子——上面房间的地板被拆掉，上下两层打通。房间里有盏煤气灯，调得很暗。艾萨克看见几个仙人掌族就睡在离门口不远的地方，他们双腿交缠，站在那里，一动不动，这古怪的睡姿让人过目难忘。门后左右两侧各有一个仙人掌族还醒着，身子微微向前倾，彼此窃窃私语。

沙得拉非常慢地爬上最后一级楼梯，走向那扇门，行动就像一只潜行的猛兽。他在门边停下，回头看去，指了指一个形如猿猴的机器人，又指了指自己身边。他将手势重复了一遍，艾萨克终于看懂了，凑到机器人的声音输入孔旁，轻声下达指令。

机器人立刻连蹦带跳地爬上楼梯，发出轻微的咔嗒声，听得艾萨克心惊肉跳，好在房间里的仙人掌族没有察觉。机器人悄悄地在沙得拉身边蹲下，如果有人从房间里往外看，视线就会恰好被沙得拉那裹在暗影里的身体挡住，看不到机器人。艾萨克又让一个机器人站到沙得拉旁边，然后示意沙得拉往前走。

身材高大的冒险者蹑手蹑脚地爬到门前，动作缓慢而平稳，用自己的身体遮挡着机器人，免得机器人的金属躯体在经过门口时反光。沙得拉毫不犹豫地向前爬去，进入门后交谈的仙人掌族视野范围之内，机器人悄悄地走在他身边远离房门的一侧，避开光线。他们就这样经过门口，进入前方漆黑的走廊之中。

接下来轮到艾萨克了。

他指示另外两个机器人藏在自己庞大的身躯旁边，然后开始沿着木地板向前爬去，动作笨拙，肚子沉甸甸地坠下来。

想到自己将要离开墙壁的遮挡，完全暴露在两个站着轻声交谈的仙人掌族视线之内，艾萨克就害怕极了。他紧靠着走廊里有楼梯扶手的那一侧，尽可能地远离房门。尽管如此，当他爬过那一小块被灯光照亮的扇形区域、朝前方安全的漆黑走廊前进时，依然觉得这片刻时间漫长得令人无法忍受。

他在经过门口时，目光忍不住朝那两个醒着的仙人掌族瞥去。他们身材高大，站在铺着粗糙砂砾的地板上轻声交谈，就在艾萨克蹑手蹑脚地爬过时，他们的视线朝门口扫来。艾萨克屏住呼吸，但他身上魔法加持的暗影加深了门外走廊的昏暗程度，仙人掌族的目光从他身上掠过，没有看见他。

接下来是雅格里克，他尽力用自己瘦削的身体遮住最后一个机器人，蹑手蹑脚地爬过被光照亮的门口。

三人在通往上一层的楼梯前重新集结。

“接下来就简单多了，”沙得拉轻声说道，“上面一层楼没有人了，二三楼被打通了，三楼只有天花板。再往上……就是那些餍蛾躲藏的地方。”

在抵达阁楼之前，艾萨克突然一把拽住沙得拉，让高大的冒险者停下。沙得拉和雅格里克不解地看向艾萨克，只见他悄声对一个形如猿猴的机器人吩咐了几句。他拽着沙得拉原地不动，看着那个机器人迈着机械的步伐悄悄爬上楼梯口，消失在前方黑乎乎的阁楼房间里。

艾萨克屏住呼吸。一分钟后，机器人再次出现在楼梯口，抽搐般地挥动手臂，示意他们上楼。

他们慢慢爬上荒废已久的阁楼。阁楼房间里有一扇窗，俯瞰着外面的岔路口。这扇窗上没有玻璃，积满灰尘的窗框上遍布古怪的抓痕。下方街道上的火把发出摇曳不定的昏暗光线，透过小小的长方形窗口钻进来。

雅格里克慢慢抬手指向那扇窗。

“那里，”他说，“它们就是从那里出去的。”

阁楼地板上积满厚厚的尘土，散布着陈旧垃圾。墙壁上也布满乱七八糟的抓痕，构成令人不安的图案。

房间里飘拂着一股散乱的气流，非常微弱，几乎难以察觉，但大温房凝滞不散的热气将它烘托得十分明显，令人心神不宁。艾萨克环顾四周，想找出它的来源。

他几乎立刻就找到了。尽管这个夜晚很热，热得他满身大汗，他还是忍不住微微打了个冷战。

就在窗户对面，灰泥散落一地——砖墙上被掏了一个洞，一个看起来很新的洞，边缘参差不齐，上沿大致跟艾萨克的大腿齐平。

它像一道刺眼而阴森的伤口横在墙上。微风在洞口与窗口间飘拂，就像有个难以想象的怪物在房子的内部呼吸。

“就在那里面。”沙得拉说，“它们肯定藏在那里面。那里肯定是它们的巢穴。”

洞口之后是一条曲里拐弯的破碎隧道，伸向房子内部。艾萨克和沙得拉眯着眼睛，朝漆黑的隧道里看去。

“看起来没多宽，不够让那些该死的怪物通过，”艾萨克说，“不过我觉得它们并不是那么遵循……呃……正常的空间法则。”

隧道宽约四英尺，十分粗糙，但是很深，光线只照着洞口附近那一小圈地方，再往里就什么都看不见了。艾萨克在洞口跪下，使劲闻了闻里面的空气，然后抬头看向雅格里克。

“你得留在这儿。”他说。在鹰人开口反对之前，艾萨克指着自己的脑袋抢先开口：“我和这位沙得拉，我们都有机械议会给我们的头盔。还有这个——”他拍了拍手里的袋子。“——不管那里面藏了什么，如果真有什么的话，我们都可能会跟它们面对面地碰上。”他伸手从袋子里掏出一个发动机，当时机械议会正是用这台发动机放大他的心灵波、吸引他所养大的那只畸形餍蛾。他又掏出一大堆裹着金属的管子，一圈圈盘在自己手上。

沙得拉在他身边跪下，低下头。艾萨克把管子的一头插进沙得拉头盔上的栓孔里，开始拧紧固定管子的螺栓。

“按照议会的说法，通灵师们就是用类似这样的装置来施展一种叫作……移形换位的法术，”艾萨克一边想一边说，“别问我那是什么。重点在于，这些管子可以汇集我们的……呃……心灵气味……然后从管口排放出去。”他抬头看向雅格里克。“没有心灵印记。不露形迹，无法追踪。”他将最后一个螺栓拧紧，轻轻地敲了敲沙得拉的头盔，然后低下自己的头，沙得拉开始重复他刚才的步骤。“明白了吗，雅格？要是那里头真的**有**只蛾子，你只要靠近它，它就能尝到你心灵的味道。但戴上这个，它就尝不到我们的味道了。就是这么回事。”

沙得拉拧紧螺栓后，艾萨克站起来，将两根管子的末端朝雅格里克抛去。

“每根管子都有大概……二十五、三十英尺长。你抓住了，等觉得管子绷紧了，你就松手，这样我们前进的时候它就远远地拖在我们后面。明白了吗?”雅格里克点点头。他拘谨地站着，因为被独自留下而暗暗恼怒，但他完全理解只能这样。

艾萨克拿出两卷电线，先把一端接在手里的发动机上，然后将另一端分别插进自己和沙得拉头盔上的阀门里。

“这里头有一颗小型的防酸式化学电池。”他说着，挥了挥手里的发动机。“议会还从虫首人那里搞来了设计图，造了个变速齿轮发条装置，同电池一起工作，带动引擎。准备好了吗?”沙得拉飞快地检查了一遍枪，又轮番摸了摸其他的武器，然后点点头。艾萨克也摸了摸挂在腰带上的燧发枪和一把新配的刀子。“那我们出发吧。”

他扳下发动机上的一个小操纵杆，引擎发出一阵微弱的嗡嗡声和嘶嘶声。雅格里克一脸狐疑地拿着那两条管子的末端，忍不住朝里头看去。立刻有某种模糊的感觉、某种微弱而古怪的波动从管口传来，颤抖着穿过他的全身。他感到一阵微弱的战栗顺着掌心一路向上传递，那是一阵不属于他的恐惧颤抖。

艾萨克朝三个形似猿猴的机器人指了一指。

“进去，”他命令道，“走在我们前面四英尺。慢慢走。遇到危险就停下。你——”他指向另外一个机器人，“——跟在我们后面。剩下的一个跟雅格留在这里。”

机器人一个接一个地慢慢走进黑暗的隧道中。

艾萨克伸出一只手，在雅格里克肩头放了片刻。

“伙计，我们很快就回来，”他平静地说，“替我们望好风。”

他转身跪下，钻进碎砖铺成的隧道，身子伏得低低的，费劲地朝那地狱入口般的黑暗深处爬去，沙得拉旋即跟上。

这片街区遭到损毁时留下的碎砖乱瓦造就了这条隧道。

它以怪异的角度在这排联排房屋的断壁残垣间穿行，紧凑狭小，将艾萨克的呼吸声和猿猴机器人行动间发出的金属碰撞声清晰地反弹回他耳中。他的双手和膝盖被尖锐的石头碎片硌得生痛。艾萨克意识到他们正朝着这排联排房屋的后部前进。隧道渐渐向下倾斜，艾萨克记起大温房的弧形墙面是如何斩断这排房屋的，意识到越是靠近玻璃墙的房屋，被削去的部分就越多，留存的部分就越矮，年代久远的碎石瓦砾就越多。

他们正在这条仅剩短短半截的街道上朝着玻璃墙慢慢前进，沿着砖石间的空隙一路向下，爬过荒废的楼层。艾萨克在黑暗中颤抖了片刻。他汗流浃背，既是因为热，也是因为恐惧。他害怕极了。他曾见过餍蛾。他曾见过它们进食。他知道在这片楔形排布的瓦砾深处等待他们的会是什么。

爬了没多久，艾萨克感到身后传来一下拉扯感，他身后的排放管紧绷了一下，旋即松松垂落。他的管子已经到头了，雅格里克放开手，让他拖着管子继续前进。

艾萨克一言不发。他能听见沙得拉在他身后粗声喘气，不停咕哝。他们之间的距离不能超过五英尺，因为两人头盔上的电线连在同一个发动机上。

艾萨克扬起脸，四处张望，拼命地寻找亮光。

三个猿猴机器人爬在他前方，身形轻晃。每过一段时间，就有一个机器人亮起眼中的灯，艾萨克能够在那转瞬之间看见这条荒凉低矮的隧道，看见身周凌乱的碎砖和机器人身上的金属反光。接着灯光熄灭，黑暗重新围拢，艾萨克只能凭借眼前渐渐消散的残像判断周围的情形，爬过崎岖不平的地面。

在这伸手不见五指的黑暗中，最微弱的光亮也能被轻易察觉。艾萨克抬头望去，看见前方的隧道显出灰色的轮廓，立刻知道自己正朝着一处有光的地方爬去。他正要加快速度，突然有东西按在他的胸口。他大吃一惊，随即认出白镴手指和黑色身躯。是一个机器人。艾萨克转头朝沙得拉“嘘”了两声，让他停下。

机器人用夸张而生硬的动作朝艾萨克打着手势。它指向前方，艾萨克看去，看到另外两个机器人正在视线尽头处的隧道里徘徊——在那个地方，隧道一个急遽的转弯，向上伸去。

艾萨克示意沙得拉等在原地，然后用极慢的速度无声地向前爬去。冰冷的恐惧从他的胃部涌出，悄然传遍全身。他深深吸气，慢慢呼出，缓缓挪动双脚，一步一步地往前爬。终于，他爬进一束微弱的光里，光线蜇得皮肤一阵刺痒。

隧道在这里到了尽头，他的左右和前方都是五英尺高的砖墙。上方的隧道开口处，还有一面墙立在他来时的方向。一股恶臭缓缓渗入隧道，艾萨克被熏得眯起眼睛，脸皱成一团。

此时的他实际上是蹲伏在一个五英尺深的地洞里，地洞上面是一个房间，地洞挨着房间的一面墙，洞口就开在水泥地板上。他看不见上方房间的情形，不过能听见细微的动静。那是一种轻轻的沙沙声，就像风刮起废纸屑，其间夹杂着极轻的液体粘连声，就像涂着厚厚胶水的手指收拢在一起又迅速分开。

艾萨克吞了三下口水，喃喃地给自己打气，强迫自己勇敢起来。他在隧道尽头的砖墙前转过身来，背对着上方的房间。他能看见沙得拉仍然趴在原处注视着他，面色凝重。艾萨克凝神朝镜子里看去，飞快地扯了下接在头盔顶端的管子——管子蜿蜒地朝他来时的方向延伸，经过沙得拉趴着的地方，消失在隧道深处，将他释放出来的意识波转移到远远的别处。

艾萨克开始缓缓起身。他带着一种近乎狂热的情绪盯着镜子里面，仿佛这是一个神给他的试炼，而他拼命地想要在试炼中证明自己——**看！我没有回头，你他妈的给我看好了！**他的头顶渐渐探出洞口，越来越多的光线洒在他身上，那股恶臭也越发浓烈。

恐惧紧紧攥住了他的心脏。他浑身冷汗淋漓。

艾萨克把头歪向一边，又站起来一些，直到透过镜子看到整个房间。深褐色的光挣扎着穿过一扇肮脏的小窗户，将房间包裹其中。

房间又长又窄，宽约八英尺，长约二十英尺。房间里积满灰尘，荒废已久，一眼看不到入口和出口，也没有门或活板门。

接着艾萨克呼吸一窒。就在房间最远的一端，有个东西坐在那里直勾勾地盯着他看，繁复交错的尖利附肢以诡异非人的角度动来动去，翅膀半开半合，慵懒间透出森森的恫吓意味——正是一只魇蛾。

艾萨克花了好一会儿工夫才意识到自己吓得甚至忘了尖叫，又花了好一会儿工夫使劲盯着那怪物眼窝里颤搐的触角看，才意识到它没有发现自己。就在他看着的时候，魇蛾开始挪动身体，微微调转方向，直到将大半个身体对着他。

艾萨克长长地舒了口气，小心地不发出一丝声音。他微微转动脑袋，观察房间里的其他地方。

当他看清镜子里的景象时，不得不再次与恐惧奋力搏斗一番才没惊叫出声。

整个房间的地板上，横七竖八地躺满了死尸。

艾萨克一下子反应过来，这就是那股恶臭的源头。他看见离他很近的地方躺着一个仙人掌族孩童的尸体，尸体已经腐烂，残留的血肉从骨头上淌下，他忍不住别过头，抬手捂住嘴巴。稍远的地方有一具恶臭的人类尸体，再过去是另一具较为新鲜的人类尸体和一具膨胀鼓大的蛙人尸体。不过总的看来，整个房间里大部分都是仙人掌族。

艾萨克看见其中一些人依然还有呼吸，他心里涌上一阵同情，但并不是很惊讶。他们躺在地板上，像被丢弃的垃圾：毫无价值的外壳，空空的酒瓶。他们将在这个令人窒息的洞里淌着口水、躺在自己的大小便中，像白痴一样度过人生的最后几天或几个小时，直到饿死渴死，无知无觉地躺在这里腐烂，同临死前别无二致。

他们既不会上天堂也不会下地狱，艾萨克垂头丧气地想道，他们也无法以幽灵的形态四处飘荡。他们的灵魂被消化掉了，被吃进肚子里、排出体外，在邪恶的梦代谢过程中转化成餍蛾飞行所需的能量。

艾萨克看见房间尽头的那只餍蛾伸出一根弯曲的附肢紧攥着一位仙人掌族长老，彰显长老身份的饰带依然荒谬地悬挂在肩上。餍蛾显得没精打采。它懒懒地举起附肢，任由失去知觉的仙人掌族重重地摔在灰泥地板上。

接着餍蛾动了动，用后腿微微站起，朝前爬了一小段距离，怪异的身躯沉甸甸地垂着，一路拖过满是灰尘的地面。它停下来，从腹部下方排出一颗巨大柔软的球状物，直径大约有三英尺。艾萨克眯着眼睛朝镜子里看去，想看得更清楚一些，他觉得自己认识那东西：黏稠的质地、巧克力般的褐色——不是梦矢还能是什么？

他的眼睛一下子睁大了。

餍蛾用后腿小心地接住那玩意，然后伸展附肢，将那颗硕大浑圆的餍蛾奶球整个拢住。*那他妈得值个好几千……*艾萨克想道，*不，把它切开，调配成人类能够接受的浓度，大概能卖好几百万金几尼！难怪每个人都拼了命地想把这些该死的怪物抓回去……*

就在艾萨克看着的时候，餍蛾腹部有一块地方展开来，露出末端尖锐分为两节，于几丁质关节处后弯的管状物，在餍蛾尾部高高突起。它的长度接近艾萨克的胳膊。艾萨克看见餍蛾将那东西抵在纯天然的梦矢圆球表面，停留片刻，然后深深刺向那团黏稠物质的中心。艾萨克看得目瞪口呆，又是恶心又是恐惧。

餍蛾展开的甲壳下露出柔软的腹部，艾萨克看见那长管显现的腹部区域剧烈地蠕动了一下，有什么东西喷射而出，沿着骨质的管道注入那颗梦矢圆球深处。

艾萨克明白自己看到了什么。梦矢是餍蛾的“乳汁”，能够为饥肠辘镳的餍蛾幼虫提供能量。而那根伸出的尖头管状物正是餍蛾的产卵器。

那只餍蛾正在产卵。

艾萨克飞快地缩回隧道中。他大口吸气，急切地示意沙得拉过来。

“有一只该死的餍蛾就在那里它正在产卵所以我们必须立刻干掉它……”他连珠炮似的说道。沙得拉一把捂住艾萨克的嘴巴，直视他的双眼，直到艾萨克稍微冷静下来。沙得拉也像艾萨克刚才那样转过身，慢慢地站起来，准备亲眼验证一下艾萨克描述的恐怖场景。艾萨克靠向砖墙，等着。

片刻之后，沙得拉缩回隧道之中。他脸色严峻。

“嗯，”他喃喃道，“我看到了。你说的没错。你是不是说过这些蛾怪察觉不到机器人?”艾萨克点点头。

“据我们了解是这样。”他说。

“那好。你们已经给这些机器人编好了程序，而且它们都是了不得的设计，对吧？你还说过只要我们给它们指令，它们就知道该什么时候攻击，对吧？它们能理解那么复杂多变的局面吗?”

艾萨克再次点点头。

“那我有主意了，”沙得拉说，“你听我说。”

第四十五章

艾萨克慢慢爬出洞口，浑身止不住地哆嗦，巴拜尔活死人般的模样在眼前不断闪过，鲜活得令人恼火。

他的目光死死锁定架在眼睛前方的镜子碎片，镜子后面的褪色墙壁变成了一团模糊虚化的背景。当他移动脑袋时，那只餍蛾的邪恶影像也跟着在镜子里晃动。

就在艾萨克爬出洞口时，餍蛾突然停止了所有的动作。他僵在原地一动也不敢动，只见餍蛾抬起头，伸出那条巨大的舌头舔舐空气，眼窝中退化的触角焦虑地左右挥舞。艾萨克再次开始移动，悄悄地朝洞口旁的墙壁爬去。

餍蛾不安地晃动脑袋。艾萨克反应过来，自己的意识显然还是有一些从头盔边缘渗漏了出去。那些涓滴的心灵产物飘飘悠悠地穿过以太空间，仿佛在挑逗餍蛾一般。但它们的气味太模糊了，餍蛾不可能通过它们发现他的存在。

当艾萨克顺利地到了墙边，沙得拉也跟着爬出洞口进入房间。他的出现再一次让餍蛾表现出了些许的不安，但也仅此而已。

三个猿猴机器人在沙得拉之后爬出洞口，一个留在隧道里望风。它们慢慢朝餍蛾走去，餍蛾转头朝向它们，仿佛正用没有眼珠的眼窝打量它们。

“我觉得它能在物质层面察觉到机器人的身形和动作，包括我们的也是，”艾萨克悄声说道，“但只要它追踪不到我们的意识活动，就不会将我们看做智慧生物，只会把我们当成会动的物体，就像风中的树。”

餍蛾将脸转向不断逼近的机器人。机器人分散开来，从不同的方向朝餍蛾靠近。它们移动的速度不是很快，餍蛾看起来似乎并不太在意它们，不过还是显出一丝警惕。

“就是现在。”沙得拉悄声说道。他和艾萨克伸出手，开始慢慢地将头盔顶上延伸出的金属排放管往回拉。

随着离排放管的开口越来越近，餍蛾也越发不安。它开始来回踱动，一会儿冲到卵旁边摆出保护的姿势，一会儿又朝前扑出几英尺，龇牙咧嘴，一脸戒备。

艾萨克和沙得拉看向彼此，开始一起默默计数。

一数到三，他们便将排放管的末端拉进房间，然后以最快的速度一口气将金属管甩出去，让管口落到房间对面的角落里，距离他们十五英尺远。

餍蛾立刻变得狂暴起来。它凶神恶煞地嘶鸣，叫声尖厉刺耳，身子弓起，体形看起来更加庞大，无数几丁质的尖突从身体各处遽然伸出，充满威胁意味。

艾萨克和沙得拉死死地盯着镜子，被餍蛾那可怕的架势吓得不轻。它张开翅膀，转身面对金属管末端所在的角落，翅膀上的图案忽闪不定，朝着错误方向送出催眠力量。

艾萨克僵在原地，透过镜子看着餍蛾翅膀上那些怪异的图案疯狂旋转，看着它像潜行的猛兽般伏低身子，悄悄朝排放管末端靠近，一会儿用四只脚走，一会儿用六只脚，一会儿用两只脚。

沙得拉一把拉住艾萨克，朝那颗梦矢圆球走去。

他们必须从被激怒的饥饿餍蛾身边经过，彼此距离不过一臂之遥。他们看着它映在镜子里的身影越来越近，巨大狰狞、张牙舞爪、待人而噬。在与那怪物擦肩而过的瞬间，两人同时利落转身，从朝着梦矢倒退而行变成面向梦矢前进，这样的话，餍蛾还是在他们背后，仍然能通过镜子看到。

餍蛾径直从机器人的包围中穿过，它又饿又怒，浑身剧颤，甚至没有察觉自己身上一根挥舞的骨锯蓦地击中一个机器人，将那猿猴状的金属身躯狠狠甩到一边。

艾萨克和沙得拉小心翼翼地前行，透过镜子察看排放意识波的管子末端是否还在原地，充当着吸引餍蛾注意力的诱饵。两个猿猴形机器人亦步亦趋地跟在餍蛾身后，第三个机器人则转身朝蛾卵靠近。

“快!”沙得拉小声催促，将艾萨克朝地板上的梦矢圆球推去。艾萨克笨拙地摸索着腰带上的刀子，浪费了好几秒钟解开刀鞘，终于把刀子抽了出来。他犹豫片刻，然后一刀插进那颗黏糊糊的硕大圆球。

沙得拉专注地盯着自己的镜子。房间那头，餍蛾停住脚步，包抄它的两个机器人也随之原地停下，在机器人金属身体投下的阴影中，餍蛾身形暴起，可笑地朝那盘曲在地的金属管扑去。

就在艾萨克用刀子划开卵球表面时，房间那头的餍蛾正在疯狂地挥舞手指和舌头，想要找到那个意识依然清醒的敌人——这仿佛是对它的莫大嘲弄和挑衅。

艾萨克撕下衬衣下摆裹在手上，抓住他在梦矢圆球上划开的裂口，开始朝两边用力。他连吃奶的力气都使出来了，终于将那柔韧的圆球撕开。

“快!”沙得拉再次催促。

纯净天然、没有经过加工的高浓度梦矢渗透艾萨克裹在手上的布条，蜇得他手指生痛。他最后用力一扯，将梦矢圆球撕成两半，在球体中心，赫然可见一小簇蛾卵。

椭圆形的蛾卵呈半透明状，比鸡蛋稍小。透过果冻般的卵壳，艾萨克能够看见一个卷绕的模糊影子。他抬起头，召唤那个站在附近的猿猴机器人。

在远远的房间那头，餍蛾已经捡起了一根金属管，正把脸伸进管口不断涌出的意识流中。它困惑地晃了晃管子，张开嘴，伸出那条淫秽可怕的长舌，舔了一下管口，然后蓦地将舌头搡进管子里，迫不及待地搜寻那诱人味道的源头。

“快动手！”沙得拉再次催促。餍蛾的附肢开始沿着盘卷的金属管移动，寻找着力之处。沙得拉的脸唰地一下白了。他张开双腿，在地板上牢牢站稳。“快啊，操他妈的，快动手！”他厉声大喊。艾萨克吓了一跳，不禁抬眼望去。

沙得拉死死盯着架在眼前的镜子，用左手举起那把魔法加持过的火枪朝身后指去，枪口对准餍蛾。

艾萨克朝自己的镜子里看去，时间仿佛突然慢了下来，在那漫长的一瞬间，他看见那根亚光金属管被抓在餍蛾的指间；看见沙得拉的手紧紧握住火枪，宛如雕像般一动不动地指向背后；看见餍蛾身边那两个机器人蓄势待发，等候他下达攻击指令。

他又低下头，看向那簇邪恶的虫卵，湿答答、黏糊糊，静静地躺在他面前。

他张开嘴，准备向机器人下令，就在他吸气发声之际，餍蛾俯身向前，停了一瞬，然后使出全部力气将管子一拽。

艾萨克发出的攻击指令淹没在沙得拉的大叫声与火枪的开火声中。可惜沙得拉等了太久才扣下扳机。被魔法强化过的子弹“轰”地击中墙壁，发出一声巨响。沙得拉被餍蛾的全力一拽带得凌空飞起，将头盔绑到他头上的皮带“啪”地断裂，头盔从他头上飞了出去，连到艾萨克手中发动机上的电线咻地挣脱。头盔在空中划过一道弧线，朝金属管末端疾速飞去，在墙上撞得粉碎。头盔一从头上脱落，被抛到空中的沙得拉即刻跌落，身体在空中画出的完美抛物线骤然中断，变成难看的断续弧线，枪也脱手而出，直到最后整个人不受控制地重重摔在地上，头猛地撞上粗糙不平的水泥地，飞溅的鲜血洒落在厚厚的积尘间。

沙得拉尖叫呻吟，在地上打了个滚，双手紧紧地扶住脑袋，拼命地想要站起来。

他混乱的意识波在空气中骤然迸发。餍蛾转过身，发出低沉的咆哮。

艾萨克厉声朝机器人下令。就在餍蛾开始用可怕的速度大步朝沙得拉逼近时，站在餍蛾身后的两个机器人同时一跃而起，朝它扑去，火焰从金属嘴巴里呼呼喷出，瞬间在餍蛾身上蔓延开来。

餍蛾长声怪叫，数根坚韧的触手倏地挥出，拍打着火的背部，抽打进攻的机器人，脚步却一刻不停，依然直奔沙得拉而去。餍蛾的一根触手在挥打间猛地缠住一个机器人的脖子，轻而易举地就将它从背上扯落，像刚才砸碎那顶头盔一样将那猿猴形的金属身躯往墙壁重重砸去。

随着一声可怕的爆炸声，机器人炸得粉身碎骨，金属碎片与燃烧的油洒了一地。机器人爆炸的地方离沙得拉不远，爆炸产生的能量熔化了金属，震得水泥地面支离破碎。

艾萨克旁边的机器人朝着那团蛾卵喷出一股强酸，蛾卵立刻开始冒烟，发出“嘶嘶”的声音，开裂、溶化。

餍蛾发出一声残忍无情、恐怖至极的尖叫。

它立刻从沙得拉面前转过身来，冲过房间，朝它的卵扑去。它的尾巴狂暴地挥来挥去，扫中躺在地上呻吟的沙得拉，抽得他在自己的血泊中打了好几个滚。

艾萨克恶狠狠地朝那堆正在溶化的蛾卵踩了一脚，然后跌跌撞撞地退开，躲开朝这边大步冲来的餍蛾。他的脚上沾满黏液，走起路来直打滑。他手脚并用地朝墙壁跑去，一只手里紧紧抓着刀子，另一只手里攥着那台依然让他的意识波保持隐匿状态的宝贝引擎。

余下那个还趴在餍蛾背上的机器人再次喷火，火焰蹿过餍蛾的皮肤，烧得它尖声怪叫。餍蛾将分节的附肢往后挥去，在机器人的金属外壳上疯狂扒抓，直到终于摸到机器人的胳膊，一把将它从自己身上扯下。

餍蛾将机器人重重往地上一掼，砸得机器人充当眼睛的玻璃透镜碎成齑粉，头部的金属外壳也四分五裂，阀门和电线散落一地。餍蛾将机器人破碎的身躯随手一扔。站在蛾卵旁的机器人匆忙后退，想同体形庞大、气得发狂的敌人拉开距离，以便喷射强酸。

但机器人还没来得及张开金属嘴巴，两把硕大的骨锯便以闪电般的速度倏然挥出，毫不费劲地将它劈成两截。

机器人的上半身不断抽搐，试图爬过地板，装在它肚子里的强酸汩汩流出，在它身下的尘土间汇成一摊，嘶嘶冒烟，将水泥地板烧出一个凹洞，腐蚀着周围的仙人掌族的尸体。

餍蛾伸出附肢轻抚那摊已经变成冒泡黏液的蛾卵，柔声低吟，那声音越来越大，越来越凄厉，直到变成长声嗥叫。

艾萨克蹑手蹑脚地从餍蛾身边退开，透过镜子一瞬不瞬地盯着那怪物的动静，摸着墙壁朝沙得拉走去。沙得拉仍然躺在地上呻吟尖叫，痛得神志不清。

就在这时，艾萨克在镜子里看见餍蛾突然转身。它嘶嘶地叫着，舌头抽打着空气，张开翅膀，径直朝沙得拉走去。

艾萨克不顾一切地往沙得拉身边冲，想要赶在餍蛾前面救出同伴。但他的速度太慢了。餍蛾迅速地超过了他，再一次与他擦肩而过，艾萨克再次慌忙转身，背对那可怕的猎食者，只通过镜子看它。

就在艾萨克往镜子里看去的时候，他惊恐地看见餍蛾一把将沙得拉拽起。沙得拉眼睛翻白，因为头部受到剧烈震荡而神志不清，他一脸痛苦表情，浑身是血。

餍蛾将沙得拉抵在墙上，沙得拉立刻开始慢慢顺着墙壁往下滑。餍蛾将沙得拉的手臂大大展开，接下来发生的事情非常快，艾萨克只觉得眼前一花，等他回过神来，才意识到刚才餍蛾将两只锯齿状的长长利爪刺向沙得拉，贯穿了他的手腕，深深扎进他身后的砖块和灰泥中，将沙得拉死死地钉在了墙上。

沙得拉和艾萨克同时尖叫起来。

餍蛾用两根骨矛般的利爪将猎物牢牢钉住之后，便伸出形如人手的附肢朝沙得拉的双眼摸去。艾萨克绝望地向沙得拉发出警告，但高大的战士昏昏沉沉、疼痛难当，不顾一切地向四周看去，想看清那个给自己带来莫大痛苦的罪魁祸首。

可惜他看到的是餍蛾的翅膀。

他一下子安静下来。尽管机器人发动的火焰攻击让餍蛾背上的皮肤焦黑开裂，有些地方甚至还在闷燃，它依然毫不在意地俯身向前，准备享用美餐。

艾萨克看不下去了。他小心翼翼地把头转到一边，这样就不用看见那条贪婪的舌头钻进沙得拉的脑子里，吸干他的意识。艾萨克咽了咽口水，开始慢慢地穿过房间，朝地洞走去。他的双腿抖个不停，他拼命咬紧牙关，只希望尽快离开。只要离开这个房间，他也许能够活下来。

他小心翼翼地忽视身后传来的吞咽声和啜饮声，忽视那液体畅快滚落喉咙的咕咚声以及也不知是口水还是鲜血滴落在地的啪答声。他小心翼翼地朝这个房间唯一的出口走去。

当他慢慢接近洞口时，看见连在他头盔上的金属管末端仍然好好地躺在墙边。他开始默默祈祷，他发散出来的意识仍然在往房间里流泻，餍蛾肯定知道这里还有另一个智慧生物。而艾萨克越是接近地洞，离金属排放管的开口就越近，它很快就不能起到误导餍蛾、声东击西的作用了。

不过他似乎突然得到了幸运之神的眷顾。餍蛾忙着填饱肚子，而且从身后传来的血肉撕裂声判断，它一边进食还一边拿沙得拉受伤的身体出气，以报蛾卵被毁之仇，显然它完全没注意身后还有一个瑟瑟发抖的猎物。艾萨克小心翼翼地前行，有惊无险地经过它身边，来到通往隧道的地洞口。

他站在洞口，探出身子，准备无声无息地跳进机器人留守的黑暗隧道，一路爬回大温房，远离这个噩梦般的怪物巢穴。就在这时，他感到脚下传来一阵震动。

他朝下望去。

他听见许多双长有利爪的脚正疯狂地爬过隧道，朝他的方向疾奔而来。他往后退去，整个人都吓呆了。他能感觉脚下的砖块阵阵颤抖。

随着一声巨响，留在隧道里的猿猴机器人像炮弹一样从洞口飞了出来，“砰”地朝砖墙撞去。它试着用手臂撑住墙壁，以便在空中转身，落到地板上，但那股将它撞飞的力量太猛，它根本刹不住车，撑在墙上的两条手臂随着一声脆响从肩膀上生生撕脱。

它拼命用后腿站起，口中喷出团团浓烟和火焰，但又一只魇蛾从隧道里蹿出来，踩住它的头，将那复杂的机械大脑无情地踩爆。

干掉机器人后，这只新出现的魇蛾纵身一跃，跳到房间中央，在那漫长到无情的瞬间，艾萨克的目光直接落在了它身上——它的翅膀是张开的。

充满恐惧和绝望的几秒钟过后，艾萨克才反应过来这只新出现的魇蛾根本无视他的存在——它踩着满地的死尸径直从他身边冲过，直奔被摧毁的蛾卵。它一面跑一边扭动长而弯曲的脖子，脑袋转来转来，巨大的牙齿咯咯作响，看起来惶恐至极。

艾萨克再次紧贴墙壁，透过镜子盯着两只魇蛾看。

新出现的魇蛾将嘴张得大大的，发出一声饱含震惊的高亢叫声。原本就在房间里的那只魇蛾用力吸了最后一下，然后松开利爪，任由沙得拉遍体鳞伤的空空躯壳滑落在地。接着它转身朝自己的手足走去，两只蛾子一起站在那摊混合着梦矢和蛾卵残渣的黏糊液体旁。

它们并排而立，张开双翅，翅尖碰着翅尖，身上形形色色的几丁质附肢向外伸展，仿佛在等待着什么。

艾萨克慢慢地爬进地洞，不敢去想接下来会发生什么，不敢去猜那两只蛾子为什么会无视他。在他身后，那条金属排放管蜿蜒盘绕，像条蠢兮兮的尾巴。艾萨克困惑地盯着镜子里面，完全搞不清身后的状况。就在这时，地洞口周围的空间突然泛起一阵涟漪，弯曲膨胀，然后骤然绽开，一个身影像是凭空而来般出现在地洞里，站在他的身边。正是织者。

艾萨克又是惊讶又是敬畏，不禁张大了嘴。巨蛛巍然耸立在他上方，用许多只闪亮的眼睛朝下看来。房间里的餍蛾张牙舞爪，如临大敌。

……你倔强不屈缠裹暗影遍身尘土模糊不清你如同天上星云……熟悉的低吟声在艾萨克耳中悠悠响起——他那只失去耳廓的耳朵听得尤为清晰。

“织者！”艾萨克几乎喜极而泣。

巨大的蜘蛛轻轻一跃，跳到房间里，用四条后腿稳稳站住，利刃般的前爪在空中翻飞，划出错综复杂的图案。

……找到撕裂世界织网的怪虫在玻璃气泡上方我们两个跳起血腥杀戮之舞一刻更比一刻野蛮凶残我无法战胜四个敌人卑鄙地围攻我……织者一边吟唱一边朝房间里的两只餍蛾逼近。艾萨克一动也动不了。他目不转睛地盯着眼前的镜子碎片，看着身后一触即发的紧张场面……快藏起来你这小人儿手指灵巧修补褶皱裂缝它追踪你一个诱捕者被诱捕还如麦子般被碾碎快逃趁失去亲人的兄弟姐妹怪虫还没赶到哀悼那摊黏浆你帮着溶化……

艾萨克听明白了，剩下的餍蛾就要来了。织者正在警告他，它们已经察觉到蛾卵被毁，正在赶回来保护巢穴，尽管为时已晚。

艾萨克攀住地洞边缘，准备跳进下方的隧道，旋即又原地呆住，嘴巴大张，吃惊得喘不上气来——他看见餍蛾和织者展开了激战。

那场面犹如神魔交战，远非人类所能理解。几丁质的利刃上下翻飞，快到人类的眼睛根本无法看清，空气中只见道道寒光；无数附肢在不同位面间往来穿梭，像一支复杂到人类根本无法想象的舞蹈；不同颜色和质地的鲜血一团团一股股地喷溅，洒满墙壁与地板，沾染死者身躯。影影绰绰的尸体在后方跳跃火光的映照下显出骇人轮廓，那火来自水泥地板上燃烧的化学物质，嘶嘶作响，翻卷着蔓延开来。鏖战之际，织者仍在一刻不停地吟唱着它那永无休止的独白。

*……噢它是这样它是怎样让我沸腾我翻滚我冒泡我醉倒在我的心灵汁液由这些长翅膀的疯子搅动发酵……*它吟唱道。

艾萨克惊讶地瞪大了双眼，他看到了不可思议的事情。几丁质的利刃仍在疯狂戳刺劈斩，带起道道寒光，与此同时，餍蛾开始伸出巨大的舌头，在空气中来回挥舞，以闪电般的速度卷向织者在物质位面倏忽进出的躯体。艾萨克看见餍蛾的肚子鼓起又扁塌，看见它们用舌头舔舐织者的腹部，随即摇摇晃晃地后退，仿佛喝醉了一样，转眼间又恢复张牙舞爪的模样，再次进攻。

织者的身形飘忽不定，上一秒还全神贯注地对着餍蛾无情劈砍，下一秒便茫然若失，单脚着地，脚尖踮起，腾跃蹦跳，哼着没有歌词的曲调，再下一秒又摇身变回嗜血的杀神。

餍蛾的翅膀上飞快地闪过诡谲的图案，与艾萨克以前见过的全然不同。它们一边对着敌人挥砍戳刺，一边用舌头饥渴地舔舐敌人的身体。织者一边应战，一边对着艾萨克低吟浅唱。

……赶快离开此地重整旗鼓趁盛满醇酿的我与这些酿造者搏斗厮杀赶在这二变三或更糟之前我将撤退奔向安全之地就是现在回到圆屋顶回到外面我们再见面你和我我们会再交谈脱去衣衫赤裸如死者躺在拂晓时分的河上我会找到你轻而易举那般的图案那般的色彩那般复杂精细的丝线将被织就令人满意精致美丽现在快跑否则将无处可跑……

疯狂的厮杀仍在继续，交战双方仍不时显出醉酒的模样。就在艾萨克看着的时候，织者开始在餍蛾面前节节后退，它的攻势一直时徐时疾，身形闪动如呼啸狂风，但它正在渐渐后撤。艾萨克的心突然再次被恐惧攫住。他弓身低头，钻进地洞，向隧道深处匆匆爬去。

接下来的事情艾萨克记不太清了，他只记得自己在黑暗中疯狂摸索，以最快的速度爬过凹凸不平的隧道，双手和膝盖被碎砖瓦砾磨得皮开肉绽。

仿佛过了很久，又仿佛只过了一瞬，他看见前方有微光闪烁，就在一个拐角之后，他加快速度，却立刻惨叫出声——他的手掌“啪”地按在一块滚烫的光滑金属上。他又惊又痛，原地犹豫了一阵，然后拉下褴褛的衣袖盖住手掌，四处摸索。隧道的墙壁、地板和天花板都镀上了一层闪亮的金属，在微弱的光线下，看起来就像一块四英尺宽的压型钢板。他迷惑地皱起眉头，然后鼓起勇气，飞快地从金属表面滑过去，感觉它烫得就像放在火上的水壶，只得拼命地不让自己的皮肤碰到它。

越过这处地方后，他长长地舒了口气，这口气吐得太急太用力，他忍不住呻吟起来。他用尽最后的力气爬出隧道口，一看到在黑暗中等待的雅格里克，便扑通一声倒在阁楼地板上。

艾萨克晕过去了大概三四秒钟，然后猛地惊醒过来，听见雅格里克正大声呼唤他，重心在两只脚之间换来换去。鹰人神情紧张，目光却依然锋锐集中。他以钢铁般的意志控制着自己。

“醒醒！”雅格里克厉声喊道，“快醒醒！”他抓住艾萨克的衣领使劲摇晃。艾萨克蓦地睁大双眼。遮盖住雅格里克面孔的浓重黑影正在渐渐散去，他突然反应过来，丹瑟尔的魔法肯定正在慢慢失效。

“你还活着。”雅格里克说。他的话语简短干脆，不含一丝感情，十分讲求效率，显然是为了节省时间和精力。“我等在这里，一只餍蛾从那扇窗探进粗短口鼻，然后是身体。我转身透过镜子看去。它匆忙，慌张。我拿出鞭子反手挥去，狠狠抽在它身上，它尖声惨叫。我以为我死定了，但那东西匆匆从我和猿猴机器人身边冲过，钻进洞里，翅膀以匪夷所思的方式收起。它无视我。它频频回头张望，仿佛有什么在追它。我感到它身后的空间起了褶皱，有东西在世界的表皮之下移动，跟着餍蛾消失在隧道里。我派那猴子似的机器追上去。我听见挤压声，听见金属变形的尖利声响，像鞭子划破空气。我不知道发生了什么。”

“那该死的织者熔毁了机器人……”艾萨克喃喃回答，声音颤抖，“只有老天才知道这他妈是为什么。”他飞快地站起身来。

“沙得拉呢？”雅格里克又问。

“该死的他被抓住了，还能怎样？该死的他被吸干了！”艾萨克匆匆跑到窗边，探出身去，看向底下被火炬照亮的街道。他听见仙人掌族跑动的脚步声，笨重而沉闷。无数火把涌进周围的街巷，暗影渐渐消散，如同水中的油滴。艾萨克转身面对雅格里克。

“里面发生的事情太他妈吓人了，”他用空洞的声音说道，“我什么也做不了……雅格，你听我说。织者出现了，告诉我赶紧他妈的离开，因为那些蛾子能感觉到出事了……妈的，你听我说，我们烧掉了它们的卵。”他带着莫大的满足恶狠狠地吐出这几个字。“有只该死的蛾子留在巢里产卵，我们从它身边溜过去，烧掉了那些该死的卵，但其他蛾子能够感应到它，它给它们报信，现在它们正赶回这里来……我们得马上离开。”

雅格里克静静地站着，飞快地思考了片刻，然后看向艾萨克，点了点头。

两人迅速地沿着来时的路走下漆黑的楼梯。快到二楼时，他们想起那两个站在沙土褥垫上悄声交谈的仙人掌族，于是放慢了脚步。但当他们借着摇曳不定的灯光朝敞开的门里看去时，却发现房间里已空无一人。所有睡着的仙人掌族都起来了，离开房子跑到了街上。

“他妈的！”艾萨克狠狠咒骂，“我们会被看到的，我们会他妈被看到的。外面肯定到处是人。我们身上的黑影又快没了。”

他们在房子的前门停下，从房屋转角探出脑袋窥视街上情形。到处都是高举的火把，噼啪的火星爆裂声中夹杂着沙沙的低语声。街道对面是条小巷，里面的火炬依然是熄灭的，他们的同伴就藏在那里。雅格里克凝神朝黑暗的小巷里看去，却什么也看不清。

这条街在玻璃墙边戛然而止，靠着玻璃墙的那栋房子几乎被夷为平地，只剩下矮矮一截楼体，门窗都用砖头封死了。艾萨克意识到，餍蛾的巢穴就在那里面。此时一群仙人掌族正站在那栋几乎已成废墟的房子旁边，他们对面就是岔路口，这条街道在那里与其他街道交会，一路向着大温房中央的神殿延伸。艾萨克看见岔路口上正有好几队仙人掌族战士奔走往来。

“该死，他们肯定是听到餍蛾巢穴里面的动静了，”艾萨克焦急地说道，“我们必须赶快离开，要不然就死定了。一个一个走。”他一把抓住雅格里克，伸出胳膊抵在鹰人背后。“雅格，你先走。你动作比我快，不容易被发现。快走。快走。”他把雅格里克推到街上。

雅格里克丝毫不显慌乱之色。他加快脚步朝着对面的小巷冲刺，身形轻盈。他看起来并不像在惊慌逃窜，不至于引起别人的注意。他保持着恰当好处的速度，即便某个仙人掌族无意间瞥见了他，也只会以为那是自己人。他身上残余的暗影和静止感依然能遮掩他迅疾的身影。

雅格里克距离漆黑的小巷还有四十英尺。艾萨克屏住呼吸，看着鹰人背上的肌肉在累累伤痕下剧烈起伏。

街道尽头那栋残楼旁，仙人掌族正在叽里咕噜地说着他们那粗粝刺耳的混杂语言，争论该让谁进去。两个仙人掌族抡起大铁锤，轮流敲击这栋房子被砖头封死的入口。艾萨克知道，就在那里面，餍蛾和织者仍在殊死搏斗。

雅格里克的身影没入漆黑的小巷中。

艾萨克深深地吸了口气，现在轮到他了。

他迅速离开门边，大步踏上毫无遮掩的街道，无比希望笼罩自己的神奇暗影能更深些。他开始小跑着朝小巷前进。

正当他跑到岔路口的半中间时，空中突然传来一阵非常响亮的振翅声，犹如一阵狂风呼啸而过。艾萨克回头望向他刚刚跑出的那栋房屋——那楔形排列的联排建筑最前面的房屋。

在那里，在那栋房子阁楼的窗口，第三只餍蛾正带着不顾一切的狂热扒抓窗框，拼命挤进窗口，急着赶回自己的巢穴。

艾萨克的呼吸一窒，但那怪物根本没有注意他，它一心只惦记着那些被毁掉的蛾卵。

正当艾萨克悄悄松了口气，转头想要接着朝小巷跑去时，突然后知后觉地意识到一件可怕的事情：街道尽头的那些仙人掌族肯定也听到了刚才的振翅声，而站在他们的位置，是看不见那扇阁楼窗户的，自然也看不见那怪物的身影钻进他们的住处。但他们能够清楚地看见胖胖的艾萨克正从他们的门前鬼鬼祟祟地跑开。

“妈的糟了！”艾萨克低声骂了一句，不顾一切地迈开大步，用笨拙的姿势狂奔。

身后传来一阵混乱而疑惑的叫嚷，接着一个声音盖过其他声音，厉声下令。数名仙人掌族战士从聚在残楼旁的人群中钻出来，径直朝艾萨克追来。

那几名战士跑得并不快，可惜艾萨克也是如此。他们熟练地端着笨重的武器，行动间丝毫不受阻碍。

艾萨克拼尽全力向着漆黑的小巷冲刺。

“我他妈跟你们是一边的！”他一边跑一边徒劳地大喊。那些追兵根本听不见他在喊什么。就算听见了，这些仙人掌族战士也不会相信，今晚发生的一切让他们又是害怕又是迷惑，心里满是无处发泄的怒火。艾萨克可以肯定，他们一旦追上来，就会二话不说地杀了他。

那些追兵边跑边高声大喊，呼叫支援。艾萨克听见临近的街道传来其他巡逻小队的应答声。

一支箭突然从前方漆黑的小巷中激射而出，带着破空之声从艾萨克旁边掠过，“嘭”地扎进他身后一个追兵的身体，痛苦的喘息和恶毒的咒骂随即传来。艾萨克认出巷子里影影绰绰的身影。潘吉芬奇斯出现在半明半暗的巷口，正将弓弦再次拉开，一边朝他大喊，让他快跑。丹瑟尔站在她身后，举着沙得拉的那把大口径前膛枪，犹犹豫豫地越过蛙人头顶瞄准。

他的眼睛拼命地向着艾萨克身后扫视，嘴里大喊着什么。

德姮、莱缪尔和雅格里克蹲在两名冒险者后方不远处，时刻准备着撤退。雅格里克长鞭在手，严阵以待。

艾萨克冲进黑暗的巷内。

“沙得拉呢?”丹瑟尔再次厉声问道。

“死了。”艾萨克也大喊着回答。丹瑟尔立刻发出撕心裂肺的哀号。潘吉芬奇斯没有抬头，但胳膊明显抖了一下，差点掉落手中的箭。她停下动作，默默地站了片刻，然后再次举弓瞄准。丹瑟尔在她身后疯狂地扣动扳机，大口径火枪发出一声巨响，他在后坐力的冲击下踉跄后退。一团大号铅弹像乌云般从仙人掌族头顶上方掠过，一个人也没打中。

“不!”丹瑟尔声嘶力竭地大喊，“噢圣嘉罢啊这不是真的!”他死死地盯着艾萨克，哀求艾萨克告诉他这不是真的。

“我很抱歉，伙计，真的，但我们必须得他妈的走了。”艾萨克焦急地说道。

“丹瑟尔，他说得对。”潘吉芬奇斯说，她的声音一丝不抖。她又射出了一支箭，箭头上装有弹簧刃叶，能够切开仙人掌族坚韧的皮肤，留下巨大的伤口。她站直身子，将第三支箭搭到弓上。“我们走吧，丹。别想了，先离开这里。”

一阵尖锐的破空之声响起，一枚由裂肢弩发射出来的“查克里”猛地击中丹瑟尔脑袋旁边的砖墙，深深扎进墙里，灰尘与砖屑轰然炸开，墙边众人被溅了一头一脸，隐隐生疼。

仙人掌族追兵迅速地逼近小巷。一张张因为愤怒而扭曲的面孔现在已经清晰可见。

潘吉芬奇斯开始拉着丹瑟尔后退。

“走啊!”她大喊道。丹瑟尔被她拽着向后退去，嘴里念念有词。他已经丢掉了那把大口径火枪，两手空空，手指屈起，弯成爪状。

潘吉芬奇斯的步子由走变成了跑，她拽着丹瑟尔，其他人跟在她身后。一行人转身冲进迷宫般的街巷深处，沿着来时的路径狂奔。

他们身后的空气震荡不已，破空声此起彼伏。“查克里”和飞斧呼啸着从他们身边掠过。

潘吉芬奇斯以惊人的速度奔跑跳跃。她不时回头朝身后射上一箭，搭弓射箭一气呵成，然后返身继续狂奔。

“那些机器人呢?”她一边跑一边朝艾萨克大喊。

“全毁了。”艾萨克呼哧呼哧地回答，“你知道怎么回下水道吗?”

她点点头，一个急转弯绕过街角，其他人跟在她后面。潘吉芬奇斯率先冲进运河边破旧的窄街，他们借以潜进大温房的下水道出口就在不远处。就在这时，丹瑟尔突然转过身，一张脸涨成深红色。艾萨克抬眼看去，看见他眼角的毛细血管尽数爆裂。

细细的血流顺着他的眼角滑落。他没有眨眼，也没有抬手擦拭。

潘吉芬奇斯在窄街尽头转过身来，冲着丹瑟尔高声叫喊，让他别做傻事，但丹瑟尔仿佛没有听见。他的四肢剧烈颤抖。他蓦地将扭曲的十指举起，艾萨克看见他手上青筋暴起，仿佛小蛇在皮肤间蜿蜒。

丹瑟尔开始沿着窄街一步一步地往回走，朝着仙人掌族追兵即将出现的路口走去。

潘吉芬奇斯最后高声呼唤了他一次，然后双腿用力一蹬，越过窄街尽头一堵摇摇欲坠的墙，大喊着让其他人跟上。

艾萨克飞快地朝那堵破烂的砖墙退去，目光跟随着丹瑟尔渐行渐远的身影。

德姮手脚并用地爬上凹凸不平的砖墙，迟疑片刻后纵身跃下，跳进一块隐蔽的空地，空地上，蛙人正同下水道检修孔上的盖子扭成一团，又是推又是拉。雅格里克花了不到两秒钟的时间便翻过了墙头，落到墙的另一边。艾萨克伸手准备爬墙，又回头看了一眼。莱缪尔正沿着窄街飞快跑来，对同他擦肩而过的丹瑟尔视而不见，任由那个绝望的身影渐渐远去。

丹瑟尔在窄街入口停下，身体因为用力而剧烈摇晃，魔法能量在他体内疯狂蹿行，他的头发根根竖起，全身上下迸射出乌黑的火花，道道能量弧光转瞬即逝。这些从他皮肤下面迸发而出的强大能量呈现纯粹的黑色，晦暗不明，将周遭一切都洇染得黯淡无光。

仙人掌族追兵转过街角，正好与他迎面碰上。

冲在前面的仙人掌族士兵被眼前这闪着幽幽黑光的古怪人影吓了一大跳，只见此人十指弯成爪状，如同索魂恶鬼，身周的空气因为满溢的魔法能量而噼啪作响，他们还来不及做出任何反应，丹瑟尔便一声咆哮，身上黑光大盛，数团滋滋作响的能量球迸射而出，直奔仙人掌族士兵。

它们如球状闪电般翻滚着穿过空气，啪地击中好几个仙人掌族，其中蕴含的黑暗能量猛然爆裂，沿着士兵们的血管迅速窜开，所过之处噼啪作响，皮肤焦黑龟裂。被击中的士兵往后飞出数码，重重摔在石子路面上，一人就此不动，其他人痛苦翻滚，长声惨叫。

丹瑟尔将双手举得更高，就在这时，一名仙人掌族战士欺身上前，战斧高高抡过头顶，用力一挥，在空中划出一道巨大而强劲的弧线，朝着丹瑟尔劈下。

沉重的战斧"砰"地砍进丹瑟尔的左肩，刚一碰到他的皮肤，丹瑟尔身上滋滋作响的虚空能量立刻顺着战斧传到敌人身上。仙人掌族战士浑身剧烈抽搐，被强大的魔法能量弹飞出去，雾状的仙人掌汁液从震得粉碎的胳膊上喷射而出。但在那全力一击之下，战斧还是切开层层脂肪、血肉和骨头，从丹瑟尔的肩膀一路劈至胸口之下，留下一道足有一英尺半长的巨大伤口，最后深深嵌在他的腹部，兀自嗡嗡震颤。

丹瑟尔长声惨叫，凄厉如受惊的狗。幽黑的虚空能量嘶嘶地从巨大的伤口流泻，伴随着汹涌而出的鲜血。丹瑟尔双膝一软，跪倒在地，仙人掌族蜂拥而上，围着这个迅速咽气的男人拳打脚踢。

艾萨克发出一声悲痛的叫喊，爬上墙头，朝莱缪尔疯狂招手。他回头看了眼墙后昏暗的空地，德姮和潘吉芬奇斯已经搬开了下水道井盖，开启了通往地底世界的入口。

仙人掌族没有就此作罢。一些士兵没有停下来对着丹瑟尔的尸体泄愤，而是挥舞着武器继续追向艾萨克和莱缪尔。就在莱缪尔跑到墙边时，一把裂肢弩发出强劲的破空之声，紧接着是一声重重的闷响。莱缪尔一声惨叫，倒在地上。

一枚巨大的锯齿状“查克里”深深嵌入他的后腰，银色的边缘露在血如泉涌的伤口外。

莱缪尔抬头看着艾萨克的脸，可怜巴巴地惨叫。他的双腿剧烈颤抖，双手在墙上胡乱扒抓，细细的砖屑四散飞溅，将他团团笼罩。

“噢圣嘉罢啊艾萨克快帮帮我求你了！”他凄厉地大喊，“我的腿……噢圣嘉罢啊噢神啊……”他开始剧烈地咳嗽，一大团鲜血从他口中喷涌而出，顺着下巴淋漓淌落，看起来十分吓人。

艾萨克整个人都惊呆了。他愣愣地低头看着莱缪尔，看着那双满溢着恐惧与痛苦的眼睛，然后又飞快抬头向窄街望去，只见仙人掌族士兵正朝着动弹不得的莱缪尔冲锋，嘴里发出胜利的呼号。他们距离砖墙几乎不到三十英尺了，其中一个士兵发现了正朝这边张望的艾萨克，立刻举起手中的裂肢弩，仔细瞄准他的头部。

艾萨克脖子一缩，身子一矮，溜下半截墙壁，然后笨拙地一跳，落到小小的空地上，在他身后，下水道口大大敞开，阵阵恶臭从地底冒出来。

莱缪尔不敢置信地瞪着艾萨克。

“帮帮我！”他厉声尖叫，“圣嘉罢啊，我操你妈，不，噢圣嘉罢啊不……别丢下我！救我！”

他像耍性子的小孩一样挥舞着双手，狂怒的仙人掌族朝他发起了最后的冲刺，他疯狂地扒抓着墙壁，想要拖着动弹不得的双腿爬上墙头，抓得指甲折断，指头鲜血淋漓。艾萨克凝视着他，心里无比羞愧，同时又明白自己什么都做不了，已经没有时间下去救他了，仙人掌族已经近在咫尺，而且就算艾萨克把他拉过墙头，在那样的伤势之下，他也活不下来。与此同时，艾萨克也知道，即便这些事实莱缪尔全都明白，但当他抬头看来时，心里闪过的最后一个念头依然是艾萨克背叛了他。

仙人掌族士兵朝莱缪尔扑了上去，透过腐朽的砖墙，艾萨克听见莱缪尔的惨叫声凄厉地响起。

“这一切都跟他没有关系！”他悲愤地朝着墙那边大喊。潘吉芬奇斯面色凝重，身子往下一缩，消失在蜿蜒通往地底的下水道中。“这一切都跟他没有关系！”艾萨克绝望地呐喊，想让莱缪尔的哀号声停下。德妲跟着蛙人钻进下水道，她脸色惨白，耳朵处的伤口又开始渗血。“放开他你们这些狗娘养的，你们这些垃圾，你们这些愚蠢的仙人掌混蛋！”艾萨克高声咆哮，用自己的声音盖过莱缪尔的惨叫声。雅格里克已经往下水道里钻了半截，只剩肩膀和脑袋还露在外面，他伸手用力拽住艾萨克的脚踝，与人类迥异的尖喙上下轻磕，发出一声焦虑的低鸣，示意他赶紧跟上。“他是在帮你们……”艾萨克声嘶力竭地喊道，激愤之意稍平，恐惧悄然涌起。

雅格里克消失在下水道口之后，艾萨克紧紧抓住下水道口的边缘，慢慢地往里降去。他费劲地将肥硕的身体挤过下水道口的金属箍边，伸手摸过井盖，准备下去之后盖回原位。

莱缪尔的惨叫声仍不断从墙那边传来，叫声里充满痛苦和恐惧。整夜惶惶不安的仙人掌族因为此刻的胜利备受鼓舞，格外卖力地惩罚擅闯者，野蛮无情的殴打声响个不停。

他们会停下的，艾萨克一边往下爬一面拼命地说服自己，*他们只是吓坏了，又完全搞不清状况，他们不知道发生了什么。他们随时会将一枚“查克里”、一柄刀子或是子弹送进他的脑袋，停止这一切，结束这一切。他们没有理由让他活着*，他对自己说道，*他们会杀掉他，因为他们觉得他跟那些蛾子是一起的，他们只是在做自己的分内之事，清除擅闯大温房的敌人，他们会停下的。他们只是吓坏了，他们不是以折磨他人为乐的人*，他想，*他们只是想结束这场噩梦……他们随时都会结束这一切*，他痛苦地想道，*下一秒就会结束*。

但当他进入漆黑恶臭的下水道，把头顶上方的金属井盖放回原位时，莱缪尔的惨叫声仍在继续。当他蹚着温热的粪水，跌跌撞撞地跟着幸存的同伴穿过下水道时，那声音仍穿过远处的井盖微弱而荒谬地传来。甚至当他沿着如同石间凹陷纹理的古老沟道一路离开大温房，仓皇逃向相对而言更安全的巨大城市时，他依然觉得自己在头顶水珠滴落的声声回响中、在脚下废水奔流的阵阵喧哗中，听见了莱缪尔的惨叫声。

过了好久好久，那声音才沉寂下来。

这是一个不可想象的夜晚。我们所能做的只有逃。我们匆匆逃离眼前的一切，发出动物才会发出的声音。恐惧、厌憎和陌生的情绪如附骨之疽，盘绕在我们的一举一动之间，挥之不去。

我们跌跌撞撞地走过隐蔽的破烂小道，从地底世界回到铁路旁的小屋。我们浑身颤抖，哪怕空气酷热难当。火车隆隆驶过，震得小屋的墙壁摇摇晃晃，我们随着那节奏无声点头。我们小心翼翼地看向彼此。

只除了艾萨克，他盯着空无一物之处，怔怔出神。

我睡着过吗？有任何人睡着过吗？有一些时刻，麻木的感觉会淹没我，堵塞我的头脑，让我什么也看不见，什么也不能想。也许这些如同游魂僵尸般的破碎时刻就是我的睡眠时间。也许这样的睡眠才适合现在的这座城市。也许我们现在能期冀的也只有这样。

没有一个人说话，一直过了很久，很久。

那个名叫潘吉芬奇斯的蛙人第一个打破了寂静。

她轻声开口，喃喃地说着什么，几乎难以分辨那是不是有意义的话语。但她是在对我们说话。她坐着，背靠着墙，粗壮的大腿在身前摊开。那蠢兮兮的水精卷绕过她的身体，洗净她的衣裳，让她的皮肤保持湿润。

她对我们说起关于沙得拉和丹瑟尔的事情，说起他们三人是如何在一次冒险中相识，关于那次冒险经历她语焉不详，匆匆带过，只说那是在水流徐行之城泰什，而且赏金十分丰厚。自那以后他们已经在一起度过七年时光。

我们小屋的窗户早已破碎，窗框上残留着一圈参差不齐的玻璃碎片。当朝阳升起，它们试图挡住阳光，却只是徒劳无功，耀眼的光柱长驱直入，照亮大群在光中欣然起舞的飞虫。光柱之下，潘吉芬奇斯用缓慢而毫无变化的语调述说着她与两位逝去同伴共度的时光：在虫眼丛林里偷猎、在尼奥范丹行窃、在拉贡莫的森林与大草原盗墓。

她说，他们三人之间的关系从不对等。她的语气中没有丝毫的不满或怨气。她总是独自一个，丹瑟尔和沙得拉两人总是一起，那两个人仿佛在彼此身上找到了某种东西，存在某种深沉而强烈的联系，她不能，也不想去触碰。

她说，丹瑟尔最后难过得发了狂，什么都不想，什么都不顾，任由魔法能量肆意爆发，尽情宣泄心中悲痛。她又说，即使他没有失去理智，依然会做出同样的事情。

所以，她又是独自一个人了。

她结束了讲述，静静等待我们回应，仿佛这是某种仪式的程序。

她略过了沉溺于痛苦中的艾萨克。她先看向德姮，然后看向我。

但我们都让她失望了。

德姮摇了摇头，一脸悲伤，无言以对。

我试着说些什么。我已经张开了嘴，我的故事已经涌上了喉头，关于我犯下的罪行、我受到的惩罚、我一路行来的流放之旅，几乎就要冲到舌尖，几乎就要脱口而出。

但我将那些话语咽了下去。我的故事跟她的故事没有关系。它不适合今晚这个场合。

潘吉芬奇斯的过去充满了自私与劫掠，但在今晚由她娓娓道出，便成了一篇献给逝去同伴的告别辞。而我那充满自私与流放的过去无法文饰，它永远都是一个关于卑劣之举的卑劣故事。于是我选择了沉默。

但接着，当我们准备放弃，让这个未曾言明的告别仪式就此结束时，艾萨克迟钝地抬起头，开口说话了。

他先是要水和食物，我们没有。接着他的眼神渐渐集中，开始像正常人一样说话。他带着刻意疏离的悲痛，开始讲述他所看见的死亡场景。

他给我们讲了织者，那位舞蹈的疯神，讲了这个似乎同我们站在一边又神出鬼没不可信赖的强大生物吟唱的古怪歌词，讲了它与那些蛾子的战斗，讲了那些烧掉的蛾卵。艾萨克还用冰冷而直白的语言给我们讲了机械议会给他留下的印象，讲了它想要什么，它可能造成什么结果（潘吉芬奇斯听到机器人在这座城市垃圾场里经历的事情之后大为吃惊，她深深地倒抽一口气，原本就鼓起的眼睛瞪得更加突出）。

艾萨克说得停不下来。他开始说起接下来要怎么办。他的声音变得冰冷无情。他身体里有什么东西死掉了，某种温暖的期望、某种柔软的耐心本已随着琳的离开而枯萎，现在被他深深掩埋。我听着他的声音，觉得自己的心也渐渐变成石头。他激励我变得更加严格，更加坚定。

他说起背叛和反背叛，说起数学、谎言和魔法奇术，说起梦和长翅膀的东西。他详细地阐释着各种理论。他对我说起飞行，我几乎已经忘了也许我能再次拥有那种能力，此时当他提起，那渴望又卷土重来，充满我的全部身心。

当太阳如满身大汗的男人那般爬上中天，我们这些幸存者、这些剩下的人，开始收拾我们的武器和心情，收拾我们的笔记和回忆。

我们没想到我们竟然还能召唤出如此多的精力。我们制订好了计划，这让我十分吃惊，不过这情绪像是隔了一层面纱——我要严格地摒除一切情绪。我将长鞭紧紧卷在手上，磨利我的刀子。德烜擦拭她的火枪，小声对艾萨克说着什么。潘吉芬奇斯往后靠去，不住摇头。她准备走了，她提醒我们，她没有任何留下的理由。她准备小睡片刻，然后与我们就此别过。

艾萨克耸耸肩，不置可否。他从小屋的垃圾堆里拖出几台藏起来的发动机，上面密密地装着阀门，又从衬衣里头掏出一叠叠笔记，上面沾满汗渍，墨水都洇开了，字迹难以辨认。

我们开始为计划做准备，艾萨克显出比我们任何一个人都要强烈的热情，疯狂地在纸上写写画画。

接下来的几个小时里，他时而抬头望天、狠狠咒骂，时而低呼有所发现。他不停地说，我们不能这么做，我们需要一个中心点。

又过了一两个小时，他再次抬起头来。

我们必须这么做，他说，不过我们仍然需要一个中心点。

他告诉我们必须怎么做。

先是一阵沉默，然后我们开始争论。我们的语速飞快，语气焦灼。我们提出一个个候选者，然后一一否定。我们不能确定选择的标准——我们该选注定要死的还是罪该万死的？该选年老体衰的还是十恶不赦的？我们有这个资格评判吗？

我们的道德观念开始变得冲动而暧昧。

但这一天已经过去了一多半，我们必须做出选择。

德姮将脸板成一块铁板，但痛苦仍从她的眉梢眼角流泻而出。她默默地做着准备，那个可耻的任务最后落到了她的头上。

她带上我们所有的金钱，包括我仅剩的几块金子。她将身上来自下水道的污物清理掉一些，将这无意间得来的伪装稍作改变，化作一个卑微的流浪者，然后出发寻找我们所需之物。

外面的天色开始暗下来，艾萨克仍在埋头工作。他那仅有的几张纸上，用蝇头小字涂就的图表和方程式见缝插针地塞在字里行间，塞在每一处空白的方寸之地。

西沉的夕阳自下而上地照亮抹在天空的片片薄云。暮色袭来，天空渐渐黯淡。

我们没有一个人在意即将伴随暗夜降临的噩梦。

PART SEVEN

第七部分

危局

第四十六章

城市各处，街灯闪烁一下，渐次熄灭。太阳自黑腐河上升起，朝晖勾勒出河上一艘小小驳船的轮廓。小船仅比筏子略大，在沁凉的河浪间起伏颠簸。

新克洛布桑的双河之上漂着许多这样被遗弃的驳船，它们被敷衍地拴在被遗忘的系泊处，留在河中等待腐烂，有些老旧得只剩骨架，随着水流载沉载浮。在新克洛布桑的中心地区，这样的船比比皆是，掘泥工人互相打赌，看谁敢游到那些船上，或是沿着那些毫无存在意义的老旧系绳攀爬。有些船他们会躲得远远的，交头接耳地说上面住着怪物，或是有鬼魂出没——那些溺亡者不肯接受自己已经死去的事实，灵魂在船上流连不去，即便他们的尸首早已在河底腐烂。

这艘驳船上半遮半掩地盖着一块防水布，旧得已经发硬，散发着油脂和发霉的味道。船壳的老旧木板渗着河水。

在防水布投下的阴影里，艾萨克仰面朝天地躺着，凝视着天上的流云。他一丝不挂，一动不动。

他躺在这里已经有一段时间了。雅格里克陪他到了河边。他们在喧嚣的城市中遮遮掩掩地走了一个多小时，穿过獾泽熟悉的街道，向北穿过基德区，沿着时而匍匐地面时而横跨半空的铁轨前行，经过一座座国民卫队塔，最后来到溃疡角的南部边缘。这里距离城市中心不到两英里，却像是另一个世界。简陋安静的街道、朴实无华的房屋、毫不起眼的公园、古板土气的教堂和行会大厅、名不副实的办公处——这些建筑景观的排列同样遵循着这座城市主流的杂乱风格，但程度显得轻微许多。

这里的道边栽满树木。一棵棵矮小的橡树和黑木不似角蝰集市大道旁流苏镶边般的榕树带那般优美，也不似双桅原悲叹松林中的排排古松那般壮丽，却也遮掩了建筑物的破敝之处。艾萨克和雅格里克前往河岸时，尽管雅格里克已经再次用绷带裹住双脚，还偷来件斗篷盖住头脸，还是很庆幸一路上有这浓密的树荫帮忙隐藏行踪。

黑腐河沿岸并没有大规模的重工业区。城市的工厂、作坊、仓库和码头基本上分布在水流较为缓慢的焦油河以及两河交汇而成的大焦油河沿岸。黑腐河湍急清澈的河水只在流过与焦油河交汇之前的最后一英里，也就是獾泽，在那里汇入上千个实验室排放的废水后，才变得污浊发臭、诡谲危险。

在城市的北边，也就是基德区、城沿以及溃疡角，市民们可以在河上划船游玩，这一消遣是那些住在城市南边的人们无法想象的。这里的水道没那么繁忙，所以艾萨克才愿意遵从织者的指示，冒险前来。

两人找到了一条直达河岸的狭窄小道。小道夹在两排背向而立的房屋之间，一路向下延伸，尽头便是打着旋的河水。尽管与城市的工业区相比，此处岸边的废弃船只很少，但要找到一艘也不是什么难事。

艾萨克让雅格里克留在岸边望风。鹰人原地坐下，一动不动，头脸藏在褴褛的兜帽之下，看上去就像个流浪汉。艾萨克小心翼翼地走下河岸，踩着丛生的野草与厚厚的淤泥朝河水走去，一边走一边脱去身上的衣服，一件件夹在胳膊底下。当他赤裸着踏入河水之时，天边正好开始发白。

他咬紧牙关，毫不犹豫地迈步向前。

游向驳船的路程并不长。河水冰凉，但艾萨克很是享受，沉浸在畅快游动的感觉中，任由幽深的河水将身上累积数日的尘垢和下水道污物冲洗干净。他还将衣服拿在手中，让它们顺着水流漂浮，希望河水也将它们洗净。

游至船边，他翻身上船，当水渐渐干去时，他裸露的皮肤有些刺痛。他只能勉强看见河岸上的雅格里克，只见鹰人动也不动，谨守着哨兵的职责。艾萨克将湿透的衣服铺在身边，拉过驳船的防水帆布罩盖在头顶上方，然后静静地躺在阴影中等待。

他看着东边曙光渐显，晨风拂过他裸露的皮肤，所过之处激起片片鸡皮疙瘩，他忍不住浑身颤抖。

“我来了，”他喃喃地说，“赤裸如死者，躺在拂晓时分的河上。正像你要求的那样。”

他并不知道那个可怕的夜晚织者在大温房里这句梦呓般的吟唱到底算不算是某种邀约。但他觉得，如果他回应了，也许它就真的成了一个约定。他的回应会牵动世界织网，织就一幅取悦织者的图案，至少他是这样希望的。

他必须见见那只巨蛛。他需要织者的帮助。

前一天晚上夜半时分，艾萨克和同伴们再次感觉到夜晚起了变化，空气变得紧绷，弥漫着令人烦躁不安的气氛——噩梦又回来了。正如织者所预料的那样，它的袭击失败了，餍蛾依然活着。

艾萨克就是在那时突然意识到，剩下的那些餍蛾现在也知道他的气味了，它们会认出他就是毁灭蛾卵的罪魁祸首。他本该吓得魂不守舍，但他并没有。铁道边的小木屋整晚都安安静静，仿佛被整个世界遗忘了。

也许它们怕我。他想道。

驳船在河面上随着波浪微微起伏。一个小时过去了，城市的喧嚣渐渐响起，传至河上，如无形丝线般卷裹在他周围。

河中突然响起水泡翻涌的声音，打断了他的思绪。

他蓦地回过神来，小心翼翼地用手肘撑起身子，越过船沿向外看去。

雅格里克依然坐在河岸上，姿势完全没变。现在他的身后已经出现了三三两两的行人，不过他们的目光根本不会在这个浑身裹得严严实实、臭不可闻的怪人身上停留。

驳船不远处，有块地方的河水开始剧烈翻滚，水泡汩汩地从水下冒上来，在河面"啵啵"地炸开，激起一圈圈直径约为三英尺宽的涟漪。艾萨克的眼睛突然吃惊得瞪大了，他发现那些涟漪不仅是完美的正圆，而且尺寸像是受到了刻意的控制——每圈涟漪扩展到特定的大小，便立刻归于平静，周围的河水丝毫不受扰乱。

艾萨克稍稍往后退了退，就在这时，一道光滑的黑色弧线在那片翻滚不休的幽深河水中陡然升起，破水而出。河水溅落，却只洒在那涟漪的范围之内。

艾萨克眨了眨眼，发现自己正盯着织者的脸。

他吃了一惊，不禁往后一缩，心脏狂跳。织者抬眼看向他。它把头高高仰起，露出水面，平时高过头顶的巨大身躯整个隐没在水下。

织者轻声吟唱着，缥缈的话音在艾萨克头骨深处回响。

……你这个可爱的小东西你躺在黎明河上如赤裸死者正是我要求的那样你也许是我四条腿的小小同类……它那永无休止的独白带着轻快的调子……河水与晨光传达你的消息我明了你的心意循水而来……它的话语渐渐低回，变得很难听清，艾萨克趁机开口。

"很高兴见到你，织者，"他说，"我不敢忘记我们的约定。"他深深地吸了口气，"我需要同你谈谈。"织者又开始如念咒般低声吟唱，艾萨克专心致志地聆听着，试着把那些优美的胡言乱语翻译成有意义的回答，同时向织者传达自己的意思。

这就像一场与熟睡者或疯子的对谈，既困难又累人，但并不是办不到。

雅格里克耳边充斥着上学孩童的低声笑语。他身后一段距离之外有条小路，正从河岸边的草地上横穿而过，孩子们便走在那上面。

他目光闪烁，越过河面，看着对岸的旗山，宽阔的白石街道以缓和的坡度自水边延伸而去，掩映在葱郁的林木之中。那边的河岸也长满粗粗的野草，只是没有小路，没有孩童，只有围墙环绕的房屋，一片静谧。

雅格里克把腿蜷得更紧些，将整个身子裹在臭烘烘的斗篷里。距离河岸四十英尺的河中，艾萨克藏身其中的那艘小船纹丝不动，显得很不自然。几分钟前，艾萨克小心翼翼地将头微微探出那艘老旧驳船的船沿，现在他仍保持着这个姿势，背对着雅格里克，看上去就像正在专注地盯着水面，盯着水面的某堆漂浮物。

雅格里克知道，那一定是织者，他感到一股激动之情涌遍全身。

雅格里克凝神倾听，但微风并没有送来只言片语。他只听见河水轻拍河岸的声音，还有身后孩子们突然爆发的笑闹声。那些孩子粗野无礼，动不动就大声叫嚷。

他能感觉到时间悄然而逝，但朝阳似乎并未往中天移动分毫。他身后小路上走去上学的孩童络绎不绝。雅格里克看着艾萨克与隐身于水面之下的巨蛛争执着什么。他静静地等着。

终于，黎明将逝，时近七点，艾萨克不易察觉地在船里转了个身，捡起散落周围的衣服，像一只笨拙的水鼠般偷偷溜进河水之中。

艾萨克朝着河岸游来，一路击碎洒落河面的清冷晨光。到了浅滩处，他伸手蹬腿，扭来扭去地穿上衣服，就像在跳某种古怪的水中舞蹈，然后拖着直往下滴水的身子，踩着笨重的步伐爬上长满灌木杂草的泥泞河岸。

他一屁股跌坐在雅格里克面前，拼命喘着粗气。

上学的孩童咯咯偷笑，交头接耳地议论这古怪的一幕。

“我觉得……我觉得它会来的，”艾萨克说，“我觉得它听明白了。”

他们回到铁路旁的小屋时已经过了八点。木屋里一片静寂，闷热难当，空气中飘满无精打采的浮尘，沉浊不堪。阳光透过墙缝照进来，映得地上的垃圾和滚烫的木头颜色格外刺眼。

德姮还没回来，潘吉芬奇斯在墙角睡觉，也可能是在假装睡觉。

艾萨克将关键的管线、阀门、引擎、电池和变压器收拢起来，装进一个简陋的袋子里。他拿出笔记，快速地翻了一遍，然后塞回衬衣里。他给德姮和潘吉芬奇斯留了张字条，和雅格里克检查并清理了一遍武器，清点好手头寥寥无几的弹药，然后透过破损的窗户向外看去，眺望正在醒来的城市。

现在他们必须十分当心。太阳重新统治了天空，光线明亮。每个人都可能是国民卫队，而每个国民卫队都看过他们的胶版相片。他们扯过斗篷裹住身子。艾萨克犹豫片刻，然后借来雅格里克的刀，用粗鲁的动作地刮起胡子来。锋利的刀刃刮过皮肤上的痦子和赘疣，痛不可言——他最开始留胡子就是为了遮掩这些讨厌的疙瘩。他下手无情，动作迅速，很快就带着一个光秃秃的下巴站在雅格里克面前，苍白松弛的皮肉上鲜血淋漓，东一块西一块地布着没刮干净的胡茬。

他的样子很糟糕，但看起来像是变了个人。艾萨克抹了一把渗血的下巴，和雅格里克迈步出门，踏进清晨的阳光之中。

他们装出漫不经心的模样，小心翼翼地从商店和吵架的行人旁走过，一路拣着后街小巷走，就这样，九点的时候，他们来到了格利斯湾的垃圾场。天气炎热，在这些废弃金属堆砌的峡谷之中，热浪更是挟着夺人的声势扑面而来，艾萨克只觉得下巴阵阵蜇痛。

他们踩着满地垃圾，朝这座迷宫的中心、机械议会的藏身处走去。

“一无所获。”本瑟姆·鲁德革特放在桌上的双手握成了拳头。

“我们已经派出飞艇在城市上空搜寻了两个晚上。根本一无所获。每天早上都有一批新的市民倒下，但前一天晚上我们却什么也没发现。拉斯克尔死了，格雷姆勒布林不见踪影，布鲁戴也是……”他掀起眼皮，用充血的双眼瞪着桌子对面的“烟枪”法谢尔，法谢尔轻轻地咂了一口长烟斗，吐出气味辛辣的烟雾。“形式很严峻。”他总结道。

“烟枪”法谢尔缓缓地点了点头，思考片刻。

“我有两个建议，”她慢慢开口道，“第一，我们需要经过专门训练的军队。我跟你提起过莫特利的那些士兵。”鲁德革特点点头，不停地揉着眼睛。“这一点我们很容易就能办到。我们只需要吩咐惩罚工厂为我们制造一批特殊的改造人，配有镜子和向后开火的武器什么的，但我们现在最需要的是时间。我们需要时间来训练那些改造人，至少得三到四个月。在这段时间里，餍蛾会继续捕食市民，变得更加强大。”

“所以我的第二个建议是，在这段时间里，我们必须想办法让情况处于可控范围内。比方说实行宵禁。我们知道餍蛾可以进到屋子里，但到目前为止，绝大多数受害者都是在街上被掠走的。”

“此外我们还必须禁止报纸对此事进行各种猜测。巴拜尔不是唯一一个参与到那个项目中的科学家。我们必须遏止一切危险的煽动性言行。我们必须将其他参与那个项目的科学家控制起来。”

“还有，为了追捕餍蛾，我们已经投入了一半的国民卫队军力，这个时候绝不能再出现一次泉树码头大罢工之类的事情，那会迅速地让整个城邦陷入瘫痪。为了城邦的利益着想，我们必须果断终止任何不合理的诉求。市长大人，从根本上说，这是自海盗战争以来新克洛布桑所面对的最大一次危机。我认为是时候宣布城邦进入紧急状态了。我们需要动用紧急权力。”

“我们需要实行戒严。”

鲁德革特微微抿嘴，思考着。

“格雷姆勒布林。”议会代言人开口道。机械议会的本体隐而不见。它没有坐起来，艾萨克很难从周围小山似的垃圾和废物中分辨出它来。

插入赤裸男人颅骨中的电缆拖在身后，蜿蜒于满地的废金属与碎石间。他身上散发出恶臭，皮肤上东一块西一块地爬着霉斑。

“格雷姆勒布林，”他用那令人不安的颤抖嗓音重复了一遍，“你去过大温房后没有立刻回来。你留给我的临界引擎并不完整。我那些随你去往大温房的分身何在？昨天晚上餍蛾再次出现在天空。你的行动失败了吗？”

艾萨克举起手来阻止这一连串的质问。

“停下，”他用不容置辩的语气说道，“听我说明。”

艾萨克知道，任何时候都不要误认为机械议会是有感情的。所以当他向议会代言人讲述那个可怕夜晚在仙人掌族的小镇里发生的一切时，讲述他们以惨痛代价换来的微小胜利时，他看到面前这个赤裸男人身体不住颤抖、面孔不时扭曲成诡异的模样，但他知道那并不是因为愤怒或悲伤。

机械议会有思考能力，但没有感情。它只是在消化新的信息，仅此而已。它只是在计算各种可能性。

他告诉机械议会所有的猿猴机器人都毁掉了，当这个信息沿着电缆一路传回议会隐藏的分析引擎时，议会代言人的身体颤抖得格外厉害。没有了那些机器人，机械议会就无法直接下载数据，只能从艾萨克的话中获取信息。

在艾萨克向机械议会解释时，他突然觉得自己看到一个人类的身影在旁边的垃圾山上一闪而过，就像上次一样，但当他定睛看去时，却什么也没看见，仿佛刚刚出现的只是幻觉。

艾萨克转回目光，将织者的出现告诉了机械议会，然后终于开始说出自己的计划。不出他所料，议会很快就明白了他的意思。

议会代言人点了点头。艾萨克觉得脚下的地面微不可察地晃动起来，议会本体开始从垃圾山中显形。

“你明白我需要你做什么了吗？”艾萨克问。

“当然。”机械议会通过代言人尖细颤抖的嗓音回答，“我将直接连到临界引擎上？”

“是的，”艾萨克说，“这样计划才能顺利进行。我把临界引擎放在你这里时忘了一些部件，所以它才不完整。不过也没事，因为我正是看到那些部件才有了灵感，想到这个计划。不过，听着：我需要你的帮助。这个计划想要成功，所有的计算必须*准确无误*。我有从实验室带出来的分析机，但那实在算不上什么高端型号。而你，议会，是许多个计算引擎连接而成的复杂网络，是现如今最他妈先进的计算机……我说的没错吧？我需要你帮我做一些运算。解析几个函数，打印一些程序卡片。我需要它们准确无误。一丁点的错都不能有。明白吗?"

"拿来我看看。"议会代言人说。

艾萨克掏出两张纸，走到议会代言人面前，递了过去。在垃圾场的机油味、化学废料味、霉味和滚烫金属散发的味道中，议会代言人那正在慢慢腐烂的身体发出的恶臭格外刺鼻。艾萨克忍不住皱起了鼻子，但他咬紧牙关，一动不动地站在那个正在腐烂的活死人身边，解释自己之前草拟出来的函数。

"这张纸上有几个方程式，我解不出来。你能看懂吗？它们是用来对心理活动进行数学建模的。这第二张纸上的东西更麻烦，是我需要的程序卡组。我已经试着把每个函数尽可能精确地列了出来。比如说这里……"艾萨克又短又粗的手指划过一行复杂的逻辑符号，"这是'从输入端一搜索数据；进行数据建模。'接下来这里是同样的要求，只是换成了输入端二……然后这里这个要求特别复杂：'对比原始数据。'然后这里是一些构造性的、可重构的函数。"

"这些你都能看懂吗?"艾萨克问道，退开几步，"你能算出来吗?"

议会代言人接过那两张纸，仔细地看起来，死鱼般的眼珠飞快地左右移动，目光扫过纸页，丝毫没有停顿。接着，他的眼珠蓦地定住，整个身子开始簌簌抖动，将数据通过缆线传回机械议会隐藏的大脑。

一时间四下里鸦雀无声，片刻之后，议会代言人开口了："我可以做到。"

艾萨克非常高兴，飞快地点了点头。"我们需要你……唔……现在就算。越快越好。我可以在这里等。你怎么说?"

"我会尽力的。不过等到夜幕降临、魇蛾重新出现时，你一定要打开电源，和我连接。你一定要把我连到你的临界引擎上。"

艾萨克点了点头。

他在衣兜里摸索了一阵，又掏出一张纸，递给议会代言人。

“我把我们需要的每样东西都列在这个单子上了，”他说，“应该都能直接在垃圾场里找到，再不济也能拼装出来。你还有没有其他的……呃……其他的分身可以帮我们找到这些东西？两顶你之前给我们的那种头盔，通灵师们用的那种；几个电池、一台小发动机，诸如之类的东西。还是那句话，我们现在就要。不过最主要的还是电缆。粗电缆。必须能够承载强大的电流或魔力流。我们需要两英里半到三英里长的这种电缆。当然了，不用是一整根……可以是好多根，只要彼此能连上。不过就算这样，我们也需要大量的电缆。我们必须把你连到我们的……我们的聚焦点上。”他说到这个地方时，声音一下子低了下去，脸色也变得凝重起来。“这些缆线必须在今晚……六点之前吧，准备好。”

艾萨克脸色严峻，语调毫无起伏。他审慎地看着议会代言人。

“我们只有四个人，其中还有一个指望不上，”他接着往下说，“你可以联系你的……信徒们吗？”议会代言人慢慢地点了点头，等着艾萨克解释缘由。“那就好，我们需要人手把那些电缆连接起来，跨越城市。”艾萨克从议会代言人手中抽回那张物品清单，翻了个面，飞快地画了张草图：一个线条歪歪扭扭、侧过来的Y代表新克洛布桑的双河，两个小叉分别代表格利斯湾和乌鸦塔，然后是两个圈，分别代表两地之间的獾泽和烤炉区，最后铅笔飞快地一挥，将两个小叉连了起来。他抬头看向议会代言人：“你必须把你的信徒们组织起来。越快越好。他们必须在晚上六点之前带着电缆各就各位。”

“你为什么不在这里执行你的计划呢？”议会代言人问道。艾萨克含糊地摇了摇头。

“这里不行。这里太闭塞了，就像一潭死水。我们必须通过城市的中心点来传导能量，也就是所有的铁路线交会之处。”

“我们必须去帕迪多街车站。”

第四十七章

艾萨克和雅格里克合力抬了一个塞得鼓鼓囊囊的袋子，袋子里装的正是在垃圾场得来的装备。他们遮遮掩掩地沿着格利斯湾的僻静街道原路返回，爬上通往萨德线的残破砖梯。他们像两个在城市中漫无目的游荡的流浪汉，穿着与炎热天气格格不入的衣服，拖着沉重的脚步一路穿越新克洛布桑的天际线，赶回铁路旁那栋摇摇欲坠的小木屋。临近小屋时，一列火车鸣着汽笛疾驰而过，滚滚浓烟带着夺人的声势从漏斗状的烟囱里喷吐而出。他们等着火车通过，然后小心翼翼地穿过滚烫的铁轨。铁轨炙烤着上方的空气，热浪升腾，犹如一堵摇摆不定的透明围墙。

时近正午，空气像滚烫的膏药般贴在他们身上。

艾萨克放下袋子，伸手去拉快要散架的屋门，门却"唰"的一下从里面打开了。德姮从门缝里钻出来，站到他面前，随手将身后的屋门掩上一半。艾萨克抬头瞥去，看到一个人影局促不安地站在屋内昏暗的角落里。

"扎克，我把人找来了。"德姮轻声说道。她声音紧绷，脏兮兮的脸上一双眼睛红红的，仿佛泪水随时都会夺眶而出。她飞快地朝身后指了指。"我们一直在等你。"

艾萨克得去和机械议会见面；雅格里克只会让人感到惊惧猜疑、难以信任；潘吉芬奇斯肯定不会去。所以几个小时前被迫出发到城里去完成那个可怕任务的，便只有德烜了。这让她的心情极其低落。

她离开小屋、走进城市，谨慎而快速地穿过笼罩在一片漆黑中的街道，不时发出几声压抑的呜咽，以纾解内心折磨带来的头疼。她把肩膀高高耸起，头低低埋下，余光瞥见几个行色匆匆的路人，她知道那很有可能是国民卫队。空气中噩梦的沉重威压让她觉得喘不过气。

但当太阳升起，黑暗缓缓退去、最后缩进路边的排水沟和屋顶的檐槽时，她突然觉得浑身一轻。她加快了脚步，仿佛之前阻挡她前进的只是那仿若实体的浓浓黑暗。

明亮的天光并没有削减她任务的可怕程度，但在紧迫的情势面前，她心中的恐惧变得微不足道。她知道这件事情没法拖延。

她离目的地还有很远。她要去悉利亚泉的慈善医院。要到那里，她还得走上四英里多的路，经过迷宫般杂乱的贫民窟和摇摇欲坠的破败建筑。她不敢叫出租车，她害怕车夫会是国民卫队探子，乔装卧底，只为捉捕像她这样的通缉犯。所以她借着萨德线投下的阴影，大着胆子尽可能地加快步伐。萨德线在她头顶上方越升越高，越过周围的屋顶，一路向着城市中心延伸，承托铁轨的砖拱高高耸立在悉利亚的街道上，不住往下滴着水，像一张张大打呵欠的嘴。

到了悉利亚高地站，德烜不再沿着铁轨延伸的方向前进，转而踏上大焦油河南边犹如一团乱麻的喧闹街道。

循着小贩的叫卖声，很容易找到汀柯切街。这条脏兮兮的宽街连接着悉利亚、佩洛勒斯区和悉利亚泉。它追随着波涛滚滚的大焦油河，一路不那么精准地模仿着江流的每一处回环与拐弯，就像一道失真的回声，并且在这个过程中不断改变着名字，从汀柯切街变成威尼恩街，再变成银背猩猩街。

德烜小心翼翼地避开街上粗声大气争吵的人们，避开街边待客的两轮出租车，避开后街小巷里那些毅力非凡而坚持不倒的破败建筑。她像猎人般沿着大街一路朝东北方向而去，直到大街突然拐了个急弯，转而向北，她在拐弯处犹豫了一下，然后鼓起所有勇气横穿马路，绷着脸、皱着眉，像个气冲冲的乞丐一样直奔悉利亚泉的中心区域，朝正道教慈善医院走去。

那是一座古老的建筑，侧翼宽阔，角塔林立，装饰着各种砖雕和水泥镶边：神明和恶魔在拱窗两侧彼此凝望，用后腿站立的怪物以古怪的角度跃起于渐次升高的屋顶。三个世纪以前，悉利亚泉还是城市的郊区，人烟稀少，这栋华丽而壮观的建筑拔地而起，作为疗养院专门接收得了失心疯的富人。随着时间流逝，城市的贫民区如同坏疽般不断扩张，吞没了悉利亚泉，疗养院被废弃了，变成了一座贮存廉价羊毛的仓库，接着又因为破产而清空，先是被一个盗贼帮会所占据，接着是一个失败的奇术士联盟，最后被正道教教会买下，重新变成了一座医院。

用那些教士们的话来说，就是“再次成为一处治愈之地”。

这座医院既没有钱也没有药，里面的看护人员都是些虔诚却没有受过专业训练的教士和修女，偶尔会有城里的医生和药剂师在良心的驱使下利用空闲时间前来提供无偿的帮助。事实上，正道教慈善医院不过是一个穷人等死的地方。

德姮径直从看门人面前走过，完全无视那人的询问，就好像她是个聋子。看门人提高了音量，但没有追上去。德姮爬上楼梯，朝二楼的三间病房走去。

就是在那里……她开始搜寻目标。

德姮记得自己悄无声息地在病床间来回穿行，病床上铺的床单很干净，却破旧不堪，巨大的拱窗洒下冰冷的光线，照在一具具艰难喘息的垂死躯体上。一个满脸疲惫之色的教士快步向她走来，问她有何贵干，她抽抽噎噎地向他说出早在心中编好的说辞——她那垂死的老父亲不见了，趁着夜色离家而去，想要独自等死，她听说他可能会在这里，同那些仁慈的天使在一起。教士毫无保留地相信了她的话，还因为人们如此夸赞自己的仁善之举而显出微微自得。他告诉德妲她可以留下来找她的父亲。德妲顺水推舟，眼泪汪汪地询问那些病重的人都被安置于何处，因为她的父亲几乎只剩一口气了。

教士默默地抬起手，指向她身后——在这个大房间的尽头，有一扇双开门。

德妲穿过那扇门，仿佛一脚踏进了地狱。房间里弥漫着死亡的气息，而唯一能够抚慰病痛与绝望的，只有干净的床单。一位年轻的修女轻手轻脚地穿行于这间病房，像是被环伺身周的惨状吓坏了，一双眼睛瞪得圆圆的。她不时会停下来查看夹在病床床尾的病历，确认床上的病人是否还活着。

德妲低头，顺手翻开一本病历，找到医生的诊断和处方。肺腐烂。每三小时两剂鸦片酊止痛。接下来是另一个字迹：鸦片酊短缺。

下一张病床上的病人需要孢子水，短缺。再下一张病床，一种钙制剂，短缺——如果德妲没看错的话，这种药能在八个疗程内治好病人的肠衰竭。整间病房都是如此，一张张病床上挂着一张张毫无意义的处方，上面明明白白地列出了可以终止病人痛苦的办法。

德妲开始执行她此行的任务。

她硬起心肠，仔细检视床上的病人，特别留意那些快死的人。她心里早已有了选择的标准——神志清醒又病得很重，可以肯定没两天好活的人——她觉得胃里阵阵翻腾，只想吐。那个年轻的修女看到了她，带着一股古怪的淡定走上前来，问她有什么事，找什么人。

德妲没理修女，自顾自地继续着残酷而冷静的检视。她走遍整个房间，最后停在一个老人的病床边，床尾的病历上写着老人最多还能活一个星期。老人正在张着嘴睡觉，嘴边微微淌下些口水，面孔痛苦地扭曲着。

她站在那里，突然陷入了痛苦的自我拷问，她用来甄选目标的标准是那么的伪善，那么的不堪一击——这里有谁给国民卫队通过风报过信吗？她很想不顾一切地大喊。有谁犯下过强奸罪？残忍地杀死过无辜孩童？严刑拷打过别人？她咬紧牙关，压下这些念头。她知道她不能那样想，那会把她逼疯的。情势紧急，她没有选择。

那位年轻的修女一直跟在她身后，嘴里一刻不停地念叨着，德垣一直假装没听见，但此刻，她终于转过身来面对修女。

德垣清楚地记得自己接下来说的话，尽管一切像是发生在梦里。

这个人快死了，她说。修女的话语戛然而止，默默地点了点头。

他能自己走路吗？德垣问。

可以慢慢地走，修女回答。

他脑子还清醒吗？德垣又问。

挺清醒的。

我要带他走，德垣说，我需要他。

修女嘴里立刻迸出一连串话语，表达着强烈的愤慨与震惊，德垣一直小心压抑着的情绪终于爆发，泪水汹涌而出，顷刻间便打湿了脸颊。她觉得自己下一秒就要痛苦地大喊出声，于是闭上双眼，像受伤的野兽那样无声嘶吼。修女终于沉默下来，德垣缓缓睁眼，把剩下的眼泪忍了回去，再次看着她。

德垣从斗篷里抽出枪，顶在修女肚子上。修女低头看了一眼，发出一声惊惧的低呼。就在修女不可置信地盯着那把枪时，德垣又用左手掏出一袋钱——艾萨克和雅格里克仅剩的全部财产。她把钱袋递过去，直到修女终于抬起目光，看到钱袋，像是明白了什么，颤颤巍巍地伸出手。德垣倒转钱袋，把钞票、金块和磨损不堪的硬币全部倒在修女掌心。

拿着，她说。她的声音颤抖，充满关切。她伸手向病房里指去，指向一个个在病床上辗转反侧、呻吟悲嚎的身影。给他买鸦片酊，给她买钙制剂，德垣说，把那个人治好，让那个人安安静静地睡上几个好觉。让那一二三四个人能够活下来，让那一二三四五个人死前少受些罪，还有那些我没看见的人，我不知道的人。拿着，尽你所能地改善这里的条件，但这个人我*必须带走*。把他叫醒，告诉他跟我走。告诉他我能帮他。

德姮手里的枪不住颤抖，但枪口始终对着修女。她合拢修女的手指，让修女把那些钱牢牢攥住，看着修女因为惊讶和迷惑先是眯起而后瞪大了双眼。

在内心深处，在那依然柔软、未曾完全封闭的地方，德姮听到一个痛苦的声音在辩解，努力证明这一切是正确合理的——**看到了吗？**她听到那个声音坚决地说道，**我们带走了他，但我们救了余下所有的人！**

但不管怎样的道德考量，都无法减轻她对自己所作所为的厌憎。她只能无视内心那急切的辩解声音，用自己的手紧紧握住修女那只拿着钱的手，深深望进修女的双眼，目光灼热。

帮帮他们，她厉声说道，这些钱可以帮到他们。你可以选择帮助除了这个人以外的所有人，或者你谁也帮不了。帮帮他们。

一阵非常非常久的沉默之后，惊愕到呆住的修女终于开始转动眼珠，她先是盯着德姮看了看，接着看向手里脏兮兮的钱，然后是依然对准自己的那把枪，再然后是四周垂死的病人。最后，修女抖抖索索地把钱收进白色的长罩衣内，走上前去唤醒熟睡的老人，德姮用一种冷酷而刻薄的胜利眼神看着她的一举一动。

看到了吗？德姮心里的那个小小声音又开口了，她听着那个声音，强忍着不吐出来，她从未像现在这样讨厌自己。**不只是我！她也做出了这样的选择！**

老人名叫安德烈·谢尔伯利克，六十五岁。他感染了某种致命的微生物，内脏正在被不断吞噬。他很安静，甚至有些麻木，像是事到如今对一切都听之任之了。问过两三个问题之后，他便毫无怨言地跟德姮走了。

德姮编了一些说辞，告诉老人他们想出了一些新的疗法，将对他那饱受病痛折磨的身体施行一些实验性的治疗手段。老人对此不置可否，也不曾开口问起她脏兮兮的外表或其他的事情。**他肯定明白是怎么回事！**德姮想道，**他已经厌倦了像这样苟延残喘，他不想为难我。**但在所有的解释中，这是最不合理的一种，她不会自欺欺人。

没走多远，德姮就看出来老人不可能徒步走上好几英里去格利斯丘原。她犹豫片刻，然后从衣兜里掏出几张皱巴巴的钞票。她别无选择，只能喊辆出租车。她带着老人上了车，紧张兮兮地拉低兜帽遮住脸庞，又压低嗓音，用一种难以辨识的嘟囔声把目的地告诉车夫。

拉车的是一头公牛，从原本的四足兽改造成了两足兽，以便在新克洛布桑曲折的小巷和狭窄的街道上进退自如，轻松应对各种急转弯和死胡同。它懒洋洋地迈着两条向后弯曲的腿，像是还没完全适应这新的变化，步伐别扭而古怪。德姮往后靠到椅背上，阖眼片刻。等她再次睁开眼睛时，安德烈已经睡着了。

一路上，老人一言不发，没有皱过眉，也没有显出不安的模样，直到德姮命令他爬上萨德线旁那片由泥土和水泥碎块堆成的陡峭斜坡时，他才皱起眉头，不解地看向德姮。

德姮用轻快的口气说这里有个秘密实验室，特意设在高处，离铁路近，方便。老人面露忧色，一边摇头一边环顾四周，想找机会逃跑。于是在铁路桥投下的阴影之中，德姮掏出了火枪。尽管已是病入膏肓，老人依然害怕这赤裸裸的死亡威胁。德姮用枪口指着他，逼他爬上斜坡。爬到一半，老人哭了。德姮看着他，用手里的火枪顶着他继续前进。她把所有的情绪都远远推开，不断地将涌上心头的恐惧隔离在外。

德姮静静地在尘土飞扬的小屋中等待，枪口一直对着安德烈，直到终于听到艾萨克和雅格里克的脚步声。当德姮起身替他们开门时，安德烈突然开始大声哭号着喊救命。这么虚弱的一个人居然能发出这么大的喊声，实在令人吃惊。艾萨克本来正要问德姮是怎么跟安德烈说的，话还没说完就被老人的哭喊声打断，只得冲过去制止。

在那眨眼之间，艾萨克张开嘴，像是想说些什么来安慰恐惧的老人，比方说向老人保证他不会受到伤害，他现在很安全，他之所以被莫名其妙地关在这个地方是有原因的。安德烈看着艾萨克，停止了哭喊，急切地等待着可以让自己安心的话语。

但艾萨克突然觉得很累，他没办法思考，已经涌到嘴边的谎言让他觉得一阵反胃。他任由那些话语消散在空气中，默默地走到安德烈面前，轻而易举地制服了这个虚弱的老人，用团起的布条塞住老人的嘴。接着艾萨克找了一卷老旧的绳子，把安德烈捆起来，让老人以尽可能舒服的姿势靠在墙边。垂死的老人吓得涕泪直流，透过塞在嘴里的布团不住发出沉闷的哼哼声和喘息声。

艾萨克努力迎上老人的目光，喃喃地说着抱歉，但惊恐的安德烈根本听不进去。艾萨克转身走开，一脸魂不守舍的模样，德妲迎上他的目光，飞快地伸手过来握住他的手。她很庆幸自己终于不用再独自承受心中的重担了。

他们还有许多事情要做。

艾萨克开始进行最后的计算和准备工作。

安德烈透过塞在嘴里的布团拼命叫喊，艾萨克绝望地抬头朝老人看去。

他低声嘟囔了几句，又粗声大气地朝老人发出几声警告，通过这种方式向德妲和雅格里克交代了自己在做什么。

他查看简陋的小屋里满是划痕的分析引擎——他的计算工具；他审视笔记，反复核对计算过程，与机械议会交给他的计算结果交叉对比；他取出临界引擎的核心——他一直没有交给机械议会的神秘部件。那是一个不透明的盒子，一个由导线、静电回路和魔力流回路复杂组合而成的封闭式发动机。

他慢慢地清理它，检查里面的活动部件。

艾萨克准备好了。

不知什么时候出去的潘吉芬奇斯回来了，艾萨克抬头看了她一眼。她回避着与任何人的目光接触，轻声开口。说完之后，她慢慢地收拾东西，准备离开。她检查了一遍自己的武器，替弓上好油，以免在水中受潮。她问了一句沙得拉的火枪，艾萨克说不知道，听到这个回答，她遗憾地咕哝了一声。

“可惜了。那是把强大的武器。”她说着，像是走了神，望着窗外，眼神缥缈，“经过魔法加持。威力十足。”

艾萨克打断了她的话，和德姮一起恳求她在离开之前再帮一次忙。她转过身，盯着安德烈，像是第一次看到老人在屋子里。她无视了艾萨克的恳求，开始厉声质问这人在这里干什么。德姮把她拉到一边，远离安德烈惊恐的哼哼声和艾萨克生硬的游说，向她解释一切。

然后德姮再次询问潘吉芬奇斯，问她愿不愿意再最后帮他们一次。她言辞恳切，苦苦哀求。

艾萨克远远地听着她们两个的谈话，心思很快就不在那些低声细语上了。他的注意力重新回到手头的工作中——关于临界数学的复杂运算。

安德烈在他旁边一刻不停地呜咽着。

第四十八章

快到四点的时候，众人准备出发。德娅依次拥抱了艾萨克和雅格里克。她只犹豫了一瞬便紧紧抱住了鹰人。鹰人没有予以回应，但也不曾表现出抗拒。

“在约好的地方见了。”她喃喃地说道。

“你知道你要做什么了吗？”艾萨克问。德娅点点头，把他朝门口推去。

现在轮到艾萨克犹豫了。接下来是最难的地方。他看向安德烈躺着的地方，老人像是已经吓得麻木了，整个人恍恍惚惚，有气无力，眼神发直，嘴里塞着的布团糊满黏黏的口水和鼻涕。

他们必须带上他，而且不能让他引起别人的警觉。

他之前已经跟雅格里克讨论过这个问题，他们把嗓音压得很低，吓坏了的老人完全没有注意。他们手里没有麻醉药，艾萨克也不是生物奇术士，没法巧妙而迅速地将手指插进安德烈的头骨，将老人的意识暂时关闭。

他们别无他法，只能用上雅格里克野蛮的格斗技巧。

鹰人回忆过去在角斗场里的岁月，回忆那些“表演战”：那些最终以一方认输或昏迷而收场的战斗，在这样的战斗中，不会有人真的丢掉性命。他回忆自己是如何在这样的战斗中娴熟地运用技巧、调整力道，以免误杀那些人类对手。

“他是个老人！”动手之前，艾萨克又紧张地交代他，“而且病得很重，身体很虚弱……你轻点……”

雅格里克贴着墙壁悄悄地走向安德烈躺着的地方，老人抬起疲惫的双眼盯着他，仿佛他知道接下来会发生什么。

雅格里克身形一晃，如同矫健的野兽般闪到安德烈身后，单膝跪地，俯身向前，用左臂将老人的头牢牢箍住。安德烈双目突出，死死盯着艾萨克，想要尖叫，奈何嘴里塞着布团。艾萨克被老人盯得心里发毛，罪恶感涌遍全身，只觉得自己是个坏人。但他没法别开目光，他也一瞬不瞬地盯着安德烈，心知老人肯定是以为自己要丧命了。

雅格里克右肘斜斜向下一挥，飞快地划过一道弧线，准确而无情地击在老人脑后第一节颈椎处。安德烈发出一声短促的痛呼，声音戛然而止，就像一声干呕。老人眨了两下眼睛，眼神迅速涣散，接着眼皮重重垂下。雅格里克没有就此放开安德烈，他左臂依然牢牢地箍着老人的头，瘦骨嶙峋的右肘停在之前击打的位置，用力向前顶去，就这样过了片刻。

最后，他终于放开安德烈，任由老人的身子软软瘫倒。

“他会醒过来的，”鹰人说，“也许二十分钟，也许两个小时。我必须盯着他。我可以让他再次昏睡过去。不过我们必须当心——这个法子用上太多次，会让他的大脑缺血。”

他们随便找了几块破布裹住安德烈一动不动的身子。两人合力把他架起来，每人肩上搭着老人的一只胳膊。老人已是油尽灯枯，多年来病菌不断吞噬着他的内脏，艾萨克只觉得他的体重轻得吓人。

两人步调一致，用空着的那只手合力提起一大袋设备装置。他们小心地对待这个装得鼓鼓囊囊的袋子，就好像那里面装的是某件宗教圣物，某位圣徒的遗体。

两人延续了之前的伪装：身缠破布、弯腰弓背、蹒跚而行，就像乞丐一样，虽然可笑，却不会引人注意。艾萨克戴着兜帽，黢黑的脸上依然布满上次野蛮刮胡后留下的细细疤痕。雅格里克依然把脚裹了起来，还往头上也缠满了破布条，只在眼睛的位置留下一条细缝，看上去就是一个标准的麻风病人——为了掩藏浑身的溃烂，不得不如此装扮。

他们三个看起来就像随着大篷车四处流浪的游民，无家可归的天涯飘零人。

走到门口，两人短短地回了下头，不约而同地举起手来向德姮挥手告别。艾萨克的目光落到德姮身后的潘吉芬奇斯身上，蛙人雇佣兵看着他们，脸色淡淡的。艾萨克犹豫了一下，然后也对她挥了挥手，挑起眉毛，像是在无声地询问：**我还会再见到你吗？**又像是在问：**你会帮我们吗？**潘吉芬奇斯举起一只巨大有蹼的手，意味不明地挥了一下，然后别开目光。

艾萨克转身出门，双唇不自觉地紧紧抿起。

他和雅格里克开始了穿越城市的危险旅程。

他们不敢冒险直接走铁路桥。他们怕走在桥上时正好有火车经过，到时候恼火的司机可不会只对着他们猛拉汽笛了事，说不定还会盯着他们，记下他们的样貌，然后在斯莱车站、唾沫市场站甚至是帕迪多街车站向上级报告说，有三个愚蠢的流浪汉冒冒失失地在铁轨上走，简直是不要命了。

要是他们因此被半路拦下，那就太危险了。所以艾萨克和雅格里克老老实实地爬下铁路旁碎石堆成的陡峭斜坡。爬到一半时，安德烈的身体突然摔倒在地，骨碌碌地朝底下安静无人的马路滚去，两人一阵手忙脚乱，终于把他扶起，重新架在肩上。

天气依然很热，但热得并不迫人，反倒显得有些游离，整座城市像是在怔怔出神。太阳有气无力的光线抹除了一切让建筑物显得立体起来的阴影。在暑气的包裹之下，连声音都变得沉闷而飘忽。艾萨克裹了满身臭烘烘的破布，汗如雨下，在心里不停地咒骂。他觉得自己像是正走在一个似幻似真的炎热梦境中。

艾萨克和雅格里克架着安德烈，像扶着一个喝了太多劣质烧酒醉到不省人事的朋友一样，拖着脚步穿过街巷，朝鸡冠桥走去。

他们就像误入此地的不速之客，与周围的一切格格不入。这里不是狗泥塘、贱地或双桅原的贫民窟——在那些地方，他们的装扮能够完美地与环境融为一体。

他们紧张地从桥上走过，周围是色彩艳丽的石头建筑，沿途的商铺店主和顾客不断向他们投来鄙夷的目光和讥讽的言语。

雅格里克扶着安德烈的那只手一直悄悄按在老人的颈侧神经丛和动脉处，只要老人显出任何醒来的迹象，他就会用巧妙的手法让老人再次陷入昏睡。艾萨克嘴里咕咕哝哝，喋喋不休地骂着脏话，就像发酒疯一样。这一半是他刻意而为的伪装，一半是在为自己打气。

“来吧，混蛋，”他低声嘟哝着，声音紧绷，“来吧，来吧。混蛋。杂种。畜生。”他也不知道自己骂的是谁。

艾萨克和雅格里克扶着不省人事的老人、提着那个宝贵的装备袋，慢慢地走过大桥。川流不息的行人看到他们，离得老远便闪到一边，在他们经过后还对着他们的背影指指点点、大声嘲笑。他们只能任凭众人羞辱，以免引发冲突，要是某个无聊的地痞觉得把这几个乞丐揍上一顿打发时间也不错，事情就糟了。

好在他们终于顺利地穿过了鸡冠桥，进入小河套区，周围一下安静下来。走在桥上时，他们只觉得孤立无援、不堪一击，就好像阳光刻意勾勒出了他们的身形轮廓，让他们成为醒目的靶子。现在他们再次觉得安全了。

小河套区的街上行人络绎不绝：当地名流、戴着耳环的地痞、脑满肠肥的放债人、紧抿双唇的贵妇。他们可以看到其他乞丐的身影，追在行人背后讨钱。安德烈微微动了一下，雅格里克立刻让他再次昏睡过去，下手隐秘而有效率。

这里有许多隐蔽的后街小巷。艾萨克和雅格里克避开热闹的大街，循着阴暗的巷道一路前行。狭窄的巷道两旁立着高高的房屋，晾衣绳从这边的阳台牵到对面的阳台。身上只穿着内衣的男男女女懒洋洋地倚在阳台栏杆上，一边同邻居调笑一边看着他们从晾衣绳下走过。路边有一堆堆的垃圾，不时还可以看见破碎的下水井盖。路边有孩子朝他们扔小石头，然后转身跑开，也有孩子从楼上探出头来朝他们吐口水，但显然并没有恶意。

他们像往常那样寻找着铁路线，最后来到了斯莱车站。通往萨拉克斯区的支线在这一站从萨德线上伸出，支撑铁轨的拱桥颤巍巍地横在烤炉区的石子路上方。他们悄悄爬上通往桥拱的小路。日近黄昏，余晖渐渐染红喧闹人群上方的天空。桥洞里充斥着机油与煤烟的味道，霉菌、苔藓和顽强的攀缘植物长成了一片微型森林，里面挤满了在阴凉处躲避酷暑的蜥蜴、昆虫和角蝰。

用混凝土和砖头砌成的铁道地基旁有条脏兮兮的死胡同，艾萨克和雅格里克闪身进去，稍作休息。他们头顶上方那座微型森林里的居民忙忙碌碌，沙沙声不断传来。

安德烈虽然很轻，到这时也开始让他们觉得不堪重负，仿佛每过一秒，老人的体重便增加几分。艾萨克与雅格里克舒展了一下酸痛的胳膊和肩膀，做了几个深呼吸。不远处，人群从车站的出口蜂拥而出，步履匆匆地从他们藏身之处的入口旁走过。

休息片刻之后，他们再次架起老人，提起袋子，打起精神动身出发。他们回到了偏僻的街巷，走在萨德线投下的阴影之中，朝着城市的中心前进。在绵延数英里的房屋遮挡下，他们现在还看不见那些雄壮的塔楼，但艾萨克知道它们就在那里——巨钉塔和帕迪多街车站。

艾萨克静静地开口了。他告诉雅格里克今晚会发生什么。

德姮穿过格利斯湾垃圾场堆积如山的废弃物，朝机械议会的藏身处走去。

艾萨克已经事先打过招呼。她知道那个不可思议的机械智慧正等着她。这个念头让她觉得有些惴惴不安。

就在她快要走到机械议会藏身的空地时，突然听到了什么动静，像是刻意压低的耳语声。她身子一僵，立刻抽出火枪，迅速地检查了一下。枪已经上好了子弹，火药锅也是满的。

德姮弯下腰，踮着脚尖向前走去，小心地不发出一点声音。在这条垃圾隧道的尽头，她可以看到一片开阔的空地，有个人影一闪而过，走到了她的视野之外。她悄悄地再往前凑了几步。

又一个人从这条垃圾隧道的出口前走了过去。她看到那是个男人，身上穿着工作服，扛着什么沉重的东西，所以脚步有些蹒跚。她仔细一看，发现那是一大卷黑胶皮电缆，像巨蟒般缠在他宽阔的肩膀上。

她稍稍直起腰来。不是等着抓她的国民卫队就好。她紧走几步，踏进机械议会所在的空地。

进入空地后，她先紧张地抬头望了望天空，确保没有飞艇盯梢，然后才定睛朝四周看去，立刻被眼前的情景惊得目瞪口呆。

她没有想到机械议会居然能在一天之内召集如此多的信徒——在她的四周，各个种族的男男女女加起来足有上百人。他们各自忙碌着，德姮也不知道他们在干什么。其中大多数是人类，其间夹杂着少数蛙人，甚至还有两个虫首人。所有人身上的衣服看起来都很廉价，而且沾满油污。几乎所有人都扛着或是在脚边放着大卷大卷的工业电缆。

那些电缆样式各异，大部分是黑胶外皮，也有的外皮是蓝棕相间或是红灰相间。她看见两个魁梧的男人合力扛着一捆几乎比他们大腿还粗的电缆，被压得摇摇晃晃。其他人带着的电缆直径都没有超过四英寸。

看到德姮走来，空地上的低声交谈很快平息下来，所有的目光都转向了她。一时间，这块人头攒动的圆形空地笼罩在诡异的寂静之中。德姮咽了口口水，仔细地朝人群中看去，看到议会代言人拖着惨白的双腿颤颤巍巍地朝她走来。

“德姮·布鲁戴，”他淡淡地说，“我们准备好了。”

德姮在议会代言人旁边站了片刻，同他一起仔细对了对一份潦草的地图。

议会代言人那仅剩半截的空空颅腔里散发出冲鼻的血腥味。在蒸腾的暑气中，他那活死人的身躯周围萦绕着一股难以形容的恶臭，实在让人无法忍受。德姮尽可能地屏住呼吸，等到实在憋不住的时候，就用脏兮兮的上衣袖子掩住口鼻，大口吸气。

德姮与议会代言人交谈时，周围的信徒们都自动退开，恭恭敬敬地与他们保持一段距离。

“我血肉之躯的教众几乎全在这里了，”议会代言人说，“我派出行动迅捷的分身紧急传讯，虔信者均已听令前来。”他停下来，“啧啧”地赞叹了一声，只是语调平板，听起来一点人味也没有。“我们必须马上行动，”他继续说道，“现在已经五点十七分了。”

德姮抬头向天空望去，天色正慢慢变暗，暮色即将笼罩大地。她相信机械议会肯定有个计时器藏在这个垃圾场的深处，而且肯定校准得一秒不差。她点了点头。

议会代言人向空地上聚集的信徒发出命令，信徒们开始动身离开垃圾场，一个个都被肩扛手提的大捆电缆压得步履蹒跚。走出空地之前，他们每个人都会转过身来，面朝议会本体藏身的那堵垃圾墙，默默地站上片刻，然后虔诚地比画一个手势，看起来就像互相咬合的齿轮。为了做出这个手势，有些人还不得不先放下肩上沉重的电缆。

德姮看着那些虔诚的教徒，总觉得有种不祥的预感。

“他们做不到的，”她说，“他们人太少了，电缆又那么重。”

“许多教徒是驾着运货马车来的，”议会代言人平静地回答道，“他们将分批离开。”

“马车……？”德姮问，“他们从哪儿弄来的马车？”

“有些人本身就有，”议会代言人说，“有些人是在今天接到我的传召后特意去买或者租的。没有一辆是偷来的。那可能会被人发现，我们不能冒这个风险。”

德姮别开目光。想到机械议会对这些人类信徒的掌控力如此之强，她心里感到隐隐的不安。

最后一个离开垃圾场的信徒身影消失之后，德姮随着议会代言人走到议会本体一动不动的头部旁。巨大的机械构造体侧身躺着，乍看之下只是杂乱散布的堆堆垃圾，与周围的废弃物融为一体。

议会本体的头部旁边也放着一捆粗粗的电缆，盘成一卷，截面参差不齐，厚厚的橡胶外皮已经老化，裂开了一道大约一英尺长的口子。原本整整齐齐绞在一起的线芯已经四散分开，乱糟糟地伸在胶皮外面。

这时，德姮看到一个蛙人还留在这块垃圾场中心的空地上。他站在不远处，紧张地注视着议会代言人。德姮伸手示意他上前来，蛙人便摇摇摆摆地朝他们走来，时而四肢着地，时而直立行走。他那有蹼的大脚脚趾分得很开，以便在崎岖不平的地面保持平衡。他身上穿着连身工作服，衣料是蛙人常用的那种：质地很轻，还上了防水蜡，这样当他们游泳时，衣服就不会因吸饱水而变得沉甸甸的。

“你准备好了吗?”德姮问。这个蛙人飞快地点了点头。

德姮忍不住仔细端详了他一阵，但她实在对这个种族知之甚少，完全看不出眼前这个蛙人为什么心甘情愿地加入这个古怪又苛刻的教派，信奉机械议会这样匪夷所思的智慧体。在她看来，机械议会明显是把自己的信徒当作棋子，信徒们的敬拜并不能让机械议会感到满足或是愉悦，只会让它觉得他们……可以一用。

她不能理解这个异端教派能够给它的信徒们带来怎样的开解或是帮助。完完全全不能理解。

“帮我把这个抬到河边去。”她说着，抬起粗电缆的一端。沉重的电缆压得她摇摇晃晃，几乎连站都站不稳，那个蛙人赶紧上前，帮她分担电缆的重量。

议会代言人一动不动，看着德姮和那个蛙人离开自己身边，朝空地的西北边走去。那里立着数台静止不动的起重机，高高地耸起在环绕着机械议会本体的垃圾墙后，衬得那绵延的垃圾山脉格外矮小。

电缆又粗又重，德姮不时停住脚步，放下电缆休息片刻，再咬着牙把电缆扛上肩头，摇摇晃晃地继续前进。那名蛙人面无表情地走在她旁边，和她一起扛着电缆，她停下休息时便静静地原地等待。他们越走越远，身后那盘电缆一圈圈解开，越变越小。

德姮领着路，像探矿者一样穿过一座座色彩斑斓的垃圾山，朝河边而去。

“你知道这是在干什么吗？”她突然开口问那个蛙人，语速飞快，并没有抬头看他。他机警地瞥了她一眼，然后回头看向他们的来处——在垃圾山脉的映衬之下，议会代言人干瘦的剪影依然清晰可见。他转回目光，摇了摇头，带得厚厚的双下巴一阵晃动。

“不知道，”他飞快地回答，“我只知道……机械之神让我们今晚来这里，说有工作要做。到了这里之后再听安排。”他说话的模样完全是个普通人，回答虽然简短，言辞也不那么讲究，但很正常，一点也不狂热，给人的感觉就像一个工人在淡淡地抱怨老板要求自己无偿加班。

德姮一边用力扛着肩头的电缆，一边气喘吁吁地问了更多问题，像是“你们多久集会一次？”、“它还让你们干什么？”。这时，他看向她的目光突然带上了恐惧和怀疑，回答也变成了单个的字，接着他不再开口，只是点头，最后干脆别过头去，完全不理她了。

德姮闭上嘴巴，继续埋头搬运粗重的电缆。

垃圾场一路蔓延到焦油河畔。在格利斯湾，河堤只是一堵垂直立在幽深河水之中的黏滑砖墙。当河水上涨时，露出水面的河堤大概只有三英尺，换句话说，如果洪水来临，阻挡它的只有三英尺高的腐朽砖墙。在其他时候，波涛汹涌的河面距离河堤顶端倒是有八英尺距离。

垃圾场的围墙直接搭在满是裂缝的砖堤上，有六英尺高，由铁丝网、木板和混凝土筑成，是此地刚刚出现垃圾场时修建的，显然是想起到一个界线的作用。但时隔多年，老旧的铁丝网已经被不断累积的垃圾压得变形，颤颤巍巍地朝着河水的方向倾斜。经过数十年的风吹日晒，这堵脆弱的围墙上已经有好些地方崩塌碎裂，只留下光秃秃的混凝土支柱，垃圾从裂口倾泻而下，落入河水之中。从未有人前来修葺围墙，被自身重量压实了的垃圾堆渐渐将那些缺口堵上，充当着临时围墙的角色。

垃圾山时常会发生缓慢的滑坡，一块块被压扁的垃圾扑簌簌地滚落河中，像一面色彩斑斓的小瀑布。

河岸边立着数台高大的起重机，用来卸载专门运送废弃物的驳船上的垃圾。起重机与垃圾场之间本来隔着一大片荒地，被晒得龟裂的土地上长着低矮的灌木丛，但肆意蔓延的垃圾很快就将它蚕食殆尽。现在，垃圾场的工人和起重机操作员必须穿越道道垃圾峡谷，才能走到被垃圾群山环绕的起重机旁。

这些垃圾仿佛能够自我复制，自我构建，将此地的地貌改造得面目全非。

德姮和蛙人绕过一座又一座垃圾山，直到再也看不见机械议会藏身的空地。若不仔细看，根本不会有人注意他们身后拖着一根长长的电缆——蜿蜒在地的电缆与周遭的机械废料并无二致，完美地融入了这片工业垃圾构筑的风景。

他们越是接近焦油河，身边的垃圾山便越矮。在他们前方，生锈的铁丝网顽强地从层层累叠的废弃物中探出四英尺来。德姮微微调整了一下方向，朝铁丝网上一个宽宽的裂口走去，那里直接通往河边。

越过肮脏不堪的河面，德姮能够看到新克洛布桑的城市景象。有那么一会儿工夫，从她的角度正好可以看到帕迪多街车站林立的角塔，它们高高耸起于城市上方，那幅画面被围墙上那个缺口完美地框了起来。她可以看到散布在坚实岩层上的铁路信号站，铁轨在它们之间蜿蜒穿行，还可以看到国民卫队塔楼丑陋的剪影凸起于城市的天际线上。

在她对面，是自河岸缓缓蔓延开去的烤炉区。河岸上没有长长的步道，间或有几条道路经过水边，也很快便调转了方向，通向私家花园、围着高墙的仓库或是荒地。没有人会看到德姮接下来要做的事情。

离河岸还有数英尺的时候，德姮放下肩头的电缆，小心翼翼地朝围墙上那个缺口走去。她每走一步都先用脚尖试探一下，确保垃圾铺叠而成的地面不会突然发生滑坡，把她抛进七八英尺之下的肮脏河水中。她大着胆子探出身去，扫视缓缓流动的河水。

太阳正在徐徐西沉，脏到发黑的河面镀上了一层璀璨的红光。

“潘吉！”德姮低声呼喊，“你在吗？”

片刻之后，轻微的水花泼溅声响起。水面漂浮的无数垃圾中，突然有那么不显眼的一团逆着水流晃晃悠悠地朝她靠近。

潘吉芬奇斯的脑袋慢慢地从河水中冒出来。德姮露出微笑，莫名地感到极大的欣慰。

“好了，”潘吉芬奇斯开口了，“是时候完成我在这里的最后一个活了。”

德姮点点头，吃惊地发现自己感激得快要哭出来。

“她是来帮忙的。”德姮扭头对原地等待的那名蛙人信徒说道，他一瞬不瞬地盯着潘吉芬奇斯，眼神里充满戒备和怀疑。“这根电缆太粗太重了，光靠你一个人是搬不动的。你下水吧，我在岸上把电缆给你们两个送下去。”

蛙人信徒想了一会儿，最后终于得出结论：这个不请自来的同族人可能带来的风险比不上机械之神交代的任务重要。他压下内心的紧张与忧虑，气冲冲地瞪了德姮一眼，然后点了点头。他迈开有蹼的大脚，飞快地穿过铁丝网上的口子，微不可察地停顿了一下，然后以十分优雅的姿势高高跃起，扎入水中，入水的角度与力道精确无匹，只激起一朵非常小的水花。

他踢着水朝潘吉芬奇斯游去，她警惕地看着他渐渐靠近。

德姮飞快地四处看了看，看到一根圆柱形的金属管道，比她的大腿还粗。管子很长，重得出奇，但时间紧迫，德姮不顾浑身的肌肉酸痛，将它一英寸一英寸地拖过地面，横着卡在铁丝网的缺口处。她直起腰来，伸了伸胳膊，感到一阵火烧火燎的酸痛，脸不禁皱成一团。她踉踉跄跄地回到电缆旁，把它也拉到了河边。

她开始将电缆送向河水中等待的蛙人。她使出全身的力气，用力拉扯电缆。自垃圾场中央蜿蜒而来的电缆一寸寸滑过金属圆管的表面，向着水流凝滞的河面垂下。最后，德姮放下的电缆已经够长，潘吉芬奇斯两腿一蹬，几乎跃出水面，一把攥住垂下的电缆末端，落回水中，还借着下落之势拖了好几英尺长的电缆入水。垃圾堆的边缘向着河水危险地倾斜了一下，但电缆从金属圆管光溜溜的表面滑过，带得金属圆管越来越紧地抵在缺口两侧的围墙上，电缆的滑动之势也因而变得越来越顺畅。

潘吉芬奇斯再次跃起，伸手攥住电缆，然后落回水中，用力下潜，将电缆带向河底。大段大段的电缆拖过崎岖不平的地面，坠下垃圾堆积的河岸边缘，如同粗钝的刀刃般劈开漂满污物的河面，没入水中。

德姮紧张地注视着电缆，每当蛙人大开大合地屈伸双腿、奋力潜入河底时，原本缓缓爬行的电缆便会猛地往前蹿出一大截。德姮露出微笑，心头掠过一阵小小的胜利感觉，精疲力尽地靠在一根断掉的混凝土支柱上。

从水面完全看不出水下的情况。德姮只能看到粗粗的电缆时徐时急地滑入河堤旁的水面。它带着迅猛无比的下坠之势垂直入水，转眼便消失在幽暗的深处。德姮知道蛙人肯定是打算先将电缆拖进水底，而不是拉着电缆末端直接泅水过河，让它松松垮垮地横过水面。

最后，电缆终于不动了。德姮静静地看着，等着水面出现信号，告诉她水下工作的进展如何。

几分钟后，河水正中央有东西浮现。

是一位蛙人，一只胳膊高高举起，像是在表示胜利，又像是在敬礼或是示意。德姮也举起手来挥了挥，眯起眼睛想看清那是谁、是不是在给自己传递什么消息。

河面很宽，那个身影十分模糊，接着德姮看到那只举起的胳膊上挽着一把复合弓，知道那肯定是潘吉芬奇斯。她随即看出那个手势是个简短的道别，于是使劲地挥了好几下手以示回应，眉头紧蹙。

德姮突然想到，到了这最后一步，他们其实没必要寻求潘吉芬奇斯的帮助。当然，她的帮助会让事情更好办，但就算没有她，有机械议会的蛙人信徒帮忙，他们也能把这件事情办成。此刻看到潘吉芬奇斯离去，她也没有必要感到难过，即便这难过的心情只是淡淡的；她没有必要默默地祝潘吉芬奇斯好运；没有必要依依不舍地挥手，感到若有所失。潘吉芬奇斯是个冒险者、雇佣兵，她要走了，去寻找酬金更为丰厚也更安全的活计。德姮什么也不欠她，潘吉芬奇斯既不是她的恩人，也不是她的朋友。

但她们毕竟曾经并肩作战，看到她走，德姮还是觉得很遗憾。潘吉芬奇斯曾经参与了这场与噩梦的殊死搏斗，虽然时间不长。她将同这段时日一起牢牢铭刻在德姮的记忆中。

河中央挽着弓箭的手臂消失了。潘吉芬奇斯已经潜回水中。

德姮转身返回垃圾迷宫中心的议会藏身处。

她一路循着蜿蜒的旧电缆，迂回地穿过这片垃圾堆砌的复杂地形，回到机械议会所在的空地。议会代言人正站在原地等候，脚边那盘胶皮电缆只剩下寥寥数圈。

“成功送到对岸了?”他一见到德姮便开口问道，边说边蹒跚着迎上前来，从空空脑壳中伸出来拖在身后的缆线一阵啪啪乱响。德姮点了点头。

“现在只剩下这里的准备工作了，”她说，“输出端在哪儿?”

议会代言人转过身，示意她跟上。他停下片刻，抬起粗胶皮电缆的另一端。沉重的电缆压得他身形直晃，但他没有抱怨，也没有开口求助，德姮也没有主动帮忙的意思。

议会代言人将粗大的绝缘电缆挟在胳膊底下，朝一大堆垃圾走去，德姮很快便认出那是机械议会本体的头（就像童书中那些让人产生错觉的图片一样，轻轻地转动一下眼珠，墨水勾勒的少女就突然变成了干瘪的丑老太婆）。机械议会的本体依然一动不动地侧躺在地，一点生气也没有。

议会代言人走到充当大机器人金属牙齿的格栅旁，格栅上方有两盏大灯，德姮知道那是机械议会的眼睛。她看到其中一盏大灯后面有个像盒子一样的东西，里面有一台非常复杂的分析引擎正在运转，阀键嗒嗒作响，还有一大团缠结在一起的电线、管子和看不出用途的部件冒在盒子外面。

这断断续续的“嗒嗒”声响是大机器人有意识的第一个迹象。德姮觉得自己看见机械议会那巨大的双眼中隐隐有光闪现，忽明忽暗。

议会代言人将电缆拉到那个盒子旁边——那正是大机器人的模拟大脑，许多个像这样的分析引擎连成网络，构成了机械议会这个匪夷所思的智慧体。议会代言人分别拆散电缆截口处和大机器人模拟大脑上的几束拧在一起的粗导线，坚韧而锐利的金属丝在他手上划开道道伤口，黏稠发黑的脓血缓缓渗出，淋淋漓漓地淌过腐败的皮肤，德姮看得一阵反胃，忍不住别开目光，议会代言人却一脸平静，仿佛毫不在意。

他开始将电缆连接到大机器人身上。他将数根手指粗的导线拧成一束，将电缆的接头依次插进大机器人身上火花四溅的插孔，仔细查看大机器人模拟大脑和电缆胶皮外面的那些看似没用的铜线、银线和玻璃部件，挑出一些，将剩下的掰弯或者干脆去掉，用异常复杂的方式将那些导线和元件连接在一起。

“别的都很简单，”他一边忙碌一边低声说道，“只要在城市各个地方的会合处把导线和导线接起来，让电缆连通就行，不是什么难事。最难的地方在这里，这里是输出端，连接必须正确，这样才能将东西传输出去。这就像用通灵者的头盔发送心灵波一样，只不过我们要发送的是另一种类型的意识。”

虽然议会代言人嘴上说难，但他一边将布满伤口的双手在赤裸的大腿上擦了擦，一边抬头看向德姮，说自己已经完成了，此时天色还很明亮。

德姮看着电缆与大机器人连接处爆出的点点闪光与火花，敬畏之情油然而生。它们让人隐隐不安，却又十分美丽，就像一颗颗璀璨的机械宝石。

大机器人依然一动不动，仿佛沉睡的恶魔。一团繁复异常的导线与元件将它那巨大的头颅和那根粗大的胶皮电缆连在一起，就像它脸上一道浑然天成的疤痕，体现着无比精妙的电子机械工艺与魔法技巧。德姮看得咋舌不已，良久才抬头看向议会代言人。

“好了，”她犹犹豫豫地说，“我该走了，我得去告诉艾萨克……你准备好了。”

潘吉芬奇斯与那名蛙人信徒用力划动手脚，在焦油河打着旋的幽深河水中穿行。

他们潜得很深，隐隐能够看见身下两英尺处那一片起伏不平的黑暗河床。他们已经将大部分电缆拖入水中，电缆原本在河堤边缘的河床上一圈一圈地盘成一大卷，随着他们向对岸游去，那卷电缆又一圈一圈地缓缓解开。

电缆很重，他们用力地拖着它，慢慢地穿过肮脏的水流。

这段河道中只有他们两个，不见其他的蛙人。水中有几条生命力顽强的小鱼，没等他们接近便紧张兮兮地飞快游开。*看你们那瘦小干瘪的样子，好像我想吃你们似的*，潘吉芬奇斯忍不住想道。

时间悄悄流逝，他们默默地在水底向着对岸游去。潘吉芬奇斯没有去想德姮，没有去想今晚会发生什么，没有去想她无意间从艾萨克他们那里听到的计划，没有偷偷估算那个计划成功的可能性有多少。所有这些都与她无关。

沙得拉和丹瑟尔都死了，她是时候踏上一段新的旅程了。

她隐隐希望德姮和其他人一切顺利。虽然相处的时间很短，但他们曾和她一起共过患难。而且她大致猜到他们要做的事情十分危险又十分重要，关乎新克洛布桑的未来。这是一座富庶的城邦，有无数的潜在顾客，她衷心地希望它没事。

在她前方，充当河堤的砖墙越来越近，黏滑发黑的墙壁从河床上拔地而起。潘吉芬奇斯放慢速度，悬停在水中，拽着电缆连拉好几下，直到手里松松垂下的电缆足够延伸至水面。接着她犹豫片刻，开始向上游去，一边打了个手势示意那个同族男人跟上她。她穿过幽深的水流，朝着头顶上方那片细碎的闪光游去——那是焦油河的河面，阳光从无数个方向照在细细的水浪上，折射出粼粼波光。

两人一起浮出水面，游过最后几英尺，抵达河堤。

高出水面的砖墙将影子投在他们身上。砖墙上钉着生锈的铁圈，一路通往他们头顶上方的河畔小道，显然是用来供人攀爬的简陋梯子。小道上有出租马车和行人来往，嘈杂的声音飘下来，在他们身边回荡。

潘吉芬奇斯稍稍调整了一下弓的位置，把它舒舒服服地挎在肩头，然后看着那个板着脸的男人，开始用卢博克语——这是一种多音节的语言，喉音很重，东方的绝大多数蛙人都说这种语言——对他说话。他则用本城邦蛙人所说的方言回答她，里面掺杂了大量人类所用的拉贾莫语，不过两人还是能互相听懂。

“你的同伴知道来这里找你吗？”潘吉芬奇斯粗声粗气地问。男人点点头（这原本也是人类独有的表达方式，同样被本城邦的蛙人所吸纳）。“我得走了，”她说，“你得一个人搬电缆了。你可以等他们来。我走了。”他看着她，依然板着脸，然后再次点点头，举起一只手做了个手势，看起来像是在模仿起伏的波浪，也许是祝福的意思。潘吉芬奇斯被逗乐了。“祝你子孙满堂。”这是蛙人传统的道别词。

她潜入水中，手脚用力一划，向着远处游去。

潘吉芬奇斯顺着河流的方向朝东游去。她的心情十分平静，但能感觉到一股兴奋之意正渐渐升起，涌遍全身。她没有计划，无牵无挂。她突然好奇地思考起自己接下来要干什么。

水流带着她朝斯特莱克岛而去，在那里，焦油河将与黑腐河交汇，变成大焦油河。潘吉芬奇斯知道那里的水流既湍急又混乱，而且因为议会大厦就坐落在岛上，所以水下有蛙人国民卫队士兵巡逻。她决定最好是远离那个地方，于是挣脱水流的挟裹，朝着西北方向一个急转，逆流而上，进入黑腐河。

这里的水流比焦油河更急，水温也更低。她畅快地游了一阵，但没过多久，她便看见前方的河水变得混浊发黑。

她知道那是从獾泽流出的废水污染了河道，于是加快速度游过那片混浊的水域。当她靠近水里的某些地方时，攀附在她皮肤上的水精仆从会明显地颤抖起来，于是她便改变方向，远远绕开那些地方。她飞快地游过这段毗邻巫师术士聚居之地的河道，把呼吸放得极浅极慢，仿佛这样就能避免沾染那令人作呕的液体。

终于，河水看起来透亮了许多。在距离两河交汇之处大约一英里的上游，黑腐河突然变得清澈而纯净。

潘吉芬奇斯心头涌上一种难以形容的感觉，又像是平静，又像是喜悦。

她开始感觉到水里有其他的蛙人游过。她向更深处游去，不时感觉周围有轻柔的水流拂过。这些水流来自河畔豪宅的地下排水道，豪宅里住的都是富有的蛙人。在焦油河、巫妖滩和大河套码头，也住着许多蛙人，但他们住的是简陋至极的小屋，都是几十年前由人类设计的，直接建在河中，草草地涂了一层沥青，又闷又潮，经过多年的日晒水泡，早已脏污不堪、摇摇欲坠。那是蛙族穷人的栖身之所。

而这里则刚好相反，来自山间的沁凉清水会被引入精心开凿的地下水道，然后送进河畔某栋白色大理石砌成的房屋中。房屋会设计得很有品位，从外面看起来与两旁人类富豪居住的华屋并没有什么区别，只不过里面住的是蛙人有钱人家：空荡荡的门道连接着水上和水下的宽阔房间，屋里设有水道，还有水闸每天换水。

潘吉芬奇斯贴着河底，游过那些富人居住的房子。城市的中心在她身后渐渐远去，她感觉越来越快活，越来越放松。她带着极大的喜悦品尝这自由的感觉。

她张开双臂，通过心灵感应向水精发出一个小小的讯号。水精“咻”地从她那件薄薄的棉质袍裙里钻出来。经过了那么多天干燥的陆上生活，跟着主人又是钻下水道又是泡在脏兮兮的河里，水精迫不及待地扑进清澈的水中，开心地翻滚，自在地嬉戏，就像这湍急大河中一股有生命的水流。

潘吉芬奇斯感觉到它游到了自己前面，于是追上去，开玩笑地伸手捉它，她的手指穿过水做的肌肤，什么也没握住。水精快活地扭来摆去。

我要去北方，潘吉芬奇斯终于决定，*绕着群山走。穿过毕扎克山麓丘陵，然后穿过虫眼丛林的外围。我要去冰爪海*。做出这个突然的决定之后，德姮和其他人在她心中的地位立刻变了，变成了一段历史，一段过往，一个也许会在将来某一天讲给别人听的故事。

她张开巨大的嘴，畅饮清澈的河水。她向前游去，穿过城市的郊区，一路向北，离开了新克洛布桑。

第四十九章

穿着脏工作服的男男女女从格利斯湾垃圾场四散而出。

他们有的走路，有的驾车，有的一人独行，有的两人搭伴，也有的三五成群。他们陆陆续续地走出，速度不徐不疾，完全不会惹人怀疑。那些步行的人将捆扎成卷的电缆扛在肩上，或是和同伴合力抬着走；那些驾着运货马车的人则将散乱的电缆放在车厢里，同伴坐在那缠卷盘绕的大堆电缆上，随着马车前行微微摇晃。

他们分批向城里进发，上一批人与下一批人动身的间隔或长或短，看似完全随机，实际上却以机械议会特意计算出来的时间表为依据。整个出发的过程持续了大约两个多小时。

一辆小运货马车载着四个男人辘辘启动，加入鸡冠桥上的车流，一路曲折向北，朝烤炉区的中心前进。拉车的马匹悠然地迈着小步，马车颠簸前进，车上的乘客随车轻轻摇晃。进入两侧种满榕树的圣龙狮大街后，马蹄声顿时变得轻柔了许多：这条宽阔的大街上铺的是木板——这是瓦尔第迈市长在任上留下的杰作，他性情古怪，听不得车轮碾过石子时发出的刺耳声响。

车夫在往来的车流中找了个空隙，向左转进一处小小的空地。大街顿时消失在视野之外，街上的喧闹却依然萦绕不去。马车在一面高高的深红色砖墙旁停下。墙边暗香浮动，是忍冬雅致的芬芳，小丛小丛的常青藤和西番莲探出墙头，在马车上方随风摇曳。这是维德尼赫·吉亨托克修道院的花园，由信仰花神的仙人掌族与人类僧侣精心照料。

四个男人跳下马车，开始往下搬工具和大捆大捆沉重的电缆。行人从他们身边走过，目光并不会在他们身上多停留半刻。

一个男人将电缆末端高高举起，抵在修道院墙上。他的同伴拿起一个沉重的铁夹具，抡起大锤飞快地锤了三下，便将电缆末端固定在墙上，离地大约七英尺高。两人牵着电缆沿砖墙向西走去，每隔七八英尺便停下来将电缆固定在墙上，如此反复，动作干脆利落。

他们神情坦荡，举止朴实而低调，那砰砰的锤打声不过是城市喧嚣乐章中的一段寻常旋律。

两个男人拖着沉重的绝缘电缆转过墙角，继续朝西边前进。余下两人留在原地，在已经固定好的电缆旁等待。电缆末端，黄铜与合金制成的线芯探出胶皮之外，宛如绽放的金属花瓣。

两个拖着电缆的男人沿着砖墙不断走去。这面砖墙在烤炉区蜿蜒穿行，绕过餐馆的后门，绕过精品时装店和木匠工坊的送货口，朝着红灯区以及新克洛布桑最为繁华的中心——乌鸦塔——一路延伸。

他们不断将电缆固定在砖墙上或高或低的位置，绕过墙体的破损脏污之处，让电缆加入墙上蜿蜒的管道大军——排水管、溢洪沟、煤气管、魔力导管、生锈的水管以及用途不明、早已被人遗忘的管线。这条其貌不扬的电缆在墙上就像突然隐形了一样，它不过是密密管线中不起眼的一条，构成这座城市神经中枢的神经纤维之一。

两个男人终于来到了砖墙与大街分道扬镳之处——大街在此拐了个弯，缓缓向东延伸而去。他们必须穿过大街。他们将电缆牵至地面，拉向一条连接大街两侧的窄沟。那是一条六英寸宽的排水沟，原本用来排放粪水，现在则用来排放雨水。废水沿着窄沟自铺路的木板间流过，最后穿过沟尽头的铁格栅，落入暗无天日的城市地下。

两个男人将电缆铺在沟中，牢牢地固定住。他们动作迅速，每当有马车经过，便默默起身让到一边。不过这个路段车流并不繁忙，他们很快便将电缆牵过了大街，没有被打断太多次。

他们的工作依然没有引起任何人的注意。到了街对面之后，他们再次将电缆往墙上牵去——这次是一所学校的外墙，窗内不断传出讲课声和训斥声。毫不起眼的两人从另一群工人旁边经过。那群工人正在对面街角挖地，更换破裂的铺路木板，他们抬头看向走过的两人，咕哝了两声算作招呼，便接着埋头干自己的活。

机械议会的两位追随者渐渐接近红灯区。他们拖着沉重的电缆转了个弯，走进一处后院。他们三面都是高耸的房屋外墙，这些房屋大约有五六层楼那么高，墙面脏兮兮的，变色的砖块上长满青苔，经年的煤烟和雨水在墙上蚀刻出道道污痕。墙上的窗口排布凌乱，仿佛有人站在高处像泼水一样抛出一堆窗户，任由它们散落在屋顶与地面之间。

站在院子里，哭泣声、咒骂声、谈笑声与锅碗瓢盆的磕碰声清晰可闻。一个长相漂亮却看不出性别的孩子站在三楼的窗后看着他们。两个男人紧张地对望一眼，飞快地巡视了一番其他俯瞰院子的窗户。好在除了那个孩子之外，再没有别人站在窗后看着他们。

两人将卷起的电缆放在地上，一人抬起头来，迎上那个孩子的目光，顽皮地眨了眨眼，咧嘴一笑。另一个男人单膝跪下，透过地上一个圆形下水道井盖的孔隙往里看去。

下方的黑暗中，一个声音粗鲁地向他打了个招呼，一只脏兮兮的手高高举起，向金属格栅上的孔眼伸来。

跪在地上的男人拽了拽同伴的裤腿，低声说道："他们已经到了……就是这儿！"然后他抓起电缆末端，想要塞进下水道口的格栅。但电缆太粗，金属格栅间的孔隙又太小。男人骂了一声，在工具箱里翻出一把钢锯，开始锯起坚硬的实心铁条来，一边锯一边因为那刺耳的声音把脸皱成一团。

“快点，”声音从下方浓重的黑暗中传上来，“我总觉得有什么东西跟着我们。”

跪在院子地上的男人终于把格栅上的铁条锯断，他再次拿起电缆末端，用力塞进那个参差不齐的口子。他那位站着的同伴紧张地低头看着这一幕——这幅画面看上去十分古怪，就像倒放的接生过程。

井盖下方的男人抓住电缆，拖进黑暗的下水道。在这个僻静的院子里，盘绕成卷的电缆扑簌簌地展开，滑进城市的血管之中。

窗后的孩子好奇地看着这一切。院子里的两个男人站在下水道口一边等待，一边在工作服上擦拭双手。终于，地上盘成一卷的部分全部消失在地下，从独头小巷转过墙角牵到院子里的电缆呈斜角紧绷着伸进了下水道，两个男人离开黑洞洞的下水道口，神态悠闲，脚步却一点不慢。

离开院子之前，一个男人抬起头来，再次对那个窗后的孩子眨了眨眼，然后转过墙角，消失在孩子的视野之外。

回到大街上，两个男人一言不发地分开，沐浴着夕阳朝不同方向走去。

等在修道院墙边的两个男人抬头望去。

街对面有座高大的水泥建筑，外墙上布满斑驳水痕。三个男人出现在墙皮剥落的屋顶边缘，手里也抱着大卷的电缆。他们自烤炉区南边的一角而来，一路牵着电缆翻越屋顶，现在手上拿着的是最后的四十多英尺。

他们身后的电缆蜿蜒穿行于擅自建在屋顶的简陋窝棚之间，与杂乱排布在鸽舍旁的无数管线齐头并进。它紧紧缠在塔尖与屋顶的突起处，就像攀附于石板瓦上的丑陋寄生虫。它带着微微下垂的弧度自街巷上空横跨而过，距离地面二十、三十乃至四十英尺高，挨着那些木板搭建的简陋“天桥”。遇到街道两侧建筑的距离不到六英尺时，牵着电缆的三个男人甚至不走那些“天桥”，而是直接从空中一跃而过。

顺着这条电缆的来处看去，只见它一路向东南方延伸，而后高度陡降，穿过地上一条黏滑的溢洪道，消失在下水道中。

新出现的三个男人走向防火梯，开始下楼。他们拖着粗粗的电缆一路来到二楼，探头看向下方的修道院花园和两个在花园墙边等待的男人。

“准备好了吗?”一个新来的男人喊道，朝下面的两人做了个抛东西的手势。下方的两人抬头看去，点了点头。三个站在防火梯上的男人停住身形，齐齐用力，将手里剩余的电缆抛了出去。

电缆在空中扭动，就像一条飞行的巨蛇。底下的一个男人迎上前去接，电缆挟着风声落在他伸出的双臂上，发出一声闷响，男人痛得喊叫起来，不过还是接住了电缆。他双手高举过头，攥住电缆末端用力拉扯，尽可能地让电缆绷直。

他牵着沉重的电缆抵在修道院的墙上，调整了一下位置，以便让这条后来的电缆接上已经固定在维德尼赫·吉亨托克修道院花园墙上的那条电缆。他的同伴举起锤子，将电缆固定好。

抬头望去，只见这条黑色电缆自街道对面凌空而来，以陡峭的角度一路下降，悬在往来行人的头顶。

站在防火铁梯上的三人探出身子，看着下方的同伴急急忙忙地连接两条电缆。只见一个男人又缠又拧，将大束的金属线芯接起来。他动作飞快，没过多久，两根电缆末端露出的金属线芯便连在了一起，形成一个难看却牢固的结头。

接着，男人打开工具箱，拿出两个小瓶子，飞快地摇晃一下，然后拔开一个瓶子的瓶塞，将里面的液体滴在缠结的金属线上。黏糊糊的液体迅速渗进结头，男人又将第二个瓶子里的液体倒下去。两种液体相遇，立刻发生化学反应，“滋滋”的声响清晰可闻。男人退开一步，伸长手臂继续倒下第二瓶液体，滚滚浓烟从温度急遽升高的金属上轰然腾起，男人闭上双眼。

两种化学物质相遇，混合，发生剧烈的反应，冒出刺鼻的毒烟，迅速释放出足以让金属线牢牢焊在一起的巨大热量。

当金属的温度降下来后，花园墙边的两个男人开始进行收尾工作。他们将粗麻布条缠在新焊好的金属结头上，然后打开一罐黏稠的沥青漆，厚厚地涂上一层，将露在外面的金属严严实实地盖住，以起到绝缘的作用。

站在防火梯上看着这一切的三个男人很满意。他们转身上楼，回到屋顶，沿着原路消失在城市中，行动迅疾无踪，仿佛风中的几缕轻烟。

从格利斯湾到乌鸦塔的一路上，同样的场景正在上演。

城市地底，成群结队的男男女女小心翼翼地穿过不停滴水、啪嗒作响的下水道。每支队伍都有十多个人，尽可能由那些对城市地下较为熟悉的人带路：污水处理工人、机械师、小偷。他们按照严格的指令行事，每个人都带着地图、火把、枪，其中数人扛着沉重的电缆，循着安排好的路线谨慎前行。当一卷电缆徐徐展开至尽头时，他们便接上一卷新的电缆，继续前进。

有时某支队伍也会遇到可能导致延误的意外状况——有人走散了，在黑暗中摸向危险的地方：雾鬼的巢穴和穴居人的藏身处。好在他们及时反应过来，低声呼救，然后循着同伴的应答声返回正确的道路。

最后，他们会在下水道的某条主管道口、某个枢纽处同另一支队伍会合，用化学药剂、焊枪或金属魔法将两条巨大电缆的末端焊接在一起，再把电缆固定在犹如血管般贯穿城市地底的下水管道中。

等到工作完成，众人便四散离开，消失无踪。

而在地面上，机械议会的追随者会等在那些不显眼的地方，或是挨着四通八达的后街小巷，或是罩在大片屋顶投下的阴影中，接过同伴从下水道里送上来的电缆，然后牵着电缆爬上货栈背后长满莎草的小丘、爬上湿乎乎的砖梯、爬上屋顶或是沿着纷繁杂乱的街道前进——这些地方随处可见忙忙碌碌的工人，他们看起来不过是其中平常的一分子。

他们与其他队伍会合，连接电缆，然后分头离开，融入周遭熙熙攘攘的人群，消失不见。

考虑到可能会有某些队伍——特别是那些分配到城市地底的小队——遇到迷路或是错过会合点的状况，机械议会还特别在沿途布置了后备人员。这些信徒小群小群地等在建筑工地旁或是运河边上，电缆像盘蛇般蜷在脚边，若是听到消息说某处的连接工作没有完成，便立即前往支援。

但这个计划如有神助，虽然也有问题出现，像是有人迷路、绕了远道、一时惊慌失措等等，但到最后，没有一支队伍失联或是错过会合点。议会增派的后备人员完全没有派上用场。

等到所有队伍都完成了分派给自己的任务后，一条巨大的电路便在城市内悄然成型。它一路蜿蜒，总长超过两英里。它钻过黏滑的污泥，爬过墙上的青苔与腐烂的海报，横穿低矮的灌木丛与遍地瓦砾的草地，沿着野猫与流浪孩童惯常行走的路径前行，漆黑的橡胶外皮上星星点点地撒着自墙上震落的潮湿砖屑。

它带着一往无前的势头穿越炎热的城市，时不时绕上一绕，留下一条蜿蜒曲折的路径。它就像洄游产卵的鱼儿一般目标明确，坚定地朝着新克洛布桑中心那座傲然耸立的庞大建筑冲去。

夕阳已经沉到城市西边的巍巍山脉之后，群山被余晖镀上一层璀璨的金边，但与雄伟壮观的帕迪多街车站相比，它们顿时显得黯然失色。

点点灯光闪烁在恢宏繁复的车站各处，火车拉着长笛隆隆地驶进车站，如同献给这位巨人的祭礼。高耸入云的巨钉塔如同蓄势待发的长矛直指天空，但在车站的映衬下却显得那么渺小：庞大的车站就像一头丑陋的巨兽，在城市海洋中快活地翻滚，而巨钉塔只是它肩上一根小小的水泥尖刺。

电缆朝着车站延伸，时而在地面蜿蜒爬行，时而钻入地底，如黑色大蛇般在新克洛布桑的喧嚣中穿行，没有丝毫的踌躇与迟疑。

帕迪多街车站坐东朝西，正面是开阔的比尔桑特姆广场。广场建得十分漂亮，热闹非凡。广场中央的花园周围行人如织，马车络绎不绝，杂耍艺人、魔术师和摊贩在葱翠的草地上粗声大气地招揽顾客，市民愉快地在广场上漫步，很少会留意旁边占据半个天空的庞大车站。不过等到西斜的余晖映照在那森然高耸的建筑上时，它那色彩斑驳的表面顿时变得像万花筒般绚丽无比，轻易便夺取了众人的目光：灰泥和漆过的木头泛着玫红，砖块像泼上鲜血一样，钢梁铁柱流光溢彩，晃得人睁不开眼。

巨钉塔由一道巨大的弯拱与车站的主体建筑相连，比尔桑特姆街便从弯拱之下穿过。很难说帕迪多街车站是一座独立的建筑物，它并没有明确的边界。低矮的角塔如棘刺般自车站背面一路延伸，进入城市，变成寻常人家的屋顶；车站顶上的水泥石板向着四周铺开，越来越低，越来越宽，突然摇身一变，成了难看的运河围墙。城市的五条干线自车站中央绽开，穿过巨大的拱门，横跨层层叠叠的城市屋顶，向着远处延伸而去，车站的砖石构件支撑着它们、包围着它们、为它们拓出横亘街道上方的前进道路——这座庞大无匹的建筑仿佛时时刻刻在向外蔓延，根本无从划定边界。

帕迪多街是条长长的窄街，自比尔桑特姆街垂直向上伸出，一路向东蜿蜒，朝基德区而去。它当初有何重要之处，以至于车站因它得名，现在已不得而知。街上铺着鹅卵石，街边的房屋虽不至于说灰头土脸，但的确已经年久失修。它位于车站北边，过去可能曾是车站与城市其他部分的分界线，可惜这个作用早已名存实亡：增盖的楼层与房间从车站漫溢而出，迅速地突破这条小街的包围。

这些增盖的建筑毫不费力地越过小街上方，像霉菌一样蔓延至街那边的屋顶世界，悄然改变着比尔桑特姆街北侧的风景。虽然站在帕迪多街上的某些地方仍能看到天空，但大部分路段的上方都被装饰着滴水怪兽的砖拱或是木质、铁质的格架遮得严严实实。帕迪多街笼罩在车站投下的巨大阴影中，街灯不分日夜地亮着。

尽管如此，帕迪多街上仍然住满了人。这里的居民每天在车站投下的阴影中醒来，穿过昏暗的小街去城里干活，在街灯的朦胧光照下进进出出。

住在这里的人们常常能够听到头顶上方传来沉重的靴子踩踏声。车站的正面以及屋顶的大部分地方都驻有警卫，有国民卫队士兵，也有私人保镖和异国士兵，有些身着制服，有些穿着便装。他们在车站正面以及石板与黏土搭造的崎岖屋顶上巡逻，守卫塞满这栋巨大建筑不同楼层的银行与商店、使馆与政府的办公处。他们像探索未知区域的冒险家那样沿着精心规划的路线行进，穿过塔楼与铁质的螺旋式楼梯，经过天窗，走过隐蔽的空中庭院，一路下行至车站屋顶的低处，俯瞰下方的广场、隐蔽的角落以及整座巨大的城市。

不过在离广场较远的东边，也就是车站的背面一侧，安保则没那么严密，只会偶尔有警卫来转上一圈。这里散布着许多小的店面和机构，高耸的车站建筑也带着更多幽深的气息，每到夕阳西下，车站投下的巨大影子便被拉得很长很长，跨越大半个乌鸦塔。

在车站庞大的主体建筑一段距离之外，帕迪多街与基德站之间的某个地方，有栋多年以前遭遇火灾的老旧办公楼，德克斯特线正从它旁边斜斜经过。

那场火灾并不大，没有伤及办公楼的建筑结构，但造成的损失足以让开设在此的那家公司宣告破产。焦痕处处的房间早已被清空，但里面的糊味过了将近十年依然没有完全散去，不过那些流浪汉并不介意，欣然地将这里当做了栖身之处。

经过两个多小时艰难缓慢的跋涉后，艾萨克和雅格里克终于抵达这栋几乎只剩空壳的建筑物。他们匆匆走了进去，一边在心里大呼谢天谢地一边精疲力尽地瘫坐在地。他们放下安德烈，趁着老人尚未醒来，将他的双手双脚重新绑上，塞嘴布也塞回嘴里。接着两人吃了一点东西，便坐在地上静静地等待。

尽管天空依然明亮，他们的藏身之所却全然笼罩在车站投下的庞大阴影中。再过一个多小时便是黄昏了，黑夜即将到来。

两人悄声交谈，安德烈悠悠醒转，又开始隔着塞嘴布呜呜哭号，可怜巴巴地扫视房间，用眼神哀求他们放他走，但艾萨克太累太难受了，他漠然地看向老人，心里感觉不到一丝愧疚。

七点钟的时候，被多年前那场大火烧得鼓泡掉漆的门上传来窸窸窣窣的声音，即便身边环绕着来自乌鸦塔繁华街道的喧嚣，他们依然清楚地听见了那个声音。艾萨克立刻抽出火枪，朝雅格里克做了个噤声的手势。

门开了，原来是德姮。她看起来精疲力尽，浑身上下脏得要命，脸上蹭满尘土和油污，而且像是一直在憋着气。她走进房门，随手在身后关上，然后靠着门板跌坐在地，发出一声如释重负的长叹，声音里带着明显的哭腔。她挪动了一下，一把握住艾萨克的手，然后是雅格里克的手，两人小声地向她问好。

“我觉得这个地方被监视了，”德姮急切地说道，“有个人站在对面烟草店的遮阳篷下朝这边看，穿了件绿色的斗篷，我没看到他的脸。”

艾萨克与雅格里克立刻浑身一凛。鹰人悄悄闪到用木板封住的窗户底下，将一只猛禽的眸子凑到木板上的一个孔眼上，飞快地巡视窗外的街道。

“没人。”他干脆地说道。德姮也凑过去，透过那个孔眼往外看。

“也许是个无关的路人，”她最后说道，“但我觉得最好还是再往上走一两层楼，这样要是有人进来的话，我们也能有个反应的时间。”

上楼的路程比之前走在城市街上时要轻松太多，艾萨克可以光明正大地用枪指着安德烈，不必担心被人看见。老人哭哭啼啼，但在枪口的逼迫之下不得不屈从。一行人爬上楼梯，在烧成焦炭的梯板表面留下一个个脚印。

顶楼的窗户只余窗框，既没有窗玻璃也没有被木板封上，他们可以越过周围建筑的屋顶径直看到不远处那繁复壮丽的车站。他们待在顶楼房间静静等待。终于，天色暗下来，煤气街灯闪烁着亮起。借着那昏暗的橘黄色光芒，雅格里克爬出窗口，轻轻落在窗下爬满青苔的墙头。他脚步一迈，轻巧地跨过五英尺宽的空隙，踏上一片连亘的屋顶。这片屋顶绵延不绝地铺展开去，一直通向德克斯特线和帕迪多街车站。车站雄踞西边，灯火辉煌，犹如身披繁星，气派非凡。

夜空衬出雅格里克模糊的身影，他扫视周围林立的烟囱和倾斜的黏土屋顶，没人在看着他。他转向来时那扇黑洞洞的窗口，示意其他人跟上。

安德烈年事已高，手脚都不灵便，想要在这条狭窄的“捷径”上行走实属难事，那隔在墙头与屋顶天台之间的五英尺距离对他而言更是犹如天堑。艾萨克和德姮不得不出手相助，一边用枪指着他的脑袋，一边又是搀扶又是托举，温柔而无情地拖着老人快步走过这段路程。

在爬出窗外之前，他们把老人的手脚解开，方便他行动，但因为担心老人哭号，他们没有取下他的塞嘴布。

安德烈不明就里，痛苦地蹒跚前行，就像一个徘徊地狱门外的游魂，拖着令人心碎的步伐一步步接近那不可逃脱的终点。

四人开始在那片与德克斯特线并行的连绵屋顶上穿行，身边不时有来往的火车经过，这些钢铁的庞然大物拉响汽笛，吐出大团大团的黑烟，遮蔽正在迅速黯淡下去的天空。四人排成一列，朝前方的巨大车站缓缓走去。

没过多久，他们周围的屋顶世界悄悄变了模样。陡峭的石板瓦屋顶被高耸的建筑构件所取代。他们必须手脚并用才能继续前进。他们艰难地挤过水泥高墙间的窄缝，伏低身子从巨大的舷窗式窗户下经过，爬过盘绕在低矮塔台间的短旋梯。他们四周的砖块被不知藏在何处的机器震得嗡嗡轻颤。不知不觉间，帕迪多街车站的屋顶已不在他们前方，而是踩在他们脚下。他们像是跨越了某条模糊的界线，从寻常建筑的天台走进了车站崇山峻岭般的屋顶风光。

他们尽量避开需要攀爬的地方，蹑手蹑脚地绕过如獠牙般突起的砖砌构件边缘，在看似无路可走的地方找到通道。艾萨克开始时不时地环顾四周，神情紧张至极。街道应该在他们的右侧，却被低矮的屋顶和林立的烟囱挡得严严实实，完全看不见是什么情况。

“时刻小心，别出声，”他悄声提醒众人，“可能会有警卫。”

在东北方，透过车站屋顶纷杂林立的建筑构件，他们看见一道弯弧。那是一条街道，被他们脚下的巨大建筑遮挡了大半。艾萨克向它指去。

“看，”他悄声说，“帕迪多街。”

他用手指勾画出帕迪多街的走向。帕迪多街往前延伸了一段短短的距离之后，便与颅骨街交会，而他们现在正是沿着颅骨街的方向前行。

“两条街交会的那个路口，”他悄声说，“就是我们和议会约好的地方。雅格……你去?”

鹰人飞快转身，朝前方几码开外的一处建筑构件走去，那高耸的玩意背面有根臭烘烘的排水管，长满铁锈，一路向着地面延伸，就像一道歪歪扭扭的楼梯。

艾萨克和德姮继续拖着沉重的脚步往前走，手里的火枪轻轻地顶在安德烈身上，催促老人向前。他们终于走到两条街道交会的路口处，重重地跌坐在屋顶上，等雅格里克回来。

艾萨克抬头向天空望去，天色几乎已经全部暗了下来，只有高处的云朵还映着一抹余晖。他低下头，看着安德烈布满皱纹的苍老面孔，看着那双痛苦的眼睛向他发出无声的哀求。他们脚下，城市夜晚的喧嚣声开始从四面八方悄然升起。

“噩梦还没来。”艾萨克喃喃说道，他把目光转向德姮，伸出一只手，掌心向上，就像人们在确定有没有下雨时会做的那样。“什么也感觉不到。它们肯定还没出来。”

“也许它们正藏在窝里舔舐伤口，”德姮闷闷地回答，“也许它们不会来，这——”她飞快地瞥了安德烈一眼，“——这一切都是白费。”

“它们会来的，”艾萨克说，“我向你保证。”他不想讨论如果事情没有按计划发展会怎样。他拒绝承认有这个可能性。

两人沉默了一会，然后突然发现他们都在盯着安德烈。老人呼吸迟缓，全身上下只剩眼珠在动，显然已经吓得不能动弹。我们可以拿掉他嘴里塞的布团，艾萨克想，他应该不会呼救……但他可能会跟我们说话……他决定还是不要把老人的塞嘴布拿掉为好。

不远处传来一阵窸窸窣窣的声音。艾萨克与德姮冷静而迅速地举起手里的火枪。雅格里克长满羽毛的头颅从黏土平台边缘冒了出来。两人垂低枪口，看着鹰人拖着沉重的脚步越过崎岖不平的屋顶朝他们走来——一大卷电缆重重地压在他肩上。

艾萨克站起身来，朝蹒跚行来的鹰人迎去。

“你拿到了！”他急切地说，“他们已经在那里等着了！”

“他们都等得有点不耐烦了，”雅格里克说，“他们一个多小时前就从下水道上来了，一直没看到我们，都开始担心我们是不是被抓住或是杀掉了。这是最后一段电缆。”他把电缆放下。与一路铺来的大部分电缆相比，这段电缆要细很多，截面直径大约只有四英寸，外面裹了一层薄薄的胶皮，紧紧盘成一卷，大约有六十英尺长。

艾萨克在电缆旁跪下，仔细检查。德姮一边举着手里的火枪对准缩成一团的安德烈，一边斜眼看向那卷电缆。

“它接好了吗？”她问，“管用吗？”

“现在我也不知道。”艾萨克悄声回答，“等我们到了地方把它接起来以后才知道。”他费劲地搬起电缆，甩到肩头。“没我想得那么长，”他又说，“我们到不了帕迪多街车站的中心了。”他朝四周看了看，抿起嘴唇。没关系，他想，选在车站只是做给机械议会看的，为了远离垃圾场，远离它，在它……翻脸之前争取更多的时间。但他突然意识到自己其实一开始就希望计划的这一步骤能够在车站中心进行，仿佛那些砖块里真的蕴藏着某种魔力。

他举起手来，朝东南边不远处指去，那里的屋顶渐次隆起，形成数个侧面陡峭、顶部平坦的斜坡。它们一路向上延伸，就像一段巨大的石板瓦楼梯，旁边笔直耸立着一堵极高的水泥墙，墙面已然斑驳褪色。这片屋顶上的丘陵一直爬升至他们头顶上方四十英尺的高处，艾萨克希望那顶上是块平坦的空地。那堵L形的水泥高墙则继续向上延伸了将近六十英尺，从两个方向围住隆起的屋顶。

“那儿。”艾萨克慢慢地说，“就是我们要去的地方。”

第五十章

艾萨克一行开始爬上那处如梯级般渐渐升高的屋顶。行至半途，他们发现自己成了扰人清静的不速之客。

黑暗中蓦地响起醉醺醺的叫嚷声，声音十分沙哑。艾萨克和德姮吓了一跳，慌忙举起手中火枪，却见一个衣衫褴褛的醉汉以怪异非人的姿势翻身跃起，冲下斜坡，衣服上绽开的破布条在身后翻飞，转眼便消失不见。

艾萨克垂下枪口，四周以车站屋顶为家之人渐渐映入眼帘：隐蔽的空地上散布着小堆小堆的篝火，燃烧得噼啪作响；旁边围着佝偻的黑影，个个面带饥色；古老塔尖旁的角落里有人蜷成一团沉沉睡去。这是个不容于世的边缘社群，一支流民与乞丐组成的山地部落。一种完全不同的社会生态系统。

在这些屋顶居民的头顶高处，鼓胀的飞艇掠过天空，发出隆隆声响，如同凶恶的猎食动物，身披斑驳光影，森然横行于夜空的云层间。

让艾萨克大感宽慰的是，在这处小山般的屋顶隆起之上是一块平坦的空地，大约十五英尺见方。足够大了。他挥了挥手里的火枪，示意安德烈坐下。老人不敢不从，慢慢走到远处的一个角落，跌坐在地，抱住膝盖，缩成一团。

“雅格，”艾萨克开口道，“伙计，你去放哨。”雅格里克放下手里拖着的最后一卷电缆，站到这块小小空地的边缘，开始警惕地巡视脚下巨大的斜坡。艾萨克扛着装得满满当当的装备袋，踉踉跄跄地紧走几步，放下袋子，开始把里面的东西拿出来。

他先拿出三顶装有镜子的头盔，一顶自己戴上，另外两顶递给德姮，德姮再将其中一顶拿给雅格里克。接着艾萨克又拿出四台大型打字机大小的分析引擎、两个硕大的化学-魔法电池、一个发条齿轮装置驱动的电池——出自虫首人的设计。然后是几条连接电缆、两顶通灵师用的大头盔——同之前机械议会硬套在艾萨克脑袋上诱捕第一只魘蛾的那顶一样。接下来是喷灯、黑火药和子弹、一叠程序卡片、一堆转换器和魔力变流器以及用途不明的黄铜与白镴组件构成的线路，还有几台小型发动机和发电机。

每样东西都又脏又破，满是凹痕，遍布裂缝。它们乱七八糟地堆在一起，看起来就像一堆垃圾，一文不值。

艾萨克在这堆东西旁边蹲下，开始做起准备工作来。

他拼命稳住被头盔压得摇摇晃晃的脑袋，将两台分析引擎连在一起，组成一个强大的计算网络。接着他开始一项更为艰巨的任务：将余下那些破铜烂铁般的零碎物件组成一个耦合回路。

电线一头接到发动机上，另一头接到四台分析引擎中较大的那台上。他仔细检查最后一台分析引擎内精细复杂的调节装置——他已经对这台引擎的线路进行了改造，里面的阀门不再是简单的二进制开关，它们经过特殊而精心的调节，以应对模糊不定的指令：临界数学运算的灰色区域。

他将小小的插头插进接收器，将临界引擎连到发电机以及那些能够将一种神秘能量转换成另一种形式的转换器上。随着他的动作，一个看起来乱七八糟的线路系统在这个小小的屋顶平台上铺展开来。

最后，他从袋子里拿出一个草草焊接起来的黑色锡盒，大约有一只鞋那么大。他将这个盒子接到线路系统上，然后从地上拿起那条电缆——这项声势浩大的秘密工程绵延超过两英里，连接着格利斯湾垃圾场中那个不为世人所知的巨大机械智慧体。艾萨克熟练地解开伸出电缆末端的线芯，连到那个黑盒子上。他抬头看向德垣，德垣也看着他，手里的枪依然指着安德烈。

“这是个阻断器，”艾萨克开口道，“一个止回阀。只允许电流从单一方向流过。我打算用它拦住机械议会，不让它把手伸到这里来。”他拍了拍临界引擎的各个组件。德垣慢慢地点了点头。夜色越发浓重，几近漆黑。艾萨克抬头看向德垣，嘴唇紧紧抿起。

“我们不能让那该死的玩意接近临界引擎。我们必须离它远远的。”他一边解释，一边连接引擎的各个组件。“你还记得它是怎么跟我们说的吗——它从河里捞起一具弃尸做它的代言人，替它发声。它完全是在胡说八道！那是个**活生生**的人……当然了，已经没有意识，但他的心脏还在跳动，还有呼吸。机械议会是在那人还**活着**的时候移走了他的大脑。这点很关键。要不然那具身体早就腐烂了。”

“我也不知道……也许那是它的一个狂热教徒，也许那人是心甘情愿主动献身的。但也可能不是。不管怎样，都说明机械议会并不介意夺取人类或其他生物的性命，只要……那对它有用。它没有感情，没有道德，不会自我约束。”艾萨克一边说一边用力推动一块不听话的金属元件。“它会思考，但它考虑的只有……冰冷的数字。成本和收益。它会无所不用其极地……让自己的利益**最大化**。为了让自己变得更强大，它什么都干得出来——欺骗我们，甚至杀掉我们。”

艾萨克停下来，抬头看向德垣。

“你知道吗？”他轻轻地说道，“这就是它想要临界引擎的原因。它不断地提起这事。于是我想了很多。最后准备了这个。”他拍了拍那个止回阀。“如果我将临界引擎直接连到机械议会上，它就可能从引擎中得到反馈数据，进而控制引擎。它不知道我准备了这个止回阀，所以才那么迫切地希望我进行连接。它不知道怎么打造自己的引擎：我敢打赌，正是因为这个原因，它才对我们那么感兴趣。”

“迪，雅格，你们知道这台引擎能干什么吗？当然了，这只是一台原型机……但如果它像预期的那样运转，如果你深入它的内部，搞清楚它是怎么设计的，把它打造得更完美，解决现有的问题……你们知道这东西能干什么吗？

“无所不能。”说完这句话，他沉默了好一会儿，手里依然忙个不停，连接导线。“临界能量无处不在，如果这台引擎能够侦测能量场，将能量释放出来，再加以引导……这世上就没有它做不到的事情。我之前一直卡在数学问题上。你必须把你希望引擎做的事情用数学语言表达出来。这些程序卡片就是用来干这个的。但机械议会的整个大脑运转方式正好是他妈数字化的。如果那个混蛋直接连到临界引擎上……那它追随者们嘴里说的可就不再是疯话了。

“你们知道那些信徒都管它叫机械上帝吧……？到时候它就真的配得上这个称号了。”

三人一时间都沉默不语。安德烈眼睛骨碌碌地转来转去，完全听不懂他们在说什么。

艾萨克默默地继续忙碌，同时在脑中描绘出一座机械议会奴役之下的城市。他想象议会连接到这台小小的临界引擎上，继而开始打造越来越多的引擎，连到自己身上，用它的魔法、电和蒸汽为这些引擎提供动力。尺寸大得吓人的阀门在垃圾场深处开合，发出声声闷响，像织者的纺器一般，轻易便将构成现实的无形丝线扭曲、染色，所有人都得屈从于那浩瀚而冰冷的智慧，那纯粹由数字运算构成的意识——难以捉摸、随心所欲，就如一个婴儿。

他抚摸着那个止回阀，轻轻地摇了摇它，暗暗祈祷它不会辜负自己的期望。

艾萨克叹了口气，拿出议会为他打造的那厚厚一叠程序卡片。每张程序卡片上都有机械议会那台老旧打字机的独特字迹。艾萨克抬起头，问询地看向德姮。

“还没到十点吧？”他问。德姮点点头。“空气中还什么都感觉不到吧？那些蛾子肯定还没出来。我们要在它们出现之前把一切准备好。”

他低下头，拉下那两个化学电池上的控制杆。电池内的化学物质开始混合，滋滋冒泡的声响隐约可闻。电流蹿出，四周立刻响起一片嘈杂之声：阀门震颤开合，管道咳喘轰鸣——屋顶上的机器蓦地活了过来。

临界引擎开始发出嗡鸣声。

“这是在预热，”看到德姮和雅格里克不约而同向自己投来问询的目光，艾萨克紧张地说道，“还没开始处理数据。我会给它输入指令的。”

艾萨克开始小心翼翼地将程序卡片送进面前的各台分析引擎中。绝大部分卡片插入临界引擎，也有一些插入用小圈导线连接而成的辅助运算回路。每插入一张卡片之前，艾萨克都会仔细检查一番，与自己的笔记进行对照，再快速地验算一遍。

分析引擎咔嗒作响，精巧咬合的齿轮碾过一张张程序卡片，轮齿准确地扣进卡片上的小孔，将指令与数据下载到它们的模拟大脑中。艾萨克慢慢地插入卡片，总是等到感觉指间传来“咔”的一下轻响、表示数据成功加载之后，才抽出卡片，插入另一张卡片。

他不停地做着笔记，在破破烂烂的纸张边缘匆匆写下只有自己能够看懂的潦草字迹。他的呼吸变得越来越急促。

天空突然下起雨来。大滴大滴的雨水懒洋洋地坠下，迸裂四溅，如脓液般黏稠微温。雨云低垂，给茫茫夜色添上几分深沉。艾萨克加快速度，突然觉得自己的手指变得又粗又笨。

一种迟缓凝滞的感觉悄然浮现，仿佛有什么东西沉沉坠向心头、徐徐渗入骨髓。那是一种微妙而古怪的恐惧感，让人只想转身逃跑，找个地方藏起来。它仿佛一团墨一般黑的乌云，自心灵深处滚滚而出，翻卷扩散至整个身体。

“艾萨克，”德姮开口催促，急得都破音了，“你得赶快。它们来了。”

噩梦的狂潮随着雨水倾泻而下。

“它们出来了。”德姮惊恐地说道，“它们正在猎食。它们出来了。快点，你快点……”

艾萨克一言不发地点点头，继续手头的工作。他用力甩了下头，仿佛这样就能赶走那笼罩全身的浓重恐惧。**该死的织者在哪儿？**他脑子里匆匆划过这个念头。

“有人在下面盯着我们，”雅格里克突然说，“那些流浪汉都跑去躲雨了，但有个人没动。”

艾萨克抬头飞快地瞄了一眼，然后再次将注意力放回手头。

“拿上我的枪，”他沉声说道，“要是那人上来，就朝他开枪。希望他明白那是什么意思。”他一边说一边马不停蹄地扭接导线、联结组件、输入指令。他猛力敲击数字键盘，将裁剪粗糙的程序卡片一张接一张地插入槽口。“就快好了，”他嘟嘟囔囔地说，“就快好了。”

那股弥漫黑夜的沉重压迫感越来越清晰，噩梦狂潮汹涌翻卷，挟裹一切。

“艾萨克……”德姮的催促声变得越发急迫。精疲力尽又饱受惊吓的安德烈陷入某种半睡半醒的恍惚状态，开始在地上翻来覆去地哀叹呻吟，一双老眼目光迷离，眼皮不住地往下耷拉。

“搞定了！”艾萨克一声轻呼，向后退开。

空气中突然有片刻寂静。艾萨克心中的胜利喜悦迅速地消逝了。

“我们需要织者！”他说，“它应该已经……它说它会来的！没有它我们什么也做不了！”

他们什么都做不了，只能等。

自扭曲梦境漫溢而出的恐怖感觉越来越强烈。急促的尖叫声在城市各处此起彼伏，那是被噩梦折磨的人们在宣泄心中的恐惧或抗拒。雨势越来越大，屋顶平台的水泥地面变得湿滑无比。艾萨克拿起沾满油污的空布袋，想要盖住机器，避免被雨水淋湿。他焦急地把袋子在临界引擎的各个组件上挪过来挪过去，却只是徒劳无功。

雅格里克看着雨中反光的屋顶，脑中涌入越来越多可怕的梦境碎片，他开始害怕，不由自主地想要紧紧闭上双眼。他急忙转身，透过头盔上的镜子向外看，继续监视斜坡底下那个一动不动的模糊人影。

艾萨克和德姮将安德烈拖到临界引擎近旁（依然带着那苍白虚伪的温柔态度，好像真的关心他似的）。德姮在一旁用枪指着安德烈，艾萨克再次将老人的手脚捆住，又将一顶通灵师的头盔套在他头上，紧紧系好。整个过程中，艾萨克都没有看老人的脸。

头盔已经被改造过了，除了头盔顶上那个喇叭状的输出口外，又加装了三个输入孔。一个插孔通过导线与第二顶头盔相连，一个插孔伸出数股导线，分别连接到那些计算引擎和临界引擎的发生器上。

艾萨克飞快擦去第三个插孔处的肮脏雨水，插入一根粗导线。这根导线从黑匣子般的隔离器上延伸而出，隔离器已经接上那根自焦油河南岸机械议会所在地一路蜿蜒而来的巨大电缆。数据流将从议会的机械大脑传出，通过这个单向阀进入安德烈的头盔。

“好了，都搞定了，”艾萨克紧张地说，“现在就等那该死的织者了……”

又过了半个小时，雨一直在下，噩梦带来的压迫感铺天盖地。接着，屋顶上的空间突然泛起涟漪，然后蓦地绽开，织者低吟浅唱般的独白悄然响起。

……如你我商定那般巨大漏斗开口之处丝纬拧结于此城市织网中心我们相见……超自然的吟唱声在众人脑中回荡，巨蛛从空间褶皱处轻巧地闪出，踩着舞蹈般的步子朝他们走来，熠熠闪亮的巨大身躯衬得他们分外矮小。

艾萨克猛地松了口气，发出一声饱含解脱之意的急促叹息。看着织者令人生畏的躯体，他的心不由自主地颤抖起来。

“织者！”他压下心底的敬畏之意，大声喊道，“快来帮帮我们！”他将另一顶通灵师的头盔朝那匪夷所思的神奇生物递去。

安德烈抬头看向面前凭空出现的巨蛛，顿时吓得魂飞天外，猛地向后一缩。他满脸通红，眼球凸出，嘴里塞着布也发出阵阵干呕声。他拼命在地上蠕动，朝屋顶边缘爬去，身子在极度的恐惧驱策下扭得不成人形。

德姮迅速走过去，一把将他拽住。老人两眼直勾勾地盯着那只高高耸立在自己面前的巨大蜘蛛——此时那怪物正慢慢低头看向自己。想到这个动作背后隐藏的可怕含义，老人全然不顾德姮手中火枪的威胁，拼命扭动老朽的身体，异常激烈地挣扎。只不过他的挣扎全是徒劳，德姮轻而易举地制服了老人，将他拖回原地，牢牢按住。

艾萨克没朝他们看过一眼。他将头盔高高举到织者面前，眼里是满满的哀求之意。

“我们需要你戴上这个头盔，”他说，“现在就戴上！我们可以把它们全部拿下。你说过你会帮我们……修复织网……拜托了。”

硕大的雨珠“啪嗒啪嗒”地落下。每一瞬，总有那么一两颗雨珠落在织者坚硬的甲壳上，继而伴随着一下剧烈的“滋滋”声蒸发无踪。织者不断地喃喃独语，就像它一直所做的那样，将人耳听不见的呓语送进艾萨克、德姮和雅格里克的脑海。

它伸出那对酷似人手的光滑触肢，接过头盔，放在分节的头上。

艾萨克心中大石重重落地，疲倦之意顿时涌了上来，不禁闭上双眼，又立刻睁开。

“戴好了！”他紧张地说道，“系紧！”

巨蛛再次伸出那双酷似人手的触肢，手指优雅穿梭，如同技巧卓越的裁缝师，将头盔戴好系紧。

……你是不是要轻弹手指变戏法……它喃喃念叨……**思想的鳕鱼钻过**

摇晃金属游入意识沼泽混合我的愤怒我的镜像无数爆裂水泡自心灵波涛中升起编织计划步步推进我心灵手巧的工艺大师……织者继续低声吟唱着梦呓般晦涩难解的话语，艾萨克等到最后一个栓扣在它那可怕的下颚底下“啪”地扣紧，立刻按下控制安德烈头盔上回路阀的开关，开启阀门，然后扳动一连串的操纵杆，让分析引擎和临界引擎开始全速运转。做完这一切后，他向后退开几步。

异乎寻常的能量流喷薄而出，在众人面前的机械系统中奔涌蹿行。

时间仿佛突然静止下来，连从天而降的雨滴都定格在半空。

五颜六色的火花在各个组件的连接处噼啪炸开。

一道巨大的能量弧突然从安德烈身上闪过，老人的身体立刻僵直绷紧，身周环绕一圈淡蓝色的光环。光环转瞬即逝，露出老人写满震惊与痛苦的面庞。

艾萨克、德姮和雅格里克看着老人，个个都惊呆了。

当电池送出的无数带电粒子争先恐后地穿过缠绕盘亘的导线，当能量流与程序指令在错综复杂的反馈回路中相互作用，一幕幕快到言语无法描述的戏剧性场面便在微观世界中悄然展开。

通灵师的头盔开始发挥作用，它接收安德烈的心灵脉动，加以增强放大。一股股由奇异粒子组成的能量波以光速穿过隐藏在头盔中的线路，冲向头盔顶端那个如同倒置漏斗般的输出口——它们本该从那里被无声无息地发送到以太空间。

现在它们却被引到了其他地方。

它们穿过一个个小小的阀门和开关，在有节奏的咔哒声中被读取、处理，转化成数字。

转瞬之间，又有两股能量波先后涌进回路，第一股来自织者的心灵，经由它所戴的头盔送出。紧接着，来自议会机械大脑的意识流从格利斯湾的垃圾场传出，经由粗粗的电缆忽上忽下地穿过大街小巷，挟着猛烈的势头冲过那个黑匣子般的止回阀，通过安德烈的头盔进入回路。

艾萨克亲眼见过餍蛾滴着口水伸长舌头疯狂舔舐织者身体的情形。他亲眼见过那些蛾子变得像醉酒一般摇摇晃晃，却始终不肯停下。

就是在那个时候，他突然意识到织者全身各处都在散发着意识波，仿佛整个身体就是一个大脑。但这些心灵的产物却与其他智慧生物的有所不同。餍蛾饥渴舔舐、大口吞咽，从中却得不到任何养分。

织者的思想就像一片神秘莫测的滚滚流水，既没有开端，也没有尽头。织者的意识并没有层次之分，没有一个形而上的“自我”来遏抑原始的本能冲动和欲望，也没有哺乳动物高度发达的大脑皮层来作为意识活动的基础。织者不会做梦，没有藏着秘密的心灵角落，不会清除纷繁芜杂的无用思绪以便让头脑变得井然有序。对织者而言，梦既是意识。织者清醒着做梦，脑中纷呈的思绪便是它的梦，那是影像、欲望、知觉和情感的大杂烩，无穷无尽、无法理解。

对餍蛾而言，那就像起泡酒上的泡泡，虽然令人欣喜陶醉，却没有定型、没有基础、没有实质，如同幻影般转瞬即逝，并非它们用以维生的梦境。

织者奇特的意识如汹涌的洪水般翻滚咆哮，通过导线涌入复杂的回路。

紧随其后的，是来自议会机械大脑的粒子湍流。

虽然诞生于病毒感染导致的一片混乱，机械议会的思想却冰冷有序到了极致。各种想法被简化成一句话的问题，答案只有“是”或“否”。它是一个纯粹的唯我主义者，冷漠无情地处理数据信息，永远不会受到莫名其妙的欲望或激情影响。它只在乎自己如何继续存在、如何不断变强，除此之外什么都不关心。它就像一个高踞云端冷眼俯瞰人世的神祇，视众生为草芥。

对餍蛾而言，这种没有潜意识的思想就像隐形了一般，如同一块无色无味的肉，一堆冰冷的灰烬，不含半点精神养分。

机械议会的意识流涌入回路——有那么紧张危险的片刻，指令沿着电缆的黄铜线芯自垃圾场一路传来，机械议会试图让数据回传，进而掌控临界引擎。但那个止回阀没有让艾萨克失望，粒子流源源不断地涌入回路，却不得其门而出。

这些粒子汇入回路中翻腾奔涌的粒子大军，穿过分析引擎。

一组参数达到预定值。阀门嗒嗒作响，传递复杂的指令。

在七分之一秒内，一系列的程序开始飞快运行。

机器扫描第一个输入项x，即安德烈意识活动的特征，开始建立数学模型。

与此同时，两条次级指令也沿着管道与导线飞快传递。一条指令说：**为输入项y建模**，于是分析引擎开始用数学工具将织者那奇特的意识流刻画成相应的数学结构；另一条指令说：**为输入项z建模**，分析引擎便开始对机械议会那强大的脑波进行同样的操作。接着，分析引擎对获取的结果进行解析，重点关注范式与形状。

两行程序语言再次合并，生成第三条指令：**将输入项x的波形分别与输入项y及z进行对比**。

这些指令异常复杂，全靠机械议会提供的先进计算引擎和精确无比的程序卡片才得以实现。

尽管这些意识活动的数学分析图相对简略，并不完美，不可避免地存在瑕疵，分析引擎还是将其作为模板对三者进行了比较。

同任何心智健全的人类、蛙人、虫首人、仙人掌族及其他智慧种族一样，安德烈的意识活动是意识与潜意识不断激烈交互的辩证统一体，梦境和欲望被压抑并疏导，潜意识被矛盾又反复的“自我”不断重塑，反之亦然，周而复始。各个层次的意识活动相互作用，形成一个永远在进行自我更新的不稳定整体。

安德烈的意识活动不像机械议会那样冰冷无情，只有逻辑推理，也不像织者那样如诗如歌，梦即意识。

分析引擎记录结果：x不像y，也不像z。

但有了清晰稳定的心理结构与漫溢无序的潜意识、纯然理性的冰冷谋算与心血来潮的炽热幻想、如何让自我利益最大化的考虑与对他人的同理共情心，分析引擎计算得出这样的结果：x等于y加上z。

魔法-通灵发动机收到指令，将y和z结合在一起，生成一股波形与x完全一样的能量波，将其导向安德烈头盔上的输出口。

从机械议会与织者两处传来的意识波涌入安德烈的头盔，汇成一股湍流。织者的混沌梦境与议会的逻辑计算混在一起，模拟着人类精神活动中的潜意识与意识。这股新生成的能量波在强度上比安德烈微弱的心灵脉动高上许多个数量级。它挟着猛烈的势头冲向安德烈头盔顶上那个直指天空的喇叭状出口，没有半分衰减的迹象。

此时距离回路接通有三分之一秒多一点的时间。当y+z混合而成的巨大能量流朝安德烈头盔顶上的输出口冲去时，又一组预设条件得到满足。临界引擎震颤了一下，激活了。

它用临界数学的不稳定范畴作为数学语言，与面向对象的范畴化方法一样令人信服。它的演绎方法是完备的、可加的、多变的。

就在机械议会和织者的意识波代替安德烈的心灵脉动冲出头盔上的输出口时，前述程序的数据被输入到临界引擎中。它迅速地评估了分析引擎计算出来的结果，开始检视这股新生成的意识流。这个由繁复管线所构成的人工智慧很快证实了一个不容忽视的异常现象，而这个现象是其他分析引擎未曾发现也永远发现不了的——即便它们使用了极其严密的算法。

这一数据流的构成并非各个元素的简单相加。

y和z是两个有着清晰差异的一元化整体，更重要的是，整个模型的参考点x，即安德烈的意识活动，本身也是一个统一的整体。**整体性是x、y、z三者形式及特征的基础**。

在x之中，一层层的意识活动相互依存，就像一台自我维持的意识发动机上紧密相扣的齿轮。用数学的方式简单描述便是：x是理智**加上**梦境所得的**整体**，而且这个整体不能割裂成简单的元素。

y和z并不是x的两半，它们性质不同。

临界引擎将严密的临界逻辑运用到原本的运算过程中，在精确的指令下，以数字代码完美模拟出x、y、z三者的构成，这些数字模拟的产物与其模拟的对象既有着惊人的一致，又有着**根本的不同**。

在回路接通后的第五分之三秒，临界引擎同时得出两个结论：x=y+z，以及x≠y+z。

这一运算极不稳定。它自相矛盾、无法成立，在逻辑的作用下趋向自我解构。

从最基本的分析原理到建模再到换算，整个过程都充满了危象。

一个巨大的临界能量源立刻暴露出来。危机的实现使它得以释放：超相位活塞挤压抽动，将受控的不稳定能量一股股地送进增强器与转换器。辅助回路震颤摇晃。临界发动机开始如发电机般呼呼旋转，在轻微的爆裂声中送出类电子的复合能量粒子。

最后一条指令以二进制的形式穿过临界引擎的内部。**传导能量**，它如此下令，**增大输出功率**。

就在电流穿过导线启动机器后不到一秒钟的时间，那不可思议的矛盾意识，那织者与议会思想汇聚而成的洪流，急剧膨胀，从安德烈的那顶用于传输的头盔中喷薄而出。

安德烈本人的意识流被改换方向，送入用作参考的反馈循环中，被模拟程序及临界引擎不断检索，与y+z的意识流进行比对。因为找不到出路，它开始渗露，怪异的魔法等离子弧噼噼啪啪地闪个不停。涓涓意识淌下安德烈扭曲的面孔，混合着织者/议会的意识洪流中溢出的思想团块，几乎肉眼可见。

这股巨大而不稳定的人造意识洪流从安德烈的头盔上倾泻而出，源自心灵的波与粒子汇聚成一根不断膨胀的无形巨柱，自车站屋顶直冲云霄。虽然艾萨克、德姮和雅格里克用肉眼看不见它，却不约而同地感觉到了它的存在：皮肤上的刺痛；第六感和第七感[①]感觉到的嗡嗡钝响，仿佛超自然的耳鸣。

安德烈在这巨大能量的冲击之下浑身抽搐，嘴唇剧颤。德姮看在眼里，心里又是嫌恶又是内疚，忍不住别过脸去。

织者踩着匕首般的脚尖蹁跹起舞，一边悄声呢喃一边用酷似人手的触肢有节奏地轻叩头盔。

“诱饵……”雅格里克大喊道，从这股能量洪流前退开几步。

“这才刚开始呢。”艾萨克提高嗓门，压过哗哗的雨声回应道。

临界引擎嗡鸣着越转越快，释放出越来越多的巨大能量。经过转换的能量通过裹着厚厚绝缘胶皮的导线涌向安德烈，惊恐而痛苦的老人身子弯折，不住抽搐，满地打滚。

引擎从这动荡不安的情势中抽取能量，加以引导、转换，再依据指令将转换后的能量倾注到织者与议会意识汇聚而成的洪流之中，将其增强，提高其强度、射程及功率，不断重复这一过程。

一个反馈循环开始了。那股人造意识流变得越来越强劲，而随着这一变化，它本质上的自相矛盾愈发凸显，就好像在岩块剥落的地基上搭建巨塔一般，塔建得越高越大，便越不稳固，显出更急迫的危象来。引擎转换能量的功率呈指数增长，注入人造意识流的能量越来越多，再度加深岌岌可危的局势……

艾萨克皮肤上传来的刺痛感越来越强烈。他觉得脑子里仿佛有个声音在响，那是一种越来越尖利的“嗖嗖”声，仿佛身旁有什么东西在疯狂旋转，越转越快，快到失去控制。

他忍不住向后缩去。

---

① 第七感，是一种未经科学证实的理论，指人类除了听觉、视觉、嗅觉、触觉、味觉、心觉外，还有一种对时间的感觉，即心理上的时间感，简称“时觉”。

……哎呀多么优美这喷薄而出的意识洪流越来越汹涌但此意识非彼意识……织者仍在轻声呓语……一加一变成一不可行但一同时是二我们便能成功多么精彩多么奇妙……

安德烈像遭受酷刑折磨的人一样在夜雨中翻滚。经由他头部冲向天空的能量越来越强烈，以惊人的几何级数增长，虽然看不见，却能清晰地感觉到：艾萨克、德敏和雅格里克不约而同地向后退去，尽可能远离老人蠕动扭曲的身躯，他们的皮肤上泛起一阵阵鸡皮疙瘩，毛发根根直立。

临界循环仍在继续，倾泻到空中的人造意识不断增强，最后几乎肉眼可见：一根闪闪发光的巨柱直冲云霄，有两百英尺高，它由剧烈波动的以太物质汇聚而成，像一座周身缠绕着冰冷火焰的幽冥高塔，屹立于城市上方，连来自群星与飞艇的光线都在它面前瑟缩偏移。

艾萨克觉得自己的齿龈阵阵发麻，仿佛他的牙齿正拼命想要逃离牙床。

织者仍在兴高采烈地舞蹈。

这根巨大的能量柱急遽膨胀，如高耸的灯塔炙烤着苍穹。它是一份人造的意识，心灵的仿制物，它以惊人的速度越变越粗，越变越亮，拔地倚天，不可思议，仿佛一位不存在的神祇在施行神迹。

在新克洛布桑各处，九百多名最优秀的通灵师和奇术士突然停下手头的事情，抬头朝乌鸦塔的方向望去，眉头紧皱，满脸困惑，心中莫名惊惧。一些灵力最强的人甚至感到一阵没来由的剧烈头疼，不禁抱头呻吟。

这九百多人中，有两百零七人开始嘟嘟囔囔地念叨起旁人听不懂的命理诗诀和繁复咒文，有一百五十五人鼻血长流，其中两人流血不止，乃至丧命。

这九百多人中有十一人为政府工作，他们跌跌撞撞地从位于巨钉塔顶层的秘术工坊里跑出来，朝“烟枪”伊莱扎·法谢尔的办公室奔去，手帕与棉纸压着鼻子和耳朵，徒劳地想要止住汩汩涌出的鲜血。

“帕迪多街车站!”他们对着内政部长及恰好在此的市长大人叽里咕噜

地说了好一阵，嘴里吐出的话却像白痴的呓语，能够让人听懂的只有这一句。他们挫败地攥住面前两个上位者的手臂摇晃，嘴唇颤搐，着急地想要说出更多，鲜血啪嗒啪嗒地溅到两人剪裁完美、整洁无瑕的衣服上。

但他们只能说出这句话："帕迪多街车站!"

在城市远处的天空，有诡异难言的黑影悄然显现，它们或是高悬于岂南宽阔空旷的街道之上，或是飞扑而下，缓缓掠过焦油角神殿高塔的穹顶，或是沿着河流的方向横穿啸冈，或是绕着大圈盘旋于石棺地凋敝的贫民窟上空。

餍蛾没精打采地拍打着翅膀，伸出长舌，口涎滴答，寻找猎物。

它们饥肠辘辘，急切地想要填饱肚子，以便恢复体力，重新繁育后代。它们必须尽快找到猎物。

但突然之间，四只彼此相隔数英里、位于城市不同角落的餍蛾不约而同地做出同一个动作——在空中猛地抬起头来。

它们用力拍打花纹繁复的翅膀，放慢飞行速度，直到几乎悬停空中。四根口水滴答的长舌倏然吐出，急切地舔舐着空气。

在它们的远处，城市轮廓线被斑斓刺眼的灯光映亮，在城市正中心那巨大建筑物的边缘，一根光柱拔地而起，直冲云霄。就在它们舔舐空气、品尝它的滋味时，它还在不断变粗变大，一阵阵心灵浆液的气味随风飘来，刺激得它们疯狂振翅——那东西散发出的气味竟如此丰沛鲜美，沸腾翻卷着几乎充满了整个以太空间。

城市中其他的心灵气味顿时变得不值一提。那不可思议的味道在空气中的浓度以惊人的速度翻倍，餍蛾沉浸其中，欢喜得发狂。

它们一个接一个地发出惊喜而贪婪的怪叫，腹中的饥饿感蓦地高涨，占据整个身心。

四个饥渴难耐、喜出望外的强大怪物疯狂地拍动翅膀，从远远的东边、西边、南边和北边朝着城市中心汇聚，朝着那不可思议的美味扑去。

一个小控制板上的灯光忽闪了几下。艾萨克伏低身子悄悄往前凑了凑，仿佛想要借着那根从安德烈头盔中倾泻而出的能量光柱掩饰自己的身形。老人瘫倒在地上，不住抽搐。

艾萨克的目光小心避开安德烈瘫软的身体，瞥向控制板，想搞清那些二极管在传达什么信息。

“我觉得是机械议会在搞鬼，”他稍稍提高嗓门，盖过单调的雨声，“它正试图绕过阻断器下达指令，不过我觉得它没戏。这玩意太简单了，”他说着，拍了拍那个止回阀，“想要控制这东西，它根本无从下手。”他仿佛在脑海中看到那些承载机械议会指令的粒子在导线中拼命挣扎却不得其法的情形。

他抬起头来。

织者仿佛置身无人之境，自顾自地用那双触肢上的小小手指在湿漉漉的水泥上敲打复杂的节奏，神秘难解的低吟浅唱一刻也没有停下。

德姮凝视着安德烈，目光又是疲惫又是嫌恶。她的头不停地来回轻晃，仿佛被无形的波浪冲刷。她双唇翕动，像是在无声地说着什么。艾萨克不禁顺着她的目光看向那奄奄一息的老人，看向那张在怪异的反馈能量冲击下扭曲的苍老面孔，突然意识到德姮在默念什么：**别死。你还不能死，你要坚持住。**

雅格里克站在空地边缘放哨。他突然伸出手来，指向远处的天空。

“它们改变航向了。”他厉声说道。艾萨克抬起头，顺着雅格里克手指的方向看去。

远处，有三艘飞艇正漫无目的地朝城郊方向驶去，已经走了一半，却突然在空中掉头。在夜色掩映下，人类的眼睛很难发现那三个几乎与夜空融为一体的黑影，只能借由微微闪烁的航行灯勉强分辨它们的所在。即便如此，艾萨克还是能看出它们一改之前散漫无序的航线，加大马力拖着笨重的身躯朝帕迪多街车站围过来。

“它们是冲我们来的。”艾萨克说。他没有感到害怕，只觉得浑身紧绷，心里有种莫名的悲哀。“他们来了。天杀的！在他们到这里之前，我们大概还有十到十五分钟时间。我们只能希望那些蛾子比他们更快。”

“等等。等等。”雅格里克突然用力摇头。他仰着脖子，手臂激烈挥动，示意他们全部安静下来。艾萨克与德姮定在原地。织者继续着疯狂的独白，但声音小了许多。艾萨克默默祈祷它不会是觉得无聊了，如果它决定走人的话，这精心的布置、这人造的意识、这源自危急局面的能量将全部瓦解。

那不可思议的巨大能量仍在喷薄而出、迅速增强，众人身周的空气嗖嗖作响，如病变的皮肤般剥裂开。

雅格里克透过哗哗的雨声专心地聆听着什么。

“有人在朝我们靠近，”他急迫地说道，“从屋顶那边过来了。”话音未落，他右手一抖，熟练地从腰带上抽出长鞭，左手一翻，长刀像是自己跳进他的掌中，在雨水折射的钠灯光线中森然闪亮。转瞬之间，他已经再次变成一个战士、一个猎人。

艾萨克站起来，抽出火枪，匆匆地检查了一遍，枪的各个配件都清理过了，火药锅也填满了。他把枪拿在手中，小心护住，免得被雨水打湿，另一只手摸了摸腰带上的子弹袋和火药筒，突然发现自己的心跳只略微加快了一些。

他看到德姮也在做着战斗准备。她仔细检查两把火枪，目光冷峻。

在他们所处的高台下方四十英尺处，一小队身穿黑色制服的人影出现在屋顶之上。他们踏着有力的步伐在屋顶凸起的砖墙塔尖间奔行，手中的长矛与步枪发出清脆的磕碰声。他们大约有十二人，面孔完全隐藏在铮亮的头盔底下，金属甲片编缀而成的盔甲铿锵作响，精致的徽章标示着军衔。他们很快四散分开，自不同方向朝这处斜斜高起的屋顶冲来。

“圣嘉罢啊！”艾萨克咽了口口水，“我们完蛋了。”

五分钟，他绝望地想道，我们只需要五分钟的时间。那些该死的蛾子无法抵挡这诱饵的吸引，它们已经朝这里来了，你们就不能再慢一点吗？

天空之上，飞艇仍在悄悄朝这边靠近，速度虽然不快，却赫然透出不可阻挡之势。

那一小队国民卫队士兵已经抵达通往这处屋顶高台的斜坡边缘。他们伏低身子，开始向上爬来，以烟囱和天窗作为掩护。艾萨克从高台边缘退开，离开他们的视线范围。

织者用食指划过满地雨水，在石板上留下道道焦枯的痕迹。它一边画出各种花朵的图案，一边喃喃自语。安德烈的身体在能量的冲击下阵阵抽搐，眼珠在眼眶里疯狂转动，看得人心里直发毛。

“操！”艾萨克又是绝望又是愤怒，不禁高声大喊。

“闭嘴，准备战斗。”德姮厉声喝道。她趴在地上，越过高台边缘小心翼翼地看出去。那队训练有素的国民卫队士兵已经近得可怕。她举枪瞄准，扣下左手火枪的扳机。

那一声轰响在哗哗的雨声中显得有些发闷。离他们最近的一名士兵已经在斜坡上爬了一半，德姮枪口射出的子弹击中他胸口的盔甲，“啪”地反弹到黑暗中。士兵跌跌撞撞地后退几步，在犹如巨大阶梯的铺顶石板边缘晃了晃，稳住身形。正当那士兵松了口气，抬脚准备继续前进时，德姮扣下右手火枪的扳机。

士兵头盔上的面罩应声而碎，沾满鲜血的玻璃渣轰然四溅，一团碎肉自后脑勺激射而出。在那片刻之间，艾萨克看见了他的脸：凝固的惊愕表情，反光玻璃的碎片深深嵌入皮肉，一团血花自右眼下方的弹孔中绽放。士兵的身子腾空而起，仿佛一个跳水高手般向后弹出，优雅地坠下二十英尺的高度，然后重重摔在斜坡底部，发出一声巨响。

德姮发出胜利的咆哮，“死吧，你们这些畜生！”她嘶吼道。话音未落，她猛地缩回头来，一阵急促的子弹疾射而至，“啪啪”地打在她周围的砖块和石板上。

艾萨克在德姮旁边趴下，扭头看向她。虽然在大雨中看不清楚，但他觉得她正在愤怒地抽泣。她从高台边缘退开，重新填装火枪。感受到艾萨克的凝视，她抬起头来。

“别愣着了！做点什么！”她朝他喝道。

雅格里克依然站在平台边缘，每隔一小会便微微探身，飞快扫视下方情形，等着来袭的敌人进入他长鞭所及的范围。艾萨克翻身向前，越过这斜坡顶端小小平台的边缘向下窥视。国民卫队士兵仍在不断靠近，现在他们的行动更为谨慎，掩掩藏藏地爬上每一块巨型梯级般的铺顶石板，时刻躲在掩护物的后方，尽管如此，移动速度依然快得可怕。

艾萨克瞄准、开火。子弹随着一声巨响打在石板上，碎石屑溅了带头的军官一身。

“妈的！”他低声咒骂道，缩回身去重新装弹。

绝望像冰冷的巨石沉沉砸在他的胸口。他知道他们输定了。对方人那么多，来得又那么快。等那些士兵到了斜坡顶端，他们连个掩护身形的地方都没有。如果织者出手帮忙，他们精心布置的诱饵就会消失，餍蛾就会再次逃脱。他们也许能干掉一个、两个甚至三个士兵，但最后依然无法全身而退。

安德烈仍在起伏抽搐，身子扭曲弓起，将捆住手脚的绳子绷得紧紧的。喷薄而出的能量持续不断地燎烧着空气，艾萨克只觉得两眼之间的神经在尖声啸鸣。天空之上，悄悄驶来的飞艇更近了。艾萨克眉头紧皱，回头越过平台边缘向下望去。下方崎岖不平的屋顶上，醉汉和流浪者纷纷惊起，像受惊的动物般匆匆跑开。

雅格里克发出一声枭鸣，手中长刀直指前方。

国民卫队士兵身后，现已经变得空荡无人的屋顶上，一个裹在斗篷中的人影突然从阴影中悄然掠出，就像一个凭空出现的幽灵。

翻卷的斗篷下，一抹深绿色一闪而过。

那人伸出手来，火光乍现，巨响轰鸣，三下，四下，五下。艾萨克看见斜坡半中间一个国民卫队士兵弓着身子飞了出去，以难看的姿势一路滚下巨大梯级般的铺顶石板。与此同时，又有两个士兵踉跄着倒下。一个四肢摊开，当场毙命，鲜血在身下聚成一摊，随即被雨水冲散。另一个跌落在不远处，用手抓住肋骨处血流如注的伤口，惨叫声从面罩后传出。

艾萨克目瞪口呆。

“那他妈的是谁?”他大喊道，“这他妈的是怎么回事?”下方，那个从天而降对他们伸出援手的神秘人影闪回黑暗之中，似乎正忙着装填火枪。

斜坡上的国民卫队士兵僵在原地。有人在用暗语高声下令。显然他们也不知道发生了什么，又是吃惊又是害怕。

德姮一脸吃惊地凝视着神秘人影藏身的黑暗之处，目光中突然闪出希望的火花。

“太感谢你了!”她朝着斜坡下方的黑暗高喊。她再次扣下左手火枪的扳机，但子弹呼啸着打在砖块上，没有击中任何敌人。

在他们下方三十英尺处，那个受伤的士兵仍在尖声惨叫。他双手疯狂地扒抓，徒劳地想要取下面罩。

国民卫队士兵兵分两路。一人潜身于一堵突出屋顶的砖墙之后，举起手中的长枪，瞄准神秘人影藏身的黑暗之处。几个士兵开始原路返回，显然打算对那神秘人进行包抄。剩下的士兵开始继续往上爬，速度比之前快了一倍。

就在两批士兵沿着湿滑的铺顶石板朝上下两个方向进发时，那个神秘黑影再度现身，以异乎寻常的速度接连开火。*他手中的枪可以连续发射子弹!*艾萨克吃惊地想道，然后惊讶地看见两个已经离自己不远的士兵中弹跃起，向后飞出，一边扭动一边惨叫，砰砰地滚下斜坡。

艾萨克意识到下方那个神秘人并没有朝那些朝他包抄而去的国民卫队士兵开枪，而是一心保护这处斜坡顶端的小小平台，用卓越的枪法击倒那些靠近平台的士兵，任由自己暴露在来袭的敌人面前。

斜坡上的国民卫队士兵全被这强大的火力和高超的枪法震慑住了，待在原地不敢轻举妄动。但当艾萨克朝下方看去时，却发现前去围捕神秘人的第二组士兵已经退到斜坡下方的屋顶上，正排成包抄阵型，以难看的姿势遮遮掩掩地朝神秘人的藏身之处疾行而去。

斜坡上的国民卫队士兵又开始动了，最近的士兵距离平台边缘只有大约十英尺。神秘人再次开火，子弹将一名士兵掀翻在地，却没能穿透他身上的盔甲。德姮也扣下扳机，下方藏在砖墙后严阵以待的狙击手厉声咒骂了一句，来复枪脱手而出，乒乒乓乓地滑开。

艾萨克匆匆装填火枪，心里急得要命。他抬头瞥了一眼平台上的机械装置，看见安德烈蜷在一堵墙边，浑身震颤，眼泪口水鼻涕糊了满脸。自老人头盔中喷薄而出的意识波仍在不断增强，高耸入云的能量柱迸发出炽烈的光芒，艾萨克只觉得自己的脑袋以古怪的节奏一跳一跳地疼。他仰望天空。*快来啊*，他在心中嘶喊道，*快来！快来！*接着他再次低头填装火枪，一边焦急地看向神秘人所在之处。

他一眼便看到四名高大魁梧、全副武装的国民卫队士兵朝神秘人半隐半现的身影缓步逼近，担心之下差点惊呼出声。

接着，他看见那个人影以鬼魅般的速度从藏身处掠出，从一处掩护物后闪到另一处掩护物后，轻轻松松地避开士兵们的齐射。落空的子弹“啪啪”地打在砖石之上，激起一阵可怜兮兮的回响，四名士兵手中的来复枪空了。正当他们单膝跪地，准备重新装填弹药时，那个裹在斗篷中的人影从掩护物后一闪而出，站在他们面前几步开外。

就在艾萨克看着的时候，神秘人身后不远的地方突然有盏灯亮了起来，冰冷的光线打在那人身上。艾萨克看到他的脸扭向一边，正对着那些国民卫队士兵，他身上的斗篷十分破旧，打满补丁。艾萨克看到他左手拿着一把小小的手枪，枪身又短又粗。四名国民卫队士兵像是吓呆了，僵在原地一动不动，只有遮住整张脸孔的玻璃面罩随着身体的轻颤折射出细碎的闪光。神秘人抽出右手，手里像是拿着什么，艾萨克看不清楚。正当他眯起眼睛想看个仔细时，神秘人微微地动了动，举起右手，衣袖滑落，露出一个锯齿状的东西。

那是一只边缘带有锋利尖齿的巨大刀臂，缓缓地一张一合，像吓人的大剪子。扭曲的甲壳向上延伸，与神秘人的右肘别扭地结合在一起，刀臂前端向内弯曲，仿佛狰狞的兽夹，在夜雨中闪着寒光。

这个神秘男人接受过改造，右手被换成了一只巨大的螳螂臂。

艾萨克与德姮不约而同地倒吸了口冷气，喊出那人的名字：“独臂螳螂手杰克！”

独臂螳螂手杰克——逃犯、“自由改造人”的领导者、新克洛布桑臭名昭著的“那个男人”——轻轻迈步，朝四个国民卫队士兵走去。

士兵们慌忙举起手中的枪，用枪上闪亮的刺刀朝着前方胡乱戳刺。

杰克像跳芭蕾舞一样轻盈而优美地朝旁边一闪，接在右肘上的螳螂刀臂猛地一合，然后从容退开。一个士兵应声倒地，鲜血从脖子上深长的伤口和蒙在面罩下的口鼻中汩汩涌出。

独臂螳螂手杰克身形一闪，再次消失在艾萨克的视线中。他行动迅疾而隐秘，艾萨克想用目光跟上他的身影并不容易。

平台边缘下方五英尺处的一扇天窗窗棂边，一个国民卫队士兵探出头来。艾萨克收回目光，专心应敌。但他开枪的速度太快，没有打中，就在这时，有什么东西像蛇一般从他头顶上方掠过，狠狠地抽在那个士兵的头盔上。士兵踉跄后退，跌倒在地，又吃了一鞭，但仍挣扎着站起。雅格里克飞快收回沉重的长鞭，高高扬起，准备再度出手。

“快来啊，快来啊！”艾萨克冲着天空大喊。

巨大的影子朝着小小的平台罩下，飞艇正阴森森地朝他们上空逼近。它徐徐下降，意图不言自明。独臂螳螂手杰克在包抄而来的敌人周围起伏腾挪，身形如舞蹈般轻盈优雅，不时出手发动致命一击，然后消失在黑暗之中。德姮不断开火，每次扣下扳机都会发出一声饱含反抗之意的呼叱。雅格里克沉着地站着，手中的长鞭与长刀严阵以待。国民卫队士兵向着平台靠近，但速度很慢，有些畏惧不前的意味，显然是在等待援军到达。

织者的独白声渐渐变得响亮起来，原本只是在颅骨深处悄然回荡的轻声细语，现在那声音正慢慢爬过血肉与骨头，充满整个大脑。

……那是不是是不是那些邪恶的织网撕裂者那些可恶的色彩吸血鬼吸

干丝轴是它们它们来了它们被这洪流召唤而来这丰盛的大餐无人看管予取予求……它呢喃道……浓醇的佳酿不安地等待品尝……

艾萨克暗暗惊叫一声，抬头看去。那喷薄而出的意识波形成的夺目光柱毫无衰颓之势，超自然的脉动带得他的脊椎阵阵发紧。就在这时，他听见一下扑棱声，有什么东西正反复拍打着空气，扰得气流紊乱不堪。那声音越来越近，在物质界与以太界之间疯狂摆荡。

一个披着闪亮甲壳的黑影俯冲着穿过上升的热气流，在空中飞快划出混乱无序的图案，疯狂扇动的双翅完美对称，上面诡异的色彩与斑纹流转不定，盘绕卷曲的附肢与长满棘刺的骨锯紧张而期待地簌簌发抖。

第一只饥肠辘辘的餍蛾出现了。

节状的庞大身躯盘旋而下，一路紧贴炽烈如火的意识光柱，仿佛一辆诡异的云霄飞车。长长的舌头急切地舔来舔去：餍蛾已完全沉浸在这醉人的心灵佳酿中。

艾萨克欣喜若狂地凝视天空，看到又一个黑影飞快地向这边袭来，接着又是一个黑影。直冲云霄的意识光柱以神秘的节奏脉动着，将阵阵超自然的涟漪传送到城市的各个位面。一只新来的蛾子在空中一个急转，俯冲到一艘飞艇下方，在那缓缓下降的庞大船身的遮蔽之下急不可耐地朝着光柱扑去。

好巧不巧，屋顶上的国民卫队士兵偏偏选在这个时候再次发动袭击。德姮手中的火枪轰然响起，刺鼻的硫黄味四散开来，艾萨克这才回过神来。他朝四周看了看，看到雅格里克像猛兽般蹲伏在地，手中长鞭飒地挥出，像野性难驯的曼巴蛇般卷向一个从平台边缘探出头来的士兵。鞭梢缠住士兵脖颈，雅格里克用力一拽，那人的前额便“啪”地砸在湿漉漉的石板上。

雅格里克收紧长鞭，士兵喉间咯咯作响，终于颓然倒地，雅格里克这才手腕一抖，松开长鞭。

艾萨克慌忙拿起笨重的火枪。他探身出去，看到斜坡下方那些追击独臂螳螂手杰克的士兵有两个已经奄奄一息地倒在地上，鲜血从身上深长的伤口里缓缓涌出。第三个士兵正踉跄后退，用手紧紧压住大腿上皮开肉绽的伤口。第四个士兵和独臂螳螂手杰克本人却不见了踪影。

通往平台的斜坡上，隐隐传来士兵们的叫嚷声，他们又是迷惑又是害怕，在领队军官的厉声催促下，拖着脚步不情不愿地朝平台靠近。

“别让他们过来，”艾萨克大喊道，“那些蛾子来了！”

三只餍蛾俯冲而下，在空中划出错综交织的长长轨迹。它们你追我赶，绕着那从安德烈头盔中喷薄而出的巨大能量光柱盘旋下降。下方小小的平台上，织者正在轻歌曼舞，但餍蛾完全没有注意到它。它们眼里只有那如巨大喷泉般直冲云霄的丰沛意识以及那意识的源头——安德烈抽搐的身体。它们已经被那甜美醇厚的心灵佳酿刺激得发了狂。

它们一只接一只地划破天空，扑向笼罩在煤气灯昏黄光晕中的巨大建筑，水塔与砖塔悄然矗立在它们周围，仿佛伸出的手掌。

餍蛾在急遽俯冲时，一度感到一阵隐隐的不安：这环绕它们的丰美气味有些不对劲——但它是如此浓烈，如此强劲，简直难以置信，它们沉浸其中，陶醉不已，连翻飞的身形都变得摇摇晃晃。它们欣喜若狂，因为难以遏制的渴望而簌簌发抖，不管不顾地以令人眼花缭乱的速度朝着平台扑下。

艾萨克听见德姮大声骂了一句脏话，雅格里克猛地跃过湿滑的地面，娴熟地挥出手中长鞭，将那个正朝她发动袭击的敌人卷住，狠狠摔了出去。艾萨克飞快转身，朝那个下坠的人影扣动扳机，子弹撕开那个士兵肩头的肌肉，那人痛苦地呻吟出声。

此时，飞艇几乎已经悬在他们正上方。德姮自平台边缘向后退去，跌坐在地，不住眨眼。刚刚有一颗子弹打中她身边的砖墙，砖屑四溅，迷了她的眼。

屋顶上大概还剩五个国民卫队士兵，他们仍在朝着平台逼近，速度很慢，小心地隐藏着身形。

最后一道黑影掠过城市东南边的天空，朝着屋顶平台冲来。它在烤炉区的空中缆道下方划出一道长长的S形曲线，然后冲天而起，乘着夏夜的上升气流朝车站飞快逼近。

“它们都来了。”艾萨克轻声说道。

他低头重新装填火枪，却笨手笨脚地把火药洒了一身。他抬头望去，眼睛一下子睁大了：第一只餍蛾到了，就在他上方一百英尺的地方。他看着自己与那怪物之间的距离变成六十英尺，然后突然缩短为二十英尺、十英尺。他怔怔地看着那只餍蛾，心中惊惧不已。时间仿佛被抻长为一条细线，周围的一切都慢下来，他眼里只有那餍蛾不断逼近的身影。他可以清楚地看到它那似猿非猿的爪子和锯齿状的尾巴，看到它那狰狞的大嘴和咬得咯咯作响的牙齿，看到它那眼窝里丛生的粗短触须像蛆虫般起伏摆动，看到它身上上百团皱皱巴巴的肌肉做着上百种怪异的运动：或是抽动、或是伸展、或是突起、或是紧缩……还有它那对翅膀，那对匪夷所思、诡异难言、无时无刻不在变幻图案的翅膀，一波波神秘而可怕的颜色飞快洇开又迅速消褪，就像来去匆匆的暴风雨。

艾萨克没有透过架在眼睛前方的镜子去看，而是直视那只餍蛾。它却顾不上他，完全无视了他的存在。

在那漫长又短暂的瞬间，艾萨克呆呆地站在那里，心头涌上无数可怕的回忆。

餍蛾径直从他身旁掠过，带起一股猛烈的气流，吹得他的头发和外套上下翻飞。

餍蛾伸出众多附肢，爪子紧紧攥在一起，长长的舌头在空气中舔来舔去，口涎长流，急不可耐地发出吱吱怪叫。它降落到安德烈身上，像噩梦中走出的怪物，紧紧地抓住他，带着不顾一切的狂热准备大快朵颐。

它的长舌在安德烈的七窍中飞快地滑进滑出，散发腐烂柑橘味的口水在老人脸上糊了厚厚一层，就在这时，第二只餍蛾乘着一股低压气流猛冲过来，撞到它身上，拼命与它争抢进食位置。

老人不断抽搐，对自己身上发生的一切怪异事情茫然不解。织者/议会的意识洪流轰炸着他的头部，从他的颅骨内迸发而出。

屋顶平台上的引擎飞速运转，发出短促而尖利的声响。引擎内的活塞拼命控制着汹涌澎湃的临界能量洪流，整个机器的温度已经高得吓人，雨点落在上面立刻蒸发不见。

正当第三只餍蛾准备降落时，平台上争夺进食位置的混战变得激烈起来。先到的两只蛾子都急不可耐地想要独占那醇美佳酿的源泉，独占那自安德烈头部不断涌出的人造意识。第一只餍蛾急怒之下骤然发力，将第二只餍蛾撞开好几英尺，第二只蛾子无奈地留在原地，伸出长舌饥渴地舔舐安德烈的后脑勺。

第一只餍蛾将舌头伸进安德烈口水横流的嘴里，很快又抽出来，发出令人反胃的"啪嗒"声，寻找另一个最佳的进食位置。它找到了安德烈头盔上那个小喇叭口，发现那股不断增长的意识洪流正是从那里喷涌而出。它将舌头滑进这个开口，舌尖一荡，扫过以太空间的各个角落，然后欣喜地摆动弯曲的长舌，卷向那充盈各个位面的能量洪流。

它心满意足地长声怪叫。

它的脑袋簌簌抖动，将一股股醇厚的人造意识吞入喉中，无形的浆液从它嘴边涓涓滴滴地淌下。滚烫而甘美的心灵佳酿源源不断地涌进它的腹腔，比它平日食用的意识强劲无数倍、浓稠无数倍，而且丝毫不显干涸之势。这股无法抑制的能量洪流迅疾地冲进餍蛾腹中，不过几秒钟便将它的胃塞得满满当当。

餍蛾根本停不下嘴。它死死抱住那个小小的喇叭口，贪婪地吞咽。它能感觉到有危险，但它根本顾不上——它什么也顾不上，眼里只有那诱人的美食。它神魂颠倒、无法自拔。刻在血液中的本能驱策着它，就像驱策夜虫不顾一切地冲撞玻璃、扑向致命的火焰一般。

这只餍蛾就像赴火的飞虫一般，忘我地沉浸在这汹涌灼热的能量洪流中。

它的腹部迅速鼓胀起来，甲壳嘎吱作响。终于，它的肚子里再也盛不下如此多的心灵浆液。这只巨大而邪恶的怪物猛地抽搐一下，肚子和头颅轰然炸开，发出几声沉闷濡湿的巨响。

两股脓液激射而出，破碎的皮肤和肉块四散纷飞，餍蛾往后弹去，就此丧命，内脏和脑浆混合着那尚未消化也无法被消化的心灵浆液从巨大的伤口徐徐流出。

它皮开肉绽的尸体扑通落下，横在懵懵懂懂的安德烈身上，兀自阵阵抽搐，滴滴答答地往下淌着脓血与碎肉。

艾萨克猛地发出一声胜利的咆哮。他又惊又喜，一时间竟忘了查看被餍蛾尸体压住的安德烈情况如何。

听到他的大喊声，德垣和雅格里克飞快转过头来，一下子便看见了那只死去的餍蛾。

“太棒了！”德垣欣喜若狂地喊道，雅格里克没有说话，只是像成功猎杀猛兽的猎人那样长声呼号。他们下方的国民卫队士兵定在原地，不知所措——他们看不见平台上的情形，不知道发生了什么，上方敌人突如其来的欢呼声让他们士气大减。

第二只餍蛾从同胞手足的尸体上爬过，开始对着安德烈又舔又吸。临界引擎仍在嗡嗡作响地全速运转，充作诱饵的老人在雨中痛苦扭动，对周围发生的一切浑然不觉。餍蛾舔舐着喷涌而出的心灵浆液，急不可耐地寻找那甘美佳酿的源头。

第三只餍蛾降落在平台上，猛烈拍打的翅膀掀起一阵狂风，将硕大的雨滴吹得四散纷飞。它在原地停顿了片刻，显然是尝到了空气中死去手足的味道，但它终究无法抵挡织者/议会意识波的诱惑，踩着手足散落满地的湿滑内脏，朝那不可思议的心灵美食爬去。

可它还是慢了一步。第二只餍蛾已经找到安德烈头盔上的输出口，将整张大嘴塞进那个小小的喇叭口，长舌用力往里探去，像吸血鬼的脐带。

它欣喜若狂地大口吮吸，狼吞虎咽，被烧灼全身的饥饿欲望所驱使，深深地沉醉在眼前的美食之中。

它无法自拔地吮吸吞咽，灼热的意识洪流开始烧穿它的胃壁，即便如此，它依然无法停下。它一边哀嚎干呕，一边不断吞饮，大股大股的心灵浆液沿着食道回涌，与它刚吞下的意识流混在一起，哽在它的喉头，越聚越多，撑得它咽喉处的柔软皮肤渐渐鼓起裂开。

它的生命开始伴着脓血从咽喉处的裂口汩汩渗出，但它依然抱紧头盔大口吞咽，加速自己的死亡。它所吞下的能量远非它的身体所能承受：正如人类饮下餍蛾未经稀释的“乳汁”后会即刻丧命一样，这股能量能够迅速撑爆餍蛾的意识，就像撑爆一个巨大的血疱，从而彻底杀死餍蛾。

第二只餍蛾向后倒下，长长的舌头像失去弹性的皮筋般缓缓回缩。

艾萨克再次发出胜利的咆哮。第三只餍蛾将手足那仍在抽搐的尸体踢到一边，抢上前去，开始进食。

国民卫队士兵已经踏上平台前最后一块犹如巨型梯级的铺顶石板。雅格里克身形闪动，迎上前去，手中长鞭呼呼有声，抽击挥劈，每一下都是杀招，仿佛在跳着某种致命的舞蹈。士兵们在他凌厉的攻势下踉跄后退，连滚带爬地躲到烟囱后面，借着掩护小心翼翼地向前推进。

一个国民卫队士兵在德垣面前探出头来，德垣举起火枪，对着敌人的脸开火，枪却哑火了。她咒骂一声，伸直手臂，把枪尽量拿远，枪口仍努力对准那个士兵。那人扑上前来，就在千钧一发之际，火药终于点燃，子弹从德垣枪口激射而出，却擦着敌人的头皮飞过。士兵下意识地矮身一躲，脚底一滑，摔翻在湿漉漉的平台上。

士兵挣扎着想要站起，艾萨克举起手中火枪，抢先一步开火，将一颗子弹送进那人的后脑勺。士兵猝然倒地，脑袋重重磕在地上。艾萨克摸向火药筒，却又迅速缩手。没时间重新装弹了——最后几个士兵站在不远处呈包抄之势对他虎视眈眈，就等着他开完枪，好围上前来。

“迪，快退!”他厉声喊道，从平台边缘退开。

雅格里克挥出一鞭，狠狠抽在一名士兵腿上，将那人掀翻在地。但更多的敌人已经围过来了，他不得不向后退去。三人撤到平台中间，绝望地环顾四周，寻找御敌的武器。

仓皇间，艾萨克被一只死蛾的残肢绊倒。在他身后，第三只魇蛾正一边狼吞虎咽一边连连发出贪婪的怪叫。那怪叫声越来越急，最后变成刺耳的呼号，如同野兽的长嗥，听不出是欢喜还是痛苦。

艾萨克不禁转头看去，却听见一下微湿的爆裂声，碎肉溅了他一头一脸。粉碎的内脏扑簌簌地四下散落，这块小小的空地俨然变成一个血腥的屠场。

第三只魇蛾死了。

艾萨克凝视着那具熊一般大的深色躯体以僵硬的姿势慢慢翻倒，身上挂满碎肉内脏，色彩斑驳。它扑倒在地，繁复的附肢和诡异的赘生物呈放射状向外摊开，炸开一个大洞的喉咙滴滴答答地往下淌着脓血。织者俯身向前，伸出酷似人手的触肢，像孩子那样用手指试探地戳了戳它四分五裂的外骨骼。

安德烈还在动，紧紧捆在一起的双腿仍在反复踢蹬，尽管那踢蹬已经变得断断续续。魇蛾吞下的并非他的意识，而是在他头盔中沸腾翻滚、不断涌出的人造意识。他的意识还在，只不过被锁在临界引擎惊人的反馈循环中。此时他又是迷惑又是害怕，因为不间断的抽搐而几近虚脱，动作渐渐慢下来。他的嘴巴张得老大，流出散发腐败味道的黏稠口水。

在他的正上方，最后一只魇蛾已盘旋着飞进那根自他头盔中喷涌而出的能量光柱。它凝固双翅，调整角度，开始下降，如同某种自天外而来的邪恶杀器，朝着一片混乱、犹如屠杀现场的小小平台飞快落下。它朝着那散发奇异食物香味的源头猛冲，身上的附肢和爪钩狰狞地张开，急不可耐地要将那美餐揽入怀中。

平台边缘的一条檐沟中，那支国民卫队队伍的中尉微微探出头来，用颤抖的嗓音对手下士兵大喊了句什么——“他们在……织者！”——然后疯狂地朝艾萨克开火。艾萨克猛地往旁边跳开，发现自己毫发无伤，不禁低声欢呼了一下。他从脚边的一堆工具里抓起一把扳手，朝那人铮亮的头盔扔去。

就在这时，他身边的空气不安地震荡起来。他的胃猛地一缩，心开始狂跳。他疯狂地朝四周看去。

德姮正从平台边缘踉跄退开，她目瞪口呆，脸上浮现惊恐的表情。她环顾四周，眼里的惊惧之色越来越浓重。雅格里克左手紧紧扶住额头，长刀从指间无力垂下，轻轻地晃来晃去，拿着长鞭的右手动也不动，仿佛凝固了一般。

织者抬起头来，喃喃念着什么。

安德烈的胸口上出现了一个小小的圆洞——国民卫队中尉的子弹没有打中艾萨克，却打中了他。大股大股的鲜血从那个小洞里涌出，淌到安德烈的腹部，浸透老人身上褴褛的衣衫。老人脸色苍白，双眼紧紧闭起。

艾萨克大喊一声，朝老人冲去，握住他的手。

安德烈的意识变得断断续续，用以结合织者与议会意识的模板和参照物迅速消失，平台上的引擎开始发出带有不祥意味的咔嗒声。

安德烈是个顽强的老人，尽管身体在恶疾的长年折磨下早已被掏空，头脑又在今晚被一波又一波密集强劲的人造意识冲击得浑浑噩噩，即便如此，即便那颗子弹卡在他的心脏下方，肺叶大量失血，他还是撑了将近十秒钟的时间才死去。

艾萨克抱住口鼻流血的老人，那顶笨重的头盔依然可笑地扣在老人头上。艾萨克牙关紧咬，看着老人静静地死去。咽下最后一口气之前，或许是因为濒死的神经一阵抽搐，安德烈猛地绷紧身子，抓住艾萨克，紧紧抱住他——艾萨克不顾一切地说服自己，这是老人在向他表示原谅。

我必须这么做对不起真的对不起，他头晕目眩地想道。

艾萨克身后，织者仍在餍蛾泼溅一地的脓血上画着图案。雅格里克和德姮对着艾萨克大声呼喊、高声示警——国民卫队士兵已经越过了平台边缘。

三艘悬停上空的庞大飞艇中有一艘正缓缓下降，最后停在平台上方六七十英尺的地方，庞大的身躯像一头鼓胀的鲨鱼。一团粗绳自它腹中猛地蹿出，呼哨着穿过黑夜，朝着巨大的车站屋顶垂落。

安德烈的生命之光如同一盏坏掉的灯，黯然熄灭。

奔涌穿行于分析引擎间的数据立刻乱作一团。

没有安德烈的精神活动作为参照，织者和机械议会思想结合而成的意识流顿时变得紊乱无序，两者之间的比例摇摆不定、倾斜失衡。两者的结合不再是足以乱真的人造意识，而只是一大片凌乱振荡的粒子与波。

危象消弭。那浑然一体、不断增长的意识流现在只是不同元素的简单组合，而且已经开始显出分崩离析之势。矛盾与张力不复存在，巨大的临界能量场也随之急遽缩小，直至无迹可寻。

临界引擎内发烫的齿轮与发动机又断断续续地转了几圈，然后猝然停下。

随着一声沉闷的巨响，那根巨大的能量光柱迅速塌陷，转眼便消失不见。

艾萨克、德姮、雅格里克以及三十英尺范围内的国民卫队士兵全都发出痛苦的呼喊，感觉就像从明亮的阳光下一脚踏进全然的黑暗之中，眼睛后方传来一阵钝痛。

艾萨克放开安德烈，任由老人的尸体缓缓滑落湿漉漉的地面。

在车站上方不远处潮湿闷热的空气中，最后一只餍蛾不知所措地盘旋。它以繁复而诡异的角度拍打翅膀，掀起紊乱的气流，在半空徘徊不前。

那丰盛的美餐、那不可思议的心灵洪流消失了，那驱策着餍蛾的狂热本能、那挥之不去的强烈饥饿感也随之褪去。

它伸出舌头舔了舔空气，眼窝中的触须震颤几下。下面有好些猎物，但它还没来得及发动袭击，便察觉到织者那滚水般翻卷冒泡的意识，立刻回忆起两者之间残酷的厮杀。它又是害怕又是恼怒，吱吱怪叫着伸长脖子，露出狰狞的牙齿。

接着，它认出随着热气飘上来的同类气味。一个、两个、三个，全都死了。它震惊地转来转去，它全部的同胞手足，每一个都肚破肠流、粉身碎骨，死得透透的了。

它伤心欲狂，发出超高频的哀嚎，在空中飞快地盘旋，轻声呼唤，用回音搜索同类的所在，触角在一层层神秘的感知位面探寻，凝神捕捉相同的心灵脉动，寻找回应的踪迹。

但它什么也没找到。只剩它一个了。

它摇摇晃晃地飞离帕迪多街车站，飞离那块同胞手足横尸其上的屋顶平台，飞离那处曾经充盈着惊人美食味道的天空。它惊惶地调转方向，逃离乌鸦塔、逃离织者锋锐如刀的利爪、逃离悄悄跟踪它的庞大飞艇，它冲出巨钉塔投下的阴影，朝两河交汇处飞去。

最后一只餍蛾匆匆逃走，满怀痛苦地寻找一处喘息之所。

第五十一章

遭受连番打击的国民卫队士兵再次鼓起勇气，小心翼翼地探出脑袋，越过平台边缘朝艾萨克等人的脚边窥探。

三发子弹自上而下朝他们激射而去。一个士兵闷哼一声，从斜坡上远远飞出，坠入屋顶旁边的黑暗深渊，撞碎四层楼下的一扇窗户。另外两颗子弹深深嵌入砖块与石板，激起一阵骤雨般的碎屑粉尘。

艾萨克仰首四望，在那堵高耸于平台旁的水泥巨墙上捕捉到一个模糊的身影。那黑影攀在墙面一条狭长的凸起上，高出他们头顶足有二十英尺。

“是独臂螳螂手杰克!”艾萨克惊呼道，“他是怎么上去的？他在干什么?”

“快点!”德姮声色俱厉地喝道，“我们得走了。”

国民卫队士兵抖抖索索地缩在平台之下。每当有人小心翼翼地直起身子，越过平台边缘朝艾萨克他们窥探，独臂螳螂手杰克便瞄准那人开枪。士兵们在他的火力牵制下全都不敢轻举妄动。有一两个士兵试图开枪还击，但那拉拉杂杂的几枪只是在灭自己士气，长敌人威风。

在远处高耸的屋顶和天窗之后，一道道模糊的身影嗖嗖地从飞艇中降下，落到湿滑的铺顶石板上。他们盔甲上的扣环拴在绳上，引擎带动滑轮运转，绳索伸展，带着他们摇摆不定地穿过空气，速度极快。

“他在替我们争取时间，天知道是为什么，”德姮心急火燎地说道，跌跌撞撞地跑向艾萨克，一把拽着他，“他的子弹很快就会耗尽。这些该死的家伙——”她随手朝平台边缘畏畏缩缩的国民卫队士兵一挥，“——只是在车站屋顶巡逻的警卫。*那些*从飞艇上下来的混蛋才是精锐部队。我们必须得*走了*。”

艾萨克踉踉跄跄地朝平台边缘走了几步，低头看去，四面都可以看见缩在掩护物之后的国民卫队士兵。就在他举步之时，子弹疾射而至，扑簌簌地打在他脚边。他恐惧地大叫起来，随即意识到那是独臂螳螂手杰克在试图帮他打开一条突围之路。

可惜这一努力只是徒劳。国民卫队的士兵弯腰弓背，小心地躲在掩护物后等待机会。

“操*他妈的*。”艾萨克狠狠骂道。他弯下腰，拔下安德烈头盔上的一个插头，断开与机械议会的连接。机械议会一直在拼命尝试绕过那个止回阀，获得对临界引擎的控制。当艾萨克拔掉电线时，回授电流一阵剧烈抽搐，带着不甘的指令顺着那条巨大的电缆颠簸涌回议会的机械大脑。

“把这些破玩意收好！”他焦灼地招呼雅格里克，指向散布在平台上溅满脓血与酸雨的引擎组件。鹰人单膝跪下，抄起布袋。“织者！”艾萨克急切地喊道，跌跌撞撞地奔向那雄伟的巨蛛。

他一边跑一边不停地回头看，生怕看见哪个热血上头的国民卫队士兵站起身来一顿胡乱扫射。透过哗哗雨声，他听见斜坡下方金属战靴踩踏铺顶石板的沉重声响越来越近。

“织者！”艾萨克在那神奇的巨蛛面前用力拍了下巴掌。织者的许多颗单眼幽幽抬起，迎上他的目光。它仍戴着那顶连到安德烈尸体上的头盔，酷似人手的光滑触肢在餍蛾散落的内脏间摸来摸去。艾萨克低头朝那堆巨大的尸体瞥了一眼，三只餍蛾的翅膀已经褪成发白的灰褐色，毫无生气，流转的颜色与变幻的图案也消失不见。

“织者，我们得走了。”他轻声说道，织者突然打断了他。

……我累了老了冷了脏兮兮的小东西……织者悄声呢喃……你技巧高超我赞赏我支持但这帽子吸走幻景自我孤单灵魂留我暗自悲伤看见与生俱来的图案即便在这些贪婪无厌的东西身上也许我下结论太快老练目光失误出错我不确定……它捞起一把濡湿反光的蜃蛾内脏，捧到艾萨克眼前，开始轻柔地将它们拨开。

“相信我，织者，”艾萨克焦急地说，“我们做的没错，我们救下这座城市，就是为了让你……让你可以继续鉴赏，继续编织……现在我们成功了。但我们得马上离开。我们需要你的帮助。请……带我们离开这里……”

“艾萨克，”德姮突然惊慌地喊他，“我不知道正朝我们过来的这些家伙是什么人，但……但他们不是国民卫队。”

艾萨克飞快地朝平台下方瞄了一眼，眼睛顿时瞪得老大，仿佛不敢相信自己看到的东西。

那步伐铿锵朝他们节节逼近的，竟是一群匪夷所思的金属士兵。灯光自他们身上滑落，寒辉勾勒出他们的轮廓。他们的金属身体打造得十分精致，细节之处令人震惊，四肢由强大的水力带动，行动间虎虎生风。随着他们越走越近，活塞的嘶嘶声清晰可闻。艾萨克还看见他们脑后不时有微芒闪过，像是什么东西在反光。

“这些该死的家伙是他妈的什么人？”艾萨克只觉得喉咙发紧。

织者再次打断了它。它的低吟声突然再次变得响亮，充满坚定和果决。

……你的好心说服了我小东西……它吟唱道……看那繁复纱帷丝幕我们修补这些死去怪物损毁之处我们可以重新牵丝纺纱将它补缀得完好如初……织者激动地蹦蹦跳跳，抬头仰望黑暗的天空。它触肢轻抬，以极流畅的动作摘下头盔，随手抛进黑夜之中。艾萨克竟没有听到头盔落地的声音……它逃了躲了藏起来了……它吟唱道……它寻找一处庇身之所可怜的惊恐的怪物我们必须消灭它如同消灭它的手足在它扯碎天空黯淡城市色彩之前来来让我们追过长长裂隙横在世界织网是它撕开逃逸寻找躲藏之地……

它迈开许多只脚，踏着错杂的步伐向前行来，巨大的身躯晃晃悠悠，险险地保持着平衡。它像一位慈爱的父亲般朝艾萨克张开酷似人手的触肢，手腕一抖，轻轻松松将他抄起。艾萨克在织者冰冷诡异的怀抱中瑟瑟发抖，面无人色地疯狂默念：别割我耳朵，别剖我肚子！

国民卫队士兵偷偷窥探平台上的情形，被眼前所见惊呆了：只见那高耸如山的巨蛛迈着大步在平台上倏忽来去，艾萨克晃晃悠悠地挂在它的臂间，像个可笑的大胖婴儿。

织者目标明确，动作迅疾，飞快跨越屋顶平台上被雨水浸透的柏油和黏土。它的身形根本无从追寻：它用肉眼看不见的高速在现实空间中进进出出。

脚步轻抬间，它已站在雅格里克面前。鹰人已经将地上的机器构件匆匆装进布袋，见织者到来，他将布袋一甩，扛在背上，然后伸开双臂，无比感激地投向那舞蹈疯神的怀抱，紧紧抱住织者头胸部与腹部之间光滑的腹柄……抓紧了小东西我们必须想办法离开……织者吟唱道。

那支诡异的金属军队正渐渐逼近平坦屋顶上这块小小的高台，被强大能量所驱动的机械身躯嘶嘶作响。他们气势汹汹地从缩在掩护物后的国民卫队士兵旁边掠过，吓坏了的低阶军士们抬头看着他们的背影，惊得目瞪口呆：这些钢铁战士的脑后，均有一张人类的面孔，正聚精会神地盯着架在眼睛前方的镜子。

德妲朝四下逼近的人影看了看，咽了口口水，飞快走到织者面前。织者站在那里，酷似人手的触肢大大张开，艾萨克和雅格里克趴在那双高悬半空、长有利爪的附肢上，双脚在织者宽阔的背上不住打滑，挣扎着想要站稳。

“别再伤害我了。”德妲轻声说道，抬手飞快地摸了摸脸侧已经结痂的伤口。她将火枪塞进腰间皮套，快走几步，冲进织者那令人望而生畏的怀抱。

第二艘飞艇抵达帕迪多街车站上空，开始抛出绳索，放下士兵。莫特利的改造人军队已经登上斜坡顶端，散开呈包围阵型，一鼓作气向前推进。国民卫队士兵们抬头看着他们，在掩护物后缩得更紧：他们完全不明白自己看到的是什么。

改造人士兵毫不犹豫地跨过小小平台边低矮的砖墙，却一下子变得踟蹰不前：他们看见织者那森然高耸的巨大身影在砖墙间倏忽来去，三个人影在它背上摇晃颠簸，就像洋娃娃一样。

莫特利的军队缓步朝平台边缘后退，雨水淌下他们毫无表情的钢铁面孔，散落在地上的引擎剩余部件被他们沉重的脚步踩踏得支离破碎。

就在他们静观其变之时，织者的身影突然闪到平台之下，从一处掩护物后攥起一名缩成一团的国民卫队士兵。士兵被织者揪着脑袋拎到半空，无法控制地发出惊恐哭号，双手抽风般向着那巨蛛狂挥猛舞，但织者轻而易举地挡开他的双臂，将他拢入怀中，就像抱住一个婴儿一般。

*……走了走了该去追猎了我们这就离开……*织者的呢喃在众人脑中回响。它轻巧地侧走几步，完全无视错杂的障碍物，跨出屋顶边缘，消失不见。

接下来的片刻，屋顶上只能听见时急时缓、令人压抑的雨声。接着独臂螳螂手杰克在高处发起了最后一轮扫射，聚集在下方平台上的国民卫队和改造人军队慌忙四散，寻找掩护。等他们再次小心翼翼地探出头来时，周围已没有动静。独臂螳螂手杰克也不见了。

织者和它的同伴就这么离开了，消失得无影无踪。

最后一只餍蛾匆匆穿行于气流之中，它害怕得发了狂。

它不时发出信号，用不同音区的音波呼唤着同类，却没有收到任何回应。它凄惶不安，不知所措。

雪上加霜的是，可怕的饥饿感再次在它腹中升起。对食物的本能渴望镌刻在它的血液里，它终其一生都无法摆脱。

在它的下方，黑腐河蜿蜒爬过城市肌理，河上的驳船与游船亮着灯，点点昏黄的光缀在一片漆黑之中。餍蛾放慢速度，开始在空中盘旋。

一道脏污的烟雾徐徐爬过新克洛布桑的面庞，仿佛铅笔头画出的痕迹：那是一辆夜班火车，正在德克斯特线上向东而行，穿过基德区和犬魔桥，朝黑腐河对岸的路德荒地和塞淀口站而去。

餍蛾向前疾冲，飞到路德米德上方，它俯冲下降，掠过大学的学院大楼，降落在盐砾地麦格派大教堂的屋顶上，停留片刻后，又在潮水般涌来的饥饿、孤单与恐惧驱使下再度飞起。它无法安歇，无法抵挡对食物的贪婪渴望。

飞在空中，餍蛾渐渐认出下方的光影轮廓。它突然感到一股莫名的牵引力。

铁路线之后，史前巨肋高高耸立于骨镇那些年久失修的破败建筑之间，巨大的象牙色弧线带着势不可挡的气势刺向夜空。看到它们，餍蛾的脑海顿时被翻卷的记忆淹没。它想起那些古老的骨头具有某种神秘的力量，让骨镇变成一个可怕的地方，让它只想远远避开。那里的气流不可捉摸，有毒的无形物质一波接一波地涌出，污染着以太空间。遥远的记忆画面浮现在它眼前：被挑动情欲、产生“乳汁”，而后“乳汁”被榨取一空。它记起传来的奇异感觉，隐约像有幼虫吸吮，实际上那里根本空无一物……它全都想起来了。

这只餍蛾已经吓坏了。它急需一处可以放松的地方，一个安全的避难处，一个熟悉的环境，可以让它静静地躺着，休养生息，可以让它照顾自己或是得到照顾。在极度的痛苦与迷茫之中，它想起自己曾被拘禁在一个光线扭曲的昏暗之处。就在骨镇。在那里，曾有人细心地照料它，喂它食物，给它清洁身体。那里曾是它的庇护所。

恐慌、饥饿以及对喘息之机的急切渴望，让它战胜了对史前巨肋的畏惧。

它开始向南飞去，伸出长舌舔舐空气，循着已经在记忆中变得模糊的路线前行，绕过高耸入云的巨大骨骸，寻找一处黑色的联排建筑：它们在一条小巷里，连成一片的屋顶出于不可告人的目的而涂满沥青。几个星期之前，它就是从那里爬出来的。

餍蛾在危机四伏的城市上空不安地旋飞，踏上回家的路途。

艾萨克觉得自己像是睡了好几天。他惬意地伸了个懒腰，感觉自己的身体很不舒服地前后滑动。

他听到一声骇人的尖叫。

回忆立刻如潮水般涌入他脑中，他想起自己身在何处，身子一僵，紧紧抱住织者的手臂（当他想起发生的一切时，不禁心头一紧，狠狠地打了个哆嗦）。

织者正走在世界织网上，足尖轻点，匆匆掠过将所有时刻彼此串连起来的无形细丝。

艾萨克想起他上次见到世界织网时那自灵魂深处升起的眩晕感，想起那不可思议的景象是如何冲击他，让他对自己的存在产生深深的怀疑，乃至恶心反胃。他拼命闭紧双眼。

他可以听见雅格里克在急促而兴奋地说着什么，而德姮正在低声咒骂。但那声音并不是他用耳朵听见的，而是如同许多根似幻似真、游离不定的细丝悄然溜进他的头颅，在他脑中变成清晰可闻的话语。在他们两人的声音之外，还有一个声音，一条粗糙而鲜艳的线，一种刺耳的惊恐尖叫。

他好奇那是谁的声音。

织者沿着世界织网上一条狰狞的裂口飞快前行，那正是餍蛾的杰作，如果不将其赶尽杀绝，将来这里还会再次遭到破坏，裂口会进一步扩大。织者踩着轻晃的细丝消失在一个昏暗的漏斗形洞里，那是一处空间枢纽，通过此洞便可以穿越复杂的位面，重新出现在城市中。

艾萨克感觉到空气拂过脸颊，双脚踩上木板。他一个激灵，睁开双眼。

他的头很疼。他抬起目光，脑袋却不由自由地一阵猛晃——那沉重的头盔依然牢牢地扣在他头上，头盔上的镜子也奇迹般地完好无损。

他躺在一间布满灰尘的小阁楼里，一束不知从何处透进来的月光照在他身上。透过木地板和墙壁，能听到模糊的动静。

在他身旁，德姮和雅格里克小心地用手肘撑地慢慢坐起，不住甩头。艾萨克看见德姮飞快地伸出手，试探性地摸向头侧——她剩下的那只耳朵还在。他也赶紧伸手确认了一下，他的耳朵也没事。

织者站在阁楼一角，它稍稍向前迈了几步，艾萨克看见它身后有一个国民卫队的士兵。那士兵像是吓呆了，背靠着墙坐在地上，一声不响，浑身抖个不停，光滑的面罩已经从头上掉了下来，歪在一边，步枪横放在大腿上。看清楚那把枪时，艾萨克蓦地睁大了双眼。

它变成玻璃的了，变成了一把完美无瑕又毫无用处的玻璃枪。

……这将是那个长翅膀的怪物逃归之处……织者吟唱道。它的声音听起来又变得低沉微弱，仿佛经由世界织网穿越位面的旅程耗尽了它的力量……看这个男人他是我的镜中像我的玩伴我的朋友……它低声呢喃……我将和他一起消磨时间在这吸血怪蛾的喘息之处它将在此收起翅膀藏匿身形准备再度猎食我会在这里和我的玻璃枪手玩井字棋……

它退回那个角落，长腿一弹，骤然伏低身子，一只利刃般的前爪如电光乍现，以令人目不暇接的速度挥了几下，在那个吓得迷迷糊糊的国民卫队士兵面前划出一个三乘三的棋盘格。

织者再次挥动利爪，在棋盘角落的一个方格里刻了个叉，然后向后一靠，等待着，小声地喃喃自语。

艾萨克、德姮和雅格里克跌跌撞撞地走到房间中央。

“我还以为它会带我们走得远远的呢，”艾萨克咕哝道，“谁知它竟然一路跟着那该死的蛾子……那蛾子就在这里，藏在某个地方……”

“我们必须把那怪物干掉，”德姮悄声说道，脸色凝重，“就剩它一只了，让我们了结这一切。”

“用什么干掉它？”艾萨克反驳道，“我们手头只剩下这些该死的头盔，没别的了。我们根本没有办法对付那样的怪物……我们甚至不知道我们现在在他妈哪儿……”

“我们必须说服织者帮助我们。”德姮说。

但他们的努力全是白费。巨蛛对他们的恳求置若罔闻，只是没完没了地喃喃自语，专心地盯着棋盘，仿佛在等那个吓得呆若木鸡的国民卫队士兵走出他那一步。艾萨克等人苦苦哀求，恳请织者助他们一臂之力，但织者好像突然把他们当成了空气。最后他们只能怏怏地放弃。

“我们必须从这里出去。”德姮突然说道。艾萨克迎上她的目光，慢慢地点了点头。他大步走到窗前，向外看去。

“我看不出这是什么地方，”片刻之后，他说道，“外面全是街道，看起来一模一样。”他拼命伸长脖子，左右张望，想找到某处地标。最后他退回房间中央，一边摇头一边说：“你说得对，迪，也许我们能……找到什么办法……也许我们能离开这里。”

雅格里克悄无声息地移动，从这个小小的阁楼房间走进一条灯光昏暗的走廊。他伏低身子，小心翼翼地朝左右两边看去。

在他的左手边，墙壁一路倾斜，变成陡峭的屋顶；在他的右手边，可以看到两扇门，门再过去，狭窄的走廊向右一拐，消失在阴影之中。

雅格里克保持蹲伏的姿势，头也不回地抬起手，慢慢地朝身后打了个手势。德姮和艾萨克小心翼翼地探出头来，手里的火枪虚张声势地指向面前的黑暗——火枪里是他们仅剩的火药，而且已经在雨水中受了潮。

雅格里克缓缓向前移动，德姮和艾萨克在原地等他走出一段距离后才小心跟上，虽然脚步蹒跚，却警惕地做好战斗的准备。

雅格里克在第一扇门边停下，将长着羽毛的鸟头贴在门板上，听了片刻，然后非常慢地把门推开。德姮和艾萨克悄悄跟上，往黑乎乎的门里看去——这是一间储藏室。

“看看里面有没有什么用得上的东西。”艾萨克低声说道。但架子上只有布满灰尘的空瓶子和朽烂的老旧刷子，除此之外别无他物。

雅格里克走向第二扇门，重复刚才的步骤：挥手示意艾萨克和德姮待在原地，自己将耳朵贴在薄薄的木头门板上仔细听里面的动静。这次他听了很久。接着他动手开门。这扇门上有好几道简易的门闩，还有一把巨大的挂锁，不过挂锁没有锁上，只是随意地搭在一根门闩上，仿佛已经被人遗忘有段时间了。雅格里克摸索着拉开那些门闩，然后慢慢推开门，把头伸进门缝，身子一半在门里，一半在门外，就这样站了好久，久到令人不安。

最后他终于把头缩了回来，转过身。

“艾萨克，”他轻声说道，“你得来看看这个。”

艾萨克皱起眉头，迈步向前，心脏开始在胸口狂跳。

*怎么了？*他想道，*里面有什么？（就在他思考这个问题的时候，心底最深处已经有个声音告诉了他答案。但他不愿去听。他害怕它是错的。）*

他从雅格里克身边挤过，迟疑地踏进房间。

这是一个长方形的阁楼房间，很大，点着三盏油灯，窗户封得密不透风，煤气路灯的灯光透过脏兮兮的窗玻璃钻进来，在房间里投下细细的光束。地板上乱糟糟地散落着金属和垃圾，臭不可闻。

但艾萨克对这一切浑然不觉。在踏进房间的那一刻，他只觉得脑子“嗡”的一声，变得一片空白。

就在阁楼一个昏暗的角落里，一个身影正背对房门跪在地上，嘴里不停地咀嚼着什么，后背以及甲虫头颅尾端的腺体紧贴着一尊扭曲怪异的雕像。那正是琳。

艾萨克大喊起来。

那声音如同野兽的哀嚎，越来越响，越来越凄厉，雅格里克忍不住朝他发出嘘声，让他安静，但艾萨克置若罔闻。

琳听到这喊声，悚然一惊，转过身来，一眼便看到了艾萨克，立刻浑身剧颤。

艾萨克跌跌撞撞地朝琳扑去，看着她的身影、看着她赤褐色的皮肤和瑟瑟发抖的甲虫头颅，他忍不住泪流满面。到了近前，他再次惊呼起来，这次是痛苦的大叫——他看到琳这段日子遭遇了什么。

她身上瘀痕处处、遍体鳞伤：烫伤、刀伤、鞭痕——每一道伤痕都在默默述说着她所经受的酷刑折磨。她身上只穿了条破烂不堪的衬裙，透过布料上参差的裂口，可以看到她的背上鞭痕交错，胸前遍布细小的伤疤，肚子上和大腿处有大片瘀青。

但让艾萨克心头巨震的还是她的头。看到她那簌簌发抖的甲虫头颅，艾萨克双腿一软，差点跌倒在地。

她甲虫头颅上的膜翅被拔掉了：这他已经知道了，他在幸运盖泽德身上找到的那个信封里看到了被拔下的翅膀。但亲眼看到那参差不齐的翅膀残端簌簌抖动……她头上的甲壳被硬生生地扳开，有好几处向后弯折，露出甲壳下脆弱的虫身，上面也满是疤痕和伤口。她的一只复眼被捣碎了，再也看不见东西。右侧中间的那对虫足和左侧的后足被撕了下来，只剩空空的腿窝。

艾萨克向前扑去，将她拥入怀中，紧紧搂住。她是那么瘦……那么小，像一个快要散架的破布娃娃。他触到她的那一刻，她剧烈地颤抖起来。当他将她拥入怀中时，她的整个身子都变得僵硬了，仿佛她不敢相信这是真的，下一秒就会有人冲过来将他带走，一切只是莫特利用来折磨她的新招。

艾萨克抱着琳，失声痛哭。他小心翼翼地抱着她，感觉到她皮肤下纤细的骨头一根一根清清楚楚。

“我应该来找你的，”他心痛如割，又欣喜若狂，喃喃地说道，“我应该来找你的，我以为你已经死了……”

她将他推开一点点，腾出挥动双手的空间。

想你，爱你，她飞快地打着手语，帮我救我带我走，受不了了他不让

我死除非我完成这个……

顺着她手指的方向，艾萨克第一次仔细看清那座森然耸立在她身后的古怪雕像——他们进来的时候，琳正往那雕像上涂抹虫首吐沫。它看起来十分惊人，不可思议的斑斓色彩、触目惊心的诡谲形态，仿佛由噩梦片段组合而成，触手、眼球和腿脚突起在各种匪夷所思的位置。它几近完成，只有头部尚且是光滑的雏形，肩膀的位置也空空荡荡。

艾萨克盯着这惊人的雕像，不禁倒抽了一口凉气，回过头来看向琳。

莱缪尔说的没错。在正常情况下，莫特利没有任何理由留琳一条性命，换做是其他人质，他早就痛下杀手了。但这件出自琳之手的非凡作品恰好迎合了他的自恋自大、他那令人费解的膨胀野心以及哲学迷思。莱缪尔并不知道这一点。

莫特利不能容忍这座雕像没有完成。

德姮和雅格里克走进房间。一看到琳，德姮也像艾萨克一样失声惊叫起来。她飞奔过去，伸手环住拥抱在一起的琳和艾萨克，又是哭又是笑。

雅格里克也朝他们走去，稍稍显得有些不自在。

艾萨克不停地对琳轻声细语，一遍又一遍地对她说自己有多抱歉，说自己以为她死了，说自己应该来找她的。

他逼我不停工作，打我……折磨我、羞辱我，琳飞快地打着手语，因为激动而头晕目眩，浑身的力气仿佛一下子都被抽走了。

雅格里克正要开口，突然猛地回头。

外面的走廊里传来沉重的脚步声，正匆匆地朝这边过来。

艾萨克扶着琳一起站起来，小心地将她拥在臂间。德姮从他们身边退开，抽出火枪，转身面对房门。雅格里克闪到门边，紧紧贴在墙上，隐藏在雕像投下的巨大阴影中，长鞭盘在手上，蓄势待发。

随着一声巨响，门被猛地推开，狠狠地撞在墙上，又弹了回去。

莫特利出现在他们眼前。

在昏暗的光线下，艾萨克只能看到他的轮廓。一道扭曲的影子映在黝黑的走廊墙壁上，无数肢体扑腾挥舞，无数器官收缩颤搐。艾萨克惊讶地张大了嘴。他看着眼前这东西用羊蹄、鸟爪和狗腿慢慢地踩过地板，看着那东西身上紧攥的触手和肉瘤般的组织、混杂拼缀在一起的不同骨骼和毛皮，直到这时，他才意识到琳的作品并非出自想象，而是源于*真实的原型*。

一看到莫特利，琳立刻被汹涌而至的痛苦回忆和恐惧击中，不由自主地瘫软下去。艾萨克心底的怒火开始熊熊燃烧。

莫特利稍稍退了两步，扭头看向来时的方向。

“*守卫！*”他用某张看不清的嘴巴大喊道，“*马上到我这里来！*”喊完，他再次走进房间。

“格雷姆勒布林，”他飞快地说道，语调紧绷，“你终于来了。你没收到我给你的信吗？还是没太放在心上？”莫特利走进房间，站在微弱的光线中。

德姮立刻连开两枪。子弹穿透莫特利身上的鳞片甲壳、斑斓毛皮。他划拉着许多条腿踉跄后退，痛苦地咆哮，但那痛呼声很快变成恶毒的大笑。

“我身体里有那么多的内脏，你根本伤不了我，你这没用的贱妇。”他扬扬得意地喊道。德姮愤怒地吐了口口水，朝墙边退去。

艾萨克瞪着莫特利，看见他身上的许多张嘴都做出咬牙切齿的样子。纷沓的脚步声响起，震得地板微微颤动，许多人正沿着外面的走廊朝这边跑来。

莫特利身后出现了好些男人，他们手里挥舞着武器，不确定地站在门口等待进一步的命令。一眼看去，艾萨克的心猛地往下一沉：这些男人没有脸，原本应该长着五官的地方只有一层光滑紧绷的皮肤。*这是什么见鬼的改造术？*艾萨克吃惊地想道，接着，他看见那些人的头盔上有支架向后方延伸而去，支架末端镶着镜子。

艾萨克惊讶地睁大双眼，突然明白了过来：他所看到的光滑皮肤其实是这些改造人剃光头发的后脑勺——他们经过特别的改造，脑袋被扭转了一百八十度，可以完美应对餍蛾。现在这些改造人肌肉发达的躯体正对着艾萨克，面孔朝向后方，等着老板下令。

莫特利蓦地抬起许多手中的一只（那是一个分节的、长着吸盘的丑陋玩意），向琳指去。

“快回去接着干活，你这该死的臭婊子，要不然看我怎么收拾你！”他厉声喝道，蹒跚着朝琳和艾萨克走去。

艾萨克发出一声野兽般的嘶吼，将琳往身后一推。琳喷出一股代表痛苦的化学信息素，双手拧在一起，哀求艾萨克不要冲动。但艾萨克已在极度的负罪感和怒火冲击之下红了眼，不管不顾地朝莫特利扑去。

莫特利也咆哮一声，摆好姿势，准备迎接艾萨克的挑战。

就在这时，突然传来一声巨响。阁楼的玻璃窗轰然炸裂，锋利的玻璃碎片飞溅到整个房间，在躲避不及的受害者身上划出血淋淋的口子，激起一片纷纷扬扬的咒骂声。

艾萨克僵在房间中央，站在他对面的莫特利也惊呆了，那些改造人守卫慌乱地挥舞着手中的武器，喊叫声此起彼伏。艾萨克抬起目光，看向架在眼睛前方的镜子。

最后一只餍蛾就站在他身后的窗台上，恐怖的轮廓凸显于只剩参差木茬的窗框之中，仍有玻璃碎片从它身周滚落，仿佛黏滞的水珠。

艾萨克猛地倒抽一口冷气。

那个巨大的怪物往前迈了一步，半蹲在破损的窗口和墙壁前方不远处，众多狰狞的附肢紧紧抓住地板。它结构繁复的身体有一头成年大猩猩那么大，看起来强壮得可怕，凶相毕露。

下一秒，它已展开那对不可思议的翅膀。诡谲的图案遽然绽放，如同黑暗的烟火。

莫特利正好面对这头巨大的怪物：他立刻被催眠了，许多双眼睛眨也不眨地盯着那对翅膀。那些改造人守卫在他身后不安地大喊大叫，将手中的武器指向餍蛾。

餍蛾破窗而入时，雅格里克和德姮正贴墙站着。艾萨克透过眼前的镜子看到他们此时正好处在餍蛾身后，看不到翅膀上有图案的那面，所以他们虽然惊呆了，却没有被催眠。

但接着他看到了琳，就瘫坐在自己和餍蛾之间：她在那阵疾雨般的碎玻璃冲击之下跌倒在地，此刻仍未站起。

“琳！”艾萨克拼命大喊，“别回头！别往你背后看！来我这里！”

他语气中的慌乱把琳吓住了。她看见他头也不回，以一种极其别扭的姿势向身后伸出手，同时开始一步一步向她退来。

她也开始朝艾萨克爬去，爬得非常非常慢。

她听见自己身后传来一个低沉的声音，像不祥的野兽低吼声。

餍蛾站在地板上，凶神恶煞、焦躁不安。它能尝到这里有许多意识，在它的周围动来动去，威胁着它，又害怕着它。

它心神不宁，依然处在手足惨死的极度震惊与痛苦之中，一根长满尖刺的触须像野兽的尾巴那样在地板上拍来拍去。

它感觉到前方有一个智慧生物已经被它俘获，可它明明把翅膀张得那么大，却只俘获了一个？它迷惑不解，开始朝着面前为数众多的敌人拼命扇动翅膀，试图催眠他们，让他们的梦境浮到意识表面。

可那些敌人依然保持着清醒。

餍蛾开始慌了。

莫特利身后的守卫急得乱成一团。他们试着从老板旁边挤进房间，但莫特利一动不动的庞大身躯将门口挡得严严实实。他像是冻结了一样，许多条腿牢牢地扎根在地板上。他凝视着餍蛾的翅膀，眼睛眨也不眨，整个人已经处于恍惚状态。

他身后的改造人守卫一共有五个，个个全副武装，身上的武器全是为对付餍蛾特别设计的，以防出现餍蛾逃脱的意外情况。除了常规的轻武器之外，其中三人还携带着火焰喷射器，一人带着酸雾喷枪，还有一个人拿着特制的钩枪，可以发射强大的魔法电流。他们可以看到目标就在前方，可就是没法通过门口，进入房间。

改造人守卫设法将枪口伸进莫特利身周的空隙，但视线却被莫特利庞大的身躯挡住了，没法瞄准餍蛾。他们对着彼此大呼小叫，试着想出个应对之策，却毫无结果。他们朝架在眼睛前方的镜子里看去。透过莫特利许多只手脚间的缝隙、越过那疙瘩不平的身体轮廓线，他们可以看到那只巨大的吃人怪蛾，那恐怖而怪诞的身影让他们暗暗心惊。

艾萨克将胳膊使劲向后伸去，摸索着琳。

“琳，来我这儿，”他声色俱厉地说道，“千万不要回头看。”

在琳看来，这就像一个吓人的小孩子游戏。

雅格里克和德姮在餍蛾身后悄无声息地移动，朝着彼此靠近。餍蛾发出怪叫声，抬起头来，仿佛听到了他们的动静，但它没有回头，它的大部分注意力依然被前方为数众多的敌人所吸引。

琳在地板上朝背对着自己的艾萨克爬去，爬一会歇一会儿。就在快要够到艾萨克向后伸出的胳膊时，琳突然犹豫了。她看到莫特利呆呆地站在原地一动不动，他的视线越过艾萨克和自己，像是被什么……东西牢牢吸引住了。

她并不知道发生了什么，不知道在她身后的是什么。

她对餍蛾一无所知。

艾萨克看出了她的迟疑，开始厉声吼叫，让她不要停下。

琳是个艺术家。她以自己独特的风格与品位创造具有质感的作品。有形的作品。看得见、摸得着的雕塑作品。

她痴迷于色彩与光影，痴迷于形与线、积极空间与消极空间[①]之间的

---

①日本当代著名建筑师芦原义信（1918–2003）在其著作《外部空间的设计》一书中提出“积极空间（positive spaces）”和“消极空间（negative spaces）”的概念。前者指从周围边框向内收敛的空间，或者说有计划性的、满足人的意图的空间，后者指以中央物体为核心向外扩散的空间，或者说自然发生的、无计划性的空间。

相互作用。

她已经被锁在这个阁楼里很长时间了。

换做是别人，也许会想办法毁掉那座为莫特利量身打造的巨大雕像，毕竟原本的委托已经变成了苦刑。但琳没有那么做，她甚至没有因为饱受折磨而敷衍了事。她竭尽全力，将被压抑和禁锢的全部创作热情倾注到那尊庞大而惊人的作品之中。而莫特利早就知道她会这样做。

那是她唯一的宣泄出口，她唯一的自我表达方式。所有的光线、色彩和形状都被人从她的世界里夺走了，她感受到的只有恐惧和痛苦，她渐渐陷入了执念，想要创造一件东西，可以证明她的存在，或者说，让她忘了自己的存在。

现在，这个狭小昏暗的阁楼世界里突然闯进了一个奇异的东西，一个连莫特利都为之着迷的东西。

她对餍蛾一无所知。“不要回头”这句话并不陌生，它常常出现在神话故事和寓言里，但那通常只代表着某种道德警示，某种严厉的训诫。艾萨克的意思肯定是让她“快点”或者“别犹豫”，诸如此类的。他这么说不过是因为着急，因为他太激动了。

琳是个艺术家。这些日子里，她遭受了非人的折磨，长时间的囚禁、肉体的痛苦与精神世界的匮乏已经让她神志恍惚。此时她脑子里一片混乱，只有一个念头十分清晰：某个惊人的事物、某种让人无比着迷的奇观出现在了她的身后。那么多个星期以来，她被关在这灰突突的墙壁之间，目光所及尽是一成不变、单调乏味、了无生气的景象，她备受煎熬，发自内心地渴望任何令人眼前一亮的东西。于是她停了下来，飞快地朝身后瞥了一眼。

艾萨克和德姮不敢置信地尖叫起来，雅格里克也发出一声惊呼，仿佛寒鸦啼鸣。

用那只仅存的完好眼睛，琳先是看到餍蛾那庞大惊人的外形，她刚显出敬畏的表情，就被餍蛾翅膀上诡谲变幻的色彩吸引了目光，她的下颚剧烈抖动，发出几下咔哒声响，旋即再无动静。她被催眠了。

她蹲坐在地上，头向左后方扭去，呆呆地凝视着那只巨大的怪物和它翅膀上翻卷变幻的色彩。莫特利和她一样凝视着餍蛾的翅膀，两人的意识开始汩汩溢出。

艾萨克急得乱吼乱叫，跌跌撞撞地向后退去，拼命伸长手臂去够琳。

餍蛾的一条触须倏忽滑了出去，将琳拉到它面前。它口水滴答的狰狞大嘴猛地张开，如同通往地狱的邪恶入口。带有腐败柑橘味的口水淌了琳一脸。

艾萨克死死盯着眼前的镜子，拼命向后伸手，想抓住琳的手，就在这时，餍蛾的长舌从恶臭的大嘴中弹出，飞快地舔了一下琳的甲虫头颅。艾萨克一遍又一遍地高声大喊，却无法阻止那邪恶的掠食者。

那条淌着口水的滑溜长舌轻巧地掠过琳张开的口器，钻进她的甲虫头颅。

听到艾萨克惊骇至极的大叫，两个被莫特利庞大身躯堵在门口的改造人守卫伸长手臂，用火枪胡乱开了几枪。一人的子弹完全落空，另一人的子弹击中餍蛾的胸部。一小股脓血喷溅而出，餍蛾发出一声恼怒的嘶鸣，仅此而已——火枪并不能对餍蛾造成真正的伤害。

两名改造人放下火枪，对同伴喊了几声，这一小群人开始同时用力，小心翼翼地推搡莫特利的庞大身躯。

艾萨克挥动手臂，向琳的手抓去。

餍蛾柔软的喉部开始不住起伏，咽下大口心灵汁液。

雅格里克飞快探出左手，抄起放在雕像脚边的一盏油灯，高高举起，同时扬起右手的长鞭。

“艾萨克，抓住她。”他大喊道。

就在餍蛾大口啜饮之时，艾萨克终于感觉到自己的指尖触到了琳的手腕。他猛地用力攥住琳，想将她瘦弱的身躯从餍蛾的嘴边拉开。他高声咒骂，泣不成声。

雅格里克将燃烧的油灯用力砸向餍蛾的脑后。玻璃应声而碎，一小股滚烫的热油洒在餍蛾光滑的皮肤上，蓝色火苗呼地腾起，迅速在它圆圆的头顶上蔓延开来。

餍蛾长声惨叫，在这突如其来的剧痛之中猛地扭头，繁复的附肢纷纷扬起，胡乱拍打，想要扑灭这些火苗。说时迟那时快，雅格里克已挥出手中长鞭。粗硕的皮鞭以风雷之势砸在餍蛾黑色的皮肤上，发出“砰”的一声巨响，鞭梢顺势而上，缠住餍蛾的脖子。

雅格里克用力一扯，将鞭子扯得笔直。他绷紧瘦长结实的身体，以全部力量与餍蛾对抗。

油灯燃起的火苗仍在燎烧着餍蛾的皮肤，火苗虽小，却十分顽强。长鞭紧紧勒住餍蛾脖子，鞭身深深陷入柔软的皮肉。餍蛾呼吸困难，无法吞咽。

餍蛾拼命扭动长长的脖子，从喉咙中挤出小声哀嚎。它的舌头迅速肿起，猛地缩了回来。已经喝进嘴里的心灵汁液梗在喉间，咽不下又吐不出。它惊恐至极，疯狂地扒抓着长鞭，身子拧来拧去，脚爪扑腾，颤抖不休。

餍蛾扭动挣扎，仿佛跳起一支丑陋可怕的舞蹈，艾萨克死死抓住琳不足一握的手腕，用力拉向自己。餍蛾终于颤抖着放开将琳紧紧攥住的前肢，徒劳地撕扯将它勒得透不过气的皮鞭。琳一从餍蛾的钳制中脱出，艾萨拉立刻用力一拉，抱着她跌倒在地，然后连滚带爬地从那暴怒的怪物旁边逃开。

慌乱的挣扎中，餍蛾不知不觉地收起了翅膀，不再面朝门口，莫特利立刻从催眠状态中解脱出来，意识渐渐恢复清醒。他庞大而怪诞的身躯一个踉跄，向前扑倒。改造人守卫马上从他身边挤过，小心翼翼地避开他摊开的许多条腿，冲进房间。

餍蛾张牙舞爪，疯狂地上蹿下跳，带得雅格里克手中的长鞭拧来拧去，不时猛地蹿出去一截。雅格里克咬紧牙关，死也不撒手，掌心被拖出道道血痕。他蹒跚着向后退去，朝德姮靠近，远离餍蛾胡乱挥舞的利爪。

莫特利站起身来，飞快地从餍蛾面前退开，退到外面的走廊上。

“杀了那该死的东西！”他厉声下令。

发狂的餍蛾摇摇晃晃地转到了房间中央。五个改造人守卫在门口站成一小圈，排成包围阵型，举起手中武器，透过镜子瞄准目标。

三股炽燃的火柱从三把火焰喷射器中呼地喷出，燎过那巨大怪物的皮肤，它的翅膀和甲壳在火焰中噼啪作响、皱缩开裂。它想尖叫，但那勒住它喉咙的鞭子让它根本发不出声音，只能痛苦地扭动身子。紧接着，一大团酸雾朝它兜头罩下，在很短的时间内便让它表皮中的蛋白质和化合物发生变性，使得它坚硬的外骨骼开始溶解。

酸雾与火焰迅速吞噬了勒住餍蛾脖子的长鞭，烧断的鞭子从团团打转的餍蛾身上甩了出去，它终于能够再次呼吸、放声尖叫。

它还没来得及喘息，新一轮的火焰与酸雾袭击已经再次来临，它痛苦惨叫，急怒之下朝袭击者的方向踉跄着扑去。

一道夹带电弧的黑暗能量从第五个改造人的枪口迸射而出，无声无息地击中餍蛾的身体，四散开去。这股能量没有丝毫温度，却使接触到的皮肤顿时麻木，随即火烧火燎般的疼。餍蛾再次发出惨叫，但没有就此止步，如同一团有生命的火球般似的敌人扑去，身上的甲壳已被腐蚀得坑坑洼洼，躯体不住颤搐，抖得酸液四处飞溅。

看到发狂的餍蛾跌跌撞撞地扑过来，五个改造人守卫开始后退，跟着莫特利撤到外面的走廊上。包裹在熊熊火焰中的餍蛾猛地撞在墙上，木制的护墙板立刻烧了起来，餍蛾挣扎着转过身子，摇摇晃晃地冲出门去。

门外狭小的走廊上，喷射火焰、酸雾和魔法电流的声音响成一片。

在那漫长的几秒钟内，德姮、雅格里克和艾萨克只是目瞪口呆地盯着门口。餍蛾的身影已经消失在门外，但它的惨叫声依然不绝于耳，走廊里火光熊熊、热浪滚滚。

接着艾萨克眨了眨眼，低头看向琳。她瘫软地躺在他怀中，一动也不动。

他朝着她低声呼唤，小心翼翼地摇晃她。

“琳，”他的声音仿佛耳语，“琳……我这就带你离开。”

雅格里克大步走到窗前，朝外看去。他们身处的阁楼距离地面有五层楼高。窗边有一根凸出墙面的砖砌圆筒，应该是烟囱，烟囱旁有根排水管蜿蜒着向上伸去。雅格里克跃上窗台，抓住窗户上沿的滴水板，探出身去，用力拽了拽那根排水管。很结实。

“艾萨克，带她到这儿来。”德垣焦急地催促道。艾萨克将琳扶起，感觉她轻得几乎没有重量，不禁紧紧咬住嘴唇。他扶着琳飞快地朝窗边走去，目光不曾有一刻离开她。他脸上突然绽开一个不敢置信的笑容，狂喜的泪水滚滚而下。

外面的走廊上，餍蛾的惨叫声变得微弱下去。

“迪，快看！”艾萨克低声惊呼，琳在他怀中举起双手抖抖索索地挥舞了几下。“她在**打手语**。她会没事的。”

德垣扭头看来，读着琳打出的手语。艾萨克也仔细看着，随即摇了摇头。

“她还没清醒过来，还在说胡话，不过，迪，那是**手语**……我们**及时**把她救下来了……”

德垣露出欣喜的笑容，用力亲了亲艾萨克的脸颊，又温柔地抚摸了一下琳伤痕累累的甲虫头颅。

“我们带她离开这儿吧。”她平静地说道。艾萨克朝窗外看去，几英尺之外，雅格里克正攀在两堵墙壁之间的房屋夹角，脚下踩着一小块凸出墙面的砖。

“把她交给我，然后你们跟上。”雅格里克说着，抬头看去。这一整排房屋都归莫特利所有，陡峭的屋顶一个连着一个，一直向东边伸出好远，直到与邻街的房屋屋顶相接。那条街笔直往南延伸，街旁的房屋随着街道走势越来越矮。这便是骨镇的屋顶世界，在他们头顶展开，将他们团团包围。一片片石板瓦屋顶横亘在高处，远离危险的街道，如同黑暗汪洋中的一串小岛，绵延好几英里，经过史前巨肋，经过摩格山，向着广阔的城市延伸而去。

此时，最后一只魇蛾在阁楼门外的走廊上经受着一波接一波的火焰攻势与酸雾侵袭，经受着一股又一股不明能量的重击，生命正一点一滴地从它体内流逝。尽管如此，它本可以活下来的。

魇蛾是一种耐力惊人的生物，能够以可怕的速度自我治愈。

如果此刻它身处开阔的天空，就可以猛然向上蹿起，张开严重损坏的翅膀，消失在地平线上。它可以强迫自己不断往上飞，忽略身上传来的剧痛，忽略周身的焦黑表皮与龟裂甲壳，任它们如破布条般随风翻飞。它可以冲进饱含水汽的云朵中打滚，扑灭身上的火焰，洗净那些腐蚀它皮肉的酸液。

如果它的手足还在，如果它心怀希望，相信它可以回到家人身边，来日再翱翔天际、一同狩猎，也许它就不会如此慌乱。如果它不曾亲眼目睹同胞的惨死，不曾见证那不可思议的心灵洪流迸发于天地之间，将它的手足引诱而去，再在它们开怀畅饮时将它们炸得粉身碎骨，这只蛾子就不会因为恐惧和愤怒而失去理智，也不会在被长鞭勒住脖子时疯狂挣扎、盲目冲撞，以至于在绝境中越陷越深。

但此时它孤身一个，被困在砖墙之间，困在一条狭窄昏暗的走廊中，在这里它甚至无法展开双翅。它不知道该逃往何处。致命的攻击从四面八方猛烈袭来，痛苦仿佛永无止境。焚身烈火一阵接着一阵，它根本没有时间自我疗伤。

它沿着莫特利老巢的走廊跌跌撞撞地前进，如同一团白炽的火球，最后一次伸出残损不堪的利爪和尖刺，想要抓住敌人。就在冲到走廊尽头的楼梯口时，它轰然倒地。

已经退到楼梯半中间的莫特利和改造人卫兵小心翼翼地朝上看去，暗暗祈祷那静静躺在地上的怪物不要再突然爬起，冲过楼梯口，带着满身火焰向他们扑来。

他们的祈祷仿佛得到了回应：最后一只餍蛾躺在那里一动不动，就此死去。

确定餍蛾真的已经死了之后，莫特利命令手下的人全部行动起来，迅速扑灭餍蛾引发的大火。男男女女分成小队，带着浸湿的毛巾和毯子上下疾走，奔忙于走廊与楼梯之间。

二十分钟后，火终于灭了。阁楼的木头房梁与地板冒着缕缕青烟，焦黑开裂。走廊上满是黢黑的脚印，随处可见烧焦的木头和起泡的油漆。餍蛾冒烟的尸体依然躺在楼梯口，已经面目全非，它身上的血肉与组织被高温炙烤得扭曲变形，看起来比活着时更加诡异吓人。

“格雷姆勒布林和他那些该死的狐朋狗友跑了，”莫特利暴跳如雷，“找到他们。查出他们的去向。去找。去搜。今晚就把他们给我带来。现在就去。”

艾萨克一行人是如何逃走的并不难知道：他们爬出窗子，上了屋顶。但到了屋顶之后，他们可以往任何方向走。莫特利的手下不安地站在窗前，偷偷交换眼神。

“动起来啊，你们这些改造人垃圾，”莫特利狂怒地嚷嚷道，“**现在**就去找到他们，找到他们的下落！**把他们带来给我！**”

一队队战战兢兢的改造人（有人类，有仙人掌族，也有蛙人）离开莫特利的老巢，向着城里进发，追捕逃犯。他们商量一番，制订出搜索路线和计划，然后分头赶往森特区，赶往回音沼和路德米德，赶往泉树码头和摩格山，一直走到贱地，穿过黑腐河，前往獾泽，前往西基德区、格利斯丘原、黑泥地和硝石镇。

但他们的计划毫无意义。这一路上，他们也许已经跟艾萨克一行擦肩而过了好几百次。

新克洛布桑是座庞大而繁复的城，城里可以藏身的地方远比需要藏身的人多。想找到艾萨克他们，莫特利的手下没有任何成功的机会。

在这样一个夜晚，雨水与昏暗的街灯模糊了城市中所有东西的边缘与界线——树木、房屋、声音、古老的遗迹、黑暗、地下墓穴、建筑工地、上等旅店、荒地、灯火、酒馆、下水道——一切的一切都影影绰绰、重重叠叠，仿佛一张涂了一层又一层的画。整个城市变成了一个无边无际、神秘莫测的迷宫。

莫特利的手下只能战战兢兢地空手而归。

莫特利在那座未完成的雕像前一次又一次地大发雷霆。它是如此完美，却又残缺不全，仿佛在无情地嘲笑着他。他的手下将整排建筑搜索了一遍，以免遗漏什么线索。

他们在阁楼走廊另一头的房间里发现了一个国民卫队士兵，他独自一人靠墙而坐，不省人事，大腿上横放着一把极其古怪而美丽的玻璃火枪，脚边的木地板上刻了一个井字棋棋盘。

三步之内，又赢了。

我们奔逃躲藏，如同被追捕的害兽，但我们的脚步却轻松而喜悦。

我们知道我们赢了。

艾萨克一直将琳搂在怀中，遇到崎岖难行的地方时，便满脸歉意地将她扛上肩头。我们匆匆而行，仿佛在与时间赛跑，仿佛逃出地狱的幽魂。我们精疲力尽又激动万分。我们向东而行，一路穿越坎坷地形。我们翻过低矮的栅栏，溜过一个个后院，行过狭窄的草地，行过简陋的花园——那花园里种着发育不良的苹果树和蔫巴巴的黑莓，满地烂泥，散布着可疑的堆肥和破损的玩具。

有时德姮脸上会掠过一道阴影，然后开始喃喃自语。她肯定是想到了安德烈。但在这个夜晚，要让负罪感在心中盘桓并不容易，即便我们理应如此。尽管有时我们语气会变得低落，神情会变得忧郁，但沐浴着这温暖的大雨，眺望着如烂漫野花般铺满大地的城市灯火，我们总忍不住看向彼此，会心一笑，发出不敢置信的轻呼。

所有的餍蛾都死了。

为了这个结果，我们付出了非常惨痛的代价。惨绝人寰的代价。但今晚，我们一路行至黑水站北边不远处，歇脚在品克德的一处屋顶窝棚中，远离国民卫队的空中缆道，远离铁轨与肮脏的泥地，此时我们心中只有胜利的喜悦。

次日早晨，报纸上满版都是严正警告。《辩论报》与《先驱报》都暗示说政府即将实行铁腕措施。

德姮睡了几个小时，醒来后独自坐在一隅，积压心中的悲痛与内疚终于爆发。琳时而昏睡时而清醒，间或动上几下。艾萨克将琳搂在怀中，一刻也不放开。他保持着这个姿势，偶尔小睡片刻，吃点我们偷来的食物，还会用难以置信的语气谈起独臂螳螂手杰克。

他将破损不堪的临界引擎部件倒出来，翻翻拣拣，一一查看，嘴里嘟嘟囔囔，不时抿紧双唇。他告诉我他可以让引擎重新运作，没有问题。

听到他的话，我心中的渴望卷土重来。我最终的自由。我如此向往。自由地飞翔。

他越过我的肩膀，和我一起读着偷来的报纸。

我们读到，鉴于当下的紧急形势，国民卫队将被赋予额外权力。政府可能恢复以前的做法，派出制服军士在街头巡逻。公民权可能受到限制。议会正在讨论是否实行戒严。

这天刮起了大风。餍蛾的粪便，那污秽不堪的排泄物、污染梦境的毒药，缓缓自以太空间沉入地底。我躺在这残破失修的木头窝棚里，感觉自己像是看到了这一幕：那邪恶的物质自我身边缓缓飘落，在阳光中失去活性。它纷纷扬扬地坠下，如同肮脏的雪花，穿过城市的层层位面，穿过层层物质，从我们世界的缝隙中掉出去，永远消失不见。

当夜幕罩下时，再没有噩梦随之降临。

仿佛有一声轻柔的啜泣，一声解脱又倦怠的叹息拂过整个城市。一种安宁平静的气息自夜的国度悄然而至，如清爽的风一般从城市西边、从胆疆和烟雾弯，吹向大河套码头，吹向雪克区和獾泽，吹向路德米德、摩格山和遗翠园。

在这安详的梦的气息中，城市得到了彻底净化。无论是躺在溪滨贫民窟散发尿味的潮湿稻草堆中，还是躺在岂南蓬松的羽毛床上，无论是紧紧相拥还是孤单一人，新克洛布桑的市民们都享受了整夜安眠。

当然，城市的活动并没有片刻停歇，码头的夜班工人仍在忙碌，轮值晚班的工人也照常踩着夜色走进作坊和工厂。连续不断的金属撞击声、响亮刺耳的机器轰鸣声撕裂黑夜，让人如同置身激烈厮杀的战场。巡夜人依然来回在工厂前院巡逻，妓女依然徘徊于街角巷尾拉客。夜色掩映下，罪案仍在发生，暴力事件仍在上演。

但无论是睡着的人还是醒着的人，都不再被幻象鬼影所折磨。他们的恐惧只存在他们自己心中。

新克洛布桑就像一位懒洋洋的巨人，从容地徜徉梦乡。

这是一个如此惬意的夜晚，我已许久没有过这种感受。

当我醒来时，朝阳已经跃出地平线，我头脑清晰，浑身舒畅。

我们自由了。

这天，报纸上的文章全在围绕“仲夏噩梦”的结束打转。（每份报纸对它的称呼各不相同：“噩梦瘟疫”、“梦的诅咒”，还有其他自己发明的名称）

我们一边读报一边笑，德姮、艾萨克和我。空气中洋溢着欢欣的气氛。城市焕然一新。一切都恢复了原本的模样。

我们等着琳醒过来，等着她恢复如初。

但她没有。

第一天，她睡了一天。她的身体开始自我修复。她紧紧抓住艾萨克，不肯醒来。她自由了，可以安心沉睡，不再恐惧。

现在她醒了，怏怏地坐起来，甲虫头颅上的细足微微颤抖，下颚不住翕动：她饿了。我们在偷来的补给中找到水果，给她当早餐。

她一边吃，目光一边不安地逡巡，从我看向德垣，再看向艾萨克。艾萨克抱着她的大腿，对她轻声细语，我听不清他在说什么。她像婴儿一样把头扭来扭去，行动间不住颤抖，不时会剧烈抽搐一下。

她举起双手，向艾萨克打着手语。

他热切地看着她，脸上却渐渐浮现出难以置信的绝望神情，五官揪成一团：她的手势笨拙而丑陋，就像在空气中胡乱摸索。

德垣读着她比画出的手语，眼睛渐渐瞪大。

艾萨克翻译着她的话，拼命摇头，声音越来越低。

早餐……食物……温暖，他颤抖着吐出一个个词，虫子……旅行……开心。

她不能自己吃东西。她的下颚不时痉挛，或是突然收紧，将攥住的水果切成两半，或是突然松弛，将水果跌落在地。她沮丧得浑身颤抖，不住摇头，喷出一团水雾，艾萨克说那是虫首人的眼泪。

他安慰她，将苹果举到她嘴边，让她就着他的手啃咬，帮她擦去撒落满身的果汁和果肉。害怕，她打着手语说，艾萨克迟疑地翻译着，心好累流泻不能控制，艺术莫特利！她突然浑身剧颤，惊恐地环顾四周。艾萨克安慰她，让她安静下来。德垣看着他们，眼里充满痛苦。孤单，琳绝望地打着手语，喷出一股化学信息素，我们几个谁都不懂那代表什么意思。怪物温暖改造人……她朝四周看去。苹果，她打着手语说。苹果。

艾萨克将苹果举到她嘴边，耐心地喂她。她发出幼童般的咯咯笑声。

夜晚来临时，她又睡了。睡着得很快，睡得很沉。艾萨克和德垣在一旁低声商量着什么，艾萨克突然大发脾气，高声大喊，落下泪来。

她会好的，他大喊道，琳在睡梦中动了动。她现在这个样子只是因为太他妈累了，她被人打成那样，所以才会迷迷糊糊的，有什么好奇怪的……

但她好不了了，他知道。

我们将她从餍蛾嘴边夺回来时，餍蛾已经进食到了一半。她一半的意识、一半的梦境，已经被那只食人怪物吞了下去，先被胃液消化，再被莫特利手下喷射的烈火强酸所灼烧腐蚀，已经再也找不回来了。

琳开心地醒来，热烈地挥舞双手，打出莫名其妙的手语，抖抖索索地想要站起，却一下摔倒在地，喷出一大团化学信息素，艾萨克也分辨不出那代表大哭还是大笑。她甲虫头颅的下颚不住震颤，发出咯咯轻响。她像婴儿一样控制不住自己的大小便。

琳带着剩下的一半神智，像学步幼童般在我们栖身的屋顶蹒跚行走。伤痕累累，纤弱无助。她打出的手语稀奇古怪，是孩童稚语与成人梦境的怪诞组合，激烈而幼稚，令人费解。

艾萨克彻底绝望了。

我们在屋顶世界东躲西藏，时刻因为下方传来的动静紧张不安。在辗转途中，琳曾闹过一次脾气，因为我们无法理解她不断打出的奇怪手语。她闹得很凶，在石板瓦上拼命跺脚，用虚弱的双手拍打艾萨克，用手语骂出极难听的脏话，还伸出脚来想踢我们。

我们凑上前去按住她，将她紧紧抱住，匆匆离开。

我们总在夜里行动，害怕被国民卫队和莫特利的人发现。我们提防着机器人，因为它们可能会向机械议会报告我们的去向。每个突如其来的动静、每束狐疑的目光，都让我们警惕不已。我们无法信任周围的每一个人，我们必须躲在荒凉偏僻的地方，藏身暗影之中，离群索居，只相信自己。需要补充补给时，我们便去偷，或是在深夜跑到离藏身处好几英里远的小杂货铺买。每一瞥斜睨，每一次注视，每一声大喊，每一阵突然响起的马蹄声或靴子声，每一下机器人身上活塞的撞击声或嘶鸣声，都让我们心惊肉跳。

我们是新克洛布桑的头号通缉犯。这是一种荣耀，被冠以污名的荣耀。

琳想要彩色浆果。

她笨拙地模仿咀嚼的动作，有节奏地收缩腺体（这个举动充满性暗示，让我觉得很不自在）。艾萨克看了半天，终于明白她的意思。

德姮答应跑一趟。她也爱琳。

艾萨克和德姮花了好几个小时做准备，用水、黄油、煤烟、食材和零星的染料替德姮乔装打扮。终于，她站在我们面前，一身四处收集而来的破衣烂衫，一头黑发如煤晶般闪亮，前额处横着一条皱巴巴的伤疤。她弯下腰弓起背，做出坏脾气的模样。

她离开了好几个小时，我和艾萨克一直提心吊胆地等着，几乎没怎么说话。

琳不停挥舞双手，继续着痴人呓语般的独白。艾萨克尽量用手语回应她，动作放得很慢，说的话充满安抚意味，就像对待幼童一般。但她不是幼童，她身体里依然有一半成人的灵魂，他的态度激怒了她。她想赌气跑开，手脚却不听话，摔倒在地上。她被自己身体的异样吓坏了。艾萨克扶她坐起，喂她吃东西，帮她按摩紧绷的双肩，小心避开瘀青之处。

德姮终于回来了，我们如释重负，小声地欢迎她。她买了几根白色糨糊棒和一大把彩色浆果，各种颜色的都有，看起来十分鲜亮。

我觉得该死的机械议会发现我们了，她说，我觉得我被某个机器人跟踪了，为了摆脱它，我在今肯区绕了好大一圈。

我们也不知道她是不是真的被跟踪了。

琳很兴奋，甲虫头颅上的触须和细足不住抖动。她试着咀嚼一根白色糨糊棒，却无法控制身体的颤抖，糨糊棒跌落在地上。艾萨克耐心地将糨糊棒捡起，温柔地递到她嘴边，小心地往她嘴里送去。他的动作很慢，很不显眼，看起来就好像她自己吃进去的一样。

虫首人在塑造雕像时，甲虫头颅需要花上好些时间消化有机糨糊，将那些浆液送到腺体内。我们等待的时候，艾萨克拿起不同颜色的浆果展示给琳看，直到她用不住抽搐的双手确定自己想要哪一把，再温柔而仔细地喂给她吃。

我们谁也没有说话。琳仔细地咀嚼着，吞咽着。我们默默地看着她。

好几分钟过去了，她甲虫头颅上的腺体开始鼓胀。我们急忙凑上前去，迫不及待地想看看她会做出什么东西来。

她张开甲虫头颅尾端的唇瓣，挤出一团湿乎乎的虫首吐沫。她兴奋地挥舞起手臂。它缓缓冒出来，从她头上跌落，重重地砸在地板上，却看不出任何形状，就像一团白色的粪便。

紧接着，一股稀薄的彩色液体淅淅沥沥地淌下，洒在那团不成样子的白色吐沫上，将它染得一片狼藉。

德姮别过脸去。艾萨克失声痛哭。我从未见过人类哭成这般模样。

在我们栖身的简陋棚屋外，这座庞大的城市自在地盘踞于广阔的大地上，再次变得趾高气扬、肆无忌惮。它已经把我们忘了。它不知感激为何物。这个星期以来，天气凉爽了许多，酷夏的炎热暂时消退。一阵阵风从海边吹来，从大焦油河的入海口和铁海湾吹来。每天都有大量船只抵达这座城市。它们在内河港口向东一路排开，等着装卸货物。有来自寇尼德和泰什的商船，有来自火水海峡的探险船。有的船来自米尔朔克，船既是工厂；还有来自法·瓦迪索的私掠船，在公海上无法无天、臭名昭著。云朵如蜂群般匆匆掠过天空，不时遮挡太阳的面庞。城市喧嚣。它已经忘了那些噩梦，只隐约记得有些晚上睡得不是那么安稳：仅此而已。

我可以看到天空。有几缕天光从我们四周的粗陋墙板间透进来。此刻的我是如此渴望远离这一切。我可以想象在风中翱翔的感觉，想象冲破层层空气直上云霄的感觉。我想从空中俯瞰这栋建筑和这条街。我希望没有任何东西能将我困在这里，我希望自己只需轻轻一跃，便可挣脱重力的束缚。

琳打着手语。黏糊糊恐惧，艾萨克轻声地翻译着，涕泪横流，凝视着她的双手。尿尿和妈妈，食物翅膀开心。害怕。害怕。

PART EIGHT

第八部分
审判

第五十二章

“我们得离开这座城市。”

德姮飞快地说道。艾萨克抬起头，愣愣地看着她。他正在喂琳吃东西。琳扭来扭去，像是很不舒服，却又没法表达她想要什么。她对艾萨克挥舞双手，一开始还能看出词语，后来便只是单纯地胡乱比画。他轻轻掸去她衬衣上的水果渣。

他点点头，垂下目光。德姮再次开口，仿佛刚才他提出了反对意见，她必须说服他。

“我们每次换地方都提心吊胆的。”她语速很快，脸色凝重。这些天来，恐惧、内疚、欣喜与痛苦如潮水般在她胸中激荡，她已经精疲力尽。“每次一有机器人经过，我们就会想是不是机械议会发现了我们。每个男男女女，不管是人类还是异种族，都让我们惊惶畏缩。那会是国民卫队的密探吗？还是莫特利的走狗？”她颓然跪倒在地，“我不能再像这样下去了，扎克。”她说着，低头看向琳，慢慢地露出一个微笑，缓缓闭上双眼。“我们带她走吧，”她的声音如同耳语，“带她去别的地方，好好照顾她。我们在这里已经没什么好留恋的了。他们都在找我们，我们被发现只是时间问题。我不想待在这里等他们找上门来。”

艾萨克再次点点头。

“我……”他努力地想着，试图理清混乱的思绪。“我还……答应了别人一件事没有做完。”他轻声回答。

他摩挲着松弛的下巴。他的胡子又长出来了，硬硬的胡楂戳在疙疙瘩瘩的皮肤上，刺痒难当。风从窗子里“呼呼”地灌进来。这栋位于品克德的房子很高，荒弃已久，成了吸毒者的聚集之地。艾萨克、德姮和雅格里克抢占了最上面两层楼。房间的每面墙上都有一扇窗，俯瞰下方的街道和破落的小院子。野草从斑驳变色的水泥地面上钻出来，像皮下的赘生物。

待在屋子里时，艾萨克他们总会把门锁好，出去的时候则会小心翼翼地乔装打扮，而且时间大多选在晚上。有时他们也会冒险在白天外出，就像雅格里克今天那样，给出的理由总是有不能耽搁的急事，问到行程却又语焉不详。其实他们只是不想憋屈地待在屋子里。是他们让这座城市重获自由，他们凭什么不能光明正大地走在太阳底下？

“我**知道**你和雅格里克之间的合约。”德姮说。她看着摆了一地的临界引擎组件。前一晚艾萨克把它们清理干净，大致连接起来。

“是的，”艾萨克说，“这是我欠雅格里克的。我答应过他。”

德姮垂下目光，咽了口口水，然后再次扭头看向艾萨克，点点头。

“还要多久？”她问。艾萨克抬头向她看去，迎上她的目光，随即别过脸去，飞快地耸了耸肩。

“有些元件烧坏了，”他含糊地回答，让靠在他胸前的琳换了个更舒服的姿势待着，“回授的能量流超过了负荷，在经过回路时把有些地方熔化了。唔……我今晚得出去一趟，找些适配器……还得找台发电机。其他的我能自己修好。”他说：“不过我得搞到工具。问题是，我们需要的东西都得去偷，这样被发现的可能性会大大增加。”他慢慢地耸耸肩。这件事情他也没有办法，他们已经身无分文了。“我还需要电池什么的。不过最麻烦的还是数学上的问题。修好这些东西只是……技术层面的问题。但就算我能让引擎运转起来，还得做出正确的运算……将指令用数学语言表达出来……这件事情难得要命。上次我是交给机械议会去做的。”他闭上双眼，把头靠在墙上。

“现在我得自己构想程序，”他轻声地说，“我得告诉引擎，让雅格飞。把雅格送上天空，让他处于临界状态。他随时会掉下来。发掘这种临界能量，加以引导，让他待在空中，让他一直飞，一直处于临界状态，就能不断发掘能量等等等等。这是一个完美的循环，”他说：“我觉得能成功。问题就是那些运算……”

“需要多久?”德姮又问了一次，语气十分平静。艾萨克皱起眉来。

“一个星期……或者两个星期，”他老老实实地回答，“也许还要更久。”

德姮摇了摇头，什么也没说。

“迪，这是我欠他的!”艾萨克突然激动起来，“我已经答应他很久了，而且是他……”

是他把蜃蛾从琳身边拉开，艾萨克本想这么说，但脑海里突然有一个声音响起，抢先一步质问道：这真的是件好事吗?艾萨克心神大震，讷讷地住了口。

这是数百年来最为重大的一个科学发现，他突然愤愤不平地想道，但我却不得不东躲西藏，疲于奔命。我必须……必须把它带走。

他轻轻抚摸着琳甲虫头颅的外壳，她开始朝他打手语，比画出几个词语：鱼、寒冷、糖。

“扎克，我知道，”德姮心平气和地说道，“我懂。这是他……他应得的。但我们等不了那么长时间。我们必须尽快离开。”

我会尽力的，艾萨克向德姮保证，但我必须帮他，我会加快速度。

德姮没再说什么。她别无选择。她不可能抛下他或是琳。她并不怪艾萨克。她也希望他能履行承诺，让雅格里克心愿得偿。

这个潮气逼人的小房间里充斥着恶臭与悲伤，她再也没法忍受下去。

她喃喃地说了句去河边打探情况，便离开了。这明显是借口，但艾萨克只是对她淡淡一笑。

“路上小心。”她出门时，他不忘叮嘱一句，虽然纯属多余。

他抱着琳向后靠去，倚在臭烘烘的墙上。

过了一会儿，他感觉到琳放松下来，睡着了。他轻轻地把她放下，走到窗边，眺望下方热闹的街景。

艾萨克不知道这条街叫什么名字。这是一条宽敞的大街，两边种着树苗，纤细柔韧，充满勃勃生机。远处的街头，一辆马车斜斜停着，将路口堵住，一个男人和一个蛙人在马车旁吵得不可开交，两匹拉车的驴子垂着脑袋，一副畏畏缩缩的模样，仿佛生怕被殃及到。一群孩子突然出现在静止不动的车轮前，你追我赶地踢着一个破布裹成的球。他们蹦蹦跳跳，身上的衣服扑扇翻飞，像折断的翅膀。

孩子们突然吵起来。四个人类小男孩推了两个蛙人小孩中的一个。胖乎乎的蛙人小孩趴在地上，手脚并用地不住后退，号啕大哭起来。一个人类小孩朝他扔了块石头。但孩子们的脾气来得快也去得快。蛙人小孩在一旁生了会闷气，又蹦蹦跳跳地回到同伴中，把球抢了过来。

街道这头，就在艾萨克这栋房子再过去几间房屋的地方，一个年轻女人用粉笔在一面墙上画了个图案。它有棱有角，艾萨克从没见过，也许是某种女巫的符咒。两位人类老头坐在一处门廊里丢骰子玩，不时放声大笑。这里的房屋落满鸟粪，脏兮兮的，柏油路面上点缀着积水的坑洞。乌鸦和鸽子穿行于无数烟囱吐出的烟雾之中。

零星的对话片段随风而上，飘到艾萨克耳中。

“……他让你去做那件事就给你**一枚铜币**？……”

“……破坏那个发动机，不过他一向这么混蛋……”

“……嘘，小点声……”

“……就在下一个码头日，她拿到了一整颗水晶……”

“……不像话，太不像话了……”

“……为了留作纪念？纪念谁？”

安德烈，这个名字突然出现在艾萨克脑中，他也不知道是为什么。他发了会呆，接着凝神倾听。

人声嘈杂，他听到各种异国口音。他认出波瑞克语和费利德语，认出发音复杂、抑扬顿挫的南塞梅克语。还有许多其他的语言。

他不想离开这座城市。

艾萨克叹了口气，转身回屋。琳躺在地板上，在睡梦中不安地扭动着身体。

他凝视着她，看到她的胸部在破烂的衬衣下高高耸起，裙子卷到大腿根。他别开目光。

在救出琳后，曾有那么两次，他在半梦半醒中感受到怀中她的体温和重量，一下子有了反应。他急切地揉搓着她浑圆的臀部，双手滑进她的双腿之间。他的欲望越来越强烈，睡意如晨雾般从他脑中飞快散去，他睁开双眼看着她，将她移到自己身下，全然忘了德姮和雅格里克就睡在不远处。她迷迷糊糊地醒来，他在她耳边柔声细语，倾吐爱意，解释自己想做什么。但当她挥舞双手，朝他比画出胡言乱语时，他却悚然一惊，想起曾经发生在她身上的事情，不由得往后退去。

她贴着他的身子磨蹭，停下，然后再次磨蹭（*就像一条反复无常的狗*，他惊恐地想道），他看出她被激起了情欲，也看出她神志不清、迷茫困惑，看得那么清楚明白。他身体里饥渴难耐的那部分想要继续，但沉甸甸的悲伤让他几乎在顷刻之间失去了欲望。

琳似乎觉得失望和受伤，接着突然开心地抱住他，没一会儿又绝望地蜷成一团。艾萨克尝到周围空气中她散发的信息素味道，知道她是哭着睡着的。

艾萨克再次扭头望向明亮的窗外。他想起鲁德革特和他那些亲信，想起令人毛骨悚然的莫特利先生，想起冷酷无情的机械议会是如何觊觎临界引擎，自己又是如何骗过它。他想起这个星期以来折磨着他的那些怒火与争辩，那些命令与悬赏。

艾萨克走到临界引擎旁，飞快地审视一番，然后盘腿坐下，拿起一张纸，对折起来，放在大腿上，开始计算。

他并不担心机械议会仿造他的引擎。它设计不出来。它没法计算引擎的参量。当初他想出设计图完全是灵感乍现的结果，那个念头来得无声无息，他过了好几个小时才反应过来。机械议会那只会进行逻辑演算的机械大脑可没法产生灵感。临界引擎的基本模型和概念基础只存在于艾萨克的头脑之中，他甚至没有写下来。就算别人看到他的笔记，也完全看不懂。

艾萨克挪了挪身子，让一束阳光照在自己身上。

颜色灰暗的飞艇一如既往地在天空巡逻，只是今天它们似乎显得有些踌躇不安。

这天的天气极好，海上吹来阵阵清风，天空碧蓝如洗。

雅格里克和德姮分别待在城市的两处，相隔甚远，却一样地在享受着阳光。他们并没有放松警惕，而是小心避开有人争吵打斗之处和拥挤的街道。

天空热闹非凡，鸟儿和翼人自由自在地穿梭往来。它们成群结队地飞向扶垛和尖塔，挨挨挤挤地落在国民卫队塔楼微微倾斜的顶上和支柱上，白色的鸟粪如雨点般落下。它们聚成乌压压的一片，绕着双桅原的高层公寓和烂泥镇的烂尾楼盘旋。

它们争先恐后地掠过破晓区，在帕迪多街车站上空繁复交织的气流中穿梭。嘈杂的寒鸦在层层叠叠的黏土屋顶上争吵，时而展翅飞起，轻快地掠过车站背面人迹罕至的屋顶，掠过覆着沥青的巨大铺顶石板，掠过一串天窗大开、渐次隆起的小屋顶，朝一处水泥平台降下，将鸟粪洒在刚擦洗过的平台上。在小团白色的映衬下，平台上大块大块的黑色污迹格外引人注目，显然曾有某种恶心的液体大量溅洒在此。

巨钉塔和议会大厦的顶上也挤满了鸟儿。

史前巨肋在明媚的阳光照耀下显得越发的白，上面的裂痕显得越发的深。鸟儿落在直冲云霄的巨骨上，旋即再次展翅高飞，向骨镇别处寻找栖身之所。它们灵巧的身影掠过一排连成一片的黑色屋顶，屋顶之下的墙壁焦痕处处。最中间那栋房子里，莫特利先生正暴跳如雷地大吼大叫，他对面立了一座未完成的雕像，仿佛正带着满满恶意嘲笑他。

鸥鸟和鲣鸟追逐着朝大焦油河和焦油河上游驶去的垃圾运载船和渔船，不时俯冲而下，争抢垃圾堆中的小块食物。接着，它们划过天空，飞向厉地的垃圾堆和罗盘地的鱼市觅食。经过唾沫炉床时，它们在一根从河中爬出的电缆上稍稍歇脚，电缆缠满水藻，表皮已经开裂。它们在石棺地的垃圾堆中寻找食物，在格里斯弯地的垃圾场中叼起半死不活的猎物。藏在恶臭垃圾堆下方几英寸处的电缆嗡嗡作响，带得它们脚下的地面也微微震颤。

一个比鸟类更大的身影从圣嘉罢岗的贫民窟里腾空而起，直冲云霄。它飞到城市西边的极高处，高到下方的街道变成土黄色与灰色相间的斑纹，就像某种古怪的霉菌。它乘着阵阵轻风，轻而易举地超越空中的飞艇。它披着正午的阳光，保持着稳定的速度朝东而去，穿越城市的核心——在那里，五条铁路线向外伸展，如盛放的花朵。

雪克区的空中，翼人成群结队地盘旋绕圈，仿佛在表演一场粗俗下流的空中杂耍秀。这个翱翔的身影从它们头顶悄无声息地掠过，没有引起任何注意。

它飞得很慢，懒懒拍打的巨大双翼却暗示着它能轻松地在眨眼间将速度提高十倍。它越过黑腐河，开始下降，在空中划出一道长长的曲线，穿过德克斯特线上火车喷出的团团蒸汽，乘着这股热空气短暂地滑翔片刻，然后骤然加速，以惊人的气势向东俯冲，朝着大片屋顶降下，在一道道来自巨大烟囱和小屋烟道的蜿蜒热气中从容穿行。

它朝着回音沼巨大的煤气管道斜斜飞去，继而一个轻巧的回旋，滑到一层扰动不安的气流之下，以极险的角度朝摩格站陡然降下，疾如闪电般地自空中缆道下方掠过，消失在品克德的屋顶世界。

艾萨克并没有沉迷在数字之中。

他每隔几分钟便会抬头看看琳。她沉沉地睡着，不时挥挥胳膊，扭动身子，像一条无助的幼虫。艾萨克的眼睛黯淡无光，眼底是乌沉沉的绝望。

正午刚过，他工作了大约一个到一个半小时的时候，突然听见下面的院子里传来一声轻响。半分钟后，楼梯上传来脚步声。

艾萨克立刻停下手里的动作，警惕地侧耳倾听，等待那脚步声停下，消失在某个瘾君子的房间。但它没有停下。它从容不迫地拾级而上，径直朝最上面这两层楼而来，小心地踏过臭烘烘的楼梯口，停在他的门外。

艾萨克一动不动，心脏狂跳。他慌忙四顾，想找他的枪。

门上传来一下轻叩。艾萨克一声不响。

片刻之后，外面的人又开始敲门：不是很用力，却很有节奏，带着一股不达目的决不罢休的意味，反反复复地敲着门。艾萨克朝门口凑近些，尽量不发出一点声音。他看见琳在这敲门声里不安地扭动起来。

接着门外的人开腔了，那嗓音古怪、刺耳却又十分耳熟，音调极高。艾萨克完全听不懂那人在说什么，但他猛地伸出手去，握住门把手，虽然忐忑，却又带着一股豁出去的劲头。*如果是鲁德革特的话，肯定会派出大队人马*，他想道，*这多半是某个瘾君子来讨东西*。尽管他自己也不是很相信这个猜测，但想到门外不是国民卫队士兵或莫特利的手下，他还是稍稍放下心来。

他一把将门拉开。

一个身影站在他面前的楼梯口，身子微微前倾，头上光滑的羽毛色彩斑驳，如同枯叶脉纹，弯曲的鸟喙在昏暗的楼梯间闪着寒光，如同异域的古怪兵器。这是一个鹰人。

他一眼就认出这不是雅格里克。

这个鹰人肩后高高耸起一双巨大的翅膀，衬着瘦削而结实的身体，如同一圈华美的光晕。光滑的羽毛从赭石色过渡到泛红的棕色。

艾萨克早就忘了一个正常的鹰人该是什么模样，忘了他们双翅的尺寸和气势是多么惊人。

他心里“咯噔”一下，一个模糊而不成形的想法骤然闪过他的脑海，他几乎马上猜到了来者是何人。

疑惑、警觉、好奇和无数问题接踵而至。

“你他妈的是谁？”他轻声问道，“你他妈到这儿来干吗？你是怎么找到我的……你……”他尚未问完，心中已隐约有了答案。他猛地从门槛处退后一步，想要赶走那些念头。

“格雷姆……勒布……林……”鹰人磕磕巴巴地说出他的名字，发音十分古怪，就像在召唤某个地狱恶魔。艾萨克一惊，飞快地朝鹰人挥了挥手，示意他进屋来。他关上门，将用来顶门的椅子推回原位。

鹰人大步走到房间中央，站在一处被阳光照着的地方。艾萨克小心地打量着他。他身上只裹了一条布满灰尘的缠腰布，此外别无他物。他的肤色比雅格里克更深，头上的羽毛花色更斑斓。他的行动惊人地利落，动如闪电，静如止水。此时他正歪过脑袋，扫视房间里的景象。

鹰人盯着琳看了很长时间，直到艾萨克叹了口气，才抬起头来看向他。

“你是谁？”艾萨克问道，“你他妈的是怎么找到我的？”*他到底做了什么？告诉我*。艾萨克在心里默默地问道，但没有说出口。

他们就这样面对面地站在狭小的房间两头，一个身材瘦削、肌肉紧实的鹰人，和一个高大魁梧、满身肥肉的人类。鹰人的羽毛在阳光下闪闪发亮，艾萨克盯着那闪闪烁烁的微光，突然觉得一股倦意涌上心头。鹰人踏进房间的那一步，仿佛宣告了某个命定结局的到来。艾萨克讨厌这种感觉。

“我是喀乌察。”鹰人说道。他的塞梅克口音甚至比雅格里克的还要重，很难听懂。“喀乌察·苏克图克·维金奇奇。具体之个体-喀乌察-非常值得尊敬者。”

艾萨克等着他说下去。

过了片刻，看鹰人不再开口，他语气不善地问道：“你是怎么找到我的?”

“我……走了很长的路……来到这里，格雷姆勒布……林，”喀乌察说，“我是个‘雅吉哈’……也就是猎人。我一直在追寻我的猎物，已经有好些日子了。在这座城里，我用……黄金和纸币……换取信息……我的猎物一路留下传言……和回忆。”

他到底做了什么?

“我从塞梅克而来。我从沙漠……一路追寻我的猎物。”

“我不敢相信你居然能找到我们。”艾萨克突然紧张地说道。他语速飞快，那横亘在整个房间中的沉重终结感让他痛恨不已，他拼命地无视它，推开它。“要是你能找到我们，那该死的国民卫队肯定也可以，要是他们可以的话……”他开始焦躁地踱步，然后在琳旁边跪下，温柔地抚摸她，深深地吸了口气，准备继续往下说。

“我为正义而来。”喀乌察抢先说道，艾萨克一口气堵在嗓子眼里，只觉得呼吸困难。

“尚克尔城，”喀乌察说道，“贫瘠之海。米尔朔克城。”*我听说过这段旅程，艾萨克愤怒地想，你不用告诉我。*喀乌察继续说道：“我……一路追寻，跋涉千里。只为匡扶正义。”

艾萨克慢慢地开口，声音里交杂着愤怒和悲伤。

“雅格里克是我的朋友。”他说。

喀乌察仿佛没有听到他的话，继续往下说：“在……审判……之后，我们发现他不见了，我被选中来……”

“你想干什么?”艾萨克说，“你要对他做什么?把他带回去吗?还是……切掉他身上更多的地方?”

“我不是来找雅格里克的，”喀乌察说，“我是来找你的。”

艾萨克盯着鹰人，眼神迷惑不解又饱含痛苦。

“正义能否得到伸张……完全取决于你……”

喀乌察一板一眼地说道，艾萨克一时无言以对。

他到底做了什么？

“我第一次听说你的名字是在米尔朔克城，”喀乌察说，“你的名字在一份名录里。然后是这里，在这座城市，它一次又一次飘进我的耳朵，直到……它深深地刻在我脑海里。我追寻着我的猎物。雅格里克……他的名字和你的连在一起。人们交头接耳地谈论……你的研究。会飞的怪物和不可思议的机器。我知道雅格里克已经找到他想要的。他跋涉千里，就为了那个目的。你会让正义无法得到彰显，格雷姆勒布林。我来这里请求你……不要那么做。”

“一切都已结束。他接受审判，得到制裁，事情到此为止。我们没有想到……我们不知道他会……想办法……让制裁*失效*。”

“我来这里请求你不要帮他重新获得飞翔的能力。”

“雅格里克是我的朋友，”艾萨克斩钉截铁地说，“他来找我，雇了我，出手大方。当事情……出了岔子……变得复杂危险时，他勇敢地站出来帮助我——我们。我们卷进了一场诡谲离奇的风波，而他一直陪在我们身边。我欠他……一条命。”他朝琳看去，旋即别开目光。“我欠他的……有好多次……他都做好赴死的准备了，你知道吗？他很可能会死的，但他还是义无反顾地留了下来，跟我们一起，要是没有他……我根本活不到现在。”

艾萨克娓娓道来，言辞诚恳，感人至深。

他到底做了什么？

“他到底做了什么？”艾萨克终于问出了这个问题。

“他以极不尊重的态度，”喀乌察平静地回答，“犯下二级盗窃选择权罪。”

“那到底是什么*意思？*”艾萨克大喊道，“他到底做了什么？那个该死的盗窃选择权罪到底是怎么回事？我根本*不明白*。”

“那是我们认定的唯一一种罪行，格雷姆勒布林，”喀乌察用粗粝而单调的嗓音回答，“夺走其他人的选择权……忘记其他人是真实具体的存在，将他们抽象化，忘记自己是群体中的一个节点，忘记自己的所作所为会导致后果。我们绝不能剥夺其他人的选择权。在我们看来，所谓的群体，只是一个保证我们每个个体都能拥有……自我选择权的途径。”

喀乌察耸耸肩，举起手来大大地挥了一圈，仿佛将他们周围的整座城市都囊括在内。“你们城邦的法规制度……反反复复地提到个体……却又将等级和阶层强加在个体头上……到最后那些‘下等人’所拥有的选择权……大概就是在三种不同的贫困境地中任选其一。

“我们住在沙漠中，物产非常贫瘠，有时我们必须忍饥挨饿。*但我们拥有最大限度的选择权*。除非有人忘记自己是群体中的一分子，忘记同伴也是真实具体的个体，就好像世间只有他一个人的存在……于是便去偷窃食物，剥夺其他人进食的选择权，或是谎报猎物的所在地，剥夺其他人狩猎的选择权，或是没来由地大发脾气、袭击他人，剥夺其他人不受伤害、不生活在恐惧之中的选择权。

“如果某位少年偷走倾慕对象的斗篷，好在夜晚枕着伊人的气味入眠……那他就是夺走了他人穿着那件斗篷的选择权，但他犯下此种罪行时心怀敬意，只是敬意过多了。

“也有其他一些选择权偷窃者在犯下罪行时没有怀着丝毫敬意，因而无法酌情轻判。

“比如说杀人……不是在战斗中或自卫时杀人，而是……*谋杀*……这就是无可饶恕的大不敬之罪。因为你剥夺的不只是对方在那一刻选择活下去的权利……还剥夺了对方将来*所有的选择权*。一个选择会导致另一个选择……如果被害者可以活下去，他们也许会选择在盐土沼泽捕鱼，或是选择玩骰子、硝制兽皮、写诗、烹饪菜肴……但所有这些选择权都在一次罪行中被夺走了。

“所以杀人是*一级*选择权盗窃罪。不过所有的选择权盗窃罪夺走的都不只是当下的选择权，也包括未来的选择权。

“雅格里克犯下了令人发指的……可怕的不敬罪。二级选择权盗窃罪。”

“他到底做了什么呀！”艾萨克咆哮道，琳应声醒来，不安地挥舞双手，身子紧张地抽搐。

喀乌察平心静气地回答：

“你可以称之为强奸。”

*哈，我可以称之为强奸，是吗？*艾萨克只觉得一股热血涌上脑门，在心底发出一声尖酸刻薄的嗤笑，但这股夹杂着轻蔑之意的怒火并不能烧尽那悄悄弥漫开来的惊骇与憎恶。

我可以称之为强奸。

他眼前不由自主地浮现出雅格里克施暴的情形。

当然了，在他的脑海中，那野蛮残忍的行为只是一些模糊朦胧的画面（*他打她了吗？是不是把她死死地压在地上？她当时在哪儿？她有没有破口大骂、奋力反抗？*）他看得最清楚的，却是种种对未来的憧憬——那些被雅格里克夺走的选择权所指向的未来。在这转瞬之间，艾萨克瞥见了所有那些被强行划去的选项。

选择不发生性行为，选择不受伤害，选择不冒怀孕的风险……要是她因此怀孕了怎么办？选择留下孩子？选择不要这个孩子？

选择心怀敬意地看待雅格里克？

这些选项都不复存在了。

艾萨克张开嘴，刚要说话，喀乌察再次开口了。

“他夺走的，是我的选择权。”

在仿佛无穷无尽的几秒钟里，艾萨克努力地理解着喀乌察的话。接着他猛地倒抽一口冷气，目瞪口呆地看着眼前这位鹰人，这才发现她胸前微微的隆起，那是一对看起来并没有实际用途的乳房，就如极乐鸟的饰羽一般。他拼命地想说些什么，脑子里却一团混乱，无数情绪如惊涛骇浪般在他胸口翻涌，根本无法用言语表达。

他磕磕巴巴地挤出几句道歉和恳求的话，说得颠三倒四，根本不成句子。

“我以为你是……鹰人的督导师……或国民卫队士兵什么的。”他说。

“我们没有这些东西。”她简短地答道。

“雅格……你他妈的居然是个*强奸犯!*”艾萨克狠狠地说道，喀乌察咂了一下舌，发出禽鸟般的“咯咯”声。

“他偷走了我的选择权。”她用平淡单调的语气说道。

“他*强奸*了你。”艾萨克愤愤地反驳，喀乌察又咂了一下舌。

“他偷走了我的选择权。”她再次重复。艾萨克突然反应过来：她并不是在补充他的话，而是在纠正他。“你不能套用你们的法理，格雷姆勒布林。”她说道，似乎有些气恼。

艾萨克张嘴欲言，却又痛苦地摇摇头。他盯着她，脑海中再次浮现出那幅可怕的画面。

“你不能*套用*你们的法理，格雷姆勒布林，”喀乌察重复道，“不要这样做。我曾在书中读到过……你们城邦的法律条文和道德规范，我可以在你身上看到……那些东西。”她的声调毫无变化，艾萨克完全听不出她的停顿是否包含情绪、话语间是否有韵律节奏。

“我没有被*亵渎*或*荼毒*，格雷姆勒布林，我没有被*摧残*或*玷污*……没有*失贞*或*残缺*。你可以将他的行为称作强奸，但我不会这么说：这种说法对我毫无意义。他*夺走了我的选择权*，所以他才会受到……审判。对他做出的裁决十分严厉……仅次于极刑……在我们那里，发生过许多选择权盗窃案，大多比他犯下的罪行要轻，只有少数能与之相提并论……也曾有其他人被判处同样的刑罚……其中一些人所犯的罪行却和雅格里克完全不同。有些在你们看来甚至根本不算犯罪。

“罪行虽有不同，罪名……却都是盗窃选择权。你们的督导师和法律……将所有个体性别化、神圣化，将真实具体的个人定义为抽象的概念……无视个人在本质上是群体的一分子这一事实……只关注细微末节……却抓不住重点。

“不要用看待受害者的眼光看待我……等雅格里克回来后……我请求你尊重我们的判决——让正义得以彰显——不要将你们的看法凌驾于我们之上。

“他夺走了我的选择权，犯下了二级重罪。他已接受审判。全体部落成员投票做出裁决。这件事情到此为止。”

是吗？艾萨克想道，这就够了吗？事情到这就算完了吗？

他内心做着激烈的斗争，喀乌察默默地看着他。

琳突然像痴儿般拍响巴掌唤他。他赶紧跪下，柔声安抚她。她不安地用双手比画，他也用手语回应，就好像她比画的动作是有意义的话语，两人真的在交谈一样。

琳渐渐平静下来，紧紧抱住艾萨克，抬起那只没有瞎的复眼，小心翼翼地看向喀乌察。

“你愿意尊重我们做出的裁决吗？”喀乌察再次问道，语气毫无起伏。艾萨克飞快地瞥了她一眼，没有回答，假装忙着照顾琳。

喀乌察静静地等了好长时间，看到艾萨克始终没有回答，她又重复了一遍这个问题。艾萨克转身面对着她，摇了摇头，不是拒绝，而是因为不知如何回答。

“我也不知道，”他说，“拜托……”

他扭头看向琳，琳又睡着了。他颓然坐倒在地，靠着琳，使劲搓额头。

房间里一时陷入沉寂，喀乌察悄无声息地来回踱步，片刻之后，她停下来，再次叫出艾萨克的名字。

艾萨克悚然一惊，仿佛已经忘了她还在。

“我要走了。我再次请求你，请不要让我们的审判变成徒劳，请让我们的正义得以伸张。”她移开顶住房门的椅子，大步走了出去。艾萨克听见她下楼的声音，利爪一下下刮擦着老旧的木头，声声入耳。

艾萨克坐在原地，轻轻地抚摸着琳甲虫头颅上闪着彩虹光泽的甲壳，现在那上面满是暴力行径留下的裂痕与斑纹，如同大理石花纹一般。他在想雅格里克。

不要把你们的法理套用在这件事上，喀乌察曾如此说道，但他怎么做得到？

他仿佛看见喀乌察双翅簌簌抖动的样子，她是那么气愤，她被雅格里克的双臂牢牢钳制。或者他用刀威胁她？别的武器？一条该死的*长鞭*？

去他妈的，他突然在心底恶狠狠地咒骂，盯着地板上临界引擎的组件。*我为什么要尊重他们的律法*……解放那些被夺去自由的人——《不羁叛逆者》*总*这么说。

但塞梅克鹰人所过的生活与新克洛布桑的市民并不一样。他们没有督导师，艾萨克想道，没有法庭，没有刑罚场，没有挤满改造人的矿井和废料场，没有国民卫队，没有政客。在他们那里，审判结果并非由接受贿赂的上位者决定。

至少他是这样听说的，他想起来了。*全体部落成员投票做出裁决*，喀乌察曾如此说道。

那是真的吗？如果是真的，事情会因此不同吗？

在新克洛布桑，刑罚是*为了*执行某些人的意志，为某些人的利益而服务。塞梅克不是这样吗？这会让犯下罪行的人更加令人发指吗？

一个鹰人强奸犯比一个人类强奸犯更加罪无可赦吗？

我有什么资格评判？艾萨克突然怒气冲冲地想道，他站起来，大步流星地朝引擎走去，拿起做到一半的运算，准备继续。就在这时，方才那句话突然闪过他的脑海——*我有什么资格评判*？他心神巨震，只觉得脚下一空，仿佛坚实的地板猛然间被抽走了一般。他慢慢地放下手里的纸。

他忍不住瞥向琳的大腿。那里的瘀痕几乎已经消退，但他依然清楚地记得她那大块大块的青紫色，教人触目惊心。

她的下腹部和大腿内侧为什么会遍布瘀伤，原因不难想象。

琳动了一下，醒过来，一把抱住艾萨克，又立刻恐惧地躲开。想到她也许遭遇了怎样的兽行，艾萨克不禁把牙齿咬得咯咯作响。接着，他想到了喀乌察。

不对，他想道，*她告诉过你不要这么想。这与强奸无关，她是这么说的*……

但这实在是太难了，艾萨克做不到。他一想到雅格里克就会想到喀乌察，一想到喀乌察就会想到琳。

一切全他妈乱套了，他想道。

如果他相信喀乌察的话，就不能对雅格里克所受的刑罚指手画脚。他不知道自己要不要尊重鹰人口中的“正义”：他完全没有立场，他对他们的情况一无所知。所以很自然地，他应该以他了解的事实为立足点，这样才合情合理。现在的事实就是，他对喀乌察的话将信将疑，而雅格里克是他朋友。他要因为自己对某条异国律法一无所知所以决定姑且相信它，从而使自己的朋友失去重新飞翔的希望吗?

他想起雅格里克是如何攀越大温房高高的圆顶，如何站在他身边对抗来势汹汹的国民卫队士兵。

他想起雅格里克的长鞭是如何狠狠击在餍蛾身上，勒住它的脖子，让琳得以逃脱。

但当他想起喀乌察，想起她的遭遇时，脑子里只有一个词：“*强奸*”。然后他就会想到琳，想到琳可能遭遇的事情，越想越气，怒不可遏。

他试着将自己抽离出来。

他试着站在旁观者的角度看待整件事情。他拼命告诉自己，拒绝帮助雅格里克这个行为本身并不代表他觉得雅格里克有罪，也不代表他假装了解事实，这个行为只是表示“这事我决定不了，这不关我的事”。但他就是没法说服自己。

他重重地坐倒在地，精疲力尽地长舒一口气，发出一声痛苦的呻吟。他知道，如果他决定不再帮助雅格里克，那么不管他嘴上怎么说，都会觉得自己已经在心里判定雅格里克有罪，而在不知道事情真相的前提下这么做，他根本过不了自己良心那关。

但他刚想到这里，另一个念头蓦地跳进他的脑海：反过来呢？

如果拒绝帮助雅格里克代表他在心里判定雅格里克有罪，虽然他没有立场做出这个判断。那么反过来，帮助雅格里克、使其重返天空，不就代表着在他看来雅格里克对喀乌察的所作所为是*可以接受*的吗？

想到这里，艾萨克心里只剩下冰冷的厌憎与愤怒，他告诉自己，*他不会这样做*。

他看着手里的笔记，看着自己匆匆写下的方程与公式，看着已经完成一半的运算，然后开始慢慢地将这几张纸折起来，收好。

德姮回来时，太阳已经快要落山了，天空缀满血红的云霞。德姮按照事先约定好的那样飞快而有节奏地叩了几下门，然后匆匆从替她开门的艾萨克身边挤过，走进房间。

“今天挺不错的，”她非常认真地说道，“我悄悄跑到各个地方打探了一下，有了些主意……”她转过身来面对艾萨克，话音戛然而止。

艾萨克黝黑的脸上显出一种古怪的表情。那是一种混合着希望、兴奋与莫大痛苦的复杂神情。他像是被重新注入了能量，不停地动来动去，仿佛身上爬满了蚂蚁。他穿着他那件褴褛的长斗篷，门边放着一个鼓鼓囊囊的袋子，装满了笨重的大块物件。她突然反应过来地板上的临界引擎不见了，显然是被拆开装进袋子里了。

没有了满地的金属元件和电线，整个房间一下子显得空旷无比。

德姮微微地抽了口气，看到艾萨克已经用一块臭烘烘的破毯子将琳裹了起来。琳不时紧张兮兮地揪住毯子，然后又放开手，朝艾萨克比画出毫无意义的话语。她看到了德姮，高兴地在毯子里跳了跳。

“我们走吧。”艾萨克开口说道，他的语调紧绷，声音却十分空洞。

“你在说什么呢？”德姮恼怒地问道，“你在说什么？雅格里克呢？你这是怎么回事？”

“迪，求你了……”艾萨克蓦地压低嗓音，一把抓住她的手。他急切的哀求让德姮一时不知无措，“雅格还没回来。我打算把这个留下给他。”他说着，从口袋里掏出一封信，扔到地板中央。看着他神经兮兮的举动，德姮张开嘴正要说话，艾萨克却抢在她前头开口了，一边说一边用力地摇晃脑袋。

“我不……我不能……我不帮雅格干活了，迪……我要终止我们的合约……我会向你解释一切的，我保证，但我们现在先走吧。你说得对，我们早就该走了。”他蓦地抬手朝窗外指去，窗外，是喧腾热闹的城市夜晚。“该死的政府在通缉我们，整个大陆势力最大的黑帮在找我们……还有……还有机械议会……”他抓住她的胳膊，轻轻地摇了摇。

“我们走吧。我们……三个。我们离开这座城市，走得远远的。”

“艾萨克，到底发生什么了？”德姮反手抓住艾萨克的胳膊，一边摇晃一边质问，“现在就告诉我。”

他飞快地将目光转向别处，随即又转回来。

“刚才有人来找我……”德姮睁大双眼，倒抽了口冷气，但艾萨克缓缓地摇了摇头，“迪……那人是从该死的塞梅克沙漠来的。”他迎上她的目光，吞了口口水，“我知道雅格里克干过什么了，迪。”他的声音越来越低，德姮的脸色越来越凝重。“我知道他为什么会被……砍掉双翅了。

“这里已经没有什么值得我们留下了，迪。我会把一切都告诉你——**一切**，我发誓——但这里没什么值得我们留下了。等我们……等我们离开这里后，我就把一切都告诉你。”

这几天里，艾萨克一直有些恍恍惚惚，成日像是处于梦游状态，一方面是因为临界数学运算占据了他大部分的精力，一方面是因为琳让他心力交瘁、无比沮丧。现在，他仿佛如梦初醒，突然意识到他们处境的危急，意识到他们随时有危险，他终于明白德姮这些天来保持着多大的耐心，明白他们必须马上离开。

“该死的，”德姮沉声说道，“我知道你们认识才几个月，但他……他是你的朋友啊，不是吗？我们不能就这样……我们怎么能就这样丢下他……？”她看着艾萨克，眉头紧紧皱起。“他在塞梅克到底……到底干了什么？有那么糟糕吗？以至于……以至于能够抹杀其他的一切？他真的那么罪大恶极吗？”听到她的话，艾萨克痛苦地闭上双眼。

“不……是的。说起来不是那么简单，我们离开之后，我会慢慢解释给你听的。

“**我不会帮他**。这是我的底线。我做不到，我他妈的做不到啊迪，我他妈的**做不到**。我再也没法面对他，我不想再看见他。所以这里**再没有什么**值得我们留下，我们走吧。

“我们必须马上离开。”

德姮还想说服他，但她并不了解情况，所以也不知道该说什么，简单地争辩了几句之后便作罢了，一边嘟囔着质疑的话语一边把她的衣服和小笔记本打成一个小包裹。艾萨克突如其来的振作也感染了她。

她没有打开艾萨克的信，而是直接在信纸背面匆匆写下一小段话。**祝好运**，她写道，**我们会再见面的。抱歉这样突然地不告而别。你知道该怎么离开这座城市。保重**。她停下笔，沉默了许久，不知道该怎么结尾，最后只是简单地写下“德姮”两个字，然后把信放回地板上。

她用披肩裹住身子，任由新染的油亮黑发披散下来，垂到肩头。发丝蹭过她那只失去的耳朵留下的疤痕，痒酥酥的。她朝窗外望去，望向暮色渐染的天空，然后转过身来，温柔地伸出胳膊搂住琳，扶着不时猛烈抽搐一下的虫首人迈开脚步。

他们三人慢慢地下了楼。

“我知道在烟雾弯有些人，”德姮说，“驳船的船夫。他们可以带我们往南去，什么也不会问。”

“妈的，不行！”艾萨克立刻否决。他的头脸都藏在兜帽之下。他瞪大双眼，越过兜帽边缘朝德姮看来。

他们站在这条街的尽头，停着马车的那个地方。几个小时前，艾萨克曾站在楼上凝望此处，看着孩子们踢球，把马车当做球门。傍晚温暖的空气中弥漫着各种气味，响亮的争执声与歇斯底里的笑声从邻街传来。随处可见在街角闲聊的人们：杂货店老板、家庭主妇、铁匠、街头混混。盏盏灯火在暮色中渐次亮起，它们来自上百种不同的燃料和能量源，不同颜色的火焰在磨砂玻璃罩子里轻轻摇曳，发出细微的噼啪声响。

“妈的，不行，”艾萨克重复道，“不要去内陆……我们往外走……我们去泉树码头。”

这怪异的三人组合开始慢慢地朝西南方走去——一个大块头的乞丐，头脸藏在兜帽下；一个头发像鸦翅般乌黑发亮的女人；还有一个从头到脚裹在破毯子里的瘸子，走起路来晃晃悠悠，不时猛烈地抽搐一下，靠着同伴半是搀扶半是拉扯地前进。他们从盐砾地和摩格山之间穿过，遮遮掩掩地沿着繁华的街道边缘而行。

一有蒸汽机器人从旁边经过，他们便立刻不安地把脸扭到一边。艾萨克和德姮一路上小心地低着头，如果要交谈，也会把音量压得极低，只说寥寥数语。从空中缆道下方经过时，他们会紧张地抬头瞥向半空中飒飒往来的梭舱，仿佛那里面的国民卫队士兵隔了这么远都能察觉他们的存在。街角随处可见享受闲暇时光的人们，男男女女懒洋洋地斜倚着墙说说笑笑，他们匆匆走过，避免与任何人有目光接触。

这是一段痛苦的路程。他们一路行来，仿佛一直憋着一口气。体内的肾上腺素翻涌不休，让他们不由自主地发抖打颤。

他们一边走一边警惕地四下窥视，尽可能地将周围的一切收入眼底。眨眼之间，艾萨克看到一个又一个片段的景象，仿佛一张张快照：墙上破烂卷翘的歌剧海报；扭曲的带刺铁丝网和嵌着碎玻璃的水泥墙头；拱桥高高横过盐砾地和骨镇上方，托起自德克斯特线延伸至泉树码头的支线铁路。

艾萨克蓦地抬起头来，凝视右方直刺苍穹的史前巨肋，拼命想要记住它们的弧度，它们的模样。

每走一步，他们便离这座城远上几许。他们能够感觉它那巨大的引力正在渐渐弱下去。他们觉得头晕目眩，仿佛眼泪随时都会夺眶而出。

在他们看不见的高处，一个黑影贴着云朵慢慢地跟在他们后面。当他们的目的地渐渐变得明晰起来时，这个黑影在空中一个转身，翩然而起，极灵巧、极迅疾地在更高处盘旋，看着艾萨克、琳和德姮沿着那个方向不断行去。片刻之后，这个黑影遽然掠出，如闪电般划破长空，朝城市之外飞去。

群星悄然出现在夜空，艾萨克开始低声地向这座城市道别：“钟与小公鸡”酒吧、阿斯匹克集市、双桅原，还有他的朋友们。

他们在温暖的夜风中一路向南，不时有疾驰而过的火车将巨大的黑影投在他们身上。他们进入广阔的工业区，夜色深沉，这里依然热闹非凡。野草自空地蔓延开来，悄悄爬上人行道，绊倒某个行色匆匆的倒霉路人，惹起声声咒骂。艾萨克和德姮小心地带着琳穿过回音沼和泉树码头的外围地区，与南行的火车并排而行，朝大江的方向前进。

大焦油河在霓虹灯与煤气灯的照耀下波光潋滟，美不胜收，盈盈的水光与倒影将河中的脏污全然遮蔽。码头边挤满船只：高桅横帆船将沉重的船帆收起，蒸汽船将闪烁彩虹光泽的污水排入江中，拉商船的海蚊无聊地嚼着硕大的辔头，集工厂与货船为一体的大船摇摇晃晃，船上的起重机和蒸汽锤此起彼伏。对这些船只来说，新克洛布桑只是它们漫长旅程中的一站。

在塞梅克沙漠，我们将月亮的两颗小卫星称为飞蚊，在这里，它们被称作月亮的女儿。

此刻，房间里洒满来自月亮和她女儿的辉光，除此之外再无他物。

我已经在这里站了很久。手里紧紧捏着艾萨克的信。

片刻之后，我会将它再看一遍。

我在楼梯上便听出这栋破败房屋中的异样。回声消逝的时间太长。我尚未摸到门把手，便知道阁楼里已人去楼空。

我离开了几个小时，自欺欺人地想在这座城市中找到片刻自由。

我在索贝克十字区的美丽花园中漫步，穿过一群群嗡嗡嘤嘤的飞虫，行过堆着假山石的小湖，惊起湖中胖乎乎的禽鸟。我找到那座古老修道院的遗址，小小的建筑虽然只剩下一个空架子，却依然傲然矗立在公园中央。那些浪漫却莽撞的人将爱人的名字刻在古老的石头上。修道院中心的塔楼早在新克洛布桑建立前一千年便荒废，里面供奉的神像早已不知所踪。

有些人会趁着夜色的掩映来到此地，膜拜那些姓名早已湮灭在时光之中的远古神祇。这是多么无力而绝望的信仰。

今天我还去了啸风，去了巫妖滩。我去了白拉汉姆，站在一座废弃工厂斑驳剥落的外墙前，将那面灰色墙壁上的涂鸦全看了一遍。

我怀着愚蠢的勇气铤而走险，没有刻意隐藏自己的踪迹。

这片刻的自由让我醺然欲醉，我急切地渴望更多。

所以我一直等到夜幕低垂才踏上归程，等待我的却是空荡无人的阁楼，是艾萨克无情的背叛。

这是怎样的背信弃义，怎样的铁石心肠。

我再次展开信纸（无视德姮感伤的只言片语——那不过是撒在毒药上的糖粉）。信的字里行间透出浓烈的情绪，每个字都像是在张牙舞爪。我能看出艾萨克在写这封信时经受了无比激烈的内心斗争。信里充斥着煞有介事的理由。宣泄的怒火，严厉的反对。发自内心的痛苦。客观的陈述。还提到什么古古怪怪的战友情谊，其间夹杂了几句羞愧难当的道歉。

……今天有人来找我……我读着信上的字，……在这样的情况下……

在这样的情况下，在这样的情况下我选择逃离你的身边。我觉得你有罪，我要离开你，留下你独自面对你的耻辱，我已经看清了你这个人，我将远远离开，不会再帮你。

……我不会问你“你怎么能这么做?”我读着这句话，突然觉得全身的力气一下子被抽走了，那是一种自内而外的虚弱，我没有觉得快要晕倒，也没有觉得恶心反胃，我只觉得自己下一秒就要死去。

我不禁尖叫出声。

我仰天长啸，完全停不下来，也不想停下来。我叫啊叫啊，那声音越来越大，突然让我想起鹰人的战吼声，我想起族人是如何发出嘹亮的战吼声冲向猎物或敌人，想起葬礼上的低号与驱魔仪式上的尖啸。但这嘶吼声与那些声音全然不同。这是我的痛苦，最深沉、最原始的痛，极端而纯粹，未经修饰，不容于世。它只属于我自己，我的悲，我的苦，我的罪，我一人背负。

她对我说不，她告诉我扎辛已经在那个夏天向她求爱，那年他正式成年，她答应了他，想把自己作为礼物送给他，与他双宿双飞。

她说我这样做不对，我应该马上离开，尊重她的意愿，有尊严地离开。

那是一次丑恶而残酷的交合。我只比她强壮一点，花了很长时间才制服她。她一刻也没有停止反抗，又抓又咬，在我身上留下深深的伤口，但我没有松手。

我被她的反抗所激怒，欲望与妒忌在心中翻腾。我狠狠地打了她，趁她晕倒在地时强占了她。

她怒火滔天，令人不敢逼视，我骇然惊觉，事情已无法挽回。

从那一天起，羞耻便如裹布般将我紧紧缠绕，接着，悔恨也朝我兜头罩下。它们与我如影随形，沉甸甸地压在我背上，仿佛一双新长出的黑暗羽翼，取代了我原本的翅膀。

整个部落一致投票决定对我施以那个刑罚。我没有抗辩（有那么一瞬间，这个念头曾闪过我的脑海，但一阵自我厌恶随即涌上心头，让我恶心欲呕）。

这个判决没有任何可质疑之处。

我知道那是公平公正的裁定。我甚至应该在走向族人推举出来的行刑人时表现出一些尊严，最后的尊严。我走得很慢，他们在我身上绑了重物，以免我展翅逃逸。那巨大的重量压得我只能一步一步往前挪，但我不曾停下脚步，也没有出声质疑。

可当我看到那根将把我拴在滚烫大地上的木桩时，我终于忍不住踉跄畏缩。

那木桩立在幽灵河干涸的河床上。那最后的二十英尺，我被他们拖过去的。我拼命挣扎、不断反抗。我声嘶力竭地乞求我不配得到的宽恕。我们离部落的扎营之处只有半英里远，我相信我的族人能听到我的每一声尖叫。

他们把我推倒，展开我的双翅。我趴在地上，如同一个大大的十字，沙漠的太阳在我头顶上方炽烈闪光。我拼命拉扯将我紧紧捆住的绳索，直到双手双脚完全失去知觉。

我的左右各有五人，他们压住我的翅膀，我那矫健有力的翅膀。我拼命扇动双翼，想掀翻他们，狠狠地击中他们的头颅，但他们将我的双翼死死压在地上。我挣扎着抬头望去，看见行刑人是我的表亲，红色羽毛的桑吉尔。

那天的尘雾、黄沙、酷热和掠过干涸河床的风，我都记得。

我记得金属碰触我皮肤时的冰冷感觉，记得刀刃深入我血肉时的怪异感觉，记得那锯齿来来回回的可怕动作。有好几次，我的碎肉与骨渣将锯齿间的缝隙填满，桑吉尔不得不抽出刀子清理干净再继续。我记得滚烫的空气是如何涌入裸露的组织，灼烧着被连根切断的神经，让我痛得喘不过气。我记得那无情的锯刃是如何慢慢慢慢地锯开骨头，直到它随着“啪”的一声脆响断成两截。我记得我痛到呕吐，以致短暂地停止了尖叫，直到我吐干净嘴里的秽物，再次吸气，再次尖叫。多得吓人的血从我背上淌下。然后，我背上一轻，他们取下了我的一只翅膀。突如其来的失衡感让我头晕目眩，支离破碎的翅骨残端哆嗦着缩回肉里，细碎的骨渣扑簌簌洒落，参差不齐的皮肉翻卷在伤口周围，碎肉混着浓稠的鲜血徐徐滑下。接着有干净的布和药膏重重压在我的伤口上，痛得撕心裂肺。桑吉尔慢慢地从我脸前走过，我突然意识到一件事，一件让我胆裂魂飞的事：所有这一切，我马上就要再经历一次。

我从未怀疑过自己是罪有应得。即便在我悄悄逃走以寻找重返天空的方法时也是如此。这只让我愈发令人不齿。我先是犯下盗窃他人选择权的重罪，被砍去双翅，为众人唾弃，而后又企图颠覆一个公平公正的审判结果。

但我不能这样活下去。我宁愿去死，也不愿从此被束缚在地面上。

我把艾萨克的信收进褴褛的衣衫中，没有再看信最后那些可怜兮兮又决绝无情的道别话语。我不知道是不是该瞧不起他。我不知道如果换做是我，会不会做出不一样的选择。

我走出房间，一步步走下楼梯。

几条街外，耸立着一栋十五层高的大楼。它的前门从不上锁，顶楼通往平坦屋顶的地方有扇栅栏门，本意是想阻止人爬上屋顶，但要翻过去也不是什么难事。我以前曾经去过那上面。

走过去没有多远。我感觉自己像在梦游。从我身边经过的行人无不对我侧目而视。我没有把兜帽戴上，我觉得这已经不重要了。

我爬上巨大的高楼，一路畅通无阻。在某两层楼，当我走过昏暗的楼梯间时，几扇房门悄悄地开了一条缝，有眼睛透过门缝窥视我，那眼睛的主人在门后的黑暗中藏得太好，我完全没有看清。但没有人走出来质问我、阻拦我。几分钟后，我便站在了屋顶上。

这栋位于城市东边的大楼有一百五十多英尺高。新克洛布桑有许多比它更高的建筑，但在盐砾地，它已经足以傲视周围的街区。它高高耸立于街道与低矮的砖石房屋之上，如一头浮出水面的庞然巨兽。

我大步走过碎石瓦砾，走过篝火残迹，走过擅闯者留下的垃圾。星空之下，屋顶上只有我一人。

屋顶边缘立着五英尺高的围墙。我倚在砖墙上，向着四处远眺。

我知道自己会看到什么。

我知道自己身在何方。

那边，透过两座煤气塔之间的缝隙，可以瞥见一抹黯淡模糊的光，那是大温房的圆顶。拔地而起的史前巨肋就在一英里之外，巨大的白骨让周遭的铁路与房屋显得份外矮小。黝黑的团团点点散布在城市各处，那是枝叶茂密的树木。还有那灯火，五彩缤纷、璀璨夺目的城市灯火，从四面八方包围着我。

我轻轻一跃，便跳上围墙。我站直身子。

俯瞰着整个新克洛布桑。

它是一座如此广阔的城，如同一头在泥沼中快活打滚的庞然巨兽。它包罗万象，自我脚下蔓延开去，仿佛无边无际。

我可以看见蜿蜒流过城市的双子河。只要六分钟，就能从我所在之处飞到黑腐河。我展开双臂。

夜风扑面而来，欢欣地与我嬉戏。它强劲猛烈，喧嚣欢腾，带着勃勃生机。

我闭上双眼。

我能清晰地想象那种感觉——飞翔的感觉。双腿轻轻一蹬，双翼展开，如船桨划开河面般轻松地划开空气，掀起大团气流，带着整个身体腾空而起。接着猛力扇动翅膀，冲进热气流中，鼓起羽毛，蓄势待发，再舒展双翼，漂移转向，放松减速，随风滑翔，划出一道完美的螺旋形上升曲线，高高凌驾于这座庞然巨兽般的城市之上。自空中俯瞰，它会变成另一番模样。我可以尽情欣赏任意一座隐秘花园中的瑰丽景象。我可以飞越任意一堵高墙，轻松一如抖落身上尘埃。我可以选择任意一座建筑作为栖身之处。我再也无需心怀敬畏地对待这座城市，我可以随心所欲，任意往来，甚至可以在空中对着它拉屎撒尿。

当我翱翔在高空之上，飞扬跋扈的政府和国民卫队不过是蝇营狗苟的蝼蚁，肮脏败落的贫民窟不过是一闪而过的弹丸之地，所有藏在屋顶之下的痛苦与堕落都与我无关。

我感觉风在我的指缝间穿行，猛烈地扑打我的身躯，仿佛在引诱着我。我能感觉背上的翅骨残端在颤搐，在伸展。

我再也不要这样了。我再也不要被困在这个残缺的身躯之中，永远被束缚在地面之上。再也不要了。

我重返天空的希望已然破灭，是时候结束这苟延残喘的生命了。

我能清晰地想象出我的最后一次飞翔：轻轻一跃，在空中划出一道优美的弧线，盘旋而上的气流如失散已久的爱人般张开双臂向我迎来。

就让我随风而去吧。

我站在围墙上，慢慢向前倾去，向着脚下繁华的城市，向着广阔的天空。

时间仿佛突然停止。我凝固在了这一刻。天地间万籁俱寂。城市与天空也凝固在了这一刻。

慢慢地，我抬起手，手指抚过脸颊上的羽毛。我开始缓慢而无情地揉搓它们，让它们逆着生长方向根根竖起。我睁开双眼，用力揪住坚韧的羽轴和油滑的羽片，闭紧鸟喙，以免痛呼出声，然后开始拔除羽毛。

漫长的几个小时后，我原路返回，穿过漆黑的楼梯间，走出大楼，走进最深沉的夜色中。

杳无人迹的街道上，一辆只能容纳一人乘坐的出租马车飞快地驶过，而后四周重新归于沉寂。街道对面，一盏煤气路灯忽明忽暗，淡棕色的灯光断断续续地洒在石子路面上。

一个黑影站在街边，仿佛已经等了我很久。他向前几步，走进那圈小小的光中，静静站住，脸藏在兜帽之下。他慢慢地朝我挥了挥手，在那一瞬间，我想到了我所有的敌人，不知道他属于其中哪一方。接着我看清了他向我伸出的那只手。那是一只巨大的螳螂刀臂。

我发现我并没有感到惊讶。

独臂螳螂手杰克再次伸出那只经由改造术接到右肘之上的螳螂刀臂，缓慢而郑重其事地挥了挥。他在唤我过去。

他在邀请我的加入。进入他的世界。

我也迈步向前，走进那一圈小小的光中。

当灯光照亮我时，他并没有显出丝毫的讶异之色。

我知道我看起来有多么可怕。

我的脸又红又肿，血珠从无数拔去羽毛的羽囊内渗出。没拔干净的羽毛东一撮西一块，像难看的胡楂趴在脸颊上。光秃秃的粉红色脑袋上一双眼睛高高凸起，像两个巨大的水疱，让人反胃。血珠汇成的细流从头顶涓涓而下。

我已经用脏兮兮的破布条将双脚再次裹起，隐藏它们古怪的形状。长在皮肤与鳞片过渡处的小圈羽毛也拔干净了。我小心地迈着步子，我把股部的羽毛也拔掉了，那处的皮肤也又红又肿，渗着血珠。

我还试图折断我的鸟喙，可惜没有成功。

我带着这副全新的躯体走出了那座大楼。

独臂螳螂手杰克静静地等着，但他没等很久。片刻之后，他再次懒懒地挥了挥那只螳螂刀臂，重复他的邀请。

这是个慷慨的提议，但我不能接受。

他邀我走进另一个世界，进入这城市的另一面，与他一起分享游走于法律与道德边缘的生活。他邀我加入一场不知所谓的革命，做出种种不受约束的报复行径。他邀我分享他对一切既定规则的蔑视。

逃亡者。“自由改造人”的领袖。不。这些名号与他并不相符。他谋求的是让新克洛布桑变成一座新的城市，他战斗不休，只为让这座城市涅槃重生。

他看到了我，另一个残缺的四不像，另一个心如死灰的灵魂，于是以为可以说服我加入他那匪夷所思的圣战。他看到了我，另一个矛盾的存在，一只无法飞行的鸟，在任何一个地方都没有容身之处的人，于是给了我一条出路，邀我进入他那游离于一切规则之外的生活，进入那个灰色地带。进入这座城市混乱无序的一面，这个让他肆意横行还享有盛名的世界。

他很慷慨，但我不能接受。那不是我想要的城市。那不是我的战争。

我不想进入他那善恶莫辨的世界，加入他那游走于灰色地带的古怪抗争。我只想过一种简单的生活。

他误会我了。

我已不再是那个被永远束缚在地面的鹰人。那个人已经死了。现在的我是一个全新的人。我不是半人半鸟的怪物，我已经找到了自己在这个世上的位置。

我拔掉那些会引人误会的羽毛，让我的皮肤变得光滑。在这副酷似禽鸟的皮囊之下，我与其他的市民并没有什么两样。我可以光明正大地与他们生活在同一个世界。

我向独臂螳螂手杰克挥手致谢，而后道别，转身走出那一小圈光，走上昏暗的街道，向东而行，朝着大学所在地和路德米德站行去。我所经过的一砖一瓦、集市商铺，乃至脚下被昏黄路灯照亮的街道，都属于我的世界。夜已深，我要尽快回到我的床铺，我要尽快找到一张属于我的床铺，在这座属于我的城市安然入眠，坦荡生活。

我从独臂螳螂手杰克面前转身离开，走进新克洛布桑广阔的黑夜，这个充斥着无数建筑和历史的巍巍国度，这个交织着富庶与贫穷的复杂存在，这个由蒸汽驱动的世俗神祇。“我转身离开，走进这座城市，我的家，不再作为一只鸟或揭路荼，也不是可怜的四不像。

我作为一个人，走进这座城市，走向我的归宿。”

（全文终）